HENRI III,
LE ROI DÉCRIÉ

Étude sur la vie religieuse de la campagne lorraine à la fin du XVIIᵉ siècle. Le visage religieux du Xaintois d'après la visite canonique de 1687, Publications de la Faculté des Lettres de Nancy, 1971.

En collaboration avec Marie-Thérèse Hipp : édition des *Œuvres* du cardinal de Retz, Bibliothèque de la Pléiade, Gallimard, 1984.

Les guerres de Religion en France (1559-1598), collection Regards sur l'histoire, Éditions S.E.D.E.S., 1987.

La Fronde, Éditions de Fallois, 1994 ; Tallandier, coll. Texto, 2012.

Édition des *Mémoires* du cardinal de Retz, collection Folio classique, Gallimard, 2003.

Participation à des ouvrages collectifs

« Les débuts de la Réforme tridentine au diocèse de Toul (1580-1630) », dans *Les Réformes en Lorraine*, sous la direction de Louis Châtellier, Presses universitaires de Nancy, 1986.

« L'apogée de la Réforme catholique », dans l'*Encyclopédie illustrée de la Lorraine. La vie religieuse*, sous la direction de René Taveneaux, Éditions Serpenoise (Metz) et Presses universitaires de Nancy, 1988.

Dans le *Dictionnaire du Grand Siècle*, sous la direction de François Bluche, Fayard, 1990, les articles : *Bar* (Catherine de), *Bissy* (Henri de Thiard, cardinal de), *Confesseurs du Roi, Confréries, Dévotions, Gondi* (famille de), *Guerres de Religion, Lorraine, Paroisse, Pierre Fourier* (saint), *Pont-à-Mousson* (université de), *Retz* (Jean-François-Paul de Gondi, cardinal de), *Trois-Évêchés*

MICHEL PERNOT

HENRI III
LE ROI DÉCRIÉ

Éditions de Fallois

PARIS

© Éditions de Fallois, 2013
22, rue La Boétie, 75008 Paris

ISBN 978-2-87706-819-2

AVANT-PROPOS

Les travaux réalisés depuis quelques lustres par les historiens modernistes ont permis de corriger l'image foncièrement négative qu'une tradition malveillante et une littérature polémique donnaient de Henri III, de tracer enfin de ce monarque un portrait nuancé, équilibré et véridique[1].

Mais les légendes ont la vie dure et, pour beaucoup de Français, Henri III reste, aujourd'hui encore, le type même du *mauvais roi*, incapable et débauché, livré par son homosexualité aux exigences de ses *mignons de couchette*, adonné à des enfantillages (collectionner les petits chiens, découper des canivets, jouer au bilboquet). Après quinze années d'un règne calamiteux, «ère particulière de molles débauches et de folies inconnues, entre Néron et Héliogabale[2]», son assassinat a permis l'avènement du *bon roi* par excellence, Henri IV, le prince de la tolérance et de la poule au pot, homme sympathique et souverain populaire.

Devant la résistance tenace que ces vues, puériles autant qu'erronées, opposent aux acquis de l'érudition, il a paru utile de publier

---

[1] Voir principalement les portraits de Henri III que tracent Pierre Chevallier, *Henri III, roi shakespearien*, Paris, 1985, p. 361-457, et Jacqueline Boucher, *La cour de Henri III*, Rennes, 1986, p. 9-37.

[2] Alexandre Dumas, *La Dame de Monsoreau*, tome I, Paris, 1931, p. 86. Avec *La Dame de Monsoreau* et *Les Quarante-cinq*, Dumas a donné au public une chronique hautement romancée du règne de Henri III. Il ne pousse pas au noir le portrait du roi, contrairement aux pamphlets politiques du XVIᵉ siècle. Il voit surtout en lui un personnage aboulique, un «esprit faible et distingué, fantasque et poétique», un «singulier mélange de débauche et de repentir, d'impiété et de superstition», «étrange dans sa tenue, étrange dans sa démarche, ombre plutôt que vivant, spectre plutôt que roi, mystère toujours impénétrable et toujours incompris pour ses sujets qui, en le voyant paraître, ne savaient jamais s'ils devaient crier: "Vive le roi!" ou prier pour son âme». À quelques détails près, ce roi-là est entièrement sorti de l'imagination de l'écrivain.

une nouvelle biographie de Henri III. De plus, différents ouvrages parus depuis quelques années ont considérablement renouvelé notre connaissance des dernières décennies du XVIᵉ siècle et il est devenu obligatoire de réexaminer la personnalité et le rôle du roi à la lumière de ces travaux[3].

Le présent ouvrage souhaite répondre à cette double nécessité. On ne doit pas l'interpréter comme une réhabilitation de Henri III car la réhabilitation n'a pas de sens en histoire. Il vise seulement à retrouver, autant que faire se peut à plus de quatre siècles de distance, la vérité de l'homme et de ses actes en se gardant de l'anachronisme, ce péché mortel des historiens, comme de la peste. Il invite ses lecteurs, désireux de bien comprendre le roi et son temps, à faire abstraction des opinions et des préjugés actuels car il n'y a guère d'analogie entre le XVIᵉ siècle et le nôtre.

C'est pourquoi il nourrit aussi l'ambition d'initier le lecteur d'aujourd'hui aux réalités de ces temps éloignés où le politique et le religieux s'imbriquaient si étroitement qu'ils étaient indissociables. L'historien qui retrace la vie d'un personnage de premier plan doit, de toute façon, scruter avec soin tous les aspects de l'époque vécue par son héros. Si bien que la biographie, loin de nous apparaître comme ce genre mineur que l'école des *Annales* accablait naguère de son mépris, peut se comprendre comme une excellente introduction à l'étude d'une période donnée. Là se trouve sans doute une des clés de son succès auprès du public depuis deux ou trois décennies.

Tout biographe étant largement tributaire de ses devanciers, même s'il n'en accepte pas toutes les conclusions, il reste à l'auteur de ce livre à reconnaître la dette qu'il a contractée envers eux et à leur dire sa reconnaissance.

N.B. *L'orthographe et la ponctuation des citations ont été modernisées pour en faciliter la lecture.*

---

[3] Parmi les ouvrages importants qui sont sortis des presses depuis la publication de la biographie de Henri III par Pierre Chevallier (1985), on retiendra :
– Jean-Louis Bourgeon, *L'assassinat de Coligny*, Genève, 1992, et *Charles IX devant la Saint-Barthélemy*, Genève, 1995 ;
– Denis Crouzet, *Les guerriers de Dieu. La violence au temps des troubles de religion (vers 1525-vers 1610)*, Seyssel, 1990, et *La nuit de la Saint-Barthélemy*, Paris, 1994 ;
– Jean-Marie Constant, *La Ligue*, Paris, 1996 ;
– Arlette Jouanna, Jacqueline Boucher, Dominique Biloghi, Guy Le Thiec, *Histoire et Dictionnaire des guerres de Religion*, Paris, 1998 ;
– Jean-François Solnon, *Henri III*, Paris, 2001.
– Nicolas Le Roux, *Un régicide au nom de Dieu (1ᵉʳ août 1589)*, Paris, 2006 ;
– Arlette Jouanna, *La Saint-Barthélemy. Les mystères d'un crime d'État*, Paris, 2007.

CHAPITRE I

UNE ENFANCE MOUVEMENTÉE

Le samedi 19 septembre 1551, le tout-puissant connétable de Montmorency[1] en avise les gouverneurs de province: «cette nuit passée, la reine est accouchée d'un beau-fils, lequel et la mère sont en bonne santé, Dieu merci». Prénommé Alexandre-Édouard et titré duc d'Angoulême, le nouveau-né n'est pas destiné à coiffer un jour la couronne. Car le roi Henri II et son épouse, Catherine de Médicis, ont déjà deux garçons[2]: le dauphin François, né en 1544 (futur roi François II) et le duc d'Orléans, Charles-Maximilien, né en 1550 (futur roi Charles IX). Ils ont aussi deux filles, Élisabeth, née en 1545 (elle sera reine d'Espagne), et Claude, née en 1547 (elle deviendra duchesse de Lorraine). La famille s'agrandira encore de Marguerite en 1553 et d'Hercule en 1554. La première, plus connue sous le nom de Margot, sera la très infidèle épouse du futur Henri IV. Le second, appelé finalement François d'Anjou, créera les pires ennuis à son frère Alexandre devenu le roi Henri III.

À l'exception de Marguerite qui, ayant hérité de la robustesse de sa mère, mourra sexagénaire, aucun de ces enfants, marqués à des degrés divers par la tuberculose, ne jouira d'une santé florissante. François, Charles et Hercule mourront de cette maladie. Tous présenteront d'évidents symptômes de déséquilibre psychique et nerveux.

Une éducation princière

Selon la formule de Blaise de Monluc, Alexandre-Édouard est «sorti de la plus grande race qui soit au monde». Il voit en effet le

---

[1] Le connétable est l'adjoint du roi pour les affaires militaires, le chef des armées.

[2] Un autre garçon, Louis, né en 1549, est mort l'année même de sa naissance.

jour au sein d'un lignage élu de Dieu, celui des Valois qui occupe le trône de France depuis 1328, date à laquelle Philippe VI a succédé à Charles IV, le dernier des Capétiens directs. Son père Henri II porte, seul en Europe, le titre de Roi Très Chrétien. Descendant de saint Louis, sacré dans la cathédrale de Reims au début de son règne, il est l'oint du Seigneur comme les rois hébreux de l'Ancien Testament. De ce fait, il jouit d'un prestige immense, quasi religieux. Les onctions[3] que l'archevêque a pratiquées en sept endroits de son corps (la tête, la poitrine, le dos, les deux épaules et la saignée de chaque bras) ont fait de lui presque un prêtre, lieutenant de Dieu sur la terre, député pour faire régner Sa volonté parmi les hommes. Médiateur de la puissance divine, il est un thaumaturge qui guérit par attouchement les scrofuleux, malades atteints d'une inflammation des ganglions du cou, l'adénite tuberculeuse qu'on appelait alors les écrouelles. En 1556 par exemple, le 24 juin, jour de la fête de saint Jean-Baptiste, ses enfants, séjournant à Fontainebleau, peuvent voir Henri II accomplir ce rite monarchique. L'habitude s'est prise, dans le pays, de comparer le souverain au Christ, au Bon Pasteur qui conduit ses sujets sur le chemin du salut éternel : ne jure-t-il pas, au serment qui accompagne le sacre, d'«exterminer» les hérétiques qui pourraient compromettre ce salut, c'est-à-dire, au sens étymologique du mot, de les chasser du royaume ? Dès avant le règne du grand-père d'Alexandre-Édouard, François Ier, les Français entouraient la *fonction* royale d'une véritable vénération. Depuis François Ier, cette vénération s'applique à la *personne* même du monarque que l'on appelle Sa Majesté ; la race des Valois se trouve ainsi sacralisée. Beaucoup s'imaginent que le sang royal est pur, que le sang royal est saint et que ceux dans les veines de qui il coule se distinguent nécessairement du commun des mortels par des vertus surhumaines.

La Renaissance, à son apogée au milieu du XVIe siècle, contribue à sa façon à exalter le prestige des Valois. Elle héroïse le roi, l'assimile aux divinités et aux grands hommes de l'Antiquité, à Hercule, à Alexandre, à César. C'est pourquoi le prénom d'Alexandre est attribué au troisième fils de Henri II et celui d'Hercule au quatrième.

Mais il y a plus subtil. Le néoplatonisme, philosophie à la mode, commence à imprégner la culture de cour à l'instigation d'intellectuels comme Louis Le Roy, auteur d'une traduction du *Timée*

---

[3] Pour pratiquer les onctions, l'archevêque de Reims ajoute au saint chrême (l'huile consacrée le Jeudi saint et servant à l'administration des sacrements) une parcelle du baume contenu dans la Sainte Ampoule que conserve l'abbaye de Saint-Remi. Depuis l'époque carolingienne, on croit que cette ampoule a été apportée miraculeusement à saint Remi pour le baptême de Clovis.

publiée en 1551. Dans la symbolique politique issue de cette philosophie, le roi est conçu comme un esprit supérieur libéré des attachements terrestres et des opinions contingentes, capable de réaliser la connexion entre l'ordre humain qu'il régente et l'ordre cosmique qui régit l'univers, faisant ainsi régner l'harmonie.

Adulés comme ils le sont, on ne s'étonnera pas que les Valois aspirent au pouvoir absolu. Au Moyen Âge, la puissance absolue (du latin *absolutus*, «délié, dégagé de tout lien») était l'apanage de Dieu. Au début du XVIe siècle, le roi Louis XII pratiquait encore une monarchie largement consensuelle et se considérait comme le plus élevé en dignité des grands officiers de la Couronne beaucoup plus que comme un potentat tout-puissant. François Ier et Henri II, eux, veulent être obéis sans discussion. Ils sont poussés dans cette voie par les juristes et les humanistes comme Guillaume Budé qui leur attribuent une autorité analogue à celle des empereurs romains. S'ils se sentent tenus de respecter les commandements de Dieu et ces lois du royaume qu'on va bientôt appeler fondamentales, ils revendiquent la pleine puissance législative, le droit de faire à leur guise la paix et la guerre, d'imposer leurs sujets sans solliciter le consentement de ceux-ci.

Ils ne disposent cependant pas, pour faire prévaloir leur volonté, du nombreux personnel qui sera celui de Louis XIV au siècle suivant. Ils n'ont encore à leur service, pour encadrer quelque dix-huit millions de sujets, qu'une douzaine de milliers d'agents, à la fois administrateurs et juges, que l'on appelle des officiers[4]. Et comme le roi de France, pressé d'argent, vend les offices depuis plus de cent ans, les officiers sont d'autant plus enclins à faire preuve d'une relative liberté dans l'exercice de leur mission qu'ils sont propriétaires de leur charge.

Au premier rang de ceux qui ont été institués pour assurer l'exécution des ordres du monarque figurent les gouverneurs et les parlementaires. Les gouverneurs ne sont pas des officiers. Recrutés parmi les princes du sang et les membres de la haute noblesse, ils représentent Sa Majesté dans une circonscription de taille variable appelée gouvernement. On en compte douze au milieu du siècle. Ils disposent de pouvoirs aussi étendus que mal définis, appliquent les ordres venus de la Cour, commandent les troupes, maintiennent l'ordre. Quand l'un d'entre eux ne réside pas, un lieutenant général le remplace avec des attributions identiques.

---

[4] Dans sa biographie de *François Ier* (Paris, 1981), Jean Jacquart explique que «le Grand Roi disposait de onze fois plus de serviteurs que François Ier pour imposer sa volonté». Il y a là sans doute une des principales limites aux prétentions des Valois à la monarchie absolue.

Les parlements, au nombre de huit en 1559, sont des compagnies d'officiers chargées de rendre la justice en appel mais aussi d'administrer (administration et justice ne sont pas séparées au XVIe siècle) dans un ressort plus ou moins vaste correspondant le plus souvent à une province historique. La vénalité des offices a tissé des liens de solidarité entre eux et la monarchie. Mais leur droit d'enregistrement et de remontrances leur permet de s'immiscer dans l'élaboration des lois. En effet, pour être appliqués, les édits et les ordonnances doivent être transcrits sur les registres des parlements qui peuvent, à cette occasion, formuler des observations. Pour le roi, ces observations ou remontrances sont de simples avis qui ne le lient pas ; pour les magistrats au contraire, leur libre consentement est indispensable à l'obéissance requise des sujets aux lois. Le parlement de Paris, le plus ancien de tous, exerce sur les autres une réelle prééminence. Quand on dit « le Parlement », c'est de lui dont on parle. Il se pose en rival du Conseil du roi parce que, comme lui, il tire son origine de la Cour-le-roi, le gouvernement des souverains capétiens du Moyen Âge. Il se compare volontiers au Sénat romain. François Ier a brisé ses prétentions politiques dès 1527, mais les guerres de Religion vont lui donner de nouvelles raisons de les faire valoir.

Un enfant de race royale, un *fils de France*, se doit d'avoir des parrains et des marraines de très haut rang. Des deux parrains d'Alexandre-Édouard, l'un est le premier prince du sang, Antoine de Bourbon, qui descend du sixième fils de saint Louis, Robert de Clermont, et cousine avec les Valois ; il est à la fois duc de Vendôme et roi de Navarre par son mariage avec Jeanne d'Albret, héritière de ce minuscule royaume dont l'essentiel, au sud des Pyrénées, a été incorporé à l'Espagne en 1512. Le second parrain n'est autre que le tout jeune roi d'Angleterre Édouard VI, âgé de treize ans et choisi pour des raisons politiques en dépit de son calvinisme militant. La première marraine est Jeanne d'Albret, fille du précédent roi de Navarre Henri d'Albret et de Marguerite, sœur de François Ier ; elle n'a pas encore adopté la religion réformée. L'autre est une princesse italienne, Marguerite Paléologue, épouse du duc de Mantoue Frédéric de Gonzague, client des Valois.

Au XVIe siècle, il n'est pas d'usage que les enfants de France grandissent près de leurs parents. Ils sont d'abord mis en nourrice et l'histoire a retenu le nom des nourrices du futur Henri III, Guillemette Bézard et Anne Rousseau. Puis ils passent entre les mains d'une gouvernante. Chaque petit prince, chaque petite princesse a la sienne – celle d'Alexandre s'appelle Anne Le Maye, demoiselle[5] de Dannemarie – sous l'autorité générale de la gouvernante des enfants de France. Pour occuper ces hautes fonctions, la reine désigne en 1551 une personne qui jouit de toute sa confiance, Marie-Catherine de Pierrevive, dame Du Perron. Lyonnaise d'ascendance piémontaise, fille d'un receveur du domaine royal, celle-ci a épousé en 1516 Antoine de Gondi, marchand banquier, consul de la nation florentine dans la capitale des Gaules puis maître d'hôtel de Henri II. Le couple a pris le nom d'un domaine qu'il possède à Oullins. Il est la tige de la maison de Gondi, illustrée au siècle suivant par le cardinal de Retz. Vers l'âge de six ans, enfin, les petits princes échangent leur gouvernante contre un gouverneur.

À leurs côtés sont élevés des enfants d'honneur, rejetons de la haute aristocratie, qui partagent leurs jeux et leurs études comme, par exemple, le jeune duc de Lorraine Charles III ou, quelques années plus tard, Henri de Navarre (fils d'Antoine de Bourbon et futur roi Henri IV) et Henri de Joinville (futur duc de Guise). Une domesticité pléthorique s'active à leur service[6]. L'ensemble constitue la *petite Cour*, distincte de la grande et qui, pour éviter l'insalubrité parisienne, se fixe dans le Val de Loire, tantôt à Amboise, tantôt à Blois. À la moindre alerte épidémique, d'ailleurs, on s'empresse de changer de résidence. Les enfants ne voient qu'occasionnellement leurs parents, à l'occasion d'un déplacement: on a vu plus haut qu'ils se trouvaient à Fontainebleau au début de l'été 1556. C'est donc à distance que la reine surveille la croissance et la santé de sa nichée, dictant ses consignes vestimentaires et alimentaires et réclamant qu'on lui envoie «au crayon pour avoir plus tôt fait» les portraits de ses petits, exécutés par le peintre Germain Le Mannier (ou Lemaynier), valet de chambre du dauphin[7]. La plus ancienne image que nous conservions d'Alexandre est justement l'un de ces crayons qui le représente en bas âge, malade, la bouille toute ronde et la tête coiffée d'un gros bonnet.

Nous n'en savons guère plus sur les premières années des derniers Valois. En 1553, cependant, se produisent deux événements dignes de remarque. Le premier est la venue à Blois du plus célèbre des astrologues, Michel de Nostre-Dame dit Nostradamus, mandé par

---

5   Ce titre de demoiselle signifie que le mari d'Anne Le Maye a la qualité d'écuyer et appartient à la noblesse.

6   En janvier 1560, le futur Henri III, âgé de huit ans et demi, aura 47 personnes à son service.

7   Les artistes français du XVIe siècle ont multiplié les portraits au crayon rehaussés d'un peu de couleur. Catherine de Médicis en a réuni des portefeuilles entiers.

la reine pour dresser leur horoscope selon l'usage des cours. Bon courtisan, le mage n'hésite pas à prédire que les quatre garçons seront rois (ce qui s'avérera faux pour Hercule). Le second est le départ du dauphin François qui va sur ses dix ans, doit désormais tenir sa propre cour à Saint-Germain-en-Laye et se préparer à ses futures fonctions royales. Enfant chétif, il souffre constamment d'otites suppurées. En 1557, une nouvelle fois malade, il reçoit de son cadet Alexandre le court billet suivant : « Monsieur, je suis bien marri de ce que vous êtes malade et si longuement. Je voudrais avoir quelque chose à quoi vous puissiez prendre plaisir et être auprès de vous pour vous faire passer le temps. Monsieur, j'étudie toujours bien afin que mais [dès] que je serai grand, je vous fasse service. Je prie bien Dieu que vous soyez bientôt guéri. Votre très humble et très obéissant frère, Alexandre de France. » On peut évidemment douter qu'un garçon de six ans, même intellectuellement éveillé, soit l'auteur de ces lignes charmantes. Mais le texte est intéressant car il révèle qu'on élève les jeunes princes dans l'esprit de concorde familiale nécessaire à la bonne marche du royaume.

En 1558, la petite Cour se transporte dans la capitale. À l'occasion du mariage du dauphin avec la jeune reine d'Écosse Marie Stuart, en France depuis dix ans (24 avril), Madame Catherine achète et fait aménager un hôtel situé tout près du Louvre, rue des Poulies. Ses enfants doivent y vivre désormais, les garçons recevant deux gouverneurs, Louis Prévost de Sansac et Jacques de Labrosse.

L'année suivante, le 5 février, la princesse Claude épouse à Notre-Dame le duc de Lorraine Charles III. Les 2 et 3 avril, le traité du Cateau-Cambrésis ramène la paix entre la France et l'Espagne après plus de trente ans de guerre à peu près continuelle. Les deux royaumes, épuisés, ne peuvent plus financer les opérations militaires et Henri II veut consacrer tout son temps, toute son énergie à extirper de son royaume le protestantisme, cette nouvelle doctrine religieuse qui, sous sa forme calviniste, a fait de grands progrès dans l'ensemble de la société. Pour réaliser cet objectif, il renonce aux prétentions italiennes des Valois, à Milan comme à Naples. Il restitue la Savoie et le Piémont, occupés depuis 1536, à leur duc Emmanuel-Philibert. Il rend les villes de Corse à la république de Gênes. Il ne conserve outre-monts que cinq villes (Turin, Chieri, Pignerol, Chivasso et Villeneuve d'Asti) ainsi que le marquisat de Saluces. Il reconnaît la prépondérance espagnole en Europe. C'est un désastre pour la politique extérieure du royaume bien que l'Angleterre, alliée de l'Espagne, lui cède Calais pour huit ans.

L'allégresse de la paix retrouvée est d'autant plus grande que deux mariages viennent la sceller. Philippe II d'Espagne (trente-deux ans), veuf de la reine d'Angleterre Marie Tudor, prend pour femme Élisabeth (quatorze ans), l'aînée des filles du roi ; c'est le duc d'Albe, grand seigneur castillan, qui représente son maître à la cérémonie. De son côté, la sœur de Henri II, Marguerite, s'unit au duc de Savoie. Des fêtes splendides accompagnent ces épousailles, en particulier des joutes, des tournois, des courses de bague. Bâti en athlète, brillant cavalier et fort expert aux armes, le roi veut faire admirer aux dames sa force et son adresse en dépit de ses quarante ans. En livrant un dernier assaut au capitaine de sa garde écossaise, Gabriel de Lorges, seigneur de Montgomery, il est grièvement blessé au-dessus de l'œil gauche par plusieurs éclats de bois, la lance de son adversaire s'étant brisée. Après une atroce agonie de dix jours, il meurt le 10 juillet au palais des Tournelles.

En vertu de la coutume, le dauphin François devient, *ipso facto*, le roi François II. Le 13 août 1559, Charles-Maximilien, duc d'Orléans et Alexandre-Édouard, duc d'Angoulême, assistent à Saint-Denis à l'enterrement de leur père. Le 18 septembre, ils se trouvent à Reims au sacre de leur aîné, puis ils séjournent quelque temps au château de Vincennes. Le 26 octobre, on les retrouve à Blois où ils vont poursuivre leur éducation. Alexandre vient d'avoir huit ans et l'on ignore tout de ses réactions à la mort d'un père qu'il voyait si peu.

Une initiation précoce aux violences du temps

Du vivant du roi Henri, l'existence des enfants de France se déroulait dans une quiétude que perturbaient seulement leurs accidents de santé. Sous le très court règne de leur aîné François II (10 juillet 1559-5 décembre 1560), les quatre derniers, Charles, Alexandre, Marguerite et Hercule sont plongés, par la conjuration d'Amboise, au cœur des violences qui préludent à la guerre civile. Expérience angoissante pour de si jeunes enfants.

Incontestablement majeur à son avènement (il est dans sa seizième année), le nouveau roi est trop jeune et trop inexpérimenté pour gouverner lui-même. Il est, de plus, atteint de tuberculose, souffre, comme on l'a dit, d'otites à répétition et passe le plus clair de son temps à la chasse. Il a voulu confier le pouvoir à sa mère mais celle-ci a préféré se tenir, pour l'instant, en retrait. Avec son accord, François II s'est alors tourné vers les oncles de la reine Marie Stuart, les Guises. Le duc François de Guise, chef de sa maison, auréolé du prestige de ses victoires à Metz (1552) et à Calais (1558), prend en main les questions militaires. Son frère, le cardinal Charles de

Lorraine, archevêque de Reims, s'empare des finances, de la diplomatie et de la justice.

En procédant de la sorte, le jeune roi a commis une grave erreur. Non que *ceux de Guise* comme on dit au XVIᵉ siècle, soient incompétents, bien au contraire. Mais il mécontente les autres grands lignages en les évinçant de la faveur royale. Les Bourbons et les Montmorencys se montrent particulièrement ulcérés. Princes du sang, les premiers estiment avoir, plus que toute autre famille, vocation à conseiller le souverain bien que le passage à l'ennemi du connétable Charles, en 1523, les ait discrédités. Tous ceux qui voudraient reculer sensiblement l'âge de la majorité royale le leur disent et les poussent en avant, en particulier les nobles protestants. Quant au connétable de Montmorency, *premier conseiller* tout-puissant sous Henri II, il remâche sa disgrâce. Il faut bien comprendre qu'il n'y a pas là seulement compétition pour la conquête du pouvoir. Les familles aristocratiques tirent leur force et leur considération des vastes clientèles de parents, de vassaux et de dépendants qui les servent fidèlement et attendent d'elles honneurs et profits variés. Au nombre de ces honneurs et de ces profits figurent en bonne place les *bienfaits* du roi, ces charges, ces dignités, ces fonctions que, seule, Sa Majesté peut distribuer à la requête de tel ou tel personnage influent (un gouverneur de province par exemple). Au XVIᵉ siècle, le monarque doit avoir la capacité de tenir la balance égale entre les hauts lignages, savoir répartir équitablement ses faveurs entre les uns et les autres. François Iᵉʳ a su le faire efficacement, Henri II beaucoup moins bien[8]. François II, lui, ne comprend absolument pas cette nécessité et donne la fâcheuse impression de se laisser dominer par des *favoris* d'autant plus haïssables qu'ils sont d'origine étrangère[9].

Par ailleurs, en poursuivant la politique inaugurée par Henri II avant sa mort, les Guises mécontentent de nombreux nobles de moindre rang. La paix du Cateau-Cambrésis s'accompagne d'une démobilisation massive des *gens de guerre*. Soldats et capitaines sont

---

[8] Sous le règne de François Iᵉʳ, aucun conseiller du roi n'obtient une puissance excessive et des disgrâces brutales viennent opportunément rappeler à tous que le prince est le seul maître. Henri II, lui, ne sait pas arbitrer la rivalité des deux factions regroupées autour des Montmorencys et des Guises. Cette rivalité se mue peu à peu en une véritable haine.

[9] Les Guises sont une branche cadette de la maison régnante de Lorraine. L'un des fils du duc René II, Claude, établi en France, a reçu des lettres de naturalité en 1506. Mort en 1550, il est le père, non seulement du duc François et du cardinal de Lorraine, mais aussi de Marie de Lorraine, reine d'Écosse (c'est la mère de Marie Stuart) et d'un autre cardinal, le cardinal de Guise.

renvoyés en masse dans leurs foyers, le plus souvent sans solde car les caisses de l'État sont vides. Or, dans l'imaginaire nobiliaire du temps, le bon roi est celui qui conduit sa noblesse sur les théâtres d'opérations extérieurs où l'attendent les profits du pillage et des rançons.

Enfin, la persécution systématique des protestants, inaugurée par le feu roi avec les lettres patentes d'Écouen que Montmorency a inspirées, se poursuit implacablement. Mais de nombreux gentils-hommes de l'Ouest et du Midi, récemment rendus à la vie civile, ont adopté la nouvelle religion et ne sont pas disposés à se laisser arrêter, condamner, expulser ou brûler comme hérétiques. Ils apportent au mouvement réformé les cadres politiques et militaires qui lui manquaient jusque-là. À la tête de cette noblesse protes-tante, deux Bourbons : le roi de Navarre Antoine, premier prince du sang, inconstant et velléitaire et son jeune frère Louis, prince de Condé, petit et bossu, téméraire et brouillon. Mais aussi les trois frères Châtillon, neveux de Montmorency : Gaspard de Coligny, amiral de France, Odet de Châtillon, cardinal-évêque de Beauvais, François d'Andelot, colonel général de l'infanterie française.

Les haines accumulées éclatent dans la conjuration d'Amboise, complot monté de toutes pièces par Jean Du Barry, seigneur de La Renaudie, gentilhomme périgourdin converti à la Réforme. Les conjurés, recrutés pour l'essentiel dans la petite et moyenne noblesse démobilisée par la paix, souhaitent présenter directement leurs doléances au roi considéré comme prisonnier des Guises. Si cela s'avère impossible, ils ont prévu de s'emparer par la force du château de Blois où réside la Cour. Ils veulent capturer les favoris, les faire juger par les États généraux[10] et permettre à Louis de Condé de se saisir du pouvoir. Contrairement à ce que pensait naguère l'historien Lucien Romier, celui-ci n'a sans doute pas organisé lui-même le complot. Mais il en a eu vent et il devait en être le principal bénéficiaire. Cependant de nombreuses indiscrétions ont fait échouer piteusement les plans des affidés. Grand maître de France[11], François de Guise, averti, a déplacé la Cour de Blois

---

[10] Les États généraux sont une assemblée de représentants des trois ordres entre lesquels se partage officiellement la société (clergé, noblesse et tiers état). Le roi peut seul les convoquer. Ils n'ont pas été réunis depuis 1484 car les Valois, adeptes du pouvoir absolu, craignent de devoir partager leur autorité avec eux.

[11] Le grand maître de France est l'un des tout premiers personnages de l'État. Grand officier de la Couronne, il dirige l'ensemble des services de la Maison du roi et nomme à tous les emplois de celle-ci. Sous Henri II, c'est le conné-table de Montmorency qui occupait la charge.

à Amboise, plus facile à défendre. Dans les jours qui précèdent l'attaque, les enfants de France partagent l'angoisse de leur mère et de leur frère le roi. Le matin du 17 mars 1560, lorsque les conjurés donnent l'assaut à l'une des portes de la ville, ils partagent l'excitation des défenseurs. La brutalité de la répression, orchestrée par François de Guise, promu lieutenant général du royaume, est à la mesure de l'attentat qui vient d'être commis contre la sacralité de la monarchie, à la mesure aussi de la peur ressentie par la famille royale. Beaucoup de prisonniers sont noyés dans la Loire, certains sont pendus aux merlons du château et les chefs décapités en présence de toute la Cour. Soulagé par la facile victoire que son aîné vient de remporter, le cardinal de Lorraine initie les petits princes aux horreurs de la guerre civile : il les emmène voir les pendus.

Ces événements dramatiques n'empêchent pas les enfants de France de recevoir la formation physique et l'instruction propres aux jeunes nobles de leur âge. En 1553, ils ont reçu un précepteur de choix en la personne de Jacques Amyot. D'humble naissance (son père était boucher à Melun), celui-ci a fait son chemin dans l'Église grâce à ses talents d'helléniste. Ses traductions d'auteurs grecs anciens font encore autorité de nos jours, en particulier celle des *Vies parallèles des hommes illustres* de Plutarque. Publié sous Charles IX, ce livre contribuera, pendant des générations, à la formation intellectuelle et morale des jeunes aristocrates français.

Doué pour les études, Alexandre se montre un bon élève : il aime lire et écrire, écoute patiemment les leçons. Plus tard, dans une lettre à Pontus de Thiard, évêque de Chalon-sur-Saône et poète de la Pléiade, Amyot le comparera à François Iᵉʳ. Il a, en effet, hérité de son grand-père le goût de la culture. Il reste qu'il ne saura jamais le grec et se montrera bien médiocre latiniste, contrairement à sa sœur Margot, beaucoup plus appliquée que lui. Mais il parvient rapidement à s'exprimer d'élégante façon en français. Il apprend aussi la danse, l'équitation et l'escrime que lui enseigne un maître d'armes milanais nommé Pompée et pour laquelle il montre des dons.

Pendant que les enfants de France s'occupent à ces exercices convenables à leur naissance et à leur âge, les événements politiques se précipitent. La reine mère a compris la faute que son fils a commise en donnant toute sa confiance aux seuls Guises. Elle cherche par ailleurs à désarmer l'hostilité des protestants que l'on commence, en cette année 1560 à appeler les *huguenots* (de l'allemand *Eidgenossen* : confédérés) Pour atteindre ce double objectif, elle se rapproche des Châtillon, les neveux de Montmorency, et s'oriente vers une politique de concorde religieuse qui se traduit par les édits d'Amboise (mars 1560) et de Romorantin (mai 1560). La concorde n'est pas la tolérance. Ses adeptes veulent maintenir l'unité religieuse du royaume au moyen de concessions que se feraient mutuellement catholiques et protestants. Alors que les partisans de la tolérance acceptent la diversité des Églises. C'est pourquoi les nouveaux édits, s'ils suspendent la persécution ordonnée par Henri II, s'ils accordent aux calvinistes la liberté de conscience, ne leur concèdent pas celle du culte. Et tandis qu'une réunion des États généraux au mois de décembre doit permettre de trouver une solution aux difficultés financières, la convocation d'un concile national devrait mettre fin à la division religieuse des Français.

Mais ces mesures n'apportent pas l'apaisement souhaité. Elles soulèvent la colère des catholiques qui abominent l'hérésie et les hérétiques dont ils souhaitent ardemment la destruction. Elles n'éteignent pas l'indignation et l'esprit de vengeance qui embrasent l'âme des rescapés de la conjuration d'Amboise. Au cours de l'été, ceux-ci provoquent toute une série de soulèvements en Anjou, Guyenne, Languedoc, Dauphiné, Provence ainsi qu'à Lyon. Le roi François II, malgré son jeune âge, comprend qu'il y va de la dignité royale et du pouvoir absolu. Il se rend compte que, dans une partie de la noblesse française, le respect et la vénération qui entouraient François Ier et Henri II ont bel et bien disparu. Il veut réagir pendant qu'il en est temps encore et, tandis que ses soldats pacifient durement les provinces troublées, il fait arrêter Louis de Condé, considéré comme l'inspirateur et le chef d'une nouvelle conspiration. Il est vraisemblable mais pas absolument certain que le prince rebelle est alors condamné à mort.

Seulement, le 5 décembre 1560, François II meurt dans sa dix-septième année, «d'une encéphalite méningitique consécutive à une otite suppurée[12]». Comme il n'a pas eu d'enfant de son union avec Marie Stuart, c'est son frère Charles-Maximilien qui lui succède sous le nom de Charles IX. Le nouveau roi n'a que dix ans et demi. Une régence s'impose donc. Beaucoup, à commencer par les protestants, pensent qu'elle revient de droit au premier prince du sang, Antoine de Bourbon. Mais Catherine de Médicis la revendique pour elle-même tant elle se défie des ambitions rivales des grands lignages et de leurs chefs. Comme elle l'écrit à sa fille, la reine d'Espagne: «Dieu [...] m'a ôté votre frère que j'ai aimé comme vous savez, et m'a laissé avec trois enfants petits, et en un royaume tout divisé, *n'y ayant un seul à qui je me puisse du tout fier,*

---

[12] Pierre Chevallier, *Henri III, roi shakespearien*, Paris, 1985, p. 35.

qui n'ait quelque passion particulière». Pour parer à ce danger elle
veut exercer personnellement l'autorité suprême. Elle espère ainsi
pouvoir transmettre un jour, à Charles IX majeur, un pouvoir royal
intact et respecté, aussi étendu que celui de feu Henri II. Malgré
l'immense chagrin qui la submerge, elle parvient à ses fins grâce à
sa perspicacité et à son intelligence politique. En février 1561, elle
obtient de rester seule maîtresse des destinées du royaume. À partir
de cette date, on peut dire avec Louis de Gonzague, futur duc de
Nevers : «La reine mère fait tout, elle est proprement la souveraine.»
Elle prend le titre de *gouvernante* de France. Antoine de Bourbon se
contente d'occuper les fonctions de lieutenant général du royaume,
enlevées au duc de Guise, et de commander l'armée, reléguant
Montmorency au second plan. Condé, lui, a été libéré.

L'élévation de Charles IX à la royauté s'accompagne de la promotion de son frère Alexandre, d'autant que ce dernier est le préféré
de sa mère qui l'appelle «mes yeux», «mon petit aigle», «mon tout».
Dès le 8 décembre 1560, il prend le titre de duc d'Orléans et devient
chevalier de l'ordre royal de Saint-Michel, fondé par Louis XI
en 1469. Il est désormais *Monsieur*, frère du roi et son héritier
présomptif. L'été suivant, en dépit de son âge tendre, il sera nommé
capitaine d'une compagnie de trente hommes d'armes[13]. L'ambassadeur de la république de Venise, Giovanni Michiele, dresse de lui
le portrait suivant : «Orléans, que l'on nomme maintenant Édouard,
est âgé de neuf ans, un an de moins que le roi. C'est un enfant d'un
très bon naturel, plus grave et beaucoup plus robuste que le roi à en
juger à la couleur de son teint, il est frais et de la carnation d'une
rose. Il est vrai que le petit prince a la grande disgrâce d'une fistule
entre l'œil droit et le nez et on n'a pas encore trouvé remède propice
à le guérir.»

Sa nouvelle dignité oblige le jeune garçon à tenir un rôle de représentation dans les cérémonies officielles. Le 13 décembre 1560, par
exemple, il préside, à la droite du souverain, la séance d'ouverture
des États généraux d'Orléans qui déçoivent la reine mère en lui
refusant tout secours financier. De la mi-février au 30 avril 1561, il

---

[13] Une compagnie de trente hommes d'armes est une compagnie de *gendarmerie*, c'est-à-dire de cavalerie lourde. Les hommes d'armes ou *gendarmes*
portent l'armure complète, sont armés de la lance et de l'épée et montent
de très robustes chevaux. À leurs côtés combattent des *archers à cheval* plus
légèrement équipés. Dans une compagnie, il y a une fois et demie autant
d'archers que de gendarmes. Une compagnie de trente hommes d'armes
en compte donc quarante-cinq et se compose en tout de soixante-quinze
cavaliers. Il existe aussi des compagnies de cinquante ou de cent hommes
d'armes. Lorsque le capitaine ne peut exercer lui-même son commandement,
le lieutenant le remplace.

séjourne à Fontainebleau où se tient la Cour. Le 14 mai suivant, il est à Reims pour le sacre de Charles IX. À la fin de cette grandiose cérémonie, l'archevêque pose la couronne sur le front du roi. Puis, avec l'aide des douze pairs (nobles de haut lignage remplaçant les titulaires des grands fiefs disparus) qui la soutiennent conjointement, il conduit l'oint du Seigneur à son trône. En ces temps de contestation de la majesté royale par la noblesse réformée, Madame Catherine saisit l'occasion que lui offre le sacre pour exalter le sang des Valois : elle demande au connétable de Montmorency de céder sa place de pair au jeune duc d'Orléans. Malgré son loyalisme, le vieillard incommode et bougon refuse cette nouveauté. La régente décide alors que son fils préféré aura la préséance sur tous les pairs et c'est finalement lui qui, à dix ans, seconde le cardinal de Lorraine avec une aisance et une élégance qui remplissent d'admiration le comte de Hertford, représentant d'Élisabeth d'Angleterre.

Au temps du colloque de Poissy

Devenue régente du royaume avec le pouvoir absolu, Catherine de Médicis, qui a compris que la répression violente ne viendra pas à bout du protestantisme, entreprend de conduire à son terme la politique de concorde religieuse qu'elle a mise en route dès les premiers mois de 1560 avec les édits d'Amboise et de Romorantin. Elle ne manque pas d'appuis. Dans les hautes sphères de l'État comme dans les milieux humanistes, bien des esprits conciliants pensent comme elle. On les désigne sous le vocable de *moyenneurs*. Le plus éminent d'entre eux n'est autre que le nouveau chancelier[14], Michel de L'Hospital nommé en mai 1560. Tous souhaitent ramener les hérétiques au bercail de l'Église par la voie de la douceur et de la discussion. À ce moment, le cardinal de Lorraine lui-même partage ces vues. Le moyen idéal, pour y parvenir, serait de tenir en France un concile national, prévu du vivant de François II, libre de toute ingérence romaine. Un concile distinct du concile général que le pape Pie IV vient de convoquer à Trente pour sa dernière session (novembre 1560). Mieux encore : au lieu d'un concile, on pourrait

---

[14] Au XVIe siècle, le chancelier de France, adjoint du roi pour la justice et l'administration intérieure, est un très grand personnage qui ne cède le pas qu'au souverain et au connétable. Une tradition tenace, propagée par l'enseignement républicain, fait de Michel de L'Hospital le héraut d'une authentique politique de tolérance. En réalité, il est avant tout le principal exécutant de la politique définie par la reine mère, une politique de concorde, non de tolérance.

organiser un colloque où les protestants pourraient exposer leurs thèses. C'est cette solution que retient finalement la régente et le colloque s'ouvre à Poissy, le 9 septembre 1561, dans le réfectoire du couvent des dominicaines. Le duc d'Orléans y assiste aux côtés de Charles IX qui préside, de sa mère, de sa sœur et de son frère Hercule. Il entend par conséquent Théodore de Bèze, porte-parole de Calvin, repousser la doctrine de la présence réelle du Christ dans l'eucharistie en affirmant que, dans le sacrement, le corps du Sauveur «est éloigné du pain et du vin autant que le plus haut ciel est éloigné de la terre». Le vieux cardinal de Tournon, archevêque de Lyon, indigné, apostrophe la régente : «Supporterez-vous que de telles horreurs soient proférées devant le roi et vos enfants, d'un âge si tendre et si innocent?»

Le colloque de Poissy se clôt sur un échec complet dès le 14 octobre. Il a clairement établi que positions catholiques et positions calvinistes sont inconciliables sur les sacrements, l'eucharistie, l'organisation de l'Église. La concorde religieuse souhaitée par la monarchie et les moyenneurs prend les couleurs d'une utopie sans avenir. Les conférences entre théologiens des deux bords, que la reine mère organise jusqu'en février 1562, ne changent rien à cette tragique évidence. Si l'on veut éviter l'affrontement des confessions rivales, il faut s'acheminer vers une forme plus ou moins élaborée de tolérance. Mais comment parvenir à faire accepter cela à la majorité catholique qui aspire de toutes ses forces à la destruction du protestantisme? Et comment concilier cette tolérance avec la sacralité de la Couronne?

Cette époque du colloque de Poissy et de ses prolongements (septembre 1561-février 1562) est à la cour de France, fixée alors à Saint-Germain-en-Laye, un temps d'incertitude et de confusion religieuses. On y célèbre le culte protestant dans le logis des princes et des grands seigneurs qui adhèrent à la nouvelle opinion, chez la princesse de Condé et sa mère, la comtesse de Roye, chez la reine de Navarre Jeanne d'Albret[15], venue avec son fils Henri, prince de Béarn, âgé de huit ans. Dans la chapelle Saint-Louis, la régente fait alterner la messe et le prêche calviniste au point que certains se demandent si la famille royale ne va pas changer de religion. Les catholiques s'en indignent et les protestants s'en réjouissent, à commencer par Théodore de Bèze qui croit la bienveillance de la monarchie acquise définitivement à la Réforme.

Le roi Charles IX, ses frères et sa sœur assistent tous les matins

---

[15] Jeanne d'Albret abjure le catholicisme à la Noël 1561, au château de Pau.

à la messe mais on les laisse dire leurs prières en français et chanter les psaumes comme les huguenots. Ils grandissent dans un climat religieux ambigu. Les critiques acerbes que les *ministres* (ce sont les pasteurs) adressent à l'Église romaine parviennent jusqu'à eux et leur donnent l'idée de jeux impies. Un jour, le jeune roi en personne (il est dans sa douzième année), suivi par Henri de Navarre et quelques autres enfants d'honneur, fait irruption dans la chambre où la reine mère confère avec le cardinal Hippolyte d'Este, légat du pape. Tous sont montés sur des ânes, déguisés en cardinaux, évêques et moines. Un peu plus tard, en novembre 1561, Charles IX, revêtu d'une aube, portant mitre et crosse, déambule dans les couloirs du château, suivi de ses camarades. Au nonce qui proteste contre cette dérision, la régente répond que ce sont là «badinages de petits enfants». Elle a sans doute raison mais ces «badinages» traduisent aussi bien les hésitations de l'heure que le désordre des esprits.

Le duc d'Orléans tient-il sa place dans ce concert de dénigrements ? Il est difficile de le savoir avec certitude car les témoignages parvenus jusqu'à nous se contredisent. À l'avènement de son frère, il a reçu un nouveau gouverneur, le seigneur de Kernevenoy, dont le nom breton est devenu Carnavalet à la Cour. Ce personnage fort estimable dirige l'école des Tournelles, manège où l'on dresse les chevaux du roi et où l'on forme les jeunes gens de la haute noblesse à l'équitation, aux belles manières et à la culture. Le poète Ronsard le compare au centaure Chiron, responsable de l'éducation d'Achille dans l'*Iliade*. Les catholiques intransigeants, l'ambassadeur d'Espagne en tête, l'accusent à tort d'être un huguenot déguisé et d'initier son élève à l'hérésie. Il faut dire qu'Alexandre fait parfois tout ce qu'il faut pour qu'on le prenne pour un protestant. L'ambassadeur vénitien Marc-Antoine Barbaro rapporte qu'un gentilhomme italien l'a vu faire des grimaces insultantes devant des statues de saint Pierre et de saint Paul, allant jusqu'à leur mordre le nez. Dans ses *Mémoires*, Marguerite de Valois raconte qu'il s'emparait de son livre d'heures pour le jeter au feu et le remplacer par quelque recueil de psaumes ou de prières calvinistes. En janvier 1562, il accueille de façon provocante, sans doute pour la faire enrager, la femme de l'ambassadeur espagnol en lui disant : «Je suis le petit huguenot mais je le serai grand.» À un autre moment, il aurait demandé pourquoi on ne lui donnait pas un précepteur luthérien. Et la meilleure amie de la reine, Madame de Crussol, future duchesse d'Uzès, elle-même protestante, a prétendu qu'il avait réellement été huguenot, non seulement à l'époque du colloque de Poissy, mais pendant cinq années.

À l'inverse, le représentant de Philippe II à la Cour, le Comtois

Thomas Perrenot de Chantonnay, pourtant prompt à voir partout des hérétiques, lui décerne un brevet de catholicisme militant: «Personne, écrit-il à son maître en octobre 1561, ne parle contre la nouvelle religion avec autant de liberté que le duc d'Orléans. Il ne peut ni supporter ni voir personne qui suive ces nouveautés.» Un peu plus tard pourtant, en février 1563, le même ambassadeur émettra quelques doutes sur son orthodoxie, l'accusant d'appeler *Jean Le Blanc* l'hostie consacrée, à la façon des réformés. De son côté, le Vénitien Suriano précise qu'Alexandre manifeste beaucoup de froideur à son cousin Henri de Navarre et préfère à sa compagnie celle du fils du duc de Guise, Henri prince de Joinville.

De cet ensemble d'anecdotes, dont les unes relèvent de la gaminerie ou de la provocation, dont les autres restent trop imprécises pour faire preuve, on ne peut rien conclure de certain sur les convictions religieuses du duc d'Orléans vers l'âge de dix ans. Ce qui est sûr, en revanche, c'est que Philippe II saisit le prétexte de l'instruction chrétienne des enfants de France pour intervenir, directement ou indirectement, dans les affaires intérieures du royaume. Il redoute la conversion de la famille royale au calvinisme, multiplie les mises en garde, les admonestations, voire les menaces auxquelles Catherine de Médicis, humiliée par l'attitude de son gendre mais consciente de la faiblesse de sa position, répond du mieux qu'elle peut. Elle affirme hautement sa foi catholique tout en invoquant les intérêts supérieurs de ses sujets pour justifier son évolution vers la tolérance.

C'est dans ces temps d'incertitude que se déroule un épisode rocambolesque, mal connu, de la vie de cour vers l'époque du colloque de Poissy: le projet d'enlèvement du duc d'Orléans par les Guises. La signification en apparaît d'autant moins claire qu'il n'a pas été mené à bonne fin. A-t-on voulu préserver Alexandre de la contagion hérétique et disposer, avec lui, d'un candidat catholique au trône pour le cas où Charles IX et sa mère deviendraient protestants? A-t-on voulu seulement disposer d'un otage au cas prévisible où, malgré les efforts de la régente, un affrontement armé opposerait bientôt les catholiques aux huguenots? On ne sait mais il est tentant de rapprocher cette sombre affaire de la fondation, au début d'avril 1561, de ce qu'on a appelé le *triumvirat*. En effet cette association du duc de Guise, du connétable de Montmorency et du maréchal de Saint-André se donnait pour objectif majeur de maintenir la foi catholique et n'assurait le roi de son obéissance qu'à la condition qu'il demeure attaché à la religion traditionnelle. Six mois avant les événements qui vont être relatés, les chefs catholiques les plus déterminés commençaient déjà à faire passer le zèle religieux avant la fidélité politique et portaient ainsi atteinte, à leur tour, à la vénération due à la personne sacrée du monarque.

Au mois d'octobre suivant, l'épouse de François de Guise, Anne d'Este, se livre à une démarche insolite : elle suggère à Catherine de Médicis de disperser ses enfants. Alexandre pourrait aller en Lorraine, chez sa sœur, et Hercule en Savoie, chez sa tante. Cette proposition inattendue fait dresser l'oreille à la reine qui apprend bientôt d'étranges nouvelles grâce aux confidences des domestiques. Le 11 du même mois, le duc de Nemours Jacques de Savoie, colonel général de la cavalerie légère, cousin de François Ier mais fort lié aux Guises, a proposé à Monsieur de l'emmener clandestinement en Lorraine pour le soustraire aux manigances des Bourbons, en lui recommandant le secret. Le lendemain, le fils de François de Guise, Henri de Joinville, qui est aussi le camarade de jeu habituel d'Alexandre, est revenu à la charge. Sans doute chapitré par son père, il a fait miroiter aux yeux du petit prince toutes les séductions d'une évasion nocturne : sortir du château de Saint-Germain par une fenêtre donnant sur la porte du parc et monter dans un coche à destination de la Lorraine. Une autre fois, Joinville a cherché à le tenter par la perspective d'une vie plus agréable d'où seraient bannies les leçons des précepteurs et où le temps se passerait dans les plaisirs.

On comprend l'émoi de la régente : on a projeté de lui enlever son fils préféré et celui-ci s'est prêté complaisamment à la machination. Son inquiétude croît d'autant plus que, le 17 octobre, l'ambassadeur Chantonnay, au nom de Philippe II, lui conseille à son tour de disperser ses enfants. Sa réaction révèle à la fois son habileté manœuvrière et la faiblesse dans laquelle est tombé le pouvoir royal, agrippé à sa politique de conciliation et menacé par les factions. Elle prend d'abord toutes les précautions d'usage en pareil cas, ordonne de doubler les gardes, de surveiller avec soin les entrées du château, de placer des sentinelles supplémentaires autour des chambres de Charles IX et de ses frères, de murer la fenêtre par où Monsieur devait fuir. Mais elle se garde bien de mettre directement les Guises en cause car ceux-ci, en raison de leurs innombrables clientèles et de leur place à la tête des catholiques intransigeants, disposent d'une puissance colossale. C'est seulement après leur départ de la Cour pour leur château de Nanteuil-le-Haudoin qu'elle les informe du complot. Le duc François nie toute participation au projet d'enlèvement, affirmant hautement que les accusations portées contre lui ne sont que des calomnies dont l'origine protestante ne fait aucun doute. Nemours de son côté, réfugié en Savoie pour échapper à une arrestation, refuse d'admettre sa culpabilité. Enfin, le 29 octobre, elle fait comparaître le duc d'Orléans devant Charles IX et le Conseil. Sommé de dire la vérité, le jeune garçon raconte toute l'histoire sans parler des Guises. Et lorsque sa mère lui demande pourquoi il a voulu s'enfuir, il répond publiquement : « S'il vous plaît, Madame, je n'y ai jamais songé. » Ainsi, la reine accrédite l'idée que son fils, loin de se laisser abuser par les promesses de Nemours, a au contraire berné le tentateur. L'honneur des Valois est sauf et Monsieur vient d'apprendre, à dix ans, l'art difficile du mensonge politique. L'affaire, toujours obscure à nos yeux, n'entraînera pas de poursuites judiciaires puisque tout s'est limité à des paroles. Mais le gouverneur de Charles IX, Philibert de Marcilly, seigneur de Cipierre, créature des Guises, est remplacé par Charles de Bourbon, prince de La Roche-sur-Yon[16]. Amyot, promu grand aumônier, reste le précepteur du roi mais Jean-Paul de Selve, ancien ambassadeur à Rome et futur évêque de Saint-Flour, le remplace auprès de Monsieur. Bien que mal vu des catholiques, Carnavalet reste le gouverneur de ce dernier.

★

Le 19 octobre 1561, le duc François de Guise, refusant de cautionner plus longtemps par sa présence la politique religieuse de Catherine de Médicis, qui vient d'autoriser ses sujets à prier librement dans leur logis, quitte la Cour en faisant étalage de la puissance de sa maison : sept cents cavaliers, ses fidèles, l'accompagnent. Peu de temps après, Montmorency l'imite. Ces nobles seigneurs n'envisagent pas encore de prendre les armes mais leur départ constitue un puissant moyen de pression sur la régente[17]. Celle-ci, réduite à s'appuyer sur les Bourbons, les moyenneurs (une poignée d'esprits ouverts) et les huguenots (en particulier Coligny), ne s'en obstine pas moins dans son rêve pacifique. Comme le colloque de Poissy a prouvé l'impossibilité de réaliser la concorde, elle se tourne vers la tolérance et publie à Saint-Germain, le 17 janvier 1562, un édit connu sous le nom d'édit de Janvier. Pour la première fois, le pouvoir royal, en dépit du serment du sacre, reconnaît l'existence de deux

---

[16] Ce personnage est le frère de Louis de Bourbon, duc de Montpensier. Cousins des Bourbons-Vendôme, ils n'ont pas adhéré comme eux à la Réforme.

[17] Quand un grand seigneur mécontent quitte la Cour, cela veut dire en général qu'il veut défendre son honneur et obtenir justice en prenant les armes. Sous François Ier, roi puissant et obéi, le connétable Charles de Bourbon n'a pas pu ou n'a pas su le faire en 1523. Il est donc passé au service de l'empereur Charles Quint.

confessions : le culte réformé public est autorisé à l'extérieur des villes closes, le culte privé pouvant seul se célébrer à l'intérieur des remparts. L'Église réformée reçoit même une reconnaissance légale puisque les ministres pourront tenir des synodes à condition d'en demander l'autorisation officielle. Bien que la nouvelle loi ne leur permette pas de construire des temples et leur fasse obligation de restituer à l'Église romaine les innombrables lieux de culte qu'ils lui ont pris, les huguenots sont plutôt satisfaits. Mais l'édit de Janvier provoque une sainte fureur chez les catholiques qui voient dans les hérétiques l'un des signes annonciateurs de la fin des temps. Les prédicateurs tonnent en chaire, en particulier à Paris, ville restée majoritairement et viscéralement attachée à la religion traditionnelle. Faisant fi de la sacralité monarchique, Simon Vigor, curé de Saint-Paul, va jusqu'à comparer la reine mère à Jézabel qui introduisit en Israël le culte des dieux du paganisme. Le minime Jean de Hans n'hésite pas à dénoncer les lois impies qui favorisent les hérétiques. Les autorités locales refusent souvent d'appliquer la loi et, ici ou là, on voit les catholiques s'armer contre les huguenots. À la fin du mois, Antoine de Bourbon, considéré jusque-là comme calviniste en dépit de ses hésitations, regagne le bercail de l'Église, peut-être parce que Philippe II lui a fait miroiter la perspective d'un royaume en Sardaigne à la place de la Navarre perdue. Il s'oppose au nouvel édit, oblige les Châtillon à quitter la Cour. Son poids dans l'État est considérable puisqu'il exerce le commandement suprême des troupes et Catherine de Médicis ne peut rien faire sans son appui. Le duc de Guise peut revenir à la Cour dans l'intention de faire abolir l'édit de Janvier. Mais pour le roi Charles IX, sa mère, ses frères et ses sœurs, l'année 1562 s'ouvre sous de bien fâcheux auspices.

CHAPITRE II

À L'ÉCOLE DE LA REINE MÈRE

Pour Alexandre de France, qui prend en mars 1565 le prénom de Henri, les cinq années qui vont du massacre de Wassy (mars 1562) au début de la seconde guerre civile (septembre 1567) sont des années de formation pratique au contact des dures réalités du temps et à l'école de Catherine de Médicis. Encore enfant, il voit sa mère et son frère le roi, majeur en août 1563, tenter d'imposer désespérément la paix religieuse et civile aux confessions qui se haïssent, aux lignages qui se déchirent. Il s'initie ensuite à la politique itinérante et à la connaissance du royaume en participant au tour de France royal des années 1564 à 1566, tout en poursuivant, vaille que vaille, sa formation intellectuelle. Adolescent, il s'occupe pour la première fois des affaires intérieures en présidant, à Moulins, un conseil élargi qui met au point une grande ordonnance de réformes. À quinze ans, il est devenu un prince si accompli que sa mère lui cherche une épouse et un royaume.

La crise des années 1562-1563

En mars 1562, Alexandre de Valois, duc d'Orléans, a dix ans et demi. La première des huit guerres de Religion l'entraîne dans ses violences. Le premier jour de ce mois, un dimanche, le duc François de Guise met le feu aux poudres par le massacre de Wassy. Ayant quitté de bon matin son château de Joinville pour regagner la Cour, il entre dans cette petite ville close pour y entendre la messe. Sa femme, Anne d'Este, enceinte, son frère le cardinal de Guise[1]

---

[1] À cette date, son autre frère, le cardinal de Lorraine, réside dans son diocèse de Reims. Il en partira le 23 novembre suivant pour se rendre au concile de Trente.

l'accompagnent. Une imposante escorte le protège. Sa suite se prend
de querelle avec les huguenots du lieu et des environs qui célèbrent
le culte réformé dans une grange, à l'intérieur des remparts, donc en
contravention avec l'édit de Janvier. Des quolibets et des insultes, on
passe vite aux jets de pierres et à l'affrontement armé. Au cours de
la bagarre, les soldats tuent entre vingt-cinq et cinquante personnes
et en blessent près de cent cinquante. Il y a tout lieu de penser qu'il
n'y a pas eu préméditation et que la tuerie, selon la formule de
François de Guise lui-même, est un «accident» traduisant le haut
degré d'exaspération des esprits après l'édit de Janvier. Pourtant,
le duc en assume tranquillement la responsabilité. Car, pour lui,
les protestants ne sont que des suppôts de Satan qu'il convient de
mettre hors d'état de nuire et des rebelles qu'il faut châtier.

La nouvelle de l'événement se répand comme une traînée de
poudre. Les catholiques militants s'en félicitent, tant l'édit de Janvier
les a ulcérés. Pour bien comprendre leur réaction, il faut savoir
qu'ils vivent depuis des années dans l'angoisse de la prochaine fin
des temps. De nombreux signes de Dieu l'annoncent (les comètes,
les monstres qui naissent ici ou là, les destructions de récoltes, les
épidémies, les guerres et, par-dessus tout, la multiplication des
hérétiques). Des orateurs inspirés ne cessent de prédire l'imminence du Jugement dernier: François Le Picart, mort en 1556, le
jacobin Pierre Dyvolé, le minime Jean de Hans. Pour s'y préparer,
pour affronter la colère de Dieu, ils aspirent à purifier la terre, par la
violence, de la souillure protestante. Ils ne mériteront, pensent-ils,
le salut éternel qu'à la condition de massacrer ceux qu'ils appellent
avec mépris les *mal sentants de la foi* et dont la présence ici-bas est
une insulte à la majesté divine.

On comprend que ces catholiques n'aient pas du tout accepté
les libertés nouvelles accordées par Catherine de Médicis aux calvinistes. Or voici qu'un des plus grands personnages du royaume,
un duc et pair, auréolé par ses victoires, leur montre l'exemple de
ce qu'il convient de faire et les délivre de ce que l'historien Denis
Crouzet nomme l'«interdit de violence» imposé par la monarchie.
De là l'entrée triomphale faite à Paris, le 16 mars, par François de
Guise que le connétable de Montmorency est venu accueillir, au
milieu de la liesse générale. Les dirigeants protestants présents dans
la capitale, le prince Louis de Condé, la reine de Navarre Jeanne
d'Albret, croient plus prudent de s'éloigner, leur sécurité ne tenant
qu'à un fil dans une ville aussi ardemment catholique.

À ce moment la reine, dont toute la politique vient d'être désavouée
avec éclat, se trouve avec ses enfants au château de Fontainebleau.
Elle peut mesurer la tragique faiblesse du pouvoir royal en période

de minorité et constater que le prestige qui s'attache à la personne du roi, la vénération dont les Français l'entourent ne sauraient bénéficier à une simple régente. Réduite au soutien des seuls moyenneurs que le public assimile à des hérétiques, elle tente de s'assurer l'appui de Condé, auquel elle adresse quatre lettres entre le 16 et le 26 mars, afin de sauver son œuvre de tolérance. Mais Antoine de Bourbon et les triumvirs, craignant de voir le prince mettre la main sur la famille royale, prennent les devants. Le 27 mars, ils arrivent à Fontainebleau. Tout en leur témoignant beaucoup de respect, ils ramènent à Paris le petit roi, sa mère, ses frères et sa sœur. En s'assurant de leurs personnes, ils mettent la légitimité de leur côté. Le 6 avril, Catherine de Médicis et ses enfants font leur entrée dans la capitale. Ils empruntent la rue Saint-Denis pour se rendre au Louvre. Pierre de Paschal, auteur d'un *Journal de ce qui s'est passé en France durant l'année 1562*, nous montre le duc d'Orléans précédant immédiatement dans le cortège son aîné et sa mère. Pour la première fois – ce ne sera pas la dernière – les intérêts supérieurs du catholicisme obligent le pouvoir monarchique à s'incliner devant eux.

Les protestants, eux, considèrent que la régente et ses enfants sont prisonniers des triumvirs et qu'il convient de les libérer. Le 2 avril, Louis de Condé, qui a rassemblé ses partisans, réussit à s'emparer d'Orléans et, le lendemain, de Tours. Son exemple est suivi dans tout le royaume et, très rapidement, une foule de villes tombe aux mains des calvinistes, en Dauphiné, en Languedoc, dans les provinces de l'Ouest et du Sud-Ouest. Les deux cités les plus peuplées du pays après Paris, Lyon et Rouen, sont du nombre. Le 8 avril, Condé justifie sa prise d'armes par une déclaration dont l'argumentation est plus politique que religieuse. Il s'y présente comme «protecteur et défenseur de la Maison et Couronne de France». Il y explique l'obligation dans laquelle il se trouve, en sa qualité de prince du sang, de rétablir le libre exercice de l'autorité royale, confisquée par les triumvirs. D'autant que ceux-ci s'en servent pour faire régner l'arbitraire. En réalité cette autorité, naguère encore redoutable et respectée, est devenue l'enjeu de deux factions antagonistes. Le duc d'Orléans est-il capable de le comprendre en cette année 1562 ?

La très grave crise que la régente doit résoudre et qu'on appelle, en en simplifiant beaucoup les données, la première guerre de Religion, est tout à la fois une révolte des protestants, un soulèvement nobiliaire qui se réclame du *bien public* (la défense des traditions du royaume contre le mauvais gouvernement), une crise de minorité. Elle s'y attaque avec beaucoup d'intelligence et donne à ses enfants une leçon de réalisme politique. D'un côté, elle est bien obligée de tenir compte de la puissance des triumvirs et de se plier à leurs exigences; ils l'entourent d'ailleurs de toute la déférence qui lui est due. De l'autre, elle ne peut admettre que Condé, qu'elle avait appelé à l'aide, bafoue sa régence en s'emparant par les armes de larges portions du territoire. Abandonnant donc pour l'instant la concorde et la tolérance, elle rejoint le camp catholique et se met à sa tête. Elle consacre dès lors toute son énergie à réunir les troupes nécessaires à l'écrasement de la rébellion et l'argent qui les soldera. Mais, avant de laisser parler la poudre, elle tente, selon son habitude, d'épuiser toutes les ressources de la négociation. Alors qu'une vague de violences en tout genre submerge le royaume (massacres, destruction d'images et d'autels, viol de sépultures), elle rencontre Condé le 9 juin, l'ensemble de l'état-major réformé les 29 et 30. En sa qualité de prince du sang ne voulant pas nuire à la dynastie, Condé accepterait de s'exiler jusqu'à la majorité de Charles IX, mais son adjoint Coligny fait repousser cette solution à la crise. Il faut donc en découdre.

Les enfants royaux, eux, ne participent pas à ces tractations. D'avril à juillet, ils vivent à l'abri des épaisses murailles du château de Vincennes sur lequel veille une garnison renforcée de deux cents gentilshommes et de trois cents soldats aux ordres du petit-cousin de Madame Catherine, Philippe Strozzi, fidèle entre les fidèles. En mai, ils font un bref passage au château de Montceaux, près de Meaux, maison de plaisance de la reine. Le 26 juillet, ils vont jusqu'aux abords de Charenton, au confluent de la Marne et de la Seine, pour passer leur première revue militaire : ils défilent à cheval devant le front de cinq mille mercenaires allemands, des fantassins appelés lansquenets, commandés par le prince Philippe de Salm, qui leur présentent les piques[2]. Après quoi, ils peuvent faire un court séjour au château de Madrid dans le bois de Boulogne[3]. Puis ils regagnent Vincennes, n'allant que rarement à Paris où sévit la peste et que les huguenots menacent à l'automne.

L'objectif majeur de la Couronne est la reprise d'Orléans, devenue comme la capitale de la France calviniste. Mais avant d'en envisager le siège, il faut se tourner vers la Normandie car, le 20 septembre 1562, Louis de Condé conclut le traité de Hampton

---

[2]　Au XVIᵉ siècle, l'Allemagne est surpeuplée par rapport à ses ressources. Elle exporte donc des hommes qui s'engagent comme mercenaires dans les armées étrangères. En France, les fantassins sont appelés lansquenets (*Landsknechte*) et les cavaliers, reîtres (*Reiter*).

[3]　Élevé à partir de 1527 au bois de Boulogne, le château dit de Madrid évoquait la captivité de François Iᵉʳ.

Court avec l'Angleterre. Commencée depuis six mois à peine, la guerre civile s'internationalise déjà. Mais l'appui de la Reine Vierge est rien moins que désintéressé : en échange de six mille soldats et de cent mille couronnes, elle se fait livrer Le Havre qu'elle compte échanger à la paix contre Calais perdu en 1558. Il est donc nécessaire de commencer par reprendre Rouen, qui couvre Paris, avant l'arrivée du gros des forces anglaises. Le camp royal est dressé à Pont-de-L'Arche où l'on note, en octobre et novembre, la présence du jeune duc d'Orléans venu s'initier à l'art des sièges. La reconquête de la ville sur les condéens (26 octobre) coûte la vie à Antoine de Bourbon qui meurt le 17 novembre des suites d'un coup d'arquebuse.

La bataille décisive entre les troupes protestantes, qui vont à la rencontre des Anglais et l'armée de Montmorency qui lui barre la route se déroule près de Dreux. Ni le roi ni son frère n'y assistent. Livrée le 19 décembre 1562, elle est la première bataille rangée des guerres de Religion. Elle se termine à l'avantage des royaux grâce à François de Guise qui a pris la précaution de garder des unités fraîches pour l'instant décisif. Le maréchal de Saint-André y est tué, le prince de Condé et le connétable de Montmorency faits prisonniers. Vainqueur, Guise traite Condé vaincu avec la courtoisie et les égards qui sont de mise à la guerre entre grands seigneurs : il l'invite à sa table et lui fait partager son lit. Preuve que les affrontements religieux n'ont pas encore aboli les gestes chevaleresques et le code de l'honneur nobiliaire. Le 22 décembre, Charles IX et Monsieur viennent à Paris pour participer à une grande procession d'action de grâces.

En dépit de leur rébellion, les huguenots de 1562 prétendent demeurer de bons et loyaux sujets du roi. N'ont-ils pas pris les armes pour le délivrer ? Les ministres pourraient presque tous faire leur cette parole de leur collègue montalbanais Martin Tachard : « Quand Dieu nous aurait donné un roi païen et idolâtre, encores nous serions tenus et obligés lui porter honneur et révérence pour raison de l'état auquel Dieu l'aurait ordonné. » Belle définition du droit divin !

Pourtant, quelques protestants s'abandonnent à la tentation de la subversion et certains gestes, comme le viol des sépultures royales, paraissent gros de dangers pour la monarchie. Le 20 février 1562, à Saint-Mézard, village situé en Gascogne, entre Agen et Lectoure, un huguenot nommé Du Verdier, venu avec d'autres détruire les images, répond au gentilhomme qui lui rappelle l'obéissance qu'il doit au roi : « Quel roi ? Nous sommes les rois. Celui-là que vous dites est *un petit reyot de merde* ; nous lui donrons les verges et lui donrons métier pour lui apprendre de gagner sa vie comme les autres.» Blaise de Monluc, lieutenant général au gouvernement de Guyenne, qui rapporte l'incident dans ses *Commentaires*, ajoute : «Ce n'était pas seulement là qu'ils tenaient ce langage car c'était partout[4].» Quant aux viols de sépultures, celle de Louis XI à Cléry, celle de sa fille Jeanne à Bourges, celle des entrailles de François II à Orléans, celle du comte Jean, bisaïeul de Charles IX à Angoulême, celles des Bourbons à Vendôme, ils tendent à désacraliser la personne des rois et des princes défunts et révèlent une tendance plus ou moins confuse au régicide. Ils doivent être mis en rapport avec une tentative mal connue d'assassinat, perpétrée en août ou septembre 1558 sur la personne de Henri II. Bien que ces tendances restent marginales, elles n'en constituent pas moins une menace suspendue sur la tête de Charles IX.

Il reste cependant à terminer la guerre civile par la reprise d'Orléans. Les défenseurs de la place n'ont aucune chance devant François de Guise qui, quelques mois auparavant, s'est emparé de Calais et de Thionville, forteresses autrement redoutables. Mais, à la veille de l'assaut, le duc est assassiné d'un coup de pistolet par un gentilhomme calviniste, Jean Poltrot de Méré (24 février 1563). Ce meurtre est le premier d'une longue série d'assassinats politiques qui rythment l'histoire des conflits religieux : Montmorency en 1567, Condé en 1569, Coligny en 1572, Henri de Guise en 1588, Henri III en 1589, Henri IV en 1610. Désormais, les gestes chevaleresques ne seront plus de mise. Lorsqu'ils l'apprennent, les huguenots exultent. Dans leur imaginaire biblique, ils comparent Poltrot à Judith qui a occis le tyran Holopherne. Accusé d'avoir inspiré le geste du tueur, Coligny proteste hautement de son innocence mais se félicite de ce qui vient de se passer : la mort de son adversaire est, selon lui, le plus grand bienfait qui pouvait arriver à sa maison comme au royaume. Il n'en faut pas plus pour que ceux de Guise le considèrent comme coupable et entreprennent contre lui une vendetta qui ne se terminera qu'à la Saint-Barthélemy.

Catherine de Médicis, de son côté, saisit avec empressement l'occasion qui se présente à elle. Débarrassée du triumvirat par la guerre civile, elle peut reprendre sa liberté d'action. Elle négocie par l'intermédiaire de Condé et de Montmorency prisonniers et signe, le 19 mars 1563, l'édit de pacification d'Amboise qui clôt les hostilités. Vaincus en rase campagne, sauvés *in extremis* de

---

4   Blaise de Monluc, *Commentaires*, Bibl. de la Pléiade, Paris, 1964, p. 484.

l'anéantissement par Poltrot de Méré, les huguenots ne peuvent se montrer trop exigeants et le nouvel édit reste en deçà de l'édit de Janvier. La liberté de conscience leur est reconnue mais celle de culte reste limitée aux faubourgs d'une seule ville par bailliage ou sénéchaussée[5], aux villes où on le célébrait jusqu'au 7 mars 1563 et aux maisons des seigneurs hauts-justiciers[6]. Le mouvement calviniste prend ainsi un visage aristocratique qui lui sera ultérieurement reproché. Bien entendu, le culte réformé reste interdit à Paris et dans le ressort de sa prévôté et vicomté[7].

Au moment de la signature de l'édit, une lettre de l'ambassadeur espagnol Perrenot de Chantonnay (20 mars 1563) nous apprend que le duc d'Orléans est malade d'un *catarrhe*. Une suppuration s'étant produite près de la narine gauche, les médecins ont ouvert un abcès de fixation permanent au bras droit pour permettre un écoulement plus discret des *humeurs*. Différents témoignages font état de cette *fontaine* qui se remarque quand Monsieur se signe. Cette manifestation tuberculeuse disparaîtra à l'adolescence.

Une fois la paix intérieure rétablie, catholiques et protestants s'en vont de concert reprendre Le Havre aux Anglais sous le commandement de Montmorency (30 juillet). Le roi, sa mère et le duc d'Orléans arrivent au camp alors que les envahisseurs viennent de mettre à la voile et de s'éloigner.

Aux yeux de la reine mère, l'édit d'Amboise n'est qu'une mesure temporaire, destinée à permettre le retour ultérieur à l'unité religieuse au moyen d'un accord entre les confessions. Obstinée comme elle est, elle n'a pas renoncé à son rêve de concorde mis à mal à Poissy par Théodore de Bèze et souhaite réconcilier les Français avec eux-mêmes, selon le vœu exprimé par Ronsard dans son *Discours des misères de ce temps*, *à la reine mère du roi* :

> *Mais vous, Reine très sage, en voyant ce discord*
> *Pouvez, en commandant, les mettre tous d'accord [...]*
> *Ô Dieu qui de là-haut nous envoyas ton Fils,*
> *Et la paix éternelle avecques nous tu fis,*

---

[5] Les bailliages et les sénéchaussées sont les circonscriptions territoriales de base de l'ancienne monarchie. Les premiers se rencontrent dans la moitié nord du royaume, les secondes dans la moitié sud, mais il y a bien des exceptions.

[6] Le tribunal d'un seigneur haut-justicier peut juger les crimes commis sur le territoire de la seigneurie et prononcer des sentences capitales. Toutefois, celles-ci ne sont exécutoires qu'après confirmation par la justice royale.

[7] La prévôté et vicomté de Paris est tout simplement l'équivalent d'un bailliage ou d'une sénéchaussée.

Donne (je te suppli') que cette Reine mère
Puisse de ces deux camps apaiser la colère.
Donne-moi derechef que son sceptre puissant
Soit maugré le discord en armes fleurissant[8].

À lui seul d'ailleurs, l'édit d'Amboise n'est pas suffisant pour mettre un point final à la crise. Car les signes inquiétants persistent. Non seulement la nouvelle loi se révèle difficile à appliquer, mais à Lyon paraissent coup sur coup deux opuscules audacieux, négateurs de la monarchie absolue. En 1563, c'est *La défense civile et militaire des innocents et de l'Église de Christ*, attribuée à l'avocat Charles Du Moulin. En 1564, ce sera la *Sentence redoutable et arrest rigoureux du Jugement de Dieu à l'encontre de l'impiété des tyrans*. Tous deux expliquent qu'il est loisible à des personnes privées de prendre les armes contre un tyran et qu'on a le droit de désobéir à un souverain impie.

Il faut donc d'urgence restaurer le prestige entamé de la royauté. Un bon moyen consiste à proclamer le plus vite possible la majorité de Charles IX. Beaucoup de Français, en effet, à commencer par Ronsard, pensent que catholiques et protestants se montreraient plus respectueux d'un pouvoir détenu par un roi majeur, une simple régente ne pouvant pas jouir de la même puissance qu'un monarque adulte, seul habilité à recevoir les secours d'En-haut nécessaires à l'exercice de sa mission. Une ordonnance promulguée par Charles V en août 1374 fait autorité en la matière. Mais elle se contente de dire qu'un souverain est mineur jusqu'à ce qu'il ait atteint sa quatorzième année. Le 27 juin 1563, le jeune roi fête son treizième anniversaire. Peut-on le considérer comme majeur ou faut-il attendre le 27 juin 1564 ? Vu l'urgence, Catherine de Médicis et le chancelier de L'Hospital imposent l'idée qu'un roi de France est majeur à treize ans révolus car « ceux qui ont vu les livres savent que les lois veulent qu'en honneurs l'an commencé est réputé pour entier et accompli ».

En vertu de ce principe, Charles IX se proclame majeur devant le parlement de Normandie à Rouen, le 17 août 1563, à treize ans, un mois et vingt et un jours. À l'issue de la cérémonie, le duc d'Orléans et les princes du sang viennent lui baiser la main en signe d'allégeance. C'est parce que le parlement de Paris, très catholique, a mis beaucoup de mauvaise volonté à enregistrer l'édit d'Amboise qu'il est mis à l'écart au profit d'un parlement provincial. La préémi-

---

[8]   *Les œuvres de Pierre de Ronsard. Texte de 1587*, par Isidore Silver, tome VII, Chicago-Paris, 1970, p. 241.

nence qu'il revendique sur les autres parlements est, du même coup, niée. Par cette décision autoritaire, le roi signifie que, malgré la crise récente, il entend être obéi sans discussion comme son père et son grand-père.

Par l'édit d'Amboise et la proclamation de la majorité de son fils, la reine mère pense avoir résolu au mieux la crise politico-religieuse des années 1562 et 1563. Elle ne peut imaginer qu'une seconde guerre civile va bientôt relayer la première. Pour consolider son œuvre, elle a décidé, le 15 mai 1563, une vente massive de biens d'Église destinée à renflouer les caisses de l'État mises à mal par les dépenses militaires. On va en brader pour cinq millions de livres. Henri III, à son tour, utilisera à différentes reprises cet expédient financier.

La restauration de l'autorité royale

En se proclamant majeur, Charles IX a dit publiquement à sa mère «qu'elle gouvernera et commandera autant ou plus que jamais». Et de fait, pendant les quatre années qui séparent les deux premières guerres de Religion, elle dirige le royaume en maîtresse absolue bien qu'elle ne soit plus régente mais la *reine mère du roi*. Il suffit à ses enfants, qui deviennent des adolescents, de la regarder agir pour apprendre ce que Louis XIV appellera le métier de roi. Elle dicte d'ailleurs à leur intention, sans doute en septembre 1563, une série de conseils sur l'art de gouverner.

Elle leur donne d'abord l'exemple de l'assiduité au travail, d'une activité sans cesse en mouvement. Elle est la première à prendre connaissance des dépêches que lui apportent les secrétaires d'État. Elle tient conseil tous les matins. Aucune missive ne peut être signée par Charles IX si elle ne l'a pas préalablement examinée et acceptée. Elle ne cesse d'expédier des lettres et des messagers qui font connaître sa volonté à tous ceux qui relaient son autorité dans les provinces, principalement aux gouverneurs et aux parlements.

Elle leur donne ensuite l'exemple d'une persévérance obstinée dans la poursuite de ses desseins et d'un optimisme à toute épreuve. Elle se consacre totalement à la restauration du pouvoir royal ébranlé par les troubles de 1562 et 1563, bien secondée dans cette tâche par le chancelier de L'Hospital. Elle s'acharne surtout, parce que c'est la condition de tout le reste, à imposer à tous le respect de son édit de pacification, à faire vivre en bonne harmonie catholiques et protestants, en particulier à la Cour.

Elle bénéficie d'un atout de taille: les chefs de clan sont pour l'instant trop jeunes pour représenter un danger. Le tout jeune roi Henri de Navarre, fils d'Antoine de Bourbon et protestant, le duc Henri de Guise, fils aîné de feu François, sont âgés respectivement, en 1563, de dix et treize ans. Ils partagent les jeux et les études des enfants royaux. Le prince Louis de Condé lui-même a cessé d'être redoutable : il encourt l'indignation de Calvin et des pasteurs en trompant Éléonore de Roye, sa vertueuse épouse qui se meurt, avec la veuve du maréchal de Saint-André et la belle Isabelle de Limeuil, l'une des filles d'honneur de la reine. Tout à ses amours, il paraît avoir abdiqué ses ambitions politiques et on le voit même entretenir de bons rapports avec les Guises.

Après avoir séjourné à Rouen jusqu'au 19 août 1563 puis inspecté une partie de la Normandie et de l'Île-de-France, la famille royale réintègre le Louvre le 8 octobre. Elle y reste trois mois et demi pendant lesquels la vie de cour bat son plein car Madame Catherine multiplie les fêtes pour mieux réconcilier les adversaires d'hier. Dans sa treizième année, le duc d'Orléans se plonge donc dans les délices de cette existence dorée dont il cherchera à faire revivre la splendeur quand il sera devenu le roi Henri III.

Pour l'heure, il est un jeune garçon tout à fait charmant, au teint pâle, à la santé délicate mais plus vivant, plus gai, plus espiègle que son frère le roi. Il est un moment malade, d'une affection apparemment sans gravité, peut-être une rougeole. Il continue de s'exercer à l'équitation, aux armes, à la danse, à la paume, cet ancêtre du tennis. Il poursuit sa formation intellectuelle mais sans travailler beaucoup. Jusqu'au début de 1564, il fréquente le collège de Navarre, aux côtés de Henri de Béarn et de Henri de Guise. Il aime lire et discuter les opinions d'autrui, s'exprime avec facilité en français et commence à entendre l'italien mais il reste un piètre latiniste, contrairement à sa jeune sœur Margot. S'il est moins instruit que celle-ci, il l'est beaucoup plus que Charles IX qui chasse et qui forge plus qu'il n'étudie. La fréquentation quotidienne des courtisans, le commerce des poètes comme Ronsard, celui des artistes au service de la Couronne contribuent, plus que les leçons des précepteurs, à polir l'esprit et la personnalité de Monsieur, en qui le duc d'Albe verra, en 1565, un prince accompli. Parmi ceux dont il a subi l'ascendant, il faut citer le cardinal de Lorraine qui lui a donné des leçons de religion en 1562 et dont il a pu admirer la prodigieuse culture. C'est pourquoi il s'efforce d'en imiter la belle écriture et jusqu'aux tics. Il finit par savoir beaucoup de choses sans avoir beaucoup appris.

Le 24 janvier 1564, la Cour quitte le Louvre. Après un bref passage au château de Saint-Maur, elle parvient le 31 à Fontainebleau. Elle y reste quarante et un jours consacrés à la préparation d'un grand voyage à travers le royaume que la reine mère médite depuis quelque temps. Pendant les jours gras, les fêtes succèdent aux fêtes. Il s'agit de réjouissances à finalité politique, rassemblant catholiques et huguenots dans une perspective de réconciliation. Catherine de Médicis professe d'ailleurs que, pour tenir les Français (c'est-à-dire les nobles) en repos et les plier à l'obéissance, il faut les occuper à des divertissements, festins, comédies, exercices chevaleresques. Sur ce point aussi, Henri III retiendra la leçon.

Le dimanche 12 février, par exemple, les courtisans, après avoir banqueté, assistent à une comédie dans la salle de bal de Henri II. Le lendemain, le repas a lieu dans l'appartement du duc d'Orléans qui dispose maintenant de sa propre maison. Il est suivi par le combat fictif de deux équipes de six chevaliers chacune; l'une est commandée par Albert de Gondi, le fils aîné de Madame Du Perron, l'autre est aux ordres du rhingrave Philippe de Salm, colonel des mercenaires allemands. Le mardi gras, un prodigieux spectacle précède le festin. Six troupes d'hommes d'armes attaquent un château enchanté où de jeunes captives, gardées par des diables, un géant et un nain, attendent leurs libérateurs. Au son de la clochette d'un ermite, les défenseurs du château, qui ont à leur tête le prince de Condé, affrontent les assaillants. C'est le duc d'Orléans qui triomphe du géant et le roi lui-même qui délivre les demoiselles[9]. Un autre jour, douze Grecs (des catholiques) et douze Troyens (des protestants) se mesurent pour faire triompher leur point de vue sur la beauté d'une dame.

On donne aussi la tragédie de *La Belle Genièvre*, traduite de L'Arioste. Mais le clou de ces festivités est sans conteste la pastorale écrite par Ronsard et dont les enfants de France et leurs camarades princiers sont les principaux interprètes. Pour la première fois de son existence, Alexandre, sous le nom d'*Orléantin*, donne la réplique en public à sa sœur *Margot*, à son frère Hercule devenu *Angelot*, à son cousin Henri de Bourbon rebaptisé *Navarrin*, au jeune duc de Guise appelé *Guisin*. Tous révèrent la bergère *Catherine* (la reine mère) et le grand pasteur *Carlin* (Charles IX) qui contemplent le spectacle sans y participer. Après avoir entendu le prologue et le chœur des bergères, les assistants peuvent écouter Orléantin déclamer les premiers vers:

---

[9] Deux remarques s'imposent ici: malgré l'entente retrouvée, la fête diabolise le prince de Condé; il est réservé aux seuls Valois d'accomplir les exploits les plus difficiles.

Puisque le lieu, le temps, la saison et l'envie
Qui s'échauffent d'amour à chanter nous convient,
Chantons donques, bergers, et en mille façons
À ces grandes forêts apprenons nos chansons.
Ici diversement s'émaille la prairie,
Ici la tendre vigne aux ormeaux se marie,
Ici l'ombrage frais va ses feuilles mouvant,
Errantes çà et là sous l'haleine du vent.
Ici de pré en pré les soigneuses avettes [abeilles]
Vont baisant et suçant les odeurs des fleurettes,
Ici le gazouillis enroué des ruisseaux
S'accorde doucement aux plaintes des oiseaux[10].

Bel exercice d'initiation poétique pour un enfant de douze ans !

Le lundi 13 mars 1564, la Cour abandonne Fontainebleau pour entreprendre ce qu'on a appelé le *tour*, la *virevolte* du royaume. À cette époque, le roi de France n'habite pas en permanence sa capitale ; il ne cesse de visiter ses nombreuses résidences d'Île-de-France et du Val de Loire. Des raisons politiques, familiales ou cynégétiques expliquent ces déplacements continuels. Il est donc habituel que la Cour voyage. Ce qui est insolite en 1564, c'est la longueur (quatre à cinq mille kilomètres) et la durée (plus de deux ans) de la pérégrination. Celle-ci répond à deux objectifs : faire appliquer convenablement l'édit d'Amboise, restaurer l'autorité royale ébranlée par la première guerre de Religion. Pour les atteindre, Catherine de Médicis veut d'abord montrer aux Français leur roi majeur, de façon à resserrer les liens de fidélité qui les unissent à lui et à le libérer de l'emprise des factions. Elle veut ensuite faire arbitrer par son fils toutes les difficultés, très nombreuses, qui subsistent entre catholiques et protestants. Elle veut enfin entendre les doléances des sujets, remédier aux abus, montrer aux provinces périphériques qu'elles dépendent étroitement du pouvoir central. De cette façon, la dynastie des Valois retrouvera son prestige d'autrefois et l'État monarchique son efficacité. Par ailleurs, pour le jeune roi et son frère le duc d'Orléans, on ne peut rêver plus merveilleuse initiation aux réalités françaises, à la diversité des provinces, on ne peut imaginer meilleur couronnement à leur formation intellectuelle et politique.

Le cortège qui s'ébranle en direction de la Brie et de la Champagne

---

[10] *Les œuvres de Pierre de Ronsard. Texte de 1587*, par Isidore Silver, tome V, Chicago-Paris, 1968, p. 16-17.

est d'une ampleur exceptionnelle : dix à quinze mille personnes, autant de chevaux et de mulets, d'innombrables chariots transportant les bagages, les meubles, les tapisseries. Il y a là, non seulement la Maison du roi, celle de la reine mère et celle de Monsieur, mais aussi celle du connétable, la chancellerie au grand complet (car Charles IX doit pouvoir gouverner en voyage), la suite imposante de nombreux grands seigneurs, la suite plus modeste des ambassadeurs. La caravane se gonfle et se dégonfle au gré des arrivées et des départs. Tout le monde ne se déplace pas en même temps et il arrive par exemple au duc d'Orléans de précéder ou de suivre d'un jour son frère. L'hébergement et le ravitaillement de tout ce monde aux étapes est source de difficultés parfois insurmontables, d'autant que les troubles récents ont conduit à renforcer considérablement l'escorte militaire, aux ordres de Philippe Strozzi.

L'itinéraire suivi délaisse les régions proches de la Manche et de la frontière du nord (Rouen et la Haute-Normandie ont reçu le roi l'année précédente). En revanche, il parcourt longuement le Midi, très éloigné de Paris et très affecté par la dernière guerre civile. Il emprunte les grands axes de circulation, habituellement suivis par les marchands et par les troupes (le couloir de la Saône et du Rhône, les vallées de la Garonne et de la Loire). Mais il s'en écarte lorsqu'il convient de faire reluire l'autorité, par exemple en sillonnant les contrées à majorité protestante.

À la sortie de Fontainebleau, le train royal se dirige d'abord par Sens, Troyes et Châlons-sur-Marne, vers Bar-le-Duc où la reine mère retrouve sa fille Claude et son gendre Charles III qui baptisent leur premier né, le futur duc de Lorraine Henri II. De là, par Chaumont, Langres et Dijon, il gagne Châlon-sur-Saône où il s'embarque pour Lyon. Le séjour lyonnais (9 juin-9 juillet 1564) est écourté par la peste qui contraint la famille royale à se réfugier au château de Roussillon, chez le cardinal de Tournon. On en part le 15 août pour se rendre, par petites étapes, en Avignon où Leurs Majestés jouissent de l'hospitalité du pape jusqu'à la mi-octobre. On s'attarde ensuite en Provence avant de franchir le Rhône à Tarascon le 7 décembre. Puis c'est la visite successive de toutes les grandes villes du Languedoc. Après une longue étape à Toulouse (31 janvier-19 mars 1565), le cortège descend la Garonne jusqu'à Bordeaux d'où l'on repart le 3 mai pour Bayonne. Le 14 juin, à la frontière franco-espagnole, sur la Bidassoa, la reine et le roi accueillent leur fille et sœur Élisabeth, épouse de Philippe II d'Espagne, que le duc d'Albe accompagne. Jusqu'au 2 juillet, les entretiens politiques alternent avec de somptueuses réjouissances. Après quoi, la Cour reprend la route du nord, s'arrête un moment à Nérac chez Jeanne d'Albret, franchit la Garonne à Tonneins, prend par le Périgord et va affirmer son autorité sur les villes huguenotes du pays charentais. Le 14 septembre, elle est à La Rochelle. Il lui reste encore à saluer les grands seigneurs poitevins et à faire un crochet breton par Nantes et Châteaubriant avant de retrouver l'Anjou et la Touraine. Le 14 décembre, elle quitte Blois pour aller à Moulins où elle passe trois mois dans le vaste château des ducs de Bourbon (22 décembre 1565-23 mars 1566). À la fin de l'hiver, elle se rend en Auvergne où Madame Catherine possède des fiefs qui lui viennent de sa mère Madeleine de La Tour. Par Clermont, La Charité-sur-Loire et Sens, elle regagne Paris à marches forcées. Elle y arrive le 1er mai 1566.

Tout au long de cet interminable périple, le jeune duc d'Orléans peut voir sa mère, infatigable, négocier avec les uns et les autres, imposer l'application de l'édit de pacification par sa présence et son exemple et tenir la balance égale entre les deux confessions. Elle s'efforce de persuader les catholiques d'accepter la présence à leurs côtés des *mal sentants de la foi* et de convaincre les *fidèles du pur Évangile* de tolérer l'existence de *papistes* idolâtres. Là où les huguenots l'ont éradiqué par la violence, elle restaure le catholicisme. Partout où les catholiques sont les plus forts, elle protège les protestants. Elle fait preuve d'une largeur d'esprit encore peu répandue, dont Henri III se souviendra une fois sur le trône.

Le duc d'Orléans voit aussi Catherine de Médicis saisir toutes les occasions qui s'offrent à elle de restaurer le pouvoir absolu de la Couronne et le prestige dynastique. À chaque entrée solennelle de Charles IX dans une de ses *bonnes villes*, les arcs de triomphe et les monuments allégoriques assimilent le prince tantôt aux héros et divinités antiques, tantôt aux grands ancêtres comme Charlemagne. Et si Montauban, ardemment protestante, supprime toute allusion au paganisme, c'est pour faire du roi un nouveau Josias! À La Rochelle, qui va pourtant devenir sous peu la métropole du calvinisme français, l'arc de triomphe célèbre les travaux d'Hercule! Dans les fêtes éblouissantes données à Bayonne pour étonner les Espagnols et leur faire croire que la guerre civile a laissé intactes la puissance et la richesse du royaume, les *vedettes*, comme nous dirions aujourd'hui, sont toujours le monarque et le duc d'Orléans. Par exemple, dans un combat symbolique entre l'Amour et la Vertu, le premier est le champion de la Vertu, le second celui de l'Amour. Dans les villes, la reine travaille à se constituer des clientèles parmi les élites. Partout, la noblesse est conviée à venir saluer le roi, à établir avec lui le contact personnel qui fonde la fidélité. Et chaque fois qu'il le faut, elle fait prêter serment aux officiers de justice, aux magistrats urbains, aux simples gentilshommes.

Enfin le duc d'Orléans peut observer les négociations diplomatiques conduites par sa mère, qui défend avec succès les intérêts
français face à l'étranger. À l'étape de Troyes, elle conclut la paix avec
les ambassadeurs anglais Smith et Throckmorton le 11 avril 1564.
Aux termes de cet accord, qui efface en quelque sorte l'humiliation
de 1420[11], Calais est définitivement restitué au royaume moyennant
une indemnité de 120 000 couronnes. À Bar-le-Duc, l'entrevue avec
le duc Charles III se déroule dans un excellent climat malgré le
statut ambigu du Barrois mouvant[12]. Car le duc, qui a été élevé à
la cour de France, entretient les meilleurs rapports personnels avec
Charles IX, son beau-frère. À Lyon, la reine mère retrouve sa belle-
sœur Marguerite et le mari de celle-ci, le duc de Savoie Emmanuel-
Philibert. Le duc, dont les États comprennent la Bresse, la Savoie
proprement dite, le Piémont et le comté de Nice, est beaucoup plus
puissant que le duc de Lorraine. Il a fourni des secours militaires à
la Couronne pendant la première guerre civile et reçu en paiement
les villes de Turin, Chieri, Villeneuve d'Asti et Chivasso que le traité
du Cateau-Cambrésis avait laissées au royaume. Il réclame maintenant la restitution de Pignerol, celle de La Pérouse et de Savillan
cédées en novembre 1562 (traité de Fossano), mais Catherine de
Médicis ne se laisse pas fléchir. Enfin, à Bayonne, du 15 juin au
2 juillet 1565, se déroule toute une série d'entretiens politiques entre
Charles IX et sa mère, d'une part, la reine Élisabeth de Valois et le
duc d'Albe, d'autre part. Madame Catherine n'obtient rien mais ne
cède rien non plus. Elle aurait voulu marier le duc d'Orléans, auquel
Philippe II aurait pu céder le duché de Milan, à doña Juana, sœur du
souverain espagnol, et Marguerite de Valois à don Carlos, l'héritier
de la couronne d'Espagne[13]. Sans succès. De son côté, le duc d'Albe
a reçu mission d'obliger la France à mettre fin à sa politique de
tolérance. Il cherche à persuader la reine mère de faire exécuter les
chefs huguenots, d'expulser les pasteurs, d'abolir le culte protestant

---

[11] Le premier traité de Troyes (1420) avait fait du roi d'Angleterre Henri V un
      roi de France. Pierre Chevallier (*Henri III, roi shakespearien*, p. 61) souligne
      à juste titre la portée du second traité, non seulement parce qu'il met fin aux
      ambitions territoriales anglaises en France, mais aussi parce qu'il sanctionne
      l'échec de la première intervention étrangère dans les affaires intérieures du
      royaume pendant les guerres de Religion.

[12] Le Barrois mouvant, dont la capitale est Bar-le-Duc, est une possession du
      duc de Lorraine, souverain indépendant. Mais pour cette portion de ses États,
      le duc est vassal du roi de France. Il existe aussi un Barrois non mouvant, dont
      la capitale est Saint-Mihiel et où le duc de Lorraine est pleinement souverain.

[13] Doña Juana, reine mère du Portugal, est deux fois plus âgée que le duc
      d'Orléans qui n'a pas encore quatorze ans ! Quant à don Carlos, c'est un fou
      dangereux que son père devra interner !

et d'appliquer les décrets du concile de Trente. Sans plus de succès. Mais les calvinistes s'imagineront plus tard que le massacre de la Saint-Barthélemy a été projeté au cours de ces entretiens.

Trois étapes du tour de France de Charles IX ont contribué, plus que les autres, à la formation d'Alexandre de Valois, duc d'Orléans, qui a participé à toutes les entrées solennelles : les étapes de Toulouse, de Bayonne et de Moulins.

À Toulouse, on a profité de la longueur du séjour pour faire faire au roi et à son cadet une sorte de répétition générale de leurs études sous la direction de l'érudit Jean-Paul de Selve, évêque de Saint-Flour. De façon à loger à peu près commodément la famille royale et sa suite, le cardinal d'Armagnac, archevêque de la ville, avait dû se résoudre à partager les vastes chambres de son palais en petits cabinets, au moyen de cloisons de bois. Un jour que Monsieur était en train d'étudier en compagnie d'un camarade de son âge, Henri de Clermont-Tallard, un bruit bizarre, en provenance de la pièce voisine, provoqua sa curiosité. Les deux adolescents mirent l'œil à une fente entre deux planches et reçurent une initiation aux amours saphiques que leur précepteur n'avait pas prévue. Ils virent, raconte Brantôme à qui il convient de laisser la parole, «deux fort grandes dames, toutes retroussées et leurs caleçons bas, se coucher l'une sur l'autre, s'entrebaiser en forme de colombes, se frotter, s'entrefriquer, bref se remuer fort, paillarder et imiter les hommes ; et dura leur ébattement près d'une bonne heure, s'étant si très fort échauffées et lassées qu'elles en demeurèrent si rouges et si en eau, bien qu'il fît grand froid, qu'elles n'en purent plus et furent contraintes de se reposer autant. Et disait [*Henri de Clermont-Tallard*] qu'il vit jouer ce jeu quelques autres jours, tant que la Cour fut là, de même façon[14]».

Peu avant le départ du train royal, le 17 mai 1565, Alexandre et son jeune frère Hercule – qui n'a pas suivi le périple en entier – se présentent dans la cathédrale au cardinal d'Armagnac et reçoivent de ses mains le sacrement de confirmation. Depuis le début du voyage, en effet, Madame Catherine tient la main à ce que ses fils, ses dames d'honneur et la Cour dans son ensemble, accomplissent dévotement leur devoir de catholiques. On va chaque jour à la messe, on jeûne pendant le carême, on communie à Pâques, on célèbre Noël. Le temps des mascarades antiromaines est bien révolu. À l'occasion de leur confirmation, Alexandre et Hercule abandonnent leurs prénoms païens pour en recevoir d'autres,

---

[14] Brantôme, *Vie des dames galantes*, édition établie et préfacée par Jean Adhémar, Paris, 1956, p. 115.

chrétiens et bien enracinés dans la continuité dynastique. Alexandre s'appellera désormais Henri comme son père et Hercule, François comme son grand-père.

À l'étape de Bayonne, Catherine de Médicis a chargé Henri de Valois d'une mission protocolaire de la plus haute importance : aller au-devant de la reine d'Espagne. La dignité royale de Charles IX, la dignité maternelle de la reine mère leur interdisaient de le faire eux-mêmes. Ils attendirent donc leur sœur et fille à la frontière, sur la rive française de la Bidassoa. Le duc d'Orléans, lui, pouvait se déplacer sans que sa dignité en souffrît. Le 9 juin 1565, il prit la tête d'un cortège d'environ quatre-vingts gentilshommes (plusieurs centaines de chevaux au total), franchit les Pyrénées et pénétra assez profondément en Navarre. Le 12, il rencontra sa sœur, qu'il n'avait pas vue depuis six ans, près de Hernani et l'accompagna jusqu'à Bayonne où elle fit une entrée aux flambeaux. Une fois terminés les entretiens franco-espagnols, il la reconduisit dans le même équipage jusqu'à Segura, s'étant parfaitement acquitté de sa tâche.

À Moulins, ce n'est pas seulement un rôle d'apparat que Henri de Valois est convié à tenir, mais un rôle politique. Car Catherine de Médicis l'associe à l'œuvre qui doit couronner le tour de France de Charles IX. Profitant du long séjour de la Cour dans le vaste château des ducs de Bourbon, elle y convoque un conseil élargi qui commence ses travaux le 24 janvier 1566. Outre les habituels membres du Conseil royal, il y a là les princes du sang, les grands officiers de la Couronne[15] et les premiers présidents de six parlements (Paris, Bordeaux, Toulouse, Dijon, Grenoble, Aix). Ils reçoivent mission de mettre au point une grande ordonnance de réformes faisant droit aux doléances exprimées par les sujets pendant le voyage qui s'achève. Le chancelier de L'Hospital joue, dans cette assemblée, le rôle essentiel mais c'est Henri de Valois qui en préside les travaux en dépit de son jeune âge (il est dans sa quinzième année). Belle occasion pour lui de s'initier dans le détail à toutes les matières de l'administration et de la justice. Publiée en février 1566, forte de 86 articles, l'ordonnance de Moulins vise non seulement à réformer les abus mais aussi et surtout à consolider et à étendre l'autorité du roi. Elle restreint le droit de remontrances des parlements, décide l'envoi de maîtres des requêtes[16] en chevauchée

---

[15] Les grands officiers de la Couronne sont les plus hauts dignitaires de l'État et de la Cour : le connétable, le chancelier, l'amiral, les maréchaux de France, le grand maître de France et le grand chambellan.

[16] Les maîtres des requêtes de l'hôtel sont des officiers de justice (29 en 1558) qui rapportent les procès civils passant devant le Conseil du roi.

pour contrôler l'exercice de la justice, enlève aux villes la justice civile, interdit aux gouverneurs de s'immiscer dans le fonctionnement des tribunaux et de lever des deniers de leur propre autorité. En somme, la reine mère et le chancelier, faisant fond sur le maintien définitif de la paix civile et religieuse, reprennent l'œuvre autoritaire de François Ier et de Henri II. Ils sont d'autant plus autorisés à croire à la pacification des esprits qu'ils viennent d'imposer une réconciliation publique, sous la foi du serment, aux maisons de Guise et de Châtillon, après avoir fait proclamer par le Conseil l'innocence de Coligny dans le meurtre de François de Guise.

Les bons et loyaux services que Monsieur vient de rendre à la Couronne méritent récompense. Le 8 février 1566, Charles IX lui octroie en apanage[17] l'Anjou et le Maine, le Bourbonnais et l'Auvergne. Il abandonne donc son titre de duc d'Orléans pour prendre celui de duc d'Anjou que détenait jusque-là son frère François. En échange, ce dernier reçoit le duché d'Alençon dont il prend le nom, Mantes et Meulan. Et puisque Philippe II ne veut pas entendre parler d'un mariage de Henri avec sa sœur doña Juana, Madame Catherine cherche d'autres partis pour son fils. En février 1566, il est question de le fiancer, sur proposition du roi de Danemark Frédéric II, à une fille de l'électeur Auguste de Saxe, une princesse luthérienne. Il n'en faut pas plus pour alarmer le nouvel ambassadeur d'Espagne, don Francès de Alava, qui se demande si le duc d'Anjou, que l'on voit souvent converser avec Jeanne d'Albret et Coligny, ne va pas devenir protestant. Il n'en est rien et deux événements qui se produisent sur le chemin du retour le démontrent sans discussion. D'abord, il fait la connaissance, en passant par le Nivernais, de Louis de Gonzague, duc de Nevers par son mariage, en mars 1565, avec Henriette de Clèves, héritière du duché. Or, ce personnage, dont l'intelligence et le sérieux font sur lui la plus vive impression et qui sera bientôt son ami et son conseiller, est l'un des grands seigneurs les plus catholiques du royaume. Ensuite, plus près de Paris, en Brie, dans le village de Mons-en-Montois, il joue avec Charles IX à qui singera le mieux les huguenots et leurs prédicants, sous les yeux courroucés de l'amiral de Coligny et de François d'Andelot. À la cour de France, au début de 1566, la dérision du protestantisme semble avoir remplacé les mascarades anticatholiques de 1560.

---

[17] Un apanage est une portion du domaine de la Couronne affectée à un fils de France pour assurer son indépendance financière et lui permettre de vivre selon son rang.

★

De mai 1566 à septembre 1567, Henri de Valois, duc d'Anjou, mène à la Cour la vie d'un adolescent adulé. Tout en poursuivant plus ou moins bien ses études, il siège au Conseil où ses avis sont pris très au sérieux. Il apparaît comme plus intelligent, plus brillant que son frère le roi, trop occupé de chasse et de forge. Catherine de Médicis, qui le préfère à ses autres enfants, l'idolâtre et lui fait cadeau de son superbe domaine de Chenonceau. Tout cela finit par provoquer l'animosité de Charles IX qui juge son cadet mou et efféminé. Pour l'endurcir, il arrive au roi de le stimuler de sa cravache, par exemple quand il tarde à se relever d'une chute de cheval. Il faudrait l'établir, lui trouver un royaume (Nostradamus n'a-t-il pas prédit à la reine que tous ses fils seraient rois?) et une épouse digne de lui, de très haute naissance.

Au début de 1566, le bruit a couru qu'il favorisait en sous-main la révolte de Sanpiero Corso contre la république de Gênes, dans l'intention de se faire roi de Corse. Ce n'étaient là que des on-dit. Plus sérieuse est la tentative de Catherine de Médicis pour l'unir à la reine d'Angleterre Élisabeth. Grande marieuse et soucieuse d'assurer à la France l'alliance anglaise, la reine mère s'était mis en tête, vers janvier 1565, d'unir Élisabeth à Charles IX. La cour de Saint-James ayant éludé la proposition, elle substitue Henri à Charles un an plus tard, en dépit de la différence d'âge. Le projet restera d'actualité jusqu'en 1571 mais le duc d'Anjou, qui méprise la souveraine Tudor, ne sera jamais prince consort en Angleterre.

L'avenir de Monsieur dépend en fait de la situation politique en France même. À son retour de voyage, Catherine de Médicis se montre résolument optimiste. Elle l'écrit au baron de Fourquevaux, son ambassadeur à Madrid: «Dieu merci, l'union est telle et l'obéissance de tous les sujets au roi, mondit seigneur et fils, si assurée, et il la veut tant maintenir qu'il est malaisé qu'elle puisse être troublée.» À la Cour, dont ceux de Guise, à l'exception du cardinal de Lorraine, se retirent au printemps de 1566, le connétable de Montmorency, ses fils catholiques et ses neveux protestants, les Châtillon, jouissent d'une grande faveur. Le second fils du connétable, Henry de Montmorency-Damville, gouverneur du Languedoc, a été fait maréchal à Moulins, en récompense des services qu'il a rendus pendant la première guerre civile. Pourtant, au fur et à mesure que les mois s'écoulent, la fragilité de la pacification se révèle peu à peu. Des incidents entre papistes et huguenots se produisent un peu partout. À Paris, où le culte réformé est en principe interdit, certains très grands personnages *de la Religion* comme Jeanne d'Albret, tiennent des prêches clandestins que les prédicateurs catholiques dénoncent à Noël 1565. En janvier 1566, les calvinistes de Pamiers, majoritaires dans leur ville, en chassent les fidèles de l'Église romaine après avoir massacré les moines ; l'armée royale doit intervenir pour rétablir l'ordre monarchique. Dans le camp adverse, l'initiative vient des associations de militants créées dès 1563 en Guyenne, dès 1564 dans le Maine et qui apparaissent en 1567 dans plusieurs autres provinces (la Bourgogne avec les confréries du Saint-Esprit, la Champagne, le Berry, le Limousin). Les parlements manifestent leur hostilité à la nouvelle foi. Le pouvoir royal lui-même semble prendre ses distances avec les huguenots. En janvier 1567, Catherine de Médicis fait arrêter le ministre de Jeanne d'Albret. En mai suivant, un édit royal rappelle l'interdiction des prêches à Paris. Alors qu'en septembre 1565, à Niort, on avait célébré à la Cour les noces de Louis de Condé qui se remariait avec Françoise d'Orléans, fille du duc de Longueville, voici qu'en mai 1567, Charles IX refuse de se rendre au baptême du premier enfant du couple, prénommé pourtant Charles en son honneur ; il ne veut pas paraître à une cérémonie réformée.

Il est donc normal que les huguenots s'inquiètent. Pourtant la deuxième guerre civile ne tire pas son origine d'un événement intérieur au royaume, elle procède directement de la révolte des Pays-Bas contre le roi d'Espagne Philippe II[18].

---

[18] Les Pays-Bas constituent un ensemble de dix-sept provinces autonomes avec pour souverain unique le roi d'Espagne Philippe II qui les a héritées de son père Charles Quint et de ses ancêtres les ducs de Bourgogne. Elles correspondent, en gros, aux Pays-Bas, à la Belgique, au nord de la France et au Luxembourg d'aujourd'hui. La capitale en est Bruxelles. Lille, Douai, Valenciennes, Arras en font partie. Mais pas Liège, résidence d'un prince-évêque relevant directement de l'Empire.

CHAPITRE III

À L'ÉCOLE DE LA GUERRE CIVILE

Lorsque la deuxième guerre de Religion éclate en septembre 1567, Henri d'Anjou a tout juste seize ans. Deux mois plus tard, la mort du connétable de Montmorency fait de ce très jeune homme le chef suprême des forces royales et le second personnage de l'État avec le titre de lieutenant général du royaume, successivement porté par François de Guise et Antoine de Bourbon. Catherine de Médicis n'en reste pas moins la maîtresse des destinées politiques du royaume. Quand l'édit de Longjumeau ramène une paix précaire après six mois d'opérations inutiles et de dévastations en tout genre, Monsieur peut enfin songer à s'installer et à s'appliquer au maniement des affaires sous la houlette du cardinal de Lorraine. Mais, très vite, le déclenchement de la troisième guerre l'oblige à reprendre le harnais du guerrier.

La reprise de la guerre civile

Dans l'historiographie flamande, l'année 1566 est *Het wonderjaar*, l'année des merveilles. Au mois d'août explose le soulèvement des Pays-Bas contre Philippe II. Religieux et politique, il commence par un saccage généralisé des églises, la destruction systématique des images et des autels. Il vise à faire triompher le calvinisme et à secouer l'autorité, jugée tyrannique, du roi d'Espagne, représenté à Bruxelles par une *gouvernante*, sa demi-sœur Marguerite, duchesse de Parme. En France, les dirigeants huguenots les plus en vue, le prince Louis de Condé et les trois neveux de Montmorency, l'amiral de Coligny, François d'Andelot et Odet de Châtillon, s'intéressent passionnément à ces troubles. Ils aimeraient porter secours à leurs coreligionnaires insurgés et, dans cette intention, ils poussent Charles IX et sa mère à entreprendre une guerre contre l'Espagne

avec l'appui des princes protestants d'Allemagne. Ils ne doutent pas
de la victoire et prévoient que la paix qui en découlera permettra un
agrandissement vers le nord du territoire français. Mais Catherine
de Médicis, qui se débat dans les difficultés financières consécutives
à la première guerre civile et qui craint par-dessus tout la colossale
puissance militaire espagnole[1], s'en tient à une attitude de neutralité rigoureuse. Elle a d'ailleurs fort à faire avec l'ambassadeur don
Francès de Alava qui exerce sur elle de constantes pressions pour
l'amener à détruire le protestantisme français par la violence, ce que
Philippe II s'apprête à faire dans les Flandres.

Pendant plusieurs mois, le bruit court que le Roi Prudent va
se rendre lui-même aux Pays-Bas à la tête de ses soldats. Mais
il renonce assez vite à ce projet et confie le commandement des
troupes et le soin d'extirper l'hérésie à don Fernando Alvarez de
Toledo, duc d'Albe et Grand d'Espagne. Excellent chef de guerre,
ce dernier est aussi un personnage rigide et implacable pour qui
il existe une seule méthode pour résoudre le problème calviniste :
faire couper des têtes. Il l'a dit en 1565 à la reine mère pendant les
entretiens de Bayonne. La nombreuse armée qu'il rassemble dans
le Milanais prend la direction de Bruxelles en passant par la Savoie,
la Franche-Comté et la Lorraine[2]. En juillet 1567, il est parvenu
au Luxembourg. Le mois suivant, il est à Bruxelles et répartit ses
troupes entre leurs différentes garnisons.

La crainte d'une incursion espagnole en territoire français[3]
conduit Catherine de Médicis à renforcer, dès le mois de mai
1567, les garnisons du Piémont, de Picardie et des Trois-Évêchés, à
inspecter pendant l'été la frontière du nord et à recruter des mercenaires, dix mille fantassins français et six mille Suisses. Mais comme
elle veut aussi démontrer sa fidélité à la cause catholique et sa bonne
volonté vis-à-vis de Philippe II, elle fait ravitailler les hommes du

---

[1]   Elle n'a pas oublié le désastre de Saint-Quentin en 1557. Ayant pris la tête
      de l'armée royale pour débloquer la ville picarde assiégée, que défendait son
      neveu Coligny, Montmorency a subi, cette année-là, une des plus écrasantes
      défaites de toute l'histoire militaire française. La reine ne tient pas à assister à
      un nouveau Saint-Quentin.

[2]   Le Milanais et la Franche-Comté sont des territoires espagnols. Les duchés
      de Savoie et de Lorraine sont des États indépendants mais, au XVIe siècle, on
      ne viole pas la neutralité d'un pays en y faisant passer une armée. De plus,
      ce sont des terres de catholicisme militant, idéologiquement et politiquement
      proches de l'Espagne même s'ils entretiennent de bonnes relations avec la
      France.

[3]   Les Espagnols pensent généralement que la contagion hérétique aux Pays-Bas
      vient de France et que si le roi de France avait détruit le calvinisme chez lui, il
      n'y aurait pas eu de calvinistes dans les Flandres.

duc d'Albe lorsque ceux-ci longent la limite orientale du royaume, à la grande indignation des huguenots.

Une fois installé à Bruxelles, le duc d'Albe entreprend de soumettre par la terreur les Pays-Bas à son autorité. Le 8 septembre, il fait arrêter les comtes d'Egmont et de Hornes, figures de proue de la noblesse locale. Dès lors qu'il se consacre totalement aux affaires intérieures, il n'apparaît plus comme dangereux pour la sécurité de la France. Or, Catherine de Médicis ne licencie pas pour autant les Suisses qui lui coûtent pourtant très cher. Il n'en faut pas plus pour que les réformés s'imaginent qu'elle veut les employer contre eux. Car ils sont persuadés qu'à l'entrevue de Bayonne, le duc d'Albe et la reine mère se sont entendus pour anéantir le protestantisme dans toute l'Europe occidentale. Leur inquiétude se fonde sur le soupçon.

Dans ce climat d'angoisse, les frictions se multiplient entre grands seigneurs des deux religions. Charles IX, bien trop jeune encore, ne dispose pas d'un ascendant personnel suffisant pour imposer une obéissance stricte à tous ces encombrants personnages, pour tenir la balance égale entre eux.

Le 10 juillet 1567, le bouillant Louis de Condé, irréfléchi et croyant faire du zèle, offre maladroitement à Charles IX de recruter pour son service quatre à cinq mille cavaliers huguenots désireux de combattre les Espagnols. Or, la levée de gens de guerre est un droit régalien et le prince se propose donc d'empiéter sur l'autorité de Sa Majesté ! De plus, ces cavaliers qu'il peut si facilement rassembler parmi ses fidèles, ne peut-il les mobiliser contre le roi lui-même ? Le soupçon s'insinue dans l'esprit de la reine mère et du Conseil qui chargent le duc d'Anjou de réprimander Condé pour son outrecuidance. Henri, qui n'a pas encore seize ans mais qui se sent fils et frère de roi, s'avance donc avec aplomb vers le prince du sang, âgé de trente-sept ans et titulaire de brillants états de service. Plusieurs grands seigneurs l'accompagnent, les archers de la garde le suivent. Si l'on en croit don Francés de Alava qui transcrit ses propos dans une lettre à Philippe II, Monsieur apostrophe rudement et publiquement son interlocuteur, le prenant au dépourvu : « Prince, lorsque j'étais en présence du roi mon frère et de ma mère, je n'ai pas voulu répondre aux fortes et insolentes paroles que je vous ai entendu dire. Si vous ne voulez pas avoir de respect pour votre roi, l'aurez envers moi, qui suis son lieutenant général. Car il ne vous appartient pas de dire que vous pouvez lever un grand nombre de cavaliers. C'est une chose qui me concerne, et moi uniquement, et ne regarde même pas le connétable. Rentrez dans votre compagnie de gendarmes et ne me donnez plus l'occasion de vous dire une seconde fois le grand tort que vous vous ferez en vous mettant en tête de pareilles entreprises.» Ce petit discours est évidemment recomposé par l'ambassadeur mais il traduit exactement la réaction de la famille royale outragée par la démarche du Bourbon. Brantôme, qui rapporte lui aussi la scène, décrit un duc d'Anjou bravant Condé, non seulement par la parole mais par le geste : «ores [*tantôt*] tenant son épée sur le pommeau fort haute, ores faisant semblant de tâter à sa dague, ores en enfonçant et ores haussant son bonnet[4]». La violence de l'algarade se comprend encore mieux si l'on précise que Condé, jugeant Montmorency trop vieux, aspire à prendre sa place de connétable alors que Henri revendique la dignité de lieutenant général du royaume et le commandement en chef de l'armée. Interdit, le prince se contente de bafouiller que sa proposition ne concernait que le service du roi. Humilié en public, il demande le lendemain son congé et quitte la Cour. La reine mère a tort de ne pas prendre son départ au sérieux. Blessé dans son honneur par un blanc-bec, il va s'employer à relancer la guerre civile. Ainsi, la politique de pacification, laborieusement conçue et difficilement mise en œuvre par Catherine de Médicis, s'effondre devant les soupçons des huguenots, la répression du calvinisme aux Pays-Bas, la blessure d'amour-propre de Condé.

En tant que prince du sang, ce dernier est le chef incontesté du parti protestant. Mais il ne peut pas décider une prise d'armes sans avoir préalablement pris conseil des Châtillon. Des conciliabules se tiennent donc, d'abord chez lui, à Vallery près de Sens, puis à Châtillon-sur-Loing chez l'amiral de Coligny. Malgré les réticences initiales de celui-ci, porté à épuiser toutes les ressources de la négociation avant de commettre l'irréparable, l'audace, préconisée par Condé et Andelot, l'emporte et le soulèvement est décidé. On s'emparera de trois villes importantes, Troyes, Lyon et Toulouse, on capturera le cardinal de Lorraine dont l'influence est devenue prépondérante au Conseil au mois d'août, on prendra le contrôle du roi et de sa mère que l'on contraindra à se démarquer de Philippe II et du mouvement catholique international. L'opération s'apparente à la fois au tumulte d'Amboise et au coup de main réalisé par les triumvirs en 1562. Grâce à l'excellente organisation

---

4 Pierre Chevallier, *op. cit.*, p. 91-92. Les paroles que Brantôme place dans la bouche du duc d'Anjou sont encore plus menaçantes que celles que lui prête Alava : «S'il [*Condé*] s'en mêlait jamais [*de vouloir prétendre commander l'armée*] il l'en ferait repentir en le rendant aussi petit compagnon comme il voulait faire du grand.»

du parti, les conjurés, venus de toute la France par petits groupes, se rassemblent peu à peu à Rozay-en-Brie, non loin du château de Montceaux qu'affectionne Madame Catherine et où elle séjourne en septembre 1567 en famille. Ils sont environ quatre cents.

Personne ne se doute encore de rien lorsque l'alerte est brutalement donnée le 26 septembre. Tandis que Charles IX et sa mère se réfugient derrière les remparts de la ville de Meaux toute proche, le Conseil appelle de toute urgence les Suisses du colonel Ludwig Pfyffer, cantonnés à Château-Thierry. Ceux-ci arrivent à marches forcées et c'est sous leur protection, au pas de l'infanterie, que la Cour prend le chemin de la capitale, le 28 à deux heures du matin. À plusieurs reprises, une importante force de cavaliers huguenots (cinq ou six cents peut-être), commandée par Condé et Coligny, tente d'arrêter le cortège. Mais elle doit reconnaître son incapacité à entamer, si peu que ce soit, la phalange suisse en ordre de bataille. Une fois l'alarme passée, le roi et la reine mère montent en voiture pour arriver plus vite à Paris. Ils y parviennent au petit jour. Le cardinal de Lorraine, qui ne brille pas par le courage physique en ce siècle de fer, confie sa destinée à la vélocité de son bon cheval turc qui l'amène rapidement à destination. Dès le lendemain, les Parisiens catholiques reçoivent la permission de s'armer. La milice bourgeoise devient ainsi une force militaire avec laquelle il faudra désormais compter.

Cet épisode des guerres de Religion est resté dans l'histoire sous le nom de *surprise de Meaux*. Il revêt une singulière importance : pour la première fois depuis le début des troubles, le souverain a dû *fuir* devant ses sujets révoltés. L'atteinte portée à la majesté et à la sacralité de la monarchie dépasse tout ce qu'on avait pu voir jusque-là. Les efforts déployés pendant le tour de France pour restaurer et affirmer l'autorité de l'État comme le prestige de la dynastie sont anéantis d'un seul coup. Ulcérés et surtout humiliés, Charles IX et Catherine de Médicis ne pourront oublier ni pardonner aux chefs protestants l'avanie qu'ils viennent de subir. Condé et Coligny tentent bien de camoufler leur coup de force en publiant un programme de bien public, ils ne font qu'aggraver leur cas. Ils réclament en effet la liberté de culte pour eux et la baisse des impôts pour le peuple mais aussi la convocation des États généraux «ayant été la monarchie de France dès le commencement *tempérée* par l'autorité de la noblesse et des communautés des provinces et des grandes villes du royaume». Une telle revendication ne peut que révolter le roi, adepte convaincu de la monarchie absolue. Par ailleurs, les huguenots se sont soulevés un peu partout dans le royaume, se sont emparés de diverses villes, Montereau, Orléans, Nîmes. Dans cette dernière ville, le lendemain de la Saint-Michel, ils ont égorgé le premier consul, des curés et des chanoines et jeté leurs corps dans le puits de l'évêché (massacre connu sous le nom de *michelade*).

Avec les faibles forces dont il dispose, Louis de Condé, qui a suivi la Cour, ne peut assiéger Paris. Il installe ses hommes à Saint-Denis et au Bourget et, à partir de là, il cherche à empêcher le ravitaillement de la capitale ainsi que le fera, en 1648, pendant la Fronde, son arrière-petit-fils Louis II, le Grand Condé. Dans cette intention, il fait incendier les moulins, bloquer la Seine à Montereau et la Marne à Charenton. Il s'empare également d'Étampes, le grenier aux blés de la Beauce. Pendant tout le mois d'octobre, les deux camps se renforcent, tout en négociant par l'intermédiaire du chancelier de L'Hospital, qui n'avait pas voulu croire au coup de force, et de l'évêque d'Orléans Jean de Morvillier, un autre moyenneur. Ces tractations ne peuvent aboutir tant les exigences huguenotes paraissent exorbitantes : application stricte de l'édit de pacification, baisse des impôts mais aussi licenciement des mercenaires suisses du roi et convocation des États généraux. En empruntant sans compter auprès du pape Pie V, du duc de Florence, du duc de Ferrare, du clergé et de la ville de Paris, Catherine de Médicis réussit à accomplir un effort militaire remarquable, alors que les protestants ne parviennent guère à renforcer leurs effectifs.

Le 10 novembre, l'armée royale sort de Paris. Malgré ses soixante-quatorze ans, le connétable la commande. Il veut clore le bec à tous ceux qui l'accusent d'être le complice de ses neveux Châtillon. La bataille de Saint-Denis s'engage vers trois heures de l'après-midi. Lorsqu'elle s'interrompt à la nuit, les royaux sont victorieux mais Montmorency, qui s'est battu comme un jeune homme, est mortellement blessé d'une arquebusade que lui a tirée dans l'échine Robert Stuart, seigneur d'Aubigny[5]. Charles IX et Henri d'Anjou ont observé l'action du haut d'une tour du Louvre.

Le 12 novembre, Anne de Montmorency s'éteint. Il faut le remplacer. Après avoir tenu conseil, la reine mère décide de ne pas désigner un autre connétable. Comme elle souhaite voir son second fils exercer une haute charge et jouer un grand rôle, elle le fait nommer lieutenant général du royaume par Charles IX. Cette

---

[5] Le connétable avait déjà reçu quatre coups d'épée et un coup de masse d'arme sur la tête. Mais c'est de l'arquebusade qu'il meurt, une arquebusade tirée délibérément par Robert Stuart auquel il venait de se faire connaître. Sa mort peut donc figurer dans la longue liste des assassinats politiques. La reine mère lui fait décerner des obsèques royales à Notre-Dame de Paris mais n'est pas fâchée d'être débarrassée de ce personnage particulièrement incommode.

promotion officielle de Henri d'Anjou à une dignité qu'il revendiquait devant Condé en juillet précédent, offre l'avantage incontestable d'empêcher grands seigneurs et maréchaux de se disputer la succession du défunt. Monsieur se trouve donc investi à seize ans du commandement en chef sans avoir reçu la moindre formation militaire, sans même avoir fait ses premières armes. Il a tout à apprendre.

Les premières armes de Henri d'Anjou

Il n'est pas bon qu'un roi de France risque sa vie dans une guerre civile. S'il combattait lui-même ses sujets rebelles, il donnerait d'ailleurs à ceux-ci, *ipso facto*, une importance excessive contrebalançant la majesté royale. De plus, un souverain Valois qui, selon la philosophie néoplatonicienne à la mode, fait régner l'harmonie ici-bas en rapprochant les contraires, ne peut décemment pas se montrer partisan. C'est pourquoi Charles IX, à qui l'envie ne manque pourtant pas d'en découdre personnellement avec les responsables de la surprise de Meaux, abandonne à son frère la mission de détruire la petite armée condéenne. Quant à Catherine de Médicis, elle espère que son fils chéri pourra rapidement cueillir les lauriers d'une facile victoire.

Un lieutenant général du royaume n'est pas seulement le commandant en chef des forces militaires. Il remplace le monarque partout où celui-ci ne peut agir lui-même et reçoit de lui une délégation du pouvoir royal. C'est pourquoi, après avoir prêté serment devant le parlement de Paris, Monsieur doit former son conseil. Différents courants politiques y sont représentés. On y trouve d'ardents catholiques comme Louis de Bourbon, duc de Montpensier et prince du sang, son fils François que l'on appelle le prince dauphin d'Auvergne, le duc de Nemours remarié à la veuve de François de Guise, le duc de Longueville ou le marquis de Villars. On y rencontre aussi des modérés, par exemple Charles de Méru, le troisième fils du défunt connétable, ou le maréchal de Cossé, fidèle de la reine mère. En font également partie deux personnages pour qui le duc d'Anjou éprouve une sympathie particulière : Carnavalet, son ancien gouverneur devenu le surintendant de sa maison, et René, seigneur de Villequier qui le suivra en Pologne.

Le 14 novembre 1567, Condé abandonne ses retranchements de Saint-Denis et s'éloigne vers Montereau. C'est le début d'une campagne d'hiver qui va durer jusqu'en mars 1568 et dévaster l'Île-de-France, la Champagne et l'Orléanais, d'une intermi nable poursuite à laquelle aucune bataille ne viendra mettre fin. Les résultats obtenus au terme de quatre mois de marches et de contremarches sont absolument dérisoires par rapport aux effectifs engagés. Car, pour mener à bien cette deuxième guerre civile, la monarchie fait un effort sans précédent. L'historien américain James B. Wood a calculé qu'en janvier 1568, Charles IX dispose de quelque cent mille hommes, répartis sur tout le territoire (dont soixante mille en Champagne), y compris les contingents étrangers fournis par le duc d'Albe, le duc de Savoie, le duc de Saxe, prince luthérien qui déteste les calvinistes et voit avant tout dans les huguenots des rebelles à châtier.

Trois raisons expliquent que les opérations n'aboutissent pas, comme prévu, à la destruction de l'adversaire. La première, c'est que le général en chef, à seize ans, est bien incapable de diriger une armée; Catherine de Médicis doit en convenir, peu avant Noël, devant l'ambassadeur d'Espagne. La seconde, c'est la confusion qui règne dans le haut commandement à cause des jalousies mesquines et des rivalités qui dressent les chefs catholiques les uns contre les autres; le duc d'Anjou, en son âge *tendrelet*, n'a pas une autorité personnelle suffisante pour arbitrer leurs querelles qui tournent toutes autour du point d'honneur[6] et le connétable n'est plus là pour maintenir chacun à sa place. La troisième, ce sont les instructions timorées que la reine mère adresse à son fils préféré pour lui éviter tout mauvais coup.

Le 24 novembre, Monsieur inaugure ses nouvelles fonctions en passant en revue la cavalerie flamande que lui envoie le duc d'Albe (douze cents lances) mais qui est arrivée après la bataille de Saint-Denis. Puis il va s'établir à Corbeil où il s'occupe de ravitailler les places qui entourent Paris et de les munir d'artillerie. Après quoi, il entreprend de poursuivre Condé qui a pris la direction de l'est dans l'intention de faire sa jonction avec une armée de six mille cinq cents reîtres et trois mille lansquenets que l'électeur palatin, le seul prince calviniste de l'Empire, a réunie et placée sous les ordres de son fils Jean-Casimir. C'est le seul secours étranger dont les huguenots pourront bénéficier dans cette guerre.

En bonne logique militaire, il conviendrait de détruire les forces protestantes avant qu'elles ne se joignent aux Allemands. C'est ce que le duc de Nemours fait valoir avec bon sens. Mais lorsque, le

---

6   Il faut que Catherine de Médicis se rende elle-même à l'armée, le 4 janvier 1568, pour remettre un peu d'ordre (un peu seulement) dans le haut commandement.

21 novembre, les soldats du maréchal de Cossé ont accroché les condéens près de Châlons, leur chef a permis au prince de s'esquiver en ne faisant pas donner sa cavalerie. Un mois plus tard, une petite lieue seulement sépare l'avant-garde du duc d'Anjou, qui voudrait livrer bataille et le gros des forces adverses. Mais Cossé, obéissant aux ordres de Catherine de Médicis qui ne veut pas risquer la vie de son fils, fait prévaloir l'avis contraire. L'opinion catholique, déçue, considère le maréchal comme un traître et Monsieur doit se contenter d'aller fêter Noël à Vitry-le-François. Il reçoit dans cette ville des renforts italiens et suisses que lui amène le duc de Nevers. Condé, cependant, réussit à faire sa jonction avec Jean-Casimir, en Lorraine, du côté de Pont-à-Mousson, le 16 janvier 1568.

Renforcé par les Allemands, le prince retourne sur ses pas. On lui prête l'intention de marcher sur Orléans, qui joue le rôle de capitale du calvinisme français. Pour lui barrer la route, le duc d'Anjou installe son camp à Troyes. Mais Condé passe plus au sud, pénètre en Bourgogne, franchit le cours supérieur de la Seine (alors gelé) à Châtillon, file vers l'ouest et atteint la Loire. Là, il reçoit des renforts venus du Sud-Ouest, en particulier l'armée dite des vicomtes – de Montclar et de Bruniquel –, formée de contingents du Quercy, du Rouergue, du Périgord. Puis il met le cap sur Chartres dont il entreprend le siège. La ville renferme dans ses murs des réserves de blé beauceron qui seraient bien utiles pour nourrir les soldats, ainsi qu'une cathédrale illustre dont la destruction serait une belle victoire sur les superstitions papistes. Mais Condé ne pourra prendre la cité, bien défendue par des arquebusiers gascons. Comme les fourrageurs protestants s'approchent dangereusement de Paris, Monsieur transporte son camp à Melun, puis sous les murs mêmes de la capitale, près du monastère des chartreux.

En réalité, par un hiver particulièrement glacial, l'armée réformée est à la recherche de ravitaillement et pille tout sur son passage. Derrière elle, l'armée royale progresse dans un pays totalement dévasté, dénué de ressources, et fond sous l'effet des désertions. De plus, on manque cruellement d'argent, des deux côtés, pour solder les mercenaires. Les soldats huguenots doivent se taxer eux-mêmes pour payer leurs Allemands et Condé en est réduit à reculer jusqu'à Orléans et à se retrancher dans la place. Cette situation difficile conduit tout doucement à la paix.

Catherine de Médicis entre dans la voie de la négociation à la mi-janvier 1568. Elle rencontre à Vincennes trois des chefs les plus en vue du calvinisme français : Odet de Châtillon, Téligny, futur gendre de Coligny et La Rochefoucauld. Ces pourparlers n'aboutissent pas, les exigences des huguenots révulsant Charles IX. Mais,

le 22 février, depuis son refuge d'Orléans, Condé écrit à la reine
pour renouer le dialogue. La paix de Longjumeau signée le 23 mars
1568, qui indigne l'ambassadeur d'Espagne, est le résultat de ces
tractations. Elle rétablit l'édit d'Amboise, proclame une amnistie
générale. Le roi accepte de payer les mercenaires du prince qui n'a
plus un sou vaillant. Mais ceux-ci devront quitter le royaume dans
les plus brefs délais. Au contraire, les troupes réglées et les Suisses
de l'armée royale restent sous les armes. Désarmés et bien qu'ils
n'aient pas été battus en rase campagne, les protestants sont obligés
de consentir à un marché de dupes.

Pour Henri d'Anjou cependant, les quatre mois qui viennent de
s'écouler n'ont pas été inutiles. Il s'est initié, au contact de ses aînés,
au métier de chef de guerre. Il a vécu la vie des camps, bien différente de la vie d'enfant gâté qu'il a menée jusque-là. Il a appris à
parler aux soldats et aux capitaines. S'il n'a livré aucune bataille,
s'il n'a pas cueilli de lauriers, il s'est formé à la stratégie et à tous
les problèmes d'intendance qui se posent en campagne. Et puis,
il a renforcé ses liens avec deux personnages qui lui seront d'un
grand secours : Gaspard de Saulx-Tavannes, lieutenant général au
gouvernement de Bourgogne, et Louis de Gonzague, duc et pair de
Nevers.

La paix impossible

L'édit de Longjumeau ne reste en vigueur que six mois. Le
23 septembre 1568, la déclaration de Saint-Maur, tout en maintenant la liberté de conscience, interdit le culte réformé et ordonne à
ses ministres de déguerpir sous quinze jours. Le 25, un autre édit
prive de leurs charges (contre indemnités) les officiers du roi qui
professent la nouvelle religion. Ces deux lois ne font que confirmer
le début de la troisième guerre civile, commencée depuis plusieurs
semaines. Comment en est-on arrivé là ?

Il faut convenir que personne n'a cru la paix durable. Dès le
31 mars, l'ambassadeur de Venise, Giovanni Correro, l'écrit à
son gouvernement. Car la Couronne et le parti huguenot ne l'ont
conclue que «pour reprendre haleine», selon la formule de l'historien La Popelinière[7]. La première n'a pas renoncé à punir Condé
et ses adhérents de l'attentat qu'ils ont commis contre la majesté
royale. Le second n'a pas renoncé à secourir ses frères des Pays-Bas

---

[7]   Henri Lancelot Voisin de La Popelinière, protestant, est l'auteur d'une *Histoire
de France* parue en 1581.

et à renverser le rapport des forces en sa faveur, dans le royaume même.

Pourtant, l'une des clauses de la paix s'exécute lentement: on renvoie peu à peu chez eux, non sans heurts et sans incidents, les mercenaires qui ont servi les deux camps, les Suisses exceptés. Les reîtres, qui vivent du pillage plus que de la solde, regagnent l'Allemagne en poussant devant eux quelque seize cents moutons et sept mille bêtes à cornes, bien qu'on leur ait servi une substantielle avance de solde grâce à une énorme somme extorquée à Paris. La cavalerie flamande du duc d'Albe s'éloigne vers le nord, les Italiens vers la Savoie.

Mais ni les catholiques ni les protestants ne veulent appliquer les articles de l'édit qui les concernent. «Les deux partis, écrit le 27 avril Giovanni Correro, dans les lieux où ils se sentent supérieurs, admettent difficilement les conditions de cette paix.» On se bat dans plusieurs villes. Les assassinats sont devenus monnaie courante et le gouvernement royal, soit impuissance soit complicité, laisse faire. Ces homicides sont souvent perpétrés par les ligues et confréries, théoriquement interdites par l'édit de Longjumeau et pourtant en plein essor. Sans qu'on puisse vérifier ses dires, Condé fait état de quatre mille victimes. À Paris, les prédicateurs, Vigor et Dyvolé en tête, dénoncent la paix qui va attirer le châtiment de Dieu sur le royaume. C'est toute la France catholique qui, dans un puissant mouvement de rejet, dit sa volonté de voir enfin éradiquer l'hérésie. Quant aux villes huguenotes, elles refusent de recevoir les gouverneurs et les garnisons que le roi leur destine. La Rochelle veut bien accepter son gouverneur Guy Chabot, baron de Jarnac, mais pas les soldats qu'il commande. Et aussi nombre d'autres cités: Nîmes, Montpellier, Montauban, Albi, Castres, Millau, Sancerre...

Ainsi, le pouvoir royal, que Catherine de Médicis s'était ingéniée à redresser et à affermir pendant son tour de France, est de toutes parts battu en brèche. Par ailleurs, la monarchie est en butte aux pressions incessantes du pape Pie V et de l'Espagne. Par le truchement de son ambassadeur, Philippe II demande avec insistance au roi et à sa mère de faire enfin ce qu'il faut pour extirper l'hérésie de France: limoger le chancelier de L'Hospital et faire couper la tête des chefs protestants, à commencer par celle de l'amiral de Coligny, le conseiller très écouté du prince de Condé. Le duc d'Albe, aux Pays-Bas, ne donne-t-il pas l'exemple du «bon chemin» à suivre, de la «bonne résolution» à prendre et à exécuter? Car le 5 juin 1568, à Bruxelles, les comtes d'Egmont et de Hornes, arrêtés l'année précédente, sont publiquement décapités. Le Conseil des troubles, institué pour réprimer l'opposition des Flandres, prononcera en tout plus de mille condamnations à mort. Il y a là de quoi inquiéter sérieusement les réformés français.

Il se trouve cependant que les comtes d'Egmont et de Hornes n'étaient pas calvinistes et sont morts catholiquement. Beaucoup en arrivent donc à penser que c'est moins pour des raisons religieuses que pour des raisons politiques qu'on les a exécutés. L'hérésie ne serait-elle qu'un prétexte commode pour Philippe II, uniquement soucieux d'anéantir la noblesse des Pays-Bas pour pouvoir régner sur les dix-sept provinces en maître absolu? Cette amère constatation conduit à un double rapprochement: en France, celui des chefs protestants et des moyenneurs anti-espagnols; sur le plan international, celui des huguenots et des *Gueux* (ainsi appelle-t-on les Flamands révoltés contre Philippe II, qui ont transformé une appellation injurieuse en titre d'honneur). Dans le royaume, il n'est pas de bon calviniste qui ne rêve de porter secours à ses frères du Nord. Deux rescapés de la conjuration d'Amboise, Paul de Mouvans et le capitaine Coqueville, réunissent des volontaires dans ce dessein. Mais Catherine de Médicis, qui redoute les représailles espagnoles, ordonne au maréchal de Cossé de les disperser. Le maréchal obtempère et les écrase, en juillet 1568, à la bataille de Saint-Valéry-sur-Somme. Coqueville, fait prisonnier, est prestement jugé et exécuté pour avoir contrevenu au monopole royal du recrutement des gens de guerre. Parallèlement à cet événement dramatique, des tractations se déroulent depuis le mois d'avril entre Guillaume de Nassau, prince d'Orange, chef suprême des Gueux, et, d'autre part, Louis de Condé et Gaspard de Coligny. Il en sort, en août 1568, un pacte par lequel les deux parties promettent de se secourir mutuellement par-dessus la frontière.

Que devient, au milieu de cette agitation, Henri d'Anjou? Il s'installe dans ses fonctions de deuxième personnage de l'État. Il fait l'acquisition d'un hôtel proche du Louvre où il réside quand il ne visite pas son camp sous les murs de Paris ou quand il ne fréquente pas la Cour. Il compose sa maison et s'occupe de gérer son apanage. Ceux qui exercent sur lui la plus forte influence sont alors le cardinal de Lorraine, qui fait figure, à l'été 1568, de ministre dirigeant, Philippe Hurault, seigneur de Cheverny, son chancelier, administrateur de talent et bon humaniste, enfin l'excellent Carnavalet dont il a fait le surintendant de sa maison[8]. Il entretient une correspondance suivie avec les généraux et les gouverneurs, s'essaie à l'administration et à la diplomatie sans délaisser les questions militaires. Il siège très régulièrement au Conseil et y joue un rôle

---

[8] Carnavalet s'éteindra en 1571.

d'autant plus important que Catherine de Médicis, fort malade en mai, et Charles IX, travaillé par la fièvre en juillet, s'en éloignent quelque temps. Poussé en avant par le cardinal, il apparaît de plus en plus comme le chef du parti catholique et son espoir. L'avenir semble lui sourire au moment où le chancelier de L'Hospital, au contraire, perd peu à peu tout son crédit. Bien renseigné par son ambassadeur, Philippe II cherche à attirer à lui le jeune prince, à le rallier à ses vues : il l'assure, dans une lettre du 18 mai 1568, de son affection et de son dévouement. Le 14 juin, si l'on en croit don Francès de Alava, un conseil très secret, rassemblant seulement la reine mère, Henri d'Anjou, les cardinaux de Bourbon et de Lorraine, à l'exclusion de Charles IX, aurait décidé d'en venir enfin au châtiment des hérétiques. Mais ce conseil reste conjectural.

Ces graves occupations, en tout cas, n'empêchent nullement le fils favori de Madame Catherine de se donner du bon temps. « Il s'est mis dans la sensualité », signale don Francès à son maître au mois de juin alors que le jeune homme est indisposé par ce que sa mère appelle ses excès de travail. À la fin de l'été, le diplomate précise qu'« on [le] laisse vivre dans ses appétits avec une étrange liberté », et que la reine et le cardinal lui fournissent des « friandises ».

Le 28 août 1568, Henri d'Anjou et le roi son frère sont les invités du secrétaire d'État Florimond Robertet, dans son domaine de « Bel esbat », aux portes de Paris. Ils y apprennent que, cinq jours plus tôt, Condé et Coligny ont quitté en armes leurs châteaux respectifs de Noyers et de Tanlay, donnant ainsi l'impulsion à la troisième guerre de Religion. Henri, qui va sur ses dix-sept ans, prend immédiatement la première mesure qui semble s'imposer. Il ordonne à La Trémoïlle de se rendre à Orléans avec sa compagnie de gendarmes car il peut légitimement penser que les chefs huguenots vont se fortifier dans cette ville. Mais ce n'est pas vers Orléans que ceux-ci se dirigent, c'est vers La Rochelle.

★

Les douze mois qui courent de septembre 1567 à septembre 1568 se révèlent riches d'enseignement pour l'historien car ils font apparaître au grand jour les obstacles insurmontables qui se dressent désormais devant la monarchie des Valois et sur lesquels Henri III finira par se briser. L'incapacité du pouvoir royal à imposer à la majorité catholique une coexistence pacifique avec les réformés est déjà une évidence et les confréries bourguignonnes du Saint-Esprit constituent comme une préface à la future Ligue. L'incapacité du pouvoir royal à réduire les huguenots à l'obéissance et à restaurer l'unité religieuse du royaume s'impose également comme une donnée permanente de la vie française. Le jeu de deux facteurs aggrave encore cette double impuissance : un facteur psychologique, le soupçon, qui gouverne les rapports du roi avec ses sujets, mais aussi les rapports des partis entre eux ; un facteur matériel, le manque chronique d'argent qui interdit au monarque de surmonter les atteintes portées à sa majesté et à sa sacralité. Il est peu probable qu'à son âge, même avec une expérience déjà longue de la guerre civile, Henri d'Anjou ait pleine conscience de tous ces dangers.

CHAPITRE IV

LE PETIT AIGLE

1569 est une grande date dans la vie du troisième fils de Henri II. L'année de ses dix-huit ans, il remporte en effet sur les protestants, à Jarnac (mars) et à Moncontour (octobre), les seules victoires militaires de toute sa carrière. Il a beau s'être contenté, pour parvenir à ce résultat, d'obéir aux conseils avisés de Gaspard de Saulx-Tavannes, le véritable vainqueur, l'opinion ne manque pas de le saluer comme un foudre de guerre. Cette réputation imméritée de grand capitaine lui collera longtemps à la peau et sera pour lui la source de bien des désillusions. Par ailleurs, si la mort de Condé à Jarnac venge cruellement l'attentat commis à Meaux contre la majesté royale, la monarchie ne triomphe pas à l'issue de la troisième guerre de Religion car il est impossible d'anéantir le parti réformé. Catherine de Médicis et Charles IX, qui le savent, publient donc un nouvel édit de pacification, l'édit de Saint-Germain (août 1570) qui se révélera tout aussi fragile que les précédents. Il faut noter que, malgré ses succès comme chef de guerre, Henri d'Anjou se comporte en 1570 en bon ouvrier de la paix.

Les laborieux débuts de la troisième guerre civile

Si Condé et Coligny abandonnent leurs maisons à la fin d'août 1568, c'est parce qu'ils craignent d'être assassinés. La reine mère ne pourrait-elle pas succomber à la tentation de les traiter comme viennent de l'être les comtes d'Egmont et de Hornes ? Les Guises ont-ils vraiment renoncé à leur vendetta contre l'amiral ? Le voisinage des confréries bourguignonnes du Saint-Esprit, si redoutables, est d'autant plus inquiétant que c'est Gaspard de Saulx-Tavannes, lieutenant général au gouvernement de Bourgogne, qui les a fondées.
On a cru longtemps qu'à l'été 1568, Catherine de Médicis n'atten-

dait que l'occasion de faire enlever Condé et que Tavannes en avait reçu l'ordre. Mais on ne voit pas très bien pourquoi celle qui vient de conclure la paix de Longjumeau courrait le risque de relancer ainsi la guerre civile. Surtout, les sources sur lesquelles se fondent cette assertion manquent totalement de crédibilité. Il n'empêche que Condé croit qu'on en veut à sa vie et que Tavannes est chargé de le liquider. Là est l'essentiel.

Le prince et l'amiral sont partis avec leurs familles, escortés par plusieurs centaines de soldats. Dans leur imaginaire biblique, tels « le peuple d'Israël en son exode[1] », ils vont vers un refuge, une Terre promise. Lorsqu'ils franchissent la Loire à gué, il leur semble que le niveau des eaux s'est abaissé pour leur permettre de traverser sans danger : c'est leur passage de la Mer rouge. Sur l'autre rive, ils tombent à genoux et entonnent le cantique *Quand Israël sortit d'Égypte*. En chemin, leur cortège se grossit de nombreux autres émigrants. Pour se faire bien voir des populations, ils ne pillent pas et paient ce qu'ils prennent pour vivre. Ils arriveront à La Rochelle, ville qui échappe à l'autorité de Charles IX, le 19 septembre seulement. La Rochefoucauld les y a précédés. Ils sont bientôt rejoints par François d'Andelot, venu de Bretagne[2], et par la reine de Navarre Jeanne d'Albret qu'accompagne son fils Henri et qu'escortent huit cents cavaliers et trois cents fantassins. La Rochelle sera désormais, à la place d'Orléans, la capitale des huguenots. Facile à défendre contre une attaque terrestre grâce à de bonnes murailles, la ville peut recevoir facilement, par voie maritime, les secours des Gueux ou ceux de la reine Élisabeth. Ses corsaires attaquent sans relâche navires marchands espagnols et français, de façon à faire du butin dont la vente servira à financer la bonne cause.

Comme en 1567, Condé publie, le 25 août, un manifeste pour justifier sa prise d'armes. Il invoque les entorses continuelles faites à l'édit de pacification, les innombrables victimes protestantes massacrées par les catholiques, les attentats préparés contre lui. Prince du sang, il ne s'en prend pas directement à Charles IX mais accuse formellement de tous ces malheurs le cardinal de Lorraine, qui gouverne l'esprit du roi. L'argumentation de son texte n'apporte rien de bien nouveau à la réflexion politique des huguenots. Cependant, dans son entourage, divers auteurs font paraître des libelles

---

[1] Pierre Champion, *Charles IX, la France et le contrôle de l'Espagne*, tome I, p. 150.

[2] L'autre frère de Coligny, l'ex-cardinal de Châtillon, s'est réfugié en Angleterre. Décédé en mai 1569, François d'Andelot n'a pas joué de rôle déterminant pendant la troisième guerre de Religion.

ou des traités qui manifestent une réelle radicalisation de leur pensée en ce sens qu'ils nient le droit divin et le pouvoir absolu du roi. Le plus représentatif de ces ouvrages s'intitule : *Question politique : s'il est licite aux sujets de capituler* [traiter, collaborer] *avec leur prince*. Composé entre octobre 1568 et mars 1569, attribué par les commentateurs à un parlementaire toulousain réfugié à La Rochelle, Jean de Coras, il développe trois idées également subversives : 1. l'autorité monarchique se fonde, non sur le droit divin, mais sur un contrat passé entre le souverain et son peuple (le serment du sacre en garde la trace) ; 2. loin de pouvoir se dire absolu, le roi doit partager son pouvoir avec les États généraux, les parlements et le Conseil des pairs de France ; 3. il est légitime de résister au prince qui ne respecte pas ses obligations, voire de le détrôner comme le fut Childéric III en 751. Dans l'espoir de pouvoir pratiquer librement leur religion, les protestants en arrivent donc, en 1568, à vouloir modifier le régime politique de la France. Ce n'est d'ailleurs pas à une révolution qu'ils songent, mais à un retour en arrière, au temps où le roi n'exerçait qu'une puissance modérée. Ce sont déjà les idées que les monarchomaques mettront en œuvre après 1572.

Quoi qu'il en soit, l'initiative de Condé prend la Couronne au dépourvu. À la Cour, elle renforce le parti catholique militant et donne la prépondérance politique aux cardinaux de Bourbon, de Lorraine et de Guise. Elle entraîne la disgrâce définitive de L'Hospital qui rend les sceaux de l'État le 27 septembre 1568 : il conserve sa dignité de chancelier qui est inamovible mais cesse d'en exercer les fonctions. Après bien des hésitations celles-ci seront finalement confiées à l'évêque d'Orléans, Jean de Morvillier, très modéré lui aussi, avec le titre de garde des sceaux.

Avant d'entrer en campagne, il convient de réunir le plus d'argent possible. Le gouvernement réussit à tirer de grosses sommes de la capitale et de diverses villes catholiques comme Marseille. Le pape Pie V, toujours prêt à financer la lutte contre les hérétiques, ne se fait pas prier. Dès le 1er août, il a signé une bulle autorisant Charles IX à percevoir une aide exceptionnelle sur le temporel de l'Église gallicane[3] ; le 24 novembre, après avoir versé 50 000 écus, il autorise une vente de biens du clergé qui rapportera plus de 2 millions de livres. Les autres prêteurs, la république de Venise et le duc de Florence, se montrent plus réticents. Ils exigent des gages

---

3 C'est parce qu'il a refusé de confirmer cette bulle, qui empiétait sur les privilèges de l'Église gallicane, que L'Hospital a dû rendre les sceaux. Il se retire dans son domaine de Vignay, près d'Étampes. Il mourra en 1573.

et la Couronne se voit contrainte de leur engager une partie de ses bijoux. Ils finissent cependant par payer. On peut ainsi recruter six mille Suisses supplémentaires et ordonner aux troupes réglées de prendre le chemin d'Orléans où l'armée royale doit se concentrer. Enfin, le 29 septembre, une procession solennelle se déroule à Paris. Selon la coutume capétienne, les reliques des saints Denis, Rustique et Éleuthère, apportées de Saint-Denis, sont conduites à la Sainte Chapelle. Charles IX dépose son sceptre et sa couronne auprès des corps glorieux pour obtenir la victoire. Le cardinal de Lorraine, qui a défilé pieds nus, célèbre la messe. On ne peut pas commencer sous de meilleurs auspices une guerre contre les hérétiques.

Le 4 octobre 1568, Henri duc d'Anjou, qu'on appelle maintenant le plus souvent *Monseigneur* ou *Monseigneur frère du roi*, et qui a participé à la procession du 29 en portant la couronne, quitte Paris pour établir son camp à Étampes. Catherine de Médicis l'y rejoint le 7, lui fait ses dernières recommandations et regagne, le 9, la capitale. Henri se dirige alors vers Orléans où il arrive le 11 pour prendre la direction des opérations. La charge est bien lourde pour un aussi jeune homme malgré l'expérience qu'il a pu acquérir en 1567. «On dit qu'il réussira bien à l'armée, écrit vers le même moment l'ambassadeur vénitien Giovanni Correro, car il souffrira patiemment les désagréments. Il n'a pas peur des dangers et accepte aussitôt les conseils de ceux qui sont à ses côtés. On peut penser que le temps aidant, il acquerra du jugement.»

La campagne d'automne et d'hiver qui s'annonce procure assez vite tout un lot de déconvenues. Pourtant, depuis le 31 août, chacun des maréchaux et des grands seigneurs qui doivent la conduire s'est vu fixer un rôle précis. Mais la reine mère a commis l'erreur de partager le commandement de la *bataille* (le gros de l'armée) entre Gaspard de Saulx-Tavannes et Louis de Saint-Gelais, seigneur de Lansac, ce qui entraîne contretemps et paralysie. Surtout, un froid intense, accompagné de neige et de verglas, s'installe dès le mois de novembre et gêne considérablement le mouvement des troupes. Enfin, il ne suffit pas d'aller combattre les huguenots rassemblés entre Loire et Gironde. Il faut aussi pouvoir arrêter à temps, sur les frontières du nord et de l'est, les renforts que Guillaume d'Orange et les princes protestants allemands s'apprêtent à envoyer à leurs coreligionnaires français.

En fait, jusqu'en janvier 1569, l'initiative appartient à Condé et à Coligny. Ils commencent par *donner de l'air* à La Rochelle en occupant Niort, Fontenay-le-Comte et Saint-Maixent, en poussant vers le sud-est jusqu'à Angoulême qu'ils assiègent. Le duc de

Montpensier, gouverneur de Touraine, qui s'est avancé jusqu'à Poitiers, prend la direction du sud dans le dessein de débloquer la ville. Mais celle-ci se rend à composition, moyennant 50 000 écus, pour éviter le sac et le pillage. Montpensier se dirige alors vers Périgueux et, le 26 octobre, il remporte le seul succès royal de la campagne en détruisant, près de Mensignac, l'avant-garde des renforts huguenots venus de Provence. Après quoi, il fait demi-tour et remonte précipitamment vers le nord, de façon à opérer sa jonction avec Henri d'Anjou qui est parvenu à Châtellerault. C'est chose faite au début de novembre.

Condé et Coligny, eux, se proposent d'aller au-devant des secours qui doivent leur venir de l'est : ceux que Guillaume d'Orange leur a promis en exécution du pacte conclu en août 1567 ; ceux que les princes protestants allemands sont en train de réunir sous le commandement de Wolfgang de Bavière, duc de Deux-Ponts (Zweibrücken). Le 17 novembre, au moment où Guillaume d'Orange atteint la frontière du royaume, un accrochage sans grande importance oppose à Pamproux l'armée du duc d'Anjou et celle de Condé. À l'issue du combat, les deux généraux préfèrent se replier. Le 22 décembre, Henri sort de Poitiers où il s'était installé et marche vers le nord. Devant Loudun, il se trouve à nouveau en présence des huguenots. Pendant plusieurs jours les deux adversaires se mesurent du regard. Mais la neige et le verglas interdisent de faire donner la cavalerie et on renonce à combattre. Condé se retire à Thouars et le duc d'Anjou à Chinon où il demeure jusqu'à la fin de janvier 1569.

À ce moment, la menace que représentaient les soldats de Guillaume d'Orange s'est évanouie. Exaspérés par l'absence de solde, travaillés par Gaspard de Schomberg, capitaine allemand au service de la France, ravitaillés par les soins de la reine mère, ils ont refusé de marcher et leur chef a dû se résoudre à les licencier à la mi-janvier. Wolfgang de Bavière, que la Cour a essayé en vain d'acheter, apparaît comme autrement redoutable car il est à la tête d'effectifs considérables, en partie soldés par Élisabeth d'Angleterre, mais il n'a pas encore quitté le territoire de l'Empire. C'est pour prendre en main la défense du royaume contre ce terrible danger que Catherine de Médicis éprouve le besoin de se rendre elle-même à Metz en compagnie de Charles IX. Elle y arrive le 22 février 1569 et y tombe assez longuement malade. Le duc de Deux-Ponts, qui passe ses hommes en revue le 15 mars, va réussir à tourner sans peine les positions françaises car le duc d'Aumale et le duc de Nemours, chargés de l'intercepter, ne s'entendent pas.

Pendant ce temps, les négociations destinées à mettre fin à la

guerre se sont engagées. À la Cour, les maréchaux de Montmorency, de Damville et de Vieilleville, tous politiquement modérés,
poussent à une solution rapide du conflit. Car les deux camps
endurent les mêmes misères. Le froid rigoureux, un ravitaillement
incertain, une solde à éclipses provoquent bien des désertions. On
manque totalement d'ardeur pour en découdre avec l'ennemi. En
janvier, les huguenots présentent leurs offres de paix. Ils demandent
le libre exercice de la religion réformée dans les places qu'ils
occupent. Condé souhaite devenir gouverneur de Saintonge pour
trois ans, de façon à faire de la province une sorte de principauté
calviniste. Henri de Navarre viendrait comme otage à la Cour et
l'on marierait, en signe de réconciliation, le fils de Condé avec une
fille du feu duc de Guise. Enfin les protestants seraient autorisés
à passer aux Pays-Bas, pour lutter contre les Espagnols aux côtés
des Gueux. Mais ces avances, combattues par la reine mère et le
cardinal de Lorraine, sont repoussées. Il faut donc, l'hiver une fois
passé, reprendre les hostilités.

Les lauriers de 1569 : Jarnac et Moncontour

À partir du mois de mars 1569, c'est une véritable guerre qui
se déroule à travers le royaume, avec manœuvres stratégiques et
batailles rangées. Les deux armées adverses ont eu le temps de
se reposer et de se compléter. Condé a reçu le renfort de contingents venus des provinces méridionales, Guyenne, Languedoc,
Dauphiné, Provence. Le duc d'Anjou, auquel on donne maintenant le titre d'Altesse, a vu venir à lui les arquebusiers gascons
du capitaine Sarlabous, les Provençaux catholiques du comte de
Tende, les reîtres du rhingrave Philippe de Salm. Il dispose de
cinq à six mille cavaliers, de douze à quatorze mille fantassins. Le
commandement effectif de cette belle armée est assuré par Gaspard
de Saulx-Tavannes, devenu le mentor militaire de Henri. Un chapelain de choc accompagne les troupes, le père jésuite Émond Auger,
provincial d'Aquitaine[4]. Auteur du premier catéchisme tridentin
en langue française et d'ouvrages doctrinaux, il vient de publier Le
pédagogue d'armes, sorte de manuel à l'usage du prince chrétien en

---

[4] Le père Émond Auger (1530-1591), formé à Rome du vivant même de saint
Ignace, fit sa profession solennelle en 1564 dans la Compagnie de Jésus.
Infatigable prédicateur, il prêcha pour la première fois à Paris en 1566. Les
liens qu'il noua avec le cardinal de Lorraine, protecteur des jésuites en France,
l'amenèrent à parler devant la Cour en 1568. Il sera plus tard le confesseur de
Henri III.

campagne[5]. Sa présence aux côtés du duc d'Anjou fait de celui-ci le chef d'une véritable croisade.

Une fois encore, Condé et Coligny prennent l'initiative. Comme le duc de Deux-Ponts est encore en Allemagne, il ne peut être question d'aller déjà à sa rencontre. Ils se dirigent donc vers le Quercy, de façon à s'unir aux chefs protestants isolés qui y combattent pour la cause de l'Évangile. Averti, Monseigneur quitte Chinon pour leur barrer la route. Le 9 mars 1569, son avant-garde atteint Château-neuf-sur-Charente, à mi-chemin entre Angoulême et Jarnac. À son approche, les huguenots, reconnaissables à leurs casaques blanches, se replient et rompent le pont, de façon à interdire au gros des forces royales, qui se trouve sur la rive gauche, de passer sur la rive droite du fleuve. Mais, dans la nuit du 12 au 13 mars, sur les conseils de Tavannes, le duc d'Anjou ordonne de réparer le pont et de construire de plus un pont de bateaux. Le matin du 13 mars, un dimanche, il peut voir toute son armée en formation de combat sur la rive droite. Il entend la messe et communie. Le père Auger l'aide à endosser son armure. Coligny, directement menacé par la manœuvre qui vient de se dérouler, fait reculer ses hommes sur une hauteur difficile d'accès, défendue par un ruisseau, près du village de Bassac. Mais les arquebusiers catholiques forcent cette défense naturelle, permettant aux troupes montées d'entrer en scène: sur le coup de midi, les reîtres du rhingrave Philippe de Salm et ceux du colonel de Bassompierre attaquent. Pour les arrêter, Condé, appelé à la rescousse, prend la tête d'une de ces charges de cavalerie dont il a le secret et qui emportent souvent la décision. Mais Henri d'Anjou, payant hardiment de sa personne, contre-attaque par le flanc et met les casaques blanches en déroute. Il ne reste plus aux Suisses qu'à faire le *carnage*, c'est-à-dire à égorger systématique-ment les blessés et les prisonniers qui ne peuvent pas payer rançon. Monseigneur les laisse faire.

Au cours de l'action, Condé, qui a reçu un coup de pied de cheval avant de charger[6], est désarçonné par sa monture touchée à mort. Incapable de se remettre en selle, il se rend à deux cavaliers catholiques qui lui promettent la vie sauve et comptent bien tirer une confortable rançon d'un aussi grand personnage: c'est l'usage

---

[5] *Le Pédagogue d'armes pour instruire un prince chrétien à bien entreprendre et heureusement achever une bonne guerre, pour être victorieux de tous les ennemis de son État et de l'Église catholique*, Paris, 1568.

[6] Agrippa d'Aubigné, qui n'en est pas à une exagération près quand il s'agit de glorifier les protestants, prétend que la ruade avait fracturé la jambe de Condé de telle façon que l'os cassé perçait sa botte! Aurait-il pu monter à cheval dans de telles conditions?

de la guerre. Survient alors un troisième individu, qu'Agrippa d'Aubigné et Brantôme désignent comme étant Joseph-François de Montesquiou, capitaine des gardes du duc d'Anjou. S'approchant du prince, il lui décharge son pistolet à bout portant, au défaut de la cuirasse et par-derrière. Condé meurt sur le coup.

Il n'est pas absolument certain que Montesquiou soit l'assassin. Un nommé François de Rousiers obtiendra en effet, en 1585, une pension de 3 000 livres pour avoir abattu le chef suprême des huguenots. Par ailleurs, ni Ludwig Pfyffer, le colonel des Suisses, ni les diplomates italiens ne donnent le nom du meurtrier. Et si Montesquiou est bien le coupable, on ne peut affirmer que ce soit sur ordre du duc d'Anjou puisqu'aucune trace d'un tel ordre n'a été conservée. Ce qui est, en revanche, certain, c'est que Monseigneur fait subir au corps du prince un traitement infamant. On le jette en travers du bât d'un âne, bras et jambes pendants, et on le promène au milieu des soldats catholiques qui fredonnent : « Il fut porté sur une ânesse, / Cil qui voulait ôter la messe. » C'est la vengeance que les Valois tirent de celui qui les a si cruellement outragés à la surprise de Meaux. Après quoi, le cadavre est rendu au beau-père du prince, le duc de Longueville, qui le fera inhumer à Vendôme, parmi les autres Bourbons.

Couronné par la victoire en sa dix-huitième année, Henri d'Anjou s'empresse de publier son succès. Deux messagers successifs partent pour Metz où se trouvent toujours Charles IX et Catherine de Médicis. Le second leur apporte les pistolets de Condé et un court billet dont le texte a été conservé : « Monseigneur, vous avez gagné la bataille. Le prince de Condé est mort. Je l'ai vu mort. Je me porte bien, suppliant le Créateur qu'il vous conserve. Mil cinq soixante-neuf. Entre Jarnac et Châteauneuf. » Le succès est cependant loin d'être total car Coligny n'a pas été tué et son armée n'est pas détruite. Le gros de son infanterie et son artillerie sont à l'abri des murs de Cognac ou se retirent vers Saintes. Et la direction suprême du parti huguenot passe entre les mains de l'amiral car celui que la naissance désigne pour assurer ce rôle, Henri de Navarre, a seulement seize ans. Henri de Condé, le fils du vaincu de Jarnac, est encore plus jeune.

Après leur défaite de Jarnac, les protestants ne peuvent plus envisager d'aller à la rencontre du duc de Deux-Ponts. Quant à l'armée royale, elle piétine devant Cognac, faute d'artillerie de siège. « Car je connais déjà par expérience, écrit Henri d'Anjou à Charles IX, que pour n'avoir à présent ladite artillerie, nous n'avons pas grand moyen de forcer nos ennemis dedans Cognac où ils se sont pour la plupart retirés. »

Le 14 avril 1569, Catherine de Médicis et Charles IX quittent Metz pour Verdun. Ils y reçoivent un émissaire du duc de Deux-Ponts, le docteur Wolfgang. Au nom de son maître, ce personnage fait la leçon au roi et lui demande de rendre aux huguenots les droits dont ils jouissaient avant la déclaration de Saint-Maur sous peine d'invasion. L'envoyé est vertement éconduit mais sa menace se réalise. L'armée allemande, forte de huit mille reîtres et de six mille lansquenets, passe par le comté de Montbéliard, pays luthérien, et par la Franche-Comté espagnole où les autorités la ravitaillent pour limiter les pillages. Le 27 avril, elle débouche en Bourgogne alors que les ducs de Nemours et d'Aumale l'attendent plus au nord.

Pendant ce temps, le duc d'Anjou en est réduit à occuper ses soldats à des opérations de détail. Il a installé son camp entre Charente et Dordogne. Il prive ainsi Coligny de toute liberté de mouvement. Mais, avec l'entrée des Allemands en France, une évidence s'impose à lui: il faut à tout prix empêcher le duc de Deux-Ponts de rejoindre les huguenots. Car celui-ci marche à une allure extraordinairement rapide, même la nuit, à la lueur des fermes et des villages qui flambent sur son passage, contournant ou renversant tous les obstacles. Il a pris et pillé Beaune. Parvenu aux approches de Dijon, il a obliqué vers l'ouest jusqu'à Vézelay, d'où il s'est rabattu vers le sud-ouest en direction de la Loire qu'il compte franchir à La Charité.

Le 10 mai, Henri d'Anjou explique au roi: «Le meilleur serait de marcher jusqu'à Bourges avec l'armée où je pourrais opérer ma jonction avec MM. de Nemours et d'Aumale et tous ensemble combattre le duc de Deux-Ponts.» Le 13, il expose ainsi la situation stratégique: «Le duc d'Aumale a passé la Loire et se trouve auprès de Bourges. Les ennemis sont à La Charité. J'ai été obligé de venir en cinq jours de La Rochefoucauld jusqu'au Blanc. L'amiral est en Saintonge où il amasse ses forces. Il faudrait combattre le duc de Deux-Ponts avant sa jonction; les armées sont de même force, environ sept mille hommes. Le margrave de Bade et les Italiens ne sont pas encore arrivés. Il faut les hâter.» Le 20 mars, Wolfgang de Bavière s'empare de La Charité, qu'il assiégeait, grâce à la trahison du commandant de la place. Il dispose désormais d'un pont pour franchir le fleuve.

Inquiète devant la tournure prise par les événements, Catherine de Médicis décide de se rendre auprès de son fils. Accompagnée des cardinaux de Bourbon et de Lorraine, elle quitte le 27 mai le château de Saint-Maur. Le 3 juin, elle arrive au camp de Monseigneur, à Preuilly-sur-Claise. Le conseil de guerre qu'elle y préside décide de passer à l'attaque avant l'arrivée des renforts italiens qui viennent d'atteindre Lyon. Il s'agit d'un contingent pontifical[7] (six mille hommes commandés par Ascanio Sforza, comte de Santa Fiore) et d'un contingent florentin (quinze cents hommes sous les ordres de Mario Sforza, frère d'Ascanio). La décision de combattre est prise contre l'avis de Tavannes qui préférerait voir l'armée allemande se désagréger faute de solde et de ravitaillement. Mais elle ne peut être mise à exécution car les reîtres catholiques du margrave Philibert de Bade, chargés de l'appliquer, refusent à deux reprises de marcher, le 6 et le 8 juin, parce qu'ils manquent de vivres, d'avoine et de vin. De plus, Wolfgang de Bavière fonce à toute allure vers le Limousin. Le 11 juin, il n'est plus qu'à une heure de marche de Coligny lorsqu'il meurt, à Nexon, des suites d'une beuverie[8]. Son lieutenant, Wolrad de Mansfeld, opère sa jonction avec les huguenots. Un état-major commun, établi à Saint-Yrieix, dirige l'ensemble. On peut y voir les jeunes princes Bourbon, Henri de Navarre et Henri de Condé, qui font leurs premières armes.

Ce sont désormais deux armées considérables mais hétérogènes qui opèrent en Limousin. Si Coligny peut disposer de ses Allemands, Henri d'Anjou a reçu ses renforts italiens ainsi qu'un contingent d'Espagnols et de Wallons, conduit par Pierre-Ernest de Mansfeld. Les deux armées sont à peu près d'égale force. Mais les protestants, reposés et soldés avec de l'argent venu de La Rochelle, ont un bien meilleur moral que les royaux qui désertent parce qu'ils ne trouvent à manger que des raves et des châtaignes.

Le 13 juin 1569, à la suite d'un accrochage survenu à Aixe-sur-Vienne, Coligny préfère se retirer. Henri d'Anjou le suit et, le 23, il établit son camp à proximité du village de La Roche-L'Abeille. Ayant l'avantage d'une position élevée, l'amiral l'assaille. Une contre-attaque dirigée par Philippe Strozzi, devenu colonel général de l'infanterie à la place d'Andelot, fait un moment reculer les huguenots. Mais ils reviennent à la charge, capturent Strozzi et cinq cents de ses arquebusiers, ne s'arrêtent finalement que sous les coups de l'artillerie. La pluie met fin au combat et les vainqueurs, selon la coutume, font le carnage. Pour terroriser les catholiques, ils vont jusqu'à couper les pieds et les mains des morts. Après sa reten-

---

[7] Le contingent envoyé par Pie V est une véritable armée de croisés partis combattre l'hérésie. Un évêque et cinq pères jésuites l'accompagnent comme chapelains ; ils répriment sans relâche la débauche, le jeu et les blasphèmes, font régner l'ordre catholique parmi la troupe.

[8] L'opération conduite par Wolfgang de Bavière est un exploit militaire tout à fait remarquable. Il ne lui a fallu qu'un mois et demi pour aller, en territoire ennemi et très loin de ses bases, de la Saône à la haute Vienne. Il s'est joué de tous les obstacles et n'a subi que très peu de pertes.

tissante victoire du mois de mars, le duc d'Anjou vient d'essuyer un
échec. Parmi ceux qui ont contribué à l'insuccès de la journée, par
leur témérité et leur indiscipline, figure Henri de Guise qui se fait
vertement tancer par Tavannes : « Monsieur, avant d'entreprendre, il
faut penser ; il vous fut être plus louable de vous perdre et de mourir
que de faire ce que vous avez fait[9]. »

Au lendemain de cette bataille, l'idée de Coligny, dont les propositions de paix sont rejetées par la reine, est de marcher vers le nord,
de franchir la Loire à Saumur et de porter la guerre aux environs
de Paris. Mais ses mercenaires germaniques veulent absolument
une grande ville à piller et l'amiral se voit contraint, après avoir
pris Châtellerault, d'aller assiéger Poitiers. Henri de Guise, âgé de
dix-neuf ans, et son frère le duc du Maine, qui n'en a que quinze,
se jettent dans la place avec sept cents cavaliers, pour renforcer la
garnison aux ordres du comte Du Lude, gouverneur de la province.
Le siège commence le 24 juillet, sans grand espoir de réussite car
les assiégés ont inondé la vallée du Clain et la cité domine de haut
la rivière. Pendant tout le mois d'août, l'armée protestante s'enlise
devant Poitiers. Mais les défenseurs finissent par manquer de
poudre et de nourriture. Pour les délivrer, Henri d'Anjou, toujours
conseillé par Tavannes, ordonne une diversion sur Châtellerault qui
force Coligny à lever, le 7 septembre, le siège où il aurait perdu deux
mille hommes. Les thuriféraires de la maison de Guise ne tarissent
pas d'éloges sur l'exploit du jeune duc, égalé par leurs soins à la
défense de Metz face à Charles Quint ! Ainsi s'achève la campagne
d'été. Les deux armées, très fatiguées, doivent se retirer quelque
temps pour se refaire, les royaux en Touraine, les calvinistes en
Poitou.

Le mois de septembre 1569 est un tournant important dans l'histoire de la troisième guerre de Religion. C'est le moment où l'armée
royale se ressaisit après une période de flottement causée par les
désertions[10], le manque de vivres, la maladie. Ce flottement, Henri
d'Anjou a été contraint de venir s'en expliquer à Tours, auprès de
Charles IX, avant de lancer son attaque contre Châtellerault. Par la
même occasion, il a défendu Tavannes, que le cardinal de Lorraine
aurait voulu remplacer par son écervelé de neveu, pour la plus

---

[9] Cité par Jean-Marie Constant, *Les Guise*, Paris, 1984, p. 66.

[10] Traditionnellement, les gentilshommes possesseurs de fiefs doivent servir le
roi à l'armée trois mois par an. Ce laps de temps écoulé, ils peuvent rentrer
chez eux. Ils usent d'autant plus volontiers de ce droit que, contrairement aux
gendarmes et aux mercenaires étrangers, ils ne sont pas payés.

grande gloire de la maison de Guise. En septembre, ces incertitudes ne sont plus de saison. L'armée a reçu son dû et l'on dispose de sommes suffisantes pour la solder encore deux mois. Dans le camp adverse, au contraire, on manque maintenant d'argent et il a fallu que le jeune prince Henri de Condé se constitue comme otage entre les mains des reîtres impayés ; la maladie décime les mercenaires et la noblesse huguenote se ruine au service de la cause de l'Évangile. Pour comble de disgrâce, le 13 septembre, Coligny est condamné à mort par le parlement de Paris pour crime de lèse-majesté. Le 28, licence est donnée à tous de le tuer.

Henri d'Anjou est décidé à en finir avec l'adversaire avant la mauvaise saison. Il passe la Vienne à Chinon et marche sur Loudun qu'il enlève. Le 30 septembre, une escarmouche se produit près du village de Saint-Clair et les deux armées se trouvent face à face à proximité de Moncontour. La disproportion des forces est flagrante (trente-trois mille royaux contre dix-huit mille protestants). L'amiral juge donc prudent de décrocher et en donne l'ordre le 3 octobre. Mais, au moment du départ, les reîtres réclament leur solde et deux heures se perdent en palabres. Pendant ce temps, sous la conduite du maréchal de Cossé, les catholiques prennent leurs dispositions de combat. Tavannes, qui surveille l'opération du haut d'une éminence, dit au duc d'Anjou : «Monseigneur, avec l'aide de Dieu, ils sont à nous. Je ne porterai jamais arme si vous ne les combattez et vainquez aujourd'hui. Marchons, au nom de Dieu !»

C'est vers trois heures de l'après-midi que l'action commence. Montée sur ses puissants chevaux, la gendarmerie royale fait reculer la cavalerie huguenote, beaucoup plus légèrement équipée. Coligny contre-attaque en conduisant lui-même la charge. Dans le feu de l'action, il affronte personnellement le rhingrave Philippe de Salm. Il le blesse mortellement mais reçoit au visage une balle de pistolet. Aveuglé par le sang, il doit quitter la mêlée. Le frère du prince d'Orange, Ludovic de Nassau, venu aider ses coreligionnaires français, réussit cependant à regrouper les cavaliers réformés et à les relancer à l'assaut sous la protection de l'artillerie et des arquebusiers qui tirent sans arrêt. C'est à ce moment que le cheval du duc d'Anjou s'abat, désarçonnant son cavalier. Le poids de son armure empêcherait Monseigneur de se relever si le marquis de Villars ne l'aidait à se remettre en selle. Finalement le maréchal de Cossé et Pierre-Ernest de Mansfeld – ce dernier gravement blessé – réussissent à repousser la charge. La phalange suisse peut alors entrer en action sous le commandement du colonel Pfyffer, culbutant tout sur son passage.

Lorsque tombe le crépuscule, l'armée protestante est en pleine
déroute et les Suisses font méthodiquement le carnage des vaincus,
égorgeant au couteau quatre mille Allemands, leurs rivaux détestés
sur le marché des mercenaires, et quelque quinze cents Français. Le
duc d'Anjou accorde cependant la vie sauve à plusieurs centaines
de prisonniers au nombre desquels figure le valeureux La Noue,
l'un des plus prestigieux chefs calvinistes[11]. Le soir même, à
Saint-Généroux, le général et ses adjoints tiennent conseil: faut-il
poursuivre l'ennemi qui fuit, comme le réclame Tavannes, ou bien
assiéger et prendre les villes protestantes pour les réduire à l'obéissance du roi? De la réponse donnée à cette question dépend la suite
de la guerre. Mais, pour l'heure, c'est un concert de louanges qui
monte vers le duc d'Anjou, non seulement en français, mais aussi
en latin. De tous ces hommages, le plus connu est celui que lui
décerne Ronsard:

> *Tel qu'un petit aigle sort*
> *Fier et fort*
> *De dessous l'aile à sa mère [...]*

> *Tel qu'un jeune lyonneau*
> *Tout nouveau*
> *Quittant caverne et bocage [...]*

> *Tel aux dépens de vos dos*
> *Huguenots*
> *Sentites ce jeune prince [...]*

> *Il a guidant ses guerriers*
> *De lauriers*
> *Orné son front et sa bande [...]*

> *Il a d'un glaive tranchant*
> *Au méchant*
> *Coupé la force et l'audace [...]*

---

[11] François de La Noue, né en 1531, a participé aux campagnes de Henri II
contre les Habsbourg avant de devenir un des principaux adjoints de Coligny
pendant la guerre civile. À l'assaut de Fontenay-le-Comte, son bras gauche
a été fracassé par une arquebusade. Grâce à une ingénieuse prothèse qui lui
vaut le surnom de *Bras de fer*, il peut quand même guider son cheval. Son
caractère chevaleresque a fait de lui, pour la postérité, le *Bayard protestant*.

Du sang gisent tous couverts
À l'envers
Témoins de sa main vaillante
Ils ont été foudroyés
Poudroyés
Sur les bords de la Charente [...]

Et soit au premier réveil
Du soleil
Soit qu'en la mer il s'abaisse,
Toujours nous chantons Henri
Favori
De Mars et de la jeunesse[12].

Vers la paix

Victorieuse à Moncontour, la Couronne n'exploite pas son succès. Au lieu de poursuivre énergiquement les huguenots en retraite et de les anéantir, Catherine de Médicis s'attarde à reprendre les places poitevines et saintongeaises où l'ennemi a laissé des garnisons. Tavannnes, partisan de la guerre de mouvement, n'est plus l'homme de la situation. Il demande son congé et regagne son gouvernement de Bourgogne.

Coligny a perdu toute son infanterie égorgée par les Suisses mais il garde une nombreuse cavalerie. Il se replie vers le sud-ouest par Parthenay, Niort, Saint-Jean-d'Angély et Saintes où il arrive le 16 octobre 1569. C'est là qu'il apprend sa condamnation à mort, sa pendaison en effigie à Paris, la confiscation de ses biens. Il s'y préoccupe de la défense de La Rochelle que les royaux risquent d'attaquer puis, reprenant son errance, il met le cap vers le sud-est. Le 20 novembre, il entre à Montauban à la tête de trois mille chevaux. Il y passe tout l'hiver, ralliant ses partisans et reconstituant son armée.

Henri d'Anjou suit l'amiral à distance mais ses troupes fondent sous l'effet des désertions. Le 16 octobre, il met le siège devant Saint-Jean-d'Angély. Une garnison de quatre cents gentilshommes et six cents arquebusiers, aux ordres d'Armand de Clermont,

---

12 «L'Hymne IX du roi Henri 3e, roi de France pour la victoire de Moncontour», *Les œuvres de Pierre de Ronsard. Texte de 1587*, par Isidore Silver, tome VI, Chicago-Paris, 1968, p. 133-136.

seigneur de Piles, défend la place. Le 24 octobre, Charles IX et Catherine de Médicis arrivent au camp. Henri les accueille avec respect et soumission et cède le commandement au roi. Ce dernier, qui envie les exploits de son frère et voudrait lui aussi son triomphe militaire, prend la direction des opérations et paie de sa personne, allant jusqu'à tirer lui-même le canon. Mais l'armée, que l'on a bien du mal à rémunérer, patauge dans la boue, menace de se disloquer sous les coups répétés de la maladie. Il faut donc accorder aux assiégés, que Coligny ne peut secourir, une capitulation honorable. Le 9 novembre, ils quittent la ville avec armes et bagages, enseignes déployées. Après ce médiocre succès, on ne peut faire autrement que de licencier le gros des troupes, de façon à faire des économies.

Lorsque Tavannes est venu prendre congé de Leurs Majestés, la reine lui a dit: «Tavannes, Tavannes, si cela dépendait de vous, vous n'hésiteriez pas à me priver d'un fils qui est toute mon âme, à mettre la vie et la couronne d'un autre en danger.» Cette réflexion désabusée prouve qu'à ses yeux la guerre civile a assez duré et que son fils Henri n'a pas besoin d'un supplément de gloire. De fait, c'est pendant le siège de Saint-Jean-d'Angély qu'elle engage les négociations en vue de la paix avec Jeanne d'Albret, toujours réfugiée à La Rochelle. Ces tractations ne s'arrêteront plus. Catherine de Médicis est à nouveau persuadée qu'il est impossible de détruire le protestantisme en France, qu'il vaut donc mieux traiter avec lui. Le duc d'Anjou partage son point de vue. Le 14 décembre 1569, il l'écrit à Tavannes: «Nous sommes après la paix tant que nous pouvons. Je prie à Dieu qu'il les inspire si bien qu'elle soit bientôt faite [...] car tout le monde est si las de la guerre qu'il n'est possible de plus.» En finir avec les horreurs de la guerre civile est une nécessité pressante pour le pouvoir royal en cette fin d'année 1569. Par ailleurs, la reine mère et le roi sont très irrités contre les mauvais procédés dont le roi d'Espagne, champion du catholicisme, use envers eux. Grande marieuse devant l'Éternel, on le sait, Madame Catherine a projeté d'unir Charles IX à l'archiduchesse Anna, l'aînée des filles de l'empereur, et de donner à Philippe II lui-même, veuf d'Élisabeth de Valois (décédée le 3 octobre 1568), sa deuxième fille Marguerite. Or le Roi Catholique dédaigne Margot et s'apprête à épouser Anna, contraignant Charles à se contenter de l'archiduchesse cadette, Élisabeth d'Autriche. Ce comportement discourtois mérite représailles et rien ne saurait déplaire davantage au souverain espagnol que le retour de la paix intérieure en France.

Pourquoi, dans ces conditions, met-on plusieurs mois à s'entendre? Parce que la monarchie veut bien accorder aux huguenots la liberté de conscience mais pas celle de culte que revendiquent hautement Jeanne d'Albret et Coligny. Comme le dit Henri d'Anjou à Tavannes, dans la lettre citée ci-dessus, ils «veulent les prêches et nous ne les voulons point, tant que cela sera nous serons appointés contraires». De plus, les réformés en viennent bientôt à réclamer des garanties pour l'avenir, par exemple, des places de sûreté où ils pourraient se réfugier en cas de danger. Cette exigence et quelques autres, ayant le don d'exaspérer le roi, retardent d'autant la conclusion d'un accord.

En fin de compte, le sort de la paix et le destin du royaume se jouent, pendant les premiers mois de 1570, entre deux partenaires qui négocient tout en se combattant : la cour de France et le parti protestant. Dans le premier camp, Catherine de Médicis, avec l'aide de ses deux fils et l'appui des modérés comme le maréchal François de Montmorency, s'évertue à trouver une solution honorable à la guerre civile. Dans le camp adverse, l'amiral cherche à se rendre redoutable et à imposer ses conditions à la Couronne en mettant toute une partie du royaume à feu et à sang.

Dans un mouvement que l'on dirait synchronisé, les deux camps se rapprochent progressivement de Paris. La Cour, en janvier 1570, quitte la Saintonge où règnent les fièvres, pour aller s'établir à Angers, capitale de l'apanage de Henri. Après y être demeurée trois mois, elle se transporte en avril à Châteaubriant, en Bretagne, chez Montmorency. En juin, elle s'installe à Gaillon, en Normandie, dans la résidence d'été du cardinal de Bourbon, archevêque de Rouen. En juillet, elle retrouve le palais royal de Saint-Germain-en-Laye. Coligny, lui, après avoir passé l'hiver à Montauban, s'en va piller les environs de Toulouse, incendiant systématiquement les propriétés des parlementaires catholiques. Le gouverneur du Languedoc, Henri de Montmorency-Damville, qui a pourtant combattu énergiquement les calvinistes dans un passé récent, ne s'oppose que mollement à lui car il appartient désormais, comme son frère aîné François, au clan des modérés. Coligny peut donc, tout à loisir, conduire en mars une marche dévastatrice à travers tout le Languedoc, depuis Carcassonne, qu'il se garde bien d'attaquer, jusqu'à Nîmes où il fait reposer ses soldats. À partir du 16 avril, toujours pillant et brûlant, il remonte la rive droite du Rhône. À diverses reprises, il se fait accrocher par des unités de l'armée royale qui cherchent à lui barrer la route, mais il réussit toujours à se dérober à leur étreinte.

En dépit de la guerre civile, la fin de 1569 et les premiers mois de 1570 ont apporté à Henri d'Anjou tout un lot de satisfactions. En décembre, il a reçu une promotion insolite, sans précédent dans l'histoire. À l'instigation de la reine, une décision de Charles IX a fait de lui l'*intendant général du roi*, c'est-à-dire une sorte de vice-roi, voire d'*alter ego* du monarque, qui lui a confié son cachet et s'en remet à lui pour une foule d'affaires. Cela ne diminue en rien l'omnipotence de Catherine de Médicis mais contrarie sérieusement l'aspiration du cardinal de Lorraine à redevenir le ministre tout-puissant qu'il a été sous François II. Henri le constate malicieusement dans une lettre à son confident Tavannes : «Vous avez su comme Leurs Majestés m'ont donné leurs affaires au maniement de quoi je m'assure que vous serez bien aise. Le cardinal, encore qu'il fasse bonne mine, n'en est pas fort aise : mais pourtant faut-il qu'il boive ce calice.» En janvier, son frère lui concède la place forte des Ponts-de-Cé, qui rapporte 40 000 écus par an, en reconnaissance des services militaires qu'il a rendus à la Couronne. Surtout, comme la reine mère et le roi tombent malades à Angers, il les remplace et joue pleinement son rôle d'intendant général du souverain. On le voit donc, dans sa dix-neuvième année, siéger régulièrement au Conseil, signer les ordres aux gouverneurs, recevoir les ambassadeurs, se mêler de politique étrangère.

Il profite de sa position dirigeante pour attribuer une pension à Tavannes : «Monsieur de Tavannes, lui écrit-il en mars, pour vous faire paraître que je me suis ressouvenu qu'avons été en deux batailles ensemble, j'ai pensé de vous prier accepter deux mille francs tous les ans, non pour que je pense vous rendre plus mien que ce que vous avez toujours été jusqu'ici, mais ayant été en deux batailles là où par votre avis, j'ai acquis tant d'honneur et réputation qu'il ne sera jamais que ne m'en ressouvienne et ressente en tout ce qu'il me sera possible.» Ce texte est doublement intéressant. Il nous révèle un prince porté aux libéralités, vertu normale en un siècle où le bon roi doit se montrer généreux avec la noblesse qui l'a bien servi. Il nous montre aussi comment se constitue la clientèle des grands et le soin avec lequel Henri compose la sienne en y incorporant ceux qui se font remarquer par leur talent.

Charles IX finit par prendre ombrage de la prépondérance acquise à la Cour par son frère. En février, si nous en croyons don Francès de Alava, il constate avec amertume : «Personne ne m'accompagne. Tout le monde se tourne vers mon frère.» Mais le duc d'Anjou, très conscient du danger que représenterait pour la dynastie une querelle de famille, reste dans les bornes de la soumission et de la fidélité. Lorsque des courtisans malveillants font courir le bruit que la discorde règne entre lui et son aîné, il ne manque pas de s'en indigner, par exemple dans une lettre du 10 février à son frère le duc d'Alençon qui réside à Paris.

Si l'on s'en tient aux apparences, la Cour ne se préoccupe guère que de futilités et de plaisirs : «Par ici, tout est banquets et fêtes», écrit don Francès au duc d'Albe le 2 mars 1570. On célèbre avec faste les noces du sexagénaire duc de Montpensier et de Catherine de Lorraine, la jeune sœur du duc Henri de Guise, âgée de seize ans. À peine rétabli, Charles IX, excellent cavalier, organise carrousels et jeux de bagues, ces exercices de force et d'adresse qui plaisent tant à la noblesse mais que Henri, obligé d'y participer, n'apprécie que modérément. Au cours d'un de ces carrousels, il heurte violemment Gaspard de Schomberg, colonel des mercenaires allemands, tombe de cheval et se démet l'épaule. Pour le consoler, la reine mère et le roi viennent prendre leur repas dans sa chambre. À Charles qui le plaint, le blessé répond crânement: «Votre Majesté ne doit pas se tourmenter, j'ai encore un bras pour la servir.» On joue même à la guerre civile! On forme deux troupes avec les pages et les laquais, l'une commandée par le roi, l'autre par son frère qui tient le rôle de La Noue, le capitaine huguenot. Les deux troupes s'affrontent en un combat fictif. En conduisant l'assaut de la maison défendue par Henri, Charles s'écrie: «La Noue, rends-moi ma cité car je suis le roi!»

Derrière ces amusements puérils, ces «enfantillages» comme dit don Francès, les négociations se poursuivent avec La Rochelle et avec l'amiral. Négociations difficiles, traversées par les manœuvres de Rome et de l'Espagne et pleines d'arrière-pensées. Le climat dans lequel elles baignent est très bien défini par le duc d'Anjou, en décembre 1569, dans une lettre à Tavannes: «Chacun fera ce qu'il pourra pour gagner sur son ennemi; le plus fin trompera l'autre mais nous l'avons déjà tant de fois été que nous nous en garderons bien, s'il est possible, car vous savez bien que chat échaudé craint l'eau froide.» C'est au cours de ces tractations que, pour la première fois, serait apparue l'idée de mettre un prince Valois sur le trône des Pays-Bas, enlevés à Philippe II. Selon don Francès de Alava, la proposition en aurait été faite par Coligny à Henri d'Anjou. Mais peut-on prendre son information au sérieux alors que ses révélations, le plus souvent tendancieuses, visent à envenimer les rapports entre France et Espagne? Quoi qu'il en soit, l'idée sera reprise sous le règne de Henri III, au profit de François d'Alençon mais elle échouera alors piteusement.

Catherine de Médicis se préoccupe aussi du mariage de ses enfants. Dès janvier, le secrétaire d'État Nicolas de Neufville, seigneur de Villeroy, part pour Vienne avec mission d'obtenir pour Charles IX la main d'Élisabeth d'Autriche, fille de l'empereur Maximilien II. Il revient à la Cour au bout de trois mois, son ambassade ayant obtenu plein succès. On commence donc à s'inquiéter du financement des noces. En mars, il est à nouveau question de faire épouser à Henri d'Anjou une fille du duc de Saxe, bien qu'elle soit luthérienne. Enfin, dans le cadre des discussions en cours avec les huguenots, un projet ancien revoit le jour, celui du mariage de Marguerite de Valois avec son lointain cousin Bourbon, Henri de Navarre. Une telle union scellerait la réconciliation des catholiques et des calvinistes, de la Couronne et de ses sujets protestants. Elle servirait à point nommé la cause de la paix intérieure.

Le 23 avril 1570, Charles IX et sa mère reçoivent un émissaire de Coligny, Charles de Téligny, venu leur apporter les dernières propositions de son chef. Ces propositions paraissent outrecuidantes à Charles IX qui, saisi d'une pulsion de violence contrastant avec son habituelle courtoisie, met la main à sa dague pour en frapper l'insolent. L'amiral en effet réclame la liberté du culte dans tout le royaume (même à la Cour lorsque des princes protestants y viendront), deux places de sûreté, le paiement de ses reîtres par le roi, etc. Ces revendications paraissant inacceptables, il faut dresser des contre-propositions que deux négociateurs, le baron de Biron et Henri de Mesmes, seigneur de Malassise, vont porter à Coligny. Ils le trouvent malade, alité, à Saint-Étienne. Comme les offres royales (une liberté de culte limitée aux gentilshommes et trois places de sûreté pour trois ans) ne lui conviennent pas, l'amiral, aussitôt rétabli, rompt les pourparlers et reprend sa marche vers le nord. Pour aller plus vite, il met ses arquebusiers à cheval. Bientôt, on le signale en Bourgogne.

Le mois de juin 1570 est un moment capital dans l'histoire de la troisième guerre de Religion. Plusieurs événements, survenus coup sur coup, accélèrent la conclusion de la paix.

Le 15, le capitaine La Noue, sorti de La Rochelle avec des troupes mises sur pied à l'aide de subsides anglais, remporte à Sainte-Gemme une victoire totale sur les soldats catholiques de Puygaillard, ce qui lui permet d'occuper Niort, Brouage et Saintes. Comme il contrôle déjà Luçon, Fontenay-le-Comte et Les Sables-d'Olonne, les royaux ne conservent plus, à proximité du grand port huguenot, que la place de Saint-Jean-d'Angély. C'est tout un territoire qui échappe à l'autorité de Charles IX.

Le 18 juin, Coligny met à sac la riche abbaye bénédictine de Cluny dont l'abbé commendataire[13] est le cardinal de Lorraine.

[13] Le concordat de 1516 autorise le roi de France à nommer les évêques et les abbés des monastères. Pour récompenser ses fidèles sans bourse délier, le souverain désigne souvent comme abbé un membre du clergé séculier, voire un laïque : c'est l'abbé commendataire qui touche les revenus de sa charge sans en exercer les fonctions. Le cardinal de Lorraine détient de nombreuses abbayes en commende.

Le 20, il incendie l'une des quatre filles de Cîteaux, l'abbaye de La Ferté-sur-Grosne. Puis il pille la région de Châlon-sur-Saône. Rien n'a encore pu l'arrêter lorsqu'il trouve devant lui, près d'Arnay-le-Duc, une petite armée royale commandée par le maréchal de Cossé. Après un combat indécis, l'amiral, qui ne se sent pas assez fort pour remporter la victoire, préfère décrocher dans la nuit du 28 au 29 et filer vers La Charité. Le 4 juillet, il se trouve à l'abri des murs de cette place d'où il peut tenter de menacer Paris.

C'est encore au mois de juin qu'une querelle au sein de la famille des Valois conduit à la disgrâce des Guises, adversaires acharnés de la paix. Henri d'Anjou est l'un des acteurs de cette querelle. Très proche à la fois de sa sœur Margot et du jeune duc de Guise, dans lequel il voit un excellent camarade, il ne tarde pas à s'apercevoir que la première, âgée de dix-sept ans, n'est pas insensible au charme viril du second, un grand garçon blond de vingt ans, auréolé de gloire par sa récente défense de Poitiers. Il en avertit la reine mère et le roi car le mariage d'une fille de France est une affaire politique dans laquelle sentiments et désirs n'ont rien à voir. Marguerite a le devoir d'épouser Henri de Navarre, petit, brun et peu séduisant, pour réconcilier les catholiques et les huguenots. Elle ne saurait en aucune façon s'unir à Henri de Guise, comme le souhaite le cardinal de Lorraine, car cela rappro-cherait les Guises du trône et renforcerait leur puissance, déjà excessive. Encore faut-il, pour pouvoir agir, avoir une preuve de la *faute* de la princesse. Une note de sa main, au bas d'une lettre adressée à son galant et interceptée avant qu'elle n'arrive à desti-nation, la fournit. Et le 26 juin, à Gaillon, vers cinq heures du matin, Charles IX se rend en robe de chambre chez sa mère déjà levée. Ils envoient chercher Marguerite, l'abreuvent de reproches pendant un quart d'heure et lui infligent une sévère correction. Il faudra une bonne demi-heure à la *coupable* pour rajuster sa coiffure et sa toilette. À la suite de cet incident, le cardinal de Lorraine quitte la Cour sous le prétexte d'un malaise. Quant à Henri de Guise, que Charles IX voudrait faire périr pour avoir osé jeter les yeux sur sa sœur, il en est réduit à annoncer son prochain mariage avec la riche et laide Catherine de Clèves, veuve d'un huguenot, le prince de Porcien. La cérémonie aura lieu le 3 octobre suivant. Ceux de Guise, qui s'opposaient à la paix de toutes leurs forces, perdent ainsi toute influence au moment même où Coligny est en mesure de se faire entendre.

★

Le 14 juillet 1570, une trêve est conclue entre les belligérants. Le 29, Téligny arrive à Saint-Germain pour les derniers pourparlers. Le soir même, l'accord est conclu. Il faut cependant que l'envoyé de l'amiral retourne à La Charité pour lui soumettre la liste des places de sûreté que le roi accorde aux huguenots. Le 5 août, au Conseil où l'on remarque l'absence du cardinal de Lorraine, le secrétaire d'État Villeroy donne lecture du texte de l'édit qui met fin à la troisième guerre civile. Le 11, le parlement de Paris, bien que très catholique, l'enregistre sans piper mot[14].

Malgré leurs défaites de Jarnac et Moncontour, les huguenots semblent triompher. L'édit de Saint-Germain leur renouvelle la liberté de conscience dans tout le royaume. Il autorise le culte réformé là où il se pratiquait jusqu'au 1er août, dans les faubourgs de deux villes par gouvernement et chez les seigneurs hauts-justiciers. Les prêches restent cependant interdits à Paris et dans un rayon de dix lieues autour de la capitale, à la Cour et dans les apanages des fils de France. Les protestants retrouvent les charges et dignités dont ils avaient été privés. Ils seront admis comme les catholiques dans les écoles, les universités, les hôpitaux. Le roi leur accorde pour deux ans quatre places de sûreté (La Rochelle, Cognac, Montauban et La Charité) en garantie de la bonne exécution de l'édit. Ce qui signifie que le gouverneur et la garnison de ces places devront se recruter parmi les calvinistes ; pour la Couronne, c'est un véritable abandon de souveraineté.

Le duc d'Anjou qui, comme son frère Alençon et tous les grands seigneurs, a juré de respecter l'édit, qualifie celui-ci de «bonne pacification» dans une lettre au gouverneur du Poitou. Il se range ainsi parmi les modérés qui affichent leur satisfaction. En revanche, les catholiques convaincus sont furieux. Blaise de Monluc, qui pourchassait encore les huguenots de Guyenne au cours de l'été, traduit dans ses *Commentaires* le désenchantement de la noblesse militaire : «Nous les avions battus et rebattus, mais ce nonobstant, ils avaient si bon crédit au Conseil du roi que les édits étaient toujours à leur avantage : nous gagnions par les armes, mais ils gagnaient par ces diables d'écritures[15].» Le duc de Montpensier et quelques autres manifestent hautement leur réprobation en quittant la Cour. Les foules catholiques, elles, sont atrocement déçues car, après Jarnac et

---

[14] Le parlement de Paris a toujours fait de grandes difficultés pour enregistrer les précédents édits de pacification. Mais, le 11 août 1570, Lansac et le président de Birague, qui apportent l'édit de Saint-Germain, sont suivis par un grand nombre de soldats.

[15] Blaise de Monluc, *Commentaires*, Bibl. de la Pléiade, Paris, 1964, p. 800.

Moncontour, elles avaient cru que l'hérésie allait enfin disparaître. À Paris et dans les grandes villes, les prédicateurs se déchaînent contre la paix. Les plus virulents sont Simon Vigor, curé de Saint-Paul, Arnaud Sorbin, curé de Sainte-Foi et maître Hugonis, de l'ordre des carmes. Dans un sermon, probablement prononcé le 15 août 1570[16], le premier dénonce la division religieuse comme un signe d'infidélité à Dieu et présente la paix comme une illusion qui lie au diable ceux qui l'ont conclue et qui l'acceptent ; pour lui, cette paix est une peine infligée par Dieu aux Français en punition de leurs péchés. S'il n'incite pas pour autant les fidèles à la révolte, il les appelle à haïr *mortellement* les hérétiques, hommes de perfidie et de trahison. On comprend que, dans ces conditions, les agressions se multiplient contre les protestants qui rentrent chez eux après la guerre et veulent tout simplement jouir des droits que leur accorde l'édit. Le soupçon qui gouverne depuis des années les rapports de la Couronne et des réformés ne s'évanouit donc pas, bien au contraire, et les chefs calvinistes préfèrent rester à La Rochelle plutôt que de venir à la Cour. Ainsi l'édit de Saint-Germain mérite-t-il son appellation de «paix boiteuse et mal assise» que certains lui ont donnée parce qu'elle a été négociée par le seigneur de Malassise et le boiteux baron de Biron.

À la veille de célébrer son dix-neuvième anniversaire, Son Altesse Royale Henri, duc d'Anjou, frère du roi, peut être content de lui. Durant les deux années qui viennent de s'écouler, il a fidèlement servi la Couronne par les armes et par le conseil, avec une distinction digne de la glorieuse race des Valois. Il lui reste à confirmer dans la paix les talents qu'il a manifestés dans la guerre.

---

[16] Analyse de ce sermon dans le livre de Denis Crouzet, *La nuit de la Saint-Barthélemy. Un rêve perdu de la Renaissance*, Paris, 1994, p. 271.

CHAPITRE V

À LA RECHERCHE D'UN ÉTABLISSEMENT

L'édit de Saint-Germain permet au royaume de bénéficier de deux années d'une paix précaire. Pendant ce court laps de temps, Henri d'Anjou est l'un des principaux acteurs de la vie politique, non seulement française mais européenne. Il se consacre avec application aux devoirs de sa charge sans négliger, bien au contraire, les plaisirs et les divertissements propres à son âge et à son rang. La question de son avenir se pose avec d'autant plus d'acuité que Charles IX se marie le 26 novembre 1570 avec Élisabeth d'Autriche et nourrit l'espoir d'être bientôt le père d'un dauphin[1]. L'ambitieux prince Valois à qui Nostradamus a prédit qu'il serait roi un jour peut-il envisager avec sérénité de rester l'éternel second en France? Ne conviendrait-il pas plutôt qu'il trouve à s'établir à l'étranger? Bien que les catholiques répugnent à voir s'éloigner celui qu'ils considèrent comme leur chef naturel, Catherine de Médicis le pense et s'y emploie activement. Mais son projet de lui procurer une couronne en le mariant à Élisabeth d'Angleterre se révèle vite irréalisable. Il lui faut donc continuer à jouer pleinement son double rôle de lieutenant général de Charles IX et de chef théorique du parti catholique alors que le ciel s'assombrit de toutes parts.

Un temps d'euphorie

À la fin de l'été 1570, les auteurs de la paix de Saint-Germain, au nombre desquels figure Henri d'Anjou, peuvent se laisser bercer par l'illusion qu'elle sera durable. Au Conseil, abandonné par le

---

[1] Le titre de dauphin est donné au fils aîné du roi de France, héritier de la Couronne. La vente du Dauphiné par Humbert III à Philippe VI de Valois en 1343 est à l'origine de cette pratique.

cardinal de Lorraine, les modérés comme le garde des sceaux Jean de Morvillier et le maréchal François de Montmorency tiennent le haut du pavé. Le nouvel édit est beaucoup plus facile à appliquer que le précédent parce qu'il mentionne les villes où les protestants peuvent tenir leurs prêches. Une commission mixte doit d'ailleurs veiller à empêcher ou à réprimer les infractions à la loi, d'où qu'elles viennent.

C'est dans l'intention de réussir et de consolider la pacification – et pas seulement par amour des vers – que Charles IX fonde, le 10 novembre 1570, l'*Académie et Compagnie de poésie et de musique*. La nouvelle institution est placée sous la direction de Jean-Antoine de Baïf. Ronsard la fréquente assidûment. D'esprit néoplatonicien, elle invite ses membres à s'élever jusqu'à la perception de l'harmonie cosmique et à travailler à transposer celle-ci sur la terre. Dans le même esprit, Catherine de Médicis renoue avec la pratique des fêtes et des spectacles de cour (mascarades, ballets, comédies) auxquels elle convie les adeptes des deux religions. Elle cherche ainsi à rapprocher les contraires, à surmonter les passions mauvaises des hommes, à retrouver le monde harmonieux aboli par les guerres civiles. Elle déploie un effort cohérent, que nous appellerions *culturel* en notre jargon, pour assurer le triomphe de la paix sur la discorde, de la civilisation sur la barbarie.

Tout cela coûte évidemment fort cher. Or, les caisses de l'État sont à sec car les impôts rentrent très mal et le montant des dettes défie l'imagination. Pour pouvoir payer en partie les arriérés de solde dus aux mercenaires suisses et allemands, pour pouvoir rembourser les emprunts contractés en France même, le gouvernement met à contribution le clergé et la ville de Paris. L'opération de vente de biens ecclésiastiques autorisée par la bulle pontificale du 24 novembre 1568 se poursuit jusqu'en octobre 1570. Elle rencontre un succès prodigieux à cause de l'instabilité monétaire et de la forte dépréciation de la monnaie de compte, la livre tournois[2].

Pendant les derniers mois de 1570, Henri d'Anjou, qui est entré dans sa vingtième année, siège régulièrement au Conseil et s'enferme plusieurs heures par jour avec le garde des sceaux ou

---

[2] Au XVIᵉ siècle, en France comme partout en Europe, coexistent une monnaie réelle et une monnaie de compte. La monnaie réelle, faite d'espèces sonnantes et trébuchantes, sert à effectuer les paiements ; elle se compose d'écus d'or, de testons d'argent, de deniers de billon (alliage d'argent et de cuivre). La monnaie de compte, fictive, est utilisée dans les contrats et la comptabilité. L'unité de base est la livre tournois, divisée en vingt sols de chacun douze deniers. C'est le roi qui fixe le rapport entre les deux monnaies. Mais à côté du cours officiel des espèces, il existe un cours marchand qui reflète l'état de l'offre et de la demande.

les secrétaires d'État pour expédier les affaires. Il le fait en fidèle exécutant de la politique royale : bien que chef du parti catholique, il s'emploie à réprimer toutes les infractions à l'édit de pacification qui viennent à sa connaissance. Il s'initie aux pratiques financières en supervisant le paiement des soldats licenciés.

Mais il entend aussi mener une vie élégante, raffinée et voluptueuse, fort différente de celle que mène le roi, toujours à chasser, à forger, à sonner du cor. Il se fait remarquer par le luxe, voire l'extravagance de ses vêtements. En novembre, don Francés de Alava le voit arborer « deux pendants d'oreilles avec des émeraudes si grosses qu'il n'y a pas une Moresque en Afrique qui en ait de plus grandes ». Étonné mais désireux de rivaliser avec son frère, Charles IX fait percer les oreilles à cinquante gentilshommes de sa suite (dont à un vieillard de soixante-dix ans) pour qu'ils puissent y accrocher des anneaux d'or. Puis il se ravise et leur ordonne d'enlever leurs boucles d'oreilles[3].

Monseigneur d'Anjou s'adonne aussi à ce que le Vénitien Giovanni Correro appelle « la chasse domestique » : au lieu de courre le cerf avec le roi, il préfère culbuter les filles d'honneur de sa mère. Grand et mince, avec les plus belles mains du monde, auréolé de prestige guerrier, d'une courtoisie parfaite, il est, aux yeux des femmes, une incarnation de la séduction et il rencontre peu de cruelles. « Il s'est tellement abandonné à elles, note le malveillant don Francés en décembre, qu'il a perdu la réputation que lui avaient gagné ses deux victoires [...] Il s'est abandonné au vice de ne faire autre chose que d'acheter des bijoux et de les mettre à ses doigts et à ses oreilles. » Quelques mois plus tard, Giovanni Michiele, ambassadeur extraordinaire de Venise, confirme l'impression de son collègue espagnol : « Le plus souvent, tout parfumé, il se tient au milieu des femmes, auxquelles il s'étudie à plaire en portant aux oreilles deux ou trois sortes de pendants. On n'a pas idée de la dépense qu'il fait pour la beauté et l'élégance de ses chemises et de ses habits. Il charme les dames de mille façons, mais surtout en leur donnant des joyaux qui lui coûtent des sommes énormes, en sorte qu'il obtient d'elles ce qu'il veut... » Depuis le mois d'août, il a une maîtresse en titre, Louise de La Béraudière Du Rouet, qu'on appelle à la Cour la Rouet (*la Roeta*, dit don Francés en son castillan). Veuve du baron d'Estissac, dame d'honneur de Catherine de Médicis, ancienne favorite d'Antoine de Bourbon, elle a sans doute déniaisé Charles IX

---

[3] À cette époque, le port de boucles d'oreilles n'est nullement un privilège féminin. Les hommes en arborent volontiers. On le voit souvent sur les portraits. Ce qui étonne chez Henri d'Anjou, c'est la taille de ses pendants d'oreilles et leur prix fabuleux.

avant de rendre le même service à Henri. À la fin de l'année 1570, son astre pâlit devant l'étoile montante de Renée de Rieux, dame de Châteauneuf, d'une illustre famille bretonne.

Particulièrement doué pour les rôles de représentation et les missions d'apparat, le duc d'Anjou caresse l'idée de se rendre à Vienne, en passant par l'Italie, pour aller y chercher Élisabeth d'Autriche. Mais la reine mère lui préfère un homme d'expérience, Albert de Gondi, comte de Retz. Du moins, puisque le mariage doit être célébré à Mézières, ville proche de l'Empire, est-il désigné pour s'acheminer au-devant de sa belle-sœur. François d'Alençon, qui a maintenant seize ans, l'accompagne. Son cortège rencontre celui d'Élisabeth le vendredi 23 octobre 1570 aux environs de Sedan. Le soir, dans le château illuminé de cette ville, un plantureux banquet réunit une foule de grands seigneurs français et allemands. Henri d'Anjou et l'archevêque-électeur de Trèves, Jacques d'Eltz, président les agapes. Parmi les convives, on remarque le duc de Lorraine Charles III, beau-frère des Valois, et le jeune duc Henri de Guise, rentré en grâce depuis son mariage. Le lendemain, ce sont environ deux mille personnes qui font le trajet de Sedan à Mézières. Le dimanche 26, dans la grande église depuis peu terminée, le cardinal de Bourbon, archevêque de Rouen et prince du sang, dit la messe et donne le sacrement de mariage aux souverains. La distinction naturelle, la gentillesse innée et la profonde dévotion de la reine Très Chrétienne, âgée de seize ans, impressionnent tous les assistants.

Au retour de Mézières, la Cour s'attarde quelque temps dans les châteaux de Villers-Cotterets et de La Ferté-Milon où se livrent d'homériques batailles de boules de neige. On peut voir Charles IX et son frère Henri (qui n'apprécie que modérément ces jeux puérils) défendre un fort de glace attaqué par le duc de Lorraine et François d'Alençon. L'année 1570 se termine donc dans les réjouissances.

En janvier et février 1571, la famille royale réside au château de Madrid. Elle prépare activement les entrées solennelles du roi et de la reine dans la capitale. Ces cérémonies doivent manifester aux yeux de tous le succès de la politique suivie depuis le mois d'août, magnifier la puissance et la popularité de la maison de Valois. On se procure les énormes sommes indispensables en réduisant les effectifs militaires, en sollicitant à nouveau le clergé et la ville de Paris, en puisant dans la fortune personnelle de Madame Catherine.

L'entrée de Charles IX déploie ses fastes le 6 mars. Le programme iconographique, conçu par les poètes Pierre de Ronsard et Jean Dorat avec l'aide de Guy Du Faur de Pibrac, conseiller fort érudit au parlement de Toulouse, est exécuté par les plus grands artistes, Nicolo Dell'Abbate pour la peinture, Germain Pilon pour la sculpture. Il exalte l'union de la France et de la Germanie. Ronsard rend un hommage appuyé à la reine mère, assimilée à Junon:

> *Catherine a régi le navire de France*
> *Quand les vents forcenés le tourmentaient de flots:*
> *Mille et mille travaux a porté sur son dos*
> *Qu'elle a tous surmontés par longue patience*[4].

Couverts de pierreries et montant de grands chevaux d'Espagne, Monseigneur d'Anjou et Monseigneur d'Alençon caracolent aux côtés du roi. Le 25 mars, le cardinal de Lorraine sacre la reine Élisabeth dans l'église abbatiale de Saint-Denis. L'entrée de la nouvelle souveraine, plus fastueuse encore que celle de son époux, se déroule le 29. Les ducs d'Anjou et d'Alençon chevauchent de part et d'autre du carrosse de leur belle-sœur.

Une fausse note vient cependant ternir cette apothéose monarchique: la noblesse a boudé le cortège de Charles IX. Les grands seigneurs huguenots, le roi de Navarre, le prince de Condé, l'amiral de Coligny n'ont pas quitté La Rochelle. Beaucoup de gentilshommes, ruinés par la guerre civile, n'ont pas pu se déplacer. D'autres ont refusé de venir pour protester contre le projet – qui ne verra pas le jour – d'un nouvel impôt de 5 % sur tous les revenus, y compris ceux des nobles. Il apparaît donc qu'après plus de dix ans de troubles, les grandes liturgies royales ne parviennent plus à rassembler la société française autour de la personne du souverain comme elles le faisaient au temps de Henri II.

Les difficultés de la pacification

Une fois passés les mois d'euphorie que la Cour a vécus à la fin de 1570, il faut bien tenter de résoudre l'éternel problème qui se pose à la fin de chaque guerre de Religion: comment consolider l'édit de pacification? comment regrouper autour du trône des hommes que tout oppose, que rongent le soupçon et le ressentiment? comment amener les Français à faire leur l'idéal royal de concorde?

Trouver la solution est d'autant plus urgent que les catholiques intransigeants ne sont pas prêts de désarmer. À Paris, les hommes d'Église comme Simon Vigor et Arnaud Sorbin se servent de la

---

[4] Sonnet affiché sur la statue colossale de Junon, érigée devant l'église du Saint-Sépulcre. Voir Pierre Champion, *Charles IX, la France et le contrôle de l'Espagne*, tome I, Paris, 1939, p. 345.

prédication dominicale pour dresser leurs ouailles contre l'œuvre de paix. Ils exploitent la crainte du Jugement dernier pour déchaîner la haine contre les hérétiques, cette *lèpre*, cette *peste*, cette *gangrène*.

En province, différents incidents prouvent que la majorité papiste ne peut tolérer la minorité huguenote. Les plus significatifs se droulent à Rouen. Le 18 mars, une quarantaine de réformés revenant du prêche y sont massacrés par une foule en furie parce qu'ils ne se sont pas agenouillés au passage d'un prêtre portant le viatique à un mourant. La justice royale, soucieuse de faire respecter l'édit de Saint-Germain, réussit non sans mal à faire arrêter cinq des agresseurs mais ceux-ci sont libérés par une émeute. Pour rétablir la légalité, Charles IX doit envoyer des soldats occuper la ville. Sous la protection de cette garnison, de nombreuses condamnations sont prononcées dont soixante-six à la peine capitale. Mais comme les coupables ont, pour la plupart, réussi à s'enfuir, deux seulement sont exécutés et l'on s'achemine vers une amnistie. Il n'empêche que, dans la troisième ville du royaume, un puissant sentiment d'indignation et de révolte dresse la population contre les autorités qui ont pris le parti de l'hérésie et bafoué la volonté de Dieu.

Pour apaiser les esprits, une sorte de division du travail s'établit au sommet de l'État. Le roi et le duc d'Anjou affectent de prendre des positions divergentes. Le premier protège ouvertement les protestants, le second se montre attentif aux doléances des catholiques. Les observateurs superficiels peuvent croire à une divergence politique entre les deux frères, à une discorde au sein de la famille royale. Plus subtil, un pamphlétaire huguenot anonyme analyse en ces termes leur double jeu : « Il y avait apparence qu'ils s'entr'entendaient pour découvrir tout ce qui se passait en l'une et l'autre part. Et de fait, le Roi tout ouvertement faisait paraître qu'il favorisait ceux de la Religion, jusques à leur dire qu'ils ne s'adressassent ni à sa mère ni à son frère, et qu'ils pouvaient être assurés qu'ils n'avaient autre support en cour que lui. Au contraire, le duc d'Anjou repoussait ceux qui s'adressaient à lui, leur déclarant qu'il n'était ni leur ami ni leur protecteur[5]. » De la sorte, le pouvoir royal dispose de clients et d'informateurs dans les deux partis et peut d'autant mieux faire appliquer l'édit de pacification. Mais que la Cour en soit réduite à jouer cette *farce à deux personnages* pour tenter d'imposer sa volonté en dit long sur la vanité des prétentions royales à l'autorité absolue en l'an de grâce 1571.

À l'extérieur, l'Espagne et la papauté, qui ont apporté leur aide à

---

[5]   « Le tocsin contre les massacreurs », édité par L. Cimber et F. Danjou, *Archives curieuses de l'histoire de France*, tome VII, Paris, 1835, p. 29.

la Couronne pendant la troisième guerre de Religion, manifestent clairement leur réprobation à l'édit de Saint-Germain. Philippe II et Pie V voudraient voir Charles IX et sa mère changer de politique. Et comme ils organisent au mois de mai une ligue chrétienne dirigée contre la puissance turque, ils poussent la France à les y rejoindre. Dans cette double intention, ils interviennent activement dans les affaires françaises en s'appuyant sur les catholiques militants. Pour équilibrer les pressions qu'ils exercent, pour échapper à ce que l'historien Pierre Champion a appelé «le contrôle de l'Espagne», un rapprochement s'impose avec les puissances protestantes. Or, dans l'Europe du XVIᵉ siècle, il n'existe pas de meilleur moyen d'associer deux États que de conclure des mariages dynastiques.

Deux projets, formulés dès l'année précédente, offrent l'intérêt de servir le royaume tout en permettant à Madame Catherine d'établir ses enfants, Henri et Marguerite. Un article secret de l'édit de pacification, reprenant une idée qui remonte à 1566, prévoit l'union de cette dernière avec Henri de Navarre, premier prince du sang. Cette alliance des Bourbons calvinistes avec les Valois catholiques consolidera la paix intérieure et vaudra au royaume la bienveillance des princes réformés de l'Empire, fournisseurs de reîtres et de lansquenets. Par ailleurs, deux dirigeants huguenots réfugiés outre-Manche, l'ex-cardinal de Châtillon et le vidame de Chartres, Jean de Ferrières, ont proposé en octobre 1570 le mariage de la reine Élisabeth (trente-sept ans) avec le duc d'Anjou (dix-neuf ans). Une telle union pourrait déboucher sur une entente franco-anglaise dirigée contre la prépondérance espagnole en Europe. Elle permettrait au fils préféré de Catherine de Médicis de coiffer une couronne, selon la prophétie de Nostradamus.

Quelques mois se passent cependant avant que ces projets ne viennent en discussion. Les noces de Charles IX ont occupé les dernières semaines de 1570. On a consacré janvier 1571 aux entrées solennelles du roi et de la reine à Paris. Mais voici qu'au début de février, Thomas Sackville, lord Buckurst, arrive à la Cour. Il est porteur des cadeaux de mariage de sa souveraine au roi de France. Catherine de Médicis saisit l'occasion pour engager des pourparlers avec l'Angleterre.

Mariages et politique

Cette négociation n'est pas une mince affaire. Il s'agit en effet d'unir un jeune héros catholique à une hérétique mûrissante, excommuniée par Pie V. Il s'agit aussi d'unir le beau-frère de Marie Stuart,

ancienne reine de France, à celle qui la tient en semi-captivité. Mais
la reine balaie toutes les objections qu'on lui présente. À ceux qui
insistent sur la trop grande différence d'âge entre les futurs époux,
elle rétorque qu'Élisabeth peut encore procréer, surtout avec un
aussi «bon étalon» que son fils Henri! À ceux qui lui parlent de la
déshonnêteté de celle qui se dit vierge tout en s'entourant de favoris,
elle réplique que celui qui aspire «à la grandeur et à la puissance»
doit passer sur cet inconvénient. Elle ajoute qu'elle mourra mécontente si son enfant ne devient pas roi.

Mais Monseigneur d'Anjou ne manifeste aucun enthousiasme à
l'idée d'être associé à la couronne d'Angleterre. Comme sa mère le
presse de se décider, il répond un jour qu'il ne veut pas être contraint
d'épouser «une putain publique». Et les catholiques français, qui
voient en lui leur chef naturel et veulent le garder à leur tête, le
poussent à rejeter le mariage contre nature qu'on lui propose. De
son côté, Élisabeth est bien trop jalouse de son autorité pour la
partager, même partiellement, avec un mari. Elle fait donc traîner
les choses en longueur. Habile à donner le change, elle minaude, se
déclare flattée mais se garde bien de conclure.

Au début de mai, cependant, toutes les difficultés semblent
aplanies. On raconte que la reine d'Angleterre accepte que son
époux soit couronné et puisse vivre dans la foi catholique. Mais
ce n'est là qu'un leurre et, au milieu du mois, la perspective du
mariage s'éloigne. Henri d'Anjou s'en félicite. Il confie à une de
ses amies qui le redit à don Francès de Alava: «La reine ma mère
semble avoir de la peine que mon mariage n'aboutisse pas mais moi
je suis l'homme le plus content du monde.»

L'union de Marguerite de Valois avec Henri de Navarre ne
paraît pas plus facile à réaliser. À la fin de 1570, le pape Pie V a
tenté de l'empêcher en relançant l'idée de donner Margot au roi
de Portugal, dom Sébastien. Mais le gouvernement de Lisbonne a
rejeté la proposition si bien que le mariage navarrais reste à l'ordre
du jour en 1571. Il est soutenu à fond par le cardinal de Bourbon,
oncle de Henri, parce qu'il rapprocherait sa famille du trône. Il est
en revanche freiné par Jeanne d'Albret qui redoute que son fils ne
se laisse contaminer par la dépravation morale de la Cour et ne soit
ramené au catholicisme par Charles IX. Pour fléchir sa résolution, la
reine mère compte sur certains chefs huguenots comme l'amiral de
Coligny, qui vient de se remarier, et le frère de Guillaume d'Orange,
Ludovic de Nassau. Ce dernier est resté à La Rochelle après la
conclusion de la paix pour coordonner l'offensive des Gueux de la
mer et des pirates rochelais contre le commerce espagnol. Il accepte
de s'entremettre car il espère profiter de l'occasion pour pousser

à une intervention militaire de la France contre le duc d'Albe aux Pays-Bas.

En juin 1571, Charles IX et sa mère font une dernière tentative en direction de l'Angleterre. Ils expédient deux émissaires à Londres, le capitaine des gardes du duc d'Anjou, Larchant, et le Florentin Guido Cavalcanti. Mais leur mission fait long feu : les dirigeants anglais sont en train de préparer le procès du duc de Norfolk, tenant de la cause catholique. Ils refusent donc tout net au futur mari de leur reine le droit de pratiquer, même en privé, la religion romaine. Il ne reste plus à Henri qu'à écrire de sa propre main, le 31 juillet, une lettre fort courtoise à Élisabeth, par laquelle il met fin à la négociation, rejetant la rupture sur « les difficultés qu'avez mises en avant au dit sieur de Larchant » et protestant qu'il n'y aura jour de sa vie où il ne demeure son très affectionné serviteur.

L'échec du mariage anglais s'explique à la fois par les scrupules de conscience de Henri d'Anjou et par la volonté des catholiques français de le garder en France. Le 12 septembre, don Francès de Alava donne son avis à Philippe II : le projet aurait visé avant tout à l'éloigner du royaume et à lui enlever le commandement de l'armée, à la grande satisfaction des hérétiques. Ceux-ci ont donc essuyé un échec. Mais, pour ne pas perdre l'appui de l'Angleterre, si précieux face à l'Espagne, la cour de France songe déjà à substituer le duc d'Alençon au duc d'Anjou comme prétendant à la main d'Élisabeth. Le dernier fils de Madame Catherine, qui n'a que dix-sept ans, se montrera peut-être plus malléable que son aîné.

Un temps d'incertitude

Au moment où le projet de mariage anglais se défait, Ludovic de Nassau rencontre Charles IX et sa mère. Une première fois au château de Lumigny, en Brie, le 12 juillet. Une seconde fois à Fontainebleau, à la fin du même mois. L'entretien porte à la fois sur le mariage navarrais et sur une possible intervention française aux Pays-Bas ; les deux questions sont désormais inextricablement liées. Dans son enthousiasme, le frère de Guillaume d'Orange se dit certain que l'Angleterre et les princes protestants allemands appuieront les efforts de la France. Il est écouté avec attention car ce qu'il propose, c'est de reprendre la grande politique étrangère de François Ier et Henri II, abandonnée depuis 1559.

Informé de l'intérêt pris par Leurs Majestés aux propos du prince néerlandais, l'amiral de Coligny retrouve le chemin de la Cour. Il le peut car ses vieux ennemis, ceux de Guise, ont abandonné la place.

Le jeune duc Henri et le cardinal de Lorraine, après le sacre de la reine, se sont retirés dans leur château de Joinville ; en octobre, on verra le cardinal, toujours évincé du Conseil, entreprendre, en prélat réformateur, la visite de son diocèse de Reims. Mais le soupçon gouverne toujours l'esprit du chef des huguenots, qui a exigé du roi, de sa mère et de ses frères, des garanties précises quant à sa sécurité. Le 12 septembre 1571, il est reçu à Blois, reprend sa place au Conseil. Son séjour, qui ne dure que cinq semaines, lui procure de grands avantages : une gratification de 150 000 livres, les revenus ecclésiastiques de son frère, l'ex-cardinal de Châtillon, décédé en Angleterre (dont la commende de l'abbaye de Saint-Benoît-sur-Loire). Surtout, il a pu exposer sa grande idée politique : réconcilier catholiques et protestants au moyen d'une guerre contre l'Espagne qui pourrait rapporter au royaume une partie des Pays-Bas.

La démarche que Coligny vient d'accomplir n'est pas seulement celle d'un rebelle repenti qui vient faire allégeance à son souverain. Elle est aussi celle d'un chef de parti qui se met à la disposition de la Couronne tout en prétendant lui dicter sa ligne de conduite. Le programme qu'il soumet à Charles IX peut paraître séduisant. Mais il ne tient pas compte des obstacles qui s'opposent à sa réalisation. Henri d'Anjou, lui, connaît parfaitement ces obstacles parce qu'il s'occupe quotidiennement d'administrer le royaume. Il devient donc, tout naturellement, l'adversaire politique de l'amiral.

Le manque d'argent est toujours aussi dramatique. En novembre 1571, on est bien loin d'avoir réglé leur dû aux mercenaires démobilisés. Alors que les recettes annuelles atteignent 15 millions de livres, le montant des dettes est le double de cette somme. Le roi, qui a déjà licencié les deux tiers de sa gendarmerie au mois de juillet, doit réduire en décembre le nombre de ses fantassins pour faire des économies. La France s'affaiblit donc militairement alors que l'Espagne n'a jamais été aussi puissante. Le 7 octobre, don Juan d'Autriche, fils naturel de Charles Quint, a anéanti la flotte turque à Lépante. On raconte que la nouvelle de ce succès porte ombrage au duc d'Anjou qui brûle de remporter à son tour une victoire sur les Infidèles. Pour Charles IX, l'important est ailleurs : les galères turques ne pourront plus soutenir la France si celle-ci entre en guerre contre Philippe II.

La situation intérieure du royaume ne s'est pas améliorée depuis le printemps, bien au contraire. La vieille querelle des maisons de Guise et de Montmorency est en train de rebondir pace que le duc Henri de Guise arrive à l'âge d'homme au moment où le maréchal de Montmorency et son cousin Coligny ont la faveur du pouvoir. Soucieux de réconcilier ces clans antagonistes pour garantir la paix,

Charles IX invite les Guises à reparaître à la Cour. Le feront-ils? Et s'ils le font, supporteront-ils longtemps la situation privilégiée de leurs adversaires? Leur lignage est très puissant et recherche l'appui espagnol depuis qu'il connaît une relative disgrâce[6]. Extraordinairement populaire à Paris en raison de son catholicisme intransigeant, est-il prêt à se soumettre à la volonté du roi?

Dans la capitale, le mécontentement des catholiques est tel qu'il ne demande qu'à exploser si on lui en donne le prétexte. Ce prétexte, c'est l'affaire de la croix de Gastine. On désigne sous ce nom une pyramide surmontée d'une croix et munie d'une inscription infamante pour les protestants. Elle commémore la pendaison, en juin 1569, de trois huguenots coupables d'avoir célébré clandestinement chez eux la Cène calviniste : le marchand drapier Philippe de Gastine, son fils et son gendre. Elle se dresse rue Saint-Denis, à l'emplacement de leur maison rasée par décision de justice. Or, un article de l'édit de pacification interdit tout monument rappelant une exécution capitale. À la requête de Coligny, Charles IX donne donc l'ordre, depuis Blois, d'enlever la pyramide et de la réédifier, privée de toute inscription, dans le proche cimetière des Saints-Innocents. En présence de l'injonction royale, les autorités parisiennes tergiversent, tant elles redoutent une réaction violente de leurs administrés. Si bien que, dans une lettre au prévôt des marchands Claude Marcel[7], le monarque peut à bon droit se plaindre de voir son autorité bafouée dans sa capitale. Après bien des atermoiements, après deux rappels à l'ordre signés du duc d'Anjou, après plusieurs manifestations, le transfert de la croix de Gastine a finalement lieu le matin du 20 décembre 1571. Il provoque immédiatement une sédition que le maréchal de Montmorency, gouverneur de Paris, réprime avec brutalité. Le dernier mot reste à Charles IX mais le fossé s'est encore élargi entre lui et le peuple catholique.

Quant au mariage navarrais, auquel le roi et Coligny tiennent tant, il a besoin, pour être valide, de deux dispenses pontificales : une

---

6 À la fin de 1571, l'ambassadeur d'Espagne à Paris explique à Philippe II que le duc Henri de Guise «reçoit toujours avec beaucoup de plaisir les dons que lui envoie Sa Majesté Catholique». En mars 1572, Philippe II ira jusqu'à écrire : «Cette maison s'honore d'être parmi mes serviteurs et affectionnés pour mes affaires.» Le 22 août 1572, Charles IX se montre «fort malcontent de ceux de Guise», ayant découvert qu'ils avaient de grandes intelligences avec l'Espagne».

7 Élu selon une procédure complexe où la recommandation du roi joue un rôle capital, le prévôt des marchands dirige la municipalité parisienne qu'on appelle le Bureau de ville. Claude Marcel, receveur général du clergé de France, est un financier ultra-catholique.

de consanguinité (les futurs époux sont cousins), une de religion (le futur mari est hérétique). Or le pape Pie V se refuse énergiquement à les accorder si bien que les enfants à naître d'une telle union seront des bâtards, inhabiles à la succession. Les obtenir coûte que coûte devient l'obsession du roi.

*

L'année 1571 a donc semé bien des embûches sous les pas de Charles IX et de sa mère. Ceux-ci cependant ne se découragent pas. En janvier 1572, ils entament des négociations qui doivent déboucher sur une alliance avec l'Angleterre. En février, ils repoussent une tentative de Rome et de l'Espagne pour faire échouer le mariage navarrais. Ils reçoivent en effet la visite de deux hauts dignitaires ecclésiastiques, le cardinal Alexandrin (Michele Bonelli), neveu et légat du pape, le général des jésuites François de Borgia, envoyé de Philippe II. Ces puissants personnages proposent à nouveau l'union de Marguerite de Valois avec le roi de Portugal. Au duc d'Anjou, ils offrent la main d'une infante. Et ils font appel à la conscience chrétienne de Charles IX pour qu'il ne s'allie pas aux hérétiques. Mais ils repartent bredouilles. Ils n'ont pas tourné les talons que Jeanne d'Albret arrive pour débattre avec Madame Catherine les clauses du contrat de mariage de son fils. Ludovic de Nassau l'accompagne, on devine dans quelle intention.

Henri d'Anjou, quant à lui, s'est montré remarquablement prudent depuis la signature de l'édit de Saint-Germain. Protecteur attitré des catholiques, il ne s'est jamais dressé en leur nom contre la volonté pacificatrice de son frère aîné. Lieutenant général du roi, engagé à ses côtés dans la politique de réconciliation avec les huguenots, il a néanmoins conservé la popularité qu'il a acquise grâce à Jarnac et à Moncontour. S'il a refusé de se sacrifier en épousant Élisabeth, il n'a pas cherché à profiter de la situation difficile du royaume pour pêcher en eau trouble, pour comploter et se révolter comme le fera plus tard François d'Alençon. Bref, il a montré, sous ses dehors efféminés, une pondération et une maturité qui sont de bon augure pour son avenir.

CHAPITRE VI

LES ANNÉES SANGLANTES

C'est l'incohérence, tout autant que la violence, qui gouverne la politique française en 1572. Au printemps, Charles IX s'allie à l'Angleterre réformée et encourage en sous-main les entreprises des huguenots aux Pays-Bas. Mais, l'été venu, il couvre de son autorité le massacre des hérétiques qui ensanglante Paris le *jour Saint-Barthélemy* (24 août) pour la plus grande satisfaction du roi d'Espagne. En dépit de cette affreuse tragédie, il entend poursuivre la politique suivie depuis 1570, maintenir son édit de pacification, rester l'allié des Turcs et l'ami des protestants allemands.

Le rôle que joue Henri de Valois, duc d'Anjou, dans le déroulement de ces *matines parisiennes* lui vaut la réputation d'un massacreur. Et comme la quatrième guerre de Religion sort tout naturellement de la tuerie, il lui faut endosser à nouveau le harnais du guerrier et s'en aller, en janvier 1573, assiéger La Rochelle révoltée. Son élection à la couronne de Pologne, le 4 mai suivant, le libère de cette tâche impossible à mener à bien et permet au royaume de retrouver une paix aussi fragile et mal assurée que la précédente.

La nouvelle donne

Au mois d'avril 1572, trois événements concourent à créer une situation nouvelle. Le 1er, les Gueux de mer, qui s'abritaient jusqu'alors dans les ports anglais mais viennent d'en être expulsés à la demande du duc d'Albe, capturent par surprise le petit havre de Brielle, dans l'île de Voorne, à l'embouchure de la Meuse. De là, ils étendent rapidement leur domination sur la Zélande et une partie de la Hollande qui se soulèvent contre Philippe II. Le 11, le contrat de mariage navarrais est enfin arrêté. Le 29, la France et l'Angleterre concluent un accord commercial et une alliance défensive, ratifiés en juin.

La position européenne de l'Espagne se trouve ainsi fragilisée et l'on s'attendrait à voir Charles IX en profiter pour intervenir aux Pays-Bas. Car le jeune roi, qui aura bientôt vingt-deux ans, nourrit l'ambition de jouer un rôle européen. Ne s'est-il pas, l'année passée, intéressé à un fumeux projet de ligue anti-espagnole échafaudé par le grand-duc de Toscane Cosme de Médicis?

Pourtant, il reste dans l'expectative et ne manque aucune occasion de proclamer son attachement à la paix. Moins parce que sa mère refuse énergiquement toute confrontation armée avec l'Espagne que pour deux raisons évidentes: le manque de moyens, la désunion des Français. Comment risquer une opération militaire d'envergure du côté des Flandres alors que les deux tiers de la gendarmerie ont été démobilisés en juillet 1571? Et comment voler au secours des Gueux alors que les catholiques militants refuseront de porter les armes contre Philippe II, à l'imitation du jeune duc du Maine qui part combattre les Turcs le 18 avril pour ne pas avoir à se mesurer un jour aux Espagnols? Au Conseil du roi d'ailleurs, le duc d'Anjou, le duc de Nevers, le comte de Retz et Gaspard de Saulx-Tavannes, promu maréchal de France en février 1571, répugnent à une guerre que le maréchal de Montmorency et l'amiral de Coligny appellent au contraire de leurs vœux.

Une attitude ouvertement belliqueuse est donc interdite à Charles IX. C'est pourquoi il met en œuvre une politique toute en trompe-l'œil, une politique de double jeu, de duplicité et de faux-semblants. Il affirme à qui veut l'entendre sa parfaite amitié pour le roi d'Espagne mais sème sous les pas de ce dernier le plus qu'il peut d'embûches et de chausse-trapes. Il soutient en sous-main les Gueux des Pays-Bas et pousse l'Angleterre à leur porter secours. Il ne dédaigne pas d'étaler une force plus apparente que réelle pour impressionner l'adversaire, mais en restant toujours dans l'incertitude et dans le flou. Par exemple, en rassemblant à Bordeaux et Brouage une flotte d'une trentaine de voiles aux ordres de Philippe Strozzi, sous le prétexte d'une expédition coloniale, en réalité pour gêner les communications maritimes de l'Espagne avec les Pays-Bas.

Une lettre de Charles IX à François de Noailles, évêque de Dax, ambassadeur à Constantinople, expose clairement cette politique: «Toutes mes fantaisies, écrit le roi, sont bandées pour m'opposer à la grandeur des Espagnols, et délibère m'y conduire *le plus dextrement* [adroitement] *qu'il me sera possible.*» Il ajoute que l'armée de mer qu'il est en train d'équiper doit «donner hardiesse à ces Gueux des

Pays-Bas de se remuer et d'entreprendre» et que l'alliance anglaise «met les Espagnols en une merveilleuse jalousie»[1].

Bien entendu, Philippe II n'est pas dupe et rivalise d'hypocrisie avec Charles IX. Il écrit le 1er juillet 1572 à son nouvel ambassadeur à Paris, don Diego de Zuñiga: «Tant qu'ils ne quitteront pas leur masque, nous ne devons pas quitter le nôtre; mais au contraire leur faire comprendre que nous avons foi dans leurs paroles; agir avec la même dissimulation dont ils usent, tant qu'ils ne nous donnent pas une raison plus évidente de procéder autrement[2].» Et la reine Élisabeth d'Angleterre n'est pas en reste; alliée officielle de la France, elle n'hésiterait pas à assister le duc d'Albe si les Français s'emparaient d'une partie des Pays-Bas et devenaient pour elle de trop puissants voisins[3].

Cette politique étrangère, toute d'incertitudes et grosse de dangers, a pour corollaire le mariage navarrais que Charles IX et Catherine de Médicis veulent réaliser au plus vite, de façon à consolider l'édit de pacification en donnant aux protestants une satisfaction de poids. Car ceux-ci ont trop souvent tendance à se comporter en partenaires incommodes plutôt qu'en sujets obéissants. Ce qui pousse Henri d'Anjou, soucieux de préserver le pouvoir royal contre toute atteinte des dissidents, à recommander à leur égard une attitude de fermeté («pourvu que ce qui leur sera accordé soit fait *avec votre autorité*», dit-il au roi) tempérée par la douceur («les avoir *plutôt par la voie de la douceur que par la force d'armes*»)[4]. Ce que le prince redoute par-dessus tout – l'avenir lui donnera raison –, c'est la constitution, au sein de la société française, d'un corps protestant ingouvernable, qu'il faudrait donc briser avant qu'il ne soit trop tard.

La célébration du mariage navarrais suppose, on l'a vu, une dispense pontificale qui n'arrive pas. Le remplacement de l'austère Pie V par Grégoire XIII (élu le 13 mai), la disparition de Jeanne d'Albret, décédée le 9 juin, ne modifient en rien la détermina-

---

[1] Cette lettre est du 11 mai 1572. Elle est citée par les auteurs suivants: Emmanuel de Noailles, *Henri de Valois et la Pologne en 1572*, tome I, Paris, 1867, p. 9; Pierre Champion, *Charles IX. La France et le contrôle de l'Espagne*, tome II, Paris, 1939, p. 33, n. 1; Jean-Louis Bourgeon, *Charles IX devant la Saint-Barthélemy*, Genève, 1995, p. 114; Arlette Jouanna, *La Saint-Barthélemy. Les mystères d'un crime d'État*, Paris, 2007, p. 80.

[2] Cité par Pierre Champion, *op. cit.*, p. 46, et par Arlette Jouanna, *op. cit.*, p. 83.

[3] Pierre Champion, *op. cit.*, tome II, p. 38, n. 3. Le 10 juin 1572, un émissaire d'Élisabeth informe Coligny que la reine d'Angleterre n'accepterait jamais l'installation des Français aux Pays-Bas.

[4] Cité par Pierre Chevallier, *Henri III, roi shakespearien*, Paris, 1985, p. 153.

tion romaine. Surtout que le cardinal de Lorraine, arrivé à Rome le 13 juin, contrecarre efficacement les projets de Charles IX. L'ambassadeur français à Rome, le baron de Férals, le prie de demander lui-même la dispense au pape. Il repousse la requête avec hauteur. Pour qu'il consente à s'exécuter, il faut qu'il en reçoive l'ordre formel du roi. Mais il incite Grégoire XIII à refuser. Et à Catherine de Médicis, qui sollicite en vain son concours, il répond avec superbe : «Les choses impossibles, il n'y a que Dieu qui les puisse, Madame[5].»

Le 16 mai 1572, Ludovic de Nassau quitte Paris à la tête d'une forte troupe de huguenots. Les 23 et 24, sans coup férir, il prend le contrôle des villes de Mons et de Valenciennes qui lui ouvrent leurs portes. Après les provinces du nord, Hollande et Zélande, c'est maintenant le Hainaut francophone qui se révolte contre Philippe II. Quelques jours plus tard, les Espagnols reprennent Valenciennes et mettent le siège devant Mons.

À partir de ce moment, les protestants français n'ont plus qu'une idée en tête : aller délivrer Mons. Des centaines d'entre eux passent la frontière dans cette intention. Le 6 juin, l'amiral de Coligny, qui vivait jusque-là dans sa maison de Châtillon-sur-Loing, reparaît à la Cour. Il est encouragé à le faire par l'attitude du jeune duc de Guise qui se prête à une réconciliation de façade. Mais il le fait surtout pour entraîner le royaume dans un conflit ouvert avec l'Espagne. Comme il doit payer sa dette à Guillaume d'Orange qui l'a soutenu pendant la troisième guerre de Religion, il conduira aux Pays-Bas une armée française qui combattra aux côtés des Gueux. Le 19, il remet à Charles IX un éloquent plaidoyer en faveur de la guerre.

Mais il se heurte à la majorité catholique du Conseil, en particulier à Henri d'Anjou et au maréchal de Tavannes. Le 26 juin, au château de Madrid, le premier met en avant la misère du royaume, l'insuffisance notoire des forces armées, le délabrement des places fortes, pour recommander le maintien de la paix. Le second explique qu'en cas de succès, le roi serait «tenu en laisse» par les huguenots vainqueurs. Tous insistent sur l'exemple funeste que donnerait la France en soutenant des rebelles à leur souverain légitime. Coligny est battu. À cette date, il est certain qu'il n'y aura pas de nouvelle guerre entre les Valois et les Habsbourg de Madrid.

---

5   Lucien Romier, «La Saint-Barthélemy. Les événements de Rome et la préméditation du massacre», *Revue du XVIᵉ siècle*, tome I, 1913, p. 547-550. D'autres auteurs estiment au contraire que le cardinal de Lorraine, soucieux de rentrer en grâce auprès du roi, a fait de son mieux pour obtenir la dispense, sans y réussir. Voir Arlette Jouanna, *op. cit.*, p. 70.

Le 21 juin, l'un des capitaines enfermés dans Mons, Jean de Hangest, seigneur de Genlis, a quitté la place pour aller chercher des secours. À Paris, il rend compte secrètement de la situation à Charles IX. Le 12 juillet, il repart avec un corps de trois à quatre mille huguenots. Mais au lieu de se diriger vers la Meuse, de façon à rejoindre les forces allemandes de Guillaume d'Orange, il fonce droit sur Mons. Le 17 juillet, à Quiévrain, le fils du duc d'Albe, don Fadrique de Tolède, attaque à l'improviste ses hommes au repos et les taille en pièces. L'affaire est d'autant plus grave qu'un édit royal du 8 juillet interdit aux Français de passer la frontière. Le roi de France ne peut donc que condamner l'entreprise de Genlis; mais ce dernier, fait prisonnier et torturé, avoue avoir agi en son nom[6].

Coligny est un personnage singulièrement obstiné. Loin de céder au découragement, il tente à nouveau, le 21 juillet et le 5 août, d'amener Charles IX à ses vues. Le 10 août, le Conseil se prononce encore contre lui. Il ne lui reste plus qu'à intervenir à titre privé aux Pays-Bas, s'il veut honorer le pacte d'assistance qu'il a conclu en 1568 avec Guillaume d'Orange. Il continue donc à lever des soldats. Il compte entraîner dans l'aventure les gentilshommes qui affluent à Paris pour le mariage du roi de Navarre. Si bien que le 15 août, un envoyé du duc d'Albe, le seigneur de Gomicourt, vient à Paris. Il proteste contre les passages répétés de la frontière par les Français et demande des explications sur un rassemblement de quelque trois mille hommes à proximité de Mons. Pour Philippe II, qui n'a cessé de réclamer sa tête depuis 1568, l'amiral de Coligny est décidément l'homme à abattre[7].

Les noces vermeilles

Le 8 juillet 1572, Henri de Bourbon, roi de Navarre, suivi de nombreux gentilshommes huguenots, a fait son entrée à Paris. Pour lui faire honneur, Charles IX est allé à sa rencontre à la tête d'un brillant cortège. Mais les autorités catholiques de la capitale ont manifesté leur mauvaise volonté. Le Parlement ne s'est pas dérangé; le Bureau de ville s'est éclipsé à la première occasion.

---

[6] Genlis portait sur lui un document très compromettant pour Charles IX: une lettre du 27 avril à Ludovic de Nassau dans laquelle le roi se déclarait déterminé à porter secours aux Gueux des Pays-Bas.

[7] C'est le point de vue de P. Champion et de J.-L. Bourgeon. Pour d'autres historiens, il n'était nul besoin d'abattre Coligny pour empêcher la France d'intervenir aux Pays-Bas, bien au contraire. Voir sur ce point Arlette Jouanna, *op. cit.*, p. 90-91.

Retardé par la mort de Jeanne d'Albret, le mariage de Margot et Henri l'est plus encore par la détermination de Grégoire XIII à lui refuser la moindre légitimation. Charles IX, irrité, est prêt à braver l'autorité pontificale. Il se tire finalement d'affaire par une ruse. Le baron de Férals, préalablement chapitré, fait savoir le 1ᵉʳ août que Sa Sainteté a accordé la dispense mais qu'il faut un peu de temps pour la mettre en forme et l'expédier. Il n'en est rien mais l'argument, pour spécieux qu'il soit, convainc le cardinal de Bourbon de célébrer la cérémonie.

Le lundi 18 août, les fastes du mariage se déroulent dans des conditions scandaleuses aux yeux de tous les bons catholiques. Le cardinal donne le sacrement aux époux sur une estrade dressée devant Notre-Dame de Paris. Puis, Henri et Margot pénètrent dans une église à moitié vide et s'avancent jusqu'au chœur. Alors, Henri s'éclipse par la porte rouge (la porte des chanoines) pour aller attendre à l'évêché la fin de la messe, cette superstition damnable à laquelle un bon huguenot ne saurait participer. Il faut que le duc d'Anjou le remplace, joue le rôle du marié et suive l'office aux côtés de sa sœur. La messe dite, tout le monde s'en va banqueter au palais de la Cité.

Les fêtes qui suivent, d'esprit néoplatonicien comme il se doit, veulent célébrer, par la vertu de la musique et de la poésie, l'harmonie retrouvée grâce au rapprochement des papistes et des calvinistes. Le soir du 18, la Cour assiste au défilé des *roches argentées*. Ce sont des rochers factices posés sur des chars qui passent devant les spectateurs. Sur l'un se tient le roi, sur deux autres ses frères Henri d'Anjou et François d'Alençon. Les sept derniers portent des dieux accompagnés de monstres marins. Les Valois sont, une nouvelle fois, rangés parmi les divinités de la Fable. À chaque arrêt des chars, des chanteurs déclament des vers de circonstance[8]. Le lendemain, Henri d'Anjou offre chez lui un grand banquet puis on va au Louvre pour le bal.

Le soir du mercredi 20 août, dans la grande salle de l'hôtel du Petit-Bourbon, se déroule une étrange et symbolique pantomime. Le décor montre d'un côté le paradis avec les Champs Élysées où s'ébattent douze nymphes, de l'autre le Tartare, enfer empli de flammes, de spectres et de furies. À la tête d'une troupe de chevaliers errants (surtout des huguenots), Henri de Navarre attaque le paradis, défendu par Charles IX et ses deux frères. Les assaillants,

---

8 Cette version de la fête est celle que donne J.-A. de Thou dans l'*Histoire de son temps*. Celle des *Mémoires de l'État de France sous Charles IX*, plus complexe, n'en modifie pas le sens.

évidemment repoussés (comme à Jarnac et Moncontour), sont précipités dans le Tartare (on diabolise toujours les protestants). Pendant qu'ils s'y morfondent, Mercure et Cupidon, descendus du ciel, viennent féliciter les vainqueurs qui vont danser avec les nymphes durant une heure. Après quoi, on tire du Tartare les chevaliers errants et on rompt des lances avec eux (allusion à la réconciliation que le mariage vient de sceller). Tout se termine par un feu d'artifice. L'amour universel, plus fort que Mars, vient de triompher et toute violence est désormais bannie.

Le jeudi 21, un tournoi occupe la cour du Louvre. Charles IX, le duc d'Anjou, le duc d'Alençon, le duc d'Aumale et le duc de Guise sont déguisés en amazones. Ils affrontent le roi de Navarre et ses huguenots, costumés à la turque (malgré la réconciliation de la veille, on ne peut s'empêcher de les tourner en dérision).

Ces fêtes de cour ne doivent pas faire illusion. Les Parisiens les considèrent avec hostilité. La faveur dont jouissent les hérétiques les offense d'autant plus qu'ils ont donné beaucoup d'argent pour leur faire la guerre. Ils grondent contre la présence dans leur ville de nombreux hobereaux calvinistes, souvent gascons, parlant haut et fort, prompts à dégainer s'ils ont l'impression qu'on les regarde de travers. Le dimanche 17 août, les prédicateurs s'en prennent en chaire à ce que Simon Vigor appelle un «accouplement exécrable». Ils annoncent l'imminence du châtiment divin qui va s'abattre sur les coupables. Accablé par le haut prix des céréales et du pain (la récolte a été mauvaise), le petit peuple murmure. Beaucoup s'imaginent que le roi, dont l'impopularité est à son comble, va se faire protestant. Les parlementaires, courroucés par l'enregistrement forcé d'un édit fiscal frappant les procureurs (16 août), sont sur le point de faire la grève de la justice. Le mariage navarrais, dont Catherine de Médicis et Charles IX attendaient la réconciliation nationale et la consolidation de la paix, dresse contre eux les habitants de la capitale, une capitale qui s'est déjà soulevée, il y a quelques mois, à propos de la croix de Gastine.

Le vendredi matin 22 août, pendant que le roi assiste à une messe, Henri d'Anjou préside un conseil destiné à remédier aux plaintes des huguenots. Coligny est présent. Vers onze heures, il regagne à pied son domicile parisien tout proche du Louvre, l'hôtel de Rochefort, rue Béthisy. Il emprunte la rue des Poulies. Au moment où il se baisse pour rajuster sa chaussure, il est touché par une balle qui lui arrache l'index de la main droite et le blesse au bras gauche, vers le coude. On le transporte chez lui. L'après-midi, il reçoit la visite de Charles IX qu'accompagnent Catherine de Médicis, Henri d'Anjou et de nombreux courtisans. Le monarque, moralement atteint par l'attentat («La douleur est pour toi, amiral, la honte pour moi», dit-il à Coligny), jure de faire prompte justice et ordonne une enquête.

Qui a tiré sur le chef des huguenots? Bien que le ralliement des érudits sur son nom soit relativement tardif, Charles de Louviers, seigneur de Maurevert, est en général désigné comme le coupable[9]. Mais qui a commandité son acte? Tous les indices accusent ceux de Guise. La maison d'où le coup de feu est parti appartient au chanoine de Villemur, ancien précepteur du duc Henri. C'est François de Villiers, seigneur de Chailly, maître d'hôtel du duc d'Aumale, qui a introduit, sous un pseudonyme, le tueur dans cette maison. Et le cheval qui a servi à la fuite de celui-ci appartient à l'écurie de l'hôtel de Guise. Malgré la réconciliation apparente du mois de juin, il semble bien que les Lorrains aient voulu mener leur vendetta à son terme[10].

Pourtant, l'histoire officielle de la France, propagée par les manuels, s'est longtemps évertuée à dénoncer Catherine de Médicis, maléfique Florentine, comme la responsable de l'attentat et son fils Henri comme son complice. La reine mère, jalouse[11] de l'ascendant pris par Coligny sur Charles IX, hantée par le risque d'une guerre avec l'Espagne, aurait décidé la mort du gêneur et autorisé ceux de Guise à exercer enfin leur vengeance. Sur son ordre, le duc d'Anjou aurait surveillé tous les préparatifs du forfait, pris contact avec le tireur, fourni une arquebuse de ses gardes.

Cette explication n'a pas résisté à la critique. On sait aujourd'hui, grâce à l'historienne anglaise Nicola Mary Sutherland, que Coligny n'a pas séjourné assez longtemps à la Cour pour s'emparer de l'esprit du roi et provoquer la jalousie de Madame Catherine. On sait aussi que celle-ci n'avait pas à redouter une déclaration de guerre à l'Espagne puisque le Conseil avait repoussé à trois reprises les propositions bellicistes de l'amiral. On comprendrait d'ailleurs mal qu'elle veuille renoncer brutalement, au lendemain des noces de sa fille, à cette politique de rapprochement avec les huguenots qu'elle poursuivait obstinément depuis deux ans. Il y a donc tout

---

[9]   En octobre 1569, Maurevert a déjà assassiné l'un des principaux lieutenants de Coligny, Artus de Mouy.

[10] On a supposé que la décision des Guises de tuer Coligny aurait pu être prise entre le 11 et le 18 avril 1572.

[11] L'idée que Catherine de Médicis éprouvait de la jalousie (*gelosia*) pour Coligny se fonde principalement sur une lettre du nonce Antonio Maria Salviati en date du 2 septembre 1572. Mais, dans une dépêche du 22 septembre suivant, le prélat, au lieu de revenir sur la jalousie de la reine, parle de sa méfiance (*diffidenza*) vis-à-vis de l'amiral.

lieu de penser que, malgré certains témoignages contemporains et les affirmations perfides des romantiques, la reine mère n'a pas trempé dans l'attentat du 22 août 1572. Le duc d'Anjou non plus. En revanche, la culpabilité du duc d'Albe est plausible puisque Coligny devait voler au secours de Guillaume d'Orange à la tête de la noblesse protestante. Plausible mais non prouvée malgré les efforts de l'historien Jean-Louis Bourgeon pour la démontrer.

Le dimanche 24 août 1572, en la fête de saint Barthélemy apôtre, la ville de Paris est ensanglantée par l'assassinat de l'amiral et des principaux dirigeants protestants, bientôt suivi par le massacre général des hérétiques. Il n'y a pas lieu de détailler ici ces scènes atroces qui traumatisent encore la conscience de certains Français du XXIe siècle, mais de dégager le rôle qu'a pu y tenir Monseigneur d'Anjou. Car l'histoire traditionnelle, tout en faisant porter la responsabilité de la boucherie à Catherine de Médicis – toujours elle – range son fils préféré parmi les massacreurs. Cette réputation est-elle justifiée ?

Pour répondre à cette question, il est bon de rappeler que la version habituelle du carnage repose sur l'exploitation de deux sources majeures, fort circonstanciées mais reconnues aujourd'hui comme apocryphes : les pseudo-*Mémoires* du maréchal de Tavannes (composés par son second fils Jean autour de 1620), le *Discours du roi Henri IIIe à un personnage d'honneur et de qualité*, inconnu avant 1623. C'est dans ce dernier ouvrage qu'on trouve la scène grand-guignolesque où la démoniaque reine mère arrache au pantelant Charles IX l'ordre d'exécution des chefs huguenots. À ses interlocuteurs le pressant de se décider, le roi, épuisé, aurait répondu, en jurant selon sa coutume, que «par la mort Dieu, puisqu'ils trouvaient bon qu'on tuât l'amiral, qu'il le voulait, mais aussi tous les huguenots de France afin qu'il n'en demeurât pas un qui lui pût reprocher après![12]». Ces textes douteux une fois éliminés, on dispose encore des *Mémoires* peu explicites de Marguerite de Valois que le roi et sa mère ont tenue à l'écart de leurs délibérations. Il ne reste plus ensuite qu'une documentation lacunaire (papiers officiels, lettres, récits, dépêches diplomatiques), pétrie de contradictions et fort sujette à caution. Car les contemporains dont les écrits sont parvenus jusqu'à nous n'ont rien su de ce qui s'était réellement passé et ceux qui l'ont su n'en ont à peu près rien dit. On s'est même ingénié à occulter l'événement, si bien que la vérité de la Saint-Barthélemy ne sera sans doute jamais connue. «La seule

---

[12] Cité par Jean-Louis Bourgeon, *op. cit.*, p. 20, n. 2.

évidence relative, écrit Denis Crouzet, est qu'une décision fut prise, au Louvre ou quelque part dans Paris, *par le pouvoir royal ou par des hommes de l'ombre*, de tuer les *huguenots de guerre*: l'amiral de Coligny et les principaux capitaines calvinistes.»

Toute tentative pour raconter la Saint-Barthélemy laisse donc nécessairement une large place à l'hypothèse, ne peut être au mieux qu'une reconstitution plausible. Les dernières années du XXᵉ siècle ont proposé trois versions du drame, entre lesquelles il fallait choisir car elles s'excluaient au lieu de se compléter.

La première est celle de Jean-Louis Bourgeon[13] qui reprend certaines idées émises dès la fin du XVIᵉ siècle par l'historien protestant La Popelinière. Elle innocente totalement la royauté. Pour elle, Charles IX et sa mère n'ont jamais ordonné le moindre meurtre. Sous la double menace d'une invasion espagnole et d'une sédition des catholiques parisiens tramée par le duc de Guise, ils ont été contraints d'approuver ce qu'ils ne pouvaient empêcher.

La seconde est celle de Denis Crouzet[14]. Moins éloignée que la précédente de l'histoire traditionnelle, elle admet le *crime royal* (mais, à quatre siècles et demi de distance, la notion de *crime* est-elle bien pertinente?) Si le roi en est réduit à ordonner la mort de Coligny et des huguenots de guerre (à l'exception des princes du sang, Henri de Navarre et Henri de Condé), c'est que ceux-ci ont fait renaître en lui le soupçon qui a gouverné si longtemps ses rapports avec les hérétiques. Le samedi 23 août, courroucés par l'attentat perpétré la veille, ils n'ont cessé de tempêter, de réclamer, de parler *arrogantissimamente* (selon le nonce Salviati). Exigeant l'arrestation du duc de Guise, présumé coupable, ce que Charles IX ne pouvait leur accorder sous peine de soulever Paris contre lui, ils ont menacé de se faire justice eux-mêmes. Prise entre cette violence annoncée des protestants et une contre-violence prévisible des catholiques, la royauté a dû utiliser une violence préventive pour se sortir du piège où elle se trouvait enfermée. Craignant de voir anéantir son rêve de concorde et de réconciliation, elle a décidé de sacrifier quelques dizaines de chefs protestants pour sauver l'édit de pacification, empêcher une quatrième guerre civile.

La troisième est celle de Madame Éliane Viennot[15]. Elle voit dans

---

[13] Jean-Louis Bourgeon, *op. cit.*, et *L'assassinat de Coligny*, Genève, 1992.

[14] Denis Crouzet, *La nuit de la Saint-Barthélemy. Un rêve perdu de la Renaissance*, Paris, 1994.

[15] Éliane Viennot, «À propos de la Saint-Barthélemy et des *Mémoires* de Marguerite de Valois», *Revue d'histoire littéraire de la France*, n° 5, 1996, p. 894-917. Alors que Jean-Louis Bourgeon considère les *Mémoires* de Marguerite de Valois comme apocryphes, Éliane Viennot en affirme avec force l'authenticité.

l'attentat perpétré contre Coligny l'œuvre de Guise poursuivant la vendetta de son lignage. Elle admet, comme la précédente, le *crime royal*, mais pas pour la même raison. Prise dans l'affolement par Catherine de Médicis sous l'influence de Guise et de Monseigneur d'Anjou, la décision de décapiter le parti protestant cherche avant tout à calmer les Parisiens au bord de la sédition. L'ordre de tuer est arraché à Charles IX par le maréchal de Retz.

En 2007, dans un livre fortement documenté, Madame Arlette Jouanna a proposé une dernière version de la Saint-Barthélemy[16]. Elle emporte aujourd'hui l'adhésion parce qu'elle s'appuie sur une critique très serrée des sources et sur une connaissance intime des mentalités du XVIe siècle. Elle démontre d'abord l'impossibilité où nous sommes de mettre un nom sur le commanditaire de l'attentat du 22 août contre Coligny (peut-être tout simplement des catholiques extrémistes désireux de ruiner l'édit de Saint-Germain). Elle explique ensuite que l'exécution des chefs protestants a bien été décidée, en conseil, le soir du 23 août ou dans la nuit suivante, par le pouvoir royal. Cette décision, dans laquelle nous voyons un crime d'État, est en fait un acte de la justice souveraine du roi, un acte de justice extraordinaire, fondé sur le soupçon et destiné à châtier à l'avance, sans jugement préalable, une révolte prévisible. Contrairement aux Tudors, qui ont toujours respecté les formes de la justice quand ils voulaient se débarrasser d'un adversaire dangereux (Marie Stuart a été jugée et condamnée par la Chambre des Lords et non exécutée sur ordre de la reine Élisabeth), les Valois ont recours, dans l'urgence, à leur puissance dérogatoire ; c'est là leur conception de la monarchie absolue.

L'exécution des chefs protestants, confiée à des commandos dirigés par les ducs de Guise, d'Aumale, de Nevers, de Montpensier et par le bâtard d'Angoulême (fils naturel de Henri II), se déroule d'abord conformément aux prévisions. Les huguenots de guerre tombent les uns après les autres sous les coups des assassins, à commencer par Coligny[17]. Seuls, ceux qui s'étaient logés au faubourg Saint-Germain peuvent s'échapper, poursuivis en vain par Henri de Guise et ses cavaliers. Mais à force de répéter qu'ils agissent selon le commandement du roi («Le roi le commande ; c'est la volonté du roi»), les guisards accréditent l'idée que Charles IX ordonne la

---

[16] Arlette Jouanna, *La Saint-Barthélemy*, *op. cit.* Voir aussi, du même auteur, l'article «Saint-Barthélemy», dans *Histoire et Dictionnaire des guerres de Religion*, Paris, 1998, p. 1262-1264.

[17] Le gendre de Coligny, Téligny, est abattu par les gardes suisses du duc d'Anjou, des Saint-Gallois ultracatholiques.

mort de *tous* les huguenots. La tuerie devient alors générale. Les
soldats, en particulier les Suisses de la garde royale, non payés, font
subir au Paris protestant le sort des villes prises d'assaut, massacrant et pillant. La milice bourgeoise, encadrée par des activistes
catholiques, réalise enfin son rêve de purger la cité de la souillure
hérétique en faisant un carnage des protestants de tout âge et de
tout sexe dont les corps sont jetés à la Seine. Horrifié, Charles IX
tente de rétablir le calme mais n'y parvient qu'avec beaucoup de
peine. On tuera encore pendant plusieurs jours. Il y aura entre deux
et quatre mille victimes.

Il est très difficile de préciser le rôle tenu par Henri d'Anjou
pendant ces heures tragiques car la plus grande confusion règne
dans les témoignages qui le concernent. La plupart d'entre eux nous
le montrent participant aux conseils (on ne sait pas combien il y en
a eu) qui ont débattu de l'attitude à adopter vis-à-vis des huguenots.
Il est donc l'un de ceux qui ont décidé, à titre préventif, l'exécution des huguenots de guerre. Le samedi 23 août, Coligny ayant
demandé une garde pour protéger sa maison contre une attaque
possible des catholiques parisiens, Henri d'Anjou lui envoie une
cinquantaine d'arquebusiers sous les ordres de Jean de Moulezieux,
seigneur de Cosseins; mais ces arquebusiers n'opposeront le lendemain aucune résistance au commando guisard venu tuer l'amiral.
En fin d'après-midi, selon Jacques-Auguste de Thou, auteur d'une
Histoire de son temps qu'il convient de manier avec la plus grande
circonspection, il serait sorti en coche par la ville, accompagné par
le bâtard d'Angoulême, pour prendre le pouls de l'opinion et calmer
l'excitation des uns et des autres.

Le dimanche 24, suivant le médecin mantouan Filippo Cavriana,
agent diplomatique du grand-duc de Toscane, il aurait sillonné Paris
à la tête d'une force de huit cents cavaliers et mille fantassins pour
forcer d'éventuelles poches de résistance protestante. C'est après
son retour au Louvre que la fureur sacrale des catholiques se serait
donné libre cours. Sa candidature à la couronne polonaise, posée
depuis peu, risquant de pâtir du massacre, il se montre perplexe
(*sospeso*), ne disant pas cent paroles de la journée, au témoignage
du diplomate toscan Giovanni Maria Petrucci. Le même jour, il
seconde Charles IX en écrivant aux gouverneurs pour imputer les
matines de Paris à la maison de Guise, les inviter à empêcher tout
désordre et à maintenir l'édit de pacification[18]. Car ni le roi ni son
frère n'ont donné l'ordre d'étendre les exécutions à la province, bien

---

[18] Jean-Louis Bourgeon (*op. cit.*, p. 47-48) donne le texte de la lettre adressée au
comte de Matignon, gouverneur de Normandie.

au contraire. Dans une lettre du 29 août à l'ambassadeur français en Espagne, Henri d'Anjou se contente d'approuver la mise à mort des chefs huguenots[19]. Quant à l'affirmation de don Diego de Zuñiga selon laquelle il aurait profité des circonstances pour violer la fille de Coligny, elle est à mettre au rang des calomnies.

Nous ne savons donc que bien peu de chose sur la participation du futur Henri III à la Saint-Barthélemy. Pour les contemporains, il en a été l'un des principaux responsables. Philippe II l'en a félicité et son portrait figure parmi ceux des massacreurs sur la fresque de Vasari qui commémore l'événement au palais du Vatican, dans la Sala Regia.

Au siège de La Rochelle

Les premiers résultats de la Saint-Barthélemy ne tardent pas à apparaître. À l'annonce de ce qui s'est passé à Paris, de nombreuses villes se mettent à tuer les protestants en dépit des ordres du roi. Les unes le font en août (La Charité, Bourges, Orléans, Saumur, Angers, Lyon), d'autres en septembre (Troyes, Rouen), les dernières en octobre (Bordeaux, Toulouse, Albi). Ces hécatombes conduisent de nombreux réformés, parmi ceux qui ont échappé aux meurtriers, à abjurer et à se rendre à la *contrainte* (la messe), à commencer par les princes du sang Henri de Navarre et Henri de Condé qui rentrent en septembre dans le giron de l'Église. Pendant ce temps, aux Pays-Bas, le duc d'Albe, qui n'a plus à redouter les arquebusiers de Coligny, marque des points et reprend Mons.

Le premier moment de stupeur passé, la résistance calviniste finit cependant par s'organiser. Plus que de la noblesse décimée, elle est le fait des villes huguenotes. Celles-ci se dressent contre l'autorité royale sous l'impulsion des pasteurs et du petit peuple. Alors se révèlent les virtualités démocratiques incluses dans les structures du protestantisme.

La Rochelle, véritable Genève maritime, donne le signal de la quatrième guerre de Religion : elle refuse de recevoir son gouverneur, le baron de Biron, pourtant fort modéré et supplie la reine d'Angleterre de secourir «ses sujets de Guyenne». De leur côté, Sancerre, Montauban, Nîmes, Privas, Aubenas ferment leurs portes aux soldats du roi. Dans le Midi, quelques gentilshommes travaillent à reconstituer les cadres militaires de la Réforme.

---

[19] Voir Nicolas Le Roux, *Un régicide au nom de Dieu* (1er août 1589), Paris, 2006, p. 69.

Désireux d'obtenir la soumission de La Rochelle par la douceur, Charles IX décide d'y envoyer La Noue. Ce dernier, au mois d'août, était enfermé dans Mons. Rentré en France après la capitulation de la place, il a osé se présenter à la Cour. Le roi, qui n'avait rien à lui reprocher et voulait maintenir, vaille que vaille, l'édit de pacification de 1570, l'a fort bien accueilli. Mais la mission de paix qu'il lui confie apparaît plus que délicate. Le capitaine huguenot, traité d'abord «avec une hauteur qui a peu d'exemples» par le maire Jacques Henri et les ministres, se voit ensuite offrir le commandement des troupes rochelaises qu'il accepte avec l'autorisation de Sa Majesté. Il met donc la place en état de défense tout en essayant d'obtenir sa soumission à la Couronne! Position paradoxale et incommode s'il en fut. Tiraillé entre deux fidélités, en butte à l'hostilité des protestants les plus convaincus, giflé un jour par un pasteur excité, il finira par renoncer au mois de mars 1573 à sa mission impossible.

Dès le mois de décembre 1572, Biron a commencé l'investissement de La Rochelle avec les soldats dont il disposait. La ville ne semble pas imprenable malgré les bastions modernes qui renforcent les angles de son enceinte médiévale. Au large, le vieux baron de La Garde, général des galères, cherche à intercepter ses communications maritimes. Mais les assiégés ont accumulé de grandes quantités de vivres et manifestent en toute occasion un moral d'acier, soigneusement entretenu par une cinquantaine de ministres. C'est qu'ils sont convaincus que l'Éternel est à leurs côtés. Une force de treize cents soldats et de deux mille bourgeois bien armés défend les remparts.

Pour l'autorité absolue à laquelle prétendent les Valois, il importe que l'exemple d'insoumission donné par La Rochelle ne s'éternise pas. Et puisque la ville s'obstine dans la révolte malgré les efforts de La Noue, il faut la réduire par les armes. Charles IX se résigne donc, en dépit du coût exorbitant d'un tel effort, à mettre sur pied une expédition militaire dont il confie la direction à Henri d'Anjou pour éviter rivalités et dissensions entre les chefs. En novembre, le frère du roi aspirait à exercer ce commandement. Mais en décembre, il répugne à s'éloigner de la Cour à cause de sa récente passion pour Marie de Clèves, la jeune épouse du prince de Condé. Cependant, les succès qu'il a remportés dans la guerre précédente ne l'autorisent pas à s'éclipser. D'autant qu'un ingénieur italien nommé Scipion se fait fort, grâce à un usage judicieux de l'artillerie, de réduire très vite la place à capituler.

Le général (ainsi appelle-t-on désormais Monseigneur d'Anjou) quitte donc Paris le 8 janvier. Arrêté un moment à Blois par la fièvre, il dresse son camp le 11 février. Il commande à quelque cinq mille fantassins et mille cavaliers et dispose de quarante canons. Ce n'est plus le maréchal de Tavannes, alité à Poitiers et proche de sa fin, qui lui sert de mentor, mais le duc de Nevers, Louis de Gonzague, versé dans l'art des sièges. Les hommes de guerre abondent dans son entourage où se coudoient les ducs de Montpensier, d'Aumale et de Guise, Blaise de Monluc et le comte de Retz, le baron de Biron et le maréchal de Cossé. Indisciplinés et jaloux les uns des autres, ils ne cessent de pester contre les exigences de Nevers qui, en bon ingénieur, emploie les soldats à remuer la terre, à creuser des tranchées, à aménager des plates-formes d'artillerie, à disposer des gabions, à forer des mines.

Il y a plus grave que ces rivalités de grands personnages, tous également imbus de leur science militaire : la présence au camp de François d'Alençon (appelé Monsieur le Duc), du roi Henri de Navarre et du prince Henri de Condé que l'on voit toujours ensemble. Le premier, que la Saint-Barthélemy a profondément mécontenté, se veut le protecteur des huguenots et songe à profiter du siège pour s'enfuir et rejoindre Élisabeth d'Angleterre qu'il considère comme sa fiancée. Les deux autres, mal convertis à la foi catholique, ne demandent qu'à l'imiter. Pendant toute la durée des opérations, bien des conciliabules rassemblent, autour des trois princes du sang, divers seigneurs tant protestants que catholiques. Ainsi se constitue peu à peu le parti des *malcontents* qui souhaite mettre fin aux guerres religieuses et à la faveur dont jouissent à la Cour les *étrangers*. Il faut entendre par ce vocable les Guises et les confidents d'origine italienne de la reine mère. Sans aller jusqu'à déserter, les malcontents entretiennent des intelligences dans la ville assiégée, ce qui complique singulièrement la tâche du général.

Bien que le duc de Nevers ait pris la précaution de faire couler une caraque chargée de pierres à l'entrée du port, les Rochelais n'en reçoivent pas moins six navires de secours envoyés d'Angleterre par le comte de Montgomery, rescapé de la Saint-Barthélemy. Le 21 février, un sérieux accrochage coûte la vie au duc d'Aumale, frère de François de Guise, dont la tête est emportée par un boulet. Le lendemain, on conclut une trêve à l'expiration de laquelle un corps d'arquebusiers gascons, les meilleurs soldats français du moment, vient renforcer l'armée royale.

Monseigneur d'Anjou accomplit son devoir de chef de guerre avec une conscience et une application dignes d'éloges. Il soutient à fond le duc de Nevers, passe de longues heures dans les tranchées et manifeste en toute occasion un mépris total du danger. Au bout de plusieurs semaines d'efforts, il acquiert la conviction que, pour s'emparer de La Rochelle, il faut prendre le bastion de l'Évangile, à l'extrémité nord-ouest de l'enceinte. Il cherche à le faire sauter à coups de mines avant de l'escalader. Du 7 au 14 avril 1573, quatre assauts infructueux entraînent de lourdes pertes. De loin, Charles IX suit les opérations avec la plus grande attention. Il ne ménage pas ses encouragements à son cadet car, lui écrit-il, «tout le salut de mes affaires consiste en la prise de ladite ville[20]». Il le renseigne aussi et c'est grâce aux informations collectées en Angleterre par ses espions qu'une tentative de débarquement montée par Montgomery échoue sur toute la ligne le 19 avril. Abondamment canonnés par l'artillerie royale, les vaisseaux du chef huguenot doivent faire demi-tour sans avoir pu toucher terre. Montgomery s'en va occuper Belle-Île où on ne l'attendait pas.

Il reste qu'au printemps de 1573, les assiégeants sont dans un état pitoyable. Les effectifs ont fondu sous l'effet des maladies et des désertions. Pataugeant dans la boue, dépenaillés et mal nourris, les hommes montrent la plus mauvaise volonté à sortir des tranchées pour attaquer. En mai, les cinquième et sixième assauts échouent comme les précédents. L'arrivée d'un contingent d'environ six mille Suisses, disciplinés et bien équipés, redonne quelque moral aux troupes. Pour les voir défiler, beaucoup abandonnent leur poste de combat, ce qui permet aux Rochelais de faire une audacieuse sortie, d'enclouer des canons et d'enlever des drapeaux. Furieux, Henri d'Anjou fait décimer les compagnies coupables et déplacer leurs officiers. Mais l'attaque des Suisses, le 26 mai, ne réussit pas mieux que les autres et les mercenaires helvètes laissent trois à quatre cents des leurs sur le terrain.

Le 27, la nouvelle parvient à Paris que le général vient d'être élu roi de Pologne. Comme de nombreux réformés figurent parmi les électeurs, il serait indécent pour lui de continuer à faire la guerre aux Rochelais. Et comme il ne veut pas non plus terminer la campagne sur un revers, il ordonne le 12 juin un huitième assaut. L'attaque tourne encore une fois à la confusion des royaux dont beaucoup tournent les talons au lieu de combattre. «Extrêmement fâché» de «la méchanceté de cœur des soldats», Henri d'Anjou s'en plaint à Charles IX: «J'ai honte presque d'être Français et si vous eussiez vu cela, vous fussiez en rage[21]»; il doit sévir et casser plusieurs compagnies. Deux jours plus tard, en préparant une dernière attaque qui n'aura pas lieu, il est légèrement blessé au cou, à la main gauche et à la cuisse par la décharge d'une arquebuse chargée de plombs, «de dragées» selon le mot de l'ambassadeur d'Espagne. Son écuyer, Jean de La Garde, seigneur de Vîns, est tué à ses côtés.

---

[20] Cité par Pierre Champion, *op. cit.*, tome II, p. 236.

[21] Cité par Pierre Chevallier, *op. cit.*, p. 176.

À ce moment, des tractations sont en cours avec les assiégés dont la situation s'est sensiblement dégradée au fil des mois au point que des voix s'élèvent dans leurs rangs pour demander l'arrêt des combats. Conduites par le secrétaire d'État Villeroy, venu tout exprès de la Cour, elles aboutissent à la «capitulation» de La Rochelle, signée le 29 juin par Henri d'Anjou. Comme les Montalbanais ont envoyé leurs députés dans le port atlantique pour que l'accord puisse avoir une portée générale, la «capitulation» englobe tous les huguenots du royaume. Ses clauses sont confirmées par l'édit de Boulogne, signé le mois suivant par Charles IX, enregistré le 11 août par le Parlement[22]. Ce texte rétablit partout la liberté de conscience mais n'autorise celle de culte que dans les trois villes de La Rochelle, Montauban et Nîmes (privilège étendu par la suite à Sancerre, assiégée jusqu'au 19 août par les troupes royales). Les seigneurs hauts-justiciers ayant combattu aux côtés des trois villes reçoivent le droit de célébrer chez eux baptêmes et mariages devant une assistance limitée à dix personnes en plus de leur famille. Le catholicisme doit être rétabli partout où il a été aboli. Le protestantisme reste proscrit à Paris et à la Cour.

Henri d'Anjou s'est refusé à faire son entrée solennelle dans une ville qui lui avait résisté jusqu'au bout. Il quitte La Rochelle le 6 juillet pour regagner la Cour, via Nantes, Tours et Orléans. En chemin, il se rend à pied, en pèlerinage, à Notre-Dame de Cléry pour s'acquitter d'un vœu. C'est dans les derniers jours de juillet qu'il arrive en coche au château de Madrid, accompagné par Henri de Navarre.

★

Le siège de La Rochelle a coûté très cher en argent et en vies humaines: huit cents gentilshommes et trois mille soldats y ont trouvé la mort en quelques mois. Cette hécatombe, non plus que celle de la Saint-Barthélemy, n'a pas servi à grand-chose puisque l'édit de Boulogne ne diffère de celui de Saint-Germain que sur des points de détail. Il en recopie même des passages entiers. Henri d'Anjou a-t-il conscience d'avoir été entraîné en 1572 et 1573 dans une série d'événements aussi dramatiques qu'incohérents? Nous ne le savons pas. Ce qui est, en revanche, certain, c'est qu'il vient de connaître l'amertume de l'échec. L'enfant gâté qui gagnait des

---

[22] Texte complet de l'édit de Boulogne (Boulogne-sur-Seine, où se trouve le château de Madrid) dans André Stegmann, *Édits des guerres de Religion*, Paris, 1979.

batailles rangées en 1569 s'est cassé les dents sur une place d'apparence peu redoutable; il n'a pu mettre fin à la rébellion des Rochelais que par la négociation. Expérience humiliante pour le prince
Valois: c'est une parcelle de gloire qui lui échappe.

De retour à la Cour, il se trouve tiré dans deux directions
opposées. D'un côté, les Polonais qui l'ont élu roi le pressent de
gagner son royaume au plus vite. De l'autre, la tuberculose de
Charles IX, qui va en s'aggravant, l'incite à rester en France pour
recueillir la succession de son aîné qui n'a pas d'enfant mâle de son
mariage avec Élisabeth d'Autriche. Après avoir beaucoup atermoyé,
il finira par quitter la France en novembre pour aller occuper le
trône des Jagellons.

Du jeune prince de vingt-deux ans qui, dans les derniers mois
de 1573, hésite ainsi entre deux couronnes, le diplomate vénitien
Giovanni Francesco Morosini dresse le portrait suivant: «Henri est
d'une belle taille, grand, à la mine noble, les manières gracieuses;
avec les plus belles mains qu'homme ou femme ait en France, il
montrerait beaucoup de dignité dans le maintien si, par sa grande
afféterie, il ne s'enlevait à lui-même je ne sais quoi de grave et
d'imposant que la nature lui a donné. Mais sa façon de s'habiller
et ses agissements prétentieux le font paraître délicat et efféminé;
car, en plus des riches habits qu'il porte, tout couverts de broderies
d'or, de pierreries et de perles du plus grand prix, il donne encore
une extrême recherche à son linge et à l'arrangement de sa chevelure. Il a d'ordinaire au cou un double collier d'ambre serti d'or, qui
flotte sur sa poitrine et répand une suave odeur. Mais ce qui, plus
que tout le reste selon moi, lui fait perdre beaucoup de sa dignité,
c'est d'avoir les oreilles percées comme les femmes, habitude assez
ordinaire chez les Français; et encore ne se contente-t-il pas d'une
seule boucle d'oreille de chaque côté, mais il en porte deux, avec
pendants de pierreries et de perles[23].»

Ce dandy parfumé, raffiné jusqu'au bout des ongles, «ne sait
parler d'autre langue que le français; mais il développe assez
gracieusement ce qu'il a dans l'esprit. Il comprend cependant assez
bien l'italien. À ce qu'on voit, il se montre généreux, bien qu'on ne
puisse en juger parce que, jusqu'à présent, il n'a guère donné du
sien, mais de ce qui appartenait à son frère, excepté en quelques
occasions. Dans les dépenses qu'il a faites, surtout pour le plaisir,
il s'est montré large[24]». Enfin, il «est très catholique d'esprit, très

---

[23] Cité par Pierre Champion, *La jeunesse de Henri III*, tome II, Paris, 1942,
p. 290.
[24] *Ibid.*, p. 290.

religieux et pieux. Et il le sera beaucoup plus, quand il aura auprès de lui une épouse de son goût[25]». Mais il n'est toujours pas marié et, s'il dispose des services d'une favorite, la superbe Renée de Rieux, dame de Châteauneuf, il est éperdument amoureux de l'inaccessible Marie de Clèves, princesse de Condé.

Au siège de La Rochelle, il a groupé autour de lui une bande de jeunes téméraires, qui ont voulu faire mieux que les vieux soldats et qu'il appelle «mes enfants», «ma troupe»: François d'O, Henri Ébrard de Saint-Sulpice, Jacques de Quélus, François d'Épinay-Saint-Luc et surtout le très cynique Louis Béranger, seigneur Du Guast. Mais son principal conseiller politique reste Louis de Gonzague, duc de Nevers, grand seigneur catholique, intelligent, probe et travailleur.

Certains traits de sa personnalité déconcertent ses contemporains: bon escrimeur et bon danseur, il se montre médiocre cavalier, se détourne des exercices chevaleresques, ne va guère à la chasse, ne boit que de l'eau. Avare de gestes à l'imitation du cardinal de Lorraine, il se montre distant et cérémonieux, amoureux de l'étiquette et de l'apparat. Il est le plus parisien des princes, courant volontiers les boutiques avec sa mère, un homme de cabinet beaucoup plus que de grand air. Tout le contraire de ce que ses nouveaux sujets attendent d'un roi de Pologne.

---

[25] Pierre Champion, *op. cit.*, p. 291.

CHAPITRE VII

HENRI DE VALOIS, ROI ÉLU DE POLOGNE

Préparée de longue main, l'élection de Henri de Valois, duc d'Anjou, à la couronne de Pologne (4 mai 1573) constitue le plus éclatant succès de la très active diplomatie française au temps de Charles IX[1]. Elle a barré la route aux Habsbourg qui auraient bien voulu s'emparer d'un royaume de plus en Europe centrale.

L'accession de son fils préféré à la dignité royale comble de joie le cœur de mère de Madame Catherine. D'abord flatté et ravi, Henri, lui, ne tarde pas à s'interroger sur la portée de cette victoire dynastique pour sa destinée personnelle. En effet, il s'aperçoit très vite que, dans la *république nobiliaire* qu'est devenue la Pologne, ses aspirations à un pouvoir absolu auront bien du mal à se concrétiser. Par ailleurs, il se demande si, une fois couronné à Cracovie, il pourra revenir en France pour recueillir la succession de Charles IX dont la santé est de plus en plus chancelante. On ne s'étonnera donc pas s'il hésite à gagner son lointain royaume et si plusieurs mois s'écoulent entre son élection et son départ.

Une candidature habile

Aux yeux d'un Français du XVIᵉ siècle, la Sérénissime République polonaise (*Najjasniejsza Rzeczpospolita polska*) fait figure de contrée exotique. Son immense territoire (plus d'un million de kilomètres carrés) la range au second rang des pays européens

---

[1] Cette diplomatie est servie par de remarquables ambassadeurs comme Jules de Vivonne, seigneur de Saint-Gouard (à Madrid), Claude de Mondoucet (à Bruxelles), Bertrand de Salignac de La Mothe-Fénelon (à Londres), le président Arnaud Du Ferrier (à Venise), François Rougier, baron de Férals (à Rome), Jean de Vulcob, seigneur de Sassy (à Vienne), François de Noailles, évêque de Dax (à Constantinople).

après la Moscovie. Il a commencé à prendre forme en 1386 par le regroupement sous un même sceptre, celui du premier Jagellon, Ladislas II, du royaume de Pologne et du grand-duché de Lituanie, lequel englobait la Livonie, la Biélorussie et la plus grande partie de l'Ukraine. Après maintes péripéties, c'est l'Union de Lublin (1569) qui a fait de cet ensemble peu cohérent un seul État, l'*État des deux nations*. La population, très hétérogène, ne compte guère que neuf millions d'habitants. Aux Polonais et aux Lituaniens catholiques viennent s'ajouter des Allemands luthériens (nombreux dans les villes des provinces occidentales), des Russes et des Ukrainiens orthodoxes (majoritaires dans les provinces orientales), ainsi que d'importantes communautés juives. Si le catholicisme reste la religion dominante, le calvinisme a fait d'incontestables progrès dans la noblesse et dans les villes, surtout en Petite Pologne (région de Cracovie). Il existe même une communauté d'ariens, les Frères Polonais, qui nient le dogme de la Trinité. Depuis 1571, un légat du pape, le cardinal Commendone, anime la Contre-Réforme avec l'appui du haut clergé et des jésuites, introduits dans le pays par le cardinal Hosius (Hoziusz). Le dernier Jagellon, Sigismond II Auguste, s'est cependant montré très tolérant et la Pologne n'a pas connu de guerres de Religion, contrairement à la France.

On a baptisé *démocratie nobiliaire* le régime politique de l'État des deux nations. À la fin de la dynastie jagellonne, il n'est pas encore parfaitement réalisé. Choisi dans la même dynastie depuis 1386, le roi n'en est pas moins soumis à l'élection et doit partager le pouvoir avec une assemblée des ordres de la société, la Diète. Ses attributions restent cependant fort étendues. C'est à lui de convoquer et de dissoudre la Diète, d'en confirmer ou d'en refuser les décisions. Il est la source de toute justice, commande l'armée, nomme aux grands emplois et aux dignités, décide de la paix et de la guerre.

Depuis 1493, la Diète se compose de deux chambres, le Sénat et la Chambre des *nonces*. Nommés par le roi, les sénateurs se recrutent dans la haute noblesse des *magnats*. On trouve parmi eux les archevêques et les évêques, les *palatins* (ou *vojévodes*) qui commandent dans les provinces ou palatinats, les *castellans* (gouverneurs de places ou de châteaux), ainsi que les plus hauts dignitaires de la Couronne (le chancelier, le maréchal du royaume, le trésorier).

La Chambre des nonces se compose de députés désignés par les *diétines* locales (dites encore *foncières* ou *terrestres*), assemblées électorales de cent à cent cinquante personnes, toutes membres de la *szlachta*, petite et moyenne noblesse très turbulente, très jalouse de ses droits et privilèges, très hostile à toute forme de monarchie absolue. Depuis 1505, aucune loi ne peut être promulguée si la Chambre des nonces ne l'a pas votée.

La Diète délibère en commun. Les débats se déroulent en latin. Les décisions peuvent encore être prises à la majorité des voix mais, le plus souvent, on tient à obtenir un consensus général sur les mesures à prendre et on recherche l'unanimité des votes[2]. La règle de l'unanimité obligatoire ne s'imposera définitivement que sous le règne d'Étienne Bathory, successeur de Henri de Valois. Le fameux principe du *liberum veto* (la possibilité pour un seul nonce de paralyser la Diète) ne triomphera qu'en 1652, pour le malheur de la République.

La Pologne du XVIe siècle apparaît donc à l'historien comme un excellent exemple de ce que la terminologie allemande appelle un *Ständestaat,* c'est-à-dire une monarchie mixte où la puissance des ordres (*Stände*), noblesse et clergé, contrebalance celle du roi.

La rivalité des Valois et des Habsbourg, inaugurée par l'interminable querelle de François Ier et de Charles Quint, a conduit très tôt les Français à s'intéresser à la Pologne dont la position géographique permettait de prendre la maison d'Autriche à revers. De son côté, la dynastie jagellonne, menacée par l'expansionnisme des Habsbourg solidement installés en Bohême et en Hongrie, pouvait voir dans la France un allié potentiel, d'autant plus intéressant qu'il entretenait de bons rapports avec les Ottomans, autres voisins incommodes de la Pologne, campés en Moldavie et en Transylvanie.

Le roi Sigismond II Auguste, qui règne à Cracovie depuis 1548, n'a pas d'enfant. Après lui, une élection doit faire passer la Couronne à une autre maison. Pourquoi pas celle des Valois? Désireuse d'assurer la succession à son fils «le mieux aimé», Henri d'Anjou, selon la prophétie de Nostradamus, Catherine de Médicis n'attend pas la mort du souverain pour poser ses pions par puissances étrangères interposées.

Dès 1569, la Sublime Porte a suggéré l'union de Henri avec la princesse Anna, sœur de Sigismond-Auguste et quadragénaire, de façon à le faire entrer dans la famille des Jagellons. En 1571, c'est le grand-duc de Toscane, Cosme de Médicis, qui joue à son

---

[2] Les capacités intellectuelles et morales de la plupart des hommes étant fort limitées, on ne croyait pas, au XVIe siècle, qu'une décision intelligente pût sortir d'un vote majoritaire. Il paraissait souhaitable que la minorité raisonnable (la *sanior pars*) réussît, à force d'explications convaincantes, à obtenir un acquiescement général à ses propositions. Au Sénat polonais, d'ailleurs, le roi n'était pas tenu de suivre l'opinion de la majorité mais choisissait, parmi les différents avis, celui qui lui paraissait le plus approprié.

tour les intermédiaires au service du même projet. Par ailleurs, si la plus élémentaire décence interdit toute démarche officielle, rien n'empêche d'envoyer en Pologne une sorte d'ambassadeur officieux, chargé de tâter le terrain et de vanter en tout lieu «les rares vertus de l'illustrissime duc d'Anjou». La reine mère fait choix pour cette mission d'un tout jeune homme, Jean de Monluc, seigneur de Balagny, fils naturel de l'évêque de Valence Jean de Monluc. Balagny est à pied d'œuvre au printemps de 1572 mais, quand il parvient au château de Knyszyn où réside le roi, celui-ci vient de rendre le dernier soupir (7 juillet 1572). Il rentre donc en France au plus vite en laissant sur place le secrétaire de son père, J. Choisnin, qui a laissé des *Mémoires ou discours au vrai de tout ce qui s'est passé pour entière négociation de l'élection du roi de Pologne*.

La mort de Sigismond-Auguste est connue à Paris le 19 juillet. Catherine de Médicis décide aussitôt de poser officiellement la candidature de son fils. Elle place à la tête de la délégation qui prend la route de l'est son fidèle conseiller, le sexagénaire évêque de Valence Jean de Monluc. Frère puîné de Blaise de Monluc, prêtre sans vocation mais diplomate consommé, il connaît la Pologne pour s'y être déjà rendu dans le passé. Il quitte Paris le 17 août mais doit surmonter bien des épreuves avant d'arriver à destination. À Verdun, il tâte de la prison : le secrétaire de l'évêque du lieu, qui guigne le siège de Valence pour son frère, le fait arrêter comme hérétique (à cause de sa largeur d'esprit dans les questions religieuses). Libéré sur ordre de Charles IX, il doit affronter en Allemagne les reîtres non payés qui réclament leur dû. En Brandebourg où sévit la peste, il lui arrive de faire étape dans les bois pour fuir la contagion. Il entre cependant en Pologne à la mi-octobre.

Le pays vit alors sous le régime de l'interrègne. Un régent (*interrex*), l'archevêque primat de Gniezno, Jacques Uchanski, le dirige nominalement mais la réalité du pouvoir appartient aux assemblées nobiliaires qui se succèdent pour débattre des affaires en cours. C'est aux sénateurs, réunis à Kaski en Mazovie, que Monluc présente, par lettre, la candidature française. Les termes choisis dont il use lui valent une réponse aimable et beaucoup d'égards.

D'autres candidats sont en lice : l'archiduc Ernest de Habsbourg, fils de l'empereur Maximilien II, le duc de Prusse Albert II, le roi de Suède Jean III, mari de Catherine Jagellon, une des sœurs du feu roi, le tsar Ivan IV le Terrible et tout noble Polonais désireux de se présenter. Le légat Commendone et le parti catholique soutiennent l'archiduc mais beaucoup d'électeurs nourrissent une invincible méfiance à l'égard du Habsbourg qui pourrait les entraîner dans une guerre contre les Turcs dont ils ne veulent pas. En tant que luthérien, le duc de Prusse a la faveur d'une partie des protestants qu'on appelle ici les *évangéliques* mais qui ne constituent qu'une minorité de l'électorat. Quant au tsar, il est universellement redouté et détesté.

La candidature française se présenterait donc sous des auspices très favorables si la nouvelle de la Saint-Barthélemy, judicieusement exploitée par les adversaires de Henri, ne venait peu à peu la ruiner. Au fil des semaines, un flot continu de propagande par le texte et par l'image substitue au portrait d'un prince très habile et très savant (*ingeniosissimus sapientissimusque*) dessiné par Monluc celui d'un tyran sanguinaire et d'un massacreur. L'inquiétude et le doute sont ainsi semés, non seulement dans l'esprit des évangéliques, mais encore dans celui de tous les Polonais attachés à la paix intérieure, à la coexistence pacifique des religions.

L'évêque de Valence, d'abord déconcerté par l'ampleur de l'attaque, fait part de son découragement au secrétaire d'État Brûlart: «Le malheureux vent qui est venu de France a coulé le navire que nous avions déjà conduit à l'entrée du port[3].» Puis il se reprend et organise la contre-offensive. Grâce à de généreuses distributions de pots-de-vin et à d'innombrables promesses, il réussit à se constituer une solide clientèle dans la noblesse catholique de Mazovie. Pour réfuter les allégations de ses adversaires, il prend la plume et rédige la *Défense de Jean de Monluc, Évêque de Valence, Ambassadeur du Roi de France pour maintenir le très illustre Duc d'Anjou contre les calomnies de quelques malveillants*. Solidement argumenté, ce texte rejette la responsabilité des matines parisiennes sur les ennemis de Coligny et la populace de la capitale. Il innocente complètement Charles IX et son frère. Lorsque le libelle intitulé *Lettre de Pierre Charpentier jurisconsulte* arrive entre ses mains en janvier 1573, Monluc le fait immédiatement diffuser en Pologne car il présente la Saint-Barthélemy comme la juste punition par le roi d'un groupe de factieux qu'il appelle la Cause et dont Coligny était le chef. Enfin l'évêque de Valence n'est pas étranger à la publication à Cracovie, sur les presses de l'éditeur Scharffenberg, de la *Vera et brevis descriptio tumultus Gallici Lutetiani*, attribuée par l'historien Pierre Champion à Jean-Dimitri Solikowski, secrétaire de Sigismond-Auguste. Composée pour disculper Henri d'Anjou aux yeux des Polonais, elle le montre quittant la réunion du Conseil où le massacre s'est décidé et refusant de revenir y siéger.

Grâce aux arguments développés dans ces publications de propagande, grâce à l'appui que lui apportent quelques familles

---

[3] Cité par Pierre Chevallier, *Henri III, roi shakespearien*, Paris, 1985, p. 191.

puissantes, Jean de Monluc réussit peu à peu à redresser la situation. Mais l'assemblée de Kaski a décidé que la Diète de convocation, devant laquelle les représentants des candidats devront s'expliquer, se réunirait le 6 janvier 1573 à Varsovie. Et à cette date, il est loin d'avoir regagné le terrain perdu.

La Diète de convocation a pour rôle de choisir la date et le lieu de l'élection. Mais elle élargit considérablement ses attributions initiales en faisant œuvre d'assemblée constituante, au point qu'on peut la considérer comme un des plus grands événements de l'histoire polonaise. Elle établit en effet les règles constitutionnelles qui resteront en vigueur jusqu'aux partages du XVIIIe siècle : abolition de l'hérédité du trône, désignation du souverain par le suffrage universel et direct de la noblesse, rédaction de *Pacta conventa* (catalogue des engagements personnels de tout nouveau roi).

De plus, à l'issue de la Diète, plus de deux cents nobles et magnats, catholiques et protestants, se réunissent en une confédération (assemblée tenue pour réaliser des objectifs à court terme). Le 28 janvier, ils signent un texte établissant la liberté complète de conscience et assurant définitivement la paix religieuse dans l'État des deux nations. Rien ne s'oppose plus désormais à ce que des électeurs évangéliques votent pour Henri d'Anjou.

Pendant toute la session de la Diète, Monluc n'a pas cessé, «par lettres et par amis» selon sa formule, de travailler à gagner des voix. Grâce à François de Noailles, évêque de Dax, son collègue de Constantinople, il a même reçu l'appui des Turcs. Le sultan Sélim II a, en effet, adressé aux Polonais assemblés un véritable ultimatum : s'ils n'élisent pas Henri d'Anjou, ils auront la guerre sur leur frontière de Moldavie !

En attendant la Diète d'élection, convoquée pour le 6 avril au village de Kamien, au sud de Varsovie, Monluc s'efforce de consolider et d'étendre ses conquêtes, en particulier dans les milieux protestants. Bien qu'évêque catholique, il affecte de ne pas suivre le carême et prend bien soin de ne pas fréquenter les églises. En mars, deux importants personnages, l'abbé de L'Isle, frère de Noailles, et Guy de Saint-Gelais, fils de Lansac, viennent lui apporter leur concours. Ils parcourent la Pologne en tous sens et, dans ce pays où il faut parler latin pour être entendu, ils présentent Henri d'Anjou comme «*facilis in aditu, patiens audiendo, sapiens respondendo*[4]».

---

4   Pierre Chevallier, *op. cit.*, p. 192.

Une élection triomphale

Le matin du 6 avril 1573, les environs du village de Kamien offrent un spectacle grandiose. Une ville de tentes, réparties sur les deux rives de la Vistule que franchit un pont de bois, abrite quelque cent mille personnes, pour moitié des électeurs, groupés par palatinats. La petite noblesse mazovienne, attirée par la cuisine gratuite et les distributions d'argent du parti français, fournit un bon quart de l'électorat.

Tour à tour, les porte-parole des candidats haranguent l'assemblée. Le cardinal-légat Commendone le fait en champion du catholicisme, vitupérant la liberté de conscience. L'orateur de l'archiduc, Rosenberg, qui s'exprime en tchèque, attaque avec véhémence la candidature française et fait des promesses au nom de l'empereur. Monluc, qui aurait dû parler après lui, réussit à faire reporter son allocution au lendemain sous prétexte de maladie. Il profite de ce délai pour se procurer le texte de Rosenberg afin de le réfuter point par point. Le 10 avril, il s'adresse à la foule pendant trois heures d'affilée et fait circuler dans l'auditoire mille cinq cents exemplaires de son discours en version polonaise. Il fait un éloge appuyé de Henri d'Anjou, dénigre les autres candidats, multiplie les engagements. Son «omnipotente langue» (Salviati) fait merveille.

Avant l'ouverture du scrutin, il a l'occasion de prononcer une seconde oraison le 25 avril. Surtout, lui-même et ses adjoints travaillent sans relâche le corps électoral, faisant un effort particulier du côté des évangéliques. L'un de ceux-ci, Swentoslaw Orzelski, définit sa tactique en ces termes : «Telle était l'hypocrisie de ce vieillard qu'on ne pouvait trouver en lui rien de sûr, rien de stable ni de sérieux. Il promettait plus de choses que n'aurait pu en tenir la Chrétienté entière[5].»

Les opérations de vote commencent le 4 mai 1573, palatinat après palatinat. Le 9, les résultats de l'élection, favorables à Henri d'Anjou, sont connus. Le 10, Monluc en informe la cour de France. À Catherine de Médicis il écrit : «Madame, j'ai tenu ce que je vous avais promis : c'est de faire en sorte que vous verriez Monseigneur roi de ce royaume.» À Henri il s'adresse de la façon suivante : «Sire, je vous appelle ainsi parce que vous avez été fait roi de Pologne[6].» Le 11 mai, lundi de la Pentecôte, l'archevêque de Gniezno nomme

---

[5]   Pierre Chevallier, *op. cit.*, p. 194.

[6]   Cité par Maciej Serwanski, «Henri de Valois et la Diète de Pologne», *L'Europe des Diètes au XVIIᵉ siècle. Mélanges Jean Bérenger*, Paris, 1996, p. 234.

solennellement par trois fois le nouveau souverain: «Nous avons pour roi le très illustre duc d'Anjou!»

Tout n'est pas joué cependant. Les adversaires de la candidature française, entre autres certains protestants, se réunissent dans le proche village de Grochow et menacent de déclencher une guerre civile. Pour ramener le calme, l'évêque de Valence doit jurer le 16 mai, à son corps défendant et au nom du nouveau roi, de respecter deux textes limitant sérieusement le pouvoir monarchique, les *Pacta conventa* et les *Articuli henriciani*.

Les *Pacta conventa*, liste de promesses personnelles faites par Henri à ses sujets, prévoient une alliance militaire franco-polonaise, l'entretien d'une flotte sur la Baltique, des avantages commerciaux pour les marchands polonais en France, le transfert en Pologne des revenus français du roi, l'extinction des dettes de la République, divers échanges intellectuels, etc. Monluc réussit à en faire retirer l'article obligeant Henri à épouser Anna Jagellon.

Les *Articuli henriciani* confirment la liberté des élections, interdisent au souverain de déclarer la guerre sans l'accord du Sénat, d'établir des taxes sans l'aval de la Diète, l'obligent à garantir toutes les libertés aux protestants, à subir le contrôle d'un conseil de sénateurs, à convoquer la Diète tous les deux ans. D'après le dernier de ces articles, les Polonais ont même le droit de se révolter contre le roi s'il contrevient à l'un d'entre eux. C'est seulement sous la menace de voir annuler l'élection que Jean de Monluc s'est résigné, la mort dans l'âme, à accepter tout cela.

Aussitôt le serment prêté par les ambassadeurs français entre les mains du primat, le maréchal du royaume, le calviniste Jean Firlej, proclame Henri de Valois roi de Pologne au milieu de l'enthousiasme général. Il ne reste plus à la Diète électorale qu'à désigner ceux de ses membres qui iront en France en délégation solennelle pour informer le prince Valois de son élection, lui faire prêter serment aux *Pacta conventa* et aux *Articuli henriciani*, et l'escorter jusqu'en Pologne.

De tous les souverains européens, c'est le pape Grégoire XIII qui sera le premier à féliciter l'heureux élu en lui envoyant la rose d'or.

Un départ hésitant

Dès juin 1573, on avait vu des envoyés polonais dans les tranchées devant La Rochelle. Mais c'est en juillet que la grande ambassade s'ébranle à destination de Paris. L'empereur, ulcéré par l'échec électoral de l'archiduc Ernest, ne lui a pas accordé de passeport. Elle n'en parvient pas moins à Metz le 14 août, après avoir contourné les possessions des Habsbourg en Allemagne. Dirigée par l'évêque de Poznan, Adam Konarski, elle se compose d'une douzaine de magnats, tant protestants que catholiques, de deux cent cinquante gentilshommes et d'une armée de serviteurs. Une cinquantaine de coches et de chariots, tractés chacun par cinq à six chevaux, transporte tout ce monde et de volumineux bagages.

Le 19 août, les Polonais entrent à Paris par la porte Saint-Martin. Ils défilent sous plusieurs arcs de triomphe[7] et vont loger sur la rive gauche de la Seine. À la vue de leurs longues barbes, de leurs nuques rasées et de leur accoutrement oriental (hauts bonnets ou chapeaux fourrés, bottines ferrées, étriers à la turque, cimeterres et carquois), la population parisienne s'esclaffe, les abreuve de brocards et de lazzi[8]. La reine mère, qui regarde passer le cortège, s'indigne de ce comportement discourtois: «Vous me le paierez!» s'écrie-t-elle à l'adresse des badauds en les menaçant de son éventail.

Les Français ont d'ailleurs tout à fait tort de se gausser de leurs visiteurs car ceux-ci, fort cultivés, peuvent d'exprimer en latin et pratiquent souvent une ou plusieurs langues étrangères, surtout l'allemand et l'italien. Ce n'est pas le cas des courtisans de Charles IX, tout confus de ne pas pouvoir leur donner la réplique. Quant à Henri d'Anjou, il s'est remis en hâte au latin et à l'italien pour ne pas faire trop mauvaise figure devant ses nouveaux sujets.

Des audiences protocolaires occupent d'abord les ambassadeurs. Le 21 août, ils franchissent la Seine dans des bateaux garnis de tapis de Turquie et vont au Louvre saluer Charles IX, la reine mère et la reine régnante. Le 22, ils montent à cheval et vont rendre leurs devoirs à leur souverain Henri Ier, auquel Konarski s'adresse en latin et à qui tous vont baiser la main, à l'espagnole. Le 23, ils vont voir François d'Alençon qui, malade, ne peut les recevoir, Marguerite de Navarre, les cardinaux de Bourbon et de Lorraine.

Après les politesses, vient la négociation qui s'engage le 24 à l'hôtel d'Anjou. Konarski expose à Henri les droits et les devoirs d'un roi de Pologne, qu'il résume en une formule lapidaire: «Impuissant pour faire le mal, tu seras tout-puissant pour faire le bien. C'est pourquoi

---

[7]   Sur l'un de ces arcs de triomphe, les Polonais peuvent lire une inscription latine composée par l'humaniste et poète Jean Dorat en l'honneur de leurs personnes et de leurs costumes. Le comportement des Parisiens dément absolument cet éloge.

[8]   On peut se faire une idée du costume des Polonais d'après une tapisserie de la série *Les fêtes des Valois* (Florence, Musée des Offices) qui représente les réjouissances données aux Tuileries par Catherine de Médicis le 14 septembre 1573.

tu seras aimé de tous[9].» Un moment interrompue, la discussion reprend le 29 et dure jusqu'au 9 septembre, difficile, ardue, pénible même puisque certains jours on voit pleurer Henri. Elle tourne autour de deux questions : les limitations apportées par la Diète à l'autorité monarchique, la coexistence des religions imposée par la Confédération de Varsovie.

Au cours des débats, Henri ne cache pas sa répugnance à ratifier les *Pacta conventa* et les *Articuli henriciani*, tant il est convaincu qu'un roi non absolu n'est qu'une sorte de doge comme à Venise ou à Gênes. De plus, en sa qualité de chef reconnu des catholiques français, il se montre peu disposé à tolérer l'hérésie sur les bords de la Vistule ; il est d'ailleurs poussé à l'intransigeance par Jean-Dimitri Solikowski, l'ancien secrétaire de Sigismond-Auguste, partisan d'une politique de Contre-Réforme. Comme il constate que ses interlocuteurs sont partagés sur cette question, il déclare ne pas pouvoir ratifier un texte qui divise ses sujets. C'est alors que l'un des plus actifs parmi ses électeurs, Jean Zborowski, s'écrie : «*Jurabis aut non regnabis!*» («Tu jureras ou tu ne régneras pas!»)[10].

On s'affronte aussi sur bien d'autres points : l'obligation pour Henri de ne pas confier de charges à des Français, l'abandon de ses revenus personnels à la République, son mariage avec la princesse Anna, sœur de Sigismond-Auguste, qu'il réussit à éluder, le droit pour les Polonais de lui refuser obéissance s'il viole les lois. Mais enfin, à force de palabrer, de finasser, de dissimuler, on arrive à un accord fragile, plein de réticences et d'arrière-pensées. Le 9 septembre, Henri signe les *Pacta conventa* et les *Articuli henriciani*. Le 10, il prête serment de les respecter au cours d'une messe solennelle célébrée à Notre-Dame par Pierre de Gondi, évêque de Paris. Garant des engagements de son frère, Charles IX prête également serment. Discrètement, Konarski, hostile à la Confédération de Varsovie, remet à Philippe Hurault de Cheverny, chancelier de Henri, sa protestation écrite contre la liberté religieuse.

Il ne reste plus qu'à solenniser l'accord par de fastueuses cérémonies, malgré la pénurie du trésor. Le 13 septembre, se déroule celle du *Décret*, c'est-à-dire la translation de l'acte d'élection, revêtu d'une centaine de sceaux, de l'hôtel d'Anjou au Palais de la Cité. Le précieux document, enfermé dans un coffret d'argent, est porté sur le dos d'une mule. Il est lu en public dans la grande salle et la chapelle royale exécute le *Te Deum*. Après quoi on le porte processionnellement à la Sainte-Chapelle où l'on chante les vêpres. Et

---

[9]   Cité par Pierre Chevallier, *op. cit.*, p. 200.
[10] *Ibid.*, p. 202.

tandis qu'il retourne à l'hôtel d'Anjou comme il en est venu, salves d'artillerie et sonneries de cloches ébranlent l'air.

Le 14 septembre, les Parisiens assistent à l'entrée officielle du nouveau roi de Pologne. Celui-ci, après avoir passé les troupes en revue, pénètre dans la capitale par la porte Saint-Antoine. Il se rend à l'hôtel de ville puis à Notre-Dame où l'on chante le *Te Deum*. Son frère François d'Alençon, son cousin Henri de Navarre et quelques autres princes l'accompagnent. La délégation polonaise le suit. Les arcs de triomphe et les inscriptions célèbrent la concorde qui est censée régner entre les trois frères, Charles, Henri et François, représentés à l'antique. Il peut voir aussi des nymphes qui brûlent leurs vaisseaux pour le retenir, le dieu Mars sur son char (allusion à ses victoires passées), des reines qui symbolisent la France et la Pologne, des allégories de la Seine et de la Vistule. Bref, une apothéose.

Le 15 septembre, Henri reçoit le cadeau de la ville de Paris : un char de vermeil portant le dieu Mars et tiré par deux chevaux. Le soir, le cycle des fêtes se termine par le bal que la reine mère donne au palais des Tuileries encore inachevé. Les invités assistent d'abord à un ballet dansé, sur une musique de Roland de Lassus, par seize dames ou demoiselles représentant les provinces françaises. Aux personnages de marque, elles offrent un bijou, image des fruits de chaque province : le blé pour la Champagne, les raisins pour la Bourgogne, les oranges et les citrons pour la Provence, les hommes de guerre pour la Gascogne ! Les réjouissances se poursuivent par les danses qui se prolongent toute la nuit au son des violons récemment importés d'Italie. Marguerite de Valois, reine de Navarre, en costume de velours incarnadin, attire tous les regards. Éblouis et subjugués, les ambassadeurs polonais auraient dit, si l'on en croit Agrippa d'Aubigné, que les bals de la cour de France étaient impossibles à contrefaire.

À la mi-septembre 1573, le moment est venu pour Henri de gagner son lointain royaume. Il a d'ailleurs reçu les passeports nécessaires à la traversée de l'Allemagne, délivrés par l'empereur et ratifiés par la Diète de l'Empire. Or il s'attarde en France, priant même son chancelier Cheverny de chercher des prétextes afin de retarder son départ jusqu'au printemps 1574. C'est que la succession de Charles IX est en vue : de plus en plus fréquemment alité, le roi de France commence à cracher le sang et tout le monde sait bien qu'il ne vivra plus très longtemps. Et selon la loi salique, Henri est l'héritier de la Couronne. Il n'accepte donc de s'éloigner qu'à la condition de pouvoir revenir à coup sûr. Le diplomate vénitien Sigismondo Cavalli l'explique le 9 septembre à son gouvernement: « Car, je le vois bien, le roi de Pologne aime mieux un quart de la couronne de France que toutes les provinces de cet autre royaume[11]. »

À la Cour, la reine mère partage les sentiments de son fils préféré. Bien qu'elle ait pris la précaution, le 22 août, de le faire reconnaître par Charles IX comme son successeur, elle aimerait autant qu'à l'heure du décès du roi, Henri soit encore en France. Le monarque au contraire, excédé par ces atermoiements et ces spéculations sur sa fin prochaine, voudrait voir son frère prendre le large au plus vite. Ne raconte-t-on pas qu'il a voulu donner des coups de poignard à Villequier, favori de Henri, parce qu'il le soupçonnait de tout faire pour empêcher le départ de son maître ? Quant à François d'Alençon, il compte bien, une fois le roi de Pologne au loin, le remplacer comme lieutenant général du royaume de France et, qui sait, devenir ensuite le roi François III.

À la fin du mois de septembre, on quitte Paris pour Fontaine-bleau où doit se célébrer la Saint-Michel. À cette occasion, on offre aux envoyés polonais de très belles chasses et de nombreux cadeaux, par exemple des chaînes d'or. Mais ils commencent à s'impatienter de tous ces délais qui leur coûtent cher. L'un d'eux, un protestant, monte même dans son coche et s'en va tout seul.

Au début d'octobre, Charles IX décide de brusquer les choses. Il quitte Fontainebleau, d'abord pour Montceaux puis pour Villers-Cotterêts d'où il compte entraîner son cadet en direction de Nancy. Mais Henri s'attarde encore toute une semaine avant de se rendre avec sa mère à Reims où le roi l'a précédé. Contraints de suivre tous ces déplacements, les ambassadeurs polonais maugréent et commencent à se demander s'ils ont fait le bon choix en élisant un prince français. De Reims, Charles IX prend le chemin de la Lorraine. Mais le 29 octobre, à Vitry-le-François, la fièvre le cloue au lit pour plus de quinze jours. A-t-il réellement contracté la variole comme le pensent les contemporains ou doit-il faire face à une aggravation de sa maladie pulmonaire ? Toujours est-il qu'il ne peut poursuivre son voyage. Aussi, lorsque Henri et Madame Catherine parviennent à leur tour à Vitry, il charge la seconde d'accompagner le premier jusqu'à la frontière qui n'est plus très éloignée.

Le 12 novembre, le roi de Pologne fait des adieux touchants à Charles IX et François d'Alençon. Malgré les frictions qui les ont opposés, la jalousie qui les a rongés, les trois frères versent des larmes abondantes. Un témoin, il est vrai, affirme que le troisième

---

[11] Cité par Pierre Champion, *Charles IX. La France et le contrôle de l'Espagne*, tome II, Paris, 1939, p. 275, n. 5.

n'a pas pleuré comme les deux autres! Henri rend à Charles son cachet de lieutenant général du royaume et lui demande de le confier à François. Charles donne un anneau à Henri en témoignage d'affection.

Malgré le déchirement qu'il éprouve de quitter la France, Henri n'en reprend pas moins la route avec sa mère. Le 21 novembre, il atteint Nancy, capitale du duché de Lorraine. Grâce au traité de Nuremberg, conclu en 1542, cette principauté a cessé de relever de l'Empire et constitue un petit État indépendant. Son souverain, le duc Charles III, a été élevé à la cour de France et s'est marié avec Claude, la seconde fille de Henri II. Il entretient les meilleurs rapports avec Charles IX et accueille fastueusement sa belle-mère, son beau-frère, leur suite et les ambassadeurs polonais. Il le peut car il tire de gros revenus des salines, la principale richesse de son duché. À Nancy, les Valois ne se sentent nullement dépaysés et, pendant plusieurs jours, les fêtes succèdent aux fêtes. L'évêque de Poznan, Adam Konarski, est choisi comme parrain de la fille du duc qui vient de naître. Surtout, Henri fait la connaissance de celle dont il fera un jour une reine de France, la belle et pieuse Louise de Vaudémont, nièce de Charles III.

Le 25 novembre le roi de Pologne repart. Il s'arrête au sanctuaire vénéré de Saint-Nicolas-de-Port où tous les voyageurs passant par la Lorraine viennent s'agenouiller devant les reliques de Monsieur saint Nicolas, le grand thaumaturge. Le 29, il arrive à Blâmont où il passe quatre jours. Là, Catherine de Médicis rencontre une délégation de seigneurs allemands, parmi lesquels Ludovic de Nassau et Christophe, fils cadet de l'électeur palatin Frédéric III. On agite à nouveau le projet d'une ligue anti-espagnole à laquelle se joindraient non seulement la France, mais aussi la Pologne.

Le 2 décembre, Henri prend congé des personnalités françaises et lorraines qui l'ont escorté jusque-là. C'est dans les larmes qu'il fait ses adieux à sa mère avant de s'engager sur la route de Sarrebourg, dernière ville ducale. Le 4 décembre, à la tête d'un cortège d'environ douze cents personnes et d'un train imposant de chariots chargés de bagages, de meubles et d'argent (150 000 écus destinés au paiement des reîtres), il passe les Vosges et entre dans l'Empire. Sa première étape est le château de Saverne où il reçoit l'hospitalité du prince-évêque de Strasbourg, Jean de Manderscheid.

★

Dans la vie de Henri de Valois, l'année 1573, celle de ses vingt-deux ans, revêt une importance singulière : c'est une année d'expériences variées qui concourent, les unes à la formation de l'homme, les autres à la formation du roi. Après un premier semestre de déboires militaires au siège de La Rochelle, il connaît une période d'euphorie à partir de son élection à la couronne de Pologne, sa première couronne. Mais les négociations qu'il doit mener avec les ambassadeurs polonais venus à Paris lui donnent un avant-goût des nombreuses difficultés qui l'attendent dans sa nouvelle patrie. Et l'année se termine par le temps des déchirements et de l'exil. Il lui faut quitter sa mère très chère et sa bien-aimée Marie de Clèves pour aller vers l'inconnu sans savoir quand et comment il pourra revenir, sans savoir même s'il pourra revenir. L'immense satisfaction qu'il a d'être roi se colore donc d'une amertume bien compréhensible.

CHAPITRE VIII

UN RÈGNE INTERROMPU

Après un long voyage à travers l'Allemagne et la Pologne, Henri de Valois fait son entrée solennelle à Cracovie, sa capitale, le 18 février 1574. Il en repart clandestinement, dans la nuit du 18 au 19 juin suivant, pour aller recueillir la succession de Charles IX, après un règne effectif de quatre mois. Pendant ce court laps de temps, exilé dans un pays dont il ignore la langue, dont les mœurs le rebutent et dont les pratiques politiques lui déplaisent énormément, il va personnellement de désillusion en désillusion. Pourtant, avec l'aide de conseillers français (le duc de Nevers, le maréchal de Retz) ou polonais (Jean-Dimitri Solikowski, l'évêque Stanislas Karnkowski), il accomplit un remarquable travail tendant à empêcher l'abaissement du pouvoir royal programmé pendant l'interrègne et à faire reculer l'influence des évangéliques. La réussite politique apparaît comme une compensation à l'amertume née de l'éloignement.

À travers l'Allemagne et la Pologne

La traversée de l'Allemagne, du Rhin à l'Oder, a été préparée avec soin par la diplomatie française qui discernait trois dangers possibles pour le roi de Pologne : des représailles protestantes destinées à venger les victimes de la Saint-Barthélemy, un coup de main de reîtres non payés, un geste hostile de l'empereur à cause de la défaite électorale de l'archiduc Ernest. C'est une mission de Gaspard de Schomberg auprès des princes allemands qui a préparé les voies. Par ailleurs, Henri s'est pénétré des recommandations que lui a faites Guy de Saint-Gelais de Lansac : adopter toujours une attitude claire et nette, sans chercher à biaiser, à finasser ou à tromper ; écouter sans s'émouvoir les plaintes et les remontrances éventuelles et les oublier sur-le-champ.

L'itinéraire prévu traverse l'Alsace de Saverne à Wissembourg, descend le Rhin moyen jusqu'à Mayence, remonte ensuite le Main pour atteindre Francfort. De là, il prend la direction du nord-est et, par Fulda, la Hesse, la Thuringe, la Saxe et le Brandebourg, il atteint la frontière polonaise en contournant la Silésie autrichienne.

Pour se rendre dans son lointain royaume, Henri s'est entouré de nombreux Français qui vont courir la même fortune que lui. Au premier rang d'entre eux figurent quelques intimes : le duc de Nevers, conseiller influent, observateur perspicace et grand travailleur ; Albert de Gondi, qui connaît si bien l'Allemagne et qu'on appelle, depuis sa récente promotion, le maréchal de Retz ; le lyonnais Pomponne de Bellièvre, négociateur avisé ; le jurisconsulte toulousain Guy Du Faur de Pibrac, orateur remarquable et excellent latiniste ; René de Villequier, chef de sa maison ; Marc Miron, son médecin. Il faut leur ajouter les jeunes gens très fidèles qui l'entouraient déjà au siège de La Rochelle et qu'il appelait «ma troupe» : Jacques de Lévis, comte de Quélus, Henri de Saint-Sulpice, Roger de Saint-Lary, seigneur de Bellegarde, Charles de Belleville, Charles de Balzac d'Entragues dit le bel Entraguet. Parmi les hommes d'épée qui l'accompagnent, on peut citer Louis Béranger, seigneur Du Guast, l'aventureux Charles, duc du Maine, frère puîné du duc de Guise, Jean de Saulx, vicomte de Tavannes, fils du défunt maréchal. Et parmi les diplomates, Jean-Paul de Selve, évêque de Saint-Flour, son ancien précepteur, et Gilles de Noailles, abbé de L'Isle, qui a si bien travaillé à son élection. N'oublions pas enfin son poète favori, celui qui interprète divinement bien ses sentiments, Philippe Desportes, le Tibulle français, qu'il préfère à Ronsard.

Pour progresser à travers l'Empire en se gardant de toute surprise, le cortège adopte une formation militaire. En tête, le maréchal de Retz avec trois cents cavaliers, en avance d'une journée sur le reste de la colonne. Puis, Henri lui-même avec huit cents hommes, les ambassadeurs polonais qui rentrent chargés de cadeaux, tous les grands seigneurs. Enfin, une petite arrière-garde.

Dès le début du voyage, le roi prend l'habitude de tenir conseil tous les matins avec les Polonais. Plus tard, après l'étape de Fulda, il travaille dans son coche pendant les trajets, soit avec le duc de Nevers qui lui parle de son royaume, soit avec Pibrac qui lui commente la *Politique* d'Aristote. Il apprend en somme son métier de souverain tout en roulant. Aux arrêts, il expédie à ses correspondants à Cracovie, comme le marquis de Rambouillet, des lettres relatives à l'aménagement de son château du Wawel ou aux cérémonies du couronnement. Bien entendu, il ne manque pas d'écrire à sa mère, à ses frères, à ses amis restés en France.

L'Empire est une mosaïque de principautés laïques, de principautés ecclésiastiques et de villes libres, parfois plus puissantes que bien des princes. Ici, on est resté fidèle au catholicisme, là on adhère au protestantisme, le plus souvent luthérien mais parfois calviniste. Pour assurer le succès de son voyage, conforter les intérêts de la France en Allemagne, Henri se propose de rencontrer le plus possible de princes.

Dans la région rhénane, il est très bien reçu par les évêques de Strasbourg et de Spire, par le très irénique archevêque électeur de Mayence, Daniel Brendel. Mais il tient surtout à voir l'électeur palatin Frédéric III qui a eu la courtoisie d'envoyer au-devant de lui son fils Christophe et qui jouit d'une immense autorité morale. Rendre visite à cet austère calviniste, par ailleurs grand fournisseur de reîtres et de lansquenets, faciliterait sans aucun doute les étapes ultérieures de son parcours. Mais cela ne va pas sans risque : la population manifeste fréquemment son animosité et de nombreux Français ont trouvé refuge en Palatinat, par exemple le fils aîné de Coligny. Henri s'y résout pourtant, contre l'avis des Polonais, et il fait un crochet pour gagner Heidelberg, résidence du pieux électeur. Après un accueil plutôt froid (le soir du 11 décembre, le prince allemand ne se dérange pas pour recevoir le roi de Pologne), la glace fond et l'entrevue se déroule dans un climat d'amabilité et d'estime réciproques qui aura les plus heureux effets sur la suite du voyage.

À Francfort[1], république urbaine fort riche, très attachée à son autonomie et au protestantisme, la réception est loin d'être amène : la population, augmentée de réfugiés venus des Pays-Bas, se tient sous les armes et des cris hostiles fusent de la foule. Mais Henri ne se laisse pas démonter. Pendant son bref séjour, il prend même le temps d'entrer dans les boutiques des orfèvres et des joailliers, comme il le faisait à Paris.

À Fulda, siège d'une antique abbaye qui conserve les reliques de saint Boniface, apôtre de la Germanie, il retrouve en revanche l'ambiance toute catholique qu'il apprécie. Le prince-abbé, Balthazar de Dermbach, champion de la Contre-Réforme, y a installé les jésuites. C'est dans leur collège que le roi de Pologne

---

[1] C'est pendant le séjour de Henri à Francfort que le fameux Bussy d'Amboise, qui appartient à sa suite, commence à faire parler de lui en se faisant étriller par les Allemands. Suivant le cortège royal à quelque distance, il arrive le 17 décembre dans un village, à une dizaine de kilomètres de la cité. Dans l'auberge où il descend, il entreprend, en séducteur impénitent, de «jouer à une hôtesse assez belle». Les habitants, furieux et indignés, se mettent à le corriger. Tiré de leurs griffes par un officier du seigneur local, il est conduit en prison. Il sera cependant libéré le lendemain.

célèbre Noël, se confesse et communie. Il édifie son entourage par sa piété et se montre pleinement ce qu'il a toujours été, l'homme du parti catholique.

Par la suite, Henri a encore l'occasion de faire la conquête du landgrave de Hesse Guillaume IV qui, bien que luthérien, adversaire des jésuites et grand ennemi des *massacreurs de Paris*, lui décerne un beau compliment en prenant congé de lui: «Je ne connais pas les autres frères de Votre Majesté, mais s'ils sont aussi sages qu'elle-même, la reine votre mère doit être la femme la plus heureuse du monde[2].» Mais ni l'électeur Auguste de Saxe, ni l'électeur Jean-Georges de Brandebourg, les princes les plus puissants de l'Allemagne orientale, ne daignent s'entretenir avec lui. Le premier, qui veut ménager la susceptibilité de l'empereur, se contente de le faire escorter par son gendre Jean-Casimir, fils de l'électeur palatin, celui-là même qui a dévasté la France en 1563. Le second se dit retenu par la session d'une diète. Du moins son fils, administrateur protestant de l'archevêché de Magdebourg sécularisé, a-t-il traité princièrement les Français et les Polonais lors de leur passage à Halle au début de janvier 1574.

Quant à l'empereur Maximilien II, il semble avoir fait contre mauvaise fortune bon cœur et banni toute animosité de son esprit. À Luckau, première étape brandebourgeoise, quinze cents cavaliers silésiens viennent saluer Henri de sa part. Une lettre autographe de Sa Majesté impériale, rédigée en espagnol et fort bienveillante, met fin aux craintes que l'on pouvait nourrir à son endroit.

Le 19 janvier, Henri entre à Francfort-sur-Oder. Il en repart le 22. Le 24, il franchit la frontière et s'arrête dans la première localité polonaise, Miedzyrzecz. Il peut être satisfait du voyage qu'il vient d'accomplir. Il a été reçu courtoisement partout, en pays protestant comme en pays catholique. Même l'empereur s'est montré aimable avec lui. Il a posé des jalons en vue de l'élection à l'Empire de son frère Charles IX qui rêve depuis l'été de coiffer la couronne impériale à la mort de Maximilien II.

À Miedzyrzecz, Henri prend vraiment contact avec les réalités polonaises. Quinze cents nobles, revêtus de leurs plus beaux atours, enveloppés dans des fourrures de prix, montés sur de splendides chevaux, poussent d'interminables vivats à son apparition tandis que sonnent les trompettes. Mais déjà, Stanislas Karnkowski, évêque de Cujavie (ou de Wloclawek), s'avance à la tête d'une délégation de sénateurs et prend la parole en latin. Il explique la constitution de la

---

[2] Cité par Pierre Champion, *Henri III roi de Pologne*, tome I, Paris, 1943, p. 33.

Pologne et fait l'éloge du nouveau roi. Celui-ci bredouille quelques mots d'italien et laisse répondre Pibrac qui compare l'union de Henri et de la République à celle de l'époux et de la Sulamite dans le *Cantique des cantiques*!

Tout le long de la route qui le conduit à Cracovie, le jeune souverain, surpris et charmé, va d'émerveillement en émerveillement. À chaque étape, c'est un palatin ou un magnat qui l'héberge et le festoie dans un superbe château. Les Français de sa suite, eux, commencent à déchanter. Leurs vêtements trop légers ne peuvent les préserver du froid rigoureux qui règne et le pays, mal équipé, ne possède pas le réseau d'auberges qui pourraient les accueillir. La plupart du temps, ils doivent loger chez l'habitant, dans des chaumières enfumées et souvent très sales, et dormir sur des lits particulièrement durs.

Le 28 janvier, le cortège entre à Poznan, la seule grande ville située sur le parcours et y demeure quatre jours. Le recteur du collège des jésuites y fait haranguer le roi en dix langues : l'hébreu, le grec et le latin, le polonais et le lituanien, l'allemand et le flamand, le français, l'italien et l'espagnol. Le 31 janvier, un dimanche, après la messe, Henri assiste à un plantureux banquet au cours duquel il doit subir une allocution latine débitée par un représentant de la szlachta, la petite noblesse, Abraham Zbouski. Ce discours est d'abord une invitation à pratiquer la vertu. C'est ensuite un avertissement, celui de n'exercer aucune forme de tyrannie. Il se termine ainsi : « Salut, salut, sérénissime roi ! Le salut soit sur toi mille fois, pour *la conservation de nos libertés* et le bonheur de notre pays[3] ! »

Pour l'instant, Henri est tout à son contentement bien que le style de l'accueil l'étonne quelque peu. Le 30 janvier, il confie son sentiment à Charles IX : « Je vous dirai que j'ai jusques ici grande occasion de louer Dieu et Vos Majestés de m'avoir pourchassé un tel royaume. Je n'ai encore été qu'à Posnanya où je suis, qui est une belle ville, belles maisons et une infinité de noblesse fort brave et fort bonne façon, et qu'ils montrent de me bien aimer[4]... »

On repart le 1er février malgré la neige qui s'amoncelle sur les chemins et oblige à utiliser des traîneaux. On s'arrête deux jours à Kalicz, les 4 et 5 février. Le soir du 11, le roi passe la nuit dans le monastère de Czestochowa qui abrite l'image de la Vierge noire que la foule des pèlerins vient vénérer aux grandes fêtes mariales. Le 16, il est hébergé à Balice, le château du palatin de Cracovie, le calviniste Jean Firlej qui est aussi maréchal du royaume. À deux

---

[3] Pierre Champion, *op. cit.*, p. 52.
[4] *Ibid.*, p. 53.

lieues de là, dans la capitale, les grandioses obsèques de Sigismond-Auguste viennent de se dérouler.

Maintenant que son prédécesseur a trouvé sa dernière demeure dans la chapelle royale de la cathédrale Saint-Stanislas, Henri peut faire son entrée dans sa capitale. La cérémonie déroule ses fastes le jeudi 18 février 1574 par un temps un peu plus clément. Dans la plaine, au pied des murailles, c'est toute la Pologne qui se rassemble. Il y a là le haut clergé derrière les archevêques de Gniezno et de Lwow, les sénateurs et les nonces, les palatins, les délégués des villes et une énorme masse de gentilshommes. Tous se faisant accompagner d'une suite plus ou moins nombreuse, on peut estimer à trente mille le nombre de ceux qui sont venus rendre hommage à leur souverain.

Encadré par son escorte de fantassins gascons, Henri passe, à cheval, cette foule en revue tandis que les canons tonnent. Il met pied à terre pour saluer le Sénat puis écoute sans broncher plusieurs discours latins. À celui de l'évêque de Plock, Pierre Myszkowski, qui parle au nom des ordres de la nation, c'est encore une fois Pibrac qui doit répondre. À la tombée du jour, monté sur un grand cheval blanc, il franchit la porte des Chanoines à la lueur des flambeaux. Descendu de sa monture, il prend place sous un dais porté par huit sénateurs. Il est vêtu de noir, sa toque de velours scintille d'émeraudes, un énorme diamant brille sur son front. Les arcs de triomphe sous lesquels il passe sont ornés d'aigles blancs qui s'inclinent à son passage. Quand il pénètre dans le Wawel, un aigle doré bat des ailes en signe d'allégresse. Après avoir entendu le *Te Deum* dans la cathédrale, située dans la cour du château, il va saluer l'infante (*infantka*) Anna, sœur de Sigismond-Auguste, et soupe avec les sénateurs avant de se retirer dans ses appartements, aménagés à la française selon ses instructions et d'où il pourra sortir sans être vu. Ses compagnons de voyage, eux, ont bien du mal à se caser dans une ville surpeuplée. Les plus chanceux occupent les combles, les greniers et autres dépendances du palais royal. Les plus malchanceux mettent plusieurs jours avant de trouver un abri. Triste début pour ceux qui sont partis à la conquête de la Pologne !

Des semaines bien remplies

Les tensions politiques apparaissent dès le lendemain de l'arrivée à Cracovie. Pour assister à la Diète convoquée à l'occasion du couronnement, les nonces sont venus nombreux dans la capitale. Ils veulent, en particulier les évangéliques, savoir si le nouveau monarque est décidé à respecter les libertés qui leur sont chères. Dans cette intention, ils réclament un compte rendu de mission aux ambassadeurs qui rentrent de Paris. Les sénateurs, qui trouvent cette exigence déplacée, souhaitent que le roi soit couronné au plus tôt après avoir remercié ses électeurs. Ce conflit révèle les fractures qui divisent la société politique et la méfiance de nombreuses familles envers un prince qui a grandi en France dans l'idée de la monarchie absolue. Pour surmonter la difficulté, Henri brusque les choses. Il se rend auprès des sénateurs en compagnie de Pibrac qui prononce en son nom une allocution de remerciement. Les nonces, irrités d'avoir été tenus à l'écart mais craignant encore plus d'être exclus des libéralités classiques en début de règne, reviennent à de meilleurs sentiments et vont saluer leur souverain, imités par les ambassadeurs étrangers.

La cérémonie du sacre peut donc avoir lieu. Elle se déroule le dimanche 21 février 1574 dans la cathédrale comble. Henri s'y est préparé par l'habituelle veillée de prières et par la confession. Mais, le matin du grand jour, aucun accord n'a pu encore être trouvé sur la formule du serment. Les catholiques, animés par le représentant du pape Grégoire XIII, le nonce Vicente Laureo, et par l'archevêque Uchanski, s'en tiennent au texte traditionnellement en usage. Les évangéliques exigent celui de la Confédération de Varsovie qui jure la paix aux dissidents religieux. Quelques-uns proposent un engagement moins contraignant (*le roi assurera et maintiendra la paix et la tranquillité aux dissidents*). C'est finalement cette solution transactionnelle qui va prévaloir.

Lorsque l'instant du serment arrive, Henri, à genoux, prononce d'abord l'ancienne formule. Il est sur le point de se relever quand les évangéliques, conduits par le maréchal du royaume Jean Firlej, s'avancent pour protester en dépit des efforts de l'archevêque pour leur barrer la route. Une rumeur emplit alors l'église, se propageant à partir du chœur: va-t-on voir éclater un tumulte, une sédition? Le palatin de Samogitie, Jean Chodkiewicz, sauve la situation. Il assure au roi que, pour ramener le calme, il lui suffit d'ajouter qu'il maintiendra aux dissidents la paix et la tranquillité (*quod rex conservaret pacem et tranquillitatem inter dissidentes de religione*). Au lieu de répéter textuellement cette phrase, Henri dit simplement: «*Conservare curabo*» (j'aurai soin de la maintenir). Satisfaction ayant été ainsi donnée aux protestants, l'évêque de Cujavie, Stanislas Karnkowski, réserve les droits de l'Église catholique en ajoutant: «*Salvis juribus nostris.*» Chacun des partis a donc eu son mot à dire et la cérémonie peut reprendre son cours. Acclamé par l'assistance («*Vivat rex!*»), oint par l'archevêque aux épaules et aux

mains avec l'huile consacrée, le roi reçoit successivement l'épée,
la couronne, le sceptre et le globe sommé d'une croix. Il est deux
heures de relevée lorsqu'il quitte la cathédrale pour présider un
banquet qui se prolonge pendant six heures. Il assiste le lendemain
en ville à une grande fête populaire. Ces journées de liesse sont
considérées comme une brillante réussite. Henri a reçu le serment
des sénateurs et des échevins. Aucune goutte de sang n'a été versée.
On en gardera longtemps le souvenir.

Henri de Valois n'est pas venu à Cracovie sans s'être préparé à
son rôle, sans définir une ligne de conduite. Il a pu lire et méditer
différents ouvrages sur la Pologne, composés à son intention par
divers auteurs. Le plus important est sans doute le *De regno Poloniæ*
du savant chanoine Martin Kromer, révisé à son intention par
Stanislas Karnkowski et mis en français par le vieil humaniste Louis
Le Roy. Le *Mémoire du sieur de Lansac*, le *Memoriale ad Sacram
Reginam Majestatem* de Jean-Dimitri Solikowski, l'*Informatio
de rebus Poloniæ ad Henricum Regem* du nonce A.-M. Graziani
peuvent aussi être mentionnés.

La politique à suivre en Pologne a été déterminée en France à
l'instigation de Catherine de Médicis. Elle consiste d'abord, conformément à l'idéal des Valois mais contrairement aux engagements
pris par Monluc et au serment prêté à Notre-Dame de Paris, à faire
de la République une monarchie absolue. Elle consiste ensuite à
s'appuyer sur les catholiques militants et à écarter les protestants
de la vie publique. Henri compte y parvenir en limitant le rôle des
nonces, en se constituant une solide clientèle de familles puissantes,
en distribuant à bon escient biens fonciers, dignités et hautes
fonctions. Loin de vouloir se comporter en arbitre entre les factions,
il entend mettre son autorité au service du catholicisme, comme l'y
incite le nonce Vicente Laureo.

La session de la Diète s'ouvre le 22 février. Les divisions politiques
(sénateurs contre nonces) et les clivages religieux (majorité
catholique contre minorité évangélique) qui agitent l'assemblée
permettent à Henri d'appliquer le principe *diviser pour régner* dont
sa mère lui a révélé l'efficacité. Mais avant de s'attaquer aux grands
problèmes de l'heure, il est appelé à tenir son rôle de justicier par
un incident imprévu.

Cet incident est l'affaire Zborowski. Les Zborowski appartiennent
à l'aristocratie et se partagent entre deux confessions religieuses.
André est l'un des catholiques les plus en vue, son frère Pierre un
des chefs du parti évangélique. Ils ont soutenu la candidature de
Henri. À l'occasion d'une joute à la lance organisée par les Français,

le jeune Samuel Zborowski, frère des deux précédents, se prend de querelle avec le comte Tenczynski et le provoque en duel. Le soir du 25 février, en présence du roi, alors que les deux adversaires se défient, le castellan de Przemysl, André Wapowski, veut les séparer. Samuel, furieux, se retourne contre lui alors qu'il n'est pas armé et le blesse grièvement à la tête. Le cas est très sérieux et le Sénat s'en saisit le lendemain. La mort de Wapowski l'aggrave encore. Selon la législation en vigueur, Samuel Zborowski est passible de la peine de mort. S'il se soustrait au jugement en fuyant à l'étranger, il encourt la confiscation de ses biens et l'infamie. Comme le Sénat se montre incapable de rendre une sentence en raison de ses divisions et de l'appartenance sociale de l'accusé, il appartient au roi, fontaine de justice, de trancher.

Le 10 mars, Henri condamne le coupable au bannissement. Obéissant à sa bénignité naturelle, il n'a pas voulu prononcer une sentence capitale. Surtout, il a voulu éviter aux Zborowski la peine de l'infamie qui porte atteinte au bien le plus précieux des nobles, l'honneur[5]. Mais sa décision mesurée mécontente tout le monde. Aux uns, la peine paraît beaucoup trop dure, aux autres elle semble bien trop légère. Une campagne de pamphlets, dirigés contre le roi et son entourage de Français, se déchaîne. L'interdiction de les colporter ne fait que les multiplier. On en affiche jusque sur les murs du Wawel. L'euphorie du couronnement n'est déjà plus qu'un souvenir et Henri, accusé de se livrer à la débauche, fait l'apprentissage de l'impopularité. Il n'a pas compris la noblesse polonaise et la noblesse polonaise ne le comprend pas. Le règne commence sous de fâcheux auspices.

Cependant, Henri ne laisse pas de vouloir résoudre le plus épineux des problèmes intérieurs qui ont motivé la convocation de la Diète du couronnement: l'acceptation ou le refus des nouvelles règles constitutionnelles formulées pendant l'interrègne et incluses dans les *Articuli henriciani*. À Paris, il n'a juré que du bout des lèvres de les respecter et il n'a pas l'intention de tenir son serment. D'autant plus que cette affaire divise la classe politique, dresse les sénateurs contre les nonces, les catholiques contre les évangéliques.

Pour soutenir son point de vue, il fait appel à Jean-Dimitri Solikowski. Celui-ci publie, sans nom d'auteur, un pamphlet retentissant intitulé *Libellus cuneorum*, avec la collaboration de l'évêque Karnkowski. Fort bien conçu, ce texte rappelle que la République

---

[5] Sous le règne d'Étienne Bathory, successeur de Henri, Samuel Zborowski rentrera en Pologne sans avoir obtenu sa grâce. Jugé suivant la rigueur des lois, il sera condamné et exécuté. Pourtant sa famille avait contribué à l'élection du nouveau roi.

se compose de trois ordres : le roi, le Sénat, la noblesse représentée par les nonces. Tous trois concourent à la confection des lois. En l'absence de l'un d'entre eux, les deux autres ne peuvent légiférer. Prises sans le roi, les décisions de la Diète d'élection et de la Confédération de Varsovie sont dépourvues de légitimité et il convient de les abolir. Des articles comme celui qui instaure la liberté religieuse ou celui qui autorise la noblesse à refuser son obéissance au souverain sont particulièrement odieux.

Les débats finissent par s'organiser autour de la question suivante : faut-il confirmer les articles en totalité ou en ratifier seulement quelques-uns ? Pendant plusieurs semaines, on discute avec passion. Les nonces multiplient les adresses aux sénateurs. Au Sénat, les vociférations et les invectives interrompent fréquemment les orateurs au milieu de leurs périodes latines. Henri fait ainsi l'apprentissage des assemblées délibérantes. Il est très vite excédé par toutes ces empoignades verbales. Presque chaque jour, il doit siéger au Sénat pendant six à sept heures d'affilée, ne se retirant qu'à la nuit tombée. On comprend qu'il ait parfois fait le malade pour échapper à la corvée.

Finalement, il profite de la discorde qui règne parmi ses sujets pour tirer son épingle du jeu. La mort inopinée du calviniste Jean Firlej favorise d'ailleurs son initiative. À la fin du mois d'avril, il publie un décret confirmant les lois et les privilèges de la nation selon la formule utilisée par ses prédécesseurs et prononçant la dissolution de la Diète du couronnement. Celle-ci se sépare le 24 avril sur un succès royal : Henri n'a pas confirmé les innovations de l'interrègne, il a empêché la limitation de son autorité voulue par la szlachta, il n'a rien accordé aux évangéliques au-delà du serment du sacre, il a renvoyé les articles controversés à la prochaine session.

Pendant la durée de la Diète, la désillusion des Polonais à l'égard de leur roi n'a pas cessé de croître. Son attitude politique a indigné nombre de nobles et quelques sénateurs. Les évangéliques s'inquiètent pour l'avenir de la liberté religieuse. La noblesse catholique mazovienne, elle-même, exprime sa déception parce qu'il n'a pas annoncé son mariage avec l'infante Anna. La manière quelque peu désinvolte avec laquelle il a distribué arbitrairement à ses fidèles tout un ensemble d'emplois vacants, d'évêchés et de palatinats a fait scandale. Et, par la grâce des pamphlets que ses adversaires ne cessent de lancer contre lui, sa cour a pris la réputation d'un lieu de débauche à l'usage des Français. Le secrétaire Reinhold Heidenstein, originaire des environs de Gdansk, rapporte en ces termes les bruits répandus par les évangéliques : le roi «commença à chasser avec les Français de son entourage, à jouer aux cartes, à danser, à faire des banquets et des joyeusetés; et l'on disait que des jeunes filles nues étaient introduites à ces fêtes[6]».

Éprouvé par ses rapports difficiles avec la Diète, Henri, celle-ci une fois dissoute, s'en va se récréer quelque temps au château de Niepolomice, peu éloigné de la capitale. Puis il rentre à Cracovie pour recevoir le salut de différents ambassadeurs, en particulier ceux de l'électeur de Brandebourg et ceux du grand khan des Tatars de Crimée. Ce potentat musulman lui propose en vain une guerre immédiate contre Ivan le Terrible, pour laquelle il se fait fort de réunir cent, voire deux cent mille cavaliers!

Le roi de Pologne prévoit ensuite de se rendre, l'été venu, dans le grand-duché de Lituanie, que travaillent des tentations séparatistes, puis de visiter diverses provinces de son royaume avant de retrouver, en septembre, la Diète à Varsovie. Il espère, alors, stabiliser son autorité. Mais la mort de Charles IX va en décider autrement.

Un départ précipité

Henri de Valois a connu l'ivresse d'être roi, roi élu d'abord, roi sacré ensuite. Mais il n'a jamais connu le bonheur sur les rives de la Vistule. Loin des séductions de la cour de France, loin de sa bien-aimée Marie de Clèves, il a trompé son ennui comme il a pu. Moins en jouant aux cartes ou en buvant le soir avec ses compatriotes exilés comme lui[7] qu'en écrivant d'innombrables lettres à ses correspondants français. Pierre Matthieu, auteur d'une *Histoire de France sous les règnes de François I., Henri II., François II., Charles IX., Henri III., Henri IV., Louis XIII.*, parue en 1631, nous l'explique: «En cette langueur de son exil, Henri n'avait autre contentement qu'à écrire en France. Beaulieu [*Martin Beaulieu, seigneur de Ruzé, futur secrétaire d'État*] m'a dit qu'il envoyait quelquefois quarante ou cinquante lettres de sa main et qu'il y en avait de trois feuilles [...] Cet exercice à lire les lettres de France et à y répondre, était l'unique allégement de son esprit, si ennuyé qu'on lui a ouï dire: qu'il eût mieux aimé vivre captif en France que libre en Pologne, et

---

6   Cité par Pierre Champion, *op. cit.*, p. 165. Il est toujours question de jeunes filles nues invitées aux banquets dans les pamphlets que les protestants dirigent contre les catholiques. C'est un lieu commun.

7   C'est au cours d'une de ces soirées d'ennui qu'il aurait dicté le *Discours du Roi Henri IIIe à un personnage d'honneur et de qualité* pour donner sa version de la Saint-Barthélemy. On sait que ce texte n'a été composé qu'au XVIIe siècle, longtemps après sa mort.

qu'il n'y avait prince au monde qui dût porter envie à sa condition[8].»
Il passe même pour avoir écrit à Marie de Clèves avec son sang,
l'éloignement n'ayant fait qu'aviver sa passion au lieu de l'assoupir.
Pour connaître son état d'âme, il suffit de se tourner vers Philippe
Desportes, fidèle interprète de ses sentiments:

> De pleurs en pleurs, de complainte en complainte,
> Je passe, hélas! mes languissantes nuits
> Sans m'alléger d'un seul de ces ennuis,
> Dont loin de vous ma vie est si contrainte.
> Belle princesse, ardeur de mon courage,
> Mon cher désir, ma peine et mon tourment,
> Que mon destin, las! trop soudainement
> Par votre absence a changé de visage [...] [9]

Pour comble de malheur, il n'est même pas maître chez lui et sa
vie matérielle est souvent difficile. En mai 1574, le trésorier polonais
fait enlever les vivres de sa maison pour contraindre le trésorier
français à fournir l'argent nécessaire aux dépenses de nourriture.

On comprend que, dans ces conditions, Henri soit à l'affût des
nouvelles de Paris tout en accomplissant avec régularité ses devoirs
de roi de Pologne. Il suit la progression de la maladie de son frère,
alité en permanence. Il sait la succession va bientôt s'ouvrir.
Il sait que la Cour est le théâtre d'intrigues tendant à permettre à
François d'Alençon de se saisir du pouvoir avec l'appui des huguenots et des malcontents. Cheverny lui apprend même qu'on souhaite
le voir en France avant la mort de son aîné: «*Ta* [Charles IX] et
Ti [Catherine de Médicis] sont à demi gagnés à trouver bon votre
retour. Vous y penserez et commanderez votre volonté. J'ai peur que
Ti se laisse encore une fois tromper par *120* [François d'Alençon]
et par *VI* [Henri de Navarre][10].» Et sa mère lui demande de ne pas
s'éloigner de la capitale, toute proche de la frontière avec la Silésie
autrichienne.

Au printemps de 1574, l'essentiel pour lui est de se préparer à
partir sans le montrer à ses sujets qui s'opposeraient à son départ
pour éviter les troubles et les dangers d'un interrègne car, sans roi,
la Pologne est privée de justice et la licence triomphe partout.

Henri commence donc par se séparer de nombreux Français
de son entourage, pour la plus grande satisfaction des Polonais

---

[8]   Cité par Pierre Champion, *op. cit.*, p. 192.

[9]   *Ibid.*, p. 190-191.

[10] *Ibid.*, p. 248, n. 1.

qui convoitent leurs emplois. On voit s'éloigner successivement le maréchal de Retz (dès le 26 mars), le marquis de Rambouillet, le duc du Maine, le seigneur de Bellegarde, d'autres encore : «Les chemins sont tout pleins de Français qui reviennent déjà de Pologne[11]», constate le président Du Ferrier, ambassadeur à Venise car beaucoup passent par l'Italie. Le 20 avril, c'est le tour du duc de Nevers. Il va soigner ses vieilles blessures aux bains de Lucques. Il laisse au roi un épais dossier de mémoires et de conseils sur divers sujets, un vrai plan de gouvernement pour la Pologne, fruit de deux mois d'enquêtes et de travail acharné. Restent à Cracovie Villequier, Bellièvre, Souvré, Pibrac, Ruzé de Beaulieu et le médecin Miron.

Vers la fin du mois d'avril, Henri, qui cesse de s'intéresser vraiment aux affaires polonaises, nomme quelques fidèles aux grandes charges vacantes car, s'il veut aller prendre possession de son nouveau royaume, il n'a pas l'intention d'abandonner l'ancien et se sent de taille à porter deux couronnes. Le maréchal de la Cour, André Opalinski, devient maréchal du royaume. Le très catholique André Zborowski le remplace tandis que Pierre Zborowski, le réformé, succède à Jean Firlej comme palatin de Cracovie. Le comte Jean Tenczynski, autre catholique marquant, reçoit la clé dorée de chambellan.

Par ailleurs, le roi, sa générosité native et sa prodigalité naturelle aidant, se constitue une clientèle en distribuant gratuitement toutes sortes d'emplois dont ses prédécesseurs tiraient de l'argent. Et puis, pour donner le change sur ses véritables intentions, il affecte de se poloniser. On peut le voir, revêtu du costume national, prendre part aux courses de bague, aux interminables banquets et aux danses de l'aristocratie. Il se met même à boire de la bière, lui qui ne boit que de l'eau. Et il donne des réceptions en l'honneur de l'infante Anna comme s'il envisageait enfin de l'épouser malgré son âge (quarante-huit ans), son visage plat et ses gros yeux rouges. Comme l'écrit l'ambassadeur vénitien Lippomano, «il répand des bienfaits sur ceux qui conserveront pour lui le royaume quand il sera au loin[12]».

Après avoir ostensiblement célébré les fêtes catholiques de l'Ascension et du *Corpus Domini* (la Fête-Dieu), le roi a prévu de courir la bague le 14 juin avec plusieurs seigneurs polonais. Mais, vers onze heures du matin, un messager lui apporte un billet autographe de l'empereur Maximilien II annonçant la mort de Charles IX. Nouvelle confirmée vers midi par un envoyé de Catherine de Médicis.

---

[11] Pierre Champion, *op. cit.*, p. 227.

[12] *Ibid.*, p. 256.

Le roi de France s'est éteint le 30 mai. Depuis ce moment, Henri l'a automatiquement remplacé en vertu de la règle successorale, confirmée d'ailleurs le 13 septembre 1573 par lettres patentes du défunt. En attendant son retour, Madame Catherine exerce la régence que le moribond lui a confiée quelques heures seulement avant d'expirer. Mais les sournoises ambitions de François d'Alençon, sa connivence avec les huguenots et les malcontents fragilisent son autorité. Henri doit donc rentrer d'urgence.

Maîtrisant son émotion, le roi de Pologne réussit à garder un calme apparent. Il invoque la fatigue pour ne pas participer au jeu de bague prévu. Le soir du 14 juin, il tient conseil avec les Français de sa suite, Villequier, Bellièvre, Pibrac et Gilles de Souvré, maître de sa garde-robe. La décision est prise de partir le plus tôt possible et secrètement. Le capitaine des gardes, Larchant, est chargé de tout préparer.

Le 15 juin, le roi convoque les sénateurs présents à Cracovie. Il se rend auprès d'eux en grand deuil violet et leur annonce son avènement à sa deuxième couronne. Sans leur révéler son dessein de fuite, il les avertit qu'il devra se rendre, d'ici quelque temps, dans son royaume héréditaire. Pour les flatter, il leur demande s'il doit ou non envoyer une procuration à sa mère pour le gouvernement de la France. Il prévoit la convocation de la Diète pour septembre, montrant ainsi qu'il n'a pas l'intention de brusquer son départ. Une fois signées par tous, les lettres de procuration[13] sont confiées à un conseiller au parlement de Paris, Jacques Faye, seigneur d'Espeisses qui part pour Paris le soir du 16.

Le 17, Pomponne de Bellièvre, rappelé par la régente, s'en va à son tour. Il doit disposer des relais le long de la route de Silésie et attendre son souverain à la frontière. La fuite de celui-ci est prévue dans la nuit du 18 au 19 juin. Elle devient d'autant plus urgente que les uns, qui se doutent de quelque chose, épient ses faits et gestes et que les autres, qui savent à quel point la Pologne a besoin de lui, affirment clairement leur intention de le retenir coûte que coûte.

Le 18 juin, Sa Majesté reçoit en audience publique les ambassadeurs venus lui présenter leurs condoléances pour la mort de Charles IX. Après quoi, elle s'isole pour rédiger diverses lettres à l'intention du Sénat, de plusieurs hauts dignitaires du royaume (comme l'évêque Karnkowski, le chambellan Tenczynski) et des

---

[13] Dans la suscription de ce document, on peut lire pour la première fois la nouvelle titulature du roi: Henri, par la grâce de Dieu roi de France et de Pologne, grand-duc de Lituanie, etc.

deux serviteurs qui resteront au Wawel pour veiller sur ses intérêts, le maître d'hôtel Nicolas Alamanni et l'ancien ambassadeur au Danemark, Charles de Danzay. À tous, elle explique plus ou moins longuement les raisons de son départ immédiat et sa volonté de conserver ses deux couronnes. Au repas du soir, Alamanni la prévient que le bruit de sa disparition imminente court par la ville. Imperturbable, le roi répond simplement : «Les gens d'entendement comme vous ne le croiront pas[14].» Puis, parlant de choses et d'autres avec les seigneurs polonais, il va se coucher et feint de s'endormir. Le comte Tenczynski tire donc les rideaux du lit et se retire.

La suite des événements est digne d'un roman de cape et d'épée. À peine Tenczynski a-t-il refermé la porte principale de la chambre royale, gardée par une sentinelle, qu'un orifice secret pratiqué dans le mur laisse passage à des vêtements de voyage. Peu après, ceux des Français qui doivent accompagner Henri arrivent par une porte intérieure, habillent leur maître et l'entraînent vers une porte basse habituellement ouverte jusque vers deux heures du matin. Cette issue est déjà fermée ce soir-là mais Souvré peut se la faire ouvrir sous le prétexte d'un rendez-vous galant. Les fugitifs sortent donc du Wawel et, au bout d'une demi-heure de marche, ils trouvent leurs chevaux près d'une chapelle abandonnée. Il est alors environ minuit. Pour Henri et ses cinq compagnons, une interminable chevauchée commence alors.

Les contretemps ne tardent pas à s'accumuler, ralentissant singulièrement l'allure. D'abord, à l'endroit où ils devaient rejoindre les autres, Pibrac et Villequier manquent à l'appel. Ils se sont trompés de chemin et ont avec eux les guides et les interprètes ! Il faut donc, par une nuit d'encre, s'avancer en pays inconnu et franchir des obstacles imprévus : un marais où l'on manque de s'enliser, une forêt où des arbres abattus barrent le chemin mais où l'on réussit à persuader un bûcheron effrayé de conduire la troupe.

Au lever du jour, le cortège a parcouru une vingtaine de lieues. Il passe à Zator puis à Oswiecim (plus connu sous son nom allemand d'Auschwitz) où l'on retrouve Pibrac et Villequier.

Les fugitifs viennent à peine de quitter la bourgade en direction de l'ouest que Tenczynski y entre par l'est à la tête de deux cents cavaliers. Il a été averti dans la nuit qu'un cuisinier italien avait reconnu le roi quittant le Wawel. Vérification faite, il a lancé la poursuite avec trois heures de retard. Mais lui n'a pas rencontré d'obstacles. À son approche, tandis que Villequier et Pibrac, restés en arrière, se cachent dans un bosquet, les autres forcent l'allure

---

[14] Cité par Pierre Champion, *op. cit.*, p. 270.

et passent un pont de bois que Souvré réussit à rompre derrière lui. Les fuyards sont en vue de la frontière lorsqu'ils entendent une apostrophe latine sortir de l'eau : « *Serenissima Majestas, cur fugis ?* » (Sérénissime Majesté, pourquoi fuis-tu ?) C'est le staroste d'Oswiecim, lancé en avant-garde par Tenczynski qui doit changer de chevaux. Trouvant le pont détruit, il s'est jeté à l'eau sans pouvoir faire autre chose qu'interpeller le roi.

À Plès, première localité silésienne, Bellièvre attend dans une hôtellerie avec des chevaux de relais qui permettent à la troupe de repartir. Elle n'en est pas moins rejointe par Tenczynski car celui-ci a pris un cheval frais à Oswiecim et franchi à son tour la limite de l'Empire, accompagné de quelques archers tatars. Il ne peut être question pour lui, hors de Pologne, de ramener de force le roi à Cracovie. Ce qu'il veut, c'est faire part à Sa Majesté du désarroi de ses sujets. C'est aussi demander des explications. Henri « s'excuse par des paroles affectueuses, disant qu'il ne pouvait pas interrompre son voyage en France, car autrement il courrait un grand risque de perdre son royaume ; il lui donne l'espoir de retourner le plus tôt possible en Pologne, et de tout cela il se remet aux lettres qu'il a écrites au Sénat et à tous les ordres et à plusieurs seigneurs, lesquelles lettres se trouvent entre les mains de Danzay[15] ».

Le chambellan, constatant que son souverain ne renonce pas au trône de Pologne, lui jure fidélité à la mode du pays : il s'ouvre une veine et boit le sang qui sort de la coupure. Après un échange de cadeaux (un bracelet du comte au roi, un diamant du roi au comte), il tourne bride en pleurant. Henri, lui, reprend la route. Il trouve bientôt, à la place des chevaux de selle, les coches préparés par Bellièvre. Le soir du 19 juin, il peut enfin coucher dans un lit. Il vient d'abattre, pratiquement sans s'arrêter, plus de trente-quatre lieues en moins de vingt-quatre heures.

Un retour différé

Henri est sorti si précipitamment de Pologne qu'on s'attendrait à le voir foncer en direction de Paris par le plus court chemin : n'y a-t-il pas pour lui urgence à regagner très vite son royaume héréditaire ? Or, il s'attarde longuement en route. Il n'y a pas lieu de s'en étonner. En France, la régente a toutes les capacités requises pour diriger les affaires en l'attendant et elle n'aime rien tant que l'exercice du pouvoir. De son côté, il nage en plein bonheur. Il écrit le

---

[15] Dépêche du nonce Vicente Laureo, *ibid.*, p. 277, n. 1.

22 juin à sa mère: «France et vous valent mieux que Pologne.» Surtout, dans les semaines suivantes, il peut tout à son aise savourer les honneurs et les plaisirs royaux sans avoir à supporter les travaux et les ennuis de sa dignité.

L'itinéraire qu'il suit par Vienne, Venise et la Savoie n'a pas été laissé au hasard. La prévoyante Catherine de Médicis le lui a conseillé dès le 31 mai. Le 6 juin, elle a fait envoyer au président Du Ferrier, ambassadeur à Venise, une lettre de change de 100 000 livres «pour aider et servir au retour du roi, mon dit seigneur et fils». Un tel trajet répond d'ailleurs parfaitement au vœu secret de celui-ci de voir l'Italie, cette Italie qu'il aurait voulu traverser naguère pour aller chercher à Vienne l'archiduchesse Élisabeth d'Autriche. Il ne manque qu'une chose pour que ce bonheur soit parfait: la présence de Marie de Clèves.

À son entrée dans l'Empire, Henri a vu venir à lui un messager de Maximilien II chargé de lui souhaiter la bienvenue. C'est que l'empereur est bien trop intelligent pour témoigner de la rancune à celui qui a battu l'archiduc Ernest à l'élection polonaise. Il peut d'ailleurs penser – en quoi il se trompe – que le vaincu d'hier pourra régner demain à Cracovie d'où le vainqueur vient de s'enfuir.

Passé de Silésie en Moravie le 19 juin, Henri se dirige vers Vienne à petites journées. Le 23, il écrit à l'empereur pour le remercier de l'autoriser à traverser ses États. Le 24, à trois lieues de Vienne, il rencontre les archiducs Mathias et Maximilien venus au-devant de lui. Deux lieues plus loin, c'est l'empereur lui-même qui l'accueille. Âgé seulement de quarante-sept ans, Maximilien II a déjà l'aspect d'un vieillard; il va d'ailleurs s'éteindre deux ans plus tard. Pour l'heure, la chaleur de son accueil est telle que le roi s'attarde trois jours à Vienne où Pibrac, dévalisé en Pologne, le rejoint enfin. Trois jours au cours desquels, parmi les fêtes et les cérémonies, l'empereur essaie sans succès d'obtenir de lui qu'il épouse sa fille Élisabeth, la veuve de Charles IX.

Henri quitte Vienne le 29 juin, muni d'un viatique de 12 000 écus que lui a envoyé, de Venise, l'ambassadeur Du Ferrier. Il lui faut une dizaine de jours pour franchir les Alpes. Le 10 juillet, à Pontebba, il entre sur le territoire de la Sérénissime République qui lui a fait tenir un passeport. Son séjour vénitien va être celui des enchantements. Car Venise n'a jamais encore reçu un roi de France; seuls des papes et des empereurs lui ont fait l'honneur d'une visite. Elle tient donc à entourer d'une splendeur toute particulière la venue de Henri. D'autant que ses relations avec les Valois sont excellentes et qu'elle a une dette de gratitude envers la diplomatie française qui lui a procuré un bien inestimable, la paix avec les Turcs.

De la frontière à la lagune, de Pontebba à Marghera, Henri traverse le Frioul et la Vénétie à bord d'un superbe carrosse à quatre chevaux, cadeau de la République. En chemin, son cortège se grossit de diverses personnalités : le duc de Nevers qui a interrompu sa cure, le duc de Ferrare Alphonse II d'Este qui espère lui succéder en Pologne, l'ambassadeur Du Ferrier. Celui-ci écrit à Catherine de Médicis, parlant du roi : «Il est admiré d'un chacun, non seulement pour sa belle disposition, mais aussi pour la royale douceur et humanité qui reluit en son visage et l'excellent esprit et entendement qu'il montre par son propos[16].» À chaque étape, les autorités lui réservent une réception triomphale. Au bord de la lagune, ils sont soixante-dix sénateurs à l'attendre en habit de cérémonie. À Marghera, il prend place dans une gondole garnie de brocart d'or que deux mille autres bateaux escortent jusqu'à Murano où il doit présider un somptueux banquet. Mais Henri préfère s'éclipser. En compagnie du duc de Ferrare qui lui sert de cicérone, il embarque sur une gondole ordinaire et s'en va, incognito, visiter la ville.

Le matin du 18 juillet, c'est le doge Luigi Mocenigo lui-même qui vient le chercher à Murano pour le conduire au Lido sur la galère *capitane*[17]. Là, devant un arc de triomphe édifié par Palladio en personne, se déroule la cérémonie d'accueil. Puis Henri monte à bord du *Bucentaure*, le navire dépourvu de voiles sur lequel le doge prend place, le jeudi de l'Ascension, pour aller épouser la mer. Assis à la poupe, subjugué par le spectacle de la lagune puis du Grand canal couverts d'embarcations, par la vue des églises et des palais, il ne cesse de répéter qu'il n'y a rien de plus beau au monde. La sonnerie des cloches et l'artillerie des galères répondent aux acclamations de la foule qui se presse aux fenêtres et sur les toits. Le soir, vers six heures, il aborde au palais Foscari où il va résider pendant une semaine féerique.

Du 19 au 26 juillet 1574, chacune des journées du jeune roi de vingt-trois ans fait alterner, après la messe, fêtes officielles et réjouissances privées. À diverses reprises, pour satisfaire la foule, il doit se montrer au balcon du palais Foscari. Le 19, il admire les régates qui se déroulent sur le Grand canal. Le 20, on lui donne le spectacle de la *grande fournaise* : des verriers de Murano, installés dans un atelier porté par des radeaux, fabriquent différents objets devant ses yeux. Après avoir assisté le 21 à un grand banquet au palais des Doges, il participe le 22 à une séance du Sénat où l'on parle

---

[16] Cité par Pierre Champion, *op. cit.*, tome II, Paris, 1951, p. 52.

[17] Galère *capitane* : navire amiral.

des affaires de France. Le 23 est consacré à la visite des boutiques du Rialto, en particulier de celles des bijoutiers qui font grimper les prix à son arrivée et où il fait d'énormes dettes. Le 24, on lui montre l'Arsenal : en l'espace d'une heure, il peut voir monter une galère avec des pièces prédécoupées. Le même jour, il prend encore le temps d'aller voir le vieux Titien et l'atelier de Tintoret qui, admis sur le *Bucentaure*, a déjà brossé un portrait de lui. Le 25, un dimanche, il préside un grand bal ; plus de deux cents patriciennes y font admirer leurs plus beaux atours et leurs chevelures poudrées d'or. Le 26, la traditionnelle joute, très brutale, entre deux factions populaires rivales, les Castellani et les Nicolotti, est donnée en son honneur. Presque chaque nuit, il s'éclipse du palais Foscari pour aller se divertir en ville. Le soir du 19 juillet, par exemple, il se rend chez Veronica Franco, la plus connue des courtisanes vénitiennes, poétesse de surcroît[18]. Et par trois fois, il peut aller voir jouer les *Gelosi*, les plus célèbres acteurs d'Italie qui représentent successivement pour lui une comédie, une tragédie chantée, ancêtre de l'opéra, une pastorale.

Le 27 juillet, Henri, qui a peu mangé et encore moins dormi pendant huit jours tant il avait faim de divertissements (il n'en avait guère eu en Pologne !), prend congé de ses hôtes. Accompagné du duc de Ferrare et du duc de Savoie Emmanuel-Philibert, arrivé le 20 à Venise, il remonte le cours de la Brenta en direction de Padoue sur la barque à fond plat du doge. À l'heure du repas, il fait escale dans la fameuse villa *Malcontenta*, œuvre de Palladio. À Mira, il visite la villa Contarini. Le soir, il quitte la rivière pour aller coucher à Padoue. De là, par Rovigo, il se rend à Ferrare où il reçoit l'hospitalité du duc Alphonse II, petit-fils de Louis XII. Chargés de présents, les Vénitiens qui l'ont suivi jusque-là rentrent chez eux. La politique prend le dessus sur les réjouissances.

À Ferrare, Henri trouve un envoyé de Catherine de Médicis, le parlementaire Jacques Faye, seigneur d'Espeisses, qui lui demande de rentrer en France en passant par la Savoie et non par la Suisse. La reine compte en effet, grâce aux bons offices d'Emmanuel-Philibert, ménager une entrevue entre son fils et le maréchal de Damville, gouverneur du Languedoc, entré plus ou moins en dissidence en s'appuyant sur les huguenots du Midi. Ainsi, la politique française rattrape le roi au cœur de l'Italie.

---

[18] Henri a vu à Venise d'autres courtisanes que Veronica Franco. On ne sait d'ailleurs pas comment il a occupé la plupart de ses nuits. Selon une tradition protestante, il aurait contracté pendant son séjour une affection vénérienne bénigne. Celle-ci, mal soignée à Paris, serait responsable de sa stérilité.

Docile à l'intention de sa mère, Henri, le 1er août, invite Damville à venir le voir à Turin : «Venez me trouver chez mon oncle, Monsieur de Savoie, et vous y serez en toute sûreté, et me ferez chose très agréable et serez le bienvenu[19].» Le soir même, il quitte Ferrare, remontant le Pô en barque. Le 3 août, il est à Mantoue, chez les Gonzague où il reste trois jours. Il entre ensuite dans le duché de Milan, territoire espagnol dont le gouverneur, le marquis d'Aya-monte, vient le saluer au nom de Philippe II. Comme il tient de Louis XII des droits sur ce territoire, il ne souhaite pas une récep-tion officielle dans la capitale, qu'il évite en carrosse par Crémone (9 août), Monza (10 août), Magenta (11 août) et Verceil (12 août).

À l'étape de Monza, Henri III rencontre un personnage hors du commun, le cardinal-archevêque de Milan, saint Charles Borromée. Ancien secrétaire d'État du pape Pie IV, son oncle, cheville ouvrière du concile de Trente, saint Charles est l'incarnation même de la Réforme catholique. Ascète émacié, dormant à peine, se nourrissant de pain et de légumes, ne buvant que de l'eau, le prélat visite inlas-sablement son diocèse pour y faire appliquer les décisions réfor-matrices du concile. Il enseigne à son interlocuteur, dont le règne commence à peine, que les malheurs du monde viennent de ce que les gouvernants agissent en vertu de considérations humaines au lieu d'avoir en vue l'honneur de Dieu et la défense de la foi. Si le saint fait une impression profonde sur l'esprit du roi, le roi ne laisse pas le saint indifférent : «En somme, écrit ce dernier au pape Grégoire XIII, il s'agit d'un prince très édifiant, propre à faire le bien, *si on l'aide*. Il faudrait qu'il fût entouré de personnes capables de le conseiller, de lui parler avec vérité et sincérité[20].» Il souligne ainsi l'un des aspects les plus caractéristiques de la psychologie du roi de France et de Pologne : une certaine indolence, une absence de volonté explicable sans doute par des causes physiologiques.

Le 15 août 1574, Henri fait à Turin une entrée triomphale. Il y demeure douze jours, plus longtemps qu'à Venise. À nouveau, les fêtes succèdent aux fêtes mais les négociations politiques vont aussi bon train. Deux graves problèmes doivent trouver une solution : la restitution des trois places piémontaises toujours occupées par les troupes françaises et dont le gouverneur est le duc de Nevers ; l'attitude à adopter à l'égard du maréchal de Damville. Le duc Emmanuel-Philibert, quadragénaire intelligent, habile et prudent inspire ces discussions.

En effet, s'il a accepté, à la demande de la reine mère, d'aller

---

[19] Cité par Pierre Chevallier, *Henri III, roi shakespearien*, Paris, 1985, p. 245.

[20] Cité par Pierre Champion, *op. cit.*, tome II, p. 107.

au-devant du jeune roi et d'assurer sa protection de Venise à Turin, c'est avec l'arrière-pensée de se faire rendre Pignerol, La Pérouse et Savillan que le traité de Fossano, en novembre 1562, a laissées aux mains des Français. Il est assez astucieux pour ne rien demander lui-même à son hôte. Mais il fait agir sa femme, la duchesse Marguerite, cette sœur de feu Henri II qu'il a épousée en 1559, aux termes du traité du Cateau-Cambrésis et qui, depuis son mariage, est devenue toute savoyarde. Henri III, qui ne l'a pas vue depuis quinze ans, retrouve avec émotion sa bonne tante. Celle-ci l'implore, les larmes dans la voix, de restituer les trois villes à Monsieur de Savoie. Le roi se laisse d'autant plus aisément fléchir qu'elles n'ont jamais été réunies à la Couronne, l'accord de Fossano l'interdisant. De plus, Catherine de Médicis approuve la cession, qui sera effective à l'automne, malgré l'opposition du chancelier de Birague et du duc de Nevers. Les contemporains, ainsi que les historiens nationalistes de notre siècle, ont jugé très sévèrement cet abandon. Il faut cependant convenir que la situation intérieure de la France ne permettait guère de conserver ces dépendances coûteuses. Il faut bien voir surtout que le geste généreux du roi a assuré au royaume la bienveillance et la neutralité d'un prince militairement puissant, inféodé à l'Espagne : jusqu'à sa mort en 1580, Emmanuel-Philibert n'entreprendra rien contre la monarchie des Valois.

C'est dans l'intention de voir aboutir favorablement pour lui cette grave affaire que Monsieur de Savoie a bien voulu servir de médiateur entre le pouvoir royal et le maréchal de Damville qu'il a réussi à faire venir à Turin. Très bien accueilli par Henri III, celui-ci ne parvient cependant pas à s'entendre avec son souverain. Les entretiens butent sur deux points. Ardent catholique, le roi ne veut rien accorder de plus aux huguenots que la liberté de conscience alors que Damville, qui a fait alliance avec eux dans sa province, se fait l'avocat de la liberté de culte. Et quand le gouverneur du Languedoc demande la libération de son aîné, le maréchal de Montmorency, incarcéré peu avant la mort de Charles IX comme complice des protestants, Henri refuse de prendre cette décision avant d'avoir consulté sa mère. Le désaccord, un désaccord lourd de menaces, est donc complet quand les deux hommes se séparent.

★

Henri III quitte Turin le 27 août. Le 29, il franchit les Alpes au col du Mont-Cenis, principal passage entre la France et l'Italie, dans une litière vitrée offerte par Emmanuel-Philibert. Il fait sa joyeuse entrée à Chambéry le 2 septembre. Le lendemain, au Pont-de-Beauvoisin, il franchit le Guiers, petit affluent du Rhône qui forme frontière entre le royaume et le duché de Savoie. François d'Alençon et Henri de Navarre sont là qui l'attendent pour se joindre à son imposant cortège de plus de huit cents chevaux. Le soir du 5, à Bourgoin, il peut embrasser sa mère qu'il a quittée neuf mois auparavant et qui verse des pleurs de joie. Le 6, sur les cinq heures du soir, il fait à Lyon une entrée peu solennelle et s'en va loger à l'archevêché. Il ne sait pas encore à quel point la situation du royaume s'est aggravée depuis le mois de décembre 1573. Il ne sait pas encore que les problèmes qui se posent au roi de France en 1574 l'emportent de loin en difficulté sur ceux du roi de Pologne. Il ne sait pas non plus qu'il ne pourra pas conserver ses deux couronnes.

Alexandre-Édouard de Valois (futur Henri III), duc d'Orléans, bébé, malade, couché sur un coussin.

Dessin de Germain Le Mannier. Chantilly, musée Condé.

Alexandre-Édouard de Valois à dix ans (1561). L'inscription qu'on peut lire en bas et à gauche de l'image (Charles IX) est erronée.

Dessin de François Clouet. Bibliothèque nationale de France, département des Estampes.

Henri de Valois (il a changé de prénom à sa confirmation), duc d'Anjou et lieutenant général du royaume, vers l'âge de vingt ans. C'est le brillant vainqueur de Jarnac et de Moncontour, au costume somptueux, garni de perles et de pierreries, mais au regard mélancolique. L'inscription qui figure au bas de l'image (François de France, duc d'Alençon) est erronée.

Tableau attribué à Jean Decourt. Chantilly, musée Condé.

Portrait équestre de Henri III au début de son règne, d'après l'image officielle réalisée par Jean Decourt vers 1574-1576. Le roi monte un cheval blanc caparaçonné à son chiffre (un H contenant deux lambda) et porte des vêtements clinquants et bariolés (noter l'abondance des perles).

Gouache sur vélin collé sur bois par un peintre anonyme du début du XVIIe siècle. Chantilly, musée Condé. Ph. RMN (Domaine de Chantilly).

Portrait en pied de Henri III. Le roi arbore les insignes de l'ordre du Saint-Esprit, ce qui situe l'image vers 1579-1580. Il a revêtu un habit noir uni. Mais il n'a pas renoncé à la fraise et persiste à faire un étalage impressionnant de perles (cf. à l'oreille) et de pierreries. Il est coiffé de son bonnet à aigrette. À noter les mules de velours ou de cuir fin enfilées par-dessus les souliers blancs.

Peinture de Pierre-Jean-Edmond Castan. Blois, musée communal du Château. Ph. Josse/Leemage.

Vers 1578, Henri III charge Étienne Dumonstier de réaliser de lui une nouvelle image officielle destinée à une large diffusion. Il veut en effet apparaître comme un roi bienfaisant, épris de sagesse, de justice et de paix. Le portrait reproduit ci-dessus est une des nombreuses versions réalisées d'après le modèle de Dumonstier. Le roi porte un habit sombre et sobre. Il a renoncé à tout étalage de perles (sauf à l'oreille) et de pierreries. Il a remplacé la fraise par un simple col rabattu. Il garde son bonnet à aigrette ornée d'un seul joyau.

Huile sur bois. Chantilly, musée Condé.

Catherine de Médicis, mère de Henri III, a commandé son image officielle à François Clouet en 1559 (original conservé à la Bibliothèque nationale de France). Ce portrait (huile sur bois) est un reflet de cette image.
Chantilly, musée Condé.

Portrait de la reine Louise de Lorraine-Vaudémont, épouse de Henri III (vers 1575).

Dessin de Jean Rabel, Bibliothèque nationale de France, département des Estampes.

Portrait de Marguerite de Valois, sœur de Henri III, reine de Navarre en 1572 par son mariage avec Henri de Bourbon, futur Henri IV.

Huile sur bois exécutée vers 1570 dans l'atelier de François Clouet. Chantilly, musée Condé.

Médaille avec le portrait de profil de François, duc d'Anjou, frère et héritier présomptif de Henri III, mort en 1583. Légende :
FRANCOYS.DUC.DANJOU.ET.DALANCON.FILZ.DE.FRANCE.

Bibliothèque nationale de France, département des Médailles.

Portrait de Louis Bérenger, seigneur Du Guast, favori de Henri III, le conseiller avisé et énergique dont le roi avait besoin pour l'aider à gouverner. Assassiné en 1575, peut-être à l'instigation de Marguerite de Valois.

Dessin anonyme. Bibliothèque nationale de France, département des Estampes.

Réception de Louis de Gonzague, duc de Nevers, dans l'ordre du Saint-Esprit (janvier 1579). Sous la présidence du roi, grand maître de l'ordre, inspiré par l'Esprit Saint (cf. la colombe au-dessus de sa tête), le duc prête serment sur l'Évangile, entouré des autres chevaliers. Ceux-ci ont revêtu leur costume de cérémonie décrit par L'Estoile (cf. page 280). Les commandeurs ecclésiastiques portent seulement la croix de l'ordre pendue au col.

Enluminure de G. Richardière. Chantilly, musée Condé.

Portrait d'Anne de Batarnay, baron d'Arques, duc de Joyeuse. L'un des deux archimignons de Henri III, tué à la bataille de Coutras (octobre 1587).

Bibliothèque nationale de France, Portraits dessinés de la cour de France.

Portrait de Jean-Louis de Nogaret de La Valette, duc d'Épernon. L'autre archimignon de Henri III dont l'action politique préfigure, selon certains auteurs, le ministériat de Richelieu.

Tableau anonyme (huile sur bois). Versailles, musée national du Château.

Bal à la cour des Valois. La civilisation maniériste trouve son expression privilégiée (éphémère il est vrai) dans les fêtes de cour. Les courtisans qui y paraissent cherchent à étonner en affichant un luxe tapageur. Les hommes portent chausses collantes et pourpoint busqué, fraise godronnée et haut chapeau. Les dames exhibent une taille de guêpe, des hanches élargies par le vertugadin, d'immenses manches à gigot et une vaste collerette empesée.

Peinture anonyme. Rennes, musée des Beaux-Arts.

Procession des pénitents de l'Annonciation Notre-Dame. Vêtus et cagoulés de blanc, ils défilent derrière le crucifix en portant des cierges. La cagoule gomme les hiérarchies sociales dans un esprit d'humilité chrétienne.

Gravure anonyme, coloriée au pochoir. Bibliothèque nationale de France, département des Estampes.

Bal des noces de Joyeuse (24 septembre 1581). Henri III préside les réjouissances sous un dais aux armes de France et de Pologne. À sa gauche, les reines Catherine de Médicis et Louise de Lorraine, puis d'autres dames assises. Derrière elles, les hommes se tiennent debout. Les deux premiers sont les ducs de Guise et de Mayenne. Au centre de la scène, le duc et la duchesse de Joyeuse ouvrent le bal. À gauche, Marguerite de Valois fait son entrée. À droite, musiciens et chanteurs.

Peinture anonyme (huile sur cuivre). Paris, musée du Louvre.

Henri de Lorraine, troisième duc de Guise. Miniature anonyme. Chantilly, musée Condé. Ph. RMN (Domaine de Chantilly).

L'exécution du duc de Guise (23 décembre 1588). Cinq membres de la garde rapprochée du roi (les Quarante-cinq) empoignent Henri de Guise dont le chapeau, l'épée et le manteau gisent au sol et le lardent de coups de poignard. À droite, Henri III surveille la mise à mort. À gauche, il contemple le cadavre de son ennemi abattu que deux serviteurs enlèvent.

Gravure anonyme. Bibliothèque nationale de France, département des Estampes.

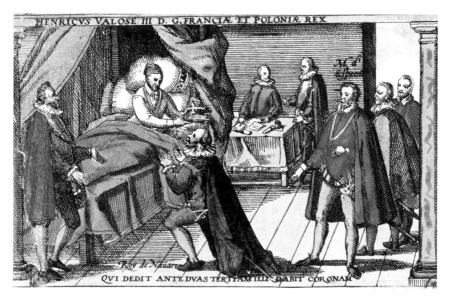

L'assassinat de Henri III par le dominicain Jacques Clément à Saint-Cloud (1ᵉʳ août 1589).

En haut : Jacques Clément enfonce son couteau de cuisine dans le ventre du roi (en réalité, celui-ci était assis sur sa chaise percée) tandis que les Quarante-cinq de garde se précipitent pour trucider l'assassin.

En bas : Henri III, alité, pose la couronne royale sur la tête de Henri de Navarre agenouillé. En fait, il s'est contenté de reconnaître son cousin comme son successeur légitime et de faire prêter un serment de fidélité aux courtisans présents. Au fond, deux médecins et une table couverte de remèdes.

Gravures anonymes coloriées. Bibliothèque nationale de France, département des Estampes.

Portrait de Henri III à la fin de son règne (vers 1585).

Dessin attribué à Étienne Dumonstier. Bibliothèque nationale de France, département des Estampes.

Le convoi funèbre de Henri III conduit par Henri IV. Image de sensibilité ligueuse (Henri III est appelé Henri de Valois et Henri IV Henri de Navarre). Elle mélange deux scènes en réalité distinctes : le mouvement de Henri IV vers Poissy, après l'abandon du siège de Paris, le convoyage du corps de Henri III vers Compiègne par Charles de Valois.

Gravure de Guérard et Prévost. Bibliothèque nationale de France, département des Estampes.

CHAPITRE IX

UN ROYAUME INGOUVERNABLE

Dans quelles dispositions d'esprit Henri III, jeune roi de vingt-trois ans, franchit-il la frontière de son royaume héréditaire le 3 septembre 1574? On peut s'en faire quelque idée en interrogeant sa correspondance.

En bon Valois, il aspire à exercer sur ses sujets une autorité aussi étendue que celle de son père Henri II. Le 13 janvier précédent, dans une lettre expédiée d'Allemagne à son frère Charles IX, il a expliqué en ces termes sa conception du pouvoir royal: «Mais, Monsieur, je prendrai la hardiesse, n'ayant rien tant devant les yeux que le bien de votre service, qu'*il vous faut montrer le maître, et qui vous offensera ne l'endurer plus* [...] et qu'il n'y ait *que vous et la reine qui obligent les personnes par honneurs et charges* [...] Ça a toujours été le conseil que vous a donné la reine, notre mère, qui est le bon conseil [...][1]. »

Cette autorité incontestée, Henri III souhaite la mettre au service de la paix intérieure. En dépit de ses victoires de 1569, en dépit de sa réputation de général valeureux, il répugne profondément à la guerre, surtout à la guerre civile. Les conseils qu'il a reçus de l'irénique empereur Maximilien II, de la Seigneurie de Venise et même du duc Emmanuel-Philibert de Savoie le poussent d'ailleurs dans la voie pacifique. Il ambitionne donc de reprendre à son compte la politique de réconciliation religieuse mise en œuvre par sa mère et son frère en 1570. Il s'en ouvre, le 1er octobre, dans une lettre au gouverneur de la ville de Saintes: «Je n'ai autre plus grand désir et volonté, pour rétablir ce que la malice des temps a perverti et gâté, que de rappeler mes sujets à moi et à l'obéissance naturelle qu'ils me doivent, *par la douceur et clémence de laquelle je me veux aider*

---

[1] Cité par Pierre Champion, *Henri III roi de Pologne*, tome I, Paris, 1943, p. 39.

et servir pour rendre mon règne heureux, plutôt que d'aucun autre moyen[2].»

Cependant – et cela ne va pas sans contradiction – Henri III reste le catholique convaincu qu'il a toujours été. Il se fait de la fonction royale une idée mystique, renforcée par sa récente entrevue avec saint Charles. À l'instar de ses contemporains, il pense que, selon le mot de l'historien Denis Crouzet, «la politique au temps des guerres religieuses [...] est œuvre de religion[3]». Et l'on sait qu'il se refuse à accorder aux protestants plus que la simple liberté de conscience.

Ces aspirations, quelque peu antinomiques, ne s'appuient malheureusement pas sur une appréciation très pertinente de la situation française à la fin de 1574, lourde de menaces variées. Les événements ne vont pas tarder à rappeler le roi au sens des réalités.

Une menace pour le pouvoir royal: la contestation de l'autorité absolue

Vers 1568-1569, on le sait, quelques auteurs protestants comme Jean de Coras s'étaient élevés contre le droit divin des rois et les prétentions des Valois à l'autorité absolue, allant jusqu'à justifier la résistance aux souverains oppresseurs[4]. Leurs idées politiques, encore peu répandues avant 1572, prennent un puissant essor après la Saint-Barthélemy sous la plume de théoriciens qu'on a appelés les *monarchomaques* (ceux qui combattent les monarques). Charles IX leur a involontairement prêté son concours le 26 août 1572 en couvrant de son autorité l'ensemble des massacres de Paris: il a pris alors le visage d'un tyran sanguinaire et parjure contre lequel on pouvait légitimement se révolter. Il n'est pas jusqu'à certains libellistes qui n'aient apporté de l'eau au moulin des monarchomaques en louant la prétendue préméditation d'un roi machiavélique attirant la noblesse huguenote dans la capitale pour pouvoir mieux la massacrer. Par exemple le Mantouan Camillo Capilupi, auteur d'une brochure au titre évocateur, *Lo stratagema di Carlo IX*, mise en français en 1574.

Dépassant rapidement la personne du souverain Valois et celle de ses conseillers honnis (Catherine de Médicis et ses inspira-teurs *italiens* comme le chancelier de Birague, le duc de Nevers et le maréchal de Retz, nécessairement disciples de Machiavel),

---

[2]   Cité par Pierre Chevallier, *Henri III, roi shakespearien*, Paris, 1985, p. 270.

[3]   Denis Crouzet, *Les guerriers de Dieu. La violence au temps des troubles de religion (vers 1525-vers 1610)*, tome II, Seyssel, 1990, p. 292.

[4]   Voir *supra*, chapitre IV.

la contestation protestante remet en cause le régime politique de la France. Selon elle, la Saint-Barthélemy est le résultat fatal des accroissements de pouvoir consentis par les Français à leurs rois depuis Louis XI. La puissance absolue tourne tout naturellement en tyrannie et il est indispensable de la freiner pendant qu'il en est temps encore. Non pas en inventant de nouvelles institutions, mais en revenant à l'ancien *gouvernement politique* du royaume qui respectait les droits des sujets. De même que les huguenots prétendent retourner aux croyances et aux usages de la primitive Église, de même, en politique, ils envisagent la résurrection d'un passé mythique qu'ils reconstruisent à leur façon.

Comme ils se refusent à fonder la souveraineté légitime sur le droit divin, ils reprennent à leur compte la théorie médiévale du contrat passé entre le souverain et son peuple. La monarchie cesse donc, pour eux, d'être absolue. Ils la conçoivent limitée, modérée et certains la voient même élective. Leur pensée ne présente pour autant aucun caractère populaire ou démocratique car le contrat dont ils rêvent doit être conclu, non avec la totalité ou la majorité du peuple, mais avec la *sanior pars* (la plus saine partie) de celui-ci, c'est-à-dire avec les élites sociales.

Si le roi viole les termes du contrat, il devient un tyran. Depuis Aristote, on distingue deux types de tyran, le tyran d'exercice et le tyran d'usurpation. Le tyran d'exercice détient un pouvoir légitime mais l'exerce despotiquement, voire cruellement, contre le droit et la raison. En massacrant ses sujets en août 1572, Charles IX, naguère affable et courtois, s'est rangé parmi eux. Le tyran d'usurpation est celui qui parvient au pouvoir par des voies illégales et qui s'y maintient par la violence et l'arbitraire. Quelques-uns pensent que Catherine de Médicis est dans ce cas.

Résister à la tyrannie est parfaitement licite. Mais comment? Depuis 1562, divers libelles ont affirmé que l'injustice, la perversité de ses actes réduisaient le tyran au rang de personne privée qu'il était loisible à chacun de tuer. Les monarchomaques, conscients des dangers qu'implique semblable théorie (meurtres à répétition, anarchie), préfèrent confier le soin d'organiser la résistance à ceux qui disposent d'une part d'autorité publique du fait de leur naissance (les nobles, en particulier les princes du sang) ou de leurs fonctions (seigneurs, officiers, corps de ville). C'est, en somme, à la *sanior pars* de lever l'étendard de la révolte et de mettre le tyran à la raison, voire de le déposer.

Au moment où Henri III retrouve son royaume héréditaire, plusieurs ouvrages développant ces thèmes viennent de paraître.

Le plus important est, sans conteste, la *Francogallia* de François Hotman. D'origine silésienne, professeur de droit à Valence et à Bourges, rallié à la Réforme, ce penseur politique est l'une des personnalités intellectuelles les plus vigoureuses des dernières décennies du XVIe siècle. En 1560, il a dressé un terrible réquisitoire contre le cardinal de Lorraine, l'*Épître envoyée au Tigre de France*. Pendant la deuxième guerre civile, il a collaboré à la rédaction des manifestes du prince Louis de Condé. Il a sans doute composé l'essentiel de la *Francogallia* en 1567 et 1568. Mais c'est après la Saint-Barthélemy qu'il l'achève et la publie[5]. La première édition latine est de 1573. La seconde édition latine et la première version française paraissent en 1574.

L'ouvrage s'efforce de définir le meilleur régime politique possible pour la France, de manière à éviter de futures tragédies semblables aux massacres de l'été 1572. Pour y parvenir, il fait appel à l'histoire, remontant jusqu'aux origines du royaume. Mais c'est à un passé reconstitué de façon très fantaisiste qu'il se réfère et sa démarche est marquée au coin de l'anachronisme. Pour lui, les Francs ont été appelés par les Gaulois pour les aider à renverser la domination romaine. Ce résultat obtenu, le peuple des Francs-Gaulois s'est doté d'une monarchie élective, contrôlée par une assemblée représentative de la *sanior pars* de la nation. C'est ainsi qu'il interprète les *champs de mars* des Mérovingiens, les *champs de mai* des Carolingiens, remplacés plus tard par les États généraux: «la souveraine et principale administration du Royaume des Francs-Gaulois appartenait à la générale et solennelle assemblée de toute la nation qu'on a appelée depuis l'assemblée des trois états[6]».

François Hotman souhaite donc que la France de son temps devienne une monarchie tempérée par les États généraux, avec prépondérance de la noblesse en leur sein. Sa réflexion a fourni des arguments aux adversaires de la monarchie absolue jusqu'à la fin de l'Ancien Régime.

Dès sa parution en tout cas, la *Francogallia* rencontre un accueil très favorable, non seulement chez les protestants mais aussi chez ceux des catholiques qui réprouvent pêle-mêle tout ce qui vient d'Italie, les hommes, les idées et les modes. Un bourgeois parisien, Pierre de L'Estoile, titulaire d'un office d'audiencier à la chancel-

---

[5] François Hotman est peut-être aussi l'auteur du *De furoribus gallicis* (1573), récit des événements d'août 1572 qui range le futur Henri III parmi les organisateurs de la Saint-Barthélemy.

[6] Cité par Arlette Jouanna, *La France du XVIe siècle (1483-1598)*, Paris 1996, p. 486.

lerie de France, s'en fait l'écho dans les *Mémoires-Journaux* qui ont fait sa célébrité et dont il commence la rédaction en 1574.

Cette même année 1574, d'autres textes monarchomaques voient le jour. Un ouvrage anonyme intitulé *Du droit des magistrats sur leurs sujets* paraît simultanément à Genève et à Heidelberg. Il a sans doute été composé à l'été 1573 par Théodore de Bèze. Son succès est immédiat mais sa portée semble plus restreinte que celle de la *Francogallia*. Œuvre d'un théologien et non d'un juriste, il se présente en effet sous la forme de réponses aux questions que se posent les huguenots soucieux de résister légalement à la tyrannie. Il donne comme fin à ce qu'il appelle *l'institution des magistrats*, c'est-à-dire à l'organisation politique, le bien de tous les sujets. Lorsque les magistrats cessent de poursuivre cet objectif, la révolte du peuple devient légitime. De plus, les magistrats de rang inférieur, tels que les seigneurs ou les corps de ville, doivent surveiller ce magistrat supérieur qu'est le roi. Pour justifier son point de vue, l'auteur ne fait pas appel à l'histoire mais se réfère à une notion thomiste, familière aux hommes du XVIᵉ siècle, celle du droit naturel. Il est sans doute le premier à employer l'expression *lois fondamentales* pour désigner l'ensemble des règles immuables, *constitutionnelles* dirions-nous aujourd'hui, qui gouvernent la vie du royaume et que le monarque est tenu de respecter.

Le *Réveille-matin des Français et de leurs voisins*, composé de deux dialogues parus séparément, est une œuvre curieuse. Son auteur (le médecin dauphinois Nicolas Barnaud?) prend le pseudonyme d'Eusèbe Philadelphe Cosmopolite[7]. Il propose étrangement de remplacer la dynastie des Valois, persécutrice des huguenots, par la maison de Guise qui prétend descendre de Charlemagne et dont il espère le libre exercice de la religion réformée! Il publie partiellement un vigoureux plaidoyer contre la tyrannie, le *Discours de la servitude volontaire* d'Étienne de La Boétie, conseiller au parlement de Bordeaux, mort en 1563.

Au cours de l'été, paraît un virulent pamphlet, le *Discours merveilleux de la vie, actions et déportements de la reine*. Encore appelé *Vie de sainte Katherine*, il rend Catherine de Médicis responsable de tous les maux du royaume, propose de la faire juger par les États généraux, condamner à mort et exécuter.

Stimulée par la Saint-Barthélemy, la réflexion politique protestante révèle donc une grande vitalité en 1574. Pour le parti huguenot, il ne s'agit plus seulement d'obtenir la liberté de culte en plus de

---

[7] *Eusèbe Philadelphe Cosmopolite*: L'homme pieux qui aime ses frères, le citoyen du monde.

la liberté de conscience mais de rénover les institutions en profondeur, de faire évoluer le royaume vers la monarchie mixte, vers le *Ständestaat*. L'élan ainsi donné se poursuit en 1575 et 1576, années de rédaction, sans doute par le gentilhomme théologien Philippe Du Plessis-Mornay, des *Vindiciæ contra tyrannos*. Ce traité paraîtra seulement en 1579 en latin, en 1581 en français, avec pour titre *De la puissance légitime du prince sur le peuple, et du peuple sur le prince*. Il synthétise en quelque sorte la pensée des monarchomaques, donne de la théorie du contrat la version la plus aboutie, recommande le contrôle de l'autorité royale par les princes, les grands officiers de la Couronne, les grands seigneurs, les représentants des provinces, bref par la *senior pars*.

Ce bouillonnement intellectuel est le résultat de la méditation des auteurs de l'Antiquité et du Moyen Âge à la lumière des troubles religieux. Il révèle que, contrairement aux espoirs de Henri III, les réformés ne sont pas prêts à courber l'échine. D'autant que leurs théories viennent de trouver un début d'application avec l'édification, dans les provinces du Midi, d'un contre-État huguenot.

Une menace pour l'unité du royaume : l'édification du contre-État protestant

En Languedoc et dans certaines parties de la Guyenne, les années qui suivent la Saint-Barthélemy voient les protestants doter progressivement les territoires qu'ils contrôlent d'une structure confédérale placée sous la houlette de la *senior pars* de la société, notables urbains, gentilshommes ruraux, pasteurs de l'Église réformée.

Avant 1572, ils tenaient déjà des réunions politiques distinctes de leurs synodes ecclésiastiques : on en dénombre six de 1562 à 1570. Mais ils les concevaient comme des substituts aux États provinciaux, ces assemblées des trois ordres qui siégeaient pour accorder des aides au roi. À partir de l'automne 1572, au contraire, ils commencent à délimiter des circonscriptions à la tête desquelles ils placent un conseil politique et un gentilhomme chargé du commandement des forces militaires. Des structures permanentes remplacent donc peu à peu les réunions occasionnelles de naguère. C'est que les huguenots, horrifiés par la Saint-Barthélemy et encouragés par la résistance de La Rochelle aux soldats du duc d'Anjou, sont restés sur le qui-vive. Ces nouveaux cadres institutionnels doivent leur permettre de mieux riposter à une éventuelle attaque des forces royales.

Peu satisfaits des clauses de l'édit de Boulogne, qui a mis fin à la quatrième guerre de Religion, les protestants du Midi adoptent un comportement nouveau dans leurs relations avec la Couronne à partir de l'été 1573 : toute révérence, toute vénération vis-à-vis des personnes royales semblent en avoir disparu. Au mois d'août, alors que les tractations avec les ambassadeurs polonais accaparent l'attention de la Cour, deux assemblées, réunies à Nîmes et à Montauban, envoient à Charles IX des députés porteurs d'audacieuses remontrances. La hardiesse de ces envoyés, qui se placent pour négocier sur un pied d'égalité avec le monarque, stupéfie Catherine de Médicis qui n'a jamais entendu un langage aussi insolent dans la bouche du prince Louis de Condé ou dans celle de l'amiral de Coligny, grands seigneurs formés aux usages protocolaires. La disparition de ces derniers, la conversion de ceux qui auraient dû leur succéder à la tête du parti, Henri de Navarre et Henri de Condé, placent en première ligne des personnages de moindre rang qui ne se donnent plus la peine de ménager ces tyrans parjures que sont pour eux les membres de la famille royale.

Que réclament-ils ? La liberté du culte étendue à tout le royaume (elle est pour l'instant limitée aux quatre villes de La Rochelle, Montauban, Nîmes et Sancerre), des places de sûreté supplémentaires qui pourraient les abriter en cas de danger, la réhabilitation des victimes de la Saint-Barthélemy (officiellement, elles ont été exécutées pour avoir voulu tuer le roi et les siens), la réintégration de tous les réformés dans les offices qu'ils ont perdus, la création de tribunaux mixtes pour juger les procès où s'affrontent des parties de religion contraire. Fatigué de négocier avec des gens qui ne peuvent rien décider sans en référer à leurs mandants, Charles IX se contente de les renvoyer au gouverneur du Languedoc, Henri de Montmorency, maréchal de Damville.

En décembre 1573, alors que Henri d'Anjou, en route pour la Pologne, traverse l'Allemagne, les huguenots du Midi tiennent à Millau une assemblée de la plus haute importance. Le *règlement* qu'elle publie a en effet la portée d'une véritable constitution qui organise une entité politique nouvelle, le contre-État protestant. À sa base sont les villes, très jalouses de leur autonomie en pays d'oc et portées à se réclamer des cités-états de l'Antiquité. Dans chacune d'elles, les magistrats municipaux, consuls ou autres, élus selon la coutume locale, administrent, rendent la justice, répartissent et lèvent les impôts. Ces cellules élémentaires se groupent en ensembles plus vastes, les provinces ou *généralités*. À la tête de la généralité, une assemblée provinciale, émanation des municipalités urbaines et de la noblesse rurale, se réunit tous les trois mois.

Elle nomme un général pour commander les troupes. Pour aider et surveiller celui-ci, elle institue un conseil permanent qui reçoit aussi la charge de gérer les finances avec l'assistance d'un receveur général. Chaque généralité correspond à un pays traditionnel: Haut-Quercy, Bas-Quercy, Albigeois, Rouergue, Lauraguais, comté de Foix, Haut-Languedoc, Bas-Languedoc.

Le pouvoir suprême appartient à une Assemblée générale convoquée deux fois l'an. Les assemblées provinciales y envoient chacune trois représentants. Comme le clergé ne constitue plus un ordre en pays protestant, elles désignent chacune un noble, un magistrat et un autre membre du tiers état. L'Assemblée générale usurpe les droits régaliens: elle décide de la guerre et de la paix, vote les lois, s'empare du produit des impôts royaux et en institue d'autres le cas échéant, elle investit les juges, nomme et destitue les chefs militaires. La justice continue à être rendue par les tribunaux ordinaires dont les membres sont souvent calvinistes, mais les appels cessent d'être portés aux parlements toujours catholiques de Bordeaux et Toulouse. La confiscation et l'affermage des biens de l'Église catholique fournissent des ressources appréciables.

Pour couronner cet édifice institutionnel, l'Assemblée générale, réunie à Millau en juillet 1574 alors que Henri III est sur le chemin du retour, élit Henri de Condé, fils du vaincu de Jarnac, âgé de vingt-deux ans, comme «chef, gouverneur général et protecteur» du contre-État huguenot. Si son choix ne s'est pas porté sur Henri de Navarre, pourtant premier prince du sang, c'est que ce dernier, converti au catholicisme et retenu à la Cour en résidence surveillée, n'a pas la liberté de ses mouvements. Condé, au contraire, réfugié en Allemagne depuis le printemps et revenu au calvinisme, est le protecteur idéal, capable de recruter des mercenaires dans l'Empire pour servir la cause du parti. Il n'en est pas moins soumis à la surveillance étroite d'un conseil permanent et sommé d'abandonner toute velléité de puissance absolue dans l'exercice de ses fonctions. La nouvelle construction politique protestante, dont l'architecture pyramidale n'est pas sans rappeler celle de l'Église réformée, donne la prépondérance aux assemblées représentatives des ordres de la société. Elle est bel et bien un *Ständestaat*. Au tout début de 1575, elle va se faire appeler *Provinces de l'Union* tandis que l'Assemblée générale prendra le nom d'*États généraux*.

Les Provinces de l'Union constituent un ensemble politique original: alors que ce sont des lois coutumières qui régissent le royaume, elles disposent d'une constitution écrite qui restera en vigueur jusqu'en 1588. Mais leur territoire, morcelé par des pays restés catholiques et fidèles à la Couronne, ne forme pas un bloc d'un seul tenant.

Elles posent à l'historien une question difficile à résoudre : ceux qui les ont dressées face à la monarchie des Valois ont-ils voulu démembrer la France, en détacher un nouvel État, de confession calviniste et de langue d'oc ? La réponse peut varier selon que l'on considère leurs intentions affichées ou, au contraire, leurs pratiques politiques. En se fondant sur les textes publiés par les Assemblées générales de 1573 et 1574, Madame Arlette Jouanna peut légitimement conclure que les protestants du Midi, loin de céder aux tentations séparatistes, affirment hautement leur qualité de régnicoles. «Jamais ne leur est entré au cœur», disent les députés de 1574, «se soustraire, licencier ou délivrer indignement de l'obéissance qu'ils doivent comme vrais et naturels sujets de cette couronne à leur vrai et naturel Roi, leur prince et souverain seigneur[8].» Mais si l'on se fonde sur des faits tangibles et non sur des protestations de fidélité et de soumission, on est bien obligé de constater qu'en usurpant les droits régaliens, en s'emparant du montant des impôts royaux, en levant des soldats, en substituant au monarque une sorte de vice-roi baptisé protecteur, les huguenots se sont rendus coupables d'un retrait d'obéissance, se sont mis en marge de la Couronne.

Ceux qui viennent d'élire Condé comme protecteur réussissent cependant à surmonter cette contradiction entre le discours et la pratique politique : ils s'adressent en effet au prince pour que celui-ci supplie Henri III de convoquer les États généraux du royaume. Comme si le contre-État protestant était avant tout un moyen de pression pour obliger le roi à étendre à la France entière la nouvelle organisation du Midi. Une confédération de provinces largement autonomes, dirigée de haut par un souverain privé du pouvoir absolu, tel semble avoir été l'idéal des huguenots du Midi. Un idéal tout à fait opposé à celui du dernier Valois, on en conviendra.

Ce qui incline à penser que tel était bien leur objectif, c'est que les calvinistes languedociens recherchent, dès 1573, la participation des catholiques à leur aventure politique. Traumatisés par la Saint-Barthélemy, ils savent qu'ils ne seront jamais assez forts pour imposer leur religion à la France dans son ensemble. Dans les contrées où ils sont les maîtres, ils s'orientent donc vers la tolérance

---

[8] Cité par Arlette Jouanna, *op. cit.*, p. 506. Voir aussi, du même auteur, l'article «Provinces de l'Union», dans *Histoire et Dictionnaire des guerres de Religion*, *op. cit.*, p. 1229-1230.

civile et s'efforcent de s'entendre avec les papistes, dans l'espoir que ceux-ci leur rendront la pareille dans d'autres provinces. C'est ainsi que des villes comme Montpellier se dotent, en 1574, de municipalités biconfessionnelles. Tout cela s'accomplit en dehors du pouvoir royal et sans son aveu.

Le fait capital est le rapprochement des huguenots avec le gouverneur de la province, Henri de Montmorency-Damville, qui les avait pourtant énergiquement combattus pendant la troisième guerre civile. Il s'esquisse au cours des premiers mois de 1574, lorsque le maréchal prend ses distances avec la Cour pour des raisons de politique générale qui sont développées plus loin. En avril, Damville est reconnu par les protestants comme gouverneur du Languedoc et des pays circonvoisins à la condition qu'il prenne l'avis d'un conseil désigné par l'Assemblée générale réformée. Il est donc intégré, ès qualités, à la constitution des Provinces de l'Union auxquelles sa présence donne un semblant de légitimité monarchique. En juillet, il reçoit mission de suppléer le prince de Condé parti recruter des troupes dans l'Empire.

C'est donc en tant que protecteur, car la régente Catherine de Médicis l'a révoqué de son gouvernement, qu'il convoque à Nîmes, en décembre 1574, des États généraux où des papistes siègent à côté des huguenots. Cette assemblée poursuivra ses travaux jusqu'en février 1575 et publiera un règlement en 184 articles qui complète celui de Millau et parachève les institutions déjà en place. La conclusion, en janvier, d'un *Traité d'association* entre les protestants et les catholiques dits *paisibles* parce qu'ils acceptent de cohabiter avec les hérétiques, instaure la tolérance civile dans les Provinces de l'Union.

Au moment où Henri III devient effectivement roi de France, la face des guerres de Religion change donc. Il ne s'agit plus tellement d'une lutte de la Couronne et des catholiques contre le parti réformé, mais d'un combat du pouvoir royal contre un bloc de provinces dissidentes. On en est arrivé là, non seulement à cause de la volonté des Méridionaux de faire enfin taire les violences, mais aussi à cause des redoutables événements qui ont empoisonné la vie de la Cour pendant les derniers mois du règne de Charles IX. Ils ajoutent à la complexité de la situation et imposent en quelque sorte au jeune roi fraîchement revenu dans son royaume de résoudre la quadrature du cercle.

Une menace pour la Couronne:
l'action subversive des malcontents

Pendant le siège de La Rochelle, on a vu se constituer autour de François d'Alençon un mouvement d'opposition composé de gentilshommes des deux religions, le parti des malcontents. L'année 1574 voit ce parti prendre de plus en plus d'ampleur par suite du désenchantement, voire de l'exaspération qui se sont emparés de l'esprit de nombreux nobles.

Pourquoi un tel malaise? D'abord parce que l'impression prévaut, en France, que la reine mère et ses conseillers *italiens* pervertissent la nature de la monarchie capétienne en la rendant despotique. On sait que l'argument nourrit aussi la pensée des monarchomaques. Beaucoup pensent que les *étrangers*, pour mieux parvenir à leurs fins, écartent la vieille gentilhommerie des bienfaits du roi, des charges, des emplois, des pensions, pour les confier à leurs clients corrompus[9]. On va jusqu'à affirmer l'existence d'un complot ourdi par les *Italiens* pour exterminer tous les grands seigneurs, tant catholiques que protestants, car ceux-ci peuvent s'opposer à leurs desseins absolutistes. La Saint-Barthélemy n'aurait pas d'autre signification: Coligny et les siens seraient morts, non parce qu'ils professaient l'hérésie mais parce qu'ils incarnaient la conception traditionnelle de la royauté française. Aux yeux de tous les malcontents qui adhèrent à ces idées, il faut, de toute urgence, mettre hors d'état de nuire Catherine de Médicis et son entourage, poser une bride à la monarchie absolue, restaurer les libertés anciennes des sujets que la noblesse a pour vocation de défendre et qu'elle a défendues au siècle précédent en prenant les armes[10]. Extirper les abus qui se sont glissés dans le fonctionnement de l'État depuis Louis XI est d'autant plus néces-

---

[9] Le malaise de la noblesse s'explique aussi par la croissance du service civil du roi, très souvent confié à des roturiers plutôt qu'à des gentilshommes: les premiers ont acquis en faisant des études de droit la compétence qui manque aux seconds, peu enclins à apprendre autre chose que le métier des armes. Le cœur rempli d'amertume, les nobles constatent que la naissance, le sens de l'honneur et la magnanimité ne suffisent plus pour occuper une charge d'administration et de justice.

[10] Le XVe siècle a connu trois grandes révoltes de la noblesse contre l'autorité royale, cautionnées ou dirigées par un fils de France ou un prince du sang: la Praguerie, lancée contre Charles VII en 1440 avec l'appui du dauphin, futur Louis XI; la guerre du Bien Public (1465) déclenchée contre Louis XI par son jeune frère Charles; la Guerre folle (1485) conduite par le duc d'Orléans (futur Louis XII) contre Anne et Pierre de Beaujeu, régents pendant la minorité de Charles VIII.

saire que les excès de la fiscalité royale interdisent aux paysans de s'acquitter normalement des droits seigneuriaux, en particulier en année de mauvaises récoltes comme 1573.

Par ailleurs, la noblesse est lasse des troubles. Beaucoup de familles se partagent entre catholicisme et calvinisme. Lorsque la guerre civile éclate, il faut donc combattre ses frères, ses cousins, ses neveux au nom de la religion. Après le siège de La Rochelle où tant d'entre eux sont morts pour rien, nombre de gentilshommes aspirent à la fin de ces combats fratricides qui dévastent les campagnes. Beaucoup de catholiques ont compris qu'il n'est plus possible d'éradiquer la Réforme et souhaitent établir un *modus vivendi* avec les huguenots comme cela finit par se réaliser dans le Midi languedocien. Et pourquoi ne pas sceller cette entente retrouvée en reprenant ensemble le vieux combat contre les Espagnols, en revenir en somme à Coligny ? François d'Alençon, qui rêve de gloire et qui ambitionne une couronne, ne demande qu'à intervenir aux Pays-Bas à la tête de la noblesse française. À l'entrevue de Blâmont, n'a-t-il pas pris langue dans cette intention avec Ludovic de Nassau et le duc Christophe, fils de l'électeur palatin ?

Si les malcontents se sont placés sous sa houlette, c'est qu'un mouvement d'opposition, pour avoir quelque chance de succès, doit mettre à sa tête un fils de France ou un prince du sang. Le moment est donc venu de faire plus ample connaissance avec le dernier fils de Henri II et de Madame Catherine. On l'appelait *Monsieur le Duc* avant que la mort de Charles IX ne fasse de lui *Monsieur,* frère du roi. Il fut d'abord un adolescent vif et agréable mais petit de taille contrairement aux autres Valois. À l'âge de dix-sept ans, il a contracté la variole qui l'a complètement défiguré. Moralement transformé par sa laideur nouvelle, il est devenu hargneux, agressif, vindicatif et jaloux. Il se laisse volontiers gouverner par un favori qui l'a soigné avec dévouement pendant sa maladie, Joseph de Boniface, seigneur de La Mole. Ce Provençal quadragénaire, grand coureur de femmes, amant en titre de la reine Marguerite de Navarre, aurait néanmoins, si l'on en croit certains témoignages, initié son maître à l'homosexualité. Attiré par la religion réformée, fiancé à Élisabeth d'Angleterre, François d'Alençon a été profondément affecté par la Saint-Barthélemy. Dévoré d'ambition, il brûle de faire parler de lui et d'occuper les plus hautes charges.

Après le départ de Henri d'Anjou pour la Pologne, il revendique la fonction de lieutenant général du royaume, désormais vacante. Charles IX, qui a souffert dans son orgueil d'être éclipsé dans l'esprit de ses sujets par le vainqueur de Jarnac et de Moncontour, refuse de lui accorder cette faveur et se prend à le détester, d'autant plus qu'il se sent mourir. François d'Alençon et ses deux complices de La Rochelle, Henri de Navarre et Henri de Condé, sont tenus à la Cour sous étroite surveillance, dans une sorte de captivité dorée, ce qui ne les empêche pas de se retrouver à la chasse pour comploter contre *Madame Serpente* (Catherine de Médicis).

Les trois princes du sang mis à part, les membres les plus en vue de l'opposition sont les quatre fils du défunt connétable : François, maréchal-duc de Montmorency, gouverneur de Paris et de l'Île-de-France, excellent soldat quoique fort lettré, marié à Diane de France, fille naturelle de Henri II ; Henri, seigneur de Damville et maréchal de France lui aussi, gouverneur du Languedoc, homme prudent et même retors, brillant militaire mais fort peu lettré (on l'accuse de savoir à peine lire et écrire)[11] ; Charles, seigneur de Méru, colonel général des Suisses ; Guillaume, seigneur de Thoré. Le maréchal Artus de Cossé, frère du comte Charles de Brissac et beau-père de Méru, partage leurs idées. Tous sont des catholiques modérés ou, comme on les qualifie désormais, des *politiques*. Employé dès 1564 comme antonyme de *dévot*, le terme de *politique* désigne, dix ans plus tard, une sorte de tiers parti enclin à la tolérance civile. Parce qu'ils se montrent disposés à la réconciliation des papistes et des huguenots, les politiques, qui ont pris la suite des moyenneurs de 1560, sont suspects aux yeux des catholiques militants d'être des cryptoprotestants ou même de n'avoir aucune religion. On comprend que les Montmorencys se placent à la tête des politiques. Leur lignage fait partie de ceux que la religion divise : leurs défunts cousins Châtillon avaient adhéré à la Réforme et, par sa femme Antoinette de La Marck, Damville est apparenté à la maison protestante qui règne à Sedan. De plus, leurs ennemis les Guises se placent à la pointe du parti catholique.

Entre le départ du duc d'Anjou pour la Pologne et son retour comme roi de France, un climat de crainte et de suspicion, alimenté par toutes sortes de mensonges, de rumeurs, de ragots et de faux bruits distillés par les uns et les autres et colportés par les libelles, n'a pas cessé d'intoxiquer la vie politique du royaume, d'envenimer l'existence quotidienne de la Cour. Catholiques comme protestants vivent dans l'angoisse d'une nouvelle Saint-Barthélemy. Les premiers redoutent une tuerie que Montmorency pourrait organiser, les seconds un autre massacre perpétré par les papistes. Très

---

[11] Après le décès de son frère aîné sans postérité masculine, Damville deviendra à son tour duc de Montmorency. En 1592, Henri IV l'élèvera à la dignité de connétable, sans titulaire depuis la mort de son père Anne en 1567.

malade, Charles IX a peur de François d'Alençon que les politiques verraient bien comme futur roi de France, en lieu et place du roi de Pologne, si marqué du côté catholique. Pendant quelque neuf mois, on a vécu à Paris « dans la crainte que le mensonge engendre » (Pierre Champion)[12]. Jours d'angoisse où chacun s'attend à périr sous le poignard d'un assassin ou à se faire arquebuser.

En décembre 1573, un complot avorté tendant à livrer La Rochelle à la discrétion du roi a brisé la trêve entre la Couronne et les protestants, méfiants parce que peu satisfaits des clauses de l'édit de Boulogne. On a vu les huguenots, reprenant l'initiative dans le Midi, organiser les territoires qu'ils contrôlaient par le règlement de Millau et s'emparer de diverses villes en Languedoc, Vivarais et Dauphiné. C'est dès ce moment que la cinquième guerre de Religion commence.

Cependant un espoir de retour à la paix subsiste. Au début de janvier 1574, François de Montmorency occupe une position dominante à la Cour. Détesté des Parisiens pour sa vigoureuse répression de l'émeute survenue à propos de la Croix de Gastine, il avait quitté Paris avant la Saint-Barthélemy pour n'y reparaître qu'en mai 1573. Grâce à lui, on peut espérer rétablir le dialogue avec les calvinistes. Grâce à lui, François d'Alençon est nommé chef du Conseil, garde du sceau privé du roi, commandant en chef de l'armée mais pas lieutenant général du royaume. Cette prépondérance des malcontents ne dure pas. Elle indispose l'Espagne qui voit en Montmorency un nouveau Coligny prêt à envahir les Pays-Bas (Charles IX solde en partie les troupes réunies dans cette intention en Allemagne par Ludovic de Nassau). Surtout elle scandalise l'aile militante des catholiques, ceux de Guise en tête. À la fin de février, le cardinal de Lorraine obtient le retrait du maréchal. Huguenots et malcontents, comprenant que réconcilier les factions est impossible, décident de passer à l'action.

Une première tentative, fort bien conçue, associe un soulèvement nobiliaire à une conspiration de cour. À cause de sa date, elle est connue sous le nom de *complot du Mardi Gras*. La prise d'armes affecte surtout les provinces de l'Ouest. En Poitou, à la faveur des déguisements habituels à la veille du Carême, La Noue s'empare de plusieurs villes dont Fontenay-le-Comte[13]. En

---

[12] Pierre Champion, *Charles IX. La France et le contrôle de l'Espagne*, tome II, Paris, 1939, p. 315.

[13] Les soldats de La Noue ont pris le nom de *publicains* (défenseurs du bien public). Ils se placent ainsi dans la droite ligne des soulèvements nobiliaires du XVe siècle contre une autorité royale jugée trop pesante.

Normandie, le comte de Montgomery, venu d'Angleterre, réussit à débarquer et à se saisir de Saint-Lô. La conspiration, animée par Méru, Thoré et le vicomte de Turenne, a préparé la fuite des princes du sang, François d'Alençon, Henri de Navarre et Henri de Condé, au cours d'une partie de chasse, le 10 mars 1574. Il est prévu qu'ils gagnent Sedan, principauté indépendante où règne la famille protestante de La Marck, pour rejoindre ensuite Ludovic de Nassau et ses troupes allemandes et, soit marcher sur les Pays-Bas, soit entrer en France. La combinaison échoue parce que les cavaliers chargés d'escorter les fugitifs arrivent trop tôt et donnent l'alarme, provoquant à la Cour l'*effroi de Saint-Germain*. Charles IX pardonne aux conjurés mais le roi et sa mère sont contraints d'aller s'abriter derrière les murailles du château de Vincennes, entraînant avec eux Alençon et Navarre. Condé, lui, a réussi à se réfugier en Palatinat avec Thoré. Pour justifier son attitude, il publiera une première *Déclaration* en mai, une seconde en juillet. Il sera bientôt rejoint par d'autres grands seigneurs comme Méru, les fils de Coligny et ceux d'Andelot.

La deuxième tentative, la *conjuration de Vincennes*, échoue à son tour au mois d'avril. De nouveau, François d'Alençon et Henri de Navarre doivent filer à Sedan et prendre les armes contre la Cour. Mais la redoutable Catherine de Médicis évente tout grâce à ses espions. Lorsque, le 4 avril, Montmorency, qui a appris par hasard ce qui se trame et a tenté en vain de s'y opposer, vient l'en avertir, elle est déjà au courant. Bientôt, quatre-vingts arrestations décapitent le complot. Les deux favoris d'Alençon, Boniface de La Mole et le comte Annibal de Coconat, gentilhomme piémontais et espion espagnol[14], sont mis à la torture, condamnés à mort et décapités le 30 avril. Alexandre Dumas a accrédité l'idée que les maîtresses respectives des deux suppliciés, Marguerite de Navarre et la duchesse de Nevers, avaient emporté leurs têtes en carrosse pour les faire embaumer. Ce n'est là qu'une légende qu'on trouve exposée pour la première fois au XVIIᵉ siècle dans les douteux *Mémoires de Nevers*, romancés par Gomberville. Et comme Coconat, sous la torture, a accusé Montmorency d'être de la conspiration, celui-ci est arrêté le 4 mai ainsi que le maréchal de Cossé, beau-père de son frère Méru.

Les Espagnols exultent. D'autant que les troupes de don Sancho d'Avila ont écrasé celles de Ludovic de Nassau à Mook Heide le

---

[14] Annibal de Coconat était un officier de fortune, à la fois cruel et chéri des dames. Il avait activement participé aux massacres de la Saint-Barthélemy. Démasqué en Allemagne par Henri d'Anjou qu'il accompagnait en Pologne et renvoyé en France, il était devenu l'amant de la duchesse de Nevers.

14 avril[15]. Les catholiques militants, Guises et Parisiens en tête, aussi.

C'est d'abord pour désarmer l'hostilité de ces adversaires potentiels que la reine mère a fait mettre les deux maréchaux à la Bastille car elle savait pertinemment que ceux-ci n'avaient rien à se reprocher. C'est ensuite et surtout pour empêcher François d'Alençon, conseillé par Montmorency, de prétendre au trône à la mort du roi. Pour comprendre le geste de Madame Catherine, il suffit de se reporter aux dates. Charles IX s'éteint le 30 mai, un peu plus de trois semaines après l'incarcération des maréchaux. Il s'agissait pour elle de laisser le temps à son fils préféré d'arriver de Pologne pour se saisir de la couronne.

Montmorency-Damville aurait dû, lui aussi, être arrêté à Narbonne. Mais averti, il s'est éloigné à temps et retranché dans son gouvernement de Languedoc, bien protégé contre toute tentative d'assassinat par son loup apprivoisé, son géant Aragon et sa garde d'élite albanaise. Ulcéré par l'emprisonnement injustifié de son frère aîné, soucieux de défendre à la fois l'honneur bafoué de sa maison et sa sécurité personnelle, on l'a vu s'entendre avec les protestants et s'intégrer à leur contre-État du Midi. Au point que, le 18 juin 1574, Catherine de Médicis, redevenue régente pour trois mois, le dépossède de ses pouvoirs, confiés à son oncle Honorat de Savoie, marquis de Villars, un catholique ardent, tout en le laissant nominalement gouverneur de sa province. On sait que cette destitution n'a nullement entamé sa position personnelle puisque les huguenots ont fait de lui, en juillet, le suppléant du prince de Condé, protecteur des Provinces de l'Union.

On sait aussi que, par l'entremise du duc de Savoie, Damville a pu rencontrer Henri III à Turin. Après s'être emparé de Beaucaire, de manière à contrôler la vallée du Rhône, il s'est mis en marche le 13 août pour arriver une semaine plus tard dans la capitale du Piémont. Mais il n'a pu s'entendre avec un monarque, encore peu au fait des affaires françaises, qui l'a bien accueilli mais n'a pas compris la portée exacte de son engagement politique. Le double refus royal d'accorder la liberté de culte aux réformés et d'élargir les maréchaux emprisonnés a consommé la rupture. Les deux hommes se sont séparés à Suse sur un constat d'échec, Henri continuant son chemin vers la France et Damville retournant à Turin en attendant de regagner son Languedoc.

---

[15] Ludovic de Nassau et le duc Christophe, fils de l'électeur palatin, ont trouvé la mort dans cette bataille.

★

À l'automne de 1574, le royaume de France traverse des difficultés incomparablement plus grandes qu'un an auparavant. La cinquième guerre de Religion est commencée. Elle se limite encore à des opérations militaires restreintes, interrompues par des trêves et des tractations variées. Mais elle est fort différente des précédentes puisque le pouvoir royal doit combattre à la fois les malcontents de Damville et les huguenots de Condé, une prise d'armes nobiliaire dans la tradition de celles du XVᵉ siècle et une révolte religieuse. Les clivages sont désormais politiques avant d'être confessionnels : en Languedoc, c'est un authentique calviniste, Jacques de Crussol, duc d'Uzès, qui commande les troupes royales alors que le très catholique Damville dirige les opérations menées par le contre-État protestant.

Ce qui est en cause, ce n'est pas seulement la coexistence de deux religions dans le royaume mais aussi la nature même de la monarchie capétienne. Henri III pourra-t-il agir en roi absolu, sans subir le contrôle de quelque institution que ce soit ou devra-t-il se résoudre à régner sans vraiment gouverner ? Cruel dilemme pour celui qui, en Pologne, s'est appliqué à redresser l'autorité royale.

Le drame de Henri III (dont il n'a d'ailleurs pas conscience), c'est de ne s'être pas entendu avec Damville. Car le roi et le maréchal partagent la même aspiration à réconcilier les Français, à rétablir la paix civile. Mais ils diffèrent totalement sur les moyens d'y parvenir. Reconnaissant le fait huguenot après l'avoir combattu, Damville voudrait que les réformés obtiennent la liberté de culte dans tout le royaume (sans soupçonner, semble-t-il, la violence de la réaction prévisible des catholiques). Henri III, lui, exige d'abord la soumission pure et simple des protestants auxquels il accorderait volontiers le droit de célébrer baptêmes et mariages avec une assistance limitée à dix personnes ; rien de plus. Il ne s'est pas encore dégagé de ce rôle de chef des catholiques qu'il a assumé en tant que duc d'Anjou. Mais les hérétiques, conscients de leur force même s'ils se savent minoritaires, ne sauraient se contenter de ces maigres concessions.

Certes, Catherine de Médicis a réussi à étouffer dans l'œuf le projet de ceux qui souhaitaient l'avènement du roi François III. Certes, elle a réussi à tenir en bride le duc d'Alençon et le roi de Navarre, à conclure une trêve avec La Noue. Et ses soldats ont remporté quelques succès pendant les premiers mois de la guerre civile. En Normandie, le comte de Montgomery, pourchassé par le comte de Matignon, a été pris dans Domfront et prestement jugé, condamné à mort et exécuté (juin 1574). Mais elle n'a pu empêcher l'alliance des malcontents et des protestants, la fuite de Condé parti recruter des mercenaires dans l'Empire et le renforcement de l'autorité de Damville dans le Midi.

Pour parer aux dangers qui surgissent de tous côtés, il faudrait à Henri III énormément d'énergie et d'intelligence politique. Or il est plutôt dépourvu de la première de ces deux qualités. L'archevêque Frangipani, légat du pape, le confirme le 5 octobre 1574 : « Le vrai et propre remède du mal de ce royaume serait un roi qui eût une valeur, qui comprît ce que c'est que d'être roi, qui voulût l'être ; et ainsi chacun serait remis à sa place. Ce qui ne se voit pas vraiment dans ce jeune homme, ni du côté de l'esprit, qui est porté à l'oisiveté et à la volupté, ni du côté du corps, faible et de mauvaise santé[16]. » Trouvera-t-il du moins, dans son entourage, les fortes personnalités capables de lui fournir, selon le vœu de saint Charles Borromée, l'aide et le conseil ? La reine mère, en tout cas, ne doute pas de l'aptitude de son fils à triompher militairement des ennemis de la Couronne : n'a-t-il pas vaincu à Jarnac et Moncontour ? Elle ne sait pas encore à quel point elle se trompe.

---

[16] Cité par Pierre Chevallier, *op. cit.*, p. 266.

CHAPITRE X

UNE ANNÉE DE DÉCONVENUES

Le 6 septembre 1574, à Lyon, Catherine de Médicis, régente depuis le 31 mai, remet le pouvoir suprême à Henri III tout à la joie d'avoir retrouvé le pays de ses ancêtres et plein d'espoir dans l'avenir bien que la cinquième guerre de Religion soit commencée. Un an plus tard, le 15 septembre 1575, alors qu'aucun des problèmes posés au royaume n'a trouvé de solution, l'évasion réussie de François d'Alençon donne aux confédérés (les huguenots et leurs alliés malcontents) un chef de sang royal. La guerre civile, qui se limitait jusque-là au siège de quelques villes et à des opérations de guérilla, en reçoit une impulsion nouvelle. Triste début de règne pour un prince qui attendait de ses sujets – et de son frère en premier lieu – obéissance et soumission. Amère déception pour le héros, jadis adulé, de Jarnac et de Moncontour.

Un monarque déconcertant

Henri III séjourne à Lyon du 6 septembre au 16 novembre 1574. À vingt-trois ans, il se montre tel qu'il sera toujours. D'une part un souverain épris d'autorité absolue, imbu de sa haute dignité et soucieux d'étiquette. De l'autre un personnage déséquilibré, appliqué à faire son métier de roi mais grand amateur de fêtes, de réjouissances, voire de débauches, un homme passionné de bijoux et de chiffons à l'instar d'une femme mais aussi pieux que le plus austère des capucins.

À peine arrivé dans la capitale des Gaules, il réorganise le Conseil. Sa réforme s'inspire d'une instruction que sa mère lui a fait porter à Turin et vise à réaliser son vœu très cher d'être un roi absolu. Elle permet donc de comprendre ce que l'expression *roi absolu* veut dire pour un Valois comme lui ou le défunt Charles IX : concentrer l'autorité en un tout petit nombre de mains, se réserver jalousement tout pouvoir de décision.

Le Conseil est réduit à huit membres. Cinq sont des fidèles de la reine mère : le chancelier René de Birague ; les évêques Jean de Morvillier (Orléans), Sébastien de L'Aubespine (Limoges) et Jean de Monluc (Valence) ; Paul de Foix, ancien conseiller-clerc[1] au parlement de Paris, ancien ambassadeur et futur archevêque de Toulouse. Les trois autres sont des hommes du roi qu'ils ont suivi en Pologne : Pomponne de Bellièvre, promu surintendant des Finances, Philippe Hurault de Cheverny et l'avocat général Guy Du Faur de Pibrac. Fils de France et princes du sang n'entrent plus de droit au Conseil ; ils peuvent seulement être appelés exceptionnellement à y siéger. François d'Alençon et Henri de Navarre sont donc exclus de la direction du royaume. Parfois même, les décisions se prennent au sein d'un comité de quatre personnes seulement : le roi, sa mère, Birague et Cheverny. Le maintien de Birague, universellement détesté, la promotion rapide de Bellièvre, Cheverny et Pibrac, la mise à l'écart des princes indignent de nombreux nobles.

Quant aux secrétaires d'État qui, sous Charles IX, avaient pris l'habitude de se conduire en véritables ministres, ouvrant les dépêches et donnant des ordres dans les cas d'urgence, ils sont ramenés à leur rôle initial : préparer les séances du Conseil, rédiger, contresigner et expédier la correspondance royale et les actes officiels. Cela suppose que le souverain s'astreigne à un travail soutenu, prenne lui-même connaissance du courrier, dicte les réponses, écrive de nombreuses lettres. Henri III ne répugne pas à accomplir cette tâche, à laquelle il s'appliquait déjà lorsqu'il exerçait la fonction de lieutenant général du royaume. Mais les Français, peu accoutumés à avoir des rois bureaucrates, ne lui savent aucun gré de sa diligence.

Par ailleurs, aucune faveur, aucune charge ne peut plus être attribuée à quiconque si la nomination ne porte pas la signature de Sa Majesté. Car être le seul dispensateur des grâces, c'est aussi être roi absolu. Mais cela ne va pas sans indisposer ceux qui avaient réussi à s'impatroniser dans la distribution des bienfaits du roi[2].

Le gouvernement ainsi remanié, Henri III entreprend de disci-

---

[1] Dans tous les parlements du royaume, il existe à côté des conseillers *lais* (laïques) des conseillers-clercs recrutés parmi les ecclésiastiques.

[2] Contemporaine de Henri III, la reine d'Angleterre Élisabeth Ire dispose, elle aussi, d'une foule d'honneurs, de dignités et d'emplois à distribuer. L'ensemble constitue le patronage de la Couronne. La plupart des bénéficiaires de ces largesses n'ont pas de rapport direct avec la souveraine mais s'adressent à des intermédiaires, favoris, ministres, courtisans. Ceux-ci ne manquent pas de recevoir cadeaux et pots-de-vin des solliciteurs.

pliner la Cour où les rapports humains obéissent à une liberté, voire à une licence qu'il réprouve. Charles IX se considérait encore comme le premier gentilhomme de son royaume, chassant avec les courtisans et tolérant de leur part des comportements familiers. Il répondait ainsi à l'image traditionnelle du roi chef de la noblesse. Henri III, lui, est convaincu d'appartenir par son sang royal à une race supérieure. Il entend donc mettre sa très éminente dignité à l'abri des gestes et des paroles qu'il juge inconvenants. Dans cette intention, il introduit dans les palais où il réside une étiquette peut-être inspirée de l'Espagne. Il limite l'accès de sa chambre à deux ou trois personnes, admises en sa présence une fois qu'il est habillé. Il mange désormais seul, un balustre isolant sa table du public de façon à écarter les solliciteurs et les importuns qui avaient coutume d'assiéger le monarque à l'heure des repas. Et ce sont des gentils-hommes, non des laquais, qui le servent.

Ces mesures, qui n'étonneront plus personne un siècle plus tard, suscitent en 1574 une réprobation générale. Le mécontentement des nobles est si profond que certains préfèrent se retirer sur leurs terres. Devant leur indignation et les remontrances de la reine mère, le roi consent à faire marche arrière. Mais il tient tellement à ces marques extérieures de respect qu'il les réintroduira, dix ans plus tard, par le règlement de 1585.

On se souvient que, dès la mort de Charles IX, Catherine de Médicis avait écrit en Pologne pour inviter Henri à revenir en France au plus vite en passant par l'Italie. Dans sa lettre, la reine mère prodiguait à son fils les conseils que son expérience politique lui inspirait. Elle l'invitait à ne pas se comporter en chef de parti, comme lorsqu'il n'était que le duc d'Anjou, mais en arbitre impartial. Elle le priait de ne pas favoriser systématiquement ceux qui l'avaient suivi à Cracovie et de ne pas épouser leurs querelles[3].

Ces recommandations étaient marquées au coin du bon sens. Pourtant, dès son retour, Henri s'empresse de gratifier ses fidèles de charges lucratives. Il ne vise pas seulement à récompenser ceux qui l'ont bien servi, mais à disposer dans les postes clés d'hommes sûrs et dévoués à sa personne. C'est ainsi que René de Villequier devient premier gentilhomme de la chambre, en alternance avec le maréchal de Retz qui, jusque-là, occupait seul ce haut emploi. De même, Gilles de Souvré est nommé grand maître de la garde-robe et Nicolas de Larchant substitué à Lansac comme capitaine des gardes. Le roi va jusqu'à créer une charge supplémentaire de

[3] «Aimez-les et leur faites du bien, *mais que leurs partialités ne soient point les vôtres*», écrivait la reine mère.

maréchal de France pour son ami Roger de Saint-Lary de Bellegarde. Il fait du secrétaire de ses commandements, Martin Ruzé
de Beaulieu, un secrétaire des finances. On notera que l'entrée en
force, à la Cour et dans l'État, de ceux qui reviennent de Pologne
se fait au détriment des serviteurs de la reine mère comme Retz
ou Lansac. Catherine de Médicis ne pourra donc pas jouer, sous
le règne de son troisième fils, le rôle prépondérant qu'elle tenait à
l'époque de Charles IX.

Si soucieux qu'il soit d'être le maître, Henri III révèle un appétit
singulier de distractions et d'amusements. Il n'a oublié ni les
sinistres soirées du Wawel ni les enchantements de la fête vénitienne
et il entend bien ressusciter ceux-ci en France. Il n'y a que quinze
jours qu'il est à Lyon lorsque son comportement inspire à don
Diego de Zuñiga les lignes suivantes, adressées à Philippe II: «Le
roi assiste tous les soirs aux fêtes et toute la nuit il ne fait que danser.
Depuis quatre jours, il porte un costume de satin violet, chausses,
pourpoint, mantelet et tous les vêtements, avec beaucoup de plissés
et de découpures en long, sont parsemés de boutons, de rubans
blancs, rouges et violets. Il porte des boucles d'oreille et, au bras, il a
des bracelets de corail. Par tout cela, il montre vraiment ce qu'il est
en réalité, de telle sorte qu'il ne me reste qu'à devenir son chapelain
et prier le bon Dieu qu'il le garde[4].» Non seulement le roi s'amuse
malgré la gravité de l'heure mais il donne une importance excessive
à ses vêtements et à sa parure, plus que ne le ferait une femme.
Curieux personnage en vérité, même en un temps où les hommes
arborent volontiers des bijoux.

Ce roi qui s'amuse est aussi un voluptueux qui sacrifie d'autant
plus à Vénus qu'il a retrouvé la superbe Châteauneuf. Mais comme
il n'est guère robuste, ses exploits d'alcôve le fatiguent rapidement.
Le nonce Salviati s'en ouvre au cardinal secrétaire d'État Galli,
le 20 septembre 1574: «Il est par nature très porté à la luxure et
néanmoins il est si faible que s'il lui arrivait de dormir deux ou
trois nuits en compagnie, il ne pourrait quitter le lit d'une semaine.
Quand Votre Seigneurie apprendra que le roi a eu une indisposition,
comme c'est le cas aujourd'hui où il est resté trois jours au lit, elle
pourra dire que l'amour en a été la cause[5].»

Ces débauches n'interdisent nullement à Henri de songer au
mariage. Car le roi se doit de procréer au plus vite un dauphin pour
assurer sa succession et éviter que celle-ci ne tombe entre les mains

---

[4]   Cité par Pierre Chevallier, *Henri III, roi shakespearien*, Paris, 1985, p. 265.
[5]   *Ibid.*, p. 266.

de François d'Alençon, pour l'heure héritier du trône. Son entourage le pousse d'autant plus dans cette voie que beaucoup pensent que sa vie sera brève. Ne le dit-on pas touché au poumon comme le défunt Charles IX? Les médecins ne cherchent-ils pas à le fortifier en lui faisant boire du vin plutôt que de l'eau?

Bien entendu, c'est Marie de Clèves, avec laquelle il a correspondu de Cracovie, qu'il souhaite épouser. Celle-ci est la femme légitime du prince de Condé? Qu'à cela ne tienne, on fera annuler par l'Église cette union contractée peu avant la Saint-Barthélemy. Car Condé, redevenu huguenot, s'est réfugié en Allemagne alors que Marie, restée catholique, vit à Paris et répond à l'amour du roi. Le nonce Salviati l'explique au cardinal Galli: «Que Votre Seigneurie sache que le roi aime de façon si déconcertante la princesse de Condé qu'il ne pense à rien d'autre qu'à trouver le moyen de l'avoir et, si cela était possible, il lui plairait de l'épouser, ce qui lui fera différer beaucoup de prendre femme[6].» Une telle perspective n'est pas sans inquiéter Catherine de Médicis qui craint que Marie de Clèves, devenue reine de France, ne l'écarte des allées du pouvoir.

Malheureusement pour Henri III, qui aurait peut-être trouvé en elle une collaboratrice politique intelligente et efficace, Marie, enceinte des œuvres de Condé, meurt le 30 octobre 1574 à Paris, à vingt-quatre ans, en mettant une fille au monde. Lorsque la nouvelle de son décès parvient à Lyon, la reine mère n'ose rien dire à son fils et glisse la dépêche qui l'annonce parmi les autres. Lorsqu'il en prend connaissance, le roi pousse un cri déchirant et s'écroule, évanoui, tant son émotion a été violente. Lorsqu'il revient à lui, il se traîne jusqu'à son lit où il reste pendant trois jours sans manger, tourmenté par la fièvre. Quand il consent à reparaître en public, on constate qu'il a fait coudre de petites têtes de mort sur ses aiguillettes[7], les parements de son pourpoint, les rubans de ses souliers. Si ostentatoire qu'elle nous paraisse, sa douleur n'en est pas moins sincère et profonde. Mais les courtisans ne la comprennent pas. Ils ne voient dans cette détresse qu'absence de fermeté morale, faiblesse de caractère. Ils se gaussent d'un monarque incapable de retenir ses larmes, d'un monarque qui oublie la majesté royale au point de révéler à tout le monde ses sentiments les plus intimes, d'un monarque qui, tout à son chagrin, se retire des heures entières

---

6   Cité par Pierre Chevallier, *op. cit.*, p. 268.

7   *Aiguillette*: sorte de cordon ou de lacet, ferré à ses extrémités et servant à fermer les vêtements. Les têtes de mort en corail, en cristal, en or deviennent le bijou à la mode à la fin de 1574.

avec quelques intimes au lieu de vivre publiquement au sein de la Cour.

Soucieuse de voir son fils triompher rapidement de sa peine, Catherine de Médicis recommande à Souvré de faire disparaître les bijoux que Marie de Clèves lui a donnés. Surtout, elle entreprend de le marier avec une fille du roi de Suède, réputée pour sa beauté et dont elle fait demander le portrait selon l'usage des maisons princières. Henri III n'élève aucune objection. Mais il est bien décidé à ne pas céder à sa mère. Puisque sa condition royale l'oblige à prendre femme, il épousera Louise de Vaudémont, la jeune princesse lorraine qu'il a rencontrée à Nancy en allant en Pologne. Mais il n'en dit rien encore car le souvenir de Marie n'est pas près de s'éteindre en lui. Pour l'heure, c'est à Dieu qu'il demande de lui apporter quelque consolation dans son immense malheur.

Au total, le roi diffère si fortement de ses prédécesseurs qu'un fossé d'incompréhension se creuse entre lui et les courtisans durant ses deux premiers mois de règne. On ne lui pardonne ni ses réformes qui gênent, ni ses comportements qui étonnent, ni ses tenues vestimentaires extravagantes. L'affliction qui l'accable à la mort de sa bien-aimée suscite elle-même le blâme. Tout cela augure bien mal de l'avenir.

Échecs et maladresses

L'affaire qui réclame toute l'attention du roi dès son arrivée à Lyon, c'est la guerre civile commencée depuis plusieurs mois. Le 10 septembre 1574, il tente de désamorcer l'hostilité des huguenots et des malcontents en publiant une *Déclaration* adressée aux gouverneurs des provinces et des villes[8]. Il invite ceux de ses sujets qui se défient de lui à rechercher sa *bonne grâce*. La démarche, quelque peu naïve, révèle un souverain qui s'illusionne encore sur les mobiles de ses ennemis. Elle est tout à fait inadaptée à la situation réelle. Pour s'en convaincre, il suffit de comparer le texte royal à la *Déclaration* lancée le 12 juillet précédent par Condé, et au manifeste que Damville va lancer le 3 novembre suivant. Condé exigeait la liberté de culte dans tout le royaume pour les protestants et la réhabilitation des victimes de la Saint-Barthélemy. Damville – qui condamne aussi les massacres de Paris – affirme vouloir chasser du pouvoir les Guises et les Italiens comme Birague, délivrer François d'Alençon

---

[8] *Déclaration de la volonté et intuition du Très Chrétien roi de France Henri, IIIᵉ de ce nom, touchant le retour de ses sujets dans son obéissance.*

et Henri de Navarre prisonniers à la Cour, rappeler Condé et tous les exilés, résoudre la question religieuse au moyen d'un concile et réformer le royaume par le recours aux États généraux. Ni les huguenots ni les malcontents ne sont donc prêts à rechercher les bonnes grâces du monarque. Ils veulent le contraindre à accepter leur politique.

La situation militaire n'est pas reluisante. Les forces protestantes sont solidement implantées en Poitou et en Dauphiné. En Languedoc, l'alliance du gouverneur et des calvinistes, réalisée depuis deux mois, rend les Provinces de l'Union à peu près inexpugnables. Dans l'Empire, Condé s'active à recruter des mercenaires avec lesquels il compte bien envahir la France. Dans ces conditions, certains pensent qu'il serait opportun, pour affaiblir la coalition adverse, de s'entendre avec Damville dont les rapports avec les huguenots sont souvent difficiles. La question est largement débattue au Conseil. Malgré son désir de paix, Henri III finit par se ranger à l'avis de la majorité belliqueuse, emmenée par Birague et Villequier[9]. Sans doute juge-t-il la guerre inévitable contre ceux qui prétendent lui dicter leur loi et mettre fin à la monarchie absolue des Valois.

Malgré l'extrême pénurie du trésor – à laquelle Catherine de Médicis a tenté de remédier pendant sa régence en arrachant 300 000 livres aux Parisiens – on a pu mettre sur pied quatre armées. La première aux ordres du duc de Montpensier, Bourbon ultra-catholique, a déjà commencé la reconquête du Poitou. La seconde, confiée au maréchal de Retz, opérera en Provence. La troisième, commandée par le fils de Montpensier, le prince-dauphin, pacifiera la vallée du Rhône. La dernière, avec Henri III lui-même à sa tête, marchera contre Damville.

C'est le 20 septembre 1574 que le roi révèle qu'il s'est rallié à la solution de force : il intime l'ordre au gouverneur du Languedoc de remettre les places fortes qu'il détient au duc d'Uzès et au vicomte de Joyeuse. Un peu plus tard, le 14 octobre, il lui enjoint de céder ses fonctions à son oncle, le marquis de Villars, et de se retirer en Savoie. Mais Damville, qui vient de rentrer de Turin, riposte par le manifeste du 3 novembre, cité plus haut, qui a la valeur d'une déclaration de guerre au gouvernement royal. Puis il entre immédiatement en campagne.

Le 16 novembre, pour se rapprocher du théâtre des opérations,

---

9   Les historiens divergent sur l'opinion de Catherine de Médicis à ce sujet. Les uns (Mariéjol) lui prêtent des sentiments très belliqueux. D'autres (Pierre Champion) la rangent parmi ceux qui veulent négocier.

Henri III quitte Lyon pour Avignon où il arrive le 25. On s'attendrait à le voir monter à cheval, à redevenir le chef de guerre qu'il fut en 1569. Mais, désespéré par la mort de Marie de Clèves, désabusé et détaché des choses de ce monde, il consacre la fin de 1574 à la dévotion sous l'influence du jésuite Émond Auger qu'il a retrouvé à Lyon et qui l'accompagne.

Ville pontificale, administrée par un cardinal-légat, le cardinal de Bourbon, Avignon est un centre très actif de la Réforme catholique. Les religieux de toutes robes y pullulent et les dévotions sensibles et extériorisées de type méditerranéen ont la faveur des habitants. À preuve le succès des confréries de pénitents. Pendant l'avent, les confrères ont coutume de faire de nombreuses processions au cours desquelles les plus convaincus d'entre eux se flagellent les uns les autres pour expier leurs péchés. Henri III décide de participer à leurs pieux exercices. Depuis son entrevue avec saint Charles, il est persuadé, dans une conception surnaturelle de la politique, que les malheurs du royaume procèdent des péchés des Français et que, seul, un grand mouvement pénitentiel pourra y remédier et prévenir de plus grands maux.

Dans les jours qui précèdent Noël, le roi et, sur son ordre, tous les dignitaires de la Cour et de l'État participent aux processions, pieds nus, un cierge en main, le visage recouvert d'une cagoule en signe d'humilité. Pour s'être plié à la volonté du souverain, en qui il mettait de grands espoirs, le cardinal de Lorraine prend froid, contracte une congestion cérébrale et meurt le 26 décembre, assisté par le père Auger. Il n'a pas encore cinquante ans[10]. C'est un adversaire résolu de toute concession aux protestants qui disparaît. Catherine de Médicis, qui n'est pas mécontente d'être débarrassée de celui qui s'était souvent mis en travers de sa route, porte sur lui ce jugement ambigu: «Nous aurons à cette heure la paix, puisque M. le cardinal de Lorraine est mort, qui était celui (dit-on) qui l'empêchait. Ce que je ne puis croire car c'était un grand et sage prélat et homme de bien et auquel la France et nous perdons tous beaucoup[11].»

Impressionné par ce qu'il vient de voir en Avignon et par ce qu'il verra l'année suivante à Toulouse, autre haut lieu du renou-

---

[10] Le mémorialiste Pierre de L'Estoile explique que le cardinal contracta «une fièvre symptomée d'un extrême mal de tête provenu du serein [l'air] d'Avignon qui lui avait offensé le cerveau à la procession des Battus, où il s'était trouvé avec le crucifix à la main, les pieds nus et la tête peu couverte».

[11] Cité par Georges Bordonove, *Henri III roi de France et de Pologne*, Paris, 1988, p. 169.

veau catholique, le père Auger accordera désormais tous ses soins à la fondation de confréries de pénitents, plaçant «notre souveraine nourrice la pénitence» au cœur de sa spiritualité. Mais que le roi, au lieu de prendre la tête de ses soldats et de marcher à l'ennemi, confie le succès des opérations militaires aux processions de pénitents avignonnais étonne et scandalise les Français. En particulier au nord de la Loire où les confréries pénitentielles ne pourront jamais s'implanter durablement. À Paris, Pierre de L'Estoile ironise: «En ce temps, le roi étant en Avignon va à la procession des Battus et se fait confrère de leur confrérie. La reine mère, comme bonne pénitente, en voulut être aussi et son gendre le roi de Navarre que le roi disait en riant n'être guère propre à cela[12].»

Si encore la guerre civile tournait à l'avantage des forces royales! Mais c'est loin d'être le cas. En Poitou pourtant, le duc de Montpensier a marqué des points. Il a repris plusieurs villes dont Fontenay-le-Comte. Le 25 janvier 1575, il s'emparera du puissant château de Lusignan et le fera démanteler. Mais il ne pourra rien faire contre La Rochelle. Ailleurs, les adversaires de la Couronne tiennent les royaux en échec ou les font reculer. Le lieutenant général au gouvernement du Dauphiné, Bertrand de Simiane, baron de Gordes, ne parvient pas à mettre à la raison Charles Du Puy, seigneur de Montbrun, redoutable capitaine qui a osé piller les bagages de Henri III en route pour Avignon. Dans le couloir rhodanien, le maréchal de Bellegarde assiège en vain la petite ville de Livron sur la basse Drôme. En Languedoc, Damville a l'initiative des opérations. Il se saisit de Saint-Gilles et d'Aigues-Mortes mais perd Beaucaire que lui reprend Villars. Surtout, il se comporte en véritable roi: en décembre 1574, il ose réunir à Nîmes les États généraux des Provinces de l'Union. Le roi réplique en assemblant les États provinciaux à Villeneuve-lès-Avignon, en rappelant que lui seul peut les réunir mais sans pouvoir empêcher la conclusion, le 10 janvier 1575, du pacte d'association entre protestants et catholiques paisibles. Par l'entremise d'un émissaire, le capitaine La Roche, Damville tente même de persuader François d'Alençon de se joindre à lui. L'opération échoue, la reine mère ayant fait arrêter La Roche, mais qu'elle ait pu être tentée montre à quel point la vigilance s'impose.

Abattu par tous ces revers, le roi préfère quitter la partie dans le Midi et se rendre à Reims pour se faire sacrer dans l'espoir que ses sujets le respecteront davantage. Il quitte Avignon le 10 janvier

---

[12] Pierre de L'Estoile, *Journal d'un bourgeois de Paris sous Henri III*, présenté par Jean-Louis Flandrin, Paris, 1966, p. 30-31.

1575 avec la Cour et remonte lentement vers le nord. En passant devant Livron que Bellegarde ne réussira pas à prendre, il doit subir les quolibets et les injures des assiégés. Le 22 janvier, il est à Lyon. Plus que jamais, il place sa confiance en Dieu plutôt que dans les hommes et chaque matin il entend deux messes, l'une avant le Conseil, l'autre après.

La raison d'État lui impose aussi, bien qu'il y répugne, de se marier au plus tôt. S'il a jeté son dévolu sur Louise de Vaudémont, c'est parce qu'il ne veut ni d'Élisabeth d'Autriche, la veuve de Charles IX, ni de la princesse suédoise que lui destine sa mère. C'est aussi parce qu'il souhaite une femme pieuse, vertueuse, soumise et douce et que Louise lui est apparue telle. C'est enfin parce que la princesse lorraine, dans tout l'éclat de sa blondeur et de ses vingt et un ans, est seule à pouvoir rivaliser à ses yeux avec Marie de Clèves.

Sa décision une fois prise, Henri III charge son confident Cheverny de la faire agréer à sa mère. Abasourdie, Catherine de Médicis est d'abord déçue. Car l'alliance envisagée n'a rien d'illustre. Fille d'un premier lit du comte Nicolas de Vaudémont, oncle de Charles III, Louise est issue d'une branche cadette de la maison ducale de Lorraine et elle n'a pas de fortune. Par ailleurs, le mariage risque, au plan politique, de renforcer la puissance des Guises, que le récent décès du cardinal de Lorraine vient heureusement d'affaiblir, et de rendre plus difficile une entente avec les huguenots. Cependant, la reine mère finit par se raviser car Louise, timide et effacée, ne lui portera pas ombrage et elle fera oublier Marie de Clèves à son fils. Aussitôt acquis le consentement de Madame Catherine, le roi dépêche à Nancy ses favoris Du Guast et Cheverny, porteurs de sa demande en mariage, immédiatement agréée.

Pressé d'atteindre Reims, Henri III ne séjourne pas longtemps à Lyon. Le 1er février, à Dijon, il donne audience à deux ambassadeurs polonais. Depuis son départ de Cracovie, il n'a pas cessé de correspondre avec le Sénat pour lui ordonner de ne rien entreprendre sans son consentement. Mais il n'a pu empêcher une Diète de se tenir à Varsovie et de décider qu'un autre roi serait élu s'il n'était pas revenu pour le 12 mai 1575. Les ambassadeurs sont porteurs de cet ultimatum. Henri III leur répond qu'il ira à Cracovie après la naissance de son premier fils et qu'en attendant il enverra à la Diète deux représentants. En fait, il paraît dès ce moment évident que celui qui prétendait réunir deux couronnes sur sa tête ne pourra pas conserver la première. La diplomatie française va cependant s'activer pour retarder le plus possible l'élection qui s'annonce.

Le matin du 11 février 1575, le cortège royal atteint Reims.

D'abord harangué par le maire, le souverain est ensuite reçu à la cathédrale par l'évêque de Soissons, premier des suffragants[13], le siège archiépiscopal étant vacant par la mort du cardinal de Lorraine[14]. Il se recueille quelques instants devant le maître-autel puis s'en va retrouver Louise de Vaudémont qui l'a précédé dans la ville. La jeune fille lui témoigne tant d'admiration, d'affection et de gratitude qu'il se prend à espérer des jours meilleurs.

Le dimanche 13 février, le sacre déroule ses fastes dans l'église métropolitaine durant cinq heures d'horloge. Henri, qui veut porter en ce grand jour le plus splendide des costumes, coud lui-même les pierreries qui l'ornent et godronne personnellement sa fraise, ce qui retarde la cérémonie. Comme il est à jeun depuis le petit matin, il a un instant de faiblesse au moment où le célébrant le coiffe de la couronne. Celle-ci glisse à deux reprises. Pour l'assistance c'est un mauvais présage.

De plus, le roi a commis la maladresse de donner aux Guises un rôle prépondérant dans le protocole. Ce n'est pas l'évêque de Soissons qui officie comme le veut la tradition, mais le cardinal Louis de Guise, évêque de Metz, frère puîné du duc François, celui qu'on surnomme le *cardinal des bouteilles* car il n'est guère compétent qu'en cuisine. Quant au duc Henri, l'un des douze pairs chargés de soutenir la couronne, il a obtenu la préséance sur le duc de Montpensier, pourtant plus âgé que lui et prince du sang de la maison de Bourbon. On en conclut que le roi se considère toujours comme le chef du parti catholique et le mécontentement gronde chez tous ceux qui voient dans les Guises des étrangers au même titre que les favoris *italiens* de la reine mère.

Une dernière déconvenue attend Sa Majesté. Certains prétendent que le baume de la Sainte Ampoule, utilisé pour les onctions, n'est pas dans son état normal. De ce fait, Henri III n'aurait pas reçu, comme ses prédécesseurs, le pouvoir thaumaturgique de guérir cette inflammation ganglionnaire d'origine tuberculeuse qu'on appelle la scrofule ou les écrouelles. Pour comble de malchance, il accrédite lui-même cette idée par son comportement maladroit: le 21 février, sur le chemin du retour, il s'arrêtera bien au prieuré de Corbeny pour y vénérer les reliques de saint Marcoul mais il s'abstiendra (sans doute par fatigue) de toucher les malades accourus en

---

[13] *Suffragant*: évêque dont le diocèse est compris dans une province ecclésiastique soumise à la juridiction de l'archevêque.

[14] Le successeur désigné du cardinal de Lorraine est son neveu Louis, fils du duc François de Guise. Cardinal en 1578, il ne prendra possession de son siège qu'en 1583.

foule pour recouvrer la santé grâce à lui[15]. Son prestige en recevra une sérieuse atteinte.

Le mardi gras 15 février, le cardinal de Bourbon l'unit à Louise de Vaudémont devant Dieu et devant les hommes. Avec un souci maniaque et perfectionniste du détail, il contribue à l'habillement et à la parure de sa femme, allant jusqu'à la coiffer de ses propres mains. Ces soins de beauté prennent tellement de temps que la messe de mariage ne commence qu'en début d'après-midi. Une fois de plus, les Guises sont à l'honneur : c'est la vieille duchesse douairière Antoinette, la pieuse grand-mère du duc Henri, âgée de quatre-vingts ans, qui conduit Louise à l'autel. Le jour commence à baisser lorsque les conjoints échangent leurs consentements. La nouvelle reine de France se comportera toujours en épouse modèle, d'une fidélité et d'une loyauté sans faille. Elle se montrera toujours éperdue d'admiration et de reconnaissance pour celui qu'elle appelait « un si beau et bon mari ». Pourtant Henri n'aura pas toujours une attitude irréprochable : il lui ôtera très vite les filles de chambre et les suivantes lorraines avec lesquelles elle avait été élevée et il ira bien « quelquefois *au change*, à la mode des grands » selon l'expression de Brantôme[16]. Elle ne se mêlera jamais des affaires de l'État, à la grande satisfaction de Catherine de Médicis. Mais elle n'aura jamais d'enfant, ce qui entraînera des conséquences politiques incalculables.

Deux jours après les noces, le roi, soucieux de procurer un beau parti à son ancienne favorite Renée de Châteauneuf, avise un grand seigneur champenois, François de Luxembourg, futur duc de Piney, et lui dit tout de go : « Mon cousin, j'ai épousé votre maîtresse (Luxembourg avait fait une cour timide à Louise) mais je veux en contre-échange que vous épousiez la mienne. » Effrayé par cette perspective peu engageante, le comte demande un délai. Henri ne lui accorde que trois jours dont il profite pour quitter Reims à bride abattue afin de se mettre à l'abri de la déplaisante désinvolture du monarque[17]. L'incident révèle chez ce dernier une propension fâcheuse à désobliger ses inférieurs.

---

[15] Saint Marcoul (vers 490-558) passe pour avoir annoncé au roi mérovingien Chilpéric Ier que lui et ses successeurs auraient le pouvoir de guérir les écrouelles.

[16] Brantôme, *Vie des dames galantes*, édition établie et préfacée par Jean Adhémar, Paris, 1956, p. 369.

[17] Pour être venue à un bal avec la même toilette et les mêmes bijoux que la reine, Renée de Châteauneuf fut chassée de la Cour à quelque temps de là. Elle épousa alors un Florentin, Antinotti, comite de galère à Marseille mais le tua dans un accès de jalousie. Elle se remaria ensuite avec Philippe de Altovitis, baron de Castellane, capitaine de galère.

Parti de Reims le 21 février 1575, le train royal parvient le 26 à Paris. La cour de France, sans cesser tout à fait de se rendre à Fontainebleau, à Saint-Germain ou à Blois, va se tenir désormais à peu près constamment dans la capitale et Henri III sera le plus parisien des rois. Le 31 mai 1578, il posera la première pierre du Pont-Neuf (le premier pont dépourvu de maisons) que son successeur achèvera en 1606.

Un temps d'anarchie et de pénurie

Au printemps de 1575, l'anarchie s'installe dans toutes les provinces où soldats du roi et confédérés se font face. La guerre s'enlise, tourne à la guérilla permanente, accumulant les ruines et les victimes civiles. Les coups de main et les embuscades ont remplacé les manœuvres stratégiques et les batailles rangées. C'est qu'on ne dispose plus, dans chaque camp, que d'effectifs réduits, éparpillés de la Saintonge à la Provence. Localement, les capitaines n'en font plus qu'à leur tête, ne travaillent plus que pour eux. Le plus redoutable reste, sans conteste, le chef des protestants du Dauphiné, Montbrun. On combat pour s'emparer d'une ville à rançonner, d'un château qui servira de place d'armes, d'une poignée de villages à piller. Pour réussir, on met en œuvre toutes les ruses propres à la guérilla. C'est ainsi qu'à la fin du mois de juin le baron de Langoiran, huguenot, surprend la ville de Périgueux et la met à sac, «y ayant fait en un jour de marché entrer bon nombre de soldats en habits de paysans et autres pauvres artisans[18]». Toute communauté d'habitants désarmée est une proie désignée pour la soldatesque. Beaucoup d'entre elles s'arment donc pour se faire respecter. Excédées par l'insécurité, par les exactions renouvelées des deux camps, elles cherchent à devenir autonomes et la ville de Tulle en Limousin refuse de payer la taille aux uns comme aux autres.

Pendant ce temps, la vie de cour bat son plein à Paris malgré la pénurie du trésor. Au Louvre, le désordre est à peine moins grand que dans les provinces. Avides de satisfactions érotiques et tout glorieux de leurs conquêtes féminines, grands seigneurs et courtisans de moindre volée passent le plus clair de leur temps à tendre les filets où les dames viendront se prendre. L'un des plus ardents à cette chasse domestique n'est autre que le jeune roi Henri de Navarre, qui a bien oublié les recommandations de sa mère Jeanne

---

[18] Pierre de L'Estoile, *op. cit.*, p. 45.

d'Albret et ne se contente pas de sa maîtresse en titre, Madame de Sauve, épouse volage d'un secrétaire d'État.

Car les femmes ne sont pas en reste. Un petit nombre d'entre elles imite la chasteté des reines Catherine de Médicis, Élisabeth d'Autriche et Louise de Vaudémont. Mais beaucoup préfèrent calquer leur attitude sur celle de Marguerite de Valois qui collectionne les amants. Le printemps de 1575 est le moment où elle remplace François d'Espinay, seigneur de Saint-Luc, trop lié au roi, par le beau Louis de Clermont de Bussy d'Amboise, grand bretteur devant l'Éternel et favori de François d'Alençon.

Cependant, ces messieurs frisés et parfumés sont aussi des traîneurs de rapière, prompts à dégainer, très chatouilleux sur le point d'honneur qui leur permet de se distinguer du commun des roturiers. Ardents à conquérir les femmes des autres, ils ont horreur d'être eux-mêmes cocus. Lorsqu'ils le deviennent, ils provoquent leur rival en duel ou le font expédier prestement par des spadassins à leurs gages. Une cour aussi dépravée est donc le lieu de tous les dangers. En juin, Henri de Navarre évoque en ces termes le climat qui règne au Louvre dans une lettre à son cousin Jean d'Albret, baron de Miossens : «La Cour est plus étrange que vous l'ayez jamais vue. Nous sommes toujours prêts à nous couper la gorge les uns aux autres. Nous portons dagues, jaques de mailles et bien souvent la cuirassine sous la cape[19].» Quant au roi, très doué pour la raillerie et le persiflage, il ne manque aucune occasion d'aiguiser les rivalités par ses remarques mordantes et de traverser les intrigues amoureuses des uns et des autres.

Il y a plus grave : la haine que se portent Henri III et son frère François d'Alençon que l'on appelle maintenant Monsieur. Pour assurer sa sécurité, chacun d'eux s'est entouré de fidèles à toute épreuve. Le roi dispose des services de Louis Béranger, seigneur Du Guast, personnage énergique, insolent et cynique, et de toute une pléiade de jeunes gens : Jacques de Lévis, comte de Quélus ; François d'Espinay, seigneur de Saint-Luc ; Paul de Stuer de Caussade, comte de Saint-Mégrin ; François, marquis d'O ; Louis de Maugiron. Autour de Monsieur paradent Bussy d'Amboise, Claude de La Châtre, l'élégant Jean de Simiers, Guillaume de Hautemer, comte de Fervacques. Tous ne demandent qu'à en découdre.

Cette rivalité permanente des deux clientèles est à l'origine de querelles sans fin, alimentées par la chasse domestique. L'une d'entre elles oppose Marguerite de Valois à Louis Du Guast qui a révélé à Henri III sa liaison avec Bussy d'Amboise. Mais la plus

---

[19] Cité par Jean-Pierre Babelon, *Henri IV*, Paris, 1982, p. 209.

curieuse est l'affaire des x et des y. Bussy et Saint-Phal, qui appartient au roi, courtisent tous deux une jeune veuve fort riche, la dame d'Acigné. Celle-ci préfère Saint-Phal. Bussy, qui voit un mariage avantageux lui échapper, décide de se venger. Le jour où il trouve Saint-Phal occupé à louer les x brodés sur un manchon, il affirme péremptoirement que ces motifs sont des y. À la suite de cette altercation, un duel est évité de justesse. Le duc de Nevers et le maréchal de Retz, désignés comme arbitres de ce point d'honneur, ont toutes les peines du monde à calmer Bussy qui veut absolument tuer Saint-Phal. Contrairement à ce que pourraient penser nos contemporains, il ne s'agit pas là d'une affaire futile. Prendre parti pour les x ou pour les y, c'est faire un choix politique, c'est se prononcer pour le roi (qui a condamné la fanfaronnade de Bussy) ou pour Monsieur (qui a soutenu son favori).

Peu de temps après cette dispute, en mai, Bussy échappe à une arquebusade. Qui a voulu l'abattre ? Les *Mémoires* de Marguerite de Valois affirment avec aplomb que c'est Du Guast et que l'attentat avait pour objectif de faire sortir Monsieur du Louvre et de le tuer. Tout cela est hautement fantaisiste. Certes, Du Guast avait coutume de dire publiquement qu'il n'hésiterait pas à mettre la main sur François d'Alençon si le roi le lui ordonnait. Mais de là à le tuer ! Il eût été moralement si grave et politiquement si dangereux pour Henri III de faire assassiner l'héritier du trône qu'on ne peut pas croire qu'il ait pu l'envisager. D'autres mémoires, les *Mémoires de Nevers*, attribuent le guet-apens à Henri de Navarre qui aurait obtenu du roi l'autorisation de se débarrasser de l'amant de sa femme. C'est aussi peu vraisemblable. Car si le monarque peut ordonner l'exécution d'un criminel d'État, comme le duc de Guise en 1588, il sortirait scandaleusement de son rôle de justicier en autorisant le meurtre d'un homme dont le seul crime est de cocufier son cousin.

Quoi qu'il en soit, Bussy d'Amboise s'est fait tant d'ennemis à la Cour par ses bravades que le duc d'Alençon juge plus prudent de lui faire quitter Paris. Il s'en va à la fin de mai 1575, escorté par tous les fidèles de Monsieur, pour aller prendre le commandement de son régiment à l'armée qui combat les huguenots du Sud-Ouest. À la Cour, on peut estimer que le roi a marqué un point contre son frère et débarrassé le Louvre d'un de ses plus enragés trublions.

Henri III ne se contente pas de régenter la Cour. Pendant le carême de 1575, il affiche une dévotion ostentatoire en se rendant chaque jour dans une église parisienne pour y entendre la messe et le sermon. Bien que Paris soit la plus catholique des villes, la population n'apprécie guère la piété de son prince qui ferait mieux, pense-t-elle, de monter à cheval et d'aller pourfendre les huguenots. Beaucoup s'imaginent d'ailleurs que ces visites répétées de sanctuaires constituent un grossier stratagème pour leur soutirer de l'argent.

De fait, la pénurie du trésor est, de toutes les difficultés de l'heure, la plus urgente à résoudre. Ne dit-on pas, vers mars 1575, que le roi n'a pas de quoi dîner chaque soir ? Cette détresse financière n'est pas nouvelle mais n'a peut-être jamais paru aussi grave. Elle s'explique d'abord par les dépenses colossales engagées sous Charles IX pour recruter et payer des armées. La dette de l'État s'en est trouvée gonflée à un point inimaginable, passant de 43 millions de livres en 1561 à 101 millions en 1576. Elle s'explique aussi par le mauvais rendement des impôts, en particulier de la taille, le principal d'entre eux. Les Provinces de l'Union ne contribuent plus, les provinces périphériques contribuent mal et une large part des taxes effectivement perçues n'arrive jamais dans les caisses de la monarchie. L'historien Pierre Chaunu a calculé que, pour les années 1559-1571, les rentrées fiscales pouvaient monter en moyenne à 12,25 millions de livres par an, soit 175 tonnes d'argent fin. À l'époque de Henri II, on pouvait compter sur 13,54 millions de livres ou 209 tonnes d'argent. Il y a donc un appauvrissement réel de l'État[20].

Il faut aussi incriminer l'inflation. Depuis le début du siècle, les métaux précieux extraits des mines de l'Amérique espagnole, en particulier l'argent, arrivent en Europe en quantités croissantes. Les bénéfices du commerce en font entrer beaucoup dans le royaume et les prix ne cessent de grimper. Certes, l'afflux d'argent n'est pas la seule cause de l'inflation : les énormes dépenses militaires de la Couronne, le gaspillage des classes dirigeantes, la baisse de production due à la guerre civile jouent aussi leur rôle. Amorcée vers 1520, la hausse des prix est d'abord restée modérée et régulière. Après une stabilisation entre 1545 et 1555, elle a repris depuis avec une vigueur nouvelle et des variations brutales. À Paris, le prix des céréales a augmenté de 105 à 110 % entre 1558 et 1570. Le pouvoir d'achat de la monnaie a diminué d'un tiers depuis 1564. Tandis que la monnaie de compte, la livre tournois, perd de sa valeur, les fluctuations de la monnaie d'argent, toujours plus abondante par rapport aux pièces d'or ou de billon, déconcertent le public comme le pouvoir royal.

Pour faire face à une telle situation alors qu'il faut financer une

---

[20] *Histoire économique et sociale de la France*, tome I : *De 1450 à 1660*, premier volume, Paris, 1977, p. 166-167 et 171-172.

guerre, il conviendrait que la France ait à sa tête un roi qui sache compter ou, mieux encore, un roi pingre. Henri III ne répond nullement à cet idéal. À l'instar de ses contemporains, il pense que le souverain a le devoir de se montrer généreux envers ceux qui le servent bien: un roi ladre ne saurait être un bon roi. De plus, il est naturellement prodigue et veut pouvoir dépenser à sa guise, non seulement pour les besoins de l'État mais pour la Cour et pour ses plaisirs. Enfin, une réelle faiblesse de caractère le pousse à ne pas refuser ce qu'on lui demande. Il ne sait pas dire non. En Pologne, comme on lui reprochait sa générosité excessive, il avait répondu: «Je ne veux pas donner mais ma main signe quand même[21].»

Incapable d'économiser, Henri III a donc recours aux expédients financiers classiques. Le 4 novembre 1574, il a fait enregistrer un édit ordonnant la vente à son profit de biens d'Église jusqu'à concurrence de 200 000 livres de rente. En mars 1575, il impose à toutes les villes du royaume une contribution totale de 3 millions de livres dont un tiers pour la capitale. Il met sur le marché de nouvelles charges de conseiller au parlement de Paris au prix de 15 000 livres. Il confie la vente des offices vacants à un groupe de financiers contre une somme de 80 000 livres à verser le premier jour de chaque mois. Il met à contribution les forêts du royaume en faisant couper et vendre deux arbres par arpent. Il extorque de gros prêts aux magistrats du Châtelet de Paris pour pouvoir faire à son favori Du Guast un cadeau de 50 000 livres. L'impopularité du roi dans les milieux privilégiés (ecclésiastiques, officiers de justice, bourgeois de Paris) croît dans de fortes proportions. Elle est à son comble dans les milieux populaires, le poids de la taille ayant augmenté de 20 % depuis Henri II.

Des efforts politiques infructueux

Manquant d'argent pour solder la grande armée qui pourrait vaincre les confédérés, Henri III tente de mettre fin à la guerre civile par la négociation. Le 7 avril, venant de Bâle où ils se sont concertés, les envoyés du prince de Condé et ceux du maréchal de Damville arrivent à Paris. Le 11, le roi les reçoit en présence des reines, des princes du sang et des membres du Conseil. Le principal ambassadeur, Guillaume Dauvet, seigneur d'Arènes, huguenot, prend la parole et prononce une allocution de forme respectueuse et de ton

---

[21] Cité par Pierre Champion, *Henri III roi de Pologne*, tome I, Paris, 1943, p. 223.

modéré. Ravi, Henri III répond qu'il souhaite le retour de la paix avant tout et se fait remettre l'épais cahier de doléances dont ses visiteurs sont porteurs de façon à l'étudier à loisir. Au bout d'une heure, c'est un monarque profondément irrité qui revient devant la délégation. Car les exigences de ses adversaires «sont un peu bien hautes et déraisonnables» selon le mot de la reine mère. Les confédérés réclament en effet la liberté dans tout le royaume pour le culte protestant, de nouvelles places de sûreté, des chambres mi-parties dans tous les parlements, la réhabilitation des victimes de la Saint-Barthélemy et le châtiment des massacreurs, la libéra-tion des maréchaux de Montmorency et de Cossé, la réunion des États généraux. Bref, ils veulent imposer leur volonté au roi et non lui obéir. Leur idéal serait de revenir à l'édit de janvier 1562.

Henri III en conclut que Condé et Damville ne veulent nulle-ment la paix. Malgré sa colère, il engage des discussions avec la délégation dans l'espoir de trouver un accord. Cet espoir est tout à fait vain. Incroyablement accrocheurs et obstinés, huguenots et malcontents refusent de céder quoi que ce soit, veulent obliger le pouvoir royal à capituler devant leurs exigences. Mais le roi, malgré sa volonté pacifique, ne peut pas leur accorder tout ce qu'ils demandent sous peine de ruiner totalement son autorité et de provoquer un soulèvement des catholiques. Ses démarches diplo-matiques auprès de l'Angleterre, de la Savoie et des cantons suisses pour que ces puissances exercent une pression sur les confédérés restent sans effet. On ne peut guère s'entendre que sur deux points: les places de sûreté et la convocation des États généraux. À la fin du mois de mai, la rupture n'est cependant pas encore consommée. À l'exception de deux d'entre eux qui restent à la Cour, les députés retournent vers Condé et Damville pour leur suggérer d'amender leurs revendications. Rendez-vous est pris pour une nouvelle rencontre en automne. D'ici là, la parole reste aux armes.

Tout en négociant avec ses sujets révoltés, Henri III s'efforce de repousser l'élection de son successeur à la couronne polonaise. À la mi-avril, une première ambassade tente d'empêcher la tenue de la diète prévue à Stezyca. Sans succès puisque celle-ci s'ouvre le 12 mai, date à laquelle expire l'ultimatum ayant mis le roi en demeure de rentrer à Cracovie. En dépit des efforts du parti français, animé par le primat et le nonce apostolique, l'assemblée ordonne, pour octobre, la réunion à Varsovie d'une diète de convocation qui fixera la date de l'élection. Une dernière ambassade, conduite par Pibrac en septembre pour faire reculer la nomination d'un nouveau roi, ne réussira pas mieux que les précédentes.

Après le départ de Bussy d'Amboise et des députés confédérés, la Cour est le théâtre d'événements fort difficiles à éclaircir, mais intéressants par ce qu'ils nous révèlent sur le rôle des rumeurs et racontars dans la formation de l'opinion mais aussi sur la tentation permanente du recours à l'assassinat politique.

Au début du mois de juin, Henri III est malade : une vive douleur au côté suivie d'une forte fièvre (il se serait retenu d'aller à la selle pour ne pas abandonner une partie de paume). Il l'explique lui-même en termes étonnants à l'abbé de L'Isle, ce personnage qui a si bien travaillé à son élection comme roi de Pologne en 1573 : « Depuis deux jours, il m'est tombé un rhume sur une hanche qui m'a causé une fièvre de laquelle j'ai été fort travaillé pour un jour[22]. » Le monarque se rétablit très vite mais les supputations vont bon train : ne serait-ce pas Monsieur qui a cherché à éliminer son frère ?

Une nouvelle qui arrive le 8 juin à la Cour achève de guérir Sa Majesté et la remplit d'allégresse : le maréchal de Damville vient de mourir empoisonné. La nouvelle est fausse mais on la croit vraie pendant une semaine et, dans l'entourage royal, germe l'idée de faire d'une pierre deux coups et de se débarrasser aussi du maréchal de Montmorency. La surveillance se resserre autour du prisonnier. On lui retire ses domestiques et on interdit à sa mère et à sa femme (pourtant fille de Henri II) de lui rendre visite. Selon L'Estoile, il s'attend à mourir par le poison. Selon Jacques-Auguste de Thou, l'ordre de l'étouffer a été donné. S'il garde la vie, c'est sans doute parce que le roi répugne à commettre un assassinat. Quand il devient évident que Damville n'est pas mort, les conditions de détention de son frère aîné redeviennent normales.

Il y a peu à dire sur les opérations militaires de l'été. En mai, le vicomte de Turenne, encore catholique, délivre la place protestante de Montauban que les royaux bloquaient. Le 13 juin, dans la région de Die, le capitaine Montbrun attaque avec succès un corps de mercenaires suisses au service de la Couronne. Mais peu après, il est vaincu et fait prisonnier par le fils du gouverneur. Jugé pour crime de lèse-majesté par le parlement de Grenoble, il est condamné à mort et exécuté le 12 août. Le seigneur de Lesdiguières lui succède à la tête des huguenots du Dauphiné. Damville, qui s'est rendu maître d'Alès en avril mais qui a perdu Saint-Gilles repris par le duc d'Uzès, réussit à s'emparer de Sommières en septembre. Dans le Midi, tout se borne donc à quelques sièges de villes.

En fait, la principale menace vient maintenant de l'est : les reîtres et les arquebusiers recrutés dans l'Empire par Condé sont

---

[22] Cité par Pierre Chevallier, *op. cit.*, p. 290.

en route sous le commandement de Thoré. Un nouveau front va s'ouvrir.

Dans ces conditions, on comprend que les représentants de Damville retournent à la Cour porteurs des mêmes exigences qu'en avril. Ils ont même ordre de rompre la négociation si le roi ne cède pas sur toute la ligne. Mais avant qu'ils n'arrivent à Paris, l'évasion de Monsieur a complètement bouleversé les données du jeu politique.

À son retour de Pologne, Henri III avait été accueilli, à la frontière de Savoie, par François d'Alençon et Henri de Navarre. L'heure était aux retrouvailles et aux embrassades. Le jour de la Toussaint, à Lyon, on a même vu les deux princes, sur le point de communier, s'agenouiller devant le roi et lui jurer fidélité. Mais cette entente de façade a vite volé en éclats. Au sein de la famille royale règnent en 1575 la méfiance et l'animosité malgré les efforts de la reine mère pour y maintenir la concorde nécessaire à la bonne marche de l'État.

Monsieur est férocement jaloux de son aîné. Il ne songe qu'à s'évader de la Cour, à rejoindre son apanage normand, à s'allier aux confédérés pour imposer sa volonté au roi. Il y est d'autant plus enclin que les favoris de Henri III, sûrs de plaire à leur maître, ne lui ménagent pas les avanies, en dépit de sa condition de fils de France. Le plus acharné de tous – on ne s'en étonnera pas – n'est autre que Du Guast.

Comme personne n'ignore les noirs desseins de François d'Alençon, on le surveille étroitement, on l'espionne constamment. Mais, en juin 1575, il trouve un allié de poids en la personne de sa sœur Marguerite. Celle-ci, qui a cessé depuis longtemps d'entretenir de bons rapports avec Henri III, veut se venger de lui parce qu'il a poussé son cher amant Bussy hors de la Cour.

Les manigances de Monsieur apparaissent au grand jour à partir du mois de juin. Bussy est à peine arrivé à l'armée qu'il faut lui retirer son régiment pour complot en faveur de son patron. Les deux complices ont rendez-vous le 4 juillet pour s'assurer de la ville d'Orléans. Mais le porteur de la lettre du prince à son âme damnée est arrêté et torturé. Malgré l'évidence, le duc d'Alençon, qui ment comme il respire, nie tout en bloc. Si bien que ce sont des comparses, un joueur de luth et un maître d'armes, qui paient de leur vie cette conspiration ratée, comme naguère La Mole et Coconat. Dans le courant de juillet, les malcontents tentent de mettre la main sur d'autres villes ; Bussy, par exemple, échoue à Limoges.

À plusieurs reprises, au cours de l'été, la panique s'empare du

Louvre: Monsieur est introuvable. Chaque fois, il reparaît mais l'alerte a été chaude. Dans la nuit du 10 au 11 septembre 1575, il n'est pas dans sa chambre. On le cherche partout et on le trouve chez Marguerite de Valois qui a entrepris de réconcilier son mari et son frère – jusque-là rivaux auprès de Madame de Sauve – et d'organiser leur fuite. Le 14 septembre, Henri III est averti de ce qui se trame. Le 15, il en fait le reproche à son frère qui, bon comédien, réussit à le rassurer. Mais le jour même, Monsieur prend la fuite.

Au milieu de l'après-midi, il demande à sa mère la permission de sortir le soir en galante compagnie. Madame Catherine accède à sa requête. Vers six heures, alors que la nuit est venue, il s'enveloppe dans un grand manteau qui lui cache le bas du visage et se fait conduire, faubourg Saint-Marceau, chez l'épouse accueillante d'un de ses musiciens. La maison de la belle a deux issues. Le prince se contente de la traverser et monte dans un coche arrêté de l'autre côté tandis que sa suite reste respectueusement devant la porte d'entrée. À un quart de lieue de Paris, des chevaux et une escorte attendent Monsieur qui prend la direction du sud-ouest. Alertés, ses partisans le rejoignent peu à peu: quand il traverse Montfort-l'Amaury, près de 400 chevaux l'accompagnent. Le 16 septembre, sur les onze heures du matin, il se saisit par surprise de la ville de Dreux.

Au Louvre, c'est le 15 au soir, vers neuf heures, que son absence a été constatée après une fouille en règle du palais. Henri III est d'abord entré dans une violente colère, faisant porter la responsabilité de l'événement à sa mère. Celle-ci, en effet, avait déconseillé de mettre Monsieur à la Bastille comme le recommandait Du Guast. Sa fureur apaisée, le roi informe le parlement de Paris et les gouverneurs de province de ce qui vient d'arriver. Sa correspondance reflète l'accablement et le désarroi dans lesquels il est maintenant plongé: «me retrouvant en la plus grande affaire que j'aie souvenance d'avoir été, je vous adresse la présente, tant pour vous avertir de ma douleur [...] que pour vous prier de me vouloir secourir[23]». Se ressaisissant enfin, il ordonne au duc de Nevers de poursuivre le fugitif et de s'emparer de sa personne. Il faudrait à tout prix empêcher le prince de rejoindre les confédérés et de prendre leur tête.

★

---

[23] Cité par Georges Bordonove, *op. cit.*, p. 183.

Au cours de sa première année de règne en France, Henri III est
allé de déception en désenchantement. Il a un peu trop cru qu'il lui
suffirait de rappeler à tous leur devoir de respect et de soumission
à sa personne pour en obtenir l'obéissance et le service. Dépourvu
à la fois d'argent et d'énergie, bourré d'intentions pacifiques, plus
soucieux de conduire une cour brillante que de mener la rude vie
des camps, il a abandonné à d'autres le commandement des troupes
et laissé pourrir la situation intérieure. Il y a plus grave : sa prodigalité, ses exigences fiscales, ses excès de dévotion ont fait de lui un
souverain impopulaire.

À la fin de septembre 1575, il n'a pas encore touché le fond
de l'abîme. De nouvelles et redoutables menaces se profilent à
l'horizon : celle de François d'Alençon qui rameute ses fidèles, celle
des mercenaires germaniques du seigneur de Thoré qui ont franchi
la Meuse et viennent d'atteindre l'Aisne. La couronne de France
est décidément bien lourde à porter. Quant à celle de Pologne, le
roi est en train de la perdre. La diète de convocation, prévue pour
le 3 octobre à Varsovie, va fixer une date pour la réunion de la diète
d'élection. On comprend que, face à l'effondrement de ses espoirs,
sa profonde piété ait inspiré à Henri III la devise célèbre *Manet
ultima cœlo* (la dernière se trouve au ciel) : la couronne des élus lui
paraît bien plus désirable que les couronnes terrestres.

CHAPITRE XI

LE FOND DE L'ABÎME

Après l'évasion réussie de Monsieur, il ne faut que huit mois aux confédérés, qui ont la caution d'un fils de France et disposent de forces militaires considérables, pour mettre Henri III à genoux. Le roi est désemparé par la série de malheurs qui fondent sur lui, par l'obstination de ses adversaires à lui imposer leur volonté, par le manque de moyens dont il dispose. Peu désireux de faire la guerre à ses sujets, lui qui rêvait de pacifier le royaume par la clémence et la douceur, il abandonne à d'autres le soin de combattre ou de négocier. Mais, malgré le talent et les efforts de Catherine de Médicis pour trouver une solution satisfaisante à la crise, il se voit contraint de passer sous les fourches caudines des huguenots et des malcontents. Vaincu sur toute la ligne, il touchera le fond de l'abîme en mai 1576. Jamais la monarchie des Valois n'était tombée aussi bas.

Les grandes manœuvres de l'automne 1575

Un fils de France ne s'était pas trouvé à la tête d'une révolte nobiliaire depuis 1440, année où le dauphin Louis (futur Louis XI) avait rejoint la Praguerie, rébellion des grands seigneurs contre Charles VII. Un tel événement est particulièrement grave : il confère une apparence de légitimité à une coalition d'intérêts particuliers ; il autorise bien des mécontents à rallier le soulèvement, sûrs d'être récompensés en cas de victoire, pardonnés en cas de défaite. Il importe donc de ramener le plus vite possible François d'Alençon à la raison[1].

---

[1] On se souvient que, sous Charles IX, Henri d'Anjou, soucieux du bien de l'État, s'était bien gardé de manifester de l'hostilité à son frère le roi.

Bien à l'abri derrière les remparts de Dreux, Monsieur a écrit à son aîné pour justifier sa fuite par la peur d'être embastillé comme les maréchaux. Le 18 septembre, il publie une *Déclaration* dont la rédaction est attribuée au juriste huguenot Innocent Gentillet. Ce texte est tout à la fois une justification de la prise d'armes et un programme politique. Rappelant qu'il est «fils et frère de rois, premier pair de France», le prince déclare se mettre au service de la *cause publique*, situant ainsi son entreprise dans la lignée des guerres civiles du XVe siècle conduites au nom du *bien public*. Il reprend les thèmes déjà traités par Condé et Damville dans leurs manifestes. Il vitupère les *étrangers*, responsables de tous les maux, dénonce les excès de la pression fiscale. Il réclame l'élargissement des prisonniers politiques et la liberté religieuse. Pour trouver une solution à la division confessionnelle du pays, il propose de réunir un «saint et libre concile», idée bien peu réaliste en 1575 alors que les positions sont définitivement tranchées[2]. Il s'en remet aux États généraux pour résoudre les problèmes politiques de l'heure. Il passe bien entendu sous silence ses revendications personnelles.

C'est seulement dans la nuit du 17 au 18 septembre que le duc de Nevers, lancé aux trousses de Monsieur, le localise à Dreux. Il en fait part au roi qui, dans un sursaut d'énergie et d'indignation, lui ordonne d'arrêter le fugitif: «Si vous le pouvez enfermer, c'est ce que je voudrais[3].» Mais Louis de Gonzague, qui s'est avancé jusqu'à Chartres, ne possède pas de forces suffisantes pour mener à bien une telle mission. Il peut tout au plus barrer la route d'Orléans au duc d'Alençon.

Par ailleurs, Catherine de Médicis, qui brûle de réparer sa bévue du 15 septembre, voudrait ramener la concorde au sein de la famille royale. Elle se fait fort de remettre son dernier fils dans le droit chemin par la négociation. Elle exerce en effet sur lui un ascendant tel qu'il lui a toujours cédé par le passé. Henri III se range à son avis et la reine mère prend la route, escortée par une cinquantaine de cavaliers.

Mais François d'Alençon, tout à la joie de sa liberté nouvelle, immensément satisfait de pouvoir enfin jouer un grand rôle et bien conseillé par un entourage perspicace, ne se montre pas pressé de rejoindre le giron familial. Ayant regroupé ses partisans, il marche vers la Loire dans l'intention de se réunir à son fidèle Bussy, campé en Anjou, puis de donner la main aux forces de La Noue, rassem-

---

[2] Depuis la clôture du concile de Trente en 1563, il est devenu impossible de rapprocher les points de vue catholique et protestant.

[3] Cité par Pierre Chevallier, *Henri III, roi shakespearien*, Paris, 1985, p. 303.

blées en Poitou et à celles de Turenne, installées en Limousin. Le duc de Montpensier, gouverneur de Touraine, peu satisfait de la Cour, le laisse passer.

Cependant, comme il faut un peu de temps pour réaliser ce programme, Monsieur accepte finalement de se prêter à la négociation. La rencontre de la mère et du fils a lieu le 30 septembre, non loin du château de Chambord. Après les embrassades et les pleurs de circonstance, François pose ses conditions : il réclame la libération des maréchaux et exige pour lui la ville de La Charité-sur-Loire comme place de sûreté. Madame Catherine, qui n'a pas pouvoir de décision, lui promet que sa première demande sera exaucée et lui offre Blois « qui est de moins de conséquence » au lieu de La Charité. Puis elle invite le roi à ratifier ses propositions. Il y a en effet urgence à désamorcer la menace que Monsieur fait peser sur la Couronne à l'heure où l'avant-garde des mercenaires recrutés par Condé en Allemagne est en train de ravager la Champagne.

Gouverneur de la province, le duc Henri de Guise a les moyens d'arrêter cette invasion. Il peut opposer 10 000 hommes aux quelque 5 000 reîtres et arquebusiers que commande Guillaume de Montmorency, seigneur de Thoré. Le 10 octobre, à Dormans, sur les bords de la Marne, les Allemands sont taillés en pièces. Thoré peut cependant s'échapper avec quelques cavaliers et rejoindre Monsieur. En poursuivant l'un des vaincus qui tente de fuir, Henri de Guise est grièvement blessé au visage : une balle lui arrache la joue gauche et une partie de l'oreille. Il mettra six semaines à se rétablir mais pourra désormais arborer une cicatrice aussi glorieuse que celle de son père[4]. Les contemporains et la postérité ne l'appelleront plus que le *Balafré*. Les Parisiens chantent ses louanges : comme son père François, comme son grand-père Claude, il est le chef de guerre providentiel qui écarte les dangers menaçant la capitale. Quel contraste avec l'inaction du roi !

Ainsi la bataille de Dormans, tout en rendant à la Couronne un service signalé, porte quelque peu ombrage à Henri III. Du Guast, qui est en train de s'imposer à la Cour comme le conseiller énergique et avisé dont Sa Majesté a besoin, le comprend parfaitement. Soucieux de la réputation de son maître, il l'incite à relever le défi et à accomplir, lui aussi, une action d'éclat.

Mais, le 31 octobre 1575, Du Guast est abattu à son domicile parisien par un tueur probablement soudoyé par Monsieur ou par

---

[4] En 1545, à Boulogne, François de Guise avait reçu un coup de lance dans la joue droite, au-dessous de l'œil. Ambroise Paré l'avait tiré d'affaire.

Marguerite de Valois. L'Estoile penche pour Monsieur. L'historien Jacques-Auguste de Thou incrimine la princesse qui déborde de haine pour «le mauvais homme né pour mal faire» qui a révélé au roi sa liaison avec Bussy d'Amboise[5]. Elle aurait voulu qu'il meure. Sa très chère amie, la duchesse de Nevers, lui aurait indiqué un assassin professionnel, Guillaume Du Prat, baron de Vitteaux, qui avait déjà plusieurs meurtres à son actif. Recherché par la justice, ce sinistre personnage vivait au couvent des grands augustins, sous la protection du droit d'asile. Margot y aurait couru et aurait fait affaire avec lui. On a raconté – mais que n'a-t-on pas raconté? – qu'elle l'aurait payé en nature, en se donnant à lui dans la pénombre propice de l'église conventuelle! Toujours est-il que le baron, suivi de quelques séides, s'introduit chez Du Guast au moment où celui-ci, qui vient de prendre un bain, se fait couper les ongles des orteils. Il lui porte plusieurs coups d'une épée courte et tranchante et le laisse agonisant. Le favori sera inhumé près du maître-autel de Saint-Germain-l'Auxerrois et c'est le roi qui acquittera ses dettes.

Cette vengeance privée vient bouleverser le cours des affaires publiques. En octobre 1575, Henri III est partagé entre son désir profond de rétablir la paix intérieure par les voies de la douceur, de la conciliation, et la tentation de châtier sévèrement ses sujets révoltés. Il s'en ouvre, le 14 de ce mois, au président Du Ferrier, ambassadeur à Venise: «Il ne tiendra à moi ni à tous moyens qui sont en mon pouvoir que ce royaume ne soit en repos et que je ne fasse le devoir d'un bon roi qui aime les siens et leur pardonne plutôt que de les détruire. Mais aussi, quand les choses se débordent tellement et sortent les termes de raison, que l'on voit la ruine évidente s'il n'y est pourvu, je ne voudrais faillir de cœur et de vertu par laquelle les rois mes prédécesseurs ont été aimés et obéis avec châtiment des incorrigibles[6].» Or, Du Guast était sans doute le seul homme à pouvoir obtenir du roi qu'il entre dans la guerre civile, les armes à la main, pour réduire les «incorrigibles». Lui mort, Henri III, qui a cessé de croire qu'une victoire militaire suffirait à mettre fin aux troubles intérieurs, retombe sous l'influence de sa mère pour qui la négociation est la seule planche de salut. Chargée de trouver une issue honorable, convaincue de posséder les talents nécessaires au succès, elle commence à tisser sa toile, entrant en rapport avec tous les chefs de l'insurrection. Mais elle se heurte à forte partie. Parmi

---

[5] Pierre de L'Estoile, *Journal d'un bourgeois de Paris sous Henri III*, Paris, 1966, p. 51-52; Jacques-Auguste de Thou, *Histoire universelle depuis 1543 jusqu'en 1607*, tome VII, Londres, 1734, p. 300.

[6] Cité par Pierre Chevallier, *op. cit.*, p. 310.

ses adversaires, il en est qui sont d'autant moins décidés à se laisser manœuvrer qu'ils se sentent militairement les plus forts.

Le plus malléable d'entre eux est certainement Monsieur, très influençable et encore fort jeune (vingt et un ans). C'est donc avec lui qu'il convient de s'entendre en premier lieu. Mais François d'Alençon se méfie de sa mère dont il se tient éloigné depuis l'entrevue de Chambord.

Pour parvenir à ses fins, Madame Catherine a l'heureuse idée de se servir des maréchaux que le roi vient de libérer pour amadouer son frère. Le 5 octobre, elle en fait la proposition à Henri III. Le 11, ce dernier restitue à François de Montmorency son siège au Conseil et son logement au Louvre. Lui accordant sa confiance au lieu de le tenir pour suspect, il lui donne mission d'aller négocier avec Monsieur. Caractère droit et loyal, le duc de Montmorency accepte d'oublier les longs mois qu'il a passés en prison pour ne plus se préoccuper que du salut du royaume. Le 20 octobre, il prend la route en compagnie du maréchal de Cossé. Le 23, il s'entretient à Loches avec la reine mère. Le 26, il rencontre le duc d'Alençon qui s'est établi à Châtillon-sur-Indre. Grâce à lui, les pourparlers s'engagent en vue d'une trêve.

Laborieuses, les discussions durent plusieurs semaines au cours desquelles chaque camp travaille à se renforcer militairement. Elles finissent par déboucher sur un accord que le roi ne ratifie qu'à contrecœur. Mais le désir de paix l'emportant sur toute autre considération, l'armistice est conclu le 21 novembre au château de Champigny-sur-Veude en Touraine, résidence du duc de Montpensier.

La trêve de Champigny, d'une durée de six mois, doit expirer le 24 juin 1576. Les maréchaux de Montmorency et de Cossé sont les garants de sa bonne application. D'ici là, les parties contractantes rechercheront tous les moyens d'établir une paix définitive dans le royaume. De telles clauses offrent l'intérêt de laisser les mains libres à la Couronne pour faire face à l'invasion des reîtres qui se précise.

Mais il en est d'autres qui affaiblissent singulièrement sa position. En les ratifiant, Henri III a fait une mauvaise affaire ; on comprend donc mieux ses réticences. En effet, les troupes étrangères au service de la Couronne doivent être licenciées, à l'exception des Suisses de la garde. Comme par ailleurs les nobles français accourus pour servir dans les forces royales vont profiter de l'armistice pour regagner leurs maisons, la puissance militaire de la monarchie va s'en trouver très amoindrie. Les confédérés, eux, ne désarment pas. Henri III s'engage aussi à transférer dans une place commerciale de l'Empire,

Strasbourg ou Francfort, l'énorme somme de 500 000 livres ; distri-
buée aux reîtres de Condé, elle les dissuadera d'envahir le royaume
mais manquera cruellement dans les caisses de l'État. Enfin le
roi cède aux confédérés toute une série de places de sûreté où ils
pourront mettre garnison : Angoulême, Niort, Bourges, Saumur et
La Charité-sur-Loire à Monsieur, Mézières, qui garde pourtant la
frontière de la Champagne avec les Pays-Bas, au prince de Condé.
Jusqu'à la paix, le culte réformé sera autorisé dans toutes ces villes.
François d'Alençon obtient également une garde personnelle de
2 000 soldats aux frais du roi. Malgré les avantages considérables
qu'il vient de recevoir, il n'accepte pas encore de regagner la Cour.
Il s'en va hiverner à Charroux en Poitou avec ses fidèles.

   Une dernière disgrâce frappe Henri III à la fin de 1575 : il perd
définitivement sa couronne polonaise. Le 3 octobre, la Diète de
convocation s'est réunie à Varsovie. Elle n'a siégé qu'une journée
et fixé la Diète électorale au 7 novembre. Les négociations franco-
polonaises s'arrêtent vers cette date. À la mi-décembre, l'élection
se joue entre l'empereur Maximilien II et le prince de Transylvanie Étienne Bathory. C'est le second des deux compétiteurs qui
triomphe. Il sera couronné à Cracovie le 1er mai 1576. Henri III
ne reconnaîtra jamais la validité de cette élection et gardera le titre
et les armes de roi de Pologne[7]. Il a pourtant la satisfaction de se
dire que c'est un adversaire des Habsbourg qui lui succède sur le
trône des Jagellons. Mais il faudra attendre le règne de Henri IV
pour que les relations diplomatiques soient rétablies entre les deux
royaumes.

L'invasion des reîtres et l'évasion de Navarre

   Mise au point avec peine, la trêve de Champigny se révèle difficilement applicable. D'abord parce que les villes cédées à Monsieur
refusent de recevoir les troupes qu'il veut y mettre en garnison.
Elles redoutent les exactions des officiers et les violences de la
soldatesque. De plus, les gouverneurs respectifs d'Angoulême et de
Bourges, le baron de Ruffec et Gaspard de La Châtre, ne veulent pas
abandonner leur poste sans obtenir une compensation honorable.
Avant de quitter Bourges, La Châtre livre même la citadelle aux
bourgeois qui ne veulent pas entendre parler du duc d'Alençon.
Malgré les efforts de Montpensier, de Montmorency et de Cossé

---

7   À aucun moment, Henri III n'a envisagé de faire élire comme roi de Pologne
    son frère François d'Alençon.

pour lui donner satisfaction, le prince, au 1ᵉʳ janvier 1576, n'a pu mettre la main que sur Niort et Saumur.

Mais la plus grande difficulté est ailleurs. Montmorency a négocié la trêve avec Monsieur, considéré comme le chef suprême des confédérés à cause de son sang royal, et avec ses adjoints directs, La Noue et Turenne. Ni Condé, replié dans l'Empire, ni Damville, retranché dans son Languedoc, n'ont participé aux discussions. Il faut donc les inviter à rejoindre le camp de la paix.

Autant vouloir résoudre la quadrature du cercle. Bien avant la mi-septembre, Condé s'est entendu avec Jean-Casimir, second fils de l'électeur palatin Frédéric III et général de ses mercenaires allemands. Tous deux exigent la liberté totale de culte pour les protestants français, ce que l'accord de Champigny ne prévoit pas. De plus, Jean-Casimir réclame les arriérés de solde dus par la Couronne aux reîtres et aux lansquenets qui l'ont servie ou combattue sous Charles IX ; il y en a pour 600 000 écus. Enfin Élisabeth d'Angleterre, qui n'est jamais avare de mauvais procédés avec la France des Valois, pousse Condé à envahir le royaume. De son côté, Damville continue à mener des opérations militaires contre le duc d'Uzès, en particulier en Vivarais. Il ne se sent pas concerné par la trêve.

En dépit de tous ces obstacles, Monsieur tente, en décembre 1575, d'amener ses alliés à de meilleurs sentiments. Pour l'instant, il est satisfait d'avoir fait plier le roi et obtenu des avantages intéressants. Il subit aussi l'influence de Montmorency et de Montpensier qui ne cessent de le chapitrer. Il envoie donc ses émissaires dans l'Empire et en Languedoc. Ceux-ci font valoir à Condé et Jean-Casimir les droits déjà obtenus par les huguenots et l'énormité de la somme prévue pour la rétribution de leurs troupes. À quoi bon, dès lors, engager une campagne militaire avec tous ses aléas et tous ses dangers ? Ils tentent aussi de convaincre Damville et de lui soutirer quelque argent car François d'Alençon en manque cruellement.

Henri III, de son côté, essaie de séduire ses adversaires pour les amener à mettre bas les armes. Il envoie en Allemagne Gaspard de Schomberg, porteur d'offres alléchantes : un diamant de 50 000 livres pour Jean-Casimir, une gratification de 40 000 livres pour chaque colonel. En passant par Nancy, Schomberg demande la caution du duc Charles III (riche, on le sait, des revenus de ses salines) chez qui des bijoux appartenant à la Couronne sont déposés en garantie. Mais ni Condé ni Jean-Casimir ne se laissent fléchir. Ils sont d'ailleurs encouragés à la résistance par Damville qui, pour n'être pas prince du sang, n'en est pas moins le véritable chef et la tête pensante des confédérés. On aura beau aller jusqu'à lui offrir le marquisat de Saluces, dépendance italienne du royaume, en échange de son gouvernement du Languedoc, rien n'y fera. Sa position tient en une phrase : «Nous négocierons mieux la paix les armes à la main.» Pourrait-il d'ailleurs en être autrement, Henri III manifestant toujours la même répugnance à accorder la totale liberté de culte aux huguenots ?

Une dernière possibilité s'offre cependant d'écarter la menace qui pèse sur le royaume : détourner l'armée formée par Jean-Casimir vers les Pays-Bas où elle pourrait appuyer le prince d'Orange contre les Espagnols. Les maréchaux de Montmorency et de Cossé s'efforcent de faire prévaloir cette solution inspirée par la politique de Coligny. Mais Catherine de Médicis, qui craint plus que tout une guerre contre l'Espagne, empêche leur projet d'aboutir. Reîtres, arquebusiers et lansquenets s'ébranlent donc en direction de la France.

Le 12 décembre 1575, leur présence est signalée dans l'évêché de Metz. Le 23, ils sont rejoints par les Suisses que l'on a recrutés dans le canton de Neuchâtel pour marcher contre le roi. Avec les huguenots français (environ 2 000), l'armée protestante compte en tout 21 000 hommes, vingt-deux gros canons et vingt-quatre pièces légères. Elle s'avance à travers le duché de Lorraine en brûlant et pillant tout sur son passage, avec d'autant plus de jubilation que le pays est catholique[8]. Le 2 janvier 1576, elle franchit la Moselle à Charmes. C'est dans cette petite ville que des émissaires de Henri III (le surintendant Pomponne de Bellièvre) et de Monsieur (les seigneurs de Montaigu et de La Fin) tentent une dernière fois d'obtenir de Condé qu'il arrête son offensive. Intransigeant, le prince leur oppose un refus catégorique.

Comble de disgrâce pour Henri III : le duc d'Alençon qui, depuis la trêve de Champigny, se montrait plutôt coopératif, redevient un adversaire intraitable de la Couronne au début de janvier 1576. Pour expliquer sa volte-face, il met en avant une prétendue tentative d'empoisonnement dont il aurait été victime le 26 décembre 1575 au soir, à Charroux[9]. En réalité, il a été retourné par Damville qui lui a envoyé son secrétaire, Mathurin Charretier, pour lui expliquer que la trêve n'était qu'un leurre, qu'il était une dupe de l'avoir signée et qu'il serait grand temps pour lui de venir en Languedoc

---

[8]   La Lorraine a déjà été ravagée par le passage des mercenaires allemands en 1562 et 1567. Elle le sera encore en 1587, 1590, 1591.

[9]   Tout en ordonnant une enquête, Henri III n'est pas dupe du procédé employé par son frère. Il écrit le 16 janvier à l'abbé de L'Isle : «Il y a grande apparence que cette machination a été forgée par ceux qui, pour nourrir le trouble en mon royaume, seraient bien aises que mon dit frère fût en tel soupçon de moi qu'il n'y eût plus lieu de parfaite amitié.»

pour, de là, rallier Condé et marcher sur Paris. De fait, après avoir secoué la tutelle que les ducs de Montpensier et de Montmorency faisaient peser sur lui, Monsieur rencontre Damville, le 3 janvier 1576, près des sources de la Loire et décide de joindre ses forces aux siennes.

Le 9 janvier, l'armée allemande passe la Meuse à Neufchâteau. Au lieu de marcher vers l'ouest à travers la Champagne, elle prend la direction du sud. À la fin du mois, elle pille consciencieusement la riche Bourgogne, en vide les caves, saccage la ville de Nuits-Saint-Georges et l'abbaye de Cîteaux, brûle le château du défunt maréchal de Tavannes. Dijon, capitale de la province, échappe au désastre en versant à Condé une énorme rançon. Puis, les envahisseurs franchissent la Loire près de Marcigny et entrent en Bourbonnais. Le 4 février, à Vichy, Condé apprend que Monsieur, venant du Poitou, est en marche pour le rejoindre avec ses propres soldats. La jonction a lieu à Villefranche (aujourd'hui Villefranche-d'Allier), au nord-est de Montluçon. Le 13 mars, François d'Alençon, généralissime de ces troupes disparates, peut satisfaire sa vanité en les passant en revue. Il ne lui reste plus qu'à remonter vers le nord, en direction de Paris.

Pendant que les armées des confédérés emploient les mois de décembre et de janvier à saccager des provinces entières, la cour de France, restée à Paris, retrouve un peu du calme qu'elle avait perdu au temps où Monsieur y bravait le roi par Bussy interposé. Accablé de soucis politiques, Henri III cherche le réconfort dans les actes de dévotion. Mais il n'admet pas que les difficultés de l'heure lui interdisent de se livrer à un innocent caprice dont il vient de s'enticher : la collection des petits chiens. Laissons la parole à L'Estoile : «Va en coche, avec la reine son épouse, par les rues et maisons de Paris, prendre les petits chiens damerets [...] ; va semblablement par tous les monastères de femmes étant aux environs faire pareille quête de petits chiens[10]...» Il se remet aussi au latin. Mais, le 3 février 1576, une nouvelle retentissante vient perturber cette tranquillité : Henri de Bourbon, premier prince du sang et roi de Navarre, s'est enfui à son tour.

Personne ne s'attendait à pareil événement tant le jeune homme (vingt-deux ans) s'était attaché, depuis des mois, à déguiser sa personnalité et à masquer ses intentions. Il apparaissait aux yeux de tous comme un bon garçon, insouciant, jouisseur, pétulant et

---

[10] Pierre de L'Estoile, *Journal d'un bourgeois de Paris sous Henri III*, Paris, 1966, p. 53.

frivole. On ne lui prêtait qu'une ambition politique : aller régner un jour en Navarre après avoir reconstitué l'unité du pays aux dépens de l'Espagne. Spirituel en diable, auteur de bons mots colportés par les courtisans, toujours de bonne humeur, il passait à la chasse le plus clair de son temps. Grand coureur de jupons, on le disait, en contrepartie, cocu complaisant. Il paraissait si insignifiant qu'on s'abstenait même de lui verser ses émoluments de gouverneur de Guyenne. En réalité, il souffrait de se voir isolé et à demi captif dans une cour railleuse, de subir les infidélités quasi publiques de son épouse, d'essuyer les quolibets des uns et des autres. Il n'attendait que l'occasion de reprendre sa liberté mais il a dû patienter plusieurs mois avant d'y parvenir.

Il a préparé sa fuite avec un soin infini, dans le plus grand secret, grâce à l'intelligente activité de son écuyer Agrippa d'Aubigné et à l'aide de plusieurs seigneurs mécontents de Henri III comme le comte de Fervacques et le marquis de Lavardin[11]. Le matin du 1er février, alors qu'on venait de constater sa disparition, il reparaît tout botté en affirmant qu'il n'a jamais eu l'idée de s'en aller. Il jure même de mourir au service du roi et précise que sa dernière escapade doit le rassurer sur ses intentions. Ce «vrai trait de Béarnais» (L'Estoile) est destiné à endormir la vigilance de Sa Majesté.

Le 2 février, chez Fervacques, dans le quartier du Marais, la décision est prise car tout est prêt pour l'évasion. Le 3, tôt le matin, Henri quitte la chambre conjugale sans avoir mis Margot dans la confidence. Il entraîne le duc de Guise à la foire Saint-Germain puis s'en va chasser en forêt de Halatte. Le lendemain, accompagné d'une poignée de fidèles, il met le cap au sud-ouest, contournant la capitale. Le matin du 5, il franchit la Seine près de Poissy, traverse Montfort-l'Amaury et s'installe un temps dans son château de Châteauneuf-en-Thimerais pour y prendre quelque repos. Puis il reprend la route, passe par Alençon où Fervacques lui procure le concours d'un fort parti de gentilshommes normands. Le 25 février, il est à Saumur, hors de la portée du roi puisque la ville a été donnée à Monsieur.

Ce qui choque Henri III, c'est moins la fuite du roi de Navarre que le prétexte invoqué par celui-ci pour la justifier. Il s'en ouvre le 5 février au comte Du Lude, gouverneur du Poitou : «Monsieur Du Lude, le roi de Navarre mon frère, étant parti par ci-devant hier troisième de ce mois sous prétexte d'aller à la chasse, au lieu

---

[11] Le premier s'était vu refuser le gouvernement de Normandie, le second le commandement du régiment des gardes.

de me revenir trouver, comme il me l'avait assuré, m'a mandé ce jourd'hui par le sieur de Saint-Martin qu'il avait été averti que j'avais délibéré de l'arrêter prisonnier quand il serait retourné. Sur quoi je lui ai aussitôt renvoyé le sieur de Saint-Martin avec le sieur de Souvré, maître de la garde-robe, pour le prier de n'ajouter foi à si malheureuse supposition, l'assurant que c'était chose à laquelle je n'avais jamais pensé[12].» Mais, tout compte fait, le roi se montre moins inquiet qu'après l'évasion de Monsieur. Il n'ordonne pas de poursuivre son cousin. Il n'a pas tort. Sans doute le premier prince du sang va-t-il renforcer le camp des confédérés, affirmer en toute occasion qu'il partage leurs vues. Mais, entré en Poitou à la fin du mois d'avril, il évitera avec soin de prendre les armes contre Henri III. Il ira s'établir à Agen et à Nérac, s'appliquera à gouverner ses fiefs du Sud-Ouest (Albret, Armagnac, Béarn, Basse-Navarre) et à administrer son gouvernement de Guyenne.

La paix de Monsieur

Au début de 1576, les confédérés disposent d'importantes ressources car, depuis leur entrée dans le royaume, ils ont levé d'énormes contributions sur la population civile. Pour éviter le sac et le massacre, la ville de Dijon, la Limagne d'Auvergne et le Berry ont payé sans discuter. En avril, c'est le tour de la cité de Nevers.

Henri III, lui, se débat dans des difficultés financières d'autant plus inextricables qu'il ne veut rien retrancher sur les dépenses de sa maison. Avant la Noël de 1575, il a arraché aux bourgeois de Paris de quoi solder 3 000 des 6 000 Suisses qu'il est en train de recruter (contrairement aux dispositions de la trêve) pour tenter de barrer la route à l'ennemi. Mais, dans l'ensemble, il n'a plus assez d'argent pour payer ses troupes. En Champagne, le duc de Mayenne, qui commande pendant la convalescence de son frère aîné le duc de Guise, se plaint d'être abandonné par ses soldats qui vont prendre du service chez Monsieur ou Henri de Navarre. À Paris, L'Estoile se fait l'écho des nouvelles, venues des provinces, qui soulignent l'indiscipline et les pillages des forces royales: «Les gens de pied et de cheval, partisans du roi, épandus par tous les endroits du royaume, vivant sans conduite ou discipline militaire à discrétion, sous ombre qu'ils n'étaient pas payés, pillaient, brigandaient, ravageaient, saccageaient, tuaient,

---

[12] Cité par Georges Bordonove, *Henri III roi de France et de Pologne*, Paris, 1988, p. 190.

brûlaient, violaient et rançonnaient villages et leurs villageois, bourgs et bourgeois[13].»

La faiblesse de son armée est si manifeste que le roi envisage un siège de Paris. C'est pourquoi, en décembre 1575, il a ordonné aux habitants de fournir leurs maisons de blé, vin et lard pour un an et de faire provision de hoyaux (houes), hottes et pelles pour travailler aux remparts. Il a aussi fait mettre en état de défense le bourg de Saint-Denis de façon à éviter le pillage de l'illustre abbaye par la soldatesque protestante.

Mais Henri III compte surtout sur la négociation pour mettre fin à cette cinquième guerre de Religion qui s'éternise. D'abord parce qu'il ne croit pas qu'une paix durable puisse être imposée par les armes : il sait que ni Jarnac et Moncontour ni la Saint-Barthélemy n'ont rien réglé. Ensuite parce qu'il est très sensible à la détresse de ses sujets et souhaite y mettre fin le plus tôt possible, même au prix de concessions très étendues à l'adversaire. Le 4 mars 1576, au Louvre, il déclare en effet : «J'ai si grand'horreur d'entendre les choses qu'on me mande, et *si grande pitié de l'affliction et oppression de mon pauvre peuple,* que pour y pourvoir, je me délibère d'avoir la paix et de la faire, voire *à quelque prix que ce soit,* et *me dussé-je dépouiller de la moitié de mon royaume*[14].» On n'a peut-être pas prêté une attention suffisante à ces paroles, que nous rapporte L'Estoile, très au courant des potins de la Cour. Elles expriment pourtant les sentiments profonds du roi sur les horreurs de la guerre civile et permettent de bien comprendre sa personnalité, son souci d'être un *bon roi,* providence de ses sujets. On ne s'étonnera pas que, de surcroît, Henri III fasse appel à la protection divine. Il donne l'ordre de célébrer chaque jour à la Cour, jusqu'à la conclusion de la paix, une messe du Saint-Esprit à laquelle tous les courtisans devront assister.

Après la grande revue de Villefranche, l'armée confédérée s'avance jusqu'à Moulins où elle est rejointe par plusieurs milliers de recrues, venues du Limousin sous le commandement du vicomte de Turenne. Elle compte alors quelque 30 000 hommes. Une grosse armée, selon les normes de l'époque, mais aussi une armée disparate où se coudoient Français d'origines variées, Allemands et Suisses, calvinistes, luthériens et catholiques. Cette diversité est la source de bien des querelles, rivalités entre les chefs, duels entre officiers, rixes entre soldats. Elle n'empêche cependant pas la marche vers le nord

---

[13] Pierre de L'Estoile, *op. cit.,* p. 63.

[14] *Ibid.,* p. 62.

par les vallées de l'Allier, de la Loire et du Loing. À la fin d'avril, tout ce monde campe entre Montargis et Pithiviers.

Huguenots et malcontents ont dressé à Moulins, en mars, le catalogue de leurs revendications. Immédiatement envoyé au roi, ce document compte 92 articles et va servir de base aux négociations de paix. Celles-ci auraient dû se tenir à Paris, dès le mois de janvier, aux termes mêmes de la trêve de Champigny. Mais cette dernière n'ayant pas été appliquée, la Couronne doit mener les discussions dans les plus mauvaises conditions qui soient, avec les chefs d'une armée victorieuse qui se rapprochent dangereusement de la capitale.

Du côté royal, c'est Catherine de Médicis qui est chargée de les conduire. Pour ce faire, elle s'établit dans quelque abbaye ou quelque château à proximité du camp des confédérés. Elle n'a pas carte blanche et ne prend aucune décision qui n'ait été approuvée par Henri III. L'urgence d'aboutir est si grande qu'elle est prête à faire les plus grandes concessions, quitte à n'en tenir aucun compte une fois les reîtres sortis du royaume et les États généraux réunis. Le roi, lui, négocie pied à pied avec les rebelles auxquels il envoie réponse sur réponse. Mais, au fur et à mesure que l'ennemi progresse, il est bien obligé de lâcher de plus en plus de lest.

Dans le camp opposé, si Condé est l'interprète des exigences habituelles des huguenots, Monsieur et Jean-Casimir, remplis d'avidité et d'ambition, poursuivent des objectifs beaucoup plus personnels et égoïstes. Quant au duc de Montmorency, il travaille à rapprocher les points de vue tout en conseillant aux malcontents d'exiger de solides garanties de la Couronne.

Le 27 avril, Catherine de Médicis tente une opération de la dernière chance : elle a donné rendez-vous aux princes du sang dans l'église paroissiale de Souppes-sur-le-Loing, dans l'intention de faire Condé prisonnier. Mais l'arrivée de Jean-Casimir à la tête d'un fort parti de cavalerie fait échouer son plan.

La phase finale de la négociation se déroule dans les châteaux de la région de Sens. À la demande de Monsieur, qui adore sa sœur, Marguerite de Valois et tout un essaim de dames de la cour ont rejoint la reine mère et c'est dans un climat de fêtes et de galanterie que l'on peaufine les conditions de la paix. Pendant ce temps, le 30 avril, Henri III, financièrement aux abois, en est réduit à imposer un emprunt forcé aux officiers de justice et aux avocats parisiens. Ceux-ci ne paient qu'en rechignant car ceux qui reprochent au roi son inaction se montrent peu disposés à desserrer les cordons de leur bourse pour lui donner les moyens d'agir. Et l'impopularité de Sa Majesté grandit encore dans les milieux de robe.

C'est le 6 mai 1576, à Étigny, au sud de Sens, que Madame Catherine conclut enfin la paix. Comme elle a dû céder aux immenses exigences de François d'Alençon, chapitré par Bussy d'Amboise, le traité reçoit le nom de *paix de Monsieur*. Le lendemain, par l'édit de Beaulieu-lès-Loches, Henri III en officialise les principales dispositions. La cinquième guerre de Religion se termine par une défaite de la Couronne.

Perpétuel et irrévocable, l'édit de Beaulieu[15] compte 63 articles. Il satisfait la majeure partie des revendications protestantes et comble les vœux de Damville. Il va plus loin que l'édit de janvier 1562 et même que le futur édit de Nantes[16]. Il autorise en effet la célébration du culte réformé partout dans le royaume, sauf à Paris et dans un rayon de deux lieues à l'entour ainsi qu'à la Cour. Les calvinistes pourront désormais tenir des consistoires et des synodes. Ils auront leurs cimetières particuliers. Ils pourront être admis sans restriction aux charges, offices et dignités ; ils seront reçus aux écoles, collèges, universités et hôpitaux. Pour la première fois, ils obtiennent la création, dans chaque parlement, d'une chambre mi-partie composée pour moitié de juges catholiques et de juges protestants[17]. La validité des mariages contractés par les prêtres passés au calvinisme est reconnue.

Les huguenots et les *catholiques unis* (c'est-à-dire les malcontents) sont amnistiés pour tous les délits qu'ils ont pu commettre pendant la guerre civile, en particulier pour les levées illégales d'argent. Tous les jugements prononcés contre eux depuis la mort de Henri II sont révoqués. Henri III déclare officiellement que la Saint-Barthélemy est advenue à son grand regret et déplaisir. En conséquence, les veuves et les enfants des victimes du massacre sont exemptés d'impôts. L'amiral de Coligny est réhabilité et ses enfants récupèrent leurs biens. Il en est de même pour quelques rebelles notoires comme La Mole et Coconat, Montgomery et Montbrun. Les fils des exilés, nés à l'étranger, retrouvent leur qualité de régnicoles.

Huit places « de retraite et de sûreté » sont concédées aux confédérés : deux en Languedoc (Aigues-Mortes et Beaucaire), deux en Guyenne (Périgueux et Le Mas-de-Verdun), deux en Dauphiné

---

[15] Le texte de l'édit de Beaulieu est intégralement publié par André Stegmann, *Édits des guerres de Religion*, Paris, 1979, p. 97-120.

[16] L'édit de janvier 1562 autorisait le culte protestant partout sauf à l'intérieur des villes closes (fortifiées). L'édit de Nantes de 1598 le permettra dans deux villes par bailliage ou sénéchaussée, au domicile des seigneurs hauts-justiciers et là où l'édit de Poitiers de 1577 l'avait maintenu.

[17] La chambre mi-partie du parlement de Paris siégera à Poitiers, celle du parlement de Toulouse à Montpellier.

(Nyons et Serres), une en Auvergne (Issoire) et une en Provence (Seyne-la Grand'tour, dans les Alpes du Sud).

Sur quelques rares points cependant le roi n'a pas cédé. Le catholicisme doit être rétabli partout où l'hérésie l'a aboli. Les protestants doivent rendre à l'Église les édifices qu'ils lui ont pris, continuer à verser la dîme au clergé, observer les fêtes religieuses traditionnelles. Dans tous les textes officiels, l'expression *religion prétendue réformée* (R.P.R.) est maintenue pour désigner la nouvelle opinion. Il n'est aucunement question de poursuivre en justice les massacreurs de la Saint-Barthélemy. Le chancelier de Birague, le duc de Nevers et le maréchal de Retz demeurent au gouvernement du royaume.

Par le 49e article de l'édit, Henri III déclare tenir le duc d'Alençon pour son bon frère, le roi de Navarre, le prince de Condé et même l'électeur palatin et son fils Jean-Casimir pour ses bons parents, le maréchal de Damville pour son fidèle sujet. Eux et ceux qui les ont suivis n'ont rien fait que pour son service! Mais l'édit reste muet sur les avantages immenses qu'ils retirent de la guerre civile. Ceux-ci sont énumérés dans des articles secrets du traité de paix.

Monsieur reçoit la part du lion : un énorme apanage englobant l'Anjou, la Touraine et le Berry ainsi que la place forte de La Charité. Il portera désormais le titre de duc d'Anjou. Il est plus que jamais candidat à la main de la reine d'Angleterre. Henri de Navarre se voit confirmé dans le gouvernement de la Guyenne et Montmorency-Damville dans celui du Languedoc. Le prince de Condé reçoit le gouvernement de la Picardie et les places de Péronne et Doullens. Jean-Casimir, qui avait des vues sur Metz, Toul et Verdun, accepte d'y renoncer mais obtient le duché d'Étampes, la seigneurie de Château-Thierry et divers domaines en Bourgogne ; le roi lui promet 6,4 millions de livres pour la solde de ses hommes.

Et puisque tout le monde aspire à leur tenue, les États généraux seront convoqués dans les six mois.

★

Après la publication de l'édit de Beaulieu, les protestants n'ont plus rien à réclamer. La paix civile n'en est pas assurée pour autant car les catholiques, largement majoritaires dans le royaume, jugent exorbitants les avantages concédés aux hérétiques et s'en indignent. On s'en aperçoit dès le 14 mai. Ce jour-là, Henri III vient au Palais pour faire enregistrer l'édit. Après quoi, il veut faire chanter un *Te Deum* à Notre-Dame. Mais le clergé et les Parisiens renâclent. Le *Te Deum* ne sera chanté que le lendemain par les chantres du roi, en l'absence des chanoines de la cathédrale qui font la mauvaise tête. Et il n'y aura pas grand monde autour du feu de joie allumé sur la place de Grève, devant l'hôtel de ville.

Si les catholiques sont franchement mécontents, le roi lui-même est si peu satisfait qu'il cesse de voir sa mère pendant deux mois. Il n'a cédé qu'à contrecœur sur bien des points, faute de pouvoir faire autrement. L'objectif qu'il aurait voulu atteindre, ce n'était pas de satisfaire totalement les huguenots mais de réaliser un équilibre entre eux et les papistes, seul capable à ses yeux de consolider la paix. De plus, il a été profondément blessé et humilié par la victoire de son frère et l'article 49 de l'édit lui reste en travers de la gorge. Il ne se sent pas lié par une paix qui lui a été imposée par la force. Il souhaite donc une revanche.

Henri III peut-il d'ailleurs tolérer longtemps l'espèce de démembrement du royaume au profit de trois personnages, Monsieur, Henri de Navarre et Damville, qui est le résultat le plus clair du traité ? Le premier dans son apanage ligérien, le second dans ses fiefs et son gouvernement du Sud-Ouest, le troisième en Languedoc ne font-ils pas figure de roitelets quasi indépendants ? Et où le roi va-t-il trouver les 6,4 millions de livres promises à Jean-Casimir dans un royaume épuisé par la crise monétaire, la disette de 1575 et les ravages des armées ? L'avenir immédiat apparaît décidément sous de sombres couleurs.

CHAPITRE XII

LE REDRESSEMENT

Il ne faut à Henri III que dix-huit mois d'une action intelligemment patiente pour redresser la situation, pourtant bien compromise, de la monarchie. Il parvient à ce remarquable résultat en s'employant avec succès à rompre l'union des huguenots et des malcontents. Surtout, il s'appuie sur la majorité catholique de ses sujets, très hostile à la paix de Monsieur et regroupée au sein de la première Ligue. Il le fait par le biais des États généraux, qu'il réunit comme il l'a promis et qu'il cherche à mettre au service de sa politique. Mais une nouvelle menace vient quelque peu ternir sa réussite : la contestation de la monarchie absolue par cette même majorité catholique qui reprend à son compte les idées des monarchomaques protestants.

Les lendemains décevants d'une paix mal assise

La tâche la plus urgente qui s'impose à l'attention de Henri III au printemps de 1576 est de débarrasser le royaume de l'encombrante présence des mercenaires allemands recrutés par Condé. Campés aux confins de la Bourgogne et de la Champagne, ils vivent à discrétion et commettent d'épouvantables excès en attendant d'être payés. Sûr de lui et dominateur, leur général, Jean-Casimir, ne saurait se contenter de quelques avances et de bonnes promesses. Il va jusqu'à exiger que le roi lui rembourse les arriérés de solde toujours dus par les huguenots aux soldats du feu duc de Deux-Ponts pour sa campagne de 1569 !

La brutalité de son comportement illustre à merveille l'avilissement, la déchéance dans lesquels est tombée la monarchie des Valois. Élevé à Paris et à Nancy, il maîtrise parfaitement le français et fixe lui-même le calendrier des versements : 300 000 livres dès le mois de mai, 1,7 million de livres au début de juin, le reste s'échelonnant jusqu'en septembre 1580. Des otages, choisis par Catherine de Médicis dans la jeune noblesse, seront les garants de la bonne exécution du traité. Des bijoux, prélevés dans les collections royales, seront donnés en gage des paiements futurs.

Aiguillonné par la reine mère, le surintendant Pomponne de Bellièvre fait flèche de tout bois pour rassembler des fonds. Il puise dans les recettes générales, met à contribution l'emprunt sur les bonnes villes et la subvention annuelle du clergé. Il emprunte le plus qu'il peut, à l'étranger comme en France. La République de Venise, sollicitée pour 600 000 livres, reçoit en gage une partie des bijoux de la Couronne. Le puissant financier Adjacet exige, en contrepartie d'un prêt, les revenus que l'État tire de la Bretagne et du diocèse de Chartres, tant il appréhende de n'être jamais remboursé. Les Guises font assaut de générosité. Le duc Henri et ses neveux offrent leur vaisselle d'argent en garantie d'une somme de 100 000 livres. Le cardinal qui, en tant qu'évêque de Metz, gouverne une principauté ecclésiastique relevant de l'Empire, propose 200 000 livres[1]. On pourrait multiplier les exemples.

Henri III a beau se débattre dans ces inextricables difficultés financières, il n'en tient pas moins à se divertir. Le vendredi 22 juin 1576, accompagné de la reine mère et de la reine régnante, il prend la route de Gaillon. De là, il conduit Louise de Vaudémont jusqu'aux ports du Havre et de Dieppe, pour qu'elle puisse voir la mer. Au passage, il s'efforce de tirer quelque argent des Rouennais et des Dieppois.

Le 22 mai, Pomponne de Bellièvre a pu verser à Jean-Casimir l'acompte exigé par celui-ci. Le 5 juillet, il conclut avec lui une convention pour l'évacuation du territoire. Le général des mercenaires reçoit l'énorme somme de 1,274 million de livres en espèces sonnantes et trébuchantes soigneusement *encaquées,* ainsi que 100 000 livres de drap de laine et 30 000 livres de drap de soie pour l'habillement de ses hommes. On dresse le calendrier des versements suivants, prévus à la foire de Francfort.

Toutes ces richesses extorquées à la faiblesse du roi de France ne rendent pas plus accommodant le chef des soudards germaniques qui s'irrite de constater, le 8 août, l'absence de deux des otages qu'il a réclamés. Ceux-ci, enfants des seigneurs de Brosses et de

---

[1] Il faut bien faire la distinction entre le diocèse de Metz, circonscription ecclésiastique, et l'évêché de Metz, principauté temporelle relevant du Saint Empire. En sa qualité de prince d'Empire, le cardinal de Guise dispose d'une administration, établie à Vic-sur-Seille, capitale de l'évêché, et jouit d'importants revenus.

Saint-Sulpice, veulent bien aller vivre à la cour catholique de Nancy mais pas chez les hérétiques du Palatinat. C'est pourquoi, quatre jours plus tard, un colonel de reîtres met en état d'arrestation le surintendant Bellièvre en personne et l'ambassadeur de Henri III, Nicolas de Harlay, seigneur de Sancy. Ces deux grands personnages complètent l'effectif des otages. Après quoi, Jean-Casimir lève le camp et regagne l'Allemagne à petites journées. À son arrivée à Heidelberg, en guise d'entrée solennelle, il peut célébrer un triomphe digne de l'Antiquité romaine : il ouvre la marche, suivi des otages et des chariots sur lesquels s'entassent les joyaux donnés par la Couronne et les caisses remplies d'écus.

Averti du sort pitoyable réservé à son ministre, le roi, qui n'en peut mais, se contente de déplorer la mauvaise foi de Jean-Casimir. Il n'en remercie pas moins Pomponne de Bellièvre du service qu'il vient de rendre au royaume : «Je reconnais que vous m'avez fait le plus signalé et remarquable service que je saurais jamais recevoir et pourchassé le plus grand bien qui eût su advenir à mes sujets[2].» Mais, à son retour de captivité, le surintendant, éprouvé par plusieurs mois de travail et d'angoisses, se verra contraint à un long repos.

Trois mois après la paix de Monsieur, le royaume est donc libéré de l'occupation étrangère dans des conditions humiliantes pour la monarchie française. Il reste à acquitter le solde et à rembourser les prêteurs qui ont ouvert leur bourse au roi. Pour rassembler l'argent nécessaire, Henri III n'a guère le choix. Il se tourne vers le clergé. Dès le mois de juin, de sa propre autorité, il a ordonné une aliénation de biens d'Église pour 4,8 millions de livres. Un mois plus tard, le pape Grégoire XIII entérine la décision. L'opération durera jusqu'en 1587 pour la plus grande satisfaction des amateurs laïques de terres ecclésiastiques.

Pendant que le gouvernement royal donne la mesure de sa faiblesse face à l'arrogance de Jean-Casimir, la majorité catholique s'organise pour résister à l'édit de Beaulieu qui l'irrite profondément. Car il va lui falloir non seulement supporter la présence des hérétiques, ces êtres méprisables et inquiétants, mais encore respecter le culte protestant et les institutions de l'Église réformée. C'est plus qu'elle ne peut supporter.

Or, depuis le début des troubles, les édits de pacification favorables aux huguenots à des degrés divers – l'édit de Janvier, l'édit d'Amboise, la paix de Longjumeau – ont fait naître, par

---

2   Cité par Pierre Chevallier, *Henri III, roi shakespearien*, Paris, 1985, p. 329.

réaction, des associations armées de défense catholique. Les premières ont vu le jour en Guyenne et Languedoc dès 1562, avec l'appui de Blaise de Monluc. Les plus actives ont été, en 1568, les confréries bourguignonnes du Saint-Esprit, créées à l'initiative du futur maréchal de Tavannes. Il y en a eu dans des provinces aussi diverses que les pays de la Loire, la Champagne, le Limousin, le Comminges. Mais il s'agissait encore d'entreprises dispersées, de caractère local ou régional, sans autorité centrale pour les animer et coordonner leur action.

En 1576, il en va tout autrement. Le mouvement d'opposition à l'édit de Beaulieu, qui naît et grandit cette année-là, est beaucoup plus puissant que ceux qui l'ont précédé. Ses animateurs ont en effet compris l'obligation où ils se trouvaient de le constituer en un parti structuré et cohérent, sur le modèle du parti huguenot, et de dépasser le cadre provincial pour l'étendre à l'ensemble du royaume. C'est à ce prix qu'une victoire sur les hérétiques peut être envisagée. Les catholiques cherchent en somme à battre les huguenots en employant leurs méthodes. Mais ce qu'ils entreprennent constitue une menace inédite pour le pouvoir royal. Car il n'y avait pas eu jusqu'alors de parti catholique, la monarchie s'étant chargée de la défense de l'orthodoxie.

Le point de départ de l'union des catholiques se situe en Picardie. La paix de Monsieur a placé à la tête de cette province frontière, peu touchée par la Réforme, l'hérétique prince de Condé qui a reçu, de plus, les villes de Péronne et Doullens comme places de sûreté. Dès le 5 mai 1576, le gouverneur, Jacques d'Humières, et les bourgeois de la première déclarent refuser toute garnison protestante. Ils obtiennent l'appui de quelque cent cinquante gentilshommes picards, conduits par Jacques d'Applaincourt et le capitaine de la ville de Guise, Jean d'Estourmel. Les principales cités de la province, Amiens, Abbeville, Saint-Quentin, Corbie et Beauvais se joignent à eux. Un formulaire est publié qui annonce la formation d'une *sainte et chrétienne union,* dirigée par un conseil élu, avec pour objectif la défense de l'Église catholique contre les *ministres de Satan,* c'est-à-dire les huguenots. Les associés jurent d'obéir au roi – aux ordres duquel ils contreviennent pourtant – et demandent l'assistance de «toutes les provinces, prélats, seigneurs de ce royaume». Ils envisagent même de nouer des alliances à l'étranger. Peut-être, d'ailleurs, ont-ils été incités à agir par les agents de Philippe II, peu désireux de voir un prince du sang protestant installé à la frontière sud de ses Pays-Bas.

Henri III est un souverain trop catholique pour ne pas comprendre la réaction des Picards. Il s'irrite cependant de voir son édit de pacification contesté dès sa promulgation et sa volonté de paix mise en échec. Le 8 juin, il écrit à Jacques d'Humières et lui explique que «pour mettre la paix entre mes sujets, et délivrer mon royaume du péril certain et inévitable où il était arrivé par la maladie du temps, et non par ma faute, il a fallu que j'aie permis et accordé, par mon édit de pacification, l'exercice de ladite religion prétendue réformée par toutes les villes de mon royaume[3]». Le 14 juin, dans une lettre à Pomponne de Bellièvre, il désigne l'association qui vient de naître par le mot de *ligue*. Pour les historiens, il s'agit de la *première Ligue* ou encore de la *Ligue de 1576*, par opposition à celle de 1585.

La Picardie n'est pas l'unique banc d'essai de la Ligue naissante. Comme au lendemain de la trêve de Champigny, les seigneurs de Ruffec et de La Châtre, pourtant fidèles du roi, refusent de livrer à Monsieur Angoulême et Bourges. À Paris, les activistes catholiques tiennent des réunions clandestines, font circuler et signer des listes d'adhésion. Parmi eux, les ancêtres de l'auteur des *Caractères*, le parfumeur Pierre de La Bruyère et son fils Mathieu, conseiller au Châtelet. Selon Jacques-Auguste de Thou, l'action énergique de son père, le premier président, aurait étouffé le mouvement dans l'œuf. En Normandie et en Bretagne, d'autres catholiques s'agitent. En Poitou, Louis de La Trémoïlle, vicomte de Thouars, va grouper autour de lui, au mois de septembre, une soixantaine de gentils-hommes décidés à agir.

À cette Ligue naissante, il faudrait un chef et un programme. Pour les ligueurs, ce chef ne peut être que le duc Henri de Guise, homme de guerre prestigieux qui promène sa balafre dans Paris et s'y fait acclamer. Dès la Noël 1575, Catherine de Médicis avait perçu le danger potentiel qu'il représentait pour la Couronne et averti son fils de se méfier «d'un grand que vous saurez quelque jour[4]». Et comme le duc est devenu par la suite le dirigeant suprême de la seconde Ligue, l'historiographie traditionnelle a longtemps considéré que la première était le résultat de ses ambitions politiques.

En réalité, il convient de nuancer et d'adopter les conclusions que le plus récent historien des Guises et de la Ligue, Jean-Marie Constant[5], tire d'une confrontation très scrupuleuse des sources. S'il a favorisé le mouvement en sous-main et soigné sa popularité, Henri de Guise n'en a jamais pris la tête, ni en Picardie ni ailleurs. Il reste prudemment en retrait, attendant de voir la suite des événements.

---

[3] Cité par Pierre Chevallier, *op. cit.*, p. 336.

[4] Cité par Jean-Hippolyte Mariejol, *Catherine de Médicis, 1519-1589*, Paris, 1979, p. 405.

[5] Jean-Marie Constant, *Les Guise*, Paris, 1984; du même *La Ligue*, Paris, 1996.

L'historien Jean-Hippolyte Mariéjol a cru voir l'acte constitutif et le programme de la Ligue de 1576 dans un manifeste en douze articles dont nous n'avons aucun original, que nous connaissons seulement par la publication qu'en ont faite trois auteurs protestants de la fin du XVIᵉ siècle, Lancelot Voisin de La Popelinière (*Histoire de France*), Agrippa d'Aubigné (*Histoire universelle*) et Pierre Palma-Cayet (*Chronologie novénaire*). Le document, qui se place sous l'invocation de la Sainte Trinité, annonce la création d'une association de princes, seigneurs et gentilshommes catholiques. Il se propose trois objectifs : rétablir la loi catholique dans le royaume, obéir à l'autorité royale mais en la soumettant aux décisions des États généraux, restituer aux provinces les «droits, prééminences, franchises et libertés anciennes, telles qu'elles étaient du temps du roi Clovis, premier roi chrétien, et encore meilleures et plus profitables, si elles se peuvent inventer[6]».

Un tel programme est évidemment hardi. Il tend à substituer à la monarchie absolue une monarchie contrôlée par les États généraux et limitée par les privilèges des provinces. D'inspiration nobiliaire, il rappelle les thèses développées par François Hotman dans sa *Franco-Gallia*. Deux ans après la parution de l'édition française de ce livre protestant, les catholiques les reprendraient donc à leur compte. Mais leur manifeste date-t-il bien de 1576 ? Rien n'est moins sûr. Pour les historiens Manfred Orlea et Jean-Marie Constant, qui remettent en cause, à bon droit, les certitudes de Mariéjol, il y a confusion entre ce texte et ceux de 1585 : ce sont les idées de la seconde Ligue qu'il exprime, non celles de la première. Pourtant, comme son contenu est en conformité avec les aspirations des États généraux de Blois, qui commencent leurs travaux en décembre 1576, Madame Arlette Jouanna penche pour son authenticité[7].

C'est dire que les débuts de la Ligue restent enveloppés de mystère. Rien ne le montre mieux que l'affaire du mémoire trouvé dans les papiers de Jean David. Ce personnage, avocat en Parlement sans talent et sans cause, s'était rendu à Rome à la suite de l'évêque de Paris, Pierre de Gondi, qui allait chercher la bulle autorisant l'aliénation des biens d'Église demandée par le roi. Il est

---

[6] Cité par Arlette Jouanna, *La France du XVIᵉ siècle, 1483-1598*, Paris, 1996, p. 515.

[7] Les points de vue divergents des historiens sont exposés dans les ouvrages suivants auxquels on pourra se reporter : Jean-Hippolyte Mariejol, *La Réforme, La Ligue, L'Édit de Nantes, 1559-1598*, Paris, 1983, p. 198 ; Manfred Orlea, *La noblesse aux États généraux de 1576 et 1588*, Paris, 1980, p. 38 ; Jean-Marie Constant, *La Ligue*, Paris, 1996, p. 71 ; Arlette Jouanna, *op. cit.*, p. 514-515.

tué à Lyon sur le chemin du retour et les autorités trouvent dans ses papiers un mémoire proposant, entre autres choses, de remplacer la postérité dégénérée de Hugues Capet, les Valois et les Bourbons, par les Guises, glorieux descendants de Charlemagne (la maison de Lorraine se glorifiait en effet, depuis 1510, de son ascendance carolingienne). Le texte circule à Paris en octobre 1576 et L'Estoile a l'occasion de le lire.

On a trop facilement conclu de cet incident que David était un ambassadeur de la Ligue auprès du pape Grégoire XIII et que le duc de Guise, dès 1576, rêvait de détrôner Henri III et de prendre sa place. La critique historique a fait justice de ces élucubrations. Le mémoire de Jean David émane peut-être d'un groupuscule catholique extrémiste comme il y en a eu mais sur lesquels nous ne savons rien. Il est peut-être tout simplement un faux fabriqué et diffusé par les protestants dans une intention provocatrice[8].

Quoi qu'il en soit, la première Ligue est un mouvement d'une telle ampleur qu'elle oblige Henri III et ses conseillers à infléchir leur ligne politique en fonction de la menace qu'elle représente.

Une action politique judicieuse et cohérente

Cinq mois s'écoulent entre le retour du roi, qui rentre de Normandie le 14 juillet 1576, et l'ouverture des États généraux, prévus par la paix de Monsieur, le 6 décembre suivant.

Si l'on s'en tient aux seules apparences, Henri III, débarrassé des reîtres et des lansquenets de Jean-Casimir, consacre l'essentiel de son temps à des futilités ou à la dévotion. Il est revenu de Dieppe avec tout un chargement de petits chiens, de guenons et de perroquets. Ces derniers, dressés à la parole par des marins huguenots, dénigrent à qui mieux mieux le pape, la messe et les cérémonies catholiques. À ceux qui s'en indignent, Sa Majesté répond qu'elle ne se mêle pas de la conscience des perroquets.

Au Louvre, la vie de cour reprend de plus belle en dépit de la pénurie du trésor. Déguisé en Amazone, le roi court volontiers la bague. Il multiplie les festins et les bals et couvre de cadeaux ses fidèles que le peuple commence à appeler ses *mignons*. Pierre de L'Estoile, bourgeois austère et grave, en dresse un portrait indigné, poussé à la caricature : «Ces beaux mignons portaient leurs cheveux longuets, frisés et refrisés par artifice, remontant par-dessus leurs

---

[8] Les meilleurs exposés de l'affaire David sont donnés par les livres de Jean-Marie Constant, *Les Guise*, p. 193-196; *La Ligue*, p. 73-75.

petits bonnets de velours, comme font les putains du bordeau, et leurs fraises de chemise de toile d'atour empesées et longues de demi-pied, de façon qu'à voir leur tête par-dessus leur fraise il semblait que ce fût le chef saint Jean dans un plat[9]; le reste de leurs habillements fait de même; leurs exercices étaient de jouer, blasphémer, sauter, danser, volter, quereller et paillarder, et suivre le roi partout et en toutes compagnies, de ne faire, de ne dire rien que pour lui plaire; peu soucieux en effet de Dieu et de la vertu, se contentant d'être en la bonne grâce de leur maître qu'ils craignaient et honoraient plus que Dieu[10].»

En contrepoids au tourbillon des fêtes, Henri III ne manque aucune occasion d'afficher sa dévotion. Il s'efforce de gagner l'indulgence plénière attachée au jubilé (année sainte) de 1575. On peut le voir aller par les rues, peu accompagné, disant ses patenôtres et visitant les églises de la capitale. Les Parisiens ne lui en savent aucun gré. Ils le tournent même en dérision. Car ils ne voient là que simagrées, gestes hypocrites destinés à leur soutirer de l'argent. Le pasquil suivant, affiché sur les murs, traduit bien leur état d'esprit:

> Le roi, pour avoir de l'argent,
> A fait le pauvre et l'indigent
> Et l'hypocrite.
> Le grand pardon[11] il a gagné;
> Au pain, à l'eau il a jeûné
> Comme un ermite.
> Mais Paris qui le connaît bien
> Ne lui voudra plus prêter rien
> À sa requête.
> Car il en a jà tant prêté
> Qu'il a de lui dire arrêté:
> Allez en quête![12]

Dans l'intention de mener parfois une vie plus paisible et plus retirée, en tête à tête avec la reine, entouré d'amis choisis, Henri III se procure ce que nous appellerions une résidence secondaire. En juillet 1576, il achète pour 60 000 livres au président à la Chambre des comptes Benoît Milon le modeste domaine d'Ollainville près

---

[9] *Le chef saint Jean*: la tête de saint Jean-Baptiste après sa décapitation.

[10] Pierre de L'Estoile, *Journal d'un bourgeois de Paris sous Henri III*, Paris, 1966, p. 76.

[11] *Le grand pardon*: l'indulgence liée au jubilé de 1575.

[12] Cité par Pierre de L'Estoile, *op. cit.*, p. 78-79.

d'Arpajon et l'offre à sa femme. Le marasme de ses finances ne lui permet pas d'imiter Charles IX, qui avait commencé la construction d'un immense château en pleine forêt de Lyons, ni d'acquérir une demeure plus prestigieuse comme le château de Nanteuil-le-Haudoin proposé par le duc de Guise. Jusqu'à la fin de son règne, Ollainville, dont il ne reste rien aujourd'hui (il a été rasé en 1831), sera sa retraite et son refuge.

Si l'on dépasse les apparences, on constate que le roi consacre l'été et l'automne 1576 à mettre en œuvre un dessein politique cohérent, parfaitement approprié aux nécessités du moment. Il vise deux objectifs immédiats : défaire l'union des huguenots et des malcontents qui l'a conduit à deux doigts de sa perte, désamorcer la menace potentielle que représente pour lui la Ligue. À plus longue échéance, il travaille à ruiner les clauses de la paix de Monsieur, si redoutables à son autorité, si insupportables à son orgueil, en s'appuyant sur l'opinion publique majoritairement catholique. C'est dans cette intention, autant que pour appliquer l'édit de Beaulieu, qu'il signe, au mois d'août, les lettres patentes de convocation des États généraux.

Pendant la cinquième guerre de Religion, la coalition qui a vaincu la Couronne a tiré une grande partie de sa force de la présence à sa tête de François d'Alençon, fils de France et héritier du trône, très populaire dans la noblesse. Il est donc urgent de le détacher de ses alliés malcontents et huguenots et de le remettre au service du roi. Henri III s'y emploie avec l'aide de sa mère, experte en négociations variées. Mais il y faut du temps. Car le prince, devenu duc d'Anjou, passe l'été à prendre possession des différentes provinces qui composent son apanage, toujours flanqué de son inséparable Bussy d'Amboise. Au début de l'automne, il séjourne au château de Saumur. Il y reçoit avec déférence Catherine de Médicis qui lui remontre le danger que la Ligue fait courir à la monarchie et l'incite à retourner à la Cour. S'il accueille favorablement ces avances, c'est parce que de nouvelles perspectives politiques s'offrent à son ambition. Il a reçu des offres alléchantes des catholiques des Pays-Bas qui envisagent de faire de lui leur souverain seigneur à la place de Philippe II d'Espagne. Un Valois ne saurait refuser une couronne. Mais François d'Anjou peut difficilement obtenir celle qui se présente à lui sans l'aide du roi son frère. Il lui faut donc rompre avec les huguenots. À la mi-novembre 1576, après avoir hésité, il se rend à Ollainville à la prière de Henri III qui, faisant taire sa vieille inimitié, le reçoit gracieusement et fait même bon visage à Bussy d'Amboise. Quelques jours plus tard, Catherine de

Médicis peut se féliciter à bon droit de voir ses deux fils réconciliés. Les malcontents ont perdu leur chef.

Quant à Montmorency-Damville, qui n'entretient pas toujours de bons rapports avec les huguenots du Languedoc qu'il traite parfois de *républicains*, il se laisse peu à peu séduire par les amabilités épistolières de la reine mère et par les attentions que le roi prodigue à sa femme venue à Paris. En mars 1577, il n'hésitera pas à combattre ses alliés de la veille pour le service de la Couronne.

Henri de Navarre, lui, est en quelque sorte neutralisé. Bien qu'il soit revenu à la religion calviniste le 13 juin 1576, il éprouve quelque peine à se faire reconnaître comme le chef du parti huguenot. Son abjuration de 1572, sa vie dissolue, son entourage composé autant de catholiques que de protestants expliquent ces difficultés. Au contraire, il n'a qu'à se louer de la bienveillance de Henri III grâce à qui tous ses fidèles, tout le personnel de sa maison, toute sa cavalerie ont pu le rejoindre en Guyenne. Le roi de France lui a même fait présent de six beaux chevaux de ses écuries et d'une gratification de 12 000 livres ! Il faut dire que Navarre, premier prince du sang, est aussi l'héritier présomptif de la Couronne après Monsieur. Comme il l'écrit à Damville, «après la personne de mon roi, mon seigneur, et de Monsieur son frère, j'ai plus grand intérêt à la conservation et rétablissement de ce royaume que personne de ce monde[13]». Il faut donc le ménager et une sorte de connivence tacite finit par s'établir entre les deux rois, celui de Paris et celui d'Agen. Deux points de litige subsistent cependant. La ville de Bordeaux, capitale de la Guyenne, refuse obstinément d'ouvrir ses portes au relaps qu'est devenu le gouverneur de la province. Et Henri III ne permet pas encore à Marguerite de Valois de rejoindre son époux, bien que celui-ci la réclame.

Reste Condé, le plus intransigeant des chefs protestants. Il s'est retiré à La Rochelle, faute de pouvoir prendre possession de son gouvernement de Picardie. Il avoue sa crainte d'être assassiné par un catholique fanatique. Au mois de juillet, Henri III lui envoie Paul de Foix pour l'assurer de ses bons sentiments. En août, il lui propose Saint-Jean-d'Angély comme place de sûreté, au lieu de Péronne et Doullens. Ces bons procédés amadouent quelque peu le prince, moins dangereux d'ailleurs depuis qu'il a dû céder à Henri de Navarre la première place dans le camp huguenot.

Henri III ne fait pas preuve d'une grande originalité politique en travaillant à rallier à lui ou à neutraliser ses adversaires d'hier:

---

[13] Cité par Jean-Pierre Babelon, *Henri IV*, Paris, 1982, p. 226.

il applique tout simplement le vieux principe *diviser pour régner* si souvent employé par sa mère. En revanche, son attitude face à la Ligue puis aux États généraux montre un souci inédit de s'appuyer sur l'opinion publique, de renforcer l'autorité monarchique en la fondant sur l'adhésion des sujets ou, du moins, de la *sanior pars* d'entre eux.

Pendant les derniers mois de 1576, des associations de catholiques *zélés* (c'est le nom qu'on commence à leur donner), répondant à l'appel venu de Picardie, voient le jour un peu partout sans la permission et contre la volonté du roi. Elles traduisent les sentiments de la majorité catholique des Français vis-à-vis de la paix de Monsieur. Pour la première fois depuis le début des guerres religieuses, il existe un puissant parti catholique étendu à l'ensemble du royaume.

Cette Ligue, qui s'érige à ses côtés à la façon d'un contre-pouvoir, Henri III la craint. Il redoute surtout de voir certains grands seigneurs dont il se méfie en prendre la tête et substituer leur autorité à la sienne. On le voit bien lorsque, le 2 août 1576, il fait jurer aux ducs de Guise, de Mayenne et de Nemours, supposés être les chefs du mouvement catholique, d'observer l'édit de Beaulieu. Il appréhende aussi les réactions de défense des huguenots, tentés de prendre les armes et de monter à cheval pour se défendre contre l'offensive papiste. On comprend donc qu'il ordonne à certains gouverneurs de s'opposer par tous les moyens à la création des ligues. Le duc de Montpensier, gouverneur de Bretagne, reçoit, le 2 septembre, mission de le faire «avec armes et chevaux». Le comte Du Lude, lieutenant général de Guyenne en l'absence du roi de Navarre, se voit donner des ordres semblables à la date du 22 octobre.

Cependant, le roi n'apprécie pas du tout la paix de Monsieur qui lui a été imposée par la force et dont il aimerait effacer certaines clauses. Ne serait-il pas judicieux, pour y parvenir, de se servir des associations catholiques? Henri III y songe si bien que, le 2 septembre 1576, il fait savoir au sieur d'Humières, le gouverneur de Péronne qui a bouté le prince de Condé hors de Picardie, qu'il n'éprouve aucun ressentiment à son égard. Le 24 octobre, il va plus loin en déclarant au même personnage qu'il est très satisfait de ses services.

On voit donc qu'en septembre et octobre 1576, Henri III balance entre la crainte de la Ligue et le désir de l'utiliser. C'est, semble-t-il, dans les tout derniers jours de novembre, alors qu'il vient de s'installer au château de Blois pour la session des États généraux, qu'il décide enfin de prendre la tête du mouvement catholique, à l'instigation du vieil évêque d'Orléans Jean de Morvillier, bon serviteur de la dynastie[14]. Le 26 novembre, il adresse encore aux gouverneurs de province une circulaire les exhortant à maintenir l'ordre et le calme, donc à tenir les associations catholiques en bride. Alors que, le 2 décembre, il leur en expédie une autre pour leur annoncer sa décision de prendre la tête de toutes les ligues existantes et d'en fonder d'autres sous son contrôle. Ce faisant, il calque son attitude sur celle de Charles IX qui, en mai 1565 et surtout en août 1568, avait procédé de façon identique. À sa circulaire, il joint un formulaire d'association à signer par «les princes, seigneurs, gentils-hommes et autres, tant de l'état ecclésiastique, de la noblesse que du tiers état» de toutes les provinces du royaume. Les signataires promettent de rendre à Dieu l'honneur qui lui est dû, de maintenir l'exercice de la religion catholique, *d'obéir et de faire service au roi Henri à présent régnant*. Ils s'engagent à recruter des soldats qui seront entretenus et rétribués au moyen de «sommes de deniers» levées sur le pays. Ceux qui refuseront d'adhérer à l'organisation voulue par Sa Majesté seront considérés comme rebelles[15].

Le formulaire royal arrive à point nommé pour contrecarrer la dernière initiative ligueuse, un manifeste qui circule à Blois, à la fin de novembre, parmi les députés déjà arrivés pour tenir les États. Ce document envisage en effet la mise sur pied d'une structure militaire, dotée d'un chef *élu* et les signataires promettent d'employer leurs biens et leurs vies pour l'entière exécution des *décisions prises par les États*.

Plutôt qu'une manœuvre d'une habileté machiavélique, la décision prise par Henri III de se mettre à la tête de la Ligue apparaît donc comme une mesure de circonstance faisant référence au passé. Le roi abandonne sa position d'arbitre entre les factions pour redevenir le chef du parti catholique comme au temps de Jarnac et Moncontour. C'est qu'il est à peu près impossible, au temps des guerres de Religion, que le pouvoir royal soit dans le camp opposé au catholicisme, sauf à partir de 1585 et de la deuxième Ligue.

Il y a, bien entendu, un risque à agir de la sorte. Celui d'indisposer les huguenots et de faire renaître la guerre civile alors que le monarque aspire de toutes ses forces au maintien de la paix, ainsi que l'atteste sa correspondance qui ne cesse de prêcher «la

---

[14] C'est du moins ce qu'affirme Nicolas Le Fèvre, seigneur de Lezeau, auteur d'une biographie manuscrite de Morvillier, cité par Jean-Louis Bourgeon, *Charles IX devant la Saint-Barthélemy*, Genève, 1995, p. 143.

[15] Le texte du formulaire est donné *in extenso* par Michel François, *Lettres de Henri III roi de France recueillies par Pierre Champion*, tome III, Paris, 1972, p. 86-88.

paix et union», «le repos et union» entre ses sujets. C'est pourquoi le formulaire du 2 décembre 1576 fait promettre à ses signataires de ne pas molester les protestants qui obéiront aux ordres de Sa Majesté.

Les premiers États généraux de Blois

Pendant que le roi travaille à redresser son autorité, la rédaction des cahiers de doléances et les élections aux États généraux se déroulent dans le cadre des bailliages et des sénéchaussées. Il ne semble pas que les autorités aient exercé de pressions sur l'électorat pour obtenir un résultat conforme aux vœux de Henri III. Mais il y a eu incontestablement des manœuvres ligueuses tendant à écarter les protestants du scrutin, par exemple en faisant convoquer les électeurs par les curés des paroisses. Pour protester contre ces agissements, beaucoup de huguenots ont préféré se réfugier dans l'abstention. Si, le plus souvent, tout s'est passé dans le calme, il s'est aussi produit, ici ou là, des incidents plus ou moins graves. À Poitiers, Péronne, Vitry-le-François, on a vu des assemblées houleuses de la noblesse; à Provins il s'en est fallu de peu qu'on n'en vienne aux mains. Le tiers état a tenu des réunions mouvementées à Chalon-sur-Saône ou à Lyon.

Les élections de 1576 révèlent au grand jour la faiblesse numérique des protestants par rapport à la masse catholique de la population. La lecture des cahiers de doléances permet de comprendre les aspirations de l'opinion publique. Les électeurs souhaitent une rénovation en profondeur de la vie religieuse et politique. Partout, ils se plaignent de la gabegie financière, du mauvais fonctionnement de la justice et des abus qui règnent dans l'Église. Et ce ne sont pas seulement les nobles et les bourgeois qui débattent de ces questions mais souvent aussi les paysans comme, par exemple, dans le bailliage de Chartres. On voudrait voir la taille ramenée à son niveau du temps de Louis XII, le Père du peuple, considéré comme un âge d'or. On réclame la suppression de la vénalité des offices perçue comme un obstacle à toute bonne justice. On pense que, seule, la réforme de l'Église permettra de mettre fin aux guerres civiles et de rétablir l'unité confessionnelle.

Les Français ont élu au total 380 députés, 110 du clergé, 83 de la noblesse, 187 du tiers état. Deux seulement appartiennent à la minorité protestante: François de Pons, seigneur de Mirambeau, choisi par la noblesse de Saintonge; Claude de La Croix, représentant la noblesse du bailliage de Sézanne. Un troisième huguenot,

Philippe Du Plessis-Mornay, a préféré renoncer à son mandat parce que ses électeurs étaient en majorité papistes. On notera par ailleurs l'échec de Bussy d'Amboise, candidat malheureux dans le bailliage de Vitry-le-François. Les députés se répartissent entre catholiques zélés (qui veulent rétablir l'unité de foi) et politiques (qui placent le salut de l'État au-dessus des querelles religieuses et inclinent à tolérer l'existence des réformés). Leurs débats nous sont relativement bien connus, non seulement grâce aux procès-verbaux du premier et du troisième ordre, mais aussi grâce aux journaux tenus par Guillaume de Taix, représentant le clergé de Troyes, Pierre de Blanchefort, représentant la noblesse du Nivernais et Jean Bodin, représentant le tiers état du Vermandois.

Le jeudi 6 décembre 1576, en la fête de saint Nicolas, Henri III, après avoir entendu la messe du Saint-Esprit, ouvre la session des États généraux. Les députés siègent, à main droite de l'entrée du château de Blois, dans le seul bâtiment remontant au XIIIe siècle. La salle qu'ils occupent est divisée en deux nefs de 30 mètres sur 9 par une file de colonnes. Elle est couverte d'un lambris. Le roi, à la fois très majestueux et suprêmement élégant, y fait une entrée solennelle, précédé d'huissiers portant masse, suivi des deux reines, du duc d'Anjou, des princes du sang catholiques, du chancelier de Birague, de quelques grands seigneurs comme les ducs de Nevers et d'Uzès, des membres du Conseil et des secrétaires d'État. À son arrivée, tout le monde se lève, les délégués du tiers état gardant le genou à demi ployé. Il prend place sur son trône, fait asseoir l'assemblée et prononce le discours inaugural avec une aisance souveraine. Depuis son adolescence, il s'attache à bien parler et il est devenu un remarquable orateur.

Dans son allocution, Henri III rend d'abord hommage à sa mère, qui a tenu le gouvernail du royaume d'une main ferme en des temps difficiles. Il manifeste sa compassion pour le peuple qui souffre et affirme avec force sa volonté de paix: «Je me suis proposé pour unique fin le bien, salut et repos de mes sujets [...] En cette intention, après avoir bien considéré les hasards et inconvénients qui étaient de tout côté à craindre, j'ai finalement pris la voie de douceur et réconciliation, de laquelle l'on a déjà recueilli ce fruit qu'elle a éteint le feu de la guerre dont tout ce royaume était enflambé et en danger de le consumer entièrement, qui n'eût jeté cette eau dessus[16].» Ces propos s'accordent si bien avec les sentiments profonds de l'assistance qu'ils sont accueillis avec faveur.

---

[16] Cité par Pierre Chevallier, *op. cit.*, p. 255 et 344.

D'autant que le chancelier, qui parle après Sa Majesté, se contente de demander un peu d'argent pour entretenir la Maison du roi et pour maintenir l'armée sur le pied de paix.

Très vite, cette belle unanimité du premier jour autour de l'idée de paix fait place à un double affrontement entre le monarque et les États. D'une part, les députés, imbus de leur dignité, ayant conscience d'*être la France* comme l'écrit Guillaume de Taix dans son journal, tentent de substituer la monarchie mixte, le *Ständestaat*, à la monarchie absolue et d'obliger la Couronne à partager son autorité avec eux. D'autre part, Henri III excite l'assemblée, en majorité ligueuse, à réclamer le retour à l'unité religieuse et à lui voter les crédits nécessaires à une reprise de la guerre en cas de riposte des huguenots.

Le 7 décembre, les trois ordres désignent leurs porte-parole : l'archevêque de Lyon Pierre d'Épinac pour le clergé, le baron de Sennecey pour la noblesse, l'avocat en Parlement Le Tourneur (ou Versoris, traduction latine de son nom) pour le tiers état. Le 9, ils établissent une commission permanente de trente-six membres pour orienter leurs travaux ; elle sera le théâtre de débats passionnés entre partisans et adversaires de la souveraineté partagée.

Le 12, les États ouvrent les hostilités par la voix de Pierre d'Épinac. Ils prétendent obliger le roi à ratifier et à exécuter, sans pouvoir les modifier, toutes les décisions qu'ils prendraient à l'unanimité et qui deviendraient les lois du royaume. Ils exigent que, pour l'examen des cahiers de doléances, la liste des membres du Conseil leur soit communiquée afin qu'ils puissent récuser ceux qui ne leur paraîtraient pas impartiaux. Et ils réclament que trente-six députés, douze par ordre, viennent renforcer les effectifs du Conseil. D'inspiration aristocratique, ces revendications tendent à mettre le monarque en tutelle et à transférer aux États l'essentiel du pouvoir législatif. Or, lorsqu'il a convoqué ceux-ci, Henri III projetait de les mettre au service de sa politique, à la façon dont les Tudors en usaient avec le Parlement anglais. Il tombe donc de son haut, refuse la première requête pour maintenir intacte son autorité et accepte les deux autres à contrecœur dans l'espoir d'obtenir quelques subsides.

Sa déconvenue ne l'empêche pas de mettre en œuvre le plan qu'il a soigneusement médité pour effacer les clauses humiliantes de la paix de Monsieur. Tandis qu'il presse la formation des ligues provinciales et le recrutement d'hommes et de chevaux par les ligueurs, il pousse les députés à prendre l'initiative du retour à l'unité religieuse parce que c'est le meilleur moyen de les contraindre à lui voter les subsides qu'il attend. En dépit des réticences de certains de ses membres comme le baron de Sennecey, la noblesse, la première, donne satisfaction au roi le 19 décembre, suivie le 22 par le clergé. Le tiers état, loin d'être unanime, attend le 26 pour se rallier aux deux autres ordres après des débats véhéments. Il sait fort bien qu'il lui faut, en fin de compte, choisir entre la paix et la guerre. Sur ce thème, une joute oratoire de grande qualité oppose l'ardent ligueur Versoris au politique Jean Bodin qui vient de publier les *Six livres de la République*. Lorsque la majorité de l'ordre accepte de se prononcer en faveur de l'unité religieuse, elle demande que celle-ci soit réalisée «par les plus douces et saintes voies que Sa Majesté aviserait».

Le 29 décembre, au Conseil, Henri III, constatant avec satisfaction que les trois ordres se sont mis d'accord, prend position contre l'édit de Beaulieu, nécessaire en son temps pour éloigner les reîtres, mais contraire à l'intention qu'il a toujours eue de redonner à l'Église catholique son ancienne splendeur. Le roi ajoute qu'il ne prêtera plus de serment contraire à celui du sacre, attitude intransigeante, grosse de dangers potentiels mais conforme à ses convictions intimes. Tout en accordant aux protestants la liberté de conscience, il voudrait qu'en France, comme en Angleterre ou dans les États de l'Empire, les sujets soient tenus de pratiquer la religion de leur prince. Ainsi, sa décision de prendre la tête de la Ligue prend sa pleine signification. Plus qu'une mesure destinée à couper l'herbe sous le pied du duc de Guise, elle vise à faire passer son idéal dans les faits.

Le 11 décembre, le sire de Mirambeau, député huguenot de Saintonge, a accompli une démarche qui montre clairement l'inquiétude précoce des huguenots devant des États généraux dominés par la Ligue. Il est allé demander au roi si le bruit qui courait d'une nouvelle Saint-Barthélemy était fondé. Sa Majesté a dû écrire aux gouverneurs pour leur ordonner de démentir cette fausse rumeur. Il n'est donc pas étonnant de voir ceux de la Religion prendre les armes, alors même que l'édit de Beaulieu n'est pas encore révoqué, et s'attaquer à diverses villes qui tiennent pour le roi et sont à leur portée. La Charité-sur-Loire est la première qui tombe entre leurs mains.

Pour les ramener à l'obéissance, Henri III essaie la diplomatie. Au début de janvier, il dépêche trois messagers à ses adversaires d'hier : Armand de Gontaut, baron de Biron, à Henri de Navarre, Camille Feré, gentilhomme de la chambre, au prince de Condé, Artus de La Fontaine, baron d'Oignon, à Montmorency-Damville. Ces trois personnages doivent convaincre leurs interlocuteurs que le roi est bien décidé à maintenir la paix et à ne molester en rien ses sujets réformés «en leurs personnes, biens, honneurs et familles» pourvu qu'ils lui obéissent et ne contreviennent pas aux décisions qu'il prendra après la dissolution des États. Ces derniers, de leur côté, envoient aux chefs des huguenots et des malcontents des délégations qui les prient de venir à Blois pour aviser aux moyens de maintenir la paix intérieure. Ces ouvertures ne débouchent sur rien car les protestants ne peuvent pas se contenter de la seule liberté de conscience. Ils veulent conserver celle de culte qu'on s'apprête à leur retirer. La sixième guerre de Religion continue donc.

Poursuivant l'application de son plan, Henri III se tourne alors vers les députés pour que ceux-ci trouvent les moyens de financer les opérations. Il utilise jusqu'aux revers de ses armées pour solliciter leur générosité. Le 11 janvier 1577, par exemple, il leur annonce la perte de Gap et de Die en Dauphiné, de Viviers en Languedoc, de Bazas en Guyenne. Mais ses efforts restent vains, les États lui refusent tout secours. Le clergé qui, depuis 1561, a déjà donné plus de 60 millions de livres à la Couronne, se retranche derrière son immunité fiscale pour refuser d'aller plus loin. La noblesse rappelle qu'elle est tenue de servir par les armes, non par l'impôt; encore les gentilshommes renâclent-ils de plus en plus à entrer en campagne à leurs frais comme le veut la coutume. Quant au tiers état, il invoque les malheurs du temps, la ruine de l'économie, la pauvreté insigne de la majorité de ses membres pour ne pas contribuer davantage. L'un de ses députés, un curieux aventurier nommé Maurice qui se faisait appeler le chevalier Poncet, fait néanmoins une proposition intéressante par sa nouveauté. Secondé par un certain Châtillon, il émet l'idée de substituer à toutes les taxes existantes un impôt unique, levé par feu, de douze deniers au moins, de trente livres au plus. Conception séduisante dans sa simplicité révolutionnaire mais que le tiers repousse énergiquement. Méfiant, il craint en effet que cette nouvelle taxe ne vienne s'ajouter aux autres au lieu de les remplacer.

Après bien des tractations, c'est, une fois de plus, le clergé qui se laisse fléchir. Sous l'impulsion des cardinaux de Bourbon et de Guise, stimulé par les appels au secours des évêques du Midi que les huguenots assiègent, il finit par voter un subside de 450 000 livres. Considérable en apparence, la somme reste bien inférieure aux besoins. Pour la compléter Henri III demande aux États de l'autoriser à vendre des terres de la Couronne jusqu'à concurrence de 300 000 livres. Mais il se heurte à l'hostilité résolue des trois ordres qui trouvent un éloquent interprète en la personne de Jean Bodin. Le député du Vermandois rappelle avec force que le domaine est inaliénable, que le roi n'en est pas le propriétaire mais l'usufruitier et que, s'il en était privé, il serait à la charge du peuple. Effondré, voyant son plan mis en échec, Henri III s'écrie, au bord des larmes : «Ils ne veulent m'aider du leur ni permettre que je me secoure du mien, c'est une trop grande cruauté[17].» Il faut dire que les États ont quelque raison d'afficher leur méfiance devant l'effrayante gabegie qui règne dans la comptabilité et devant les gaspillages en tous genres dont le monarque est coutumier. À la fin de 1576, la dette dépasse les 100 millions de livres et, chaque année, les dépenses excèdent les recettes d'environ 4 millions.

En votant le retour à l'unité religieuse, les États généraux ont donc rallumé la guerre civile en France. Mais ils ont aussi refusé au roi les moyens financiers de la conduire. Comme ils ont, par ailleurs, tenté de substituer le *Ständestaat* à la monarchie absolue des Valois, Henri III, désappointé, juge qu'ils ont assez duré. Le 17 janvier 1577, il préside la séance solennelle de clôture au cours de laquelle la majorité du tiers état, reniant son vote du 26 décembre, manifeste clairement sa volonté de paix intérieure. Il ordonne cependant aux députés de rester encore quelque temps à Blois. Officiellement, c'est pour attendre les réponses gouvernementales aux doléances exprimées par les cahiers. En réalité, Sa Majesté espère encore que, contre toute attente et la corruption aidant, ils consentiront quand même à voter quelques subsides. Comme ils n'en font rien, ils sont renvoyés dans les premiers jours de mars 1577.

La sixième guerre et la paix du roi

Déclenchée à titre préventif par les protestants à la fin de décembre 1576, la sixième guerre de Religion ne dure que neuf mois parce que les deux camps en présence ne disposent pas des moyens financiers autorisant un effort militaire prolongé.

Le camp réformé a perdu l'appui de Monsieur et du maréchal de Damville qui se prononcent pour le roi. Faute d'argent, il lui est impossible de faire dans l'Empire une nouvelle levée de mercenaires. Au mois de juin pourtant, la reine Élisabeth d'Angleterre, qui le soutient dans la coulisse, semble décidée à avancer les sommes nécessaires (quelque 600 000 livres), mais elle ne persiste pas dans son dessein. Son geste paraît toutefois assez menaçant pour qu'en juillet le duc de Guise soit chargé de surveiller la frontière orientale du royaume. Réduits à leurs seules forces, les huguenots ne peuvent

---

[17] Cité par Pierre Chevallier, *op. cit.*, p. 353.

mener qu'une guerre de coups de main. Henri de Navarre dirige d'ailleurs les opérations avec mollesse, à la grande indignation de son cousin Condé. Premier prince du sang, il répugne à combattre les troupes de son souverain, à faire figure de rebelle. Adversaire de toute forme d'extrémisme politique ou religieux, il souhaite le retour de la paix civile et la coexistence pacifique des deux religions antagonistes. Sa pensée s'exprime dans un petit manifeste intitulé *Remontrance aux États de Blois pour la paix,* rédigé par Philippe Du Plessis-Mornay. Ses dispositions conciliantes le conduisent, dès le mois d'avril 1577, à la table des négociations.

Henri III ne se trouve pas en meilleure posture pour reprendre les hostilités puisque les États lui ont refusé tout concours financier. Ce que ceux-ci ne lui ont pas accordé, il tente de l'obtenir de la Ligue, dont les membres sont plus intéressés que quiconque au retour de l'unité religieuse. Dès le mois de janvier, il fixe en conseil le nombre de fantassins et de cavaliers que chaque gouvernement devra fournir. Et il décide que les sommes nécessaires à l'entretien de ces soldats seront levées sur place. Mais il doit vite déchanter car une évidente répugnance à s'engager remplace, chez les ligueurs, l'enthousiasme initial. À Paris, parlementaires et bourgeois se dérobent au serment et la municipalité refuse d'armer sa quote-part de 2 000 cavaliers et 5 000 fantassins. En Picardie, pourtant le berceau de la Ligue, la noblesse ne jure qu'à la condition de voir confirmées ses libertés et franchises et la ville d'Amiens, qui ne veut pas entrer dans l'organisation, se fait relever de son obligation contre un versement de 6 000 livres. On a l'impression que les catholiques se détournent d'une cause qui n'est plus la leur depuis que le roi, en qui ils n'ont aucune confiance, s'en est proclamé le chef. L'Estoile confirme cette impression: «Au commencement de ce mois [*mars 1577*] on ne parlait plus à Paris de signer la Ligue, chacun en étant dégoûté, les uns en médisant ouvertement, et les autres s'en moquant: ce que voyant le roi et la reine tournèrent leur fantaisie à tirer argent du peuple par autre moyen[18].»

Dans ces conditions, Henri III comprend vite qu'il lui faut renoncer à son rêve de rétablir l'unité religieuse. Alors que, depuis deux ou trois mois, il ne faisait plus aucun cas des avis pacifiques de sa mère, il lui emboîte désormais le pas. Le 2 mars 1577, au Conseil, il rappelle qu'il a fait tout ce qui était en son pouvoir pour que sa religion soit la seule pratiquée dans son royaume, mais qu'on lui a refusé les moyens de réaliser son objectif. Il consacrera dorénavant ses efforts à ramener la paix.

---

[18] Pierre de L'Estoile, *op. cit.*, p. 91.

Mais en attendant, il lui faut faire la guèrre à ses «sujets élevés en armes contre son service et autorité» (ce sont là les termes dont il use dans sa correspondance pour désigner les huguenots). Il y consacre le printemps et l'été 1577, avec beaucoup de soin et d'application. Il ne prend pas la tête des troupes comme en 1569 mais ses résidences successives, les châteaux de Blois, Amboise et Chenonceau, deviennent un grand quartier général d'où partent les ordres, où arrivent les rapports. Il exerce réellement le commandement suprême. Il fixe les objectifs à atteindre, envoie des instructions précises et détaillées aux gouverneurs des provinces, aux chefs des armées. Il déplace, en fonction des besoins, les compagnies de gendarmes ou d'arquebusiers, les canons et les couleuvrines. Il impute à une recette fiscale précise la solde de telle ou telle unité. Bref, il veille à tout et n'oublie pas de faire surveiller les faits et gestes d'Élisabeth d'Angleterre qui appuie les rebelles en sous-main.

Pour mener à bien son offensive contre les protestants, il lui faudrait quelque 2 millions de livres. Le recours aux expédients s'impose donc. Le principal consiste à prendre l'argent nécessaire aux opérations militaires dans les recettes générales en renonçant à d'autres dépenses. La création, en février 1577, d'une nouvelle taxe indirecte, la traite foraine domaniale, perçue à la sortie des blés, vins, pastels et toiles[19], ne peut avoir d'effets immédiats, non plus que le département de la taille qui vient tout juste d'être réalisé[20]. C'est pourquoi le roi ordonne à certains gouverneurs (par exemple, en avril, au comte de Matignon, gouverneur de Normandie) d'imputer aux taillables de leur ressort la solde des garnisons. Il retarde le plus qu'il peut le règlement des dettes qu'il a contractées à l'étranger. Et il quémande inlassablement des secours, en particulier auprès des villes. Sollicitée d'offrir 300 000 livres pour la solde des troupes qui vont assiéger La Charité, la capitale (qui a versé 36 millions de livres à la Couronne de 1560 à 1575) se dérobe. Plus généreuse, la cité de Limoges donnera 30 000 livres pour aider à la reprise des villes voisines d'Uzerche et de Brive, tombées aux mains des réformés. Henri III prendra l'argent mais l'affectera à d'autres usages, plus urgents à ses yeux. Le pape Grégoire XIII accorde un crédit de 50 000 écus pour recruter des mercenaires allemands et offre une

---

[19] Instituer une taxe à l'exportation peut paraître étrange à nos contemporains. Dans une conception encore médiévale des relations commerciales, elle compense la perte éprouvée par le royaume en raison des sorties de marchandises.

[20] *Département de la taille*: répartition de l'impôt, dont le roi a fixé le montant global, entre les circonscriptions financières appelées généralités.

grande quantité de poudre à canon. La guerre ne peut donc être conduite qu'au prix de difficultés financières sans cesse renaissantes.

Après bien des efforts, le roi réussit à mettre sur pied deux armées, tandis que des opérations limitées (essentiellement des sièges de villes) se déroulent en divers lieux comme le Dauphiné, le Velay, la Guyenne. Il confie le commandement théorique de la première à son frère François d'Anjou, le commandement réel étant assuré par le duc de Nevers, avec pour objectif la reprise de La Charité-sur-Loire dont on connaît l'importance stratégique. La seconde reçoit pour chef le duc du Maine (ou de Mayenne), frère puîné du duc de Guise, dont la mission est de reprendre le contrôle du Poitou et de la Saintonge parcourus par les bandes du prince de Condé.

Monsieur met le siège devant La Charité le 25 avril 1577. Il a fallu réquisitionner des chevaux de trait pour amener son artillerie, dix-huit canons et six couleuvrines, sous les murs de la place. Battue pendant sept jours par un feu d'enfer, celle-ci capitule le 2 mai. Elle n'en est pas moins pillée et saccagée par les soldats du roi mal payés et mal nourris et plusieurs habitants sont tués. Après quoi l'armée victorieuse prend la direction du sud et, remontant la vallée de l'Allier, va bloquer Issoire, l'une des places de sûreté accordées aux protestants par l'édit de Beaulieu. Le siège commence le 28 mai. Le 12 juin, la cité est prise d'assaut alors que des pourparlers viennent de s'engager en vue de sa reddition. Elle est systématiquement pillée et incendiée et de nombreux habitants sont passés au fil de l'épée. Les huguenots reprocheront longtemps ces atrocités au duc d'Anjou, leur ancien allié. Mais le prince était bien incapable de retenir ses hommes, affamés de butin et ivres de carnage.

Pendant que l'armée de Monsieur soumettait durement les provinces du Centre, le duc de Mayenne a pris l'offensive en Poitou. Il a dégagé Mirebeau que Condé assiégeait, repoussant les troupes protestantes vers La Rochelle, Pons et Saint-Jean-d'Angély. Puis il a pris d'assaut Tonnay-Charente, le château de Rochefort et s'est emparé de Marennes. Le 22 juin, il investit, par terre et par mer, le port de Brouage.

En Languedoc, Henri III ne remporte pas des succès aussi caractérisés. Au mois de mars, Damville a rallié son camp contre la promesse de se voir inféoder le marquisat de Saluces, dépendance du royaume au-delà des Alpes. Il devait livrer aux forces royales toutes les villes qu'il détenait, en particulier Nîmes et Castres. Mais la nouvelle de l'accord a transpiré et François de Châtillon, fils de l'amiral de Coligny, s'est préventivement saisi de Montpellier en avril, donnant le signal des opérations. Henri III a dû envoyer le maréchal de Bellegarde au secours de Damville mis en difficulté

par les huguenots. Au cours de l'été vingt-cinq petites villes et
châteaux ont été conquis mais Bellegarde n'a pas pu prendre Nîmes
ni Damville reprendre Montpellier.

À la mi-juin, le roi quitte la Touraine pour se diriger, à petites
étapes, vers Poitiers où il s'établit le 2 juillet. Il va y séjourner pendant
trois mois, supervisant, à distance, les opérations militaires et les
négociations qui ont commencé, dès le mois d'avril, avec Henri de
Navarre. Il rappelle près de lui son frère François d'Anjou, dont il
jalouse peut-être les succès militaires, et confie le commandement
de l'armée qui opère en Auvergne au duc de Nevers. Comme cette
armée a vu fondre ses effectifs sous l'effet des maladies et des désertions, elle reçoit l'ordre de se diriger, par Limoges, vers Angoulême
où elle pourra se refaire et aussi envoyer des renforts à Mayenne
toujours occupée au siège de Brouage.

Le 21 août 1577, Brouage se rend, livrant à la Couronne une
grande quantité de sel, source d'appréciables revenus. À cette date,
la capitale du protestantisme français, La Rochelle, directement
menacée, s'inquiète à bon droit. Car les princes du sang réformés
ne peuvent plus grand-chose pour elle. Après la chute de Brouage,
Condé rejoint d'abord Henri de Navarre en Guyenne avec quelques
troupes. Puis il préfère s'enfermer dans sa place de sûreté, Saint-
Jean-d'Angély, tandis que Navarre s'en va à Bergerac où la paix se
négocie depuis plusieurs mois et où elle va bientôt être conclue. La
sixième guerre de Religion s'achève sur le succès des armes royales.

On a vu que, dès le début du mois de mars 1577, Henri III s'est
résolu à rechercher la paix, puisque ni les États généraux de Blois ni
la Ligue de 1576 ne consentaient à lui fournir les moyens financiers
d'écraser les protestants. On sait aussi que, depuis longtemps, il ne
croyait plus à la possibilité de détruire la Réforme par les armes,
celle-ci survivant à toutes les défaites, à tous les massacres. Rechercher la paix, c'était, pour le roi, renoncer à imposer l'exercice de la
seule religion catholique à l'ensemble du royaume, c'était reconnaître aux huguenots, contrairement aux aspirations des catholiques zélés, une certaine liberté de culte. Mais dans quelles limites ?
et avec quelles garanties ?

Sa résolution l'a rapproché de sa mère, revenue sur le théâtre
politique après une éclipse de plusieurs mois. Pour explorer les
voies de la pacification, Leurs Majestés ont décidé de s'adresser à
Henri de Navarre, chef suprême des calvinistes mais aussi interlocuteur malléable du fait de sa naissance et de sa parenté avec les
Valois. Et pour servir d'intermédiaire entre les deux parties, elles
ont fait choix du duc Louis de Montpensier. Aucun personnage en

effet ne paraissait plus qualifié que lui pour conduire la négociation. Bourbon sexagénaire et catholique convaincu, naguère grand pourfendeur de huguenots, ce prince du sang s'était converti à l'idée de la paix au mois de janvier 1577 : envoyé en mission auprès du maréchal de Damville, il avait vu les paysans, recrus d'épreuves, excédés par les pillages et les impositions, se traîner à ses genoux pour réclamer la fin des troubles.

Les discussions se déroulent en Guyenne, dans la ville de Bergerac. Le duc de Montpensier est bien secondé par le secrétaire d'État Villeroy, le baron de Biron, l'archevêque de Vienne et le premier président du parlement de Toulouse, Jean Daffis. Comme les choses traînent en longueur, Henri III presse son envoyé de conclure au plus vite. Il lui écrit le 6 août : « mon intention et volonté est, et dont je vous prie avec toute l'affection que je puis, que, avant que de vous séparer d'avec eux, vous faites en sorte que la paix soit du tout conclue et arrêtée[21] ». C'est finalement chose faite le 17 septembre grâce à l'action convergente de plusieurs facteurs : la volonté pacifique du roi, l'intelligence politique et l'esprit conciliant de son beau-frère Henri de Navarre, la faiblesse militaire des huguenots, réduits à la défensive et sans espoir d'obtenir le moindre secours allemand, la faiblesse financière de la Couronne, incapable de soutenir longtemps encore le poids de la guerre civile.

L'édit de Poitiers, qui annule l'édit de Beaulieu et que le parlement de Paris enregistre le 8 octobre, donne force de loi aux clauses du traité de Bergerac. Son titre est très révélateur de l'état d'esprit du monarque pour qui le retour de la paix civile doit aller de pair avec la restauration de l'autorité : « édit de pacification fait par le roi pour *mettre fin aux troubles* de son royaume et faire désormais vivre *tous ses sujet*s en *bonne paix, union et concorde, sous son obéissance*[22] ».

Il restreint notablement les avantages que les huguenots vainqueurs avaient arrachés à la faiblesse de la Couronne en mai 1576. L'exercice public de la religion réformée est dorénavant limité au domicile des seigneurs hauts-justiciers, aux faubourgs d'une ville par bailliage ou sénéchaussée et aux localités où le culte se pratiquait à la date du 17 septembre 1577. Les seigneurs ordinaires gardent aussi le droit de faire prêcher chez eux, mais seulement à titre privé. Les cérémonies protestantes restent prohibées à la Cour (et à deux lieues alentour), à Paris (et dans un rayon de dix lieues autour de la ville), ainsi que dans les dépendances italiennes du royaume. En

---

[21] Michel François, *Lettres de Henri III, op. cit.*, p. 342.

[22] Le texte de l'édit de Poitiers est donné, *in extenso*, par A. Stegmann, *Édits des guerres de Religion*, Paris, 1979, p. 131-153.

revanche, le culte catholique doit être rétabli partout, même là où il avait disparu.

Les chambres mi-parties ne subsistent plus que dans quatre parlements (Bordeaux, Toulouse, Grenoble et Aix) et les magistrats réformés n'y entrent plus que pour un tiers de l'effectif. Les calvinistes peuvent à nouveau être admis à tous offices, charges et dignités, être reçus aux écoles et aux hôpitaux. Mais ils doivent observer les fêtes de l'Église romaine, verser la dîme au clergé, restituer les édifices qu'ils ont usurpés. Ils doivent surtout rendre au roi les villes qu'ils occupent, à l'exception de huit places de sûreté qu'ils pourront garder pendant six années : Montpellier (au lieu de Beaucaire) et Aigues-Mortes en Languedoc, Nyons et Serres en Dauphiné, Seyne-La Grand'Tour en Provence, Périgueux, La Réole (au lieu d'Issoire) et Le Mas-de-Verdun en Guyenne.

De plus, comme la Ligue n'a été d'aucun secours à Henri III pendant la sixième guerre de Religion, l'article 56 de l'édit en prononce la dissolution : «Et seront toutes ligues, associations et confréries faites ou à faire, sous quelque prétexte que ce soit, au préjudice de notre présent édit, cassées et annulées, comme nous les cassons et annulons[23]...»

L'édit de Poitiers est un événement charnière dans l'histoire des guerres de Religion. Il met fin à cinq années de troubles à peu près continuels initiés par la Saint-Barthélemy. Il inaugure sept années, non de paix complète, mais de calme relatif. Il doit ce privilège à l'équilibre et à l'équité de ses dispositions. Comme il n'impose pas le rétablissement de l'unité religieuse, il est acceptable par les protestants. Comme il n'accorde pas de privilèges excessifs à ces derniers, les catholiques peuvent l'admettre. Vingt ans plus tard, il servira de modèle à l'édit de Nantes.

*

En décembre 1576, Henri III, souhaitant revenir sur les clauses humiliantes de l'édit de Beaulieu, a voulu poursuivre deux objectifs contradictoires : restaurer le catholicisme comme religion unique et maintenir la paix civile. Cette volonté, irréaliste, a engendré la sixième guerre de Religion qu'il aurait voulu éviter. Du moins cette sixième guerre, finalement heureuse pour le pouvoir royal, lui a-t-elle appris le réalisme de l'action. Pendant des mois, au lieu de chercher à réaliser son propre idéal politique et religieux, il a mené de front opérations militaires et négociations, bien secondé par

---

[23] A. Stegmann, *op. cit.*, p. 148.

les ducs de Nevers, de Mayenne et de Montpensier. La paix qu'il conclut en septembre 1577, il l'appelle «ma paix»: c'est la *paix du roi* par opposition à la *paix de Monsieur*. Sans doute n'est-elle pas conforme à son désir secret de rétablir l'unité religieuse. Mais elle ne lui a pas été dictée par des sujets rebelles et victorieux. Surtout, elle comble son constant souci de soulager son peuple des maux de la guerre civile. Abandonnant le rôle de chef du parti catholique, il a replacé la Couronne en position d'arbitre au-dessus des factions. Et comme il a réussi à mettre l'autorité monarchique à l'abri des empiétements des États généraux, il peut être satisfait des résultats qu'il a obtenus. Il lui reste à parachever la pacification et à entreprendre la réforme du royaume, depuis si longtemps à l'ordre du jour.

CHAPITRE XIII

LA PAIX ARMÉE

En signant l'édit de Poitiers, Henri III a mis fin aux opérations militaires qui ont dévasté le royaume pendant la sixième guerre civile, aux déplacements de troupes et aux sièges de villes. Mais, après quinze années de troubles, les habitudes de violence et le mépris de l'autorité légitime gangrènent à ce point la société française que le calme ne revient pas du jour au lendemain. Tandis qu'à la Cour la rivalité des factions aristocratiques fait régner une insécurité permanente, une situation plus ou moins anarchique prévaut encore pendant trois ans dans les provinces, surtout celles du Midi. La Couronne s'y épuise à faire respecter son édit de pacification. Malgré le retour officiel de la paix, le roi est très loin de son idéal de pouvoir absolu.

La rivalité des factions de cour

Le 20 octobre 1577, venant de Poitiers, Henri III arrive à Ollainville, suivi comme son ombre par ses mignons. L'Estoile, qui déteste ces jeunes gens bruyants, insolents, raffinés, princièrement vêtus, nous les décrit sur le mode polémique: «fraisés et frisés avec les crêtes levées, les ratepennades en leurs têtes, un maintien fardé avec l'ostentation de même, peignés, diaprés et pulvérisés de poudres violettes et senteurs odoriférantes qui aromatisaient les rues, places et maisons où ils fréquentaient[1]». Le mois suivant, tout ce monde

---

[1] Pierre de L'Estoile, *Journal d'un bourgeois de Paris sous Henri III*, Paris, 1966, p. 103. Certaines expressions employées par le mémorialiste nécessitent une transposition en français actuel:
– *les crêtes levées*: l'air hardi, audacieux;
– *les ratepennades (ou ratepennages)*: postiches confectionnés avec des cheveux;
– *un maintien fardé*: un maintien affecté.

retrouve le Louvre où la paix autorise le roi à entreprendre de vastes travaux d'aménagement sous la conduite de son architecte préféré, Baptiste Androuet Du Cerceau (un huguenot!) à son service de 1575 à 1585.

Qui sont les mignons? Depuis le XVe siècle, le terme sert à désigner, *sans aucune nuance péjorative*, les serviteurs des grands. Le comte de Fervacques, qui a joué un si grand rôle dans l'évasion du roi de Navarre, est ainsi qualifié de «grand mignon du prince de Béarn» dans une dépêche diplomatique. On a même appelé les jésuites «mignons de Jésus-Christ».

La faveur dont ils jouissent a une signification politique. Pour bien la comprendre, il convient de rappeler[2] que, dans la société aristocratique et militaire du XVIe siècle, les grands tiennent le haut du pavé. Il faut entendre par là les princes du sang et les seigneurs de très haut rang comme les ducs et pairs, illustres par leur naissance, puissants grâce à leurs énormes revenus fonciers, influents par les charges de cour qu'ils détiennent, les commandements militaires et les gouvernements provinciaux que le roi leur confie. Grâce à leurs immenses ressources, ils peuvent entretenir d'imposantes clientèles de parents, de vassaux et d'obligés recrutés dans la noblesse. Ce sont leurs *créatures* qui attendent d'eux, en échange d'une fidélité inconditionnelle, divers avantages: gratifications, honneurs, riches mariages, accès aux bienfaits du roi. Quand le chef d'un lignage fameux se déplace, plusieurs dizaines (voire plusieurs centaines) de dépendants lui font escorte. Pour équilibrer la puissance de ces maisons aristocratiques, le roi est dans l'obligation de se constituer sa propre clientèle de fidèles à toute épreuve.

De plus, faute de disposer d'une administration suffisamment étoffée, le pouvoir royal a besoin de s'appuyer sur des hommes de confiance qui puissent remplir des missions délicates. Forte de sa longue expérience gouvernementale, Catherine de Médicis le sait bien. En octobre 1579, elle conseille à son fils de recruter des hommes nouveaux: «car les vieux s'en vont et il faut dresser des jeunes», lui écrit-elle.

Ses mignons, Henri III les a recrutés dans la moyenne noblesse. Ils ont à peu près le même âge que lui. Désireux de se pousser à la Cour, déterminés à faire une belle carrière et une grande fortune à son service, ils lui sont dévoués jusqu'à la mort. Dès l'époque du siège de La Rochelle, celui qui n'était encore que le duc d'Anjou s'était lié d'amitié avec les Quatre: Jacques de Lévis, comte de Quélus, François d'Espinay, seigneur de Saint-Luc, Henri Ébrard, baron

---

[2]   Voir le chapitre premier du présent ouvrage, p. 16.

de Saint-Sulpice, François, marquis d'O. En 1577, ils ne sont plus que trois : le 20 décembre 1576, à Blois, Jean de Beaune, vicomte de Tours, a fait assassiner Henri de Saint-Sulpice à la suite d'une querelle survenue au jeu de palemail. Mais, depuis 1575, d'autres favoris sont venus peu à peu grossir les rangs des mignons : Joachim de Dinteville, Paul de Stuer de Caussade, comte de Saint-Mégrin, Guy de Livarot, Louis de Maugiron, Anne de Batarnay, baron d'Arques, Jean-Louis de Nogaret de La Valette. Livarot, Maugiron et La Valette ont d'ailleurs commencé à servir chez Monsieur avant de rejoindre le roi.

Pendant la sixième guerre civile, des libelles protestants (par exemple *Les vertus et les propriétés des mignons*) ont insinué que les fidèles du roi étaient des adeptes de l'homosexualité. En octobre 1577, un sonnet recueilli par L'Estoile va plus loin en affirmant crûment que Quélus « ne trouve qu'en son cul tout son avancement ». La population parisienne comme la noblesse militaire reprennent vite ces accusations à leur compte. D'abord parce que Henri III impose à son entourage une hygiène corporelle et vestimentaire insolite, l'emploi du savon et des parfums, de fréquents changements de linge ; ces usages efféminés venus d'Italie ne sont-ils pas le signe de la corruption morale de la Cour ? Ensuite parce que le souverain se montre d'une déconcertante prodigalité à l'égard de ses mignons qu'il couvre de cadeaux et de gratifications.

Cependant, les lettres qu'il leur a adressées, et dont quelques-unes sont parvenues jusqu'à nous, ne permettent pas de conclure à la réalité de ces assertions. Écrites sur le ton de la camaraderie, usant parfois du tutoiement, elles révèlent la très vive amitié du *maître* pour sa *troupe*. Une amitié passionnée qui s'exprime en termes qui nous paraissent aujourd'hui excessifs mais qui cadrent parfaitement avec le style épistolaire outré pratiqué par la haute société du temps ainsi qu'avec la personnalité du roi qui a dit un jour : « Ce que j'aime, c'est avec extrême[3]. »

L'amitié de Sa Majesté se montre très exigeante et les mignons doivent être constamment prêts à obéir à ses ordres et à accomplir des missions variées. Ils ne se contentent donc pas de fréquenter la Cour. Ils vont à la guerre : les Quatre font campagne aux côtés du duc de Guise à l'automne 1575, Saint-Luc participe au siège de

---

[3] Cité par Jacqueline Boucher, *La cour de Henri III*, Rennes, 1986, p. 24.
Exemples du style de Henri III écrivant aux mignons : « Aimez toujours bien le maître car il vous aime bien fort » (aux Quatre, le 29 septembre 1575) ; « Petit, je te baise les mains et embrasse » (à Jacques de Quélus) ; « Aimez toujours bien Henri, car il aime bien fort Henri. Et venez-vous en après avoir fait vos affaires » (à Henri de Saint-Sulpice, le 7 mars 1576).

La Charité au printemps 1577. Ils exercent des commandements militaires : Saint-Sulpice est capitaine des chevau-légers de la garde royale, Quélus d'une compagnie de gendarmes, Saint-Luc prendra la tête des régiments de Piémont puis de Picardie. Henri III leur confie de hauts postes administratifs, le gouvernement de Basse-Normandie à François d'O, la lieutenance générale de Champagne à Dinteville. Courageux jusqu'à la témérité, gouvernés comme tous les nobles par le point d'honneur, ils comptent au nombre des plus acharnés duellistes du temps, de ceux «qui se sont battus si bravement en combats singuliers et les ont mis si honorablement en usage», comme le dit Brantôme.

Le retour de la paix a regroupé au Louvre la famille de Valois. Les rapports de Henri III avec son frère François et sa sœur Margot qui le haïssent ne tardent pas à s'envenimer. Entre les serviteurs du roi et ceux du duc d'Anjou, la vieille rivalité tourne à l'affrontement à peu près permanent. À partir du moment où l'on appartient à la maison de Sa Majesté, on a nécessairement pour ennemis mortels les favoris de Monsieur. Il n'est pas jusqu'aux marmitons, palefreniers et laquais qui n'épousent la querelle de leurs maîtres en s'administrant de retentissantes volées.

À la tête des mignons de Monsieur parade Bussy d'Amboise, redevenu l'amant en titre de Marguerite de Valois. Il s'est tristement illustré pendant la dernière guerre en mettant le Maine et l'Anjou à sac (il est pourtant le gouverneur de la seconde de ces provinces). À la Cour, il s'en prend ouvertement aux familiers de Henri III qu'il traite de «mignons de couchette», reprenant ainsi à son compte les accusations des protestants.

Le 6 janvier 1578, jour des Rois, Bussy tourne publiquement ses adversaires en dérision. Alors que ceux-ci affichent une élégance tapageuse, il arrive au Louvre «habillé tout simplement et modestement, mais suivi de six pages vêtus de drap d'or, frisés, disant tout haut que la saison était venue que les plus bélîtres [gueux] seraient les plus braves [élégants][4]». Cette bravade est le point de départ de toute une série de provocations et de violences qui occupent les premières semaines de l'année, jusqu'à la mi-février. Excessivement indulgent, le roi n'ose pas sévir contre les coupables et se montre d'une scandaleuse partialité envers ses favoris quand ceux-ci sont dans leur tort.

Le 9 janvier, au bal, Bussy, qui a l'accord de Monsieur, cherche noise à Philibert de Grammont, un fidèle de Sa Majesté. Un duel

---

[4]   Pierre de L'Estoile, *op. cit.*, p. 106.

est décidé. Il aura lieu le lendemain matin, à la porte Saint-Antoine. L'heure venue, chacun des deux adversaires se présente à la tête d'une troupe imposante d'amis. Ce n'est plus un duel mais une bataille rangée que le roi, prévenu à temps, réussit à empêcher. L'après-midi, Grammont, qui veut sa vengeance, attaque Bussy à son domicile de la rue des Prouvaires, près des Halles. Le combat vient de commencer lorsque le maréchal de Cossé et Philippe Strozzi, colonel général de l'infanterie, viennent y mettre fin. Grammont et Bussy sont conduits prisonniers au Louvre. En se battant à Paris, le roi y résidant, ils ont commis un crime qui réclame une punition exemplaire. Henri III se contente de les admonester après avoir chargé les maréchaux de Montmorency et de Cossé de les réconcilier (les maréchaux de France sont les juges du point d'honneur). Il vient de se montrer à la fois faible, en ne sévissant pas, et partial, en protégeant Grammont.

À la fin du mois, un groupe de favoris du monarque croise un groupe de fidèles de son frère. Un dialogue dépourvu d'aménité s'engage entre Quélus et Bussy. Le premier traite le second de « capitaine de bougres [*sodomites*] ». L'incident en reste là. Mais deux jours plus tard, le 1ᵉʳ février, Bussy, accompagné du seul capitaine Rochebrune, est chargé près de la porte Neuve par plusieurs mignons que commande Quélus. Tenu par un serment qu'il a prêté au roi, Bussy tourne bride et se réfugie à Saint-Cloud. Mais Rochebrune est grièvement blessé. De sa retraite, Bussy demande à Henri III l'autorisation de rencontrer son agresseur en combat singulier. Mais le roi refuse et étouffe l'affaire, à la grande indignation de Monsieur. De malveillants esprits résument la querelle dans un sonnet à double sens :

> *Quélus n'entend pas la manière*
> *De prendre les gens par-devant.*
> *S'il eût pris Bussy par-derrière,*
> *Il lui eût fourré bien avant*[5].

Le 9 février, une grande fête se déroule au Louvre : François d'Espinay-Saint-Luc épouse Jeanne de Cossé-Brissac, « laide, bossue et contrefaite » selon L'Estoile mais fort riche et très intelligente. Henri III veille, en effet, à marier avantageusement ses fidèles. Pour éviter à son dernier fils les railleries des mignons, Catherine de Médicis l'emmène passer la journée à Vincennes et à Saint-Maur. Mais le lendemain, il faut bien que Monsieur paraisse

---

[5] Cité par Pierre de L'Estoile, *op. cit.*, p. 109.

au bal qui clôture les festivités. Son absence aurait la signification politique d'une rupture avec le roi. Il y subit de telles avanies, de telles insolences qu'il va s'en plaindre à sa mère et sollicite l'autorisation d'aller chasser à Saint-Germain. Henri III accède d'abord à sa requête. Mais, dans la nuit, ses mignons font craindre au roi une nouvelle évasion, une nouvelle révolte de son frère. Il court alors chez Monsieur qui est couché, réclame des explications, tempête et menace. La chambre est soumise à une perquisition en règle, les coffres emportés, un billet galant de Madame de Sauve arraché des mains du duc d'Anjou. Au lever du jour, plusieurs favoris de celui-ci sont arrêtés : Claude de La Châtre[6] est embastillé, Jean de Simier et Bussy internés au palais. C'est, semble-t-il, le duc de Lorraine Charles III, venu dans la capitale pour les réjouissances du Mardi gras, qui réussit à prouver à Henri III qu'il vient de commettre une énorme bévue en portant contre son frère de graves accusations dénuées de preuves. Après quoi, Catherine de Médicis organise chez elle une cérémonie de réconciliation au cours de laquelle Bussy est invité à embrasser Quélus, ce qu'il fait, paraît-il, de façon bouffonne.

Cependant, comme le soupçon gouverne toujours l'esprit du roi, Monsieur et les siens restent soumis à une surveillance constante. François d'Anjou décide donc de quitter une deuxième fois la Cour. Le soir du 14 février, il se rend dans la chambre de sa sœur Marguerite qu'il a mise dans la confidence. Il enjambe la fenêtre et descend jusqu'au sol au moyen d'une corde, suivi par son valet Cangé et par Simier. Les fugitifs gagnent une barque qui les attend, franchissent la Seine et, sur la rive gauche, montent jusqu'à l'abbaye de Sainte-Geneviève dont les bâtiments s'adossent à l'enceinte de Paris. L'abbé, le père Joseph Foulon, les fait passer par un trou pratiqué dans la muraille. Une fois hors de Paris, ils montent à cheval et prennent la direction d'Angers, capitale de l'apanage de Monsieur. Ils ont déjà une confortable avance lorsque l'abbé prévient le roi.

En fait, François d'Anjou n'a nullement l'intention de prendre la tête d'une révolte. Il veut pouvoir mener sa politique personnelle, conquérir la couronne des Pays-Bas et se marier avec Élisabeth d'Angleterre. Comme il est l'héritier du trône, la reine Louise n'ayant pas encore donné naissance à un dauphin, on ne peut continuer à lui chercher noise. Il va tenir sa propre cour à Angers, entre une expédition militaire dans les Flandres et un séjour outre-Manche. Comme il l'avait fait au départ du roi de Navarre,

---

6   À ne pas confondre avec Gaspard de La Châtre, seigneur de Nançay, gouverneur de Bourges, mort en 1576.

Henri III laisse partir les bagages, les fidèles et les domestiques de son frère. Le Louvre va retrouver un peu de calme. Mais pas pour longtemps car les hommes du duc de Guise vont affronter à leur tour les mignons du roi.

Pendant les trois premières années de son règne, Henri III a entretenu d'excellentes relations avec le duc de Guise, son camarade d'enfance. On l'a souvent vu à l'hôtel de Guise. Il y est venu en visite. Il y a participé à des festivités. Par exemple, le 10 décembre 1577, il y assiste aux noces d'une fille de Claude Marcel, le grand financier catholique, devenu l'un des intendants des finances royales. Il y a même tenu conseil.

Il ne se méfie pas moins de celui que les ligueurs de 1576 auraient volontiers placé à leur tête. Pendant la sixième guerre de Religion, il ne lui a confié aucun grand commandement. Guise a, certes, participé au siège de La Charité mais en sous-ordre. En mars 1577, le roi lui a demandé de poursuivre la mise sur pied de la Ligue dans son gouvernement de Champagne. En juillet, il l'a chargé d'empêcher une possible invasion du royaume, qui ne s'est pas produite, par des mercenaires venus d'Allemagne. Rien de plus.

Pourquoi le duc Henri de Guise représente-t-il un danger potentiel pour la Couronne? D'abord parce qu'il est le chef d'un très grand, d'un très puissant lignage, issu d'une maison souveraine étrangère. Ce clan est extrêmement soudé et compte dans ses rangs quatre ducs et pairs : Guise lui-même, son frère Mayenne, ses cousins Aumale et Elbeuf. On peut y ajouter le duc de Nemours, second mari de sa mère et l'archevêque-duc de Reims, son frère Louis, élevé au cardinalat en février 1578 à la demande du roi.

Ensuite, le Balafré est le plus en vue de tous les catholiques zélés. Il n'accepte pas que les protestants puissent jouir d'une quelconque liberté de culte, même limitée. L'édit de Poitiers ne lui paraît pas plus satisfaisant que l'édit de Beaulieu. Il est d'autant plus porté à le remettre en cause qu'il est très ambitieux pour lui-même, pour sa famille et qu'il ploie sous les dettes. Pour la haute aristocratie, le XVIe siècle, en Europe, est une époque d'endettement massif. Guise n'échappe pas à la règle car il est effroyablement dépensier, mauvais gestionnaire (mauvais *ménager* disait-on de son temps) et adonné au jeu. Entre 1578 et 1581, il devra vendre pour 650 000 livres de terres (le comté de Nanteuil-le-Haudoin, les seigneuries lorraines de Hombourg et Saint-Avold), ce qui ne l'empêchera pas de devoir à sa mort plus de 1 million de livres. On comprend, dans ces conditions, qu'il soit devenu un jour le pensionné du roi d'Espagne. Henri III, de son côté, a tenté d'obtenir de lui une soumission parfaite en lui faisant des dons appropriés, bien incapables d'ailleurs de remédier à ses énormes difficultés financières et au mécontentement qui en résultait.

Henri de Guise traîne à sa suite une troupe de jeunes nobles, ses clients, tout aussi bruyants, insolents et violents que ceux du roi qui tournent contre eux leur animosité. Le 26 avril, dans la cour du Louvre, Quélus cherche querelle à l'un d'entre eux, François de Balzac d'Entragues, dit le bel Entraguet, qui a naguère suivi Henri III en Pologne. Rendez-vous est pris le lendemain à l'aube, au marché aux chevaux, près de la Bastille pour régler l'affaire par les armes. Selon la coutume, chacun des deux champions est accompagné d'amis qui se battent aussi, pour la gloire et pour le plaisir. Quélus a pour seconds Maugiron et Livarot, Entraguet a requis les services du seigneur de Ribérac et du jeune Schomberg. Ce combat du dimanche 27 avril 1578 est resté dans l'histoire sous le nom de *duel des mignons*. Il se déroule avec une telle furie que Maugiron et Schomberg tombent morts sur la place. Ribérac meurt de ses blessures le lendemain vers midi. Livarot, blessé à la tête, met six semaines à guérir. Quélus, l'agresseur, ayant reçu dix-neuf blessures, languit trente-trois jours avant de mourir à son tour, le 29 mai. Les récompenses promises aux médecins par le roi ne réussissent pas à le tirer d'affaire. Seul, Entraguet s'en sort avec une simple égratignure au bras.

Henri III, très affecté par la mort de ses mignons, manifeste publiquement la plus vive douleur. Il recueille leurs cheveux comme des reliques, détache lui-même les pendants d'oreilles qu'il avait donnés à Quélus. Il fait inhumer leurs corps dans l'église Saint-Paul et fait ériger sur leurs tombes de somptueux mausolées que la foule mettra en pièces en 1589 à l'instigation des prédicateurs de la Ligue.

À la suite de ce combat mémorable, le mépris du roi grandit dans l'opinion alors que la popularité du Balafré s'accroît. Libelles et pasquils traînent les mignons dans la boue, portent au contraire Entraguet aux nues. Henri III ne fait d'ailleurs pas poursuivre celui-ci par la justice, d'une part parce que Quélus était l'agresseur, de l'autre pour ne pas heurter de front le puissant clan des Guises : en 1578, le pouvoir royal n'est pas assez fort pour plier les lignages aristocratiques à sa volonté.

Quelques mois plus tard, un autre favori de Sa Majesté, Saint-Mégrin, qui avait osé faire la cour à la duchesse de Guise en personne, est abattu dans la rue par une bande de spadassins, aux ordres, pense-t-on, du duc de Mayenne. Il aura, lui aussi, son mausolée à l'église Saint-Paul, devenue le *sérail des mignons*.

En 1578, la maison de Guise n'hésite donc pas à affirmer sa force au détriment de la clientèle du roi. Faute de pouvoir s'y prendre autrement, Henri III s'efforce de l'affaiblir «avec adresse», selon le mot du duc d'Épernon. C'est cette même année qu'il étend les prérogatives du prévôt de l'hôtel, François de Richelieu[7], qui devient le grand prévôt de France. Ce personnage exerce des fonctions de justice et de police à la Cour et dans un rayon de dix lieues à la ronde. Amplifier son rôle revient à rogner les attributions du grand maître de France, chef suprême de la Maison du roi, doté lui aussi d'une juridiction. Or, le grand maître de France n'est autre que le duc de Guise.

Les événements dramatiques qui viennent d'être rapportés brièvement n'ont plus rien à voir avec la religion. Ils mettent en cause l'éthique aristocratique qui place le culte de l'honneur au-dessus de toute autre considération, la morale chrétienne comme le respect de la vie humaine. La mort de Quélus, Maugiron et Saint-Mégrin laisse en tout cas le champ libre à ceux qui vont devenir les archimignons : La Valette, futur duc d'Épernon, Arques, futur duc de Joyeuse.

L'anarchie provinciale

Pendant que le jeu sanglant des factions de cour scandalise au plus haut point les bourgeois parisiens, des queues de troubles affectent encore bien des provinces, surtout dans le Midi. Le roi le constate amèrement dans une circulaire qu'il adresse aux gouverneurs et aux lieutenants généraux en avril 1578 : «Les reliques des troubles ont laissé tant de gens mal vivant qui ne se peuvent réduire à mener vie digne de bons sujets et citoyens[8].» Il a cru un peu vite que l'édit de Poitiers, si bien conçu, allait ramener le calme partout. Mais les Français ont désappris l'obéissance aux lois et la Couronne éprouve des difficultés d'autant plus grandes à pacifier le royaume qu'elle a dû dissoudre de nombreuses unités militaires pour réaliser des économies.

Dans les provinces du Nord, le premier fauteur de désordre n'est autre que le duc d'Anjou. En décembre 1576, les habitants des Pays-Bas, soulevés contre la domination de Philippe II, ont sollicité son concours. Au cours de l'été 1577, sa sœur Marguerite est

---

[7] C'est le père du cardinal de Richelieu.

[8] Michel François, *Lettres de Henri III roi de France recueillies par Pierre Champion*, tome III, Paris, 1972, p. 509.

allée prendre les eaux à Spa et lui a procuré un allié puissant en la personne d'un grand seigneur hennuyer, le comte de Lalaing, qui rêve de se substituer au prince d'Orange à la tête de la rébellion. Aussi, depuis qu'il a quitté le Louvre, Monsieur ne songe-t-il plus qu'à devenir comte de Flandre et duc de Brabant. C'est pourquoi il consacre le printemps et l'été 1578 à lever des soldats en France sans l'autorisation de Sa Majesté dont il bafoue ouvertement l'autorité, le recrutement des troupes étant un droit régalien. Il envenime, du même coup, les relations franco-espagnoles. De surcroît, les bandes qui entrent à son service commettent toutes sortes de violences, de pillages et d'excès en Normandie, Picardie et Champagne. Henri III «n'a nullement agréable ladite entreprise de Flandre». Il s'en plaint à plusieurs reprises à ses proches. Il écrit par exemple, le 14 août, à Pomponne de Bellièvre : «Il y a, depuis huit jours, plus de cinquante et soixante compagnies de gens de pied sur ma frontière de Picardie et en Champagne qui ne font contenance aucune de vouloir passer outre et cependant vivent si licencieusement et débordement que le pays en est de présent tout abandonné[9].»

À la mi-juin 1578, Monsieur s'est installé à Mons, capitale du Hainaut. Le 13 août, les États généraux des Pays-Bas le proclament défenseur de leurs libertés contre les Espagnols et leurs adhérents. Le roi a bien tenté de le détourner de son projet chimérique par l'entremise de Catherine de Médicis (deux fois) et du maréchal de Cossé. Ceux-ci lui ont exposé en détail les inconvénients et dangers d'une intervention armée hors du royaume. Mais rien n'a pu fléchir sa détermination. Même pas l'offre de devenir souverain du marquisat de Saluces où Damville ne s'est finalement pas établi.

À diverses reprises, Henri III a donné l'ordre au comte de Matignon, gouverneur de Normandie et au sieur d'Humières, lieutenant général en Picardie, de tailler en pièces les bandes illégalement constituées. Mais ceux-ci n'ont rien pu faire, faute de moyens militaires appropriés. Sans doute aussi ne souhaitaient-ils pas se dresser en armes contre l'héritier du trône. La première aventure de Monsieur aux Pays-Bas prendra fin seulement en décembre 1578.

Dans les provinces méridionales, les désordres naissent tout naturellement du face à face entre catholiques et protestants qui se sont combattus pendant des lustres. Méfiants, les réformés refusent souvent de remettre les places qu'ils détiennent aux gouverneurs

---

[9]   Michel François, *op. cit.*, tome IV, Paris, 1984, p. 58. Sur la tentative de François d'Anjou dans les Flandres, voir le livre de Frédéric Duquenne, *L'entreprise du duc d'Anjou aux Pays-Bas de 1580 à 1584*, Presses universitaires du Septentrion, 1998.

royaux; l'édit de Poitiers leur en fait pourtant l'obligation. Par ailleurs, les ambitions personnelles de quelques grands personnages ne s'accommodent guère de la paix. Les contraventions à la pacification se multiplient donc sans que justice puisse en être faite. Le roi n'est certes pas avare d'initiatives dès lors qu'il s'agit de calmer définitivement les esprits: il veille avec soin à la composition des chambres mi-parties, il adjoint aux gouverneurs des hommes de robe chargés de les aider à imposer le respect de la loi[10], il envoie les maréchaux de France en chevauchées d'inspection. Mais les résultats qu'il obtient sont loin d'être à la mesure des efforts déployés.

En Guyenne, il comptait beaucoup sur le gouverneur, Henri de Navarre, pour ramener la tranquillité. Mais celui-ci, poussé par les pasteurs réformés, se montre plus soucieux de consolider les positions du camp protestant – et d'améliorer les siennes propres – que de collaborer à l'application de l'édit de Poitiers. Le 22 mai 1578, Henri III constate mélancoliquement que «les choses ne sont pas encore du tout accommodées». Le brigandage sévit ici ou là. Le sieur de Vivans, gouverneur de Périgueux, place de sûreté huguenote, organise des expéditions de pillage dans le plat pays et disperse les processions catholiques, les armes à la main. Pour comble de malheur, le gouverneur de la province et son adjoint entretiennent les plus mauvaises relations. Désireux de satisfaire Henri de Navarre, le roi a substitué le baron de Biron au marquis de Villars dans les fonctions de lieutenant général au gouvernement de Guyenne. Mais Biron, promu maréchal de France en octobre 1577, ne se montre pas plus conciliant que son prédécesseur. Il affecte d'ignorer le gouverneur, de n'obéir qu'aux ordres de Henri III. Il prend bien soin de ne pas punir les catholiques qui contreviennent à l'édit de Poitiers. Quant à la ville de Bordeaux, qui refuse toujours de recevoir Henri de Navarre, elle se comporte en entité autonome, dirigée par son maire et son parlement. En août 1579, elle élira Biron comme maire.

La situation n'est pas meilleure en Languedoc. On sait qu'en 1577, le roi s'était entendu avec Damville. Ce dernier, après avoir remis aux gouverneurs royaux les places qui étaient en son pouvoir, devait quitter le Languedoc pour le marquisat de Saluces. Après son départ, la province aurait été partagée en deux gouvernements au profit du maréchal de Bellegarde et de Charles de Birague, cousin du chancelier. Mais cet arrangement n'a pu être appliqué. Moins bien obéi qu'il ne le pensait, Damville n'a pas été capable de livrer

---

[10] Ce sont les ancêtres des intendants, les grands administrateurs des XVIIe et XVIIIe siècles.

toutes les places prévues et a dû rester sur place, rencontrant toutes sortes de difficultés. Pour reprendre le contrôle de Beaucaire, il s'est vu contraint de fomenter une révolte des habitants contre le capitaine huguenot Pierre de Parabère. Parabère tué, son lieutenant, le capitaine Baudonnet, a appelé à son secours François de Coligny, gouverneur de Montpellier, qui refusait d'exécuter l'édit de Poitiers. De septembre 1578 à février 1579, Coligny se bat contre Damville. Pendant ce temps, des protestants devenus bandits de grand chemin font régner la terreur dans les pays de l'Aude : le capitaine Fournier, le capitaine Noguier, le capitaine Bacou détroussent les marchands, pillent les châteaux et saccagent les églises. Retranchés dans leurs nids d'aigle, ils sont inexpugnables. En Gévaudan, c'est le capitaine Merle qui sévit.

Le maréchal de Retz a résilié le gouvernement de Provence au profit du comte de Suze avec l'agrément du roi. Mais le lieutenant général, le comte de Carcès, refuse de reconnaître l'autorité de son nouveau supérieur. Les calvinistes, les villes, le parlement d'Aix soutiennent le comte de Suze et constituent le parti des *razats*. La noblesse catholique soutient le comte de Carcès. Razats et carcistes se combattent, mettant le pays à sac.

En Dauphiné, les réformés gardent leurs places fortes. Ils refusent même de rendre au pape la petite cité comtadine de Ménerbes. Leur chef, François de Bonne, seigneur de Lesdiguières, se comporte dans ses montagnes comme un véritable souverain. Il n'est pas jusqu'au marquisat de Saluces, pourtant situé *au-delà des monts*, qui ne crée d'énormes soucis à Henri III. En 1577, l'un de ses favoris, le maréchal de Bellegarde, en était le gouverneur. On sait qu'il devait céder la fonction à Damville et aller administrer le Languedoc. On sait aussi que l'échange prévu n'a pas pu avoir lieu. Privé d'emploi, Bellegarde sollicite à nouveau le gouvernement de Saluces en 1578. Le roi, qui voudrait y installer son frère pour le détourner des Pays-Bas, n'accède pas à sa requête. En janvier 1579, le maréchal envahit le marquisat à la tête de soldats protestants recrutés en Dauphiné et payés, semble-t-il, avec de l'or espagnol fourni par le gouverneur de Milan.

Dans plusieurs provinces, les années 1578 et 1579 voient naître et se développer un mouvement antifiscal qui ajoute à la confusion. Dans un royaume économiquement épuisé par la guerre civile, la dépopulation, le désordre monétaire, le roi ne trouve pas de ressources suffisantes pour assurer correctement le fonctionnement de l'État, la vie de la Cour et le remboursement de la dette. Il a donc recours à l'emprunt mais aussi à des *crues* de taxes ou à des impositions nouvelles qui excèdent les contribuables. Alors que, selon les idées du temps, il devrait vivre *du sien*, c'est-à-dire des revenus du domaine royal, il demande toujours plus à ses sujets. Bourguignons, Normands et Bretons reprennent une idée émise par les cahiers de doléances de 1576 et refusent de payer plus qu'au temps de Louis XII. Ils s'élèvent à la fois contre un fardeau qu'ils jugent insupportable et contre l'emprise croissante de l'État sur la vie des particuliers. En 1578, les États provinciaux de Bourgogne refusent toute création de taxe nouvelle. L'abbé de Cîteaux, représentant du clergé, apostrophe vertement Sa Majesté : « Si tu veux, Sire, avoir puissance de nous imposer deux tailles en une année, il faut que tu aies aussi le pouvoir de nous donner deux étés, deux automnes, deux moissons et deux vendanges[11]. » Au début de 1579, à Caen, six à sept cents paysans, soutenus par leurs seigneurs, manifestent contre la taille qu'on ne pourra lever qu'avec retard en Normandie, pourtant la plus riche province du royaume (la plus imposée aussi, il est vrai).

Cette contestation de l'impôt déconcerte quelque peu Henri III qui hésite sur les moyens propres à l'apaiser. Il a parfaitement conscience d'exiger beaucoup de son peuple et il accepte, à l'occasion, de rabattre ses prétentions. Le 10 février 1579, par exemple, il renonce à la levée du vingtième de la taille due par les Normands ; il répond ainsi aux remontrances que les États de la province lui ont adressées. Mais il s'irrite aussi de voir que ses sujets osent s'opposer à la volonté de leur prince, ce qui va à l'encontre de sa conception absolue de l'autorité royale. Il ne peut pas plus admettre qu'on lui refuse les moyens financiers nécessaires à la bonne marche de l'État. Il incline alors à châtier les récalcitrants et il approuve Matignon qui a fait arrêter quatre des principaux habitants des paroisses pour activer la levée de la taille dans son gouvernement. De toute façon, quelle que soit la nature de la résistance à mater, le roi hésite toujours entre la bienveillance et la sévérité.

Cependant, pour les Français peu enclins à payer des taxes, Henri III n'est qu'un tyran qui les pressure dans le seul but d'assouvir ses caprices et de distribuer de scandaleuses gratifications à ses mignons. L'Estoile se fait l'écho de cette manière de voir qui fonde l'impopularité royale.

Au XVIᵉ siècle, les personnages de haut rang se montrent d'autant plus fidèles, affectionnés et obéissants à la monarchie que Sa Majesté les connaît personnellement. On répugne à se soumettre

---

[11] Cité par Jean-Marie Constant, *La Ligue*, Paris, 1996, p. 84.

à un souverain lointain et peu familier. Pour surmonter les difficultés qui entravent l'application de l'édit de Poitiers, il conviendrait donc que le roi aille sur place et rende lui-même les arbitrages
nécessaires. C'est parce qu'elle avait parfaitement compris cela que
Catherine de Médicis avait organisé, en 1564, le grand voyage de
Charles IX à travers le royaume. Mais Henri III, casanier et de santé
fragile, n'aime guère s'éloigner de Paris et de l'Île-de-France. S'il
pousse jusqu'à Dieppe en juin 1578, c'est pour soigner une maladie
de peau par des bains de mer. Il préfère d'ailleurs exercer le pouvoir
suprême d'une façon bureaucratique, un peu comme Philippe II
d'Espagne, plutôt que de manière directe, ainsi qu'un roi médiéval.
Il passe de longues heures à étudier des rapports et à dicter un
abondant courrier que contresignent les secrétaires d'État. Pour
faire prévaloir sa volonté, il compte beaucoup sur la compétence
et le zèle de ses agents d'exécution. Plutôt que de se déplacer
lui-même, il envoie ses fidèles en mission.

Au printemps de 1578, il charge Paul de Foix et le vicomte de
Turenne, figure de proue du parti protestant, d'une tâche de conciliation en Guyenne. En mars 1579, il confie le soin de calmer la
fronde antifiscale des provinces à plusieurs personnalités, le premier
président Jean de La Guesle en Bourgogne, le maréchal de Retz en
Bretagne, le duc de Montmorency et le surintendant de Bellièvre en
Normandie. Tous doivent trouver un terrain d'entente avec les États
provinciaux. Il expédie aussi son mignon La Valette, le futur duc
d'Épernon, auprès du maréchal de Bellegarde pour une tentative
d'accommodement qui n'aboutira pas.

Le meilleur des négociateurs dont puisse disposer Henri III pour
achever la pacification du royaume est évidemment Catherine de
Médicis. Sous prétexte de conduire sa fille Marguerite à Henri de
Navarre qui la réclame, elle entreprend un voyage de quinze mois
à travers les provinces méridionales du royaume dans l'intention
de rétablir partout le calme. Elle quitte Ollainville le 8 août 1578,
emmenant avec elle toute une équipe de conseillers expérimentés, le
secrétaire d'État Pinart et des diplomates chevronnés comme Paul
de Foix, Jean Ébrard de Saint-Sulpice, Jean de Monluc. Le cardinal
de Bourbon accompagne le cortège que le duc de Montpensier
rejoint en cours de route et qui atteint Bordeaux le 18 septembre.

Il faut à la reine mère cinq mois d'efforts incessants, entrecoupés
de fêtes et de mondanités, pour désarmer la méfiance de son gendre
et vaincre l'obstination des huguenots qui occupent encore plus
de deux cents places qu'ils refusent de rendre. Le 22 novembre,
pendant qu'elle séjourne à Auch et qu'elle commence à amadouer
Henri de Navarre, devenu amoureux fou de la belle Dayelle (l'Espa-

gnole Victoire d'Alaya), une de ses suivantes, les catholiques lui jouent un très mauvais tour en mettant la main sur La Réole, place de sûreté réformée selon les termes de l'édit de Poitiers. Henri de Navarre riposte en se saisissant de la petite cité de Fleurance. Madame Catherine devra lui faire rendre solennellement La Réole le 4 décembre.

Les négociations décisives ne s'engagent que le 3 février 1579 à Nérac[12]. Très ardues, elles butent longtemps sur l'opiniâtreté avec laquelle les protestants réclament la liberté totale de leur culte dans tout le royaume. Elles aboutissent néanmoins, le 28, à une convention aux termes de laquelle la possession de dix-neuf places leur est reconnue pour six mois. Henri de Navarre et le vicomte de Turenne ont fini par adopter le point de vue de la reine mère. Celle-ci prend encore le temps de réunir la noblesse de Guyenne à Agen, le 8 mars, pour lui expliquer l'esprit et les clauses de l'accord de Nérac et l'inciter à garder la paix.

Au début du mois suivant, elle fait ses adieux à sa fille, à son gendre et passe en Languedoc où le gouverneur Damville, que la mort sans héritier mâle de son frère aîné va faire duc de Montmorency le 6 mai, a fort à faire avec les huguenots. Elle préside les États de la province à Castelnaudary, en obtient les subsides qu'elle demande et réussit à mettre à la raison les capitaines brigands Fournier et Bacou. Le 29 mai, elle est à Montpellier, place de sûreté protestante. Elle y force l'admiration des consuls et de la population en défilant, sous les remparts, entre deux haies d'arquebusiers farouches. Elle y impose aussi la coexistence des cultes réformé et catholique dans l'église Notre-Dame, la seule encore debout. Le 7 juin, à Beaucaire, elle s'embarque sur le Rhône pour gagner Marseille.

La tâche qui l'attend en Provence est particulièrement délicate car les troubles y revêtent un caractère social autant que religieux : les razats, en majorité roturiers, s'attaquent à la puissance des nobles. À son arrivée à Marseille, elle ordonne aux factions en présence de déposer les armes ; puis elle en convoque les représentants et, à force de persévérance et de persuasion, apaise peu à peu les esprits. La nomination comme gouverneur, à la place du comte de Suze, du fils naturel de Henri II et de lady Fleming, Henri d'Angoulême, chevalier de Malte et grand prieur de France, qui résidera en Provence,

---

[12] La conférence de Nérac constitue une entorse au fonctionnement de la monarchie absolue puisque des sujets sont admis à discuter librement les conditions d'application d'un édit royal. Si Catherine de Médicis s'y est résolue, c'est parce qu'elle espérait, par ce moyen, aboutir à une pacification durable.

contribue au retour au calme. Le 1ᵉʳ juillet, tout à sa satisfaction, elle constate: «Après avoir joué mon personnage et leur avoir fait jouer chacun le leur, je les ai tous fait embrasser[13].»

En passant de Provence en Dauphiné, la reine mère trouve une situation encore plus embrouillée. La bourgeoisie – en particulier celle des villes de Valence et Romans – est en conflit ouvert avec la noblesse. Aux États de la province, elle a proposé de remplacer la taille personnelle par la taille réelle. Quand la taille est personnelle, les roturiers, seuls, la paient. Quand la taille est réelle, c'est-à-dire assise sur la terre, les propriétaires de terres roturières, même s'ils sont nobles, sont tenus de l'acquitter. Madame Catherine arbitre ce différend social en faveur de la noblesse. Par ailleurs, les protestants se montrent particulièrement indociles et leur chef, Lesdiguières, se dérobe à tout entretien tandis que, sur le versant italien des Alpes, Bellegarde, qui s'est emparé de Saluces en juin, achève l'occupation du marquisat. Le maréchal félon a autorisé partout le culte réformé et il est impossible de le déloger sauf à fournir un effort militaire incompatible avec l'état des finances royales et à rallumer la guerre civile dans toute la région.

Les difficultés à surmonter paraissent si grandes à la reine sexagénaire qu'elle appelle son fils au secours. Sans enthousiasme, Henri III décide donc de se rendre à Lyon. Il écrit à Villeroy, à la fin de juillet 1579: «Il nous faut résoudre d'aller à Lyon, car la bonne femme le veut et me l'écrit trop expressément pour y faillir[14].» Mais, au début de septembre, un abcès à l'oreille cloue le roi au lit. La douleur est si violente qu'on craint un moment pour sa vie: son frère aîné François II n'est-il pas mort des suites d'une otite suppurée? Dans ces conditions, Catherine de Médicis se voit contrainte de rendre rapidement ses derniers arbitrages afin de pouvoir regagner la Cour au plus vite. Le 17 octobre, en terrain neutre (en Savoie), Bellegarde sollicite son pardon à deux genoux et se voit confirmer le gouvernement de Saluces. Il n'en jouira pas longtemps: une crise de coliques néphrétiques l'emportera deux mois plus tard. Le 20 octobre, la reine mère s'entend avec les députés des communautés protestantes auxquels elle concède neuf places de sûreté pour six mois. Le 9 novembre, à Orléans, elle retrouve Henri III. Le roi est venu au-devant d'elle après s'être rendu en pèlerinage à Chartres pour remercier Notre-Dame de sa guérison.

L'ambassadeur vénitien Jérôme Lippomano porte sur l'extraordinaire mission qu'elle vient d'achever ce jugement marqué au

---

[13] Cité par I. Cloulas, *Catherine de Médicis*, Paris, 1979, p. 426.

[14] Michel François, *op. cit.*, tome IV, Paris, 1984, p. 246.

coin du bon sens: «La reine mère revint à Paris le 14 novembre. Après un peu moins de dix-huit mois d'absence, ayant, pour dire la vérité, *plutôt assoupi qu'accordé* les différends de la Guyenne, du Languedoc, de la Provence et du Dauphiné. C'est une princesse infatigable aux affaires, vraiment née pour maîtriser et pour gouverner un peuple aussi remuant que les Français: ils reconnaissent à présent son mérite, son souci de l'alliance et se repentent de ne l'avoir pas plus tôt appréciée[15].»

La guerre des Amoureux

Au moment où, à la cour de France, Catherine de Médicis recueille les témoignages d'admiration et de reconnaissance qu'elle a si bien mérités, le ciel politique est en train de s'assombrir. On redoute une nouvelle prise d'armes de Monsieur. Ce dernier est revenu à Paris en mars 1579. S'il a échoué aux Pays-Bas, c'est principalement à cause de la réconciliation des provinces du sud, groupées au sein de l'Union d'Arras, avec Philippe II. Les tractations ont repris avec l'Angleterre en vue de son mariage avec la reine Élisabeth, seul moyen pour lui, selon sa mère, de coiffer une couronne. En août, il fait un bref séjour outre-Manche auprès de sa «fiancée». Pendant son absence, le 19 de ce mois, il a perdu son fidèle Bussy d'Amboise. Attiré dans un traquenard, ce dernier a été massacré par les sbires du comte de Montsoreau dont il avait séduit la femme. À son retour, François d'Anjou a dû subir les réflexions désobligeantes de son aîné. Ulcéré, il s'est retiré à Alençon, dans son apanage. Il a même prétexté un «dévoiement d'estomac» pour ne pas aller à la rencontre de sa mère revenant du Dauphiné. À peine remise des fatigues de son voyage, Madame Catherine doit donc prendre le chemin d'Alençon pour dissuader son dernier fils de se révolter à nouveau. Elle lui arrache la promesse de ne pas animer une nouvelle guerre civile mais ne peut le convaincre de reparaître à la Cour.

Cette menace s'est à peine évanouie qu'une autre surgit en pleine lumière: les huguenots reprennent les armes en dépit de l'édit de Poitiers et des accords de Nérac. Dès le mois de juillet, à Montauban (au moment où la reine mère pacifiait le Dauphiné), une conférence des chefs protestants s'est tenue sous la présidence de Henri de Navarre, protecteur des Églises réformées. Elle a décidé de reprendre la guerre civile le jour où Henri III exigerait la resti-

---

[15] Cité par I. Cloulas, *op. cit.*, p. 431.

tution des places fortes concédées à Nérac. De toute façon, des infractions répétées à la convention du 28 février 1579 n'ont jamais cessé de se produire, chaque camp essayant de s'emparer des villes contrôlées par l'autre. Les rapports exécrables que le gouverneur de Guyenne, Henri de Navarre, entretient avec le maréchal de Biron, son lieutenant général, ne sont pas faits pour améliorer la situation. Le 30 septembre, à l'expiration du délai de six mois qui lui a été imparti, Henri de Navarre refuse de restituer au roi les villes qu'il doit lui rendre tant que Biron conservera son poste.

C'est cependant le prince de Condé qui, fidèle à ses habitudes de violence, déclenche la septième guerre de Religion. Le 29 septembre 1579, ayant quitté clandestinement la Saintonge, il s'empare par surprise de la ville de La Fère. Aux termes de la paix de Bergerac, il aurait dû en effet reprendre sa charge de gouverneur de Picardie. Mais les catholiques l'en ayant empêché, il a décidé de faire valoir ses droits par les armes. Revenue de Normandie, Catherine de Médicis doit se précipiter à La Fère pour le ramener à la raison. Elle fait miroiter à ses yeux la possibilité pour lui d'épouser la sœur de la reine. En vain. Elle rentre bredouille. Il va falloir assiéger La Fère.

Le jour de Noël 1579, le capitaine huguenot Mathieu Merle se saisit de la ville épiscopale de Mende «en laquelle il a mis à mort une grande partie des ecclésiastiques et principaux habitants», écrit Henri III. Indigné, le roi charge le baron de Saint-Vidal, lieutenant général en Velay et Gévaudan, de reprendre la place. Dans une lettre à Nicolas d'Angennes, seigneur de Rambouillet, lieutenant général dans le Maine, il dégage sans illusions la portée de l'événement: «Maintenant, force me sera de croire qu'*il y a de la faction*, laquelle se soutient et conduit du *commun accord et consentement des chefs de ceux de ladite religion, voire même de mondit frère* [Henri de Navarre, qui s'est excusé pour la prise de Mende, réalisée à son insu][16].»

L'hiver venu, d'autres désordres se produisent. L'un des mignons du roi, François d'Espinay, seigneur de Saint-Luc, tombé en disgrâce pour avoir, semble-t-il, manqué de respect à la reine, s'enferme dans Brouage, place dont il est le gouverneur, et entre quelque temps en dissidence. En Dauphiné, on assiste à une insurrection paysanne. La concorde dont Henri III a rêvé est bien malade. Il faut décidément en découdre.

Le 3 mars 1580, Philippe Strozzi, colonel général de l'infanterie, arrive à Nérac où Henri de Navarre et Marguerite de Valois tiennent leur cour. Il rappelle au Béarnais qu'il lui faut rendre à Henri III

---

16 Michel François, *op. cit.*, tome IV, p. 321.

les places fortes que Catherine de Médicis lui a concédées l'année précédente, le délai prévu de six mois étant largement dépassé. Après avoir expliqué à ce messager qu'il ne peut aller contre l'opinion de son entourage, Henri de Navarre décide, à la mi-avril, d'entrer en guerre. Il veut, avant tout, défendre son honneur de prince du sang que Biron bafoue continuellement.

Pour ouvrir les hostilités par un coup d'éclat malgré le peu de soldats dont il dispose, il jette son dévolu sur la riche ville catholique de Cahors qui fait théoriquement partie de la dot de sa femme et devrait donc lui revenir. Le soir du 28 mai 1580, ses hommes pénètrent dans la cité après en avoir fait sauter une porte. La garnison attaquée résiste énergiquement. La bataille de rues dure deux nuits et deux jours entiers. Les protestants doivent prendre d'assaut quatorze barricades dressées dans la rue principale. Le 1er juin, Cahors est à eux et ils font un immense butin. Le futur Sully, par exemple, s'empare d'un coffret contenant 4 000 écus. Pour L'Estoile, qui juge l'événement depuis Paris, «la friandise du grand nombre de reliques et autres meubles et joyaux précieux étant dedans Cahors fut la principale occasion de l'entreprise[17]». Pour Henri de Navarre, le bénéfice moral est considérable. À vingt-six ans, il vient d'acquérir la réputation d'un prudent et valeureux capitaine. Sans artillerie, il a fait tomber une place très forte, défendue par des forces supérieures en nombre aux siennes. Il a donné l'exemple du courage en combattant toujours au premier rang. Quel contraste avec Henri III qui, épuisé, doit s'aliter après une partie de paume! Quel contraste aussi avec le prince de Condé qui, dès le 22 mai, a préféré fuir La Fère et se réfugier en Allemagne sans attendre l'arrivée de l'armée royale! Qui oserait, désormais, lui disputer la première place dans le camp réformé?

Il est vrai que la prise de Cahors n'est pas suivie d'autres succès. En Guyenne, le maréchal de Biron réduit très vite Henri de Navarre à la défensive. En Picardie, le comte de Matignon, nommé maréchal de France en juin 1579, investit La Fère le 7 juillet. Parmi ses hommes figurent Montaigne et deux mignons du roi, Arques et La Valette. Ces derniers sont gravement blessés lors d'un assaut. La place tient bon pendant deux mois et capitule le 12 septembre. Le même jour, les canons de Biron envoient quelques boulets s'écraser devant le château de Nérac; c'est comme le signe avant-coureur du désastre imminent vers lequel courent les huguenots.

Ailleurs, il ne se passe rien de bien marquant. Car si les nobliaux protestants ne rêvent que plaies et bosses, pillage et butin, les

---

[17] Pierre de L'Estoile, *op. cit.*, p. 128.

pasteurs et les villes préféreraient la paix. Il est significatif que
La Rochelle, la Genève française, refuse de s'engager dans la guerre
civile. En Languedoc, trois villes seulement, Aigues-Mortes, Lunel
et Sommières, acceptent de suivre Châtillon, le gouverneur de
Montpellier, dans la rébellion. En Poitou, les opérations militaires
huguenotes tournent au brigandage pur et simple ; le bourg de
Montaigu, à la frontière de la Bretagne, sert par exemple de base
et de refuge à une bande dont Agrippa d'Aubigné fait partie et qui
écume l'espace compris entre Nantes et La Rochelle, détroussant
les marchands et accumulant les prises. En Dauphiné, le duc de
Mayenne marque des points contre Lesdiguières et couronne sa
campagne, le 6 novembre 1580, par la prise de La Mure.

Pendant que royaux et réformés occupent le printemps, l'été et
l'automne à se battre et à tondre les paysans, Monsieur, indifférent à
ce remue-ménage, songe à intervenir de nouveau dans les Flandres.
Au mois d'août, ses soldats occupent Cambrai, ville d'Empire, pour
que les Espagnols ne s'y installent pas et, en septembre, il reçoit à
Plessis-lès-Tours des envoyés des États généraux des Pays-Bas qui
viennent lui offrir la souveraineté de leurs provinces en échange
d'un secours militaire. Catherine de Médicis l'apprend et comme
elle redoute par-dessus tout une invasion de la France par l'armée
de Philippe II, elle s'efforce d'éloigner son fils du projet qu'il caresse.
Elle persuade donc Henri III de l'envoyer négocier la paix avec
Henri de Navarre, le moment lui paraissant venu de mettre fin aux
violences. Nommé lieutenant général du royaume, François d'Anjou
s'achemine donc vers le Périgord en compagnie de deux hommes
de confiance du roi, le secrétaire d'État Villeroy et le surintendant
Bellièvre. Ceux-ci ont ordre de l'empêcher de quitter la Guyenne
pendant quatre mois. Henri de Navarre est en trop mauvaise posture
pour faire traîner les négociations en longueur, d'autant que le roi,
selon sa coutume, se montre généreux et bienveillant. Le traité de
paix est signé au château de Fleix, près de Bergerac, le 26 novembre
1580. Les huguenots sont autorisés à garder pour six ans les places
qui leur avaient été concédées pour six mois. Ils doivent rendre les
autres, à commencer par Cahors, donnée à Monsieur. La mesure
est habile car elle satisfait la masse protestante qui estime ces
villes nécessaires à sa sûreté. Henri III retire Biron de Guyenne et
le remplace par le maréchal de Matignon, beaucoup plus souple.
L'honneur chatouilleux du Béarnais est donc sauf.

La septième guerre de Religion n'aura duré que sept mois. On l'a
baptisée *guerre des Amoureux* parce que les vieux historiens comme
Mézeray au XVIIᵉ siècle ou l'abbé Anquetil à l'extrême fin du XVIIIᵉ

l'ont interprétée comme la réparation d'un affront fait par Henri III
à Henri de Navarre. Le premier, en se gaussant publiquement des
infortunes conjugales du second, mari cocu et complaisant, lui
aurait fourni le prétexte de sa prise d'armes. C'est là une manière
naïve et simpliste de voir les choses.

Il est pourtant vrai que l'arrivée de Marguerite de Valois à la cour
de Nérac y a introduit une vie intellectuelle brillante et un climat de
galanterie inconnus jusqu'alors. La princesse n'a pas tardé à faire la
conquête du beau cavalier qu'était le vicomte de Turenne, remplacé
au temps des négociations de Fleix par l'écuyer de Monsieur,
Jacques de Harlay de Chamvallon, si lettré et si brave. Et elle n'a
jamais fait mystère de ses amours, bien au contraire.

Mais le Béarnais n'était pas en reste. Après le départ de Dayelle
qui avait suivi la reine mère, il s'est successivement entiché de deux
filles d'honneur de sa femme, Mademoiselle Rebours et Françoise
de Montmorency-Fosseux, la belle Fosseuse à laquelle il a fait une
fille mort-née. Lui non plus n'a pas caché ses fredaines. Les deux
époux d'ailleurs, depuis leur mariage politique de 1572, avaient
l'habitude de chercher fortune chacun de leur côté et tout le monde
le savait. Les relations épouvantables que le gouverneur de Guyenne
entretenait avec le maréchal de Biron ont pesé d'un poids bien plus
lourd dans le déclenchement des hostilités que les plaisanteries de
Henri III sur les malheurs conjugaux supposés de son beau-frère.

Quoi qu'il en soit, Henri de Navarre, auréolé de prestige militaire
et restauré dans la plénitude de ses fonctions officielles, se comporte
en loyal sujet de son roi après la paix de Fleix. Il s'évertue à convaincre
les plus irréductibles protestants d'en accepter les clauses. C'est une
tâche fort difficile car son cousin Condé estime qu'il a trahi les
intérêts du parti réformé et envisage de soulever le Languedoc avec
l'appui de mercenaires allemands. De son côté, Théodore de Bèze,
le *pape* de Genève, manifeste clairement ses réticences devant le
contenu du traité. Pour faire taire oppositions et menaces, Henri
de Navarre provoque la réunion d'une assemblée de délégués des
Églises réformées. Celle-ci se tient à Montauban, en avril-mai 1581.
Interprète du désir de paix des masses protestantes, elle accepte le
traité de Fleix. Et elle confirme le Béarnais dans son rôle de chef
suprême de tous les huguenots. Le vainqueur de Cahors vient de
rendre un immense service à la couronne de France.

★

Tout au long des années 1578, 1579, 1580, Henri III a pu mesurer
l'étendue des difficultés auxquelles un roi de France doit alors faire

face. Il avait sincèrement cru que la révérence naturelle de ses sujets envers son autorité l'aiderait à ramener le calme au prix de décisions mûrement réfléchies et de mesures bien conçues exposées dans des textes sans ambiguïté. Il doit maintenant déchanter et sa correspondance exprime souvent l'amère désillusion que lui cause le comportement habituel de ses compatriotes, fait de désobéissance, d'ingratitude, de violence et de mauvaise foi. «La trop longue suite de nos divisions», «la malice du temps» lui paraissent devoir être incriminées.

Sur ce désenchantement viennent se greffer des inquiétudes relatives à sa succession. Elles apparaissent pour la première fois dans une lettre du 14 mars 1578 à Michel de Castelnau, seigneur de Mauvissière, son ambassadeur en Angleterre. En 1576, à la belle saison, la reine s'était trouvée enceinte de ses œuvres mais, rapportent les *Mémoires* de Cheverny, «une malheureuse médecine qui lui fut donnée lui fit vider l'enfant que les sages-femmes assuraient être déjà formé[18]». Depuis cette fausse couche, Louise de Vaudémont était restée stérile et l'opinion publique en faisait porter la responsabilité au roi que l'on imaginait, à tort, atteint d'une affection vénérienne contractée à Venise. La naissance d'un dauphin serait pourtant bien nécessaire pour consolider la dynastie, stabiliser la situation politique et affaiblir la position de Monsieur, intouchable tant qu'il est l'héritier de la Couronne. À partir de 1579, Leurs Majestés s'en remettent aux pèlerinages et aux cures thermales pour avoir des enfants. En février 1579, Henri III s'en va prier la Vierge à Chartres. Il en revient avec deux *chemises* (médailles) *de Notre-Dame*, une pour lui et l'autre pour la reine; il en attend un miracle qui ne se produit pas. En septembre 1580, Louise de Vaudémont va se baigner à Bourbon-Lancy sur les conseils des médecins. Sans succès.

Pour comble de malheur, le roi, qui n'est pas très robuste, tombe malade à plusieurs reprises. Il lui arrive de souffrir d'hémorroïdes ou d'avoir la goutte. En juin 1579, il écrit par exemple au secrétaire d'État Villeroy: «Je suis pris par le pied gauche d'un mal qui ne me laisse dormir, au moins il est quasi minuit. C'est un sot mal, mais je me porte très bien au reste[19].» Il est parfois atteint d'abcès ou de fistules que l'on pense d'origine tuberculeuse. En septembre 1579, on l'a vu, une otite suppurée met sa vie en péril. Au début de 1580, il se sent si fatigué qu'il obtient du pape l'autorisation de ne pas faire maigre en carême. En juin suivant, il est victime d'une épidémie,

---

[18] Cité par Pierre Chevallier, *Henri III, roi shakespearien*, Paris, 1985, p. 374.

[19] Michel François, *op. cit.*, tome IV, p. 231.

baptisée *coqueluche*, qui ravage la capitale, sans doute une forme grave de grippe. «Cette maladie, nous dit L'Estoile, prenait par mal de tête, d'estomac, de reins et courbatures par tout le corps[20].» En juillet, la peste décime les Parisiens; réfugié à Ollainville, Henri III échappe cette fois à la contagion.

C'est donc un roi désappointé, inquiet, affaibli par les maladies, qui approuve les accords de Fleix à la fin de décembre 1580. Ses déconvenues et ses ennuis de santé ont constitué autant d'entraves à la nécessaire réforme du royaume à laquelle il a commencé de travailler.

---

[20] Pierre de L'Estoile, *op. cit.*, p. 128.

CHAPITRE XIV

UN ROI PEU APPRÉCIÉ DE SES SUJETS

Entre les accords de Fleix et la crise de succession ouverte en 1584 par la mort de son frère François d'Anjou, Henri III peut consacrer ses efforts au gouvernement et à la réforme de son royaume. S'il rencontre des résistances de la part de huguenots insatisfaits ou de la grande noblesse catholique hostile aux clauses de l'édit de Poitiers, il a l'esprit plus libre pour faire ce que Louis XIV appellera son «métier de roi». Il atteint la trentaine en septembre 1581 et, malgré un vieillissement précoce qui a frappé les contemporains, il en impose à tous ceux qui l'approchent par sa haute taille, la majesté de son maintien, la distinction de ses manières. Il jouit de la plénitude de ses facultés intellectuelles et les difficultés qu'il a dû surmonter ont mûri son jugement. Le moment est donc venu, pour le biographe, de tenter de cerner et de comprendre son énigmatique personnalité, riche d'aspects divers et pétrie de contradictions. Sans s'arrêter, bien entendu, aux pamphlets protestants et ligueurs qui ont donné de lui une image entièrement négative et totalement fausse.

Un prince digne de la Couronne

Henri III possède indiscutablement quelques-unes des qualités nécessaires aux rois : la dignité et l'autorité, l'intelligence et la mémoire, la bienveillance et la générosité.

Sa dignité résulte à la fois de l'éducation qu'il a reçue et de la très haute idée qu'il se fait de la royauté. Elle contraste ave la familiarité bonhomme et narquoise de son successeur. Madame de Simier, personne fort galante qui a longuement fréquenté la cour des deux souverains, le souligne en 1594 après avoir rencontré Henri IV pour la première fois : «J'ai vu le roi mais je n'ai pas vu Sa Majesté», dit-elle. Plusieurs témoignages insistent sur ce mélange de réserve et de gravité, sans rien de hautain ni de compassé, si caractéristique de Henri III. L'un de ses plus anciens et plus proches collaborateurs, Philippe Hurault de Cheverny, chancelier de France en 1583, évoque dans ses *Mémoires* sa «contenance et gravité digne et convenable à sa grandeur». Comme plus tard Louis XIV, il se montre toujours très maître de lui en public, refrénant ses pulsions de violence. Il est extrêmement rare qu'il se laisse emporter par la colère. L'histoire a cependant retenu deux exemples du contraire. En 1582, il botte le derrière du chancelier de la reine, Henri de Mesmes, magistrat prévaricateur, et le chasse de la Cour. En 1584, il est à deux doigts de tirer l'épée contre le chevalier de Seure, grand prieur de Champagne dans l'ordre de Malte, qui a eu l'outrecuidance de mettre sa parole en doute.

Le sens de l'autorité, inhérent à tous les Valois, a été mis à rude épreuve chez Henri III par les troubles de religion. Les refus d'obéissance ou les résistances à sa volonté l'irritent d'autant plus qu'il explique et justifie longuement ses décisions importantes. Le devoir des sujets n'est-il pas de se soumettre à leur prince?

Le goût de commander se trouve toutefois tempéré chez lui par une bienveillance, une bénignité, une indulgence qui confinent à la faiblesse et le font apparaître comme peu redoutable. Car, contrairement à ce qu'ont prétendu les pamphlétaires ligueurs, Henri III n'a pas le tempérament d'un tyran. C'est par la bonté, par la douceur plus que par la dureté qu'il cherche à faire plier les oppositions et, à bien des reprises, il a exprimé sa compassion pour les souffrances du peuple. En août 1579, il expose à Pierre de Masparault, maître des requêtes de l'Hôtel, sa conception de l'autorité politique: «Puisqu'il a plu à Dieu me commettre la charge et gouvernement de ce royaume, je désire m'y conduire tout ainsi qu'un bon père de famille fait envers les siens: plus ils se montrent enclins au mal et méconnaissant ses grâces, plus il s'efforce de les redresser par douceur au chemin de leur devoir[1].» Une telle absence de sévérité, même dans les cas où elle s'imposerait, ébranle la position du roi et conduit ses adversaires à le braver sans trop de crainte.

C'est grâce à son ascendant naturel que Sa Majesté finit par discipliner quelque peu la Cour, très brillante certes mais trop souvent anarchique, gangrenée par la violence. En septembre 1577, par exemple, René de Villequier a poignardé impunément sa femme,

---

[1] Michel François, *Lettres de Henri III roi de France recueillies par Pierre Champion*, tome IV, Paris, 1984, p. 255. Un maître des requêtes est un magistrat qui siège au tribunal des requêtes de l'Hôtel et qui rapporte les affaires au Conseil.

Françoise de La Marck, soupçonnée d'adultère. Diverses dispositions, prises au cours des années 1582 à 1585, obligent peu à peu les
courtisans à respecter quelques règles de politesse élémentaire (ne
pas lire le courrier du roi par-dessus son épaule, ne pas s'emparer
du siège qui lui est réservé...) et à organiser leurs journées en
fonction de l'emploi du temps du prince. L'étiquette réglemente
l'accès des visiteurs aux différentes pièces de l'appartement royal
en s'inspirant de l'exemple espagnol. La plupart d'entre eux ne
sont pas autorisés à dépasser l'antichambre. Seuls, les intimes et les
personnages de très haut rang peuvent pénétrer jusqu'au cabinet.
En 1584, Henri III remet même en vigueur les prescriptions qu'il
avait édictées dix ans auparavant : il ordonne d'isoler son lit et la
table de ses repas au moyen d'un balustre. Il provoque un nouveau
concert de protestations.

Les contemporains du roi ont souvent remarqué l'étendue de
ses aptitudes intellectuelles, beaucoup plus développées que celles
de ses frères Charles IX et François d'Anjou. Cheverny lui reconnaît «l'esprit fort net, les conceptions bonnes et la mémoire fort
heureuse». Le secrétaire de sa chambre, Jules Gassot, parle de
son «excellente mémoire et divin entendement». Sa perspicacité
lui permet de démêler l'écheveau de situations politiques parfois
complexes et de ne pas se laisser abuser par les manœuvres de ses
adversaires ou de ses voisins : «est bien fin qui me pipe», écrit-il
un jour au secrétaire d'État Villeroy. En juillet 1579, au moment
où «sa bonne mère» arrive en Dauphiné, il analyse pour le même
Villeroy le comportement de Lesdiguières, de Bellegarde et du duc
de Savoie : «toutes ces paroles et lettres des uns et des autres ne
sont que songes et mensonges. Bien habile qui s'en peut garder[2]».
En raison des déboires qu'il a rencontrés en voulant faire appliquer
l'édit de Poitiers, il ne se fait plus guère d'illusions sur Henri de
Navarre. Ce dernier ne joue-t-il pas double jeu, désavouant officiellement les infractions à l'édit alors que ce sont ses propres conseillers qui les mettent sournoisement en œuvre?
    La plupart des Français s'imaginent qu'une victoire militaire
de la monarchie sur les huguenots pourrait régler d'un coup le
problème confessionnel par l'éradication du protestantisme. Les
grands seigneurs catholiques comme le duc de Guise ne voient pas
pourquoi la Couronne a si vite conclu les paix de Bergerac et de
Fleix au lieu d'écraser impitoyablement les réformés. Henri III,
tout au contraire, a parfaitement compris que le recours à la force,

---

[2] Michel François, *op. cit.*, p. 246.

même couronné de succès, ne pouvait aboutir à une paix durable. Il le répète inlassablement, invitant ses sujets, papistes et parpaillots, à se supporter mutuellement. Il a incontestablement raison. Mais il prêche dans le désert.

Pendant tout son règne, le roi a mis un réel talent oratoire, rare chez les princes de son temps, au service de sa politique. «Il a cédé à la tentation d'une royauté éloquente» (Marc Fumaroli). On l'a vu se préoccuper très tôt d'apprendre l'art de convaincre par la parole en prenant les leçons de Pibrac. Divers auteurs, le sachant, ont rédigé à son intention des traités d'éloquence, Amyot par exemple. Comme la plupart des chefs d'État, il fait préparer ses discours par d'autres puis les retouche en fonction de l'effet qu'il veut produire. Mais il est aussi capable de brillantes improvisations. Ses harangues tranchent sur celles des magistrats, pédantes et ampoulées, comme sur les sermons des ecclésiastiques, bourrés de références à l'Écriture. Elles font grande impression sur l'auditoire, sauf quand elles concluent à lui réclamer de l'argent. Aux États de 1576, Guillaume de Taix, député du clergé, parle avec éloge de l'allocution d'ouverture, préparée par le vieil évêque d'Orléans Morvillier: «Le roi fit la plus belle et docte harangue qui fut jamais ouïe, non pas d'un roi mais je dis d'un des meilleurs orateurs du monde, et eut telle grâce, telle assurance et telle gravité et douceur à la prononcer qu'il tira les larmes des yeux à plusieurs, du nombre desquels je ne me veux exempter[3].»

Roi des plus intelligents, Henri III est aussi un monarque fort généreux. Il se conforme sur ce point à l'idée que tout le monde se fait alors du prince. Il se plie d'autant plus aisément à ce devoir que celui-ci cadre parfaitement avec son propre tempérament qui rappelle celui de son père Henri II. Il répète volontiers: «Un prince est un vilain s'il n'a pas les poches toujours vides.» Mais l'état de ses finances ne lui permet pas de donner autant qu'il le voudrait et ses trésoriers rechignent à payer régulièrement pensions et gratifications.

Les mignons sont les premiers à bénéficier de ses largesses, à la grande indignation des Parisiens qui croient naïvement que la pression fiscale n'a pas d'autre objet que de satisfaire leur avidité. L'Estoile nous dit que les mignons étaient odieux aux gens «pour les dons immenses et libéralités que leur faisait le roi, que le peuple avait opinion d'être la cause de leur ruine[4]». En 1575, Henri III

---

[3]   Cité par Pierre Chevallier, *Henri III, roi shakespearien*, Paris, 1985, p. 392.

[4]   Pierre de L'Estoile, *Journal d'un bourgeois de Paris sous Henri III*, Paris, 1966, p. 76.

achète le domaine de la Roquette, aux portes de Paris, pour en faire cadeau à son fidèle Cheverny. En 1578-1580, il finance largement la construction du château de Fresnes, propriété de François d'O. En juin 1578, la ville de Rouen se propose d'offrir à Sa Majesté une entrée solennelle. Pressé d'argent, Henri III préfère encaisser les 20 000 écus que la cérémonie aurait coûté. Il vexe ainsi les Rouennais et le bruit court immédiatement que cette grosse somme est allée dans les poches des mignons.

Une anecdote illustre à merveille la propension à la générosité du dernier des Valois. Un jour, le roi trouve sur sa table un portefeuille oublié là par un des secrétaires de son cabinet, nommé Benoise. Il découvre à l'intérieur un ordre de paiement en blanc. Il remplit aussitôt le document à l'ordre de Benoise, d'abord pour 1 000 écus puis, comme le secrétaire se confond en remerciements, pour 10 000.

Dans l'entourage d'un monarque aussi libéral, quémandeurs et solliciteurs se bousculent. Car le roi peut récompenser de bien des façons le zèle réel ou supposé de ses serviteurs. Il peut distribuer des dons d'argent, des fonctions de cour, des pensions assignées sur des recettes précises. Celles-ci sont fort recherchées, en particulier par les écrivains, mais aussi irrégulièrement payées que les soldes de la gendarmerie (en 1581, le poète Baïf se plaint de ne pas avoir touché sa pension depuis cinq ans). Il peut faire cadeau aux uns du produit des amendes et des confiscations prononcées par la justice. Il peut anoblir les autres, par exemple son bouffon Jean-Antoine d'Anglerais dit le capitaine Chicot (mars 1584). Il a délivré en tout 201 lettres d'anoblissement et érigé onze fiefs en duchés-pairies. Il peut aussi ménager à certains d'avantageux mariages (on l'a vu dans le cas de l'ingrat Saint-Luc) mais, sur ce point, sa volonté est parfois mise en échec. Il peut payer tout ou partie des dettes d'un grand. Enfin, le Concordat de 1516 met à sa disposition une foule d'abbayes et de prieurés en commende, attribués non seulement à des clercs mais aussi à des courtisans. La correspondance qu'il entretient avec Louis Chasteignier de La Roche-Posay, seigneur d'Abain, son ambassadeur à Rome, révèle l'ampleur de ces nominations ecclésiastiques. Les pratiques simoniaques n'en sont pas absentes, par exemple quand le roi décide de prélever, sur les revenus d'une abbaye en commende, une pension destinée à l'un de ses fidèles ou quand il attribue les revenus d'un évêché vacant à un favori.

Si la générosité est, par excellence, vertu royale, la manière dont Henri III l'exerce prête ainsi le flanc à la critique. De plus, ceux qui ont demandé sans obtenir ce qu'ils souhaitaient remplissent la Cour du bruit de leurs récriminations. Le poète Desportes possède deux abbayes mais il n'est pas satisfait car il aurait voulu un évêché (il avait reçu dans cette intention les ordres mineurs) ; il deviendra donc ligueur. Le poète Ronsard se lamente, lui, de n'avoir jamais eu d'abbaye, de devoir se contenter de prieurés. On pourrait multiplier ces exemples de dépit qui laisseraient croire à l'ingratitude du prince si les preuves du contraire n'abondaient.

Le contraire d'un roi chevalier

Monarque pétri des meilleures intentions du monde et possédant quelques-uns des dons nécessaires au gouvernement des hommes, Henri III a le malheur de ne pas être un roi selon le cœur de ses sujets. Au lieu d'imposer le respect et donc l'obéissance, il suscite trop souvent l'ironie et le mépris.

D'abord parce qu'il est tout le contraire d'un roi chevalier. Selon les idées du temps, le prince a pour vocation de porter les armes, de prendre la tête de l'armée, de conduire sa fidèle noblesse à la gloire, de gagner des batailles. Pourquoi le petit-fils de François Ier, le fils de Henri II, le vainqueur de Jarnac et de Moncontour se détourne-t-il des occupations militaires et fait-il commander ses troupes par d'autres ? N'est-ce pas là, pensent certains, la preuve de sa pusillanimité, de sa préférence pour une existence molle et efféminée, un signe de cette inversion sexuelle dont l'accusent les huguenots ?

Ce qui renforce cette impression, c'est qu'il n'apprécie que modérément les exercices physiques qui ont la faveur de la noblesse et que son père et son grand-père pratiquaient intensément. Certes, il va de temps à autre à la chasse, mais sans y mettre la passion de son frère Charles IX, bien qu'il sollicite parfois un gouverneur de province pour que celui-ci lui offre des chiens. Il lui arrive aussi de jouer à la paume, parfois même «âprement» comme le dit le marquis d'O et, après 1585, de tâter du palemail. Il tient honorablement sa place dans les combats fictifs, les tournois de fantaisie, les jeux de bague où l'adresse prime la force. Il manie correctement les armes, monte bien à cheval et danse mieux encore. Mais, à la grande surprise des courtisans, il donne le pas aux divertissements intellectuels sur les activités sportives.

Les raisons de santé y sont pour quelque chose. Très grand mais fluet, les épaules étroites, il n'est pas robuste et se fatigue très vite. Il écrit par exemple à Villeroy, en juillet 1579 : «Je suis dans le lit, de lasseté de venir jouer à la paume[5].» Il a beaucoup vieilli, ses traits

---

[5]   Michel François, *op. cit.*, p. 246.

se sont creusés, sa barbe et sa chevelure grisonnent. Il continue à souffrir de temps à autre d'abcès aux mains et aux jambes. En 1584 et 1585, il se plaint de maux de tête et de maux d'yeux. Depuis sa grave otite de 1579, il a perdu l'usage d'une oreille, les médecins lui ont ouvert un abcès de dérivation au bras et il garde en permanence sur la tête un bonnet de forme polonaise. Ce ne sont pas là des affections bien graves en elles-mêmes mais elles affaiblissent le roi, l'empêchent parfois de se consacrer énergiquement aux affaires de l'État et nourrissent toutes sortes de rumeurs qui sapent son autorité : on le croit syphilitique, on suppose qu'il ne vivra pas longtemps.

Pour soigner ses maladies récurrentes, Henri III dispose dans sa maison d'un très nombreux personnel aux ordres de Marc Miron, son premier médecin. Mais il n'a guère confiance dans la science de tous ces praticiens, ces «fâcheux médecins» comme il les appelle et dans leur aptitude à le guérir. Il applique cependant leurs prescriptions qui nous paraissent parfois bien étranges : en 1584, ils lui font mettre le pied dans la gueule d'un bœuf fraîchement tué pour traiter un abcès à une jambe[6]. Il se soumet, l'un des premiers, à un remède nouveau, importé d'Italie et pour lequel Molière n'aura pas de sarcasmes assez durs au siècle suivant : la saignée. Il se met souvent à la diète, se retirant de la Cour plusieurs jours de suite pour s'y consacrer. En janvier 1581, L'Estoile nous explique que le roi, «après s'être donné du bon temps en noces et festins, le 18ᵉ du mois, s'en alla au château de Saint-Germain-en-Laye commencer une diète qu'il tint et continua jusqu'au commencement du mois de mars ensuivant[7]».

À partir de 1580, Henri III demande aux cures thermales, qui lui donnent en général de l'appétit, une amélioration de son état. En octobre 1582, il est à Bourbon-Lancy où il a fait aménager un bain royal orné de marbres de diverses couleurs et de statues. En juin 1583, il se rend à Mézières où il consomme, trente jours durant, de l'eau de Spa arrivée à dos de mulets. Mais ce traitement lui cause de cruelles douleurs intestinales. C'est pourquoi il retourne à Bourbon-Lancy où, nous dit Villeroy, il «boit mieux de son eau que le plus grand ivrogne d'Allemagne ne boit de vin du Rhin». En 1584, il se dit très satisfait d'un séjour aux eaux de Pougues, près de Nevers, qui lui ont permis de rejeter deux calculs. Car il craint

---

[6] On expliquait les maladies par la présence dans le corps de *mauvaises humeurs*. Et on admettait que ces mauvaises humeurs pussent passer d'un corps dans un autre. De là ce curieux traitement.

[7] Pierre de L'Estoile, *op. cit.*, p. 133.

beaucoup la maladie de la pierre ou gravelle, si souvent mortelle, comme le prouve le décès du maréchal de Bellegarde.

S'il n'éprouve que peu d'attraits pour les activités physiques, ce n'est pas seulement faute de robustesse, c'est aussi par goût pour le travail de bureau et le travail intellectuel.

Il étonne son entourage en consacrant, chaque jour que Dieu fait, des heures entières aux affaires de l'État, lisant personnellement le courrier et y répondant. Un jour de juillet 1579, privé de l'aide du marquis d'O, premier gentilhomme de la chambre, il écrit à Villeroy, en parlant des dépêches : «Je les ai vues, lues, répondues et *fait les paquets moi-même*[8]. » En février 1584, Henri de Navarre envoie à son beau-frère son proche conseiller Philippe Du Plessis-Mornay. Ce dernier rend compte à son maître qu'«aujourd'hui le roi, dès trois heures du matin, n'a fait qu'écrire et personne n'est entré chez lui». Quelques années plus tard, au temps de la Ligue, l'ambassadeur de Savoie, René de Lucinge, qui espionne Henri III, dit de lui : «Il a ses heures de matin èsquelles il écrit très diligemment et dépêche plusieurs affaires secrètes sans autre communication avec personne[9].» Le dernier Valois est donc un roi bureaucrate qui gouverne par la plume et non par l'épée. Le fruit de son labeur, ce sont ces milliers de lettres qui sont parvenues jusqu'à nous. La plupart ont été dictées à un secrétaire mais certaines sont autographes. Celles-là sont d'autant plus difficiles à déchiffrer que leur auteur ignore tout de l'orthographe. Pour ne donner qu'un exemple de sa graphie bizarre, presque aussi fantaisiste que celle de sa mère, voici, *in extenso*, un court billet adressé au duc de Nevers. Il date de novembre 1578 : «Mon cousin, si je y ay obmys quelque chose la mayn est toutte preste a rabiller la fautte, car je veus que vous croyez que, pour vous et Madame de Nevers, je feray tousjours ce qun bon parant, et quil vous ayme fort tous deus, doybt. Mandez moy la dessus vostre voullonté. Adyeu a vous et ma bonne cousyne, a quy je bayse les mayns. Je m'an vays demyn coucher a Fontene-bleau. De Dollinvylle. Henry[10].»

Pour exercer, à l'âge de seize ans, les fonctions de lieutenant général du royaume, Henri III a dû interrompre très tôt ses études. Il a éprouvé le besoin de les reprendre et s'est remis au latin et à l'italien, en Pologne puis en France. Dans une lettre à Villeroy, datée de juillet 1579, il indique la place que l'étude peut tenir dans une

---

[8]   Michel François, *op. cit.*, p. 246.

[9]   Cité par Pierre Chevallier, *op. cit.*, p. 399.

[10] Michel François, *op. cit.*, p. 104.

de ses journées : «J'écris au roi et reine de Navarre, et à Biron et Montmorency et Savoie [...] et au marquis de Saluces [...] Je vous renvoie tout et puis *j'étudierai* et après traiterai au moins mal que je pourrai la balle[11].» Il a fait de Jacques Davy Du Perron, brillant humaniste et futur cardinal, son *professeur aux langues, mathématiques et philosophie* et du Florentin Jacopo Corbinelli son lecteur d'italien. Mais, à la Cour comme en ville, on se gausse d'un roi qui se fait lire la grammaire et apprend à décliner.

Henri III lit beaucoup et possède une importante bibliothèque personnelle dont les ouvrages sont reliés à ses armes. Au début de son règne, il les achète lui-même dans les boutiques de la galerie du Palais. Il se tient au courant de l'actualité littéraire et les auteurs (même des protestants comme La Popelinière) lui dédient d'autant plus volontiers leurs œuvres qu'il se montre généreux à leur égard. En 1586, par exemple, il donne 500 écus à Malherbe pour *Les larmes de saint Pierre*. De nombreux écrivains peuvent vivre grâce à des fonctions de cour. Jacques Amyot a été confirmé dans sa charge de grand aumônier. Ronsard, qui meurt en 1585, est l'un des aumôniers. Des poètes comme Jean Bertaut, Philippe Desportes, Amadis Jamyn, Jean-Antoine de Baïf sont secrétaires de la chambre. D'autres intellectuels comme le poète Jean Dorat ou l'historiographe Bernard Du Haillan figurent au nombre des pensionnés. À deux reprises, le roi fait élire Montaigne, dont il connaît les *Essais*, à la mairie de Bordeaux. Parmi les grands noms de la littérature et de la pensée, seuls le farouche huguenot Agrippa d'Aubigné, qui a raté sa carrière de courtisan, et le politique Jean Bodin, qui a fait figure d'opposant aux États de 1576, n'ont pas part aux largesses de Sa Majesté.

Henri III taquine lui-même, à l'occasion, la Muse. On a de lui une ode qui commence ainsi :

> *Qui veut voir un bocage épais*
> *Ou bien une forêt de traits*
> *Vienne voir le monceau de flèches*
> *Dont l'Amour à mon cœur fait brèches[12].*

Mais il n'éprouve pas le même attrait que Charles IX pour la poésie. Il préfère se consacrer aux questions philosophiques, morales et politiques. À partir de 1576, il groupe autour de lui un cercle de beaux esprits qu'il organise à la façon des académies italiennes.

---

[11] Cité par Michel François, *op. cit.*, p. 245.

[12] Cité par Jacqueline Boucher, *La cour de Henri III*, Rennes, 1986, p. 142.

On prend l'habitude de l'appeler l'Académie du palais. Elle vient doubler l'académie poétique de Charles IX cantonnée dans les concerts de musique mesurée à l'antique sous l'impulsion de Baïf. On y rencontre des courtisans, des notabilités parisiennes et même des femmes savantes comme la reine de Navarre, la maréchale de Retz, la duchesse de Nevers. Toutes les sommités intellectuelles du temps en font partie, les poètes Desportes, Ronsard, Jean-Antoine de Baïf, l'évêque de Chalon Pontus de Thiard, le magistrat Guy Du Faur de Pibrac, le controvertiste Jacques Davy Du Perron, le médecin Marc Miron. C'est le roi qui choisit les thèmes à étudier et qui désigne les orateurs qui doivent les traiter dialectiquement en se fondant sur les travaux des Anciens. Mal connue, l'Académie du palais a cessé de siéger en 1586.

Henri III arbitre d'autres débats érudits à sa table, pendant ses repas. En 1582, il reçoit l'ex-dominicain Giordano Bruno, antiaristotélicien et copernicien, pour s'entretenir avec lui des meilleurs moyens d'enrichir sa mémoire. Grâce à sa protection, Bruno peut enseigner quelques années à Paris. La pensée de ce philosophe est si hétérodoxe qu'il mourra sur le bûcher en 1600; elle n'aura cependant pas dissuadé le dernier Valois, pourtant si catholique, de lui accorder son appui.

François d'Anjou et Henri de Navarre, fort peu intellectuels l'un et l'autre, sont piqués au vif par l'exemple royal et fondent à leur tour une académie. Mais l'initiative de Henri III suscite plus de critiques que d'approbations. Que Cheverny, Villeroy ou la maréchale de Retz entretiennent une cour de beaux esprits, soit. Mais ce n'est pas cela que l'on attend du monarque, bien au contraire. D'ailleurs, s'il s'intéresse tant aux ouvrages de science politique, n'est-ce pas parce qu'il est disciple de Machiavel? Beaucoup le croient et ses adversaires l'accusent d'appliquer au gouvernement du royaume les principes cyniques exposés dans *Le Prince*. Un tel reproche est dénué de tout fondement. Certes, le roi connaît bien la pensée de l'humaniste florentin que Corbinelli a disséquée pour lui. Mais il n'a jamais fondé son action politique sur l'emploi systématique de la violence et de la mauvaise foi.

Un monarque ami des plaisirs onéreux

La réputation du roi ne souffre pas seulement de son faible attrait pour les exploits guerriers, de son goût insolite pour les livres, de son renom de politicien machiavélique. Elle subit aussi les critiques acerbes de tous ceux qui s'indignent de le voir gaspiller des sommes énormes pour ses plaisirs alors que la conjoncture économique est mauvaise, la fiscalité intolérable, la misère immense.

On s'offusque d'abord de l'élégance voyante qu'il affiche dans les premières années de son règne. Il faut dire que la civilisation maniériste, exacerbée par les violences religieuses, atteint alors son apogée. Né sur le chantier de Fontainebleau à l'époque de François Ier, le maniérisme, épris de luxe et féru de bizarreries, imprègne la société de cour depuis le règne de Charles IX. Il trouve sa plus belle illustration dans les vêtements chatoyants dont se parent les élégants et les élégantes. Outre les portraits, trois tableaux de groupe, exécutés par des artistes anonymes aux alentours de 1580, nous en donnent une bonne idée. Deux font partie des collections du Louvre. On appelle improprement le premier *bal du duc d'Alençon*. Le second, souvent reproduit, représente le bal offert pour le mariage du duc de Joyeuse. Le troisième, conservé au musée de Rennes, est aussi une scène de bal. Tous les participants à ces réjouissances sont vêtus de vives couleurs, même de couleurs voyantes. Les hommes portent des chausses collantes (elles viennent de remplacer les chausses bouffantes), des pourpoints busqués, des fraises démesurées et de hauts chapeaux. L'artifice triomphe chez les femmes. La taille pincée par un corset, les hanches amplifiées par le vertugadin, elles arborent d'énormes manches à gigot et leur tête disparaît derrière une immense collerette empesée. Les costumes, faits de tissus précieux, draps de soie, toiles d'or et d'argent, s'agrémentent de galons et de broderies, de perles et de pierreries. Il se produit alors, selon l'expression d'André Chastel[13], «une sorte d'exaspération dans la parade luxueuse» qui révolte d'autant plus les milieux austères de la marchandise ou de la robe que tout cela coûte horriblement cher.

Henri III, que l'on sait passionné de tissus, n'est pas le dernier à faire assaut d'élégance avec ses mignons et les courtisans. En 1576, il apparaît à une séance des États généraux avec un pourpoint et des chausses tout couverts de passements d'or et d'argent. Quelques jours plus tard, par effet de contraste, il a la fantaisie de revêtir un costume noir tout simple avec un petit bijou sur la cape. Au milieu du mois de juin, à Plessis-lès-Tours, il festoie son frère le duc d'Anjou et les capitaines qui ont assiégé La Charité. Tous les assistants sont vêtus, à ses frais, de soie verte et L'Estoile évalue la valeur de cette étoffe à 60 000 livres. Le 24 septembre 1581, au mariage du duc de Joyeuse, «les habillements du roi et du marié

---

[13] André Chastel, *L'art français*, tome II, *Temps modernes (1430-1620)*, Paris, 1994, p. 247.

étaient semblables, tant couverts de broderies, perles et pierreries qu'il était impossible de les estimer, car tel accoutrement y avait qui coûtait 10 000 écus de façon[14]».

Cependant, en avançant en âge, Henri III opte pour une plus grande sobriété vestimentaire. Il remplace la fraise par un col rabattu, fait choix de couleurs sombres, le gris, le noir ou le brun. À partir de 1579, pour des raisons médicales, il garde la tête constamment couverte. L'ambassadeur de Venise, Jérôme Lippomano, nous explique que, «d'après les conseils des médecins, il s'est fait raser tous les cheveux; il porte un béret semblable en forme au bonnet polonais, qu'il n'ôte jamais, ni en présence des ambassadeurs ni même dans une église, et porte une chevelure postiche très riche et très belle[15]». Le bonnet est orné d'une aigrette de pierreries et le roi le soulève pour recevoir la communion.

Critiqué pour ses onéreuses fantaisies vestimentaires, Henri III l'est tout autant pour son extrême propreté. Alors que son beau-frère Henri de Navarre, qui ne se lave guère, s'enorgueillit de *sentir fort du gousset* [des aisselles], il fait un large usage du savon et des parfums. Il va jusqu'à se faire laver les dents avec une poudre blanche! Comble du raffinement, il se sert à table de la fourchette à deux dents, instrument encore très peu répandu et met des chemises de nuit pour dormir! Aux yeux de la majorité de ses sujets, il y a là une preuve supplémentaire de son penchant pour une existence veule et efféminée, indigne d'un roi.

Tout en travaillant beaucoup, Henri III ne conçoit pas la vie sans distractions nombreuses. On sait qu'il a souffert d'en manquer à Cracovie. Il a, par ailleurs, fait sienne cette maxime, empruntée par Catherine de Médicis à François Ier, selon laquelle il faut amuser les Français (c'est-à-dire les nobles) pour qu'ils se tiennent en repos. En dépit des troubles intérieurs, la fête, sous l'impulsion du roi, est donc un élément permanent de la vie de la Cour où l'on danse plusieurs fois par semaine. À la grande indignation des contribuables qui la paient et des adeptes de l'austérité morale qui la déplorent.

À bien les examiner, les amusements qui ont la faveur de Sa Majesté se répartissent en trois grandes familles: les divertissements de cour, réjouissances officielles d'origine italienne, à finalité souvent politique; les escapades de diversion ou de défoulement, parfois de nature folklorique; les passe-temps passagers.

À la première famille appartiennent les mascarades (avec ou

---

[14] Pierre de L'Estoile, *op. cit.*, p. 137.

[15] Cité par Pierre Chevallier, *op. cit.*, p. 416.

sans chars), les ballets à thème et les tournois de fantaisie. Tous associent la poésie, la musique et la danse et nécessitent de somptueux costumes, une savante mise en scène, des accessoires aussi nombreux que variés. Bien que le personnel de la Maison du roi – musiciens et chanteurs – fournisse, ainsi que les courtisans, les exécutants, ils coûtent des fortunes. C'est pourquoi les censeurs sévères, qui n'y voient que gaspillage et folie, les condamnent sans appel.

Les mascarades sont des défilés dansés et mimés avec accompagnement musical, vocal et choral. Les plus luxueuses comportent des chars à la façon des cortèges carnavalesques. Elles exaltent les grands sentiments, surtout celui de l'amour, et n'hésitent pas à faire intervenir les divinités de la Fable. En 1580, Henri III prend la tête d'un cortège de figurants costumés en reîtres qui font la cour à des dames allemandes. En février 1581, en l'absence du roi qui s'est mis à la diète à Saint-Germain, Catherine de Médicis et Louise de Vaudémont donnent une mascarade à Blois ; le thème en est le chagrin éprouvé par la reine régnante à cause d'une infidélité de son mari.

Les ballets, comme sous Charles IX, visent à adoucir les mœurs et à consolider la paix intérieure. Le plus remarquable de tous est le *Ballet comique de la reine*, œuvre du chorégraphe piémontais Balthazar de Beaujoyeulx (Baldassare Belgiojoso), représenté le 15 octobre 1581 à l'occasion des noces du duc de Joyeuse. Il met en scène les maléfices de la magicienne Circé, l'orgueil et l'envie, qui engendrent la haine et la violence et que les dieux eux-mêmes sont impuissants à juguler. Seuls peuvent en venir à bout la reine, nouvelle Amphitrite, et le roi, nouveau Jupiter, elle sur l'eau, lui sur terre. La puissance royale est donc bienfaisante. Dans une perspective néoplatonicienne, elle a rétabli l'harmonie entre les contraires par la paix de Bergerac. Par sa finalité politique, le ballet s'apparente donc aux spectacles donnés en 1572, au mariage de Marguerite de Valois avec Henri de Navarre. Mais il est esthétiquement beaucoup plus ambitieux car il annonce l'opéra. «La décoration, la richesse, la variété et l'insolite des décors et des costumes, les machines enfin, y deviennent des moyens nécessaires au dépaysement et à l'enchantement[16].»

Les tournois de fantaisie ont aussi leur signification. Celui qui se déroule dans le jardin du Louvre le 16 octobre 1581 (il s'agit

---

[16] Pierre Bonniffet, «Courants du chant et de la danse de cour sous les derniers Valois», *La dynamique sociale dans l'Europe du nord-ouest (XVIᵉ-XVIIᵉ siècles)*, Paris, 1987, p. 124.

toujours des noces du duc de Joyeuse) exalte le roi en l'assimilant, bien avant Louis XIV, au soleil. C'est le combat des quatorze Jaunes, champions du soleil, contre les quatorze Blancs, tenants de la lune. Henri III commande les premiers. Le lendemain, un combat fictif à la pique, à pied et à cheval, oppose trois troupes : celle de Sa Majesté qui arrive dans la lice sur un char en forme de navire, celle du duc de Guise dont le char figure un cheval marin, celle du duc de Mercœur, debout sur un char à la romaine. Nous pouvons nous faire quelque idée de ces spectacles féeriques grâce aux tableaux d'Antoine Caron et aux tapisseries de la suite intitulée *Les fêtes des Valois* et conservée à Florence, au musée des Offices.

Les participants à ces divertissements de cour, aux banquets et aux bals qui les accompagnent sont parfois déguisés en femmes, Henri III le premier. En 1577, au début de l'année, L'Estoile nous dit que « le roi faisait tournois, joutes et ballets et force mascarades où il se trouvait ordinairement habillé en femme, ouvrant son pourpoint et découvrant sa gorge, y portant un collier de perles et trois collets de toile [...] ainsi que lors portaient les dames de la Cour[17] ». On a vu dans ces travestissements une preuve indubitable de l'homosexualité du monarque ou, sinon, de sa tendance plus ou moins consciente au transsexualisme. En fait, toutes sortes de personnages de mœurs parfaitement orthodoxes – le duc de Nemours par exemple – ne craignent pas de se grimer de la sorte. Ainsi le veut la mentalité maniériste, avide de scènes insolites, désireuse d'inverser les rôles, de renverser les normes. Catherine de Médicis elle-même, soucieuse de décence et de bonnes mœurs, n'a pas craint, en mai 1577, d'organiser à Chenonceau, en l'honneur de son fils François, un grand banquet où les femmes faisaient le service à la place des maîtres d'hôtel et des gentilshommes servants. L'austère L'Estoile s'en indigne. Il ne voit là que licence et débauche. Il prétend même que les dames étaient à moitié nues parce qu'elles arboraient le nouveau décolleté carré en vogue à la Cour.

Il convient d'ailleurs de remarquer que le roi et les courtisans, lorsqu'ils se déguisent en femmes, adoptent fréquemment le costume des Amazones. L'Estoile nous le rappelle en septembre 1576. Le roi, nous dit-il, « courait la bague, *vêtu en amazone*, et faisait tous les jours bals et festins nouveaux[18] ». Or ces guerrières mythologiques, très prisées au temps des Valois, symbolisent le courage et la chasteté.

---

[17] Pierre de L'Estoile, *op. cit.*, p. 89.

[18] *Ibid.*, p. 80.

Les escapades auxquelles il se livre de temps à autre permettent à Henri III de se défouler (il dit: «se donner du bon temps») en petite compagnie. Elles se déroulent principalement au moment des jours gras. La tradition autorise chaque année, à carême-prenant (les trois jours qui précèdent le mercredi des cendres, surtout le mardi gras) et à la mi-carême, de bruyantes chevauchées à travers les rues de Paris. Les cavaliers, masqués, s'amusent comme des fous en infligeant aux passants des brimades de plus ou moins bon goût. L'Estoile, homme grave, s'en scandalise alors que le roi y participe volontiers. Lisons le chroniqueur: «Le cinquième jour de mars [*1585*], jour de carême-prenant, le roi alla par la ville accompagné d'environ cent chevaux et d'autant d'hommes, vêtus comme lui de pantalons de diverses couleurs [*ce sont les accoutrements des personnages de la comédie italienne*], tous bien montés à l'avantage, et au surplus fort mal en ordre pour princes accompagnant le prince, lesquels, courant par les rues à toute bride, arrachèrent les chapeaux aux hommes, les chaperons aux femmes et les jetèrent dans les boues; offensèrent chacun, ne donnèrent plaisir à personne, battirent et outragèrent tous ceux qu'ils trouvèrent en leur chemin pour ce que, le dimanche précédent, le roi avait fait défenses à toutes personnes d'aller par les rues de Paris en masque durant ces trois jours de carnaval[19].»

Le carnaval est également prétexte à rôder masqué par les rues en compagnie de quelques amis et à s'inviter la nuit dans les maisons en fête pour en partager les réjouissances: «Le dimanche cinquième jour du mois de mars [*1581*], le roi [...] après souper alla chez maître Marc Miron, son premier médecin, logé en une maison qu'il lui avait donnée, sise en la Couture-Sainte-Catherine, s'habiller en masque avec d'O, d'Arques et La Valette, ses mignons, et quelques demoiselles de privée connaissance, qui ainsi masqués rôdèrent par toute la ville de Paris et par les maisons où ils savaient y avoir bonne compagnie, tout aussi qu'en un jour de carême-prenant, pour ce que c'était le dimanche de la mi-carême[20].»

Il arrive curieusement que ces agissements se poursuivent en plein carême en dépit de la pénitence: «Le roi, pendant le carême [*1578*], allait deux ou trois fois la semaine faire collation aux bonnes maisons de Paris et y danser jusques à minuit avec ses mignons fraisés et frisés, et avec les dames de la Cour et de la ville[21].»

À la même tradition folklorique appartient la fête des Rois que

---

[19] Pierre de L'Estoile, *op. cit.*, p. 190-191.

[20] *Ibid.*, p. 134.

[21] *Ibid.*, p. 111.

Sa Majesté ne manque pas de célébrer chaque année en janvier. La veille au soir, on élit la reine de la fève. Le 6, Henri III conduit celle-ci à la messe. Il lui a fait présent d'une robe taillée dans la même étoffe que son costume. La nuit venue, au bal, il danse avec elle. En 1586 par exemple, tous deux sont vêtus de violet et d'argent.

Henri III apprécie donc énormément de pouvoir s'amuser comme un simple particulier, de mettre en quelque sorte sa dignité royale en vacance. Mais il peut aussi aller beaucoup plus loin, jusqu'au dévergondage. Il en prend parfois à son aise avec ses devoirs conjugaux et entretient de brèves amours avec de complaisantes partenaires. Il lui arrive même, lorsqu'une sorte de frénésie sexuelle le saisit, d'entraîner quelques amis dans une débauche de plusieurs jours avec des prostituées. En août 1585, le comte Giglioli, agent à Paris du cardinal d'Este, protecteur des affaires de France à Rome, écrit à son patron : «Le roi a mené ces jours passés à Limours une vie qui a donné à dire à tous, étant resté en ce lieu six jours continus avec *quatorze putains*. Ils ont fait ce qui peut se faire et c'est une chose publique dans toute la Cour[22].» Le *Journal* de L'Estoile confirme ce témoignage. Le châtelain de Limours était le duc de Joyeuse. Le duc d'Épernon, sollicité de rendre le même service à Sa Majesté dans son château de Fontenay-en-Brie, refuse tout net que se fasse chez lui le même *bordel*! Ces débordements, dont on pourrait donner d'autres exemples, cessent à partir de 1586. Bien entendu, ceux qui les connaissent considèrent leur auteur comme indigne de la Couronne.

Henri III s'adonne encore à d'autres récréations comme le théâtre ou le jeu. Le théâtre est pour lui une occasion de rire et d'évasion : il fait représenter à la Cour les comédies et les pastorales italiennes, pas les tragédies de Robert Garnier. En 1576, il fait venir les Gelosi qu'il a naguère applaudis à Venise. Comme les huguenots les ont capturés vers la Noël, il paie leur rançon et les fait jouer à Blois à l'époque des États généraux. Ils se produiront ensuite à Paris, mais le Parlement les en chasse en juin 1577 sous prétexte que leurs pièces n'enseignent que la paillardise et l'adultère. Plus tard, les Confidenti viendront à leur tour en France.

Dans les premières années de son règne, Henri III a joué gros jeu et perdu des sommes considérables. Puis il s'est repris jusqu'à disgracier l'un de ses mignons, le marquis d'O, joueur invétéré,

---

[22] Cité par Pierre Chevallier, *op. cit.*, p. 438. L'Estoile écrit de son côté: «Le 4 août, le roi étant parti d'Étampes pour s'en venir à Paris, passe à Limours où le duc de Joyeuse, son beau-frère, le reçoit honorablement et traite humainement en compagnie de femmes et de filles de toutes façons.»

en octobre 1581. On sait qu'il a nourri une passion durable pour les chiens d'appartement au point d'en entretenir quelque trois cents en 1586 dans le chenil du château de Madrid. À partir de 1585, il s'entiche pendant plusieurs semaines du jeu de bilboquet. À ses moments perdus, il s'amuse à découper des miniatures pour les replacer sur un fond coloré. Comme ces découpages se font à l'aide d'un canif, on appelle ces images des canivets. Ces distractions futiles le font dédaigner des Français. L'avocat général à la Chambre des comptes, Étienne Pasquier, le déplore · « Il épousa en son particulier je ne sais quel passe-temps et déduits domestiques dont il changeait de six mois en six mois ou d'un an en an pour le plus, qui le firent tomber au mépris de ses sujets[23]. »

★

C'est finalement une personnalité bien étrange que celle du roi Henri III, très difficile à cerner. Son intelligence politique et son application au gouvernement du royaume, évidentes aux yeux de l'historien, passent totalement inaperçues de la majorité de ses sujets qui ne retiennent de lui que sa scandaleuse prodigalité, son goût immodéré de la fête, ses mignons fraisés et frisés, ses passe-temps frivoles. Les Parisiens se gaussent de lui quand ils le voient passer dans son vaste coche vitré, avec ou sans la reine, accompagné de mignons, de jolies femmes et de petits chiens. Ils s'esclaffent en 1585 lorsqu'ils l'aperçoivent circulant en ville, le bilboquet à la main, suivi de courtisans qui imitent son comportement puéril. Ils s'indignent quand, au moment du carnaval, le souverain masqué fonce sur eux à cheval pour s'emparer de leur chapeau. Ils ne peuvent que faire fi d'un roi qui se détourne des exploits cynégétiques et guerriers pour s'adonner à la lecture et à l'étude.

---

[23] Étienne Pasquier, *Lettres historiques*, publiées par D. Thickett, Genève, 1966, p. 441.

CHAPITRE XV

LE ROI TRÈS CHRÉTIEN

En dépit de ses écarts de conduite, Henri III a toujours manifesté une foi très vive, une adhésion sans faille au catholicisme. Il a sans doute accordé aux huguenots une liberté limitée de culte. Mais il l'a fait sans le moindre enthousiasme, dans la seule intention d'assurer la paix intérieure du royaume. Ni sa maison, ni celle de la reine mère, ni celle de la reine régnante n'ont accueilli de protestants dans leur personnel. À la Cour, la reconquête des familles nobles passées à la Réforme a même commencé sous son impulsion.

La stérilité de son union avec Louise de Vaudémont est à l'origine de la crise morale qu'il traverse en 1582. Il s'efforce dès lors de mettre ses actions en conformité avec ses convictions. C'est ce qu'on a appelé sa conversion, qui s'étale sur plusieurs années.

Son évolution spirituelle personnelle ne peut être dissociée de ses intentions politiques : s'il s'adonne aux pratiques religieuses pénitentielles, c'est pour obtenir du Ciel la naissance d'un dauphin et le salut du royaume. Il met donc en œuvre une conception surnaturelle de la politique qui accroît son impopularité.

Le roi prêtre

Dans la France du XVIe siècle, la fonction royale a quelque chose de sacerdotal. Successeur de saint Louis, *le roi n'est pas pur lai* [laïc], pour reprendre la formule employée par les juristes. On sait que, comme les anciens rois d'Israël, il a reçu l'onction du sacre qui a fait de lui le représentant de Dieu ici-bas, chargé de conduire son peuple sur le chemin du salut éternel. Au cours de la cérémonie, calquée sur la liturgie propre à la consécration des évêques, il a revêtu trois vêtements sacerdotaux, la tunique, la dalmatique et le manteau. Il a reçu le pouvoir thaumaturgique de guérir les écrouelles. Henri III est d'autant plus persuadé de la sainteté de sa mission qu'il a accédé à ses deux couronnes successives le jour de la Pentecôte : la Pentecôte 1573 a vu son élection comme roi de Pologne, la Pentecôte 1574 son avènement comme roi de France. N'est-ce pas la preuve que le Saint-Esprit lui accorde une protection spéciale ? On comprend qu'il ait fondé *l'ordre et milice du benoît Saint-Esprit*, destiné à devenir le plus prestigieux des ordres chevaleresques de l'Ancien Régime.

Il y avait d'ailleurs urgence à remédier au discrédit qui, depuis longtemps, frappait l'ordre de Saint-Michel, fondé en 1469 par Louis XI et si libéralement décerné depuis un siècle (cent sept nominations par an, en moyenne, sous Charles IX) qu'on le surnommait *le collier à toutes bêtes*. Montaigne, qui l'avait obtenu en 1571, estimait que l'ordre s'était abaissé jusqu'à lui et non l'inverse.

Dès 1574, Henri III a formé le projet d'un ordre de la Passion qui n'a pas pu se concrétiser. Il reprend l'idée quatre ans plus tard. Il éprouve alors le besoin de compenser la mort violente de plusieurs de ses mignons, Du Guast en 1575, Henri de Saint-Sulpice en 1576, Quélus, Maugiron et Saint-Mégrin en 1578.

L'objectif qu'il vise est à la fois politique et mystique. Il veut fonder la monarchie absolue dont il rêve sur la noblesse car, dit-il, « en la noblesse de mon royaume consiste la principale force d'icelui[1] ». Or, les gentilshommes sont loin de se montrer toujours fidèles et disciplinés. De plus, ils font l'objet de sévères critiques en raison des violences et des exactions dont ils ont trop souvent pris l'habitude. Selon Guillaume de Taix, député du clergé aux États de 1576, le chancelier de Birague les a accusés « de n'être pas si prompts aux armes pour le service de Dieu et du Roi que leurs ancêtres et d'user de beaucoup de violences et concussions sur leurs sujets et sur les pauvres laboureurs[2] ».

Henri III sait tout cela. Il cherche donc à rénover la noblesse, à la mettre tout entière au service de la Couronne, à l'inciter à la vertu (au sens fort du terme). Le meilleur moyen d'y parvenir, c'est de distinguer en son sein une étroite élite qui servira de modèle aux autres, qui agira comme le levain dans la pâte, les chevaliers du Saint-Esprit. Il le précise dans la lettre circulaire qu'il adresse, en novembre et décembre 1578, aux premiers promus : « Comme nul ne pourra atteindre à ce rang d'honneur que *par le seul sentier de la vertu*, ce sera un bon moyen d'obliger ceux qui en ont toujours fait

---

[1] Michel François, *Lettres de Henri III roi de France recueillies par Pierre Champion*, tome IV, Paris, 1984, p. 109.

[2] Cité par Jacqueline Boucher, *La cour de Henri III*, Rennes, 1986, p. 147.

profession d'y persévérer de bien en mieux et exciter les autres à s'y redresser[3].» Il veut en somme créer une aristocratie du mérite à partir de l'aristocratie de la naissance. Grâce à son initiative, les lignages nobles, légitimement désireux de s'élever dans la société, n'auront plus besoin d'entrer dans la clientèle d'un grand pour assurer leur fortune. Il leur suffira de se faire remarquer de Sa Majesté pour leur zèle et leur fidélité. Le roi interdit d'ailleurs aux membres de son ordre de recevoir quelque gratification que ce soit d'un autre prince que lui.

Mais Henri III est aussi un homme de foi et le lieutenant de Dieu sur la terre. Par sa fondation, qui doit inciter les huguenots à se convertir pour y entrer, il remet le sort de son royaume entre les mains de l'Esprit-Saint, de ce Paraclet qui lui a déjà manifesté sa bienveillance et contre qui les forces humaines ne peuvent prévaloir. Les chevaliers qu'il distingue ont pour vocation de défendre le catholicisme, de reconquérir le terrain que celui-ci a perdu devant le protestantisme, de lutter énergiquement contre l'hérésie. Ils sont d'ailleurs soumis à des obligations religieuses comme de dire chaque jour un chapelet d'un dizain, de réciter les heures du Saint-Esprit, de se confesser et de communier deux fois par an.

Reprenant une idée du défunt cardinal de Lorraine, le roi envisage de doter sa fondation à l'aide de revenus ecclésiastiques, pour une valeur de 200 000 livres par an. Il en accentuerait ainsi le caractère religieux et épargnerait du même coup les deniers de l'État. Son idée consiste à créer des bénéfices, appelés commanderies, qui seraient attribués aux chevaliers. Par une lettre du 19 octobre 1578, il en demande l'autorisation au pape Grégoire XIII. Il joint à sa lettre un mémoire explicatif et un exemplaire des statuts de l'ordre à la rédaction desquels ont collaboré le grand aumônier Jacques Amyot et le père jésuite Émond Auger. Mais le Souverain Pontife, soucieux de ménager les ressources du clergé, si souvent mises à contribution par la monarchie, refuse d'approuver le mode de financement envisagé. Il ne donne même pas son aval à la nouvelle institution et, le 1er janvier 1579, au premier chapitre de l'ordre, le nonce Anselmo Dandino, pourtant invité, brille par son absence. Après avoir beaucoup récriminé, Henri III doit s'incliner. Il récompensera le zèle des chevaliers en leur offrant, tous les ans, une bourse de mille écus.

L'ordre doit se composer de cent membres, tous gentilshommes de trois races paternelles (environ un siècle de noblesse prouvée), et

---

[3] Michel François, *op. cit.*, p. 110.

de neuf commandeurs ecclésiastiques (cardinaux et évêques). Dès l'instant où il a été sacré, le roi en est, *ipso facto*, le grand maître. La première promotion rassemble trente-quatre personnages qui doivent «avoir mérité de la chose publique». Quatre ducs seulement en font partie: le duc de Mercœur, frère de la reine, le duc de Nevers, mentor du monarque, le duc d'Uzès, ancien huguenot revenu au catholicisme, le duc de Nemours. Les autres élus appartiennent à la moyenne noblesse engagée au service de l'État, membres du Conseil privé, maréchaux de France, gouverneurs et lieutenants généraux des provinces, diplomates. Damville, qui n'a pas encore succédé à son aîné comme duc de Montmorency, est du nombre. Pas le duc Henri de Guise ni son frère le cardinal Louis qui ne seront promus qu'en 1580. Et surtout pas François d'Anjou qui ne sera jamais chevalier du Saint-Esprit.

Le 1er janvier et le jour de la Pentecôte, l'ordre tient son chapitre à Paris, dans l'église des grands augustins. Le roi l'entoure d'un luxe inouï. Le faste des costumes et des cérémonies évoque celui de la Toison d'or à la grande époque des ducs de Bourgogne. Nous ne pouvons plus les imaginer qu'à travers les objets d'orfèvrerie (masse, aiguière, encensoir) que conserve le musée du Louvre.

Passionné d'étoffes, Henri III a doté les chevaliers d'un costume d'autant plus splendide qu'il le porte lui-même chaque fois qu'il les rassemble autour de lui. L'Estoile qui, le 1er janvier 1579, a vu défiler la première promotion entre l'hôtel de Nantouillet, où elle s'était regroupée, et l'église des augustins, nous le décrit avec précision: «Ils étaient vêtus d'une barrette de velours noir, chausses et pourpoint de toile d'argent, souliers et fourreau d'épée de velours blanc, le grand manteau de velours noir, bordé à l'entour de fleurs de lis, de broderie d'or et langues de feu entremêlées de même broderie et des chiffres du roi de fil d'argent, tout doublé de satin orangé, et un autre mantelet de drap d'or en lieu de chaperon par-dessus le dit manteau, lequel mantelet était pareillement enrichi de fleurs de lis, langues de feu et chiffres comme le grand manteau [...] Journellement, sur leurs capes et manteaux, ils portent une grande croix de velours orangé bordée d'un passement d'argent, ayant quatre fleurs de lis d'argent aux quatre coins du croison, et le petit ordre pendu à leur col avec un ruban bleu[4].»

Comme ceux de Saint-Michel, les chevaliers reçoivent du roi un collier; à leur mort, leurs héritiers devront le restituer. Aucun exemplaire contemporain de Henri III n'en est parvenu jusqu'à

---

[4]   Pierre de L'Estoile, *Journal d'un bourgeois de Paris sous Henri III*, Paris, 1966, p. 117-118.

nous. Les emblèmes en ont d'ailleurs été modifiés par la suite. Mais les représentations graphiques permettent d'en connaître l'aspect. Les maillons qui le composent sont de trois types. Le premier figure une fleur de lis environnée de langues de feu, symbole de la Pentecôte. Le second entrelace un *êta* majuscule et deux *lambda* majuscules, initiales grecques des noms du roi et de la reine. Le troisième, beaucoup plus subtil, associe un *phi* et un *pi* majuscules à l'*êta* et au *lambda*. Madame Jacqueline Boucher en a décrypté la signification : *Henri et Louise qui aiment le Paraclet.* Au collier est suspendue une croix d'émail à huit pointes pommetées d'or sur laquelle est figurée la colombe du Saint-Esprit. C'est la même croix qui se porte en sautoir, accrochée à un ruban bleu céleste, en dehors des cérémonies.

En créant l'ordre du Saint-Esprit, Henri III fortifie sa fonction de roi prêtre, déjà affirmée par le sacre et le toucher des écrouelles. Il ne se contente pas d'honorer les chevaliers en récompense de leurs mérites et des services qu'ils ont rendus. Il les fait participer à la vie politique du royaume. À chaque chapitre qu'il convoque, il tient conseil avec eux. Il les charge de missions de confiance. En 1587, par exemple, il les envoie perquisitionner les différents quartiers de la capitale, à la recherche des dépôts d'armes clandestins de la Ligue. Ont-ils répondu à son attente ? Dans l'ensemble, oui. Sans doute, les ducs de Guise, de Mayenne, d'Aumale et de Mercœur, les cardinaux de Guise et de Bourbon, tous membres de l'ordre, ont-ils trahi leur serment et animé la Ligue de 1585. Mais la plupart ont loyalement servi et même reconnu Henri IV à la mort du dernier Valois. Pendant deux siècles, jusqu'à sa suppression par la Révolution, le succès de l'ordre du Saint-Esprit a amplement justifié l'initiative de Henri III.

Le roi sans dauphin

Henri III a épousé Louise de Vaudémont, jeune et vertueuse princesse lorraine, dans l'intention bien arrêtée d'en avoir très vite des enfants et de perpétuer ainsi la dynastie des Valois qui règne sur la France depuis deux siècles et demi. Or, son union se révèle désespérément stérile. La venue au monde d'un dauphin serait pourtant de la plus grande utilité. Non seulement pour que la Couronne ne tombe pas un jour aux mains de l'aventurier politique qu'est François d'Anjou. Mais aussi pour éviter que les hommages et la fidélité de la noblesse ne se portent spontanément vers celui-ci. Car Monsieur est un prince selon le cœur des gentilshommes puisqu'il rêve de conquérir un royaume à la pointe de l'épée et de les entraîner dans son sillage.

Pour l'opinion publique, l'infécondité du ménage royal ne peut avoir qu'un responsable, le monarque lui-même. D'abord parce qu'elle le croit atteint d'une maladie vénérienne. Ensuite parce qu'on ne lui connaît aucun bâtard, contrairement à Henri II et Charles IX. Henri III n'est pas seulement un roi sans dauphin, il est un roi sans enfant. On sait pourtant que, comme la plupart des hommes de son temps, il ne se croit pas tenu à une stricte fidélité conjugale, malgré l'affection qu'il éprouve pour son épouse. Il n'a pas de favorite en titre comme son père ou son grand-père, ménageant ainsi la dignité de la reine. Mais il s'autorise de brèves passades avec des demoiselles peu farouches, Mlle de Montigny, Mlle de La Mirandole, Mlle de Stavay et ces amours de rencontre n'ont produit aucun fruit.

L'une de ces liaisons, sur laquelle on s'interroge encore, fait scandale en 1580. Le bruit court avec insistance que Sa Majesté est au mieux avec Louise de Pont, religieuse dominicaine du couvent de Poissy où l'on n'observe plus depuis longtemps la règle. Effaré par ce que la rumeur impute au Très-Chrétien, le nonce Anselmo Dandino s'émeut et interroge le confesseur du prince, l'évêque d'Angers Guillaume Ruzé qui, après enquête, peut le rassurer. Les auteurs de pamphlets, eux, sans chercher à vérifier les faits, s'emparent avec jubilation de l'incident et l'exploitent contre le roi ainsi que le montre le pasquil suivant :

> *Est-ce exemple de roi que de faire l'amour*
> *En lieux sacrés, où font les nonnains demeurance ?*
> *Rejetant ta moitié, miroir de patience,*
> *Et quitter tes palais pour y faire séjour ?* [5]

En 1584, la sœur naturelle de Henri III, Diane de France, veuve du maréchal de Montmorency, propose à son frère de vérifier s'il est ou non atteint de stérilité en rencontrant discrètement une robuste Savoyarde de dix-huit ans. On ignore les résultats de cette expérience.

Tout bien pesé, il semble que l'infécondité du couple royal soit le résultat de cette fausse couche de la reine, survenue en 1576, dont Cheverny nous parle dans ses *Mémoires*. Dans les années suivantes, elle souffre d'affections gynécologiques à répétition qui l'amaigrissent et l'empêchent sans doute d'engendrer à nouveau.

---

[5] Cité par Pierre Chevallier, *Henri III, roi shakespearien*, Paris, 1985, p. 446.

Profondément affectée par cette disgrâce, éprouvant un véritable sentiment de culpabilité, vivant dans la crainte – non fondée – d'une répudiation, elle accepte d'essayer tous les remèdes qu'on lui suggère. En 1580, le duc de Guise lui recommande les services d'un guérisseur dauphinois. En 1586, elle reçoit une matrone languedocienne venue lui proposer des bains et des herbes à mettre dans sa nourriture. De bonnes âmes vont jusqu'à insinuer qu'elle pourrait se faire faire un bébé par une tierce personne. Elle repousse avec indignation cette manière immorale de sauver la dynastie en péril. La disgrâce de Saint-Luc, en février 1580, est peut-être due à sa prétention outrecuidante de devenir le père d'un dauphin.

Environ février 1578, un sentiment de culpabilité a commencé à s'insinuer dans l'âme du roi. Si le ciel lui refuse un héritier, pense-t-il, c'est parce qu'il vit dans le péché. Il serait donc bon qu'il fasse pénitence. Deux ans plus tard, une démarche de saint Charles Borromée le conforte dans cette idée. De passage à Venise, le cardinal-archevêque de Milan s'entretient avec le président Du Ferrier, ambassadeur de France, auquel il dit que les malheurs du royaume procèdent de la dépravation morale de ses habitants et que, pour les conjurer, il conviendrait que le monarque et les grands donnent l'exemple de la pénitence. C'est là une conception surnaturelle de la politique qui va devenir, peu à peu, celle de Henri III.

Pour obtenir un dauphin, on le sait, le ménage royal s'est tourné vers les pèlerinages sans négliger les cures thermales. La reine Louise devient une habituée de Bourbon-Lancy, où elle séjourne avec ou sans son mari. Les pèlerinages, le roi les accomplit à pied, dans une intention pénitentielle évidente, pour adhérer à la Passion du Christ rédempteur et acquérir des mérites spirituels. Ils ont pour but les sanctuaires de la Vierge relativement proches de Paris, Notre-Dame de Chartres, Notre-Dame de Liesse, Notre-Dame de L'Épine, Notre-Dame de Cléry.

Au début de 1582, Henri III ordonne des prières dans toutes les églises du royaume pour supplier Dieu de lui accorder un fils. Pendant qu'elles montent vers le Ciel, il prend la route de Chartres où il s'est déjà rendu à l'automne de 1579, en reconnaissance de sa guérison. «Le vendredi 26 janvier, raconte L'Estoile, le roi et la reine sa femme, chacun à part soi et chacun accompagné de bonne troupe, lui de princes et seigneurs, elle de princesses et de dames, allèrent à pied de Paris à Chartres; où fut fait une neuvaine, à la dernière messe de laquelle le roi et la reine assistèrent et offrirent une Notre-Dame d'argent doré qui pesait cent marcs, avec grande dévotion et humble et cordiale affection qu'il plût à Dieu et à la bonne Dame intercéder vers Jésus-Christ son fils et leur donner lignée qui pût succéder à la couronne de France[6].» La distance parcourue est d'environ quatre-vingts kilomètres. Au retour, la reine la couvre en sept jours. Le roi, lui, met seulement deux jours mais rentre si fatigué qu'il doit immédiatement s'aliter. Parmi les grands personnages qui l'ont suivi, l'athlétique duc de Guise est le seul à avoir pu terminer à pied.

Peu de temps après son retour, à la mi-mars, Henri III éprouve le besoin de soulager sa conscience et de recevoir l'absolution d'un ecclésiastique irréprochable. Il fait le choix du père Claude Mathieu, provincial de France des jésuites, auquel il fait une confession générale de sa vie. Il fait également vœu de fidélité conjugale. En avril, il retourne à Chartres avec son épouse, lui toujours à pied, elle en coche. Dans les mois qui suivent, en juin-juillet, il traverse une véritable crise morale qui attire l'attention de quelques diplomates, anglais et italiens. En proie à une sorte d'instabilité, il change sans arrêt de résidence, se montre sombre et mélancolique. Il retrouve cependant peu à peu la sérénité dans une sorte d'abandon quiétiste à la volonté du Très-Haut au sujet de sa postérité.

Il est tout à fait remarquable que le nombre des pèlerinages s'accroisse en 1583, l'année même où il fonde la Congrégation royale des pénitents de l'Annonciation Notre-Dame. Il remplace cependant, en mars, le très hispanophile père Mathieu, de nationalité lorraine, par le père Émond Auger, qu'il connaît depuis si longtemps et qui devient son directeur de conscience.

En janvier 1583, Louise de Vaudémont se rend à Liesse et, en avril, Henri III à Chartres une nouvelle fois. En allant à Mézières pour prendre les eaux de Spa, tous deux s'arrêtent ensuite à Notre-Dame de L'Épine, aux environs de Châlons. En septembre, le roi visite successivement Cléry et Chartres. En mars 1584, on le retrouve dans ces deux sanctuaires, accompagné par les pénitents de la congrégation qu'il vient de fonder. Son voyage dure treize jours. L'ambassadeur de Venise en rend compte : «Il est resté dans chaque église, des heures entières à genoux, en particulier dans celle de Chartres trois heures de suite sur la terre nue, en l'embrassant plusieurs fois. Il communiait tous les matins avec une telle dévotion et une telle humilité que tous ceux qui étaient présents en demeuraient étonnés et confus. Il est resté, deux jours après son retour, retiré et il a passé un jour entier alité à cause d'un mal au pied qu'il

---

[6]   Pierre de L'Estoile, *op. cit.*, p. 144-145.

a contracté pendant ce voyage, mal causé par une chaussure qui s'était abîmée par-derrière mais qu'il a voulu garder ainsi pendant tout le trajet[7].»

En mars 1586, le lendemain de la fête de l'Annonciation, Henri III reprend le chemin de Chartres, entouré de grands seigneurs, de pénitents et de capucins. C'est encore le Vénitien qui nous renseigne le mieux: «Il est allé et revenu à pied bien qu'il ait plu sans cesse; le roi a mangé fort peu, peu et mal dormi et, en somme, a voulu en toutes choses macérer sa chair, de sorte que plusieurs de ceux qui l'ont suivi sont restés en route, malades. Des huit capucins, l'un est sur le point de mourir et des soixante-quatre seigneurs (y compris les cardinaux de Joyeuse et de Vendôme), quatorze seulement sont rentrés avec lui, les autres sont restés en chemin et, en partie, sont revenus avant lui en coche, car ils n'ont pu supporter tant de privations; enfin, pour comble de dévotion et d'humilité d'esprit, le roi a voulu que personne ne parlât durant le trajet, à l'exception de ces mots: *Dominus vobiscum, Deo gratias* et *Benedicamus Dominum*[8].»

En décembre de la même année, c'est le couple royal qui s'achemine à Chartres. Un moment, on pense que le Ciel, vaincu par les mortifications de Leurs Majestés, a exaucé leurs prières: pendant trois ou quatre jours, on croit la reine enceinte. Espoir de courte durée, bien vite détrompé.

Une telle constance, un tel acharnement à accomplir ces épuisants voyages traduisent bien l'angoisse extrême des deux époux pour l'avenir de la dynastie, mais aussi leur foi indéracinable dans la toute-puissance de Dieu qui nourrit leur espérance. Dans leur entourage, le comte de Fiesque et le duc de Mercœur – ce dernier frère de la reine – n'ont-ils pas fini par obtenir un fils à force de prières et de vœux?

Le roi pénitent

Passant par Avignon à la fin de 1574, Henri III avait été séduit par les confréries de pénitents qui y prospéraient et il avait participé, on le sait, à leurs dévotions. D'origine italo-provençale, ces compagnies associaient laïcs et ecclésiastiques dans la pratique collective des exercices de piété. Elles mettaient l'accent sur les actes expiatoires, par exemple les flagellations, pour calmer la colère divine.

---

[7]   Cité par Pierre Chevallier, *op. cit.*, p. 380.

[8]   *Ibid.*

Elles incitaient leurs membres à communier aux grandes fêtes, voire une fois par mois, préparant ainsi les voies à la fréquente communion du XVIIe siècle.

En 1582, lorsqu'il décide de faire lui-même pénitence pour éloigner les maux qui affligent son royaume, il délibère de les introduire à Paris. Pour ce faire, il s'adresse au père Auger qui a contribué à la fondation de celles de Toulouse (en 1575) et de Lyon (en 1577) et s'en est fait le propagandiste zélé.

Le père Auger, qui était venu à la Cour en 1578 pour participer à la rédaction des statuts de l'ordre du Saint-Esprit, y reparaît en mars 1583. Il va y demeurer jusqu'en 1587, avec l'autorisation du père général Aquaviva. Il est, à cette époque, une des gloires de la Compagnie de Jésus. Sa remarquable éloquence lui vaudra le qualificatif de *Chrysostome français* dans l'*Histoire de France* de Pierre Matthieu, parue en 1631. Né en 1530, formé à Rome du vivant même de saint Ignace, il combat aux avant-postes du catholicisme depuis 1559. Cependant, il comprend et approuve l'attitude du roi vis-à-vis des protestants et il ne sera jamais ligueur, contrairement à la plupart de ses confrères.

Ses idées sur les confréries pénitentielles sont connues grâce à sa *Métanœlogie,* ouvrage publié en 1584 pour clore le bec aux détracteurs du monarque. Il propose à leurs membres trois objectifs: l'affirmation *publique* de la foi catholique au moyen de processions et autres cérémonies; la pratique des vertus de charité et d'humilité; l'usage des mortifications, y compris celui de la discipline mais sans excès ni effusion de sang. L'uniformité du vêtement impose l'égalité entre les confrères en gommant les hiérarchies sociales. Il s'agit d'une sorte de sac de couleur blanche, qui rappelle la robe du Christ et les enveloppe de la tête aux pieds avec deux trous pour les yeux; une cordelière, une discipline et un chapelet le complètent.

À ceux qui condamnent cette humilité, ce mépris du monde et de la gloire, «vieille maquerelle d'outrecuidance et maladie», sous le prétexte que ces vertus affaibliront la valeur militaire de la noblesse, Auger répond avec indignation: «Ce ne sont point choses incompatibles ensemble que la Croix et les armes, l'humilité et la majesté, la Sapience céleste et la modérée vivacité de l'Esprit humain, l'être armé d'une cuirasse à la guerre et en temps de paix d'un sac et d'un oratoire, branler une lance sur un bon coursier, au milieu d'un bataillon, sous la cornette d'un grand général, et arborer une croix ou un flambeau parmi une centaine de Pénitents, tout à pied, sous la conduite d'un crucifix, chantant louanges à Dieu et lui criant merci de ses fautes, guerroyant gaillardement la chair et le péché,

Satan et le Monde, pour en rapporter l'entière victoire et riche triomphe au Ciel[9].»

Le directeur de conscience du roi croit à l'exemplarité des belles actions. Il pense que ces combattants de la foi que sont les pénitents deviendront rapidement des modèles prestigieux et convertiront les autres à leur idéal, non seulement les catholiques tièdes, mais aussi les hérétiques. Il prône une action spirituelle capable de transformer le corps social tout entier par la vertu de l'exemple, *ad majorem Dei gloriam*.

Les statuts de l'*Archicongrégation des pénitents de l'Annonciation de Notre-Dame* (ainsi s'appelle la fondation royale) sont rapidement dressés. Ses membres ont le choix entre deux règles. La première leur impose seulement la messe quotidienne et quelques prières. La seconde y ajoute l'examen de conscience journalier, que saint Ignace a pratiqué jusqu'à sa mort et recommandé à ses disciples[10], ainsi que le jeûne et l'abstinence.

Le 21 mars 1583, la nouvelle confrérie est solennellement instituée. Le roi a obtenu l'accord de Rome et le nonce Giovanni Battista Castelli célèbre la messe. Les 300 premiers membres, dont on connaît les noms, se recrutent pour les trois quarts dans le monde de la Cour, pour le quart restant parmi les notables parisiens. Les laïcs sont bien plus nombreux que les ecclésiastiques. L'apostolat des laïcs est en effet une nécessité à une époque où le clergé prête trop souvent le flanc à la critique. Si le cardinal de Bourbon est désigné comme recteur annuel pour l'année 1583-1584, le véritable animateur de la compagnie est un laïc lyonnais, Maurice Du Peyrat, qui exerce les fonctions de vice-recteur perpétuel. Toute préoccupation politique n'est sans doute pas absente de la pensée du roi lorsqu'il crée sa pieuse association. Madame Jacqueline Boucher pense, à bon droit, qu'il veut canaliser à son profit le puissant mouvement de renouveau catholique, trop hispanophile à son goût, qui se manifeste dans sa capitale.

Quatre jours plus tard, en la fête de l'Annonciation, les confrères font leur première sortie publique en processionnant du couvent des grands augustins à la cathédrale Notre-Dame. L'Estoile, qui

---

[9] Émond Auger, *Métanœlogie sur le sujet de l'Archicongrégation des Pénitents de l'Annonciation de Notre-Dame, et de toutes telles autres dévotieuses assemblées, en l'Église sainte*, Paris, 1584, p. 100.

[10] «Examiner tous les soirs sa conscience, devant que de se jeter au repos de son corps, demandant compte et raison à son âme, curieusement, de toutes ses pensées, paroles et actions du jour écoulé, tant bonnes que mauvaises», écrit Auger dans sa *Métanœlogie*, p. 191-192.

est proche des milieux protestants, déteste les jésuites et les formes démonstratives de dévotion, nous décrit le cortège en assaisonnant son texte de commentaires acrimonieux: «Auquel jour [*le vendredi 25 mars 1583*] fut faite la solennelle procession desdits confrères pénitents, qui vinrent sur les quatre heures après-midi du couvent des augustins en la grande église Notre-Dame, deux à deux, vêtus de leur accoutrement tels que des Battus [*flagellants*] de Rome, Avignon, Toulouse et semblables, à savoir de blanche toile de Hollande, de la forme et façon qu'ils sont désignés par le Livre des confréries. En cette procession, le roi marcha sans garde ni différence aucune des autres confrères, soit d'habit, de place ou d'ordre; le cardinal de Guise portait la croix, le duc de Mayenne, son frère, était maître des cérémonies, et frère Émond Auger, jésuite (bateleur [*sic*] de son premier métier, dont il avait encore tous les traits et façons) avec un nommé Du Peyrat, Lyonnais chassé et fugitif de Lyon pour crime d'athéisme et de sodomie [*sic*], conduisaient le demeurant; les chantres du roi et autres marchaient en rang vêtus de même habit en trois distinctes compagnies, chantant mélodieusement la litanie en faux-bourdon. Arrivés en l'église Notre-Dame chantèrent tous à genoux le *Salve Regina* en très harmonieuse musique, et ne les empêcha la grosse pluie qui dura tout le long de ce jour, de faire et achever avec leurs sacs tout percés et mouillés leurs mystères et cérémonies encommencées[11].»

Le public parisien qui, jusque-là, ignorait les manifestations de piété méditerranéennes, est interloqué par la procession du 25 mars dont le sens lui échappe. Devant le spectacle étrange qu'ils ont devant les yeux, les uns raillent, les autres s'indignent. Un quatrain le met en rapport avec la pression fiscale:

> *Après avoir pillé la France*
> *Et tout son peuple dépouillé,*
> *Est-ce pas belle pénitence*
> *De se couvrir d'un sac mouillé?*

Le 29 mars, Henri III fait fouetter quelque cent vingt pages et laquais du Louvre qui, par dérision, ont contrefait la cérémonie en se mettant devant le visage un mouchoir percé de deux trous. Il exile le curé de Saint-Pierre-des-Arcis, Maurice Poncet, qui, prêchant le carême du haut de la chaire de Notre-Dame, a qualifié la nouvelle institution de «confrérie des hypocrites et des athéistes». Il doit faire face à la désapprobation de son entourage. Celle de Catherine de

---

[11] Pierre de L'Estoile, *op. cit.*, p. 155.

Médicis, restée fidèle à l'esprit de la Renaissance qui prévalait dans ses jeunes années, n'étonne pas. Celle de la pieuse reine Louise surprend davantage. Mais elle ne supporte pas de voir son mari réduit à la condition anonyme d'un fidèle encagoulé.

Cependant, le roi ne baisse pas les bras et organise une nouvelle sortie de sa confrérie le jeudi saint suivant: «Le jeudi saint 7 avril, sur les neuf heures du soir, la procession des pénitents, où le roi était avec tous ses mignons, alla toute la nuit par les rues et aux églises, en grande magnificence de luminaire et musique excellente faux-bourdonnée. Et y en eut quelques-uns, même des mignons à ce qu'on disait, qui se fouettèrent en cette procession, auxquels on voyait le pauvre dos tout rouge des coups qu'ils se donnaient. Sur quoi on fit courir le quatrain suivant:

> *Mignons, qui portaient doucement*
> *En croupe le sang de la France,*
> *Ne battaient le dos seulement*
> *Mais le cul qui a fait l'offense*[12].

Ce quatrain qui, dans un contexte nouveau, reprend l'accusation d'homosexualité portée naguère contre Henri III, révèle clairement que les espoirs mis par le roi et son confesseur dans l'exemplarité de leur confrérie n'ont aucun fondement. Non seulement le défilé des pénitents blancs n'édifie personne, mais les adversaires du roi l'utilisent contre lui. De pieux exercices, conçus en vue de la rédemption de la société tout entière, deviennent une machine de guerre dressée contre la Couronne. Tout simplement parce qu'on ne croit pas à la sincérité d'un prince dans lequel on persiste à ne voir qu'un hypocrite machiavélique et débauché.

Pour défendre son œuvre, Henri III doit faire appel à la plume de doctes religieux: le père de Cheffontaines, ancien général des cordeliers, qui donne une *Apologie de la confrérie royale des pénitents blancs*, le père Auger qui, en 1584, publie sa *Métanœlogie* (Discours sur la pénitence). Jusqu'en 1587, il continuera à participer aux processions en tenue de pénitent et fera des pèlerinages revêtu de ce costume. Alors que ses sujets préféreraient le voir combattre les hérétiques, les armes à la main.

De 1583 à 1588, d'autres confréries du même type voient le jour à Paris: les pénitents bleus de Saint-Jérôme, fondés par le cardinal de Joyeuse, les pénitents noirs du Saint-Crucifix, fondés par l'évêque Pierre de Gondi, les pénitents gris d'obédience franciscaine. Elles

---

[12] Pierre de L'Estoile, *op. cit.*, p. 156-157.

cadrent parfaitement avec l'essor de la Réforme catholique et
recrutent leurs adhérents dans les milieux dévots, non parmi les
courtisans. Aux yeux du public, elles n'offrent pas la tare d'être
de fondation royale. Elles poursuivront d'ailleurs leurs activités
au temps de la Ligue. Mais, en 1594, le Parlement, très hostile
à ces formes extériorisées de dévotion, les interdira purement et
simplement.

Dans le reste du royaume, d'autres confréries de pénitents sont
créées ici ou là – à Bourges par exemple – à l'appel du roi. Mais elles
ne subsisteront que dans le Sud-Ouest et dans le Sud-Est, régions
dont la sensibilité religieuse s'apparente à celle de l'Espagne et de
l'Italie. En conférant aux laïcs un rôle important dans l'Église, elles
ouvrent, sans le savoir, la voie à la Compagnie du Saint-Sacrement,
si puissante au XVIIe siècle.

Le roi moine

Au fur et à mesure que sa conversion s'affirme, Henri III manifeste
un goût de plus en plus prononcé pour les retraites spirituelles.
Il ne s'agit pas pour lui de se retirer définitivement du monde mais,
comme l'explique son secrétaire Jules Gassot, de consacrer à la
dévotion quinze à vingt jours par an, au moment de certaines fêtes
liturgiques, la Purification, l'Annonciation, la Sainte-Madeleine
(patronne des pénitents), la Saint-Jérôme (qui a vécu en anacho-
rète). Ces jours se passent, en compagnie de confrères choisis, «quasi
continuellement en l'église avec peu de sommeil et de repos et de
repas». Ils doivent permettre au monarque de se ressourcer sous le
regard de Dieu, de rompre avec le péché et de puiser de nouvelles
forces pour affronter les problèmes politiques. La pénitence et la vie
spirituelle sont donc mises au service de l'autorité royale et de son
exercice. C'est une conception rénovée de la monarchie catholique
qui est ainsi mise en œuvre.

Le père Auger l'approuve d'autant plus qu'il a contribué à
la définir. Il écrit dans sa *Métanœlogie*: «C'est bien raison, Sire,
quoique tous ne soient pas de pareil avis, que les Rois aient des
heures, des jours, voire des semaines toutes entières, et des lieux
aussi, pour eux où, retirés à part avec Dieu, puissent remettre en
pratique deux choses: l'une remâcher à loisir et bien poiser [*peser*]
ce qui est de leur première charge et devoir à la loi de leur souverain [...] L'autre usage de ces saints domiciles et maisons retirées
est comme d'un paisible et gracieux havre où les harassés pilotes et
travaillés mariniers, après les horribles tempêtes et impiteux orages

de l'Océan, se jettent à recoi pour reprendre cœur, se rafraîchir, s'étuver, nettoyer, refaire et calfeutrer leurs vaisseaux, et redémarrer puis derechef, et plus gaillardement combattre les ondes[13].»

Après sa conversion de 1582, Henri III accomplit sa première retraite en janvier 1583 au couvent dit des *bonshommes de Nigeon*; c'est une maison de religieux minimes installés sur la colline de Chaillot par Anne de Bretagne. Il se rend aussi, à l'occasion, chez les capucins du faubourg Saint-Honoré, venus d'Italie à l'initiative de Catherine de Médicis. On voit qu'il apprécie particulièrement les branches les plus austères de la vaste famille franciscaine.

En août 1583, il établit au bois de Boulogne un ordre encore peu connu en France, les *ermites de Saint-Jérôme* ou hiéronymites qui suivent la règle de saint Augustin. En Espagne, ils ont la faveur des souverains, possèdent le monastère de Yuste, en Estrémadure, où Charles Quint a terminé sa vie et desservent le palais-monastère de l'Escorial, résidence de Philippe II dont Henri III subit visiblement l'ascendant. En janvier 1584, ces religieux sont transférés au bois de Vincennes, dans un prieuré de l'ordre de Grandmont qui déménage au Quartier latin.

Le roi crée là une nouvelle confrérie qu'il appelle *Oratoire de Notre-Dame de Vie saine*[14]. Une douzaine puis une trentaine de cellules sont édifiées pour son usage. Rapidement, les hiéronymites, préoccupés avant tout de travaux intellectuels, cèdent la place à des minimes, plus portés à l'austérité. Ils resteront là jusqu'à la Révolution. Les confrères (d'abord trente-trois puis soixante-douze) se recrutent dans les mêmes milieux, courtisans et notables parisiens, que les pénitents blancs. Pendant les années 1584, 1585, 1586, Henri III vient régulièrement à son oratoire de Vincennes, accompagné par nombre d'entre eux. Ils y font des retraites de plusieurs jours, agrémentées de conférences pieuses. Jacques Davy Du Perron gagne une certaine célébrité pour avoir commenté brillamment le premier verset du psaume 122, *Ad te levavi oculos meos* (vers toi, j'ai levé les yeux), son sermon ayant été réfuté par le pasteur Du Moulin.

Le roi espère que, grâce à tous ces pieux exercices, Dieu consentira à éloigner les menaces qui pèsent sur le royaume et à lui accorder un fils. Pour l'heure, il recueille surtout des critiques acerbes. En août 1583, L'Estoile constate que «se perdant tous les jours en nouvelles dévotions, [il] *mène plus la vie d'un moine qu'il ne*

[13] Émond Auger, *op. cit.*, adresse liminaire au roi.
[14] C'est un calembour! À l'oreille, il y a peu de différence entre *Vincennes* et *Vie saine*.

fait l'état d'un roi[15]». La condamnation est sans appel. Les huguenots renchérissent. À la fin de 1584, François Hotman fulmine:
«Le tyran se livre aux superstitions les plus insensées; il semble que
Dieu lui ait enlevé la raison ou que les furies vengeresses de ses
crimes torturent son esprit[16].» Quant à Catherine de Médicis, elle
s'indigne de voir son fils s'éloigner des affaires de l'État.

Cependant, le zèle du prince ne faiblit pas et de nouvelles
fondations pieuses voient le jour. En mars 1585, au moment où
la politique intérieure poursuivie depuis 1577 s'écroule sous les
coups de la deuxième Ligue, Henri III crée au Louvre la *Confrérie
de la mort et de la Passion de Notre-Seigneur Jésus-Christ*. Renforcé
de quelques capucins venus de l'extérieur, ce groupe de prière
d'une quinzaine de personnes se réunit tous les vendredis soir.
Les confrères psalmodient l'office de la Passion, puis on éteint les
lumières et ils se donnent vigoureusement la discipline au chant
des psaumes *Miserere mei Deus* et *De profundis*. Le nouveau nonce
apostolique, Girolamo Ragazzoni, mis au courant, s'inquiète. Il juge
que le roi va trop loin, qu'un monarque n'a pas à se mortifier de
cette façon. Il s'en ouvre au père Auger et lui demande de modérer
l'ardeur pénitentielle de son dirigé. Mais Henri III qui, on le sait,
agit en toute chose de manière extrême, rabroue son confesseur. On
ignore combien de temps – plusieurs mois – ont duré les exercices
de cette confrérie.

C'est peut-être pour la remplacer qu'en décembre 1585
Sa Majesté fonde l'*Oratoire et compagnie du benoît saint François*
chez les capucins de la rue Saint-Honoré. Il a sans doute pris cette
décision sous l'influence du comte Henri Du Bouchage, qui habite
la même rue et prendra l'habit de capucin en 1587, après la mort de
sa femme, sous le nom de frère Ange. Les membres de la nouvelle
association, dont on ne connaît pas exactement le nombre, doivent
déjà appartenir aux pénitents blancs. Ils sont invités à se soumettre
à une pénitence plus rude qu'à l'Oratoire de Vie saine, à rompre
avec le péché et à s'appliquer au salut du royaume.

L'ambassadeur vénitien Giovanni Dolfin nous rend un compte
détaillé de la retraite suivie par Henri III, à la Noël 1585: «Le roi
a passé huit jours d'affilée chez eux [...] consacrant cinq heures
à chanter l'office divin, quatre aux oraisons mentales ou à haute
voix. Le reste du temps a été occupé à réciter les litanies au cours
de processions et à écouter la prédication du père Émond Auger,

---

[15] Pierre de L'Estoile, *op. cit.*, p. 158.

[16] Cité par Jacqueline Boucher, *op. cit.*, p. 197.

jésuite, sur la grandeur du Seigneur et sur sa Passion [...] La prédication terminée, le roi a ordonné que toutes les lumières fussent éteintes, étant le premier à se donner la discipline avec force [...] En outre, Sa Majesté a observé, lors du dîner, une grande abstinence, en ne mangeant rien d'autre, en guise de jeûne, qu'une poire cuite [...] Avant de s'asseoir comme en se levant de table, le roi embrassait la terre comme le font les capucins. Durant tout le temps de son séjour, Sa Majesté a voulu encore dormir sur la paille, celle-ci recouverte seulement d'une étoffe verte et lui-même d'une couverture ordinaire, tout en ne reposant de cette manière pas plus de quatre heures[17].»

Dans l'entourage du monarque, l'unanimité se fait contre ses dévotions que l'on juge excessives et indignes d'un roi. La reine mère, la reine régnante, les ministres et les catholiques modérés leur reprochent d'éloigner Henri III des affaires de l'État et de nuire à sa santé. Les ultracatholiques, le clergé, le nonce apostolique et le nouveau pape Sixte Quint préféreraient voir Sa Majesté éradiquer l'hérésie par la force et introduire en France les décrets du concile de Trente dont les parlements gallicans ne veulent pas. Sixte Quint dira au cardinal de Joyeuse: «Il n'y a rien que votre roi n'ait fait et ne fasse pour être moine, ni que je n'aie fait pour ne l'être point.»

Une dernière fondation est à mettre à l'actif de Henri III: l'établissement des feuillants à Paris. En août 1583, dom Jean de La Barrière, abbé cistercien de Notre-Dame de Feuillant au diocèse de Rieux, est venu dans la capitale. Il a prêché à la Cour et dans plusieurs églises et sa forte personnalité a séduit le roi. Il ne mange que du pain et des légumes, ne boit que de l'eau, couche sur la dure et marche pieds nus. Il a réformé son abbaye dans le sens de la plus grande austérité.

En janvier 1587, Sa Majesté lui ordonne d'amener soixante de ses moines à Paris. Ceux-ci font le trajet à pied, prêchant et édifiant les populations sur leur passage. Henri III les installe dans un monastère proche de celui des capucins où il s'est réservé un lieu de retraite qu'il n'aura pas l'occasion d'utiliser.

Jusqu'à ce qu'il quitte Paris en mai 1588, chassé de sa capitale par la Ligue victorieuse, le roi continue ses pieuses retraites. Il passe la Noël 1587 chez les capucins et séjourne une dernière fois dans son oratoire de Vincennes en avril 1588. Depuis environ deux ans, il a renoncé à la plupart de ses plaisirs habituels et s'il a encore dansé au mariage du duc d'Épernon, le 30 août 1587, c'est avec un chapelet de têtes de morts accroché à sa ceinture.

---

[17] Cité par Pierre Chevallier, *op. cit.*, p. 554.

*

De 1583 à 1588, Henri III manifeste donc une piété exemplaire et multiplie les œuvres pénitentielles. Bien que les ultracatholiques crient à l'hypocrisie, les politiques comme L'Estoile ou les huguenots à la superstition, sa sincérité ne saurait être mise en doute et le nonce Ragazzoni s'en fait l'interprète auprès du pape.

Ses pieuses initiatives s'inscrivent d'ailleurs parfaitement dans le courant général de la vie religieuse au dernier quart du XVIᵉ siècle. Tandis que les jésuites forment les fidèles aux retraites spirituelles, à l'examen de conscience, à la pratique des œuvres, à la participation aux solennités liturgiques, les capucins mettent l'accent sur les dévotions démonstratives qui plaisent à tant d'hommes de cette époque. L'engagement du monarque ne devrait donc pas inquiéter, étonner ou scandaliser ses sujets. Pourtant, c'est le résultat auquel il parvient parce qu'une double contradiction le mine : contradiction entre la piété du prince et sa condition royale, entre cette même piété et sa politique.

Bien qu'il ne consacre chaque année qu'un petit nombre de jours à ses processions ou à ses retraites, Henri III est accusé par les Français de se faire moine, c'est-à-dire d'avilir la royauté, d'en bafouer la dignité. On préférerait le voir courre le cerf que se donner la discipline. On n'admet pas qu'il humilie la Couronne en se faisant simple pénitent parmi les autres, sans distinction de rang. On attendrait par ailleurs d'un roi si dévot qu'il assure le triomphe de l'orthodoxie chez lui en détruisant le protestantisme. On voudrait le voir pratiquer une politique ultramontaine, s'aligner sur l'Espagne, recevoir en France les décrets du concile de Trente. C'est ce que Rome attend de lui, non qu'il jeûne en écoutant de pieuses lectures. Or, il persiste à vouloir ménager les huguenots, à entretenir des relations diplomatiques avec Élisabeth d'Angleterre, à faire passer les intérêts de son royaume avant ceux du catholicisme. La plus grande partie du clergé et les catholiques les plus militants ne peuvent le lui pardonner.

CHAPITRE XVI

LE GOUVERNEMENT DU ROYAUME

Quand Henri III accède au trône, la réforme du royaume est à l'ordre du jour. Les abus sont si nombreux dans l'Église, les dysfonctionnements si évidents dans la justice, le désordre monétaire si gênant pour les Français qu'il est urgent d'y remédier. Au cours des premières années de son règne, le prince a dû se consacrer totalement à la restauration de la paix civile. Après la conclusion des traités de Bergerac et de Fleix, qui rétablissent des conditions plus favorables à l'exercice du pouvoir, il peut reprendre la tâche naguère entreprise par François Ier et Henri II et restée inachevée à cause des guerres religieuses : faire entrer pleinement la France dans l'âge moderne, soit en modifiant, soit en innovant.

Il le fait dans l'optique qui est la sienne, celle de la monarchie absolue. C'est-à-dire qu'il se réserve les décisions après avoir écouté les doléances de ses sujets et pris l'avis des membres de son conseil. Très soucieux de connaître l'opinion des élites sociales, il convoque fréquemment les assemblées délibérantes, habilitées à éclairer sa lanterne : États généraux en 1576 et 1588, Assemblées du clergé en 1579 et 1584, Assemblée des notables en 1583.

Mais une fois qu'il a légiféré ou réglementé, il ne monte pas à cheval pour aller faire reluire l'autorité au fond des provinces et imposer le respect de sa volonté. Il y a donc un évident contraste entre l'ambition exprimée par les textes qu'il a signés et la minceur des résultats qu'il a obtenus. Comme le lui fera remarquer un orateur du tiers aux États généraux de 1588, « la force des lois consiste en l'exécution ».

Les auxiliaires du prince

La tradition veut qu'un roi de France se fasse d'abord assister dans ses tâches gouvernementales par les membres de son lignage. La reine Louise se tenant sagement en retrait de la politique, la famille de Henri III se compose de sa mère, Catherine de Médicis, sexagénaire à partir de 1579, de sa sœur Marguerite, reine de Navarre et de son frère François, duc d'Anjou. Le mariage de Marguerite avec Henri de Navarre est resté stérile et François d'Anjou, homosexuel notoire, est demeuré célibataire en dépit de la cour qu'il a faite à Élisabeth d'Angleterre. La dynastie est donc en voie d'extinction.

Catherine de Médicis n'occupe plus sous Henri III la place prépondérante qui était la sienne sous Charles IX. D'abord parce que le roi veut gouverner par lui-même (c'est chose faite dès la fin de 1576). Ensuite parce que la mère et le fils sont loin d'être toujours d'accord. Le second n'a pas apprécié la façon dont la première a conduit les négociations qui ont abouti à la paix de Beaulieu. La vieille reine désapprouve ouvertement la vie pénitente que mène le souverain à partir de 1583. Elle ménagera les Guises au temps de la deuxième Ligue, par hostilité au duc d'Épernon. Elle a d'ailleurs quitté le Louvre pour s'établir dans le somptueux hôtel qu'elle s'est fait construire sur la rive droite, à proximité des halles.

Cependant, une profonde affection l'unit à celui de ses enfants qu'elle a toujours préféré et qui le lui rend bien. La correspondance de l'une comme de l'autre abonde en témoignages d'attachement et de tendresse. Le roi peut donc compter sur le dévouement illimité de sa mère à son service. On l'a bien vu en 1578-1579, quand celle-ci a parcouru les provinces méridionales pour y rétablir la paix civile et l'autorité de l'État. Elle sera jusqu'au bout, pour Henri III, une auxiliaire active, dévouée et compétente. N'a-t-elle pas la politique dans le sang ?

En revanche, c'est sur la haine que se fondent les relations du monarque avec sa sœur et son frère, au point que les historiens éprouvent en général le besoin d'évoquer, à leur propos, la sinistre famille des Atrides. Certes, Madame Catherine ne recule devant aucun effort, dès lors qu'il s'agit de rétablir un semblant de concorde entre ses enfants. Mais elle n'y réussit guère. Désabusée, elle dit un jour que Dieu, qui lui a ôté tant d'enfants, lui a conservé les derniers pour l'expiation de ses péchés.

La reine Margot se soucie comme d'une guigne de son roitelet de mari, auprès duquel elle a cependant vécu, à Nérac, de 1578 à 1582. En un temps où la morale chrétienne impose aux femmes la soumission et la chasteté (la reine Louise est, à cet égard, un modèle) elle revendique le droit de faire ce qui lui plaît parce que son rang de fille de France l'y autorise. Aux approches de la trentaine, elle commence à s'empâter mais elle est toujours d'une élégance folle. Pour combler ses appétits sexuels, elle accumule les amants. Il convient que ceux-ci, bien faits de leur personne, soient aussi des hommes cultivés, capables de rivaliser avec elle au plan intellectuel. On ne s'étonnera pas qu'un diplomate italien qualifie un jour sa maison de «*gran bordello*».

La rupture définitive du roi avec sa sœur intervient à l'été 1583. Des rumeurs plus que fâcheuses courent alors sur le compte de la reine de Navarre, maîtresse de Champvallon depuis trois ans : une de ses dames d'honneur se serait fait avorter ; elle-même aurait accouché d'un bâtard ; elle aurait fait assassiner un courrier officiel pour lui voler des lettres du roi à Joyeuse. En août, Henri III, excédé, lui ordonne de rejoindre son époux et ne la salue pas à son départ de la Cour. Incapable de reprendre la vie conjugale auprès d'un mari qui l'ignore, désespérée lorsque meurt son cadet, débordant de haine pour son aîné, elle plonge dans la rébellion. Grâce aux subsides de Philippe II, elle s'empare d'Agen pour le compte de la Ligue de fin mai à fin septembre 1585. Chassée de cette ville par les bourgeois quatre mois plus tard, elle s'enfuit en Auvergne. Elle séjourne pendant un an environ au château de Carlat, à l'est d'Aurillac, où elle prend pour amant Jean de Galard, seigneur d'Aubiac, qu'elle appelle son *bel Athys*. Comme le roi a donné l'ordre de la capturer, elle cherche asile au château d'Ibois, près d'Issoire, où le marquis de Canillac vient l'arrêter en octobre 1586. Elle est alors enfermée au château d'Usson tandis qu'Aubiac est exécuté sans jugement à Aigueperse, chez le duc de Montpensier. Henri III fait saisir ses biens pour payer ses dettes. Mais, en janvier 1587, le passage de Canillac à la Ligue la libère et fait d'elle la châtelaine d'Usson pour dix-neuf ans. La réconciliation du roi et de sa sœur interviendra vers mai 1588 : Henri III envisagera alors d'autoriser Margot à s'installer à Villers-Cotterêts, château où il ne va plus. Mais les événements politiques ne lui donneront pas le temps de montrer sa mansuétude.

François d'Alençon apparaît bien autrement redoutable. Comme il est l'héritier du trône – et comme tel intouchable – Henri III le ménage et s'efforce de le rallier à ses vues mais sans jamais lui faire confiance (on sait qu'il n'entre pas dans l'ordre du Saint-Esprit). Pendant toute son existence, il représente un danger potentiel : il désobéit sans cesse aux ordres de son frère, il rallie les mécontents qui rêvent de reprendre la guerre contre l'Espagne aux Pays-Bas, il alimente, de concert avec sa sœur, toute une littérature de pasquils et de pamphlets dirigés contre la personne du roi. Le plus connu est un sonnet, paru en mai 1575 et fort bien fait, contenant un dialogue du jeune La Bourdaisière avec sa sœur. Il met en cause, *in fine*, l'honneur de Sa Majesté. L'Estoile l'a recueilli à notre intention :

Ma sœur, je voudrais bien vous dire quelque chose
Qui touche grandement le point de votre honneur,
Mais je ne voudrais pas que votre folle ardeur
Le découvrît jamais à l'auteur de la cause.

– Dites, petit fâcheux ? – Hélas ! ma sœur, je n'ose :
J'ai peur de vous fâcher. Toutefois, dans le cœur,
La rage et le dépit consomment cette peur,
Et faut que votre erreur à ce coup je propose.

Donc, pour le faire court, on m'a dit que Le Guast
A fait de votre honneur un merveilleux dégât,
Que vous êtes la carte où souvent il compose.

– Allez, petit fâcheux, on en dit bien autant
De ma mère et Clermont, et de vous plus avant :
Car on dit que le Roi vous fait la même chose[1].

S'il s'est constamment montré redoutable et menaçant pendant
sa vie, c'est par sa mort en 1584 que Monsieur rend à Henri III le
plus mauvais des services : il laisse en effet la place de dauphin à
Henri de Navarre, hérétique et relaps, ce qui relance la guerre civile.

À la famille des Valois appartiennent également les enfants
adultérins des souverains disparus, Henri d'Angoulême, Diane
de France et Charles de Valois avec lesquels Sa Majesté entretient
d'excellentes relations. Henri d'Angoulême, fils de Henri II et de
lady Fleming, est entré dans l'ordre de Malte où sa haute naissance
lui a valu d'être promu grand prieur de France. En 1579, il devient,
on l'a vu, gouverneur de Provence. Il réside habituellement à Aix ou
à Salon où il tient un cercle de beaux esprits. Il meurt en 1586, dans
un duel avec Altoviti, le mari de la belle Châteauneuf.

Fille du même Henri II et de la Piémontaise Filippa Ducci,
Diane de France vit constamment à la Cour depuis la mort de son
deuxième époux, le maréchal de Montmorency. Très intelligente,
parlant plusieurs langues, irréprochable dans ses mœurs, elle aime
beaucoup son demi-frère le roi auquel elle donne d'utiles conseils
politiques. Ce dernier, qui l'apprécie fort, l'investit successivement
des duchés de Châtellerault et d'Angoulême. Quant à Charles de
Valois, fils de Charles IX et de Marie Touchet, dit *le petit Charles,*

---

[1] Pierre de L'Estoile, *Journal d'un bourgeois de Paris sous Henri III*, Paris, 1966,
p. 42.

Henri III le traite de façon toute paternelle, le fait manger à sa table et l'emmène dans ses voyages. Il lui a donné comme précepteur le poète Bertaut. En 1586, le bruit court qu'il va être légitimé et admis à la succession au trône en l'absence de dauphin. Mais sa mère n'est qu'une bourgeoise et le roi n'ose pas contrevenir à son profit aux lois fondamentales du royaume. En 1589, Charles de Valois assistera à Saint-Cloud aux derniers moments de son père adoptif. Il héritera le comté d'Auvergne de Catherine de Médicis et le duché d'Angoulême de Diane de France.

Tout au long de son règne, Henri III poursuit inlassablement deux objectifs politiques complémentaires : affermir son pouvoir personnel, affaiblir la puissance des grands lignages aristocratiques, Bourbons, Guises, Montmorencys. Contrairement à son père Henri II et à son grand-père François Ier, il gouverne sans les grands, à de très rares exceptions près, comme celle du duc de Nevers. C'est la raison pour laquelle il ne pourvoit pas l'emploi de connétable, vacant depuis la mort d'Anne de Montmorency en 1567.

Pour parvenir à ses fins, il s'entoure de conseillers et d'exécutants d'une fidélité éprouvée et d'un mérite reconnu, issus de la robe et de la moyenne noblesse provinciale. Il ne s'arrête pas à la modestie de leur naissance, du moment qu'ils font preuve d'un réel talent.

Henri III n'éprouve pas le besoin de bouleverser les structures du gouvernement. L'organe central en est toujours le Conseil du roi, appelé Conseil d'État à partir de 1578. Selon la nature des questions à étudier, il siège tantôt comme conseil de justice (on l'appelle alors Conseil des parties puis Conseil privé), tantôt comme conseil financier. Les conseillers d'État se retrouvent indifféremment dans l'une ou l'autre section malgré une tentative faite en 1579 pour les spécialiser. Sa Majesté leur attribue de somptueux costumes destinés à manifester aux yeux de tous leur éminente dignité de serviteurs de l'État. Les conseillers-clercs et ceux de robe longue revêtent une simarre de velours violet doublé de satin cramoisi, les conseillers d'épée un manteau de même tissu et de même couleur. Les ecclésiastiques se coiffent d'une barrette violette (rouge s'ils sont cardinaux), les laïcs d'une barrette noire.

Les *ministres* (au sens actuel du terme) sont le surintendant des finances, le chancelier et les secrétaires d'État. Le surintendant Pomponne de Bellièvre partage ses attributions avec le Conseil. Le chancelier est le plus haut dignitaire de l'État, après le roi, en l'absence de connétable. Chef de la Chancellerie, il règne sur la compagnie des *notaires et secrétaires du roi* qui rédigent, scellent et expédient les actes officiels. Placé à la tête des tribunaux, parlements inclus, il veille à ce que bonne justice soit rendue aux Français. Son influence est d'autant plus grande que le prince honore les titulaires d'une confiance particulière. René de Birague, devenu cardinal en 1578 après son veuvage, meurt en 1583. C'est Philippe Hurault de Cheverny qui lui succède.

Le rôle croissant des secrétaires d'État résulte du volume de plus en plus abondant de la correspondance royale qu'ils doivent rédiger et contresigner. On en compte quatre en 1578 : Pierre Brulart, seigneur de Crosne, Claude Pinart, seigneur de Cramailles, Nicolas de Neufville, seigneur de Villeroy et Simon Fizes, baron de Sauve. Ce dernier, époux d'une des femmes les plus galantes de la Cour, naguère maîtresse de Henri de Navarre, meurt en novembre 1579 et n'est pas remplacé. Le plus important de tous est Villeroy, qui tient son poste depuis 1567 et qui a négocié les paix de Bergerac et de Fleix avec les huguenots. Il arrive aussi que le marquis d'O, premier gentilhomme de la Chambre, joue auprès du roi le rôle d'un secrétaire d'État.

Pour faire pièce aux grands et à leurs puissantes clientèles, on a vu Henri III s'entourer de mignons et fonder l'ordre du Saint-Esprit. En 1584, il se dote d'une garde rapprochée, les Quarante-cinq. Surtout, à partir de 1578 et plus encore de 1584, il accorde une confiance illimitée à deux favoris qu'on a tôt fait de surnommer les *archimignons*, Anne de Batarnay, baron d'Arques en Vivarais, né en 1560, et Jean-Louis de Nogaret, seigneur de La Valette en Gascogne, né en 1554, tous deux de bonne noblesse provinciale. Le duel de 1578, qui a vu la mort de Quélus et de Maugiron, leur permet de se hisser au premier rang des mignons. Le 1er janvier 1579, quand se tient le chapitre de l'ordre du Saint-Esprit, ils marchent aux côtés de Sa Majesté, avec le seigneur de Saint-Luc et le marquis d'O. C'est là le signe tangible de leur faveur qui sera sans partage après la disgrâce des deux autres *Évangélistes* (ainsi les courtisans appellent-ils les quatre protégés du roi). On sait que celle de Saint-Luc, définitive, intervient en 1580 et celle d'O, provisoire, en 1581.

D'origine moins modeste qu'on ne l'a dit, les deux jeunes gens ont les dents très longues. Leur passé est un gage de talent (ils ont fait des études universitaires) et de courage (ils ont combattu très tôt les huguenots). À la fin de 1579, La Valette remplit et réussit une mission délicate : obtenir de César de Bellegarde, fils du maréchal décédé, qu'il abandonne le gouvernement de Saluces à son frère Bernard de La Valette, désigné par le roi. En 1580, ils participent au siège de La Fère dans l'armée du maréchal de Matignon et sont tous deux blessés.

À peine plus âgé qu'eux, le roi les considère un peu comme ses enfants et songe à renforcer leur position sociale, à les introduire dans le monde des grands au moyen de mariages avantageux. Le baron d'Arques est le premier pourvu. Sa Majesté lui destine la demi-sœur de la reine, Marguerite de Lorraine. Mais il y a une distance considérable entre la belle-sœur du monarque, issue d'une maison souveraine étrangère, et un gentilhomme de province. Pour la combler, Henri III n'hésite pas à élever son favori, en août 1581, à la dignité de duc et pair de Joyeuse. Le mois suivant, La Valette, à son tour, est promu duc et pair d'Épernon[2]. La décision fait jaser tant elle paraît révolutionnaire. Dans le passé, en effet, seuls les princes du sang, les princes d'origine étrangère comme les Guises ou de très anciens seigneurs comme les Montmorencys avaient pu accéder à ce rang, le plus élevé de la noblesse française. De plus, les nouveaux ducs précèdent tous les autres, sauf les princes du sang et les princes issus de maisons souveraines.

Le 24 septembre 1581, le duc de Joyeuse épouse Marguerite de Lorraine à Saint-Germain-l'Auxerrois dans une débauche de luxe vestimentaire. Jusqu'au 19 octobre suivant, les réjouissances succèdent aux fêtes. «La dépense y fut faite si grande, y compris les mascarades, combats à pied et à cheval, joutes, musiques, danses d'hommes et femmes, et chevaux, présents et livrées, que le bruit était que le roi n'en serait point quitte pour douze cent mille écus [...] Et était tout le monde ébahi d'un si grand luxe, et tant énorme et superflue dépense qui se faisait par le roi et par les autres de sa cour de son ordonnance et exprès commandement en un temps mêmement qui n'était des meilleurs du monde, ains [mais] fâcheux pour le peuple, mangé et rongé jusques aux os en la campagne par les gens de guerre, et aux villes par les nouveaux offices, impôts et subsides[3].» Le clou de toutes ces festivités, c'est le ballet de Circé, offert le 15 octobre par la reine Louise dans la grande salle de l'hôtel de Bourbon, tout proche du Louvre. «Quand on remontrait au roi la grande dépense qu'il faisait, il répondait qu'il serait sage et bon ménager après qu'il aurait marié ses trois enfants, par lesquels il entendait d'Arques, La Valette et

---

[2] La vicomté de Joyeuse en Vivarais appartenait à la famille d'Arques. La seigneurie d'Épernon, proche de Chartres, avait été achetée à Henri de Navarre.

[3] Pierre de L'Estoile, op. cit., p. 138. En 1595, les joailliers de la Cour présenteront à Henri IV une note impayée de 65 133 écus.

d'O, ses trois mignons[4].» En ce qui concerne La Valette, Henri III aurait voulu lui faire épouser la très jeune princesse Christine de Lorraine, née en 1565. Mais ce projet ne pourra pas se réaliser et le duc d'Épernon devra attendre 1587 pour s'unir à Marguerite de Foix-Candale, nièce du duc de Montmorency. Dans l'intention de rapprocher étroitement les familles de ses mignons, le souverain, à la fin de 1581, marie Catherine de Nogaret de La Valette avec le comte Henri Du Bouchage, frère de Joyeuse, puis, au début de 1582, Mademoiselle Du Bouchage avec Bernard de La Valette, frère aîné d'Épernon et gouverneur de Saluces.

Henri III fonde de grands espoirs sur ses deux favoris devenus beaux-frères. Il leur attribue une foule de charges et de responsabilités qu'il ne veut pas confier aux grands lignages, qu'il veut même enlever à ceux-ci.

Gouverneur de La Fère depuis 1580, Épernon est promu colonel général de l'infanterie en octobre 1581, à la place de Philippe Strozzi, homme lige de la reine mère. Il devient ainsi le patron des troupes à pied, ordonnant les levées et les licenciements de soldats, nommant à tous les grades, distribuant la solde. Son ascension se poursuit les années suivantes : on le trouve gouverneur de Metz en 1583, gouverneur de Boulogne-sur-Mer en 1585 et, en 1586, gouverneur de Provence et amiral des mers du Levant à la mort de Henri d'Angoulême. Il contrôle désormais des zones frontières de première importance.

Gouverneur du Mont-Saint-Michel dès 1579, Joyeuse est nommé gouverneur de Normandie, la plus riche province du royaume, peu après son mariage. En 1582, le roi rachète pour lui la charge d'amiral de France au duc de Mayenne. En 1584, il lui confie le gouvernement du Havre et celui du duché d'Alençon, réuni à la Couronne à la mort de Monsieur.

Nos contemporains, pourtant habitués à voir les politiciens du XXe siècle cumuler les mandats électifs, se demanderont peut-être comment Joyeuse et Épernon pouvaient satisfaire à des obligations aussi variées, en résidant en permanence à la Cour. Tout simplement en déléguant des fidèles éprouvés dans les postes qu'ils ne pouvaient pas tenir directement. En réalité, ce que le monarque installe avec leur aide, entre 1581 et 1585, c'est un vaste réseau de fidélités au service de la Couronne. La puissance de ce réseau fait un utile contrepoids à celui des Guises, tout-puissants en Champagne et Bourgogne, à celui de Henri de Navarre qui domine tout le Sud-Ouest, à celui de Montmorency maître du Languedoc.

---

[4]   Pierre de L'Estoile, *op. cit.*, p. 139.

Henri III attend d'autres services de ses archimignons. La famille de Joyeuse appartient à l'aile marchante du catholicisme. Des deux frères du duc, le premier, François, archevêque de Narbonne en 1582 (il a vingt ans), cardinal l'année suivante, est un prélat modèle qui calque sa pastorale sur celle de saint Charles Borromée. L'autre, Henri Du Bouchage, se fait capucin en 1587 sous le nom de frère Ange, après la mort de sa femme Catherine de La Valette. Par leur intermédiaire, le roi espère rallier à sa cause les catholiques convaincus. Il pense qu'Épernon pourra lui assurer la sympathie des politiques, dont il est proche, et même des huguenots (il a servi Henri de Navarre dans sa prime jeunesse). Enfin, les deux favoris ont pour rôle de protéger le monarque en assumant l'impopularité de certaines décisions politiques.

Joyeuse et Épernon possèdent-ils les qualités nécessaires à l'accomplissement de leur tâche? Le second, incontestablement oui. Intelligent et prompt à se décider, il sera pour Henri III un collaborateur précieux, détesté de la reine mère dont il prend en quelque sorte la place, mais desservi par son orgueil et sa hauteur. Le premier, personnage aimable et dévot, vite tenté par la Ligue, beaucoup moins. Après sa mort sur le champ de bataille de Coutras en 1587, son rival Épernon sera comme un premier ministre. Les historiens d'aujourd'hui voient en lui une préfiguration de Richelieu. Il ne mourra qu'en 1642, à quatre-vingt-huit ans.

Bien entendu, les deux archimignons sont très mal vus de tous les nobles qui aspiraient à occuper l'une ou l'autre des charges qu'ils cumulent. Mais, grâce à eux, Henri III peut tenir la dragée haute aux grands lignages. Il profite d'ailleurs de la mort, en septembre 1581, du vieux duc de Montpensier, Bourbon catholique, pour faire passer le gouvernement de Bretagne, détenu par le défunt, entre les mains du duc de Mercœur, frère de la reine Louise. Mais il ne pourra pas réaliser son rêve d'ôter la Guyenne à Henri de Navarre et le Languedoc à Montmorency. Quant à Henri de Guise, il refusera toujours énergiquement de se défaire de son poste de grand maître de la Maison du roi.

Des réformes nécessaires

Le 3 septembre 1577, peu avant la conclusion de la paix de Bergerac, Henri III, étant encore à Poitiers, avertit le gouverneur de Lyon, François de Mandelot, de la promulgation imminente d'une loi monétaire: «L'un des plus grands soins que j'ai eus, après l'établissement de la paix en mon royaume, a été de mettre quelque bon ordre au fait des monnaies comme l'un des principaux et qui importe le plus au bien d'icelui[5].» Le nouvel édit sera enregistré le 18 septembre suivant (vingt-quatre heures après l'édit de Poitiers) par le Parlement et le 11 octobre par la Chambre des comptes. C'est, sans conteste, l'un des plus importants du règne.

Ce que souhaitent le roi et ses conseillers en le mettant au point, c'est résoudre le problème de l'inflation et du désordre monétaire qui en est le corollaire. On en a déjà évoqué les données. Sous l'effet de la hausse des prix, la livre tournois, monnaie de compte, a perdu beaucoup de sa valeur. Dans une lettre au prévôt des marchands et aux échevins de la ville de Paris, Henri III dit même qu'elle est devenue «imaginaire[6]». Parallèlement, les variations de la monnaie d'argent (toujours plus abondante) par rapport à la monnaie d'or déconcertent le public. Le pouvoir royal s'est évertué, en vain, à maintenir un rapport fixe entre la livre et les espèces en circulation.

Aux États généraux de Blois, qui se sont préoccupés de cette très difficile question, Jean Bodin, député du tiers état pour le bailliage de Vermandois, a proposé sa solution. Bodin est le meilleur analyste économique du temps. Il a publié en 1568 un texte célèbre, la *Réponse au paradoxe de M. de Malestroit*, dans laquelle il explique l'inflation par le volume sans cesse croissant de la masse monétaire. Il pense que, pour stabiliser le cours des monnaies, il conviendrait d'émettre des pièces d'or, d'argent et de billon au titre le plus élevé possible.

Mais Henri III ne se contente pas de l'avis des États. Il se tourne vers les *bonnes villes*, leur demandant «de faire des assemblées des plus notables personnages d'icelles pour en délibérer et en donner leur avis[7]». Il apprécie particulièrement les conseils que lui donnent les marchands italiens de Lyon, la principale place bancaire du royaume. Son édit ordonne qu'à partir du 1er janvier 1578, les comptes traditionnels en livres soient remplacés par des comptes en écus. La monnaie réelle (les écus sont des pièces d'or) sera désormais utilisée comme monnaie de compte. La valeur de l'écu, qui avait grimpé jusqu'à 66 sols, est ramenée d'autorité à 60 sols, comme en 1575. Cette politique de déflation vise à stabiliser la monnaie en l'asseyant sur la pièce d'or, la plus solide en ce temps de surabondance de l'argent.

---

[5] Michel François, *Lettres de Henri III roi de France recueillies par Pierre Champion*, tome III, Paris, 1972, p. 370.

[6] *Ibid.*, p. 341.

[7] *Ibid.*, p. 371.

Bien entendu, les protestations fusent. Et comme il est plus facile, en matière monétaire, de légiférer que de soumettre la réalité à sa volonté, un cours parallèle de l'écu ne tarde pas à apparaître en marge du cours officiel, l'argent continuant à s'affaiblir. Il faudra attendre 1602 pour que Henri IV restaure le compte par livres en fixant le cours de l'écu à 65 sols. Il pourra établir une parité fixe entre l'or et l'argent par suite de la moins grande abondance de métal blanc.

Henri III a mis un point d'honneur à répondre aux doléances exprimées dans leurs cahiers par les États généraux de 1576. Après des mois de réflexions, de consultations et de discussions, il le fait en publiant, en mai 1579, la *grande ordonnance de Blois* «sur la police générale du royaume». Fort de 363 articles, ce texte, remarquable sur plus d'un point, touche sans beaucoup d'ordre aux matières les plus diverses, au clergé comme à la justice, à la noblesse et à l'armée comme au domaine royal, aux impôts comme aux routes et au commerce, etc. Quelques aspects peuvent en être retenus.

De nombreux articles sont consacrés à la réforme de l'Église galli-cane. Ils se proposent d'en extirper les vieux abus et d'y introduire les améliorations ordonnées par les décrets du concile de Trente sans pour autant recevoir officiellement ceux-ci dans le royaume. Le roi promet en effet de ne placer à la tête des diocèses que des clercs de bonnes vie, mœurs et doctrine, âgés de vingt-sept ans au moins. S'il ne s'engage pas à supprimer totalement la commende, il s'oblige à nommer des religieux profès pour diriger les monastères chefs d'ordre. Il interdit le cumul des bénéfices, impose la résidence aux ecclésiastiques, souhaite la création de séminaires. En compen-sation, il confirme au clergé ses privilèges, franchises et libertés. Bref, si les circonstances avaient permis une réelle application de toutes ces décisions, la réforme de l'Église aurait eu lieu du vivant de Henri III, non au XVIIe siècle.

En matière judiciaire, l'ordonnance annonce la suppression, qui n'aura jamais lieu, de la vénalité des offices. L'article LXXXV, fort curieux, réaffirme que le premier devoir du prince est d'être un bon justicier: «Les jours où nos affaires nous le permettront, nous nous proposons de donner audience ouverte et publique à ceux de nos sujets qui se voudront présenter pour nous faire leurs plaintes et doléances, afin d'y pourvoir et de leur faire administrer justice[8].» En exprimant cette intention qu'il ne réalisera pas, Henri III veut

---

[8]   Cité par Gaston Zeller, *Les institutions de la France au XVIe siècle*, Paris, 1948, p. 164.

renouer avec le passé : le dernier souverain à avoir rendu lui-même la justice est Charles VIII, mort en 1498.

Les gouverneurs ayant empiété sur l'autorité royale à la faveur des troubles de religion, la grande ordonnance limite leur nombre à douze et restreint leurs pouvoirs. Elle prétend empêcher les exactions seigneuriales comme les enlèvements de filles riches en vue de mariages forcés. Elle ne dissuadera cependant pas le duc de Mayenne de faire enlever en 1587 Anne de Caumont, richissime héritière qu'il souhaite réserver à son fils encore enfant et qu'il gardera près de lui en dépit de la volonté royale exprimée à plusieurs reprises[9].

Par ailleurs, la loi prévoit le rachat du domaine aliéné, interdit l'usure, prescrit la tenue de registres des mariages et promet, par son article CCVII, de désigner une commission chargée de réduire le nombre des anciennes ordonnances qu'elle a, en somme, l'ambition de remplacer. Pour accéder aux vœux des États de 1576, le président Barnabé Brisson, après de longues années de travail, publiera en 1587 une compilation de ces vieux textes sous le titre de *Code du roi Henri III*. Sa Majesté y gagnera le surnom, peu flatteur, de *roi de la basoche*. Les difficultés financières et politiques de la fin du règne empêcheront cet effort législatif de porter ses fruits. Du moins, la grande ordonnance de 1579 constituera, jusqu'à la fin de l'Ancien Régime, un arsenal juridique de premier ordre.

D'autres édits, moins connus, témoignent de la grande activité des conseillers de Henri III : la loi somptuaire de juillet 1576 interdisant aux roturiers d'usurper la noblesse et d'en adopter le costume ; l'ordonnance de novembre 1577 tentant de limiter la hausse des prix et des salaires, interdisant les exportations de laine et les importations de draps de haute qualité ; l'édit de décembre 1581 rendant les maîtrises obligatoires dans tous les métiers, interdisant les métiers libres ; l'édit de mars 1584 réorganisant l'amirauté et précisant le droit maritime. Tous manifestent clairement une volonté de remise en ordre après les troubles religieux et une réelle confiance dans la durée de la paix intérieure. Mais le problème le plus grave, le problème financier, jamais résolu, nécessite la consultation des Assemblées du clergé (celle de 1579-1580, celle de 1584-1585) et surtout de l'Assemblée des notables de 1583-1584. Il en résulte un nouveau train de réformes.

Pendant les premières années de son règne, Henri III n'a cessé de se débattre au milieu de difficultés financières inextricables dues

---

9   La défaite de la Ligue obligera Mayenne à lâcher prise sous Henri IV.

à la guerre civile et aggravées par sa prodigalité. Il s'est plus ou moins bien tiré d'affaire en empruntant beaucoup, alourdissant encore l'énorme dette de l'État, et en utilisant tous les expédients à sa portée, y compris les moins glorieux comme la vente de lettres de noblesse. Surtout, imitant en cela son prédécesseur Charles IX, il a tiré le plus d'argent qu'il a pu de la ville de Paris et du clergé.

À l'origine de l'effort financier exigé de ce dernier se place le contrat de Poissy, conclu le 21 octobre 1561, au temps de la régence de Catherine de Médicis. Aux termes de cette transaction, l'Église a accepté de verser à la Couronne 1,6 million de livres pendant six ans et, ce délai écoulé, d'amortir en dix ans les rentes constituées sur l'hôtel de ville de Paris. Depuis le règne de François Ier en effet, ces rentes, placées dans le public, permettaient au roi d'emprunter commodément mais il fallait bien les rembourser un jour. En 1567, à l'expiration de la convention, Charles IX a voulu la continuer. Devant les protestations, il a dû convoquer pour la première fois l'Assemblée du clergé, représentant l'ordre dans son ensemble. Celle-ci, en échange de sa réunion tous les cinq ans, a bien voulu accepter la prolongation de l'accord de Poissy. Mais au lendemain de la Saint-Barthélemy, c'est sans la consulter que le roi a encore soutiré 1,8 million de livres à l'Église, grâce à la complaisance du cardinal de Lorraine et de quelques évêques.

Aux États généraux de 1576, les ecclésiastiques réagissent à cette mainmise de l'État sur leurs revenus. Ils réclament et obtiennent qu'une nouvelle Assemblée du clergé soit appelée à débattre de leur contribution aux dépenses publiques. Celle-ci siège à Melun de juin à septembre 1579 puis se transporte à Paris où la session se prolonge encore cinq mois. En dépit de leurs efforts, ses membres doivent s'incliner devant la coalition de la Couronne, des bourgeois de Paris et du Parlement. La première a besoin d'argent frais que les seconds ne veulent lui prêter que s'ils sont sûrs d'être remboursés grâce aux subsides de l'Église. Quant aux magistrats, ils vont jusqu'à ordonner l'arrestation des députés pour les rendre plus accommodants. L'Assemblée finit par se plier à la volonté royale : elle consent à payer à Henri III 1,3 million de livres par an pendant six ans. Le monarque promet de ne rien exiger de plus. Mais, en 1585, une autre Assemblée du clergé doit prolonger pour dix nouvelles années cette lourde contribution. À cette date, le processus ébauché en 1561 arrive à son terme. Le clergé est désormais soumis à un impôt permanent qui durera autant que l'Ancien Régime. Il a beau le qualifier de *don gratuit* comme s'il était en son pouvoir de le refuser, il ne pourra plus jamais s'y soustraire.

Henri III peut d'autant plus facilement imposer le clergé que la société civile aspire à la dépossession de l'ordre. Beaucoup de Français, à commencer par les huguenots, pensent que la liquidation totale du temporel de l'Église constitue la seule solution aux difficultés financières de l'État. De 1581 à 1583, plusieurs ouvrages, très documentés et rédigés de façon polémique, recommandent cette panacée. Les plus connus sont le *Secret des finances de France,* paru sous le pseudonyme de Froumenteau mais attribué au médecin dauphinois Nicolas Barnaud, et le savant traité de Jean Du Laurier, *De l'état présent de ce royaume quant à la religion, justice et police.*

Sans aller jusque-là, le roi n'hésite pas, on le sait, à ordonner à son profit des aliénations massives de biens ecclésiastiques sous le couvert de la lutte contre l'hérésie. Le plus souvent avec l'accord du pape. Charles IX l'a fait en mai 1563 et novembre 1568. En août 1574, Grégoire XIII a permis à Henri III de mettre des biens d'Église en vente pour 1 million de livres, somme portée à 1,5 million de livres en janvier suivant. En juin 1576, le roi a ordonné une nouvelle aliénation, pour 4,8 millions de livres cette fois. Le pontife l'a entérinée un mois plus tard. Enfin, lorsque la Ligue triomphante l'oblige à engager de vastes opérations militaires contre les huguenots, Sa Majesté envoie à Rome l'évêque de Paris, Pierre de Gondi, pour solliciter un nouveau geste de Sa Sainteté. Sixte Quint autorise deux ventes successives de temporel pour 1,2 million d'écus chacune, la première immédiatement, la seconde en cas de prolongation des hostilités. Cette dernière sera finalement remplacée par une subvention de 500 000 écus[10].

Pour faire face à ses nouvelles obligations fiscales, le clergé est conduit à s'organiser. L'Assemblée qu'il désigne tous les cinq ans fait désormais partie des institutions monarchiques. Entre deux sessions, deux agents généraux veillent, depuis la Cour, à la sauvegarde de ses intérêts. Il lève lui-même sur ses membres une taxe appelée *décime* destinée à alimenter le don gratuit. Il reste que les ponctions continuelles opérées par l'État dans ses revenus comme dans sa fortune foncière finissent par saper les fondements matériels d'une Église dont le renouveau spirituel a commencé. Privés de revenus décents par l'obligation de payer décime sur décime, bien des prêtres abandonnent leur paroisse. À la longue, il devient difficile d'assurer la célébration du culte, le fonctionnement des institutions caritatives et des établissements religieux. Il sera longtemps

---

[10] Sur la question des ventes de biens d'Église réalisées par Charles IX et Henri III, voir l'étude d'Ivan Cloulas, *Les aliénations du temporel ecclésiastique ordonnées par les rois Charles IX et Henri III de 1563 à 1588,* Positions des thèses de l'École nationale des Chartes, 1957.

malaisé, après la fin des guerres civiles, de restaurer l'ordre ancien des choses.

Obliger le clergé à contribuer durablement aux dépenses de l'État constitue une innovation considérable. La mesure ne suffit cependant pas à résoudre le problème financier. En autorisant le roi à licencier une bonne partie de ses troupes, les paix de Bergerac et de Fleix soulagent quelque peu sa trésorerie. Mais seulement pour une courte durée. Car, de 1581 à 1584, Henri III ne peut se dispenser de soutenir de ses deniers l'aventureuse politique, qu'il réprouve pourtant, de son frère François d'Anjou aux Pays-Bas. C'est le prix à payer pour éviter de voir le prince animer quelque nouvelle révolte. De plus, il est impératif de régler leurs arriérés de solde aux Suisses qui ont servi la Couronne sous peine de provoquer la rupture de l'alliance avec les Cantons, si nécessaire au plan militaire. Le renouvellement du traité de Soleure, en juillet 1582, aura coûté 600 000 écus au royaume.

Il n'est pas possible de faire face à ces dépenses nouvelles sans recourir massivement aux expédients rituels. Quelques-uns méritent de retenir l'attention : le nouveau tarif, publié en mai 1581, qui double pratiquement les traites (taxes douanières intérieures) ; l'édit de juin 1581 qui impose la transcription, sur des registres officiels, de tous les contrats de droit privé : c'est l'apparition, en France, du droit d'enregistrement ; l'instauration de nouvelles aides sur les draps et le vin qui provoquent des révoltes en Normandie, Picardie et Champagne au cours de l'été 1582 ; l'édit d'octobre 1582 qui impose des droits d'entrée en France à *toutes* les marchandises étrangères et non plus seulement aux produits de luxe.

Toutes ces innovations, si utiles soient-elles, ne sont que des mesures de circonstance. Henri III voudrait faire mieux et redresser les finances du royaume de manière définitive. Son ambition transparaît dans l'ordre qu'il donne au Conseil, en mai 1582, de s'assembler tous les après-midi et d'étudier toutes les possibilités « de remettre en quelques années, au moindre coût qu'ils pourront, le roi en ses domaines, aides et autres revenus afin que Sa Majesté ait moyen de vivre du sien et soulager son peuple[11] ». L'été suivant, il commande une grande enquête dans cette intention. Dans le courant d'octobre, les commissaires royaux commencent leur travail. Le territoire a été découpé en six secteurs. Chacun d'entre eux reçoit la visite de quatre commissaires : un prélat, un noble ayant servi dans l'armée ou la diplomatie, un officier de justice, un

---

[11] Cité par Pierre Chevallier, *Henri III, roi shakespearien*, Paris, 1985, p. 515.

financier. Cet effort d'investigation est à l'origine de plusieurs édits réformateurs parus en 1583 : celui de janvier sur les eaux et forêts, celui de mars qui réglemente la taille, celui qui prohibe l'entrée en France des produits de luxe étrangers.

Pour éclairer son jugement, Henri III veut aussi avoir l'avis de la *sanior pars* de ses sujets. Peu enclin à convoquer à nouveau des États généraux qui entreprendraient sur son autorité, il réunit à Saint-Germain-en-Laye, en novembre 1583, une Assemblée de notables qui siégera jusqu'en février 1584. Elle se compose des princes du sang, des ducs et des maréchaux de France, de vingt-six conseillers d'État, de sept juristes, de deux diplomates ainsi que de Bernard de La Valette et Henri Du Bouchage, frères des archimignons. La reine mère et le duc d'Anjou y sont tous deux représentés. Ses membres se répartissent en trois chambres de vingt-deux membres chacune. Ils travaillent à partir des enquêtes réalisées depuis 1582 dans les provinces par les commissaires royaux et d'un *État du domaine et des finances de France* dressé à leur intention par quatre maîtres des comptes.

Publiées par les soins du roi, les propositions des notables concernent principalement les finances et l'économie. Au plan financier, elles visent à accroître les ressources de la Couronne tout en soulageant les contribuables. D'abord en reprenant les portions aliénées, engagées ou usurpées du domaine et en affermant celui-ci au plus haut prix. Ensuite en revoyant à la hausse les fermes des impôts indirects, en particulier de la gabelle. Enfin en liquidant les abus qui gangrènent l'administration fiscale. Au plan économique, elles s'inspirent du mercantilisme, ensemble d'idées et de pratiques alors en vogue[12]. Elles recommandent en effet d'importer des matières premières, la soie par exemple, d'interdire les importations de produits fabriqués, comme les draps anglais, de faire venir en France des ouvriers étrangers, surtout italiens, et de créer grâce à eux de nouvelles industries.

La pensée des notables inspire les réformes décidées en 1584, la dernière année de paix avant l'explosion de la huitième guerre de Religion. Encore libre de gouverner son royaume et d'en réformer les structures, Henri III poursuit la rénovation des finances. D'abord – c'est une attitude nouvelle chez lui qu'il faut mettre en rapport

---

[12] Le mercantilisme est un ensemble de pratiques économiques qui cherche à enrichir le roi et l'État en faisant entrer dans le royaume, au moyen d'un commerce bénéficiaire, l'or et l'argent des étrangers. Il préconise de limiter les importations de produits fabriqués (par exemple celle des tissus de luxe) et d'en développer au contraire la confection et l'exportation. Il suppose l'intervention permanente du pouvoir politique dans l'économie.

avec sa conversion religieuse – il se préoccupe de réaliser des économies, supprime bien des offices et rogne les dépenses de la Cour.
Ensuite et surtout, il reprend en main toute la fiscalité indirecte,
de manière à en accroître le rendement et à en réprimer les excès.
On sait que la gabelle du sel, les traites (douanes intérieures) et les
innombrables aides pesant sur la fabrication, la vente ou la circulation de produits comme le vin, le bétail, le bois, les draps, etc.
sont affermées à des financiers, les *partisans*, qui concluent des
baux avec la Couronne et avancent au roi le montant escompté des
taxes à lever qu'ils recouvrent ensuite sur les contribuables. Pour se
procurer les fonds nécessaires à leurs opérations, ils s'associent avec
des officiers de finances, des courtisans, des membres du Conseil
qui ont des capitaux à placer dans les *affaires du roi*. Leur métier
n'est pas sans danger et certains peuvent faire faillite. Mais d'autres
réalisent d'énormes profits, affichent une insolente richesse,
achètent des seigneuries, se glissent dans l'aristocratie. Les fermiers
de la gabelle empocheraient 800 000 écus par an, autant que le roi.
Le peuple déteste ces hommes d'argent parce qu'il voit en eux les
responsables de la fiscalité et il leur voue une haine d'autant plus
vigoureuse que beaucoup sont d'origine italienne comme les Gondi
(Jérôme et Jean-Baptiste), les Sardini (Thomas et Scipion), Sébastien Zamet (Zametti) lié au duc d'Épernon ou le fameux Louis
Adjacet (Ludovico Da Diacetto), comte de Châteauvillain en 1578.

Au début de 1584, suivant en cela l'avis des notables, Henri III
annule une série de baux relatifs à la perception des traites. Le
24 mai, les plus importantes de ces taxes sont adjugées en bloc,
sous le nom de *bail des Cinq grosses fermes*, à un bourgeois de Paris,
René Brouart, prête-nom des financiers Jérôme de Gondi, Sébastien Zamet et Pierre Le Grand. Plus avantageux à la Couronne
que les précédents, le nouveau bail est assorti d'un prêt consenti
au roi par Brouart. Dans l'histoire des institutions monarchiques,
il constitue la première expérience de concentration en matière de
perception des impôts indirects, le premier pas en direction de la
Ferme générale, réalisée en 1680 par Colbert. En octobre 1585, la
levée des gabelles donne lieu à un contrat analogue : le *grand parti
du sel*, lié au duc de Joyeuse, la prend à ferme pour neuf ans et, à
cette occasion, avance à Sa Majesté bonne somme de deniers.

Henri III se montre également soucieux d'améliorer le rendement de la taille en faisant la chasse aux fausses exemptions et en
remédiant aux abus commis par les collecteurs. Dans cette intention, il décide en décembre 1583 l'envoi dans les provinces de
commissaires chargés du régalement des tailles comme il l'avait
déjà fait en 1578. Il doit cependant y renoncer, en raison des protes-

tations suscitées localement par son initiative, et abandonner à ses officiers de finances le soin de corriger la fiscalité directe. Son idée sera reprise et mise en application par Sully, en 1598.

Ce sont les Chambres des comptes qui doivent, en principe, rechercher et punir les infractions commises dans l'exercice de leurs fonctions par les officiers de finances et les fermiers d'impôts. Méfiant à l'égard de ces cours souveraines, Henri III leur substitue une juridiction d'exception, dépendant étroitement du Conseil, appelée Chambre de justice ou Chambre royale. Créée le 29 mai 1584, celle-ci vise moins à faire régner la justice dans les finances qu'à procurer de l'argent à la Couronne par le biais des amendes et à donner satisfaction au peuple. Elle ordonne des arrestations et des confiscations. Mais les plus puissants financiers comme Guichard Faure, ancien fermier de la gabelle, ou Scipion Sardini réussissent à échapper aux poursuites. On laisse même fuir à l'étranger l'un des plus compromis, Benoît Milon de Wideville, qui a rendu dans le passé de réels services à Sa Majesté[13].

En mai 1585, Henri III donne abolition de tous les vols commis par ses officiers et par les financiers contre la somme de 200 000 écus plus 40 000 pour les frais de justice. Pour payer cette amende, tous ceux qui ont manié les deniers publics, innocents ou coupables, sont taxés par les commissaires du roi.

Pour incomplètes qu'elles soient, les réformes engagées en 1584 portent rapidement leurs fruits. Bien que le produit des aides et des traites ait considérablement baissé à cause du marasme économique, bien que le roi ait consenti à diminuer la taille en juillet et à alléger la gabelle en décembre, les prévisions de recettes et dépenses pour l'année 1585 font apparaître une réelle amélioration de la situation financière. Alors que le déficit de 1584 se montait à 1,8 million d'écus, il n'est plus que de 363 000. Le roi a pu payer les gages de ses officiers, les arrérages des rentiers et rembourser certains créanciers. Il est certes très loin d'avoir apuré la dette de l'État qui reste colossale et il n'a pas encore racheté le domaine aliéné. Mais il est sur la voie du redressement à condition de disposer de plusieurs années de paix intérieure. Malheureusement, la reprise de la guerre civile en 1585 réduit ses efforts à néant. Ils seront repris et menés à bien ultérieurement par Sully.

---

[13] C'est parce qu'il a osé prendre la défense de Benoît Milon et mettre en doute
     à son sujet la parole du roi que Michel de Seure, grand prieur de Champagne,
     a provoqué le courroux de Henri III.

Le refus des aventures extérieures

En 1584, Henri III ne se contente pas de mettre en chantier le redressement de ses finances. Il publie aussi plusieurs textes législatifs d'importance. En février, c'est l'ordonnance sur la gendarmerie qui ouvre aux roturiers les rangs de la cavalerie lourde. En mars, c'est l'édit qui réorganise l'amirauté, désormais confiée au duc de Joyeuse. En décembre, c'est la loi qui définit les attributions du colonel général de l'infanterie, le duc d'Épernon. Cette année doit donc être considérée comme capitale dans la remise en ordre générale du royaume à laquelle le roi se consacre parce qu'il croit à la solidité des traités de Bergerac et de Fleix. Mais la paix civile ne peut, à elle seule, assurer le succès de l'œuvre entreprise. Il y faut aussi la paix extérieure. C'est pourquoi Henri III s'acharne à maintenir des relations correctes avec l'Espagne alors que les initiatives intempestives de son frère aux Pays-Bas et de sa mère aux Açores tendent à rallumer la guerre.

Avant de se rendre en Guyenne pour y négocier avec Henri de Navarre, François d'Anjou a reçu au château de Plessis-lès-Tours, en septembre 1580, les envoyés de Guillaume d'Orange et des États généraux des Pays-Bas venus solliciter une nouvelle fois son aide. Leur démarche s'explique par les divisions qui affaiblissent leur cause. En effet, depuis le mois de mai 1579, les provinces et les villes catholiques de langue française, groupées au sein de l'Union d'Arras, se sont réconciliées avec Philippe II. Seules les provinces protestantes du Nord et les villes flamandes de langue néerlandaise continuent la lutte et elles ont besoin d'un secours qui ne peut venir que de France ou d'Angleterre.

À Plessis-lès-Tours, un pacte a été rapidement conclu, aux termes duquel Monsieur a été reconnu comme le souverain des Pays-Bas, un souverain aux pouvoirs singulièrement limités d'ailleurs. Henri III, qui compte sur les services de son frère dans la négociation avec les huguenots, a secrètement promis, en contrepartie, de le soutenir militairement. Mais il n'a nullement envie de tenir sa parole. À la fin de 1580, il expose ses intentions réelles au secrétaire d'État Villeroy dans une lettre postérieure à la paix de Fleix: «Je vous avertis, afin que l'on ne fasse rien sans fondement, que je monterai plutôt à cheval que de l'endurer, *ne voulant en quelque façon que ce soit que cette entreprise aille avant,* car je veux conserver mon État[14]...»

Le traité de Plessis-lès-Tours a été ratifié à Bordeaux en janvier

---

[14] Citée par Pierre Chevallier, *op. cit.*, p. 479.

1581. Mais, pendant plusieurs mois, Monsieur reste inactif en Guyenne. Henri de Navarre l'amuse, l'entretient de projets plus ou moins chimériques afin qu'il se tienne en repos. Comprenant enfin qu'on le berne, il quitte en avril le château de Cadillac où il séjournait avec l'idée de se rendre dans les Flandres et de s'assurer la couronne que les États généraux lui ont offerte. Il lève des troupes[15] qui marchent vers le nord en multipliant les exactions de toute nature en Bourgogne, Champagne et Picardie. Lui-même entre le 18 août à Cambrai, la seule conquête qu'il ait réalisée au cours de sa première expédition.

Son entreprise énerve prodigieusement Henri III qui la juge insensée, perdue d'avance et qui appréhende d'être, à cause d'elle, entraîné dans une guerre avec Philippe II dont il ne veut à aucun prix pour des raisons à la fois financières et militaires. Le roi ordonne donc à ses compagnies d'ordonnances, rassemblées à Compiègne, de disperser les bandes de son frère. Mais Catherine de Médicis, toujours heureuse de voir ses enfants coiffer des couronnes, lui remontre que sa décision risque de rallumer la guerre civile en France. Elle fait également valoir qu'un succès de Monsieur en Flandre affermirait l'autorité monarchique dans le royaume. Henri III change alors de politique. Il fait ravitailler et protéger les soldats de François d'Anjou par le sire de Crèvecœur, lieutenant général en Picardie. À partir de ce moment, il pratique le double jeu, soutenant son frère en coulisse tout en réprouvant officiellement son action.

Monsieur est à peine installé à Cambrai que la reine Élisabeth d'Angleterre, sa *fiancée*, se remet à parler mariage. Ce qu'elle souhaite, c'est une alliance franco-anglaise dirigée contre l'Espagne. Il ne lui déplairait pas, bien au contraire, de voir Henri III aux prises avec Philippe II sur le continent. Méfiant, le roi évente le piège. Comme Élisabeth voudrait que l'alliance précède le mariage, il réclame le mariage avant l'alliance. Si bien que ni l'un ni l'autre ne se réaliseront.

Pendant que se déroulent ces tractations diplomatico-conjugales, François d'Anjou n'accomplit rien de très remarquable aux Pays-Bas. Il s'empare en septembre de la place du Cateau-Cambrésis et dépense son trésor de guerre. En novembre, ayant épuisé ses ressources, il passe en Angleterre où il espère trouver une aide substantielle. Élisabeth lui joue la comédie de la passion la plus vive et la plus tendre, allant jusqu'à le baiser sur la bouche et lui

---

[15] Maximilien de Béthune, baron de Rosny et futur duc de Sully, fait partie des nobles qui servent volontairement dans l'armée du duc d'Anjou.

passer son anneau au doigt. Politiquement parlant, ces amabilités ne vont pas bien loin.

Rappelé par les États généraux, Monsieur regagne les Pays-Bas sur un navire anglais en février 1582. Le 10, il fait son entrée à Anvers, la capitale économique et bancaire de l'Europe du temps. Il est reconnu comme duc de Brabant et comte de Flandre. Mais il ne dispose que de forces insuffisantes pour faire échec au nouveau gouverneur espagnol, Alexandre Farnèse, duc de Parme, qui a pris Tournai en novembre 1581 et s'empare d'Audenarde en juillet 1582. Pour renforcer son armée, il lui faudrait de l'argent que les États généraux lui refusent. Ses relations avec ses nouveaux sujets se détériorent d'autant plus vite que, partisan convaincu de la monarchie absolue, il professe le plus grand mépris pour les franchises et les libertés auxquelles les Flamands, les Hollandais et les Brabançons tiennent comme à la prunelle de leurs yeux. À la fin de 1582, il médite un coup de force contre les États généraux qui font peser sur lui une tutelle qui l'exaspère.

C'est Catherine de Médicis qui lui fournit l'occasion d'agir. Elle est parvenue à persuader Henri III de lui fournir de l'argent et des troupes (dix à douze mille fantassins, mille cinq cents chevaux) placées sous le commandement du maréchal de Biron. Le 17 janvier 1583, au cri de: «Ville gagnée, tue, tue!», les mercenaires de Monsieur se ruent sur Dunkerque, Termonde, Dixmude et Anvers. Les trois premières villes sont prises sans difficulté. Mais à Anvers, la bourgeoisie s'arme, tend les chaînes au travers des rues, bombarde les assaillants depuis les toits à l'aide de projectiles variés. La bataille se termine par la déroute des soldats. Henri III n'est pas le dernier à se gausser de l'échec de Monsieur qu'il appelle ironiquement «mon frère le conquérant» dans une audience accordée à l'ambassadeur de Venise.

Bien que Guillaume d'Orange ait réussi à le réconcilier avec les États généraux, François d'Anjou doit restituer les places dont il s'est emparé pour obtenir la libération de ses hommes prisonniers des Anversois. Perdu de réputation, il se replie à Dunkerque en avril 1583, licencie ses troupes puis se retire à Cambrai. En octobre, il séjourne à Château-Thierry pour le mariage de son amant, le jeune Avrilly.

En février 1584, raccommodé une fois de plus avec son frère le roi, il vient à Paris et participe activement aux réjouissances du carnaval. Son échec aux Pays-Bas est si total que les États généraux aux abois en viennent peu à peu à l'idée de faire de Henri III lui-même leur souverain. Henri III repoussera sagement ce cadeau empoisonné. Quant à Monsieur, retourné à Château-Thierry après le carnaval, il doit rapidement s'aliter à cause de la tuberculose qui le ronge depuis des années et qui vient de faire des pas de géant. À la fin du mois de mai, il est, nous dit L'Estoile, «abandonné des médecins et de tout humain secours». Sa mère, qui vient le visiter une dernière fois, fait transporter par eau à Paris ses meubles les plus précieux. Il meurt à trente ans, le dimanche 10 juin 1584, à midi environ. Il a légué Cambrai au roi qui refuse cette donation et abandonne la ville à Catherine de Médicis. Ses apanages, qui rapportent 400 000 écus par an, retournent à la Couronne. Mais en disparaissant, il aggrave singulièrement le climat politique : l'héritier du trône est désormais Henri de Navarre, cousin au vingt-deuxième degré des derniers Valois mais hérétique et relaps, inacceptable pour le peuple catholique.

Pendant que François d'Anjou s'enlise aux Pays-Bas, Catherine de Médicis tente de faire valoir des droits plus ou moins imaginaires à la succession portugaise qui s'ouvre en 1580 par suite de l'extinction de la dynastie d'Aviz.

En août 1578, le roi de Portugal dom Sébastien, sorte de moine-soldat, a trouvé la mort au Maroc sur le champ de bataille de Ksar el-Kébir, à l'âge de vingt-quatre ans. Comme il n'avait pas d'enfant, c'est son oncle, le vieux cardinal Henri, qui l'a remplacé sur le trône. Mais le cardinal-roi meurt à son tour en janvier 1580 sans avoir eu le temps de régler le problème successoral. Il s'est personnellement prononcé pour Philippe II d'Espagne, fils d'une infante portugaise, petit-fils du roi Manuel le Fortuné. Les classes dirigeantes, noblesse, clergé, grands marchands, ont dans l'ensemble accepté cette idée. Mais la population des villes, animée par l'esprit national qui grandit au XVIᵉ siècle, a réclamé l'élection du nouveau souverain et adhéré à la candidature de dom Antonio, prieur de Crato, fils naturel d'un frère du cardinal Henri. En août 1580, une puissante armée espagnole, aux ordres du duc d'Albe, envahit le Portugal, disperse les partisans de dom Antonio (lequel s'enfuit en Angleterre), s'empare de Lisbonne. Philippe II réalise ainsi le rêve de tous les monarques espagnols : unifier sous son sceptre l'ensemble de la péninsule ibérique.

Catherine de Médicis, elle, invoque la généalogie pour revendiquer l'héritage des Aviz. Elle descend en effet de Mahaut, comtesse de Boulogne, qui a épousé en 1235 un prince portugais. Devenu le roi Alphonse III, ce dernier a répudié son épouse française, dont il avait pourtant des enfants, et contracté une nouvelle union. Ce sont, bien entendu, les princes issus du second lit qui ont régné après lui. La reine mère prétend que ceux-ci n'avaient aucun droit. Comme héritière des enfants du premier lit, elle réclame la Couronne sans avoir les moyens de la disputer à Philippe II. Et ses prétentions sont si mal fondées que personne ne les prend au sérieux. En réalité, elle cherche seulement à créer des difficultés à l'Espagne afin d'obtenir la main d'une infante pour François d'Anjou. Son dernier fils pourrait recevoir dans les Flandres un établissement digne de sa naissance et cesserait ainsi de troubler le royaume de France.

Dom Antonio, réfugié en Angleterre, a demandé un secours militaire et naval à Élisabeth. Ses partisans, retranchés aux Açores, dans l'île de Terceira, appellent en effet à l'aide. La reine d'Angleterre a trop de bon sens pour tenter une aventure aussi risquée. Elle refuse donc et Catherine de Médicis se substitue à elle. Dès l'automne de 1580, elle songe à mettre sur pied une expédition maritime. Tant qu'elle ne dispose que de ses revenus personnels, elle doit différer l'opération. Henri III ayant enfin consenti à lui fournir les fonds nécessaires, elle rassemble une puissante flotte dont elle confie le commandement à son petit-cousin, Philippe Strozzi. Prudent, le roi reste officiellement neutre et déclare à l'ambassadeur espagnol, Jean-Baptiste de Taxis, qu'il n'est pas au courant de cette entreprise de sa mère.

La flotte de Strozzi appareille de Belle-Île le 16 juin 1582. Forte de cinquante-cinq navires, elle transporte des mercenaires français et allemands aux ordres de Charles de Cossé, comte de Brissac. Elle doit secourir les partisans de dom Antonio et, si tout marche bien, s'emparer des Açores, de Madère, des îles du Cap Vert et, pourquoi pas, du Brésil. Bref, on caresse l'idée de faire tomber tout ou partie de l'empire colonial portugais dans l'escarcelle de la France. Après l'installation de dom Antonio sur le trône, le Brésil pourrait devenir français et Philippe Strozzi en serait le vice-roi. Il n'est pas interdit de rêver.

Mais Philippe II a été très bien renseigné par ses espions. Don Alvaro de Bassano, marquis de Santa Cruz, l'un des vainqueurs de Lépante et le meilleur amiral espagnol malgré ses soixante-douze ans, attend de pied ferme les Français. Le 26 juillet, Strozzi est vaincu dans une grande bataille navale livrée devant l'île de São Miguel. Blessé dans le combat, il est achevé par les vainqueurs. Et comme l'état de guerre n'existe pas entre la France et l'Espagne, Santa Cruz traite ses douze cents prisonniers comme des pirates: les officiers sont décapités, les soldats et les marins pendus. Brissac a pu se retirer à temps avec une partie des navires.

Quand Henri III apprend cet affront, son sang ne fait qu'un tour. Blessé dans son amour-propre, il brûle de venger cette défaite. «Je suis si animé des cruautés espagnoles que je m'en vengerai avec l'aide de Dieu», écrit-il à Villeroy[16]. Au printemps de 1583, une nouvelle escadre prend la mer, sous les ordres d'Aymar de Chastes, commandeur de l'ordre de Malte et vice-amiral des mers du Ponant, désigné par le duc de Joyeuse. Elle réussit à débarquer des troupes à Terceira mais celles-ci sont vaincues par les Espagnols. Plus personne ne disputera la couronne portugaise à Philippe II. Malgré qu'il en ait, Henri III prend la décision d'abandonner toute nouvelle expédition. Catherine de Médicis devra se contenter de la ville de Cambrai qu'elle tient de François d'Anjou.

Ses sujets n'apprécient pas à leur juste valeur les efforts intelligents et obstinés accomplis par Henri III en vue de remettre à flot ses finances et de réformer un royaume qui en a tant besoin tout en s'efforçant de consolider la paix intérieure. Ils se montrent beaucoup plus sensibles aux défaites de la France face à l'Espagne, à l'échec cuisant de Monsieur, si populaire dans la noblesse, comme à la déroute et à la mort de Strozzi aux Açores. L'hypocrisie du roi, qui a soutenu mollement, sans oser l'avouer clairement, les prétentions de son frère et de sa mère, a encore accru son impopularité. On a du mal à comprendre qu'il n'est pas possible, dans les années 1580, de conduire une grande politique extérieure, grosse consommatrice d'argent, et de travailler à panser les plaies des guerres civiles récentes. Plus que jamais, les Français n'apprécient pas leur souverain qui, au lieu de monter à cheval, de se battre et de remporter des victoires, leur donne le spectacle affligeant d'un roi de la basoche qui conduit des processions de pénitents et se montre pusillanime devant les Espagnols. Henri III n'est pas seulement un roi impopulaire. Il est aussi un monarque méprisé et décrié au moment où il va devoir affronter les épreuves de la huitième guerre de Religion.

---

[16] Cité par Pierre Chevallier, *op. cit.*, p. 486.

CHAPITRE XVII

LA RÉVOLTE CATHOLIQUE

En dépit des sympathies qu'il avait prodiguées aux réformés, Monsieur s'était toujours comporté en prince catholique. Après sa disparition, la perspective de voir le chef de la maison de Bourbon, Henri de Navarre – un hérétique qui a déjà changé cinq fois de religion[1] –, monter sur le trône de France indigne au plus au point le peuple catholique, en particulier la grande noblesse et la population parisienne. Le futur roi, pense-t-on, n'aura rien de plus pressé que de convertir tous les Français au protestantisme car au XVIᵉ siècle, en Europe, les sujets doivent suivre la religion de leur souverain. La réaction est aussi rapide que brutale : la deuxième Ligue est mise sur pied entre septembre et décembre 1584 sous la direction du duc Henri de Guise, totalement inféodé à l'Espagne. Fait sans précédent, la Ligue refuse de reconnaître l'héritier légitime de la Couronne, pourtant désigné par la vénérable loi salique, une des lois fondamentales du royaume. Alors que, depuis 1562, la monarchie avait lutté contre les huguenots (simplement renforcés des malcontents pendant la cinquième guerre de Religion), elle doit maintenant combattre un puissant mouvement catholique. Cette situation insolite ruine totalement les efforts intelligents et obstinés de redressement et de réforme que le roi a conduits avec application depuis les traités de Bergerac et de Fleix. La huitième et dernière guerre civile, la plus longue et la plus désastreuse de toutes, compli-

---

[1] Catholique jusqu'à l'âge de six ans, Henri de Navarre a ensuite été élevé dans le calvinisme, pendant deux années et demie, par sa mère Jeanne d'Albret. Ramené au catholicisme en 1562 par son père Antoine de Bourbon, il est retourné au protestantisme, après la mort de celui-ci, pour une durée de dix ans. Revenu à l'orthodoxie au lendemain de la Saint-Barthélemy il a choisi de retourner à la Réforme en 1576 ; il est donc, du point de vue catholique, relaps. C'est seulement en 1593 que, devenu le roi Henri IV, il rejoindra définitivement le catholicisme après sa seconde abjuration.

quée d'interventions étrangères, ne prendra fin qu'en 1598, dix ans après la mort de Henri III.

La crise dynastique

Henri III réserve de grandioses obsèques, dignes d'un fils de France, à son frère François d'Anjou dont la dépouille, transportée de Château-Thierry à Paris, est déposée le 21 juin 1584 dans l'église Saint-Magloire au faubourg Saint-Jacques. Lisons L'Estoile, témoin oculaire: «Le 24, jour de la Saint-Jean, le roi, vêtu d'un grand manteau de dix-huit aunes de serge de Florence violette, ayant la queue, plus large que longue, portée par huit gentils-hommes, partit du Louvre l'après-dîner, pour aller donner de l'eau bénite sur le corps dudit défunt son frère [...] Il était précédé d'un grand nombre de gentilshommes, seigneurs et princes, évêques et cardinaux, tous vêtus en deuil, c'est à savoir: les gentilshommes et seigneurs montés sur chevaux blancs et vêtus de robes de deuil, le chaperon sur l'épaule; les évêques de roquets [*rochets*] avec le scapulaire et mantelet de Florence noire, et les cardinaux de violet à leur mode. Devant lui marchaient ses Suisses, le tambourin couvert de crêpe sonnant, et ses archers de la garde écossaise autour de sa personne, et les autres archers de la garde, devant et après lui, tous vêtus de leurs hoquetons [*casaques*] de livrée ordinaire, mais de pourpoints, chausses, bonnets et chapeaux noirs et leurs halle-bardes crêpées de noir. Il était suivi de la reine sa femme, séant seule en un carrosse couvert de tanné[2], et elle aussi vêtue de tanné; après laquelle suivaient huit coches pleins de dames vêtues de noir à leur ordinaire.

«Le lundi 25 juin, le corps fut apporté à Notre-Dame de Paris. Le 26, y fut fait son service et le 27, fut enterré en grande pompe et royale magnificence [...]

«Le lundi 25 [...], le roi vêtu de violet demeura en une fenêtre d'une maison faisant le coin du parvis, devant l'Hôtel-Dieu, à visage découvert, quatre ou cinq heures à voir passer la pompe funèbre, se laissant voir à tout le monde [...] Le mardi suivant 26, il vit encore passer la pompe funèbre en une maison de la rue Saint-Denis[3]...»

Ces funérailles solennelles, auxquelles préside Henri III dans une débauche de luxe funèbre si bien adaptée à sa personnalité fastueuse

---

[2] *Tanné*: de couleur sombre, semblable à celle du tan.
[3] Pierre de L'Estoile, *Journal d'un bourgeois de Paris sous Henri III*, Paris, 1966, p. 172-174.

et mystique, ne sont pas seulement celles de François d'Anjou, ce sont celles de la dynastie. Outre le roi, il ne reste en 1584 que deux Valois vivants et tous deux sont des bâtards, inaptes à régner : Henri d'Angoulême, le gouverneur de Provence, qui meurt d'ailleurs en duel en 1586 et le petit Charles, futur comte d'Auvergne et duc d'Angoulême, qui vivra jusqu'en 1650.

Le problème successoral posé par la mort de Monsieur est tout à fait inédit et s'apparente à la quadrature du cercle. La France du XVIe siècle n'a pas de constitution écrite mais respecte avec le plus grand soin des règles coutumières qu'on commence à appeler, sous Henri III, les lois fondamentales du royaume. La plus connue, la loi salique, qui remonte au XIVe siècle, définit la Couronne comme successive et non héréditaire en ce sens que les femmes et leurs descendants en sont exclus[4]. Comme le dit l'adage, *le royaume des lis ne tombe pas en quenouille*. Le remplaçant d'un monarque décédé ne peut être que son plus proche parent mâle par les hommes en légitime mariage : c'est le principe de masculinité. En 1584, il s'agit du premier prince du sang, Henri de Navarre, qui remonte à Robert de Clermont, le sixième fils de saint Louis. Mais, pour être pleinement roi, le nouveau souverain doit recevoir l'onction du sacre dans la cathédrale de Reims, prêter à cette occasion le serment de protéger l'Église et d'expulser les hérétiques, toucher et guérir les scrofuleux. Or Henri de Navarre, adepte de la religion réformée, ne peut remplir aucune de ces trois conditions et succéder à Henri III si celui-ci venait à disparaître. Peut-on imaginer une solution à pareil casse-tête ?

Cette solution, le roi pense pourtant l'avoir trouvée et il la met en œuvre alors que Monsieur lutte encore contre la phtisie à Château-Thierry. Le 16 mai 1584, sur son ordre, le duc d'Épernon quitte Paris pour la Guyenne, accompagné d'une imposante escorte d'une centaine de gentilshommes. Il va inciter Henri de Navarre à se convertir et à rejoindre la Cour pour y jouer pleinement son rôle de prince héritier. Le 7 juin, il est à Bordeaux. Le 13 et le 25 juin,

---

[4] En 1316, à la mort de Louis X le Hutin qui ne laissait qu'une fille et un fils posthume, Jean Ier, mort au bout de quelques jours, la Couronne a été dévolue à Philippe V, frère du défunt. Les femmes ont ainsi été écartées de la succession.

En 1328, à la mort de Charles IV, frère et successeur de Philippe V, une assemblée de barons a préféré Philippe VI de Valois, cousin germain du feu roi, à Édouard III d'Angleterre qui en était le neveu par sa mère. Les descendants des femmes ont été ainsi écartés à leur tour.

Pendant la guerre de Cent ans, on a artificiellement rattaché ces deux décisions à la loi salique qui régentait les successions privées des Francs Saliens à l'époque des invasions barbares.

il rencontre le Béarnais, d'abord à Saverdun puis à Pamiers. Du 9 au 11 juillet il est reçu fastueusement à Pau. Le 6 août, un dernier entretien se déroule à Nérac. Mais malgré tous ses efforts, il échoue dans sa mission et s'en va retrouver Henri III à Lyon.

Si Henri de Navarre refuse la conversion, c'est d'abord par conviction personnelle et par sens de l'honneur. C'est ensuite parce que le roi, qui n'a que trente-trois ans, peut encore devenir père d'un dauphin. C'est enfin parce qu'un nouveau changement de religion le discréditerait totalement aux yeux des protestants qui abandonneraient sa cause, comme aux yeux des catholiques qui ne croiraient pas à sa sincérité. Il risquerait de tout perdre en voulant tout gagner. Cependant, il réserve l'avenir : il ne refuse pas de rejoindre le catholicisme si on consent à l'éclairer et si on réussit à le persuader que c'est la seule vraie religion. Il applique pour l'instant le programme bien connu : attendre et voir. Henri III est obligé de s'accommoder de son attitude et reprend ses pèlerinages dans l'espoir d'obtenir du Ciel la naissance miraculeuse d'un dauphin.

Le roi connaît suffisamment bien son peuple pour savoir que la masse catholique n'acceptera jamais un roi huguenot. C'est pour cette raison qu'il formule, neuf ans avant l'heure, la solution qui prévaudra en 1593 quand Henri IV, incapable de s'imposer par la force malgré ses victoires, retournera à la foi de ses ancêtres. Que ce dernier n'ait pas reconnu plus tôt la justesse des vues de son prédécesseur aura inutilement prolongé la dernière guerre civile.

Avant même la mort de Monsieur, la crise successorale qui s'annonçait a engendré un climat de tension politique du fait de l'hostilité affichée par la grande noblesse catholique et la population parisienne à la personne du nouveau prince héritier. L'intervention sournoise de l'Espagne dans les affaires françaises, riposte de Philippe II aux entreprises de François d'Anjou et de Strozzi, y contribue largement. Le 16 avril 1584, Henri III le constate dans une lettre à Bellièvre : « J'ai les yeux très ouverts sur toutes les affaires qui se passent en mon royaume et pareillement sur celles de mes voisins, desquels je considère les actions et desseins plus attentivement que jamais, connaissant qu'*ils se mêlent plus que je ne voudrais de ce qui me concerne* et que *aucuns de mes sujets se mêlent aussi avec eux plus que la raison et le devoir ne requerraient qu'ils fissent*, tant la longueur de nos guerres et particularités domestiques a corrompu cette ancienne loyauté qui reluisait en eux et les a dévoyés du droit chemin d'icelle[5]. »

---

[5]   Cité par Pierre Chevallier, *Henri III, roi shakespearien*, Paris, 1985, p. 563.

Ceux que le roi désigne ainsi en termes sévères sont les Guises et surtout le duc Henri, chef de cette illustre maison. En 1584, ce personnage en vue a trente-quatre ans. Il impressionne ceux qui l'approchent par sa haute taille, sa carrure athlétique et sa balafre. On raconte qu'il est capable de remonter le courant d'une rivière à la nage, armé de pied en cap. Très imbu de sa haute naissance, militaire audacieux et d'une bravoure folle, il n'est ni très intelligent ni très perspicace. Il nourrit cependant de vastes ambitions. Dévoué au catholicisme par tradition familiale, il n'a jamais approuvé les traités de Bergerac et de Fleix. Mais il n'est pas pieux et jure comme un charretier.

On le sait criblé de dettes parce que mauvais ménager. En 1580, il doit déjà plus de 3 millions de livres. C'est pourquoi il se tourne vers Philippe II qui peut se montrer beaucoup plus généreux que Henri III parce que les propriétaires des mines d'argent mexicaines et péruviennes lui doivent chaque année le cinquième de leur production, le *quinto real*. À la fin de l'année 1581, Guise émarge aux fonds secrets du roi d'Espagne. De septembre 1582 à décembre 1586, il recevra en tout 452 000 écus (soit 1,356 million de livres). Il est vrai qu'à partir de 1585 c'est la Ligue que financent les subsides espagnols. Chaque versement fait l'objet d'un reçu conservé aujourd'hui aux archives de Simancas.

Henri III se méfie depuis longtemps de Guise à qui il n'a octroyé l'ordre du Saint-Esprit qu'en 1580. La même année, il est entré dans une colère noire à la parution du *Stemmatum Lotharingiae ac Barri ducum tomi septem* parce que l'auteur, le grand archidiacre de Toul François de Rosières, y développait le thème de l'ascendance carolingienne des ducs de Lorraine. Ce n'était pourtant pas la première fois que la maison de Lorraine – dont celle de Guise est une branche cadette – prétendait descendre de Charlemagne. Des généalogistes complaisants avaient émis l'idée à plusieurs reprises depuis le début du siècle, en 1510, en 1549, en 1556 et les rois de France du moment, Louis XII et Henri II, ne s'en étaient pas autrement émus. Mais, en 1580, le *Stemmatum* a été interprété par Henri III, souverain sans dauphin, comme une revendication par les Lorrains de la couronne de France prise aux Carolingiens par Hugues Capet en 987. Rosières a été incarcéré et n'a retrouvé sa liberté qu'après s'être rétracté et avoir imploré son pardon à deux genoux en présence de son évêque, le cardinal de Vaudémont, frère de la reine Louise.

En 1582, ce sont les révélations de Salcède qui attirent l'attention de Sa Majesté. Salcède est un aventurier d'origine espagnole, fidèle des Guises. Il est arrêté à Bruges au mois de juillet car on le soupçonne de préparer un attentat contre Monsieur. Transféré en France et soumis à la torture, il avoue avoir espionné les préparatifs de Strozzi et participé à l'organisation d'un vaste complot contre les Valois dans lequel trempaient les Guises, les Espagnols et les Savoyards. Mais il se rétracte à l'heure du supplice[6] et, comme les pièces de son dossier ont été détruites, nous ne saurons jamais ce qu'il pouvait y avoir de vrai dans ses aveux. Le roi, qui croyait tenir là une preuve contre les agissements du duc Henri, manifeste son désappointement devant la palinodie de Salcède. Pour L'Estoile, c'est tout simplement le premier acte de la Ligue qui vient de se jouer.

Avant le départ d'Épernon pour la Guyenne, Henri de Guise a quitté la Cour pour bien montrer qu'il désapprouvait hautement toute tentative de rapprochement avec Henri de Navarre. Mais, le mois suivant, on le voit aux funérailles de Monsieur. Le 25 juin, le jour où Henri III regarde la pompe funèbre de son frère depuis une maison du parvis, il est accompagné par le duc «qu'on remarqua fort triste et mélancolique, dit L'Estoile, *plus de discours*, comme on croyait, *dont il entretenait ses pensées*, que d'autre chose[7]».

Naissance de la Ligue

Les projets qui roulaient dans la tête du duc de Guise, le 25 juin 1584, se concrétisent en septembre suivant par la fondation d'une ligue princière au cours d'une réunion tenue au lieu-dit Boudonville, à proximité immédiate de Nancy, dans la maison des Bassompierre. Guise lui-même, ses frères Charles, duc de Mayenne, gouverneur de Bourgogne, et Louis, cardinal-archevêque de Reims, y participent avec Louis de Gonzague, duc de Nevers, tiraillé entre son catholicisme intransigeant et sa fidélité au roi, le baron de Sennecey, ancien président de la noblesse aux États de 1576, et François de Roncherolles, seigneur de Mainneville, représentant du cardinal de Bourbon, archevêque de Rouen, circonvenu par les Lorrains. Tous décident de s'associer pour défendre énergiquement la cause catholique, extirper l'hérésie du royaume et empêcher Henri de Navarre de s'asseoir un jour sur le trône. Ils dépêchent à Rome le père Claude Mathieu, jésuite hispanophile, pour solliciter l'appui

---

[6] Convaincu d'avoir voulu attenter à la vie de François d'Anjou, Salcède devait être écartelé. Mais il ne souffrit qu'une ou deux tirades et fut miséricordieusement étranglé, la duchesse de Mercœur ayant intercédé pour lui.

[7] Pierre de L'Estoile, *op. cit.*, p. 173.

du pape Grégoire XIII qui, pour l'instant, refuse toute caution officielle. Le duc de Lorraine Charles III, dont les liens avec la cour de France se sont peu à peu distendus, se tient, lui, en retrait. Mais sa sympathie pour les conjurés ne fait pas de doute[8].

Philippe II leur a promis son concours dans l'intention de se venger des mauvais procédés de François d'Anjou et de Catherine de Médicis à son égard. Les négociations s'engagent et aboutissent à la signature du traité de Joinville[9], le 31 décembre 1584. Cette convention passée entre les envoyés espagnols Jean-Baptiste de Taxis et Jean Moreo d'une part, les Guises (le duc Henri, Mayenne, le cardinal Louis) et Mainneville d'autre part, prévoit la destruction du protestantisme en France comme aux Pays-Bas et, à la mort de Henri III, la dévolution de la Couronne au cardinal de Bourbon au lieu et place de son neveu Henri de Navarre. Le cardinal régnera sous le nom de Charles X. Il promet de recevoir officiellement en France les décrets du concile de Trente (dont les parlements gallicans ne veulent pourtant pas), de rompre la vieille alliance du roi Très Chrétien avec les Turcs, d'empêcher les pirates français de s'attaquer au commerce ibérique, d'abandonner Cambrai à Philippe II. Ce dernier fournira les subsides nécessaires : 600 000 écus pour les six premiers mois, 50 000 écus par mois ensuite. Les ducs d'Aumale et d'Elbeuf, cousins germains des Guises, sont parties prenantes dans le traité qu'ils ont signé par procuration. Le 16 janvier 1585, l'accord de Joinville est rendu public.

La Ligue naissante n'a aucune peine à recruter des adhérents dans la noblesse. Beaucoup de gentilshommes catholiques qui avaient suivi François d'Anjou dans les Flandres se tournent vers elle. Rendus à la vie civile, ils sont révoltés par les échecs des Français aux Pays-Bas comme aux Açores qu'ils imputent à la pusillanimité du roi. D'autres s'indignent de la faveur éclatante dont jouissent Joyeuse, Épernon et leurs fidèles et se tournent vers l'ennemi déclaré des archimignons, le duc de Guise. À quelqu'un de son entourage

---

8   En 1580 déjà, au moment du carnaval, Charles III, désireux de jouer en Europe un rôle politique proportionnel à sa richesse, a réuni à Nancy une pléiade de grands seigneurs, catholiques et protestants. Le duc de Mayenne, les lieutenants de Monsieur aux Pays-Bas, le fournisseur de mercenaires Jean-Casimir s'y sont rencontrés. On a beaucoup critiqué Henri III, accusé de toutes sortes de maux et agité un projet confus de ligue qui n'a pas abouti. On a aussi monté contre Strasbourg une opération qui a échoué.

9   La seigneurie de Joinville (dans l'actuel département de la Haute-Marne) était la principale possession foncière des Guises dans le royaume. C'est là qu'a vécu la *grand-mère des Guises*, Antoinette de Bourbon, veuve du premier duc, Claude de Lorraine, morte en 1583 seulement.

qui lui propose de trucider Épernon, Henri de Guise répond un jour : « Mon ami, donnez-vous en garde ; je serais très marri qu'il fût mort, car il nous donne tous les ans vingt hommes de qualité dans notre parti qui n'y entreraient pas s'ils n'étaient malcontents de lui[10]. »

Cependant, tant qu'elle se fait l'interprète du mécontentement nobiliaire, la Ligue naissante reproduit seulement le schéma des prises d'armes aristocratiques du passé, menées au nom du *bien public* pour la réforme des abus de l'État, avec la dimension catholique en plus. C'est l'intervention de la population parisienne qui lui confère un tout autre caractère, celui d'une tentative de révolution.

Nous sommes mal renseignés sur les intrigues politiques qui commencent à agiter la capitale à la fin de 1584. Nous ignorons en particulier s'il existe ou non un lien de continuité entre ces menées et les événements de 1576. Notre principale source d'information est un pamphlet de 1594, le *Dialogue d'entre le Maheustre* [le royaliste] *et le Manant* [le ligueur], que l'on attribue généralement à François Morin de Cromé, conseiller au Grand Conseil. Selon ce document, quatre personnes, catholiques zélés, auraient pris l'initiative de la Ligue parisienne : Charles Hotman[11], seigneur de La Rocheblond, receveur de l'évêque de Paris, Jean Prévost, curé de Saint-Séverin, Jean Boucher, curé de Saint-Benoît, et Mathieu de Launay, chanoine de Soissons. Chacun d'eux aurait coopté deux de ses amis qui auraient fait de même à leur tour. Ainsi, de fil en aiguille, une société secrète se serait constituée, vouée à la défense du catholicisme et recrutée, pour l'essentiel, dans le clergé, la bourgeoisie marchande et la moyenne bourgeoisie de robe. Parmi les membres les plus en vue de cette Sainte Union, on relèvera les noms des avocats Louis Dorléans et Nicolas Ameline, des maîtres des comptes Pierre Acarie et Michel de La Chapelle-Marteau, des procureurs Oudin Crucé et Jean Leclerc de Bussy, du commissaire au Châtelet Jean Louchart, du drapier Jean Compans, du curé de Saint-Jacques, Pelletier, du théologien Jean Guincestre (ou Lincestre), futur curé de Saint-Gervais, etc.

Un conseil de neuf ou dix personnes dirige l'organisation clandestine. On l'appellera le Conseil des Seize à partir de 1587 parce que la ville de Paris est divisée en seize quartiers. Ses membres se livrent

---

[10] Marquis de Beauvais-Nangis, *Mémoires* publiés par Monmerqué et Taillandier, Paris, 1872, p. 37-38.

[11] Ce personnage, huguenot revenu au catholicisme, était le frère du pamphlétaire protestant François Hotman.

à une très active propagande et à une campagne de recrutement touchant tous les milieux sociaux. Ils expliquent que les protestants n'attendent qu'une occasion pour couper la gorge aux catholiques et installer Henri de Navarre sur le trône. Ils invitent donc leurs interlocuteurs à se tenir prêts à la riposte. Si leurs efforts ne rencontrent que peu d'échos au Parlement et dans les cours souveraines, trop attachés à la Couronne et à la légalité pour se laisser séduire, ils obtiennent un grand succès dans les milieux populaires, crocheteurs des ports et des marchés, mariniers de la Seine, bouchers et charcutiers, maquignons, et dans le petit personnel des tribunaux et de l'Université. Tous gens de mœurs rudes, volontiers violents et bagarreurs, aptes à constituer, le jour venu, une masse de manœuvre.

Si Henri III n'a pas les moyens de contrer cette action souterraine, il est rapidement informé de ce qui se passe par Nicolas Poulain. Ce personnage, lieutenant de la prévôté, est un officier de robe courte. Un jour, deux de ses amis, le procureur Jean Leclerc et l'huissier Georges Michel, lui proposent d'entrer dans la Sainte Union. Il accepte mais révèle au roi tout ce qu'il sait. En bon agent double, il se fait rémunérer par les deux camps. Grâce à son *Procès-verbal*[12], qui commence le 2 janvier 1585, nous savons que les conspirateurs parisiens se mettent, dès le début, au service du duc de Guise dont le prestige est immense dans la capitale et dont l'hôtel sert à entreposer les armes et les armures achetées par l'organisation[13]. Manifestement – Henri III en est vite convaincu – une insurrection se prépare. De plus, les conjurés se proposent d'étendre le mouvement et l'on voit par exemple l'avocat Ameline, bien muni d'argent, aller prospecter les villes de Chartres, Orléans, Blois et Tours afin d'y établir des filiales du mouvement parisien.

Si la capitale fait un accueil si favorable à la Ligue, c'est parce que ses convictions religieuses, renforcées et exaltées par le puissant mouvement de renouveau catholique qui s'affirme dans les années 1580, sont brutalement outragées par la perspective de voir un jour sur le trône un souverain protestant qui s'empressera d'assurer le triomphe de l'hérésie avec pour conséquence la damnation de ses sujets.

---

[12] Le *Procès-verbal* de Nicolas Poulain couvre une période de plus de trois ans (2 janvier 1585-12 mai 1588). Nicolas Poulain est le *lieutenant du prévôt de l'Île* [Île-de-France], le chef de la maréchaussée francilienne.

[13] Henri III a interdit aux armuriers et aux quincailliers de vendre à n'importe qui des armes et des *corselets* [cuirasses]. Ses fonctions officielles dans la maréchaussée permettent à Poulain de faire de tels achats. C'est pourquoi les ligueurs ont tenu à le compter parmi les leurs.

La spiritualité des Français de ce temps, surtout des citadins, s'exacerbe en dévotions sensibles et extériorisées de caractère collectif dans le cadre des confréries, des processions et des pèlerinages. Le nombre des confréries – qui ont joué un grand rôle dans la lutte contre la Réforme en 1567 – n'a cessé de grandir depuis plus de dix ans. Elles orientent la dévotion de leurs membres vers les mystères que les huguenots contestent : l'adoration de la présence réelle du Christ dans l'eucharistie (par les confréries du Saint-Sacrement), la participation de la Vierge à l'économie du salut (par les confréries du Rosaire, de la Conception, de l'Assomption), le rôle salvateur de la pénitence (par les confréries de pénitents de toutes couleurs, surtout dans le Midi).

Les processions se multiplient dans les années 1580. Les plus connues sont les *processions blanches*, ainsi appelées parce que ceux qui y participent se revêtent d'une sorte de linceul blanc, symbole de leur aspiration à la pureté[14]. Pendant l'été et l'automne 1583, elles parcourent principalement les diocèses de l'immense province ecclésiastique de Reims qui couvre la Champagne et la Picardie. Mais certaines atteignent Paris et d'autres, Chartres. Elles se dirigent toujours vers un sanctuaire marial et, par l'ampleur des déplacements, s'apparentent à des pèlerinages. Groupés autour de prêtres portant le *Corpus Domini*, les fidèles tiennent à la main des cierges ou des croix et chantent des cantiques en l'honneur de la Vierge. Ils croient que la fin du monde est proche et supplient le Seigneur de leur accorder le salut éternel. Beaucoup marchent nu-pieds.

L'Estoile nous décrit l'une de ces processions qui, venant de la Brie, entre à Paris le 10 septembre 1583. «Le 10 septembre vinrent à Paris, en forme de procession, huit ou neuf cents qu'hommes que femmes, que garçons que filles, vêtus de toile blanche, avec mantelets aussi de toile sur leurs épaules, portant chapeaux ou de feutre gris chamarré de bandes de toile ou tout couverts de toile sur leurs têtes, et en leurs mains les uns des cierges et chandelles de cire ardant, les autres des croix de bois, et marchaient deux à deux, chantant en la forme des pénitents ou pèlerins allant en pèlerinage. Ils étaient habitants des villages de Saint-Jean-des-deux-Gémeaux et d'Ussy, en Brie, près La Ferté-Gaucher. Et étaient conduits par les deux gentilshommes des deux villages susdits, vêtus de la même parure, qui les suivaient à cheval, et leurs demoiselles aussi vêtues de même, dedans un coche. Le peuple de Paris accourut à grande foule pour les voir venant faire leurs prières et offrandes

---

14 Ce vêtement blanc rappelle à la fois la robe baptismale, le linceul des morts et la tunique que portent les élus dans l'*Apocalypse*.

en la grande église de Paris, ému de pitié et commisération leur voyant faire tels pénitencieux et dévotieux voyages pieds nus et en longueur et rigueur des chemins[15].» On aura remarqué que les citadins, si prompts à dénigrer les défilés de l'archiconfrérie royale, montrent beaucoup d'intérêt, voire d'admiration pour la piété de ces villageois.

Une aspiration plus ou moins confuse à voir le royaume de Dieu se réaliser sur la terre a fini par naître au cœur du peuple catholique touché par ce renouveau dévotionnel. On en est loin vers 1584 et beaucoup de fidèles s'indignent de constater les vices qui gangrènent l'organisation politique : une cour dissolue, des archimignons tout-puissants, des ordonnances que l'on n'applique pas (par exemple celle de 1579), une insécurité permanente, des impôts excessifs. Si l'on ajoute la cherté du pain, dont le prix double entre 1578 et 1586, et «la contagion de la peste, qui fut âpre et grande par tout ce royaume, nommément à Paris et aux environs[16]» pendant tout l'automne 1583, on finit par se dire que l'*ire* de Dieu s'appesantit sur la France. Le principal responsable de cette situation cruelle, de cette distorsion entre les réalités et les aspirations collectives ne peut être que le roi dont les retraites spirituelles et les flagellations sont perçues comme autant de simagrées hypocrites par ses sujets. Dans les milieux dévots, l'indignation est à son comble lorsqu'on voit Henri III accepter Henri de Navarre comme son éventuel successeur. De là ce mouvement de révolte, cette réaction de rejet dont profite la Ligue en un temps où le politique et le religieux sont indissociables, où la tolérance est parfaitement inconnue.

L'offensive de la Ligue

Pendant l'hiver 1584-1585, les ligueurs préparent leur soulève-ment. Les grands seigneurs amassent des armes et recrutent, en Allemagne et en Suisse, des mercenaires qui tardent d'ailleurs à arriver. À Paris, les dirigeants du mouvement ont bien du mal à contenir les ardeurs sanguinaires de ceux qui voudraient se jeter tout de suite sur les huguenots, comme à la Saint-Barthélemy. Des tensions commencent déjà à apparaître entre les bourgeois parisiens, tout préoccupés du salut de l'Église et de la défense de leurs libertés municipales, et les princes qui songent avant tout à leurs ambitions personnelles et veulent se servir des premiers comme d'une piétaille.

---

[15] Pierre de L'Estoile, *op. cit.*, p. 159-160.

[16] *Ibid.*, p. 160.

Mis au courant de l'activité de ses adversaires, Henri III temporise. Il a certes pris des mesures de précaution : la formation d'une nouvelle garde, les Quarante-cinq, recrutés en Gascogne, Béarn et Languedoc et placés sous le commandement de François de Montpezat, baron de Laugnac ; le recrutement de reîtres et de Suisses pour la solde desquels Zamet a été chargé de trouver de l'argent. Mais il ne fait rien pour étouffer l'insurrection dans l'œuf, se contentant de rappeler à l'ordre le cardinal de Bourbon et les participants à la réunion de Nancy. L'Estoile s'indigne de cette inaction : « Le roi, averti de tous ces remuements de divers seigneurs et endroits de son royaume, et même par le duc de Bouillon qui lui donna avis de la grande levée de gens de guerre que sous main faisait le duc de Guise, pendant qu'il s'amusait à baller et masquer, fit réponse qu'il ne le croyait ni ne craignait. Toutefois, après y avoir pensé, commença à se tenir sur ses gardes[17]... » S'appuyant sur les *Mémoires* du marquis de Beauvais-Nangis, dont le père, fidèle du roi, passa à la Ligue à cause des mauvais procédés d'Épernon à son égard, l'historien Jean-Marie Constant croit pouvoir expliquer cette inaction par les menées de Catherine de Médicis. La reine mère déteste l'archimignon qui l'a écartée du pouvoir. Elle veut donc ménager Guise, utile contrepoids à la puissance du favori. Mais on peut aussi incriminer la psychologie même du souverain chez qui la volonté n'est pas à la hauteur de l'intelligence. Dans une lettre à Villeroy, datée du 14 août 1584, il l'avoue à son fidèle serviteur : « Je sais bien, ce me semble, ce qu'il faudra [faire] mais *je suis comme ceux qui se voient noyer et par obéissance sont plutôt contents de l'être que de se sauver[18].* »

Pendant ces mois d'attente, la propagande ligueuse se déploie sur une grande échelle. Les conjurés font flèche de tout bois pour semer la panique dans les esprits. Ils se présentent comme le seul recours face à des menaces supposées qu'ils montent en épingle pour qu'on y voie de redoutables dangers.

Par exemple, le 3 mars 1585, Henri III offre un festin magnifique et un bal aux envoyés anglais venus lui remettre l'ordre de la Jarretière. Les ligueurs saisissent l'occasion aux cheveux. Des agitateurs, postés aux principaux carrefours de Paris, commentent des gravures. Celles-ci représentent les supplices infligés aux catholiques dans l'Angleterre protestante d'Élisabeth. Le roi fait rechercher les planches qui ont servi aux tirages de ces œuvres. Sa police les déniche à l'hôtel de Guise.

---

[17]   Pierre de L'Estoile, *op. cit.*, p. 193.

[18]   Cité par Arlette Jouanna, *La France du XVIe siècle*, 1483-1598, Paris, 1996, p. 583.

De même, Henri III reçoit une ambassade venue lui offrir la souveraineté des Pays-Bas. Il a beau repousser sagement cette offre le 19 mars, les ligueurs n'en font pas moins courir le bruit qu'une armée de dix mille huguenots, tapie dans la forêt de Saint-Germain, s'apprête à couper la gorge à tous les bons catholiques. On va jusqu'à prétendre que le roi de Navarre, Guillaume d'Orange, la reine Élisabeth et les princes protestants allemands sont sur le point d'envahir le royaume.

Le point final à cette préparation psychologique est mis par le manifeste de Péronne, rendu public le 31 mars 1585 et diffusé dans toute la France. Placé sous le patronage du cardinal de Bourbon, ce texte s'intitule *Déclaration des causes qui ont mû Mgr le cardinal de Bourbon et les pairs, princes, seigneurs, villes et communautés catholiques de ce royaume de France, de s'opposer à ceux qui par tous les moyens s'efforcent de subvertir la religion catholique et l'État*. Il se situe dans le droit fil des proclamations lancées dans le passé par les chefs des soulèvements nobiliaires. Mais, cette fois, des bourgeois parisiens ont participé à sa rédaction.

Si Guise et ses associés ont choisi de proclamer leurs intentions depuis Péronne, c'est pour établir un lien de filiation entre leur mouvement et la Ligue de 1576 dont Henri III s'était fait le chef. C'est aussi pour obtenir l'adhésion de la noblesse et des villes picardes qui gardent la frontière de la France avec les Pays-Bas, lieu éminemment stratégique.

Fort bien conçu, le manifeste appelle d'abord les catholiques à défendre leur foi menacée par l'arrivée possible d'un calviniste sur le trône. Pour éviter la persécution, il faut se préparer à combattre les huguenots qui prennent déjà les armes et se montrent menaçants.

Le texte ligueur récapitule ensuite tous les griefs des Français contre le gouvernement de Henri III et se propose d'y porter remède. Comme on dit dans le jargon propre au XXe siècle, il a voulu *ratisser large* en prenant à son compte, sans se soucier des contradictions, les aspirations de la noblesse comme celles des milieux populaires. Les ducs de Joyeuse et d'Épernon, dont on ne cite pourtant pas les noms, sont accusés de favoriser les hérétiques, d'accaparer l'État à leur profit, de dépouiller les nobles des bienfaits du roi, des dignités et des fonctions qui leur reviennent de droit. Une telle situation doit cesser. Par ailleurs, il faudra soulager le peuple de toutes les taxes instituées depuis Charles IX, manière indirecte de mettre le roi lui-même en accusation. Enfin, le manifeste promet la réunion tous les trois ans d'États généraux librement élus, ce qui ne peut que satisfaire la bourgeoisie parisienne. Au passage, il rend hommage à Catherine de Médicis « sans la sagesse et la providence de laquelle le royaume serait pieça [*déjà*] dissipé et perdu» et l'appelle au secours des catholiques. On ne saurait mieux souligner qu'on souhaite son retour aux affaires après la disgrâce des archimignons.

Aux accusations portées contre son gouvernement, Henri III répondra par une justification de son action soulignant l'inconséquence de la Ligue. Il rappellera que, s'il n'a pas pu rétablir en 1576 l'unité de foi comme il en avait l'intention, c'est parce que les États généraux lui ont refusé tout concours financier. Il soulignera les bienfaits que la paix civile a apportés au royaume comme le rétablissement du culte catholique là où il avait été aboli, la réforme de l'Église, le repeuplement des campagnes. Il déclarera bien haut que le problème de sa succession ne se pose pas encore et prédira, sans crainte de se tromper, qu'une nouvelle guerre civile serait pour ses sujets la source de calamités innombrables. Mais sa démonstration tombera à plat, les hostilités ayant déjà commencé.

C'est en effet le 21 mars 1585 que le duc de Guise s'est emparé de Châlons-sur-Marne où il a établi son quartier général. Mais pendant plusieurs semaines, sa position semble bien précaire : son infanterie ne l'a pas encore rejoint. Avec de l'énergie et de l'esprit de décision, Henri III pourrait sans doute lui infliger une sévère leçon. Il ne le fait pourtant pas. Pour des raisons qui n'apparaissent pas clairement (timidité devant l'épreuve de force? ignorance de la faiblesse réelle de son adversaire? manque de moyens militaires? influence pacifique de sa mère?), il temporise toujours, n'envisageant le recours à la violence qu'en dernière extrémité. Il s'en est expliqué, dès le 16 mars, avec Henri de Navarre auquel il a écrit : «Je veux premièrement, *par les plus doux et gracieux moyens que je pourrai*, essayer d'y remédier comme *par avertissements et déclarations* [...] Mais aussi ne veux-je pas négliger ceux de la force nécessaire pour m'opposer et empêcher que ceux qui suscitent ces nouveaux remuements ne me puissent surprendre et exécuter leurs mauvais desseins et entreprises[19].»

Au mois d'avril, le Balafré a enfin réuni toutes ses forces qui sont considérables (dix à douze mille piétons, mille à douze cents cavaliers). Il fait donc mouvement de Châlons vers Épernay tout en s'emparant de Toul et de Verdun. Mais il échoue à Metz dont le gouverneur est le duc d'Épernon. En même temps, son frère Mayenne, gouverneur de Bourgogne, occupe Dijon, Auxonne et Mâcon. Le duc d'Elbeuf et le duc d'Aumale, ses cousins, prennent respectivement le contrôle d'une partie de la Normandie et de la

---

[19] Cité par Pierre Chevallier, *op. cit.*, p. 571.

Picardie. Le duc de Mercœur, frère de la reine Louise, met la main sur la Bretagne. Ancien lieutenant de Monsieur dans les Flandres, Claude de La Châtre livre Bourges au parti. Le vainqueur du duel des mignons, Charles de Balzac d'Entragues, fait de même avec Orléans en attendant de regagner le camp royal. On sait que la reine Margot elle-même se saisit d'Agen pour quelques mois. Comme le gouverneur du Lyonnais, François de Mandelot, sympathise quelque temps avec la Ligue, Henri III risque de ne plus être obéi que dans le Midi, Bordeaux, Toulouse et Marseille lui restant fidèles.

Dès ce moment, les politiques, ces esprits modérés qui font passer le souci de l'État avant les convictions religieuses et s'opposent aux ligueurs, souhaitent la conclusion d'une alliance entre le roi de France et le roi de Navarre pour faire échec à la subversion catholique. C'est le point de vue du jurisconsulte Étienne Pasquier. C'est aussi celui de Montaigne. Mais Henri III peut difficilement l'adopter car une telle décision de sa part lui aliénerait définitivement la quasi-totalité de ses sujets catholiques. Pour la même raison, il ne lui est pas possible de recourir aux bons offices de la reine Élisabeth.

Henri III sait très bien que, si la Ligue se montre la plus forte, il devra chasser Épernon, faire entrer Guise au Conseil et subir la loi de ses adversaires. Ce sera la fin de la monarchie absolue puisque le roi ne pourra plus choisir lui-même ses collaborateurs et sa politique. Mais il manque d'argent et de soldats et se résout à négocier avec le Balafré tout en engageant des opérations décousues contre le parti catholique.

Les pourparlers d'Épernay durent du 9 avril au 28 juin. Ils se déroulent sous la menace constante d'une offensive ligueuse contre Paris. C'est Catherine de Médicis qui les conduit pour le compte de son fils en dépit de son âge et de ses infirmités. Pendant ce temps, le maréchal d'Aumont tente de reprendre Orléans, le duc François de Montpensier fait face à Mercœur dans l'Ouest et le duc de Joyeuse s'oppose aux entreprises des ligueurs en Normandie et en Picardie.

Si les négociations s'éternisent pendant trois mois, c'est parce que le duc de Guise et le cardinal de Bourbon, incroyablement accrocheurs et tenaces, réclament pour les chefs catholiques des places de sûreté stratégiquement bien situées. Ils se montrent d'autant plus exigeants qu'une puissante troupe de six mille Suisses, commandée par le colonel Ludwig Pfyffer, finit par les rejoindre. Le 10 juin, ils adressent à Henri III une sorte d'ultimatum intitulé *Requête au roi et dernière résolution* par lequel ils réclament un édit draconien contre les hérétiques, édit qu'ils auront eux-mêmes la charge d'appliquer.

Finalement, comme le bruit court que les forces catholiques vont attaquer la capitale et seront accueillies avec joie par les Parisiens, la Couronne doit s'incliner. Le 7 juillet 1585, le traité de Nemours est signé, plus humiliant pour la monarchie que la paix de Monsieur elle-même. Le souverain accepte de prendre à sa charge la solde des mercenaires de la Ligue, paie une garde montée à ses chefs, leur accorde des pensions et leur abandonne différentes places de sûreté. Guise reçoit Toul, Verdun, Saint-Dizier et Châlons-sur-Marne. Son frère Mayenne obtient le château de Dijon et Beaune, le cardinal de Bourbon Soissons. Rue en Picardie va au duc d'Aumale, Dinan et Le Conquet en Bretagne au duc de Mercœur. Henri III a cependant réussi à garder Metz, Reims, Rouen, Dieppe et Chalon-sur-Saône que réclamaient ses vainqueurs. Il n'en reste pas moins que, pour la première fois, le roi de France, dont la cause s'était toujours identifiée avec le catholicisme, se voit contraint de céder des places fortes à un parti catholique.

En application du traité de Nemours, un édit, enregistré le 18 juillet 1585, révoque les édits de pacification antérieurs, interdit totalement le culte réformé, ordonne aux pasteurs de s'exiler et aux fidèles de se convertir ou de partir dans les six mois. Les protestants ne peuvent plus exercer la moindre charge publique et doivent restituer leurs places de sûreté. Henri de Navarre est totalement déchu de ses droits au trône. Véritable loi de proscription, ce texte est le plus rigoureux de tous ceux que le pouvoir royal a promulgués pendant les guerres de Religion. Si l'on en croit Agrippa d'Aubigné, il fait aller à la messe trois fois plus de réformés que la Saint-Barthélemy. Contrairement à ce qui s'était passé en 1576, la Ligue de 1585 a réussi à imposer à la Couronne la totalité de son programme. La monarchie a perdu toute liberté politique.

Pour contraindre le Parlement à enregistrer l'édit, Henri III est obligé de tenir un lit de justice car les dispositions qu'il vient de prendre équivalent à une abrogation de la loi salique dont les magistrats sont les gardiens. En chemin, il dit au cardinal de Bourbon, selon L'Estoile : « Mon oncle, contre ma conscience mais bien volontiers, je suis ci-devant venu céans faire publier les édits de pacification pour ce qu'ils réussissaient au soulagement de mon peuple. Maintenant, je vais faire publier l'édit de révocation d'iceux, selon ma conscience, mais mal volontiers pour ce que de la publication d'icelui dépend la ruine de mon État et de mon peuple[20]. » De fait, l'édit du 17 juillet 1585 donne le signal de la huitième guerre de Religion.

---

[20] Pierre de L'Estoile, *op. cit.*, p. 201.

★

De la mort de Monsieur (juin 1584) à l'accord de Nemours avec la Ligue (juillet 1585), il s'est écoulé à peine plus d'un an. Ce court laps de temps a suffi pour ruiner des années de patients efforts. La rapidité avec laquelle les événements se sont enchaînés révèle clairement l'extrême fragilité de la position d'arbitre entre les confessions adoptée par Henri III. Elle révèle aussi la profondeur et la violence des passions politico-religieuses des Français. À la lumière de ces faits dramatiques et avec le recul du temps, le roi nous apparaît comme un esprit supérieur, dégagé des passions de ses sujets bien qu'il partage leur foi catholique et leurs dévotions outrées. Soutenu seulement par sa clientèle de fidèles et par le courant des politiques, il donne aussi l'impression d'être très isolé de la masse des Français catholiques qui ne le comprennent pas et même s'opposent à lui. Dans ces conditions, on ne s'étonnera pas qu'il ne puisse plus régner paisiblement.

CHAPITRE XVIII

LA GUERRE DES TROIS HENRI

On a donné le nom de guerre des trois Henri à la phase initiale de la huitième guerre de Religion. Elle couvre les derniers mois de 1585, les années 1586 et 1587. Ses figures de proue sont le roi de France Henri III, le roi Henri de Navarre, protecteur des églises réformées depuis 1575, et le duc Henri de Guise, chef de la Ligue catholique. Sous la pression du dernier, le premier est contraint de combattre le second alors qu'il n'a nulle envie de le faire. Mais les opérations militaires sont d'autant plus décousues et d'autant moins décisives que tout le monde manque d'argent et que les généraux du monarque, Mayenne excepté, ménagent l'adversaire. Elles ne deviennent sérieuses qu'à l'automne de 1587 par suite de l'obstination du Béarnais à refuser de se convertir. Lorsque s'ouvre l'hiver, particulièrement rigoureux, Henri III est le grand perdant. Il n'a gagné que la solide réputation d'être un allié masqué des huguenots. Henri de Navarre, lui, a acquis celle d'un foudre de guerre pour avoir remporté, à Coutras, la première victoire protestante en bataille rangée depuis 1562. Quant à Henri de Guise, il a renforcé son prestige en donnant une sévère leçon, à Vimory et Auneau, aux mercenaires allemands et suisses venus au secours des protestants.

Une position intenable pour la Couronne

Dans les mois qui ont précédé la mort de Monsieur, Henri III a entretenu des relations fort courtoises avec Henri de Navarre. Les deux beaux-frères n'ont pas manqué de s'informer mutuellement de ce qu'ils savaient des «mauvais desseins» du duc de Guise. En avril 1584, un envoyé du Béarnais, l'habile Philippe Du Plessis-Mornay, est venu à Paris, porteur d'informations concernant les relations de Philippe II avec le Balafré. Il a échappé à une tentative d'assassinat fomentée par ce dernier. Au Louvre, il a pu entendre Henri III reconnaître publiquement Henri de Navarre pour son héritier. « Ces jours passés aussi, raconte-t-il, Sa Majesté, après son dîner, étant devant le feu, M. du Maine [*Mayenne*] présent et grand nombre de gentilshommes, après un long discours de la maladie de Son Altesse [*Monsieur*] dit ces mots : "Aujourd'hui, je reconnais le roi de Navarre pour mon seul et unique héritier. C'est un prince bien né et de bon naturel. Mon naturel a toujours été de l'aimer et je sais qu'il m'aime. Il est un peu colère et piquant, mais le fond est bon. Je m'assure que mes humeurs lui plairont et que nous nous accommoderons bien ensemble"[1]. »

Le refus opposé par le Béarnais à la proposition de conversion que le duc d'Épernon est venu lui soumettre en juin 1584 n'a pas altéré les bons rapports entre la cour de France et la cour de Nérac. Au cours de son séjour à Paris, qui a duré plusieurs mois, Du Plessis-Mornay a obtenu sans peine du roi l'autorisation pour les huguenots de tenir leur assemblée annuelle à Montauban. Réunie au mois d'août, celle-ci a réclamé le droit de conserver, plus longtemps que prévu, les places fortes concédées au parti protestant par la paix de Fleix jusqu'en novembre 1586. Bon prince, Henri III a fait droit à cette requête : en décembre 1584, il a prolongé le délai de garde d'une ou deux années selon les villes. Il a ainsi fait pièce à la Ligue en train de s'organiser car, devant tant de bienveillance à leur égard, les huguenots inclinaient à devenir royalistes.

Ce climat de confiance s'est maintenu pendant le premier semestre de 1585. Tant que les lieutenants du roi de France, le maréchal d'Aumont à Orléans, le duc de Montpensier en Poitou, le duc de Joyeuse en Normandie, ont tenu tête à la Ligue, Henri de Navarre a conservé sa fidélité à Henri III. Le 10 juin, il a publié un texte de Du Plessis-Mornay dans l'intention de renverser les arguments que lui opposaient ses adversaires. Cette *Déclaration du roi de Navarre sur les calomnies publiées contre lui ès* [dans les] *protestations de ceux de la Ligue* démontrait que le Béarnais était un prince authentiquement chrétien et proposait, une fois de plus, de rétablir l'unité de foi en France au moyen d'un concile « libre et légitime », c'est-à-dire dégagé de toute ingérence romaine. Solution parfaitement irréaliste puisque le concile de Trente avait clos ses travaux depuis plus de vingt ans déjà. Mais il est intéressant de constater que le plaidoyer navarrais a été édité à Paris avec l'approbation du roi.

Les choses en sont là lorsque la nouvelle du traité de Nemours parvient à Lectoure, en Gascogne, où se trouve Henri de Navarre.

---

[1]   Dépêche citée par Jean-Pierre Babelon, *Henri IV*, Paris, 1982, p. 332.

Ce dernier, qui ne s'attendait pas à une capitulation aussi rapide et aussi totale de Henri III devant les exigences des Guises, en ressent une émotion si violente que la moitié de sa moustache blanchit en quelques heures. Revenu de sa désillusion, il se juge berné par son beau-frère qui, prisonnier de la Sainte Union, se comporte désormais en ennemi. Il consacre l'été à se ressaisir et à préparer la guerre qui s'annonce avec les faibles moyens dont il dispose.

À la fin de juillet 1585, Henri III entreprend une dernière démarche dans sa direction. Deux plénipotentiaires royaux, l'ancien évêque d'Auxerre Philippe de Lenoncourt, futur cardinal, et le maître des requêtes Nicolas Brûlart de Sillery, futur chancelier de France, quittent Paris pour Nérac. Ils vont une nouvelle fois sommer Henri de Navarre de revenir au catholicisme. Le roi nourrit l'arrière-pensée de s'allier ensuite à lui contre la Ligue. Mais la manœuvre échoue.

Le 10 août, près de Lavaur, le Béarnais et son cousin Henri de Condé rencontrent le duc de Montmorency, gouverneur du Languedoc, que la puissance nouvelle des Guises indigne et effraie. Tous trois reconstituent l'alliance des protestants et des catholiques unis qui s'est montrée si efficace dix ans auparavant. Par la même occasion, ils publient un manifeste violent contre leurs adversaires communs, la *Déclaration et protestation [...] sur la paix faite avec ceux de la maison de Lorraine, chefs et principaux auteurs de la Ligue, au préjudice de la maison de France*. Ce factum accuse sans ambages les Guises de vouloir «éteindre la maison de France et de se loger à sa place». Il déplore la condition du roi, prisonnier des ligueurs. Il explique que, si ses auteurs ont pris les armes, c'est pour libérer Sa Majesté. Il annonce une guerre à outrance contre la Ligue.

Vouloir la guerre à outrance est une chose. Avoir les moyens de la faire, une autre. Henri de Navarre manque cruellement d'argent et de soldats. Les missions successives de François de Ségur-Pardaillan en Angleterre et en Allemagne lui ont surtout rapporté de bonnes paroles. Les hostilités n'en commencent pas moins en septembre 1585 contre les forces royales. En Dauphiné, Lesdiguières les a déclenchées dès le mois de juillet en s'emparant de plusieurs villes.

Tout au long de l'été 1585, Henri III, qui touche à nouveau le fond de l'abîme, est d'humeur massacrante. Il en veut à sa mère d'avoir si facilement cédé à Guise et la tient plus ou moins éloignée du gouvernement. Celle-ci, qui ne peut se résoudre à ne plus se mêler des affaires, lui donne néanmoins son avis sur la situation politique en écrivant à Villeroy, le plus influent des ministres. Le roi pense pouvoir tirer son épingle du jeu en mettant deux fers au feu. D'une part, il se prépare à combattre Henri de Navarre et ses huguenots. De l'autre, il médite sa revanche contre Henri de Guise. Il en résulte une politique tortueuse et subtile qui ne contribue pas à améliorer sa réputation.

Pour parer au plus pressé, c'est-à-dire se procurer le nerf de la guerre, il se tourne vers ses sujets catholiques. Ils ont voulu la destruction de l'hérésie ; c'est donc à eux de payer les armées nécessaires. Le 11 août, il convoque au Louvre le prévôt des marchands, le premier président du Parlement et le cardinal de Guise, archevêque de Reims. Il leur annonce qu'il taxe la ville de Paris à 200 000 écus, qu'il cesse de payer les gages des magistrats et qu'il va exiger du clergé un nouveau sacrifice. Sourd à toutes les récriminations, il réplique à ses interlocuteurs : « Il fallait donc m'en croire et conserver la paix, plutôt que de se mêler de décider la guerre dans une boutique ou dans un chœur. J'appréhende fort que, pensant détruire le prêche, nous ne mettions la messe en grand danger[2]. »

En octobre, l'évêque de Paris, Pierre de Gondi, est envoyé à Rome. Il obtient du nouveau pape Sixte Quint, qui a succédé à Grégoire XIII en avril, deux ventes successives de biens d'Église, de 1,2 million d'écus chacune, la première immédiatement, la seconde en cas de prolongation des hostilités.

Généreux quand il s'agit d'anéantir l'hérésie, le pontife, vieillard irascible et emporté, n'a pourtant rien d'un personnage accommodant. Le mois précédent, il est intervenu dans les affaires françaises de manière aussi intempestive qu'inopportune et il a mis Henri III dans une position fausse. Très autoritaire, il n'éprouve aucune sympathie pour les sujets qui se soulèvent contre leur souverain légitime et il se méfie des Guises. Son idéal serait que la Ligue se mette aux ordres du roi pour combattre les calvinistes. C'est parce qu'il le croit réalisé par le traité de Nemours qu'il décide de jeter le poids de son autorité dans la balance. Le 9 septembre, il fulmine en Consistoire une bulle qui déclare Henri de Navarre et Henri de Condé déchus de leurs droits au trône en leur qualité d'hérétiques et de relaps. Le texte pontifical viole sans ménagements les libertés gallicanes et la loi salique. Il est donc impossible de le recevoir en France si bien qu'aux yeux des catholiques zélés, Henri III fait figure d'adepte du double jeu. Quant aux protestants, ils répliquent par la plume de François Hotman qui lance, depuis Genève, un pamphlet cinglant contre la *bulle privatoire* sous le titre *Brutum fulmen Papae Sixti V adversus Henricum regem Navarrae* [La foudre imbécile du Pape Sixte Quint contre le roi Henri de Navarre].

---

[2] Jean-Pierre Babelon, *op. cit.*, p. 358.

C'est peut-être pour apparaître sous un jour moins suspect que le roi promulgue, le 7 octobre, un édit qui aggrave les dispositions prises le 12 juillet. Désormais, les huguenots rebelles seront considérés comme des criminels de lèse-majesté, ainsi que leurs alliés catholiques. Leurs biens seront mis en vente au plus offrant au profit de la Couronne. Le délai accordé aux protestants pour abjurer ou émigrer est ramené à quinze jours. C'est en application de ces dispositions que la veuve du chancelier de L'Hospital accepte de se convertir. L'architecte préféré de Sa Majesté, Baptiste Androuet Du Cerceau, choisit, lui, de s'exiler.

Pendant ce temps, les opérations militaires qui opposent forces royales et troupes navarraises commencent en Saintonge et en Poitou. Le prince Henri de Condé, qui a réussi à rejeter le duc de Mercœur au nord de la Loire, met le siège devant Brouage et s'imagine pouvoir aussi s'emparer d'Angers. À partir de cette dernière ville, les protestants pourraient aller à la rencontre des mercenaires allemands que les envoyés de Navarre cherchent à recruter dans l'Empire. Mais il a trop présumé de ses faibles forces, il disperse ses efforts et son équipée s'achève en déroute. De son côté, le maréchal de Matignon, lieutenant général au gouvernement de Guyenne, se fait remarquer par son attentisme. Il n'est pas ligueur et, en attendant l'arrivée de Mayenne, il se contente de faire devant Nérac une démonstration militaire sans lendemain.

Le retour de l'anarchie

L'année 1586 voit la Ligue s'implanter solidement dans plusieurs provinces, en particulier celles qui bordent les frontières du nord et de l'est, sans pouvoir en contrôler totalement aucune. Ses progrès s'expliquent d'abord par l'activisme catholique de quelques gouverneurs et lieutenants généraux : le duc de Guise en Champagne, le duc d'Aumale en Picardie, le duc de Mayenne en Bourgogne, le duc de Mercœur en Bretagne, le marquis de Canillac en Auvergne, le seigneur de Vins en Provence. Mais ils se réalisent aussi au hasard des ralliements de nobles ou de villes.

À l'abri de la Ligue, les tendances autonomistes se donnent libre cours. Refusant l'emprise de l'État sur les sujets, rejetant la tutelle que l'autorité royale fait peser sur eux, les Français se replient sur leur petit canton, refusent de regarder au-delà de leur province. Les princes lorrains, ainsi Mayenne et Mercœur, se comportent dans leurs gouvernements en véritables feudataires, non en auxiliaires de la Couronne. Ici et là, la noblesse, ulcérée par la concurrence que la fiscalité royale fait à ses revenus seigneuriaux, se propose de désintégrer la trop pesante autorité des officiers de Sa Majesté, aspire au retour des vieilles franchises grignotées par l'administration depuis François Ier et Henri II. Des villes catholiques comme Saint-Malo tendent à se comporter en véritables petites républiques. Si l'on se souvient que le Languedoc de Montmorency n'obéit plus guère au roi, que le Sud-Ouest, gouverné par le Béarnais, est devenu une entité pratiquement distincte du royaume, que La Rochelle, depuis bien des années, mène sa propre politique, on constate que le pays est en train d'éclater sous l'action de forces centrifuges.

En même temps, la propagande politique se déchaîne. Les protestants, naguère encore monarchomaques, se proclament les défenseurs de la pure tradition monarchique : leur protecteur, Henri de Navarre, ne combat-il pas pour défendre ses droits légitimes au trône ? Chez les ligueurs, au contraire, l'hostilité à la monarchie absolue fait des pas de géant. Les deux camps usent sans mesure de l'arme redoutable du pamphlet.

Le 1er janvier 1586, Henri de Navarre publie à Montauban quatre manifestes que Du Plessis-Mornay a rédigés pour lui. Ils sont destinés aux trois ordres et à la ville de Paris. L'auteur explique qu'il souhaite voir Henri III obéi, l'État en repos, la noblesse, le clergé et le tiers état rétablis dans leur ancienne prospérité. Il insiste sur la nécessité d'un sursaut national pour balayer les étrangers qui épuisent le royaume, les Italiens qui entourent la reine mère comme les Espagnols qui appuient les ligueurs. Ces derniers ripostent par la plume de l'avocat Louis Dorléans, auteur du libelle *Avertissement des catholiques anglais aux Français catholiques* qui fait passer l'appartenance religieuse avant la nationalité : « Qui n'aimerait donc mieux être Espagnol qu'huguenot ? » s'écrie-t-il. Il met en garde ses compatriotes contre un roi hérétique qui ne manquera pas de les persécuter comme cela se passe en Angleterre, fait l'apologie de la Saint-Barthélemy et de l'Inquisition. Un tel texte suscite à son tour de nombreuses répliques.

Henri III, lui, n'a aucun propagandiste de talent à son service. En février 1586, devant les difficultés qui l'assaillent, il tombe dans un profond découragement. Il a parfaitement conscience que sa position est bien plus fragile qu'en 1576. Si l'on en croit l'ambassadeur savoyard René de Lucinge, il envisagerait d'abdiquer et de se retirer dans un monastère. Il se reprend cependant et travaille à assurer de nouveaux appuis à la Couronne, parfois au détriment de la Ligue. La promotion de janvier dans l'ordre du Saint-Esprit a compris plusieurs ligueurs. Naguère disgracié, François d'O rentre en faveur, reprend du service. Beauvais-Nangis, fortement déçu par Guise, aussi. Surtout, Catherine de Médicis ramène au roi le puissant duc de Nevers, enfin décidé à faire passer sa fidélité monarchique avant ses convictions religieuses.

Le mois de mars 1586 semble annoncer un durcissement des opérations militaires qui languissaient jusque-là. Henri de Guise vient à Paris pour se concerter avec Henri III sur les mesures à prendre pour barrer la route aux mercenaires que les huguenots sont en train de recruter en Allemagne grâce à l'appui financier d'Élisabeth d'Angleterre, inquiète des progrès de la Ligue. Le roi est effrayé par la popularité du duc que les Parisiens ne se lassent pas d'acclamer. Il ne lui en confie pas moins le commandement d'une forte armée: cinquante compagnies d'infanterie, cinq à six mille chevaux. Au même moment, Mayenne fait sa jonction en Guyenne avec le maréchal de Matignon, toujours attentiste. Enfin, Biron est envoyé en Saintonge pour s'opposer à Condé.

En fait, le durcissement annoncé ne se produit pas. Les mercenaires allemands sont loin d'être prêts. Mayenne s'empare de quelques bicoques mais ne peut vaincre Henri de Navarre qui se glisse à travers ses lignes pour aller combattre en Saintonge, laissant Turenne à la tête des forces protestantes de Guyenne. Vexé d'avoir été tenu en échec, le frère de Guise, qui se croit grand capitaine, s'explique dans un pamphlet intitulé *Voyage en Guyenne*. S'il n'a pas réussi, dit-il en substance, c'est à cause de l'individualisme de Matignon et de l'incurie du roi. Il devrait plutôt suggérer que ce dernier craint beaucoup trop la Ligue, dont il est en quelque sorte prisonnier, pour vouloir la défaite du Béarnais et que Matignon agit en conséquence. On commence d'ailleurs à accuser Henri III de collusion avec son beau-frère. Les pamphlets et les prédicateurs ne se gênent pas pour le mettre en cause.

Décidé à effacer cette impression, le monarque, qui est allé pèleriner à Chartres à la fin du mois de mars, ordonne le 26 avril la mise en vente des biens protestants et met sur pied deux nouvelles armées, confiées à Joyeuse et Épernon. Pour payer les soldats, il impose le 16 juin l'enregistrement forcé en lit de justice de vingt-sept édits *bursaux* [fiscaux] instituant nouveaux impôts et nouveaux offices à vendre. Le peuple murmure fort contre une guerre qui coûte si cher et persiste à croire que le produit de ces taxes est destiné aux poches des mignons.

Au cours de l'été, les armées royales ravagent des provinces entières sans obtenir de résultats décisifs. Joyeuse, qui s'est dirigé vers le sud, traverse l'Auvergne et, par le Gévaudan, pénètre en Languedoc où son père Guillaume combat Montmorency au nom de la Ligue. Ses hommes prennent, pillent et brûlent la petite ville de Marvejols mais sont arrêtés par les pluies d'automne qui détrempent les chemins. Nommé gouverneur de Provence, Épernon va tenter de ramener un peu d'ordre dans cette province déchirée. Biron qui assiège inutilement, en juillet, la place de Marans, défendue par Henri de Navarre en personne, préfère conclure une trêve le mois suivant. Henri III, qui ne s'est réservé aucun commandement militaire, séjourne aux eaux de Pougues de la fin juillet au 12 septembre, comme s'il se refusait à sacrifier sa vie privée aux contingences politiques, si graves fussent-elles.

Devant l'inaction dans laquelle son fils semble se complaire, Catherine de Médicis décide de prendre elle-même le taureau par les cornes. Elle souhaite terminer, par une de ces négociations où elle excelle, une guerre civile qui n'a rapporté au royaume qu'une cascade de malheurs, la ruine des finances publiques, la spoliation de l'Église, des pillages et des massacres. À soixante-sept ans, faisant fi des rhumatismes qui la torturent, elle reprend son bâton de pèlerin. Le 19 août, elle s'installe à Chenonceau, son domaine favori. Elle a l'accord du roi pour entamer avec Henri de Navarre les discussions qui doivent ramener la paix. Mais le Béarnais vient de conclure une trêve avec Biron et ne se montre pas pressé de rencontrer sa belle-mère qu'il lanterne pendant trois mois.

L'initiative de la reine mère n'échappe pas à la vigilance des ligueurs. Dès la fin du mois de septembre, alors que Henri III a regagné Paris, Henri de Guise, son frère le cardinal et le cardinal de Bourbon se réunissent à l'abbaye cistercienne d'Ourscamp, près de Noyon. Ils décident de ne tenir aucun compte de la paix qui pourrait être conclue avec les hérétiques et d'agir, au besoin, en contravention aux ordres du roi. C'est en vertu de ce principe qu'au début de 1587, le Balafré envahira, avec l'appui des troupes lorraines, les terres du duc de Bouillon, prince calviniste souverain et ira mettre le siège devant les places de Jametz et Sedan. Ces villes sont placées sous la protection du roi de France mais les ligueurs ne se donneront même pas la peine de lui demander l'autorisation d'agir. De même, le duc d'Aumale s'emparera, en Picardie, de Montreuil, Corbie, Doullens, Le Crotoy. Une tentative contre Boulogne-sur-Mer, liée aux préparatifs de Philippe II contre l'Angleterre, échouera de justesse grâce à la diligence de Nicolas Poulain.

Dans ces conditions, on est très étonné d'entendre le langage hautain tenu par Henri III, le 10 octobre, à des ambassadeurs allemands venus lui reprocher la révocation des édits de pacification. «Il a pu, leur déclare-t-il, peut et doit constituer en son royaume tels édits, lois et ordonnances que l'en lui semblera, les changer et immuer selon l'exigence des cas et que le bien de ses sujets le requiert[3].» Il y a là un contraste éclatant entre les prétentions théoriques du souverain à l'autorité absolue et la négation de cette autorité par les ligueurs.

De toute façon, l'entente escomptée avec les huguenots ne se réalise pas. C'est seulement à la fin du mois de novembre que la reine mère peut enfin rencontrer son gendre au château de Saint-Brice, entre Cognac et Jarnac. Aussi retors l'un que l'autre, les deux interlocuteurs usent de toutes les armes de la diplomatie. Mais Catherine de Médicis échoue sur toute la ligne. Henri de Navarre refuse toujours de se convertir et repousse toute idée d'accord, même celle d'un accord provisoire préalable à la réunion des États généraux. Mis au courant de cette obstination, Henri III en conclut qu'il faut faire aux huguenots une guerre sans merci. Madame Catherine, qui n'a pas perdu tout espoir, s'attarde en Poitou, jusqu'en mars 1587, dans des discussions infructueuses avec le vicomte de Turenne.

Les entretiens de Saint-Brice ont fait le plus mauvais effet sur l'opinion catholique qui voit désormais dans le roi un *allié objectif* des calvinistes, comme nous dirions aujourd'hui. À Paris, ce n'est plus seulement du mépris que les plus zélés des papistes éprouvent pour lui, c'est de la haine.

L'anarchie est à son comble au début de 1587. Incapable d'obliger les ducs de Guise et d'Aumale à lâcher prise à Sedan comme en Picardie et à lui obéir, Henri III ne contrôle même plus sa capitale où règne un climat politique explosif. La propagande catholique s'y déchaîne impunément. Les agents les plus actifs en sont les prédicateurs dont les sermons sont largement inspirés par la duchesse douairière de Montpensier, Catherine de Lorraine, la sœur des Guises, animée par la vengeance : elle veut faire payer au roi les railleries publiques qu'il s'est souvent permises sur ses disgrâces physiques, par exemple sa claudication. Dans cette ville enfiévrée, les ligueurs sont d'autant plus impatients d'agir que la disette sévit. Le prix du pain, qui a doublé depuis 1578, fait un nouveau bond au printemps, époque de soudure, atteignant 22 livres le setier en avril, 30 livres en juin. Des troupes de mendiants encombrent les rues, réclamant la charité avec insolence. Deux mille d'entre eux, rassemblés à l'hôpital de Grenelle, reçoivent du roi cinq sols par jour.

Dans la société aristocratique du XVIᵉ siècle, il est impensable que des bourgeois entreprennent seuls une action politique d'envergure.

---

[3] Cité par Pierre Chevallier, *Henri III, roi shakespearien*, Paris, 1985, p. 590.

Il leur faut l'appui de la noblesse sous l'autorité d'un grand (ou, mieux encore, d'un prince du sang). Pourtant les plus radicaux, les plus audacieux des ligueurs parisiens en arrivent à l'idée de s'en prendre au roi sans en référer à aucun prince, pas même au duc de Guise qu'ils ont pourtant choisi pour chef. Ils souhaitent faire du royaume – au moins de la France du Nord – une confédération de villes catholiques qui ferait une guerre implacable au calvinisme jusqu'à son éradication complète. Dans cette confédération où entreraient Paris, Rouen, Lyon, Orléans, Amiens, Beauvais, etc., les décisions seraient prises par des états généraux dominés par les bourgeois. Les princes se cantonneraient dans le commandement des troupes.

Henri de Guise n'a aucune raison d'accepter cette utopie révolutionnaire car son objectif est tout autre. Il veut obliger Henri III à disgracier le duc d'Épernon, le plus en vue des mignons, et à lui confier le pouvoir, un pouvoir qu'il n'a nullement l'intention de partager avec quiconque. De plus, il est tellement inféodé à l'Espagne qu'il doit subordonner son action aux vues de Philippe II, son bailleur de fonds. Comme il le dit, le 12 juin, dans une lettre à l'ambassadeur Bernardino de Mendoza, «ni la parenté ni autre mien intérêt ne me peuvent contre-peser *l'obligation et l'affection que j'ai à très humble service du roi d'Espagne.* Je tiens Sa Majesté catholique pour père commun de tous les catholiques et de moi en particulier[4]». Il attend donc pour agir que la *armada invencible*, la puissante flotte qui va bientôt assaillir l'Angleterre, mette à la voile. C'est pour offrir un havre sûr aux navires espagnols qu'il a tenté, sans succès, de mettre la main sur Boulogne.

Guise ne réside pas à Paris mais dans son gouvernement de Champagne. En revanche, son frère Mayenne y séjourne quelque temps après sa campagne manquée de Guyenne. Sa présence rassure les ligueurs parisiens qui voient en lui un foudre de guerre et un protecteur. Confiants dans son appui, ils osent dresser, en février 1587, une vaste conspiration. Ils prévoient de s'emparer de la Bastille, de l'Arsenal, du Châtelet, de la forteresse du Temple, de l'hôtel de ville et même du Louvre. Ils sont décidés à mettre à mort le chancelier, le premier président et le procureur général du Parlement, les membres du Conseil. Ils veulent capturer le roi et l'obliger à confier le pouvoir à la Ligue. Averti par Nicolas Poulain, Henri III prend les mesures qui s'imposent, renforce la défense des bâtiments visés, fait garder les portes et les ponts, quadruple les sentinelles qui veillent sur son palais. C'est à ce moment qu'il envoie les chevaliers

---

[4] Pierre Chevallier, *op. cit.*, p. 600.

du Saint-Esprit perquisitionner la ville pour y rechercher les armes et les hommes de main qui s'y cachent. Le complot est donc étouffé dans l'œuf.

Mais lorsque, le 1er mars, on apprend l'exécution de Marie Stuart, décapitée le 18 février à Fotheringay, une vague de haine antiprotestante et antianglaise submerge la capitale. L'ancienne reine de France et d'Écosse, espoir des catholiques d'outre-Manche qui conspiraient en sa faveur, est considérée comme une martyre de la foi. Habilement, la Ligue se sert de la nouvelle pour développer sa propagande contre Henri de Navarre qui ne manquera pas, une fois roi, de se montrer aussi cruel qu'Élisabeth. Tout bon catholique, à commencer par le pape Sixte Quint, souhaite voir Henri III venger la défunte. Mais le Très-Chrétien n'en a ni les moyens ni la volonté. Il se contente de faire célébrer, le 13 mars, un service solennel à Notre-Dame pour le repos de l'âme de sa belle-sœur.

Cette inaction indigne à ce point les ligueurs parisiens qu'ils imaginent une nouvelle intrigue. Il s'agit, cette fois, de capturer le roi le jour où il ira visiter, comme il le fait presque chaque année, la foire Saint-Germain. Mis au courant de ce qui se trame, Henri III envoie à sa place le duc d'Épernon qui fait une brève apparition à la foire et se retire bien vite devant les cris hostiles des étudiants, pour la plupart acquis à la Ligue.

Quelques jours plus tard, le 20 mars, Mayenne, qui a juré n'être pour rien dans toutes ces menées, préfère quitter Paris en compagnie du duc de Mercœur. Lorsqu'il va prendre congé du roi, celui-ci, toujours porté à la raillerie, même dans les circonstances les plus difficiles, ne peut s'empêcher d'ironiser : «Comment, mon cousin, vous quittez le parti de la Ligue?»

En réalité, Mayenne ne quitte pas la Ligue. Il va seulement rejoindre le camp des princes. Il laisse tomber les extrémistes parisiens dont les initiatives, aussi intempestives que prématurées, risquent de faire échouer le mouvement catholique. Si l'on en croit l'historien de Thou, le duc de Guise ne manque d'ailleurs pas de rappeler à l'ordre le groupe des excités qui s'est lancé dans l'action à son insu.

Des préparatifs de guerre judicieux

Devant la désobéissance massive de ses sujets catholiques qu'il admet d'autant moins qu'il ne la comprend pas, Henri III tombe souvent dans un profond découragement. Une lettre qu'il adresse à Villeroy, l'exécutant de ses volontés, à la fin d'avril 1587, témoigne de ces moments de lassitude. Il se dit «fâché de voir qu'en nos mains, il n'y a que occasion de désespoir» et ajoute lucidement: «si nous endurons cette désobéissance [...], adieu tout ce qui me pourrait rester de marque de royauté». Il constate, évoquant ses adversaires: «ils me réduisent ou à ma ruine ou à perdre la bienveillance de mon peuple» et conclut: «vous pouvez songer là-dessus et croire si le cœur ne m'en saigne»[5].

Il finit toutefois par se ressaisir et, d'avril à juillet, il consacre tous ses soins à préparer, avec infiniment d'intelligence politique, la campagne de 1587 contre les protestants. On le sait décidé, depuis l'échec des conférences de Saint-Brice, à combattre énergiquement Henri de Navarre. Il est poussé dans cette voie par le nouveau nonce apostolique, l'évêque de Brescia Giovanni Francesco Morosini. De grande famille vénitienne, ce personnage a représenté naguère la Sérénissime République auprès de Charles IX. Passé dans la diplomatie pontificale, il se comporte, à Paris, en agent actif et dévoué de Sixte Quint, d'autant plus efficace que le roi a de la sympathie pour lui.

Mais il ne suffit pas d'attaquer les huguenots dans leurs bases du Sud-Ouest. Car un grave danger est en train de grandir à l'est du royaume. Le 11 janvier, l'envoyé navarrais Ségur-Pardaillan a fini par conclure un accord en bonne et due forme avec le condottiere Jean-Casimir. Devenu régent du Palatinat pour le compte de son frère l'électeur, ce dernier met à la disposition du parti protestant, comme en 1568 et en 1576, une armée de reîtres et de lansquenets. L'argent nécessaire à la constitution de cette force militaire a été avancé par Élisabeth d'Angleterre, le roi de Danemark et quelques autres princes. Élisabeth a longtemps atermoyé mais les succès d'Alexandre Farnèse aux Pays-Bas (il a pris Anvers en août 1585) et la collusion de la Ligue avec les Espagnols l'inquiètent au plus haut point. Elle avait, l'année précédente, promis 50 000 écus à Ségur-Pardaillan. Elle en donne 100 000. Pour commander l'armée d'invasion, Jean-Casimir désigne l'un de ses fidèles, le baron Fabien de Dohna. Henri III va donc devoir combattre sur deux fronts.

Pour que le succès soit au rendez-vous, il conviendrait que le camp royal marche du même pas, montre une parfaite unité de vues, une cohérence sans faille. Ce n'est plus le cas depuis que les deux archimignons sont revenus, Joyeuse de sa campagne d'Auvergne et Gévaudan, Épernon de sa mission en Provence. Le premier, dont on connaît les sentiments très catholiques, penche de plus en plus

---

[5] Pierre Chevallier, op. cit., p. 599.

pour la Ligue. Le second affiche ouvertement ses sentiments antiligueurs; à un mariage dans la maison de Guise, souhaité par Sixte Quint, il préfère une union avec Marguerite de Foix-Candale, une nièce de Montmorency, l'allié des huguenots. Beau-frère du roi, Joyeuse ne supporte plus la morgue et les grands airs d'Épernon qui fait maintenant figure de ministre prépondérant. Si les deux hommes se heurtent aussi violemment, c'est au fond qu'il n'y a pas de place pour deux dans la faveur royale et le maniement des affaires.

Henri III, lui, en juge autrement. Ayant réparti les rôles entre ses deux fidèles, il estime avoir besoin de l'un comme de l'autre. Il cherche donc à les réconcilier au mois d'avril au moyen d'une cérémonie symbolique. Après leur avoir dit: «Je ne vous tiens pas pour mes serviteurs seulement mais comme mes frères. Là donc, faites que j'aie ce contentement que, durant ma vie, vous vous entraimiez pour l'amour de moi», il met le chapeau de Joyeuse sur la tête d'Épernon, le chapeau d'Épernon sur la tête de Joyeuse puis se coiffe lui-même des deux chapeaux. Il explique: «Nous ne sommes que trois têtes en un chapeau, trois volontés unies en un courage[6].» Il est peu probable que cette mise en scène un peu puérile ait suffi à raccommoder les deux favoris. C'est la mort de Joyeuse sur le champ de bataille de Coutras, en octobre, qui mettra fin à leur rivalité.

Préparer une campagne militaire suppose aussi que l'on puisse disposer de beaucoup d'argent, ce qui n'est pas le cas du roi de France. Pour s'en procurer, il prévoit, dès le mois d'avril, de saisir les deniers destinés à payer aux rentiers leurs arrérages de juin. Le 1er mai, dès que la nouvelle transpire, les échevins et le Parlement protestent. Mais il reste intraitable et, subordonnant les dépenses civiles aux besoins de l'armée, il persiste à ne pas verser leurs gages aux magistrats bien que ceux-ci menacent de faire la grève de la justice. Surtout, Henri III se tourne vers le pape. Bien renseigné par Morosini sur ses dispositions belliqueuses, Sixte Quint lui accorde, le 30 juin, la deuxième vente de biens d'Église prévue en octobre 1585. La bulle, qui arrive à Paris en août, provoque, bien entendu, les récriminations du clergé qui réclame une guerre à outrance contre les hérétiques sans vouloir contribuer à son financement. En attendant de pouvoir disposer du produit de la vente à venir, le roi sollicite de Rome un prêt de 400 000 écus.

La préparation de la campagne d'été suppose par ailleurs que les ligueurs tiennent compte de la volonté affirmée de Sa Majesté

---

[6] Pierre Chevallier, *op. cit.*, p. 601.

d'en découdre avec Henri de Navarre. Une telle volonté devrait les inciter à montrer de la bienveillance à son égard, voire à se ranger sous sa bannière comme le voudraient le pape et le nonce, au lieu de profiter de l'occasion pour le poignarder dans le dos. Une négociation avec la Ligue est donc un préalable indispensable à l'ouverture des hostilités.

Cette négociation, Henri III en charge d'abord sa mère. À la mi-mai, un mois seulement après son retour de Saintonge, Catherine de Médicis prend la route de Reims pour y rencontrer le duc de Guise et celui qu'on appelle, en raison de son âge, le *vieil bonnet rouge*, le cardinal de Bourbon. Les discussions se déroulent du 24 mai au 15 juin. Les interlocuteurs de la reine acceptent du bout des lèvres la prolongation de la trêve intervenue le mois précédent, à la requête du roi, avec le duc de Bouillon. Mais ils refusent énergiquement de rendre à la Couronne les places picardes qu'ils lui ont prises au début de l'année. C'est qu'ils se méfient de Henri III (ils n'ont pas tort!) et craignent une entente du roi et des chefs de l'armée d'invasion qui se réaliserait à leur détriment. Guise l'explique, le 25 juin, dans une lettre à l'ambassadeur espagnol Mendoza. C'est aussi qu'ils sont trop dévoués à Philippe II pour lâcher des villes situées à proximité immédiate des Pays-Bas. Ils affirment même leur intention d'en prendre d'autres.

Devant les maigres résultats obtenus par la reine mère, Henri III lui-même rencontre Guise à Meaux au début de juillet. Il souhaite, si possible, éviter de combattre sur deux fronts. Il envisage de faire à Henri de Navarre quelques concessions qui lui feraient poser les armes, de manière à consacrer toutes les forces du royaume à écraser l'armée d'invasion. Comme il n'a pas les moyens d'imposer ces vues au chef de la Ligue, il doit traiter avec lui d'égal à égal. Mais Guise refuse de se laisser convaincre et, tout en accablant le roi de *soumissions* et de *révérences*, il impose son point de vue de guerre à outrance sur tous les fronts. Il faut dire qu'il n'a pas le choix. Comme l'écrit Lucinge, l'ambassadeur de Savoie : «Le roi désire la paix, M. de Guise la guerre de laquelle il ne peut se départir sans la ruine de sa maison[7].» Henri III fait semblant de se ranger à son avis mais n'en pense pas moins. Il en profite pour obliger Épernon et le Balafré à s'embrasser alors qu'ils se haïssent mortellement.

En cet été 1587, la Ligue parisienne ne reste pas inactive. Le 24 juin, jour de la Saint-Jean, le curé de Saint-Séverin, Jean Prévost, ligueur notoire, installe un tableau dans le cimetière qui jouxte son église, à la demande de Madame de Montpensier. Cette peinture

---

[7]   Cité par Jean-Marie Constant, *Les Guise*, Paris, 1984, p. 152.

représente, avec force détails, les supplices que l'on inflige aux catholiques dans l'Angleterre d'Élisabeth. Elle vise à «animer toujours de plus en plus le peuple à la guerre contre les huguenots et hérétiques, adhérents et fauteurs d'iceux, et même contre le roi que le peuple, instruit par les prédicateurs, disait favoriser sous main les huguenots[8]». Henri III ordonne au Parlement, responsable de l'ordre dans la capitale, de faire enlever discrètement le tableau, de façon à écarter tout risque d'émeute. L'opération se déroule sans incident dans la nuit du 9 juillet. Henri de Navarre, également visé par cette propagande par l'image, répond le 14 juillet à Madame de Montpensier en publiant, de concert avec Condé et Montmorency, une déclaration qui rappelle qu'il a pris les armes pour défendre le roi et l'État, menacés par la subversion ligueuse.

Préparer la guerre, c'est enfin concevoir une stratégie. Henri III s'y emploie au mois d'août en réunissant un Conseil auquel participent les ducs de Nevers et d'Épernon, les maréchaux de Retz et de Biron, le secrétaire d'État Villeroy. À l'exception du duc de Nevers, seul à avoir bien compris qu'une victoire remportée sur les hérétiques par le roi *en personne* aurait les plus heureux effets sur sa popularité, tous lui déconseillent de se mettre à la tête des troupes catholiques comme en 1569. Il décide donc de se tenir en réserve et partage ses forces en trois armées. La plus puissante, qu'il renonce à diriger lui-même, est confiée à Joyeuse ; elle va marcher contre Henri de Navarre. La plus faible, aux ordres de Guise, devra assumer la tâche ingrate de harceler les reîtres et les lansquenets du baron de Dohna. La troisième, commandée par lui-même, se tiendra sur la Loire pour empêcher la jonction des envahisseurs avec les protestants français.

Ces dispositions sont le produit d'une réflexion subtile. Le roi escompte en effet que Joyeuse pourra triompher sans peine des faibles forces du Béarnais et que sa renommée militaire éclipsera du coup celle de Guise. Il présume que le Balafré se fera étriller par la puissante armée d'invasion, forte de 20 000 fantassins suisses et de 10 000 reîtres, sans compter quelques milliers de Français commandés par le duc de Bouillon et par François de Coligny, le fils de l'amiral. Il se flatte enfin de rester le maître de la situation après avoir dispersé les envahisseurs sur la Loire.

Henri III pense avoir si bien disposé ses pions en vue du succès final qu'il reprend confiance. Le 30 août, il participe de bon cœur au festin des noces d'Épernon, donné à l'hôtel de Montmorency. La

---

[8] Pierre de L'Estoile, *Journal d'un bourgeois de Paris sous Henri III*, Paris, 1966, p. 232.

dureté des temps interdit à cette fête de rivaliser avec les splendeurs qui, naguère, accompagnèrent le mariage de Joyeuse. Sa Majesté n'en danse pas moins avec entrain au bal qui suit le repas, portant à la ceinture son grand chapelet de têtes de mort qui lui rappelle en permanence les fins dernières de l'homme et la vanité des choses de ce monde. Elle offre aussi à la mariée un collier de cent perles, valant 100 000 écus.

Malgré sa décision, connue de tous, d'aller combattre les hérétiques en personne, le roi continue à être l'objet des attaques furieuses des prédicateurs ligueurs. Traditionnellement, la monarchie française, d'essence chrétienne, tolérait les critiques émises du haut de la chaire par le clergé. Mais, à l'été 1587, celui-ci dépasse les bornes. Henri III ordonne donc de conduire au Louvre, pour les admonester, un théologien qui a prêché séditieusement à Saint-Germain-l'Auxerrois, ainsi que deux curés, parmi les plus virulents, Jean Prévost (Saint-Séverin) et Jean Boucher (Saint-Benoît). Cette décision provoque le 2 septembre, au Quartier latin, une émotion populaire, le bruit ayant couru que les prêtres allaient être massacrés ! Dans l'entourage royal, Épernon, Cheverny et Villeroy se montrent partisans de la réprimer par la force. Mais le roi préfère suivre l'avis de Villequier, gouverneur de la capitale, et renonce à sévir. L'épisode, révélateur du haut degré d'intoxication collective des Parisiens, prêts à gober tous les bobards, est resté dans l'histoire sous le nom d'*heureuse journée de Saint-Séverin*.

Le 12 septembre, Henri III quitte Paris sous les acclamations après avoir ouï dévotement la messe et communié. Il va s'établir à Gien, laissant le soin des affaires à sa mère. La guerre des trois Henri entre dans sa phase active.

Échec au roi

La campagne qui commence, une campagne d'automne, va durer trois mois et rien ne se passera selon les prévisions de Sa Majesté.

Le premier mois, de la mi-septembre à la mi-octobre, est une période d'attente pendant laquelle les armées se déplacent beaucoup, sans livrer bataille. Le 8 septembre, le duc de Joyeuse a pris le chemin du Poitou. L'inquiétude le ronge car il sent chanceler sa faveur et n'a aucune confiance dans la politique tortueuse de son maître. Il arrive en Touraine le 11 pour constater que les huguenots ont poussé jusque-là, dans l'intention de donner la main aux secours qui leur arrivent de l'est. Mais, à son arrivée, les protestants préfèrent se replier plutôt que de l'affronter en rase campagne.

Le 18 septembre, l'armée des confédérés (ainsi appelle-t-on les forces germano-suisses du baron de Dohna), qui vient de piller la Lorraine, est en Champagne. Henri de Guise ne se sent pas assez fort pour l'attaquer de front bien qu'il ait renforcé ses effectifs, sans en avoir sollicité l'autorisation, d'un contingent espagnol que lui a prêté Alexandre Farnèse, le gouverneur des Pays-Bas. Il préfère donc marcher parallèlement aux envahisseurs et les harceler chaque fois que l'occasion s'en présente.

Le 30 septembre, Joyeuse rencontre Henri III à Saint-Aignan-sur-Cher. Il reçoit du roi un renfort substantiel, plusieurs compagnies de gendarmes commandées par son jeune frère Claude[9]. Il faut dire que le favori compte beaucoup sur cette cavalerie lourde, à laquelle il a ordonné de combattre avec la lance, pour emporter la décision sur le champ de bataille.

Pendant ce temps, l'armée des confédérés fonce vers la Loire. Très disciplinée, elle marche en ordre serré, de préférence la nuit, à la lueur des incendies qu'elle allume pour guider sa progression. Elle ne s'attaque pas aux villes, se contentant de les intimider pour leur extorquer des vivres et de l'argent.

Le tournant de la campagne se place à la mi-octobre. C'est le moment où les confédérés, qui ont franchi la Seine et l'Yonne, arrivent à la Loire, derrière laquelle se tiennent les forces royales. C'est aussi le moment où Joyeuse décide d'attaquer.

Après avoir reculé de Touraine en Saintonge, Henri de Navarre a pris la direction du Périgord. Par l'Auvergne, il compte remonter ensuite vers le nord à la rencontre de Dohna. Le 20 octobre, au passage de la Dronne, près de Coutras, Joyeuse lui barre la route et la bataille s'engage. Les deux armées ont des effectifs à peu près équivalents : quatre à cinq mille fantassins, entre douze cents et dix-huit cents cavaliers. Mais les protestants sont en général de vieux soldats, aguerris et expérimentés. Au contraire, dans le camp adverse, on compte beaucoup de jeunes nobles présomptueux qui ignorent les réalités de la guerre. De plus, Henri de Navarre a pris d'excellentes dispositions tactiques, installé son artillerie sur une éminence, disposé des arquebusiers en embuscade dans un chemin creux, constitué une réserve de cavalerie. Alors que l'artillerie de Joyeuse est placée en contrebas et que ses gendarmes, pour pouvoir combattre à la lance, ont adopté un ordre beaucoup trop lâche.

---

[9] L'autre frère de Joyeuse, Henri Du Bouchage, est entré le 4 septembre chez les capucins, après la mort de sa femme Catherine de La Valette, la sœur d'Épernon.

Le combat ne dure pas plus de trois heures. L'artillerie protestante ayant ouvert le feu, la cavalerie catholique s'élance, la lance en arrêt, et se fait décimer par les arquebusiers navarrais. Lorsque ses rangs commencent à flotter, la cavalerie huguenote charge, le pistolet au poing, et la disperse. Comme, aux deux ailes, l'infanterie calviniste a eu raison de l'infanterie royale, c'est une victoire totale que remporte Henri de Navarre, la première que le parti protestant ait gagné depuis le début des guerres de Religion. Les vainqueurs ne comptent qu'une trentaine de tués alors que les vaincus en dénombrent environ deux mille dont plus de trois cents nobles. Le duc de Joyeuse, abattu d'un coup de pistolet à la gorge, et son frère Claude figurent au nombre des morts. La première partie du plan conçu par Henri III a lamentablement échoué.

Étonné par l'ampleur même de son succès, Henri de Navarre interdit de massacrer les prisonniers et ordonne de soigner les blessés. Ayant écarté le danger qui menaçait la Guyenne, il renonce à faire sa jonction avec Dohna et n'envisage pas d'aller attaquer le roi sur la Loire. Il ménage l'avenir et se comporte en héritier du trône beaucoup plus qu'en chef de parti en déplorant que les querelles religieuses des Français fassent autant de victimes et en présentant ses excuses à Henri III pour la mort de Joyeuse. Plutôt que de porter la guerre dans les provinces du centre, il préfère se rendre en Béarn auprès de son égérie, la comtesse de Guiche qu'on appelle la *belle Corisande*. Il est vrai qu'à l'issue du combat, une grande partie de sa noblesse s'est retirée dans ses châteaux.

L'armée des confédérés, elle, affaiblie par les maladies et les difficultés de ravitaillement, alourdie par le produit de ses pillages, renonce à franchir la Loire et prend la direction de la Beauce où elle compte se rafraîchir. Ses différentes composantes ne s'entendent plus. Les Allemands s'éloignent, seuls, à travers le Gâtinais. Dans la nuit du 26 octobre, Henri de Guise profite de ce qu'ils se gardent mal pour les attaquer par surprise à Vimory où ils cantonnent. Il est repoussé mais tue quelque huit cents hommes à Dohna dont il rafle les bagages. La Ligue monte immédiatement l'affaire en épingle pour en faire un succès retentissant. Les Suisses, de leur côté, se sentent floués. En s'engageant, ils avaient cru entrer au service du roi et s'étonnent de devoir le combattre. Jugeant leur situation sans issue, ils entament des négociations avec la Couronne en vue de leur reddition.

Un mois plus tard, le 24 novembre, Guise surprend à nouveau les reîtres à Auneau, à deux lieues de Chartres. Cette fois, sa victoire est incontestable. Les Allemands perdent deux mille hommes, tués et blessés, et laissent quatre cents prisonniers entre les mains des vainqueurs qui font de surcroît un immense butin en mettant la main sur quatre-vingts chariots lourds du produit de deux mois de pillages. Encore une fois, Henri III voit ses plans déjoués. La gloire et la popularité de Guise sont à leur comble.

C'est dans l'intention de les abaisser que le roi, qui n'a pas combattu, qui n'a remporté aucun succès militaire, presse la conclusion d'un accord avec les Suisses de l'armée confédérée. La convention est signée le 27 novembre. Les mercenaires helvètes acceptent de rentrer chez eux. La Couronne leur paie quatre mois de solde et leur fournit des vivres, du drap (pour confectionner des vêtements), des souliers et des chapeaux pour une valeur de 50 000 écus. Dès que la nouvelle est connue, elle horrifie les catholiques et la réputation du monarque, déjà détestable, plonge encore un peu plus. Au lieu d'anéantir les envahisseurs, il a acheté leur départ. N'est-ce pas la preuve qu'il est de connivence avec eux?

Après sa victoire d'Auneau, l'intention du duc de Guise est d'écraser ce qui reste des reîtres. Bien entendu, Henri III veut le priver de cette satisfaction. C'est pourquoi il fait poursuivre les Allemands par le duc d'Épernon qui commande son avant-garde. Fidèle interprète de sa pensée, Épernon les suit sans jamais les attaquer. Arrivés en Mâconnais, menacés sur leur droite par Mandelot, le gouverneur du Lyonnais, les reîtres préfèrent capituler à leur tour le 8 décembre. Leur armée se partage en trois: François de Coligny et ses hommes s'éclipsent vers le Vivarais, le duc de Bouillon et les siens gagnent Genève en traversant la Bresse savoyarde, Fabien de Dohna et le gros de la troupe mettent le cap sur l'Alsace par la Franche-Comté espagnole et le comté de Montbéliard. Henri III les paie et les fait escorter par Épernon pour leur éviter toute mauvaise surprise.

Furieux, Henri de Guise exhale sa colère le 16 décembre dans une lettre à Mendoza: «Ce sont, à la vérité, choses étranges qu'il faille que les forces des catholiques servent aux hérétiques pour récompense de tant de maux qu'ils ont faits à la France[10].» Il n'a d'ailleurs pas l'intention de respecter, pour sa part, les termes de la capitulation. Il choisit d'attaquer les reîtres lorsque ceux-ci traversent le comté de Montbéliard, territoire luthérien appartenant au duc de Wurtenberg et limitrophe du duché de Lorraine. Il est appuyé par les soldats du duc Charles III que commande son fils Henri, marquis de Pont-à-Mousson. Les Lorrains veulent se venger des dévastations opérées dans le duché par les reîtres au cours de l'été précédent. Le comté de Montbéliard est horriblement saccagé par

---

[10] Citée par Pierre Chevallier, *op. cit.*, p. 610.

les catholiques, une centaine de villages brûlés et leurs habitants massacrés.

*

Le 23 décembre 1587, Henri III rentre à Paris. Sur son ordre, les autorités lui ont ménagé une entrée solennelle comme s'il revenait de guerre couvert de gloire et de lauriers. On chante le *Te Deum* à Notre-Dame. Guise, bien que victorieux, ne participe pas à ce triomphe. Le roi l'a exilé dans son gouvernement de Champagne mais il s'est établi à Soissons, place de sûreté du cardinal de Bourbon, devenue comme la capitale de la France ligueuse.

La pompe de ces cérémonies masque mal la réalité politique. Le roi a vu déjouer tous ses subtils calculs et les deux seuls vainqueurs, dans la guerre des trois Henri qui s'achève, sont ses adversaires Henri de Navarre et Henri de Guise. Il lui reste la satisfaction d'avoir empêché le Balafré de remporter sur les reîtres un succès complet qui aurait placé la monarchie en position de subordination par rapport à la Ligue. Mais comme par ailleurs son *image de marque*, comme nous dirions aujourd'hui, s'est encore dégradée, à un point inimaginable, dans l'esprit de ses sujets, son avenir apparaît fort sombre. En témoigne l'arrêt secret voté le 16 décembre par les docteurs en théologie de la Sorbonne, arrêt selon lequel «on *pouvait ôter le gouvernement* aux princes qu'on ne trouvait pas tels qu'il fallait, comme l'administration au tuteur qu'on avait pour suspect[11]». L'opinion publique catholique, à la fin de 1587, appelle de tous ses vœux la déchéance du monarque, complice à l'évidence des hérétiques.

---

[11] Pierre de L'Estoile, *op. cit.*, p. 240. Les Parisiens n'ont pas tout à fait tort de voir dans Henri III un complice des confédérés. Le roi confiera en effet à l'ambassadeur d'Angleterre : «Si les reîtres avaient eu plus de valeur et d'habileté, ils auraient forcé la Ligue [...] *Je leur aurais donné toutes les facilités pour réussir.* Deux ou trois fois, ils ont eu le moyen de tout terminer en un jour.»

CHAPITRE XIX

UN TEMPS DE REVERS ET D'HUMILIATION

En 1588, l'histoire s'accélère comme pour donner raison à Jean Müller dit *Regiomontanus*. Cet astrologue allemand a en effet prédit, il y a plus de cent ans, que le millésime serait particulièrement dramatique. Pendant les premiers mois de cette «année terrible», l'offensive de la Ligue contre la Couronne reprend de plus belle. Elle fait perdre pied à Henri III qui ne parvient pas à concevoir de parade appropriée aux assauts qu'il subit. Le printemps venu, les Parisiens lui infligent l'humiliation suprême de le chasser de sa capitale. Il est le premier roi de France à subir pareil affront. Offensé dans son honneur et dans sa dignité, blessé dans son orgueil, il est contraint de plier sous l'orage et médite sa revanche en attendant de trouver enfin l'occasion de «faire le roi», pour reprendre une de ses expressions.

La montée des périls

À son retour à Paris après une absence de trois mois, Henri III affiche une sérénité de façade en reprenant le cours de son existence habituelle. Au Louvre, il travaille et préside à la vie de la Cour. Le mardi gras, il participe – c'est la dernière fois – aux réjouissances carnavalesques. Au saint temps du carême, il s'en va faire retraite chez les capucins du bois de Vincennes. Il manifeste par ailleurs sa volonté de reprendre la lutte contre les hérétiques. Il le fait savoir tout particulièrement, par l'intermédiaire du nonce Morosini, au pape Sixte Quint, de qui il espère un nouveau concours financier mais qui commence à se méfier de lui.

Ses sentiments intimes, nous les connaissons grâce à un entretien entre Villeroy et Morosini qui l'a rapporté. À la question du nonce qui lui demande à quelles conditions pourrait se réaliser, selon le

vœu de Rome, l'union de la Couronne et de la Ligue, le secrétaire
d'État répond que Sa Majesté est très mécontente des Guises qui
l'ont offensée dans son honneur et dans son état. Il ajoute que rien
ne pourra se faire tant qu'ils ne consentiront pas à s'humilier devant
elle et à lui rendre les places picardes qu'ils ont usurpées. Dès ce
moment (janvier 1588), Henri III rumine sa rancœur contre le
Balafré. Car il sait bien que celui-ci, victorieux des reîtres à Vimory
et à Auneau, adulé par la population parisienne, est le maître de la
situation politique. Capitale de la Ligue, Soissons est comme une
seconde capitale du royaume.

Pour parer au danger que représente pour lui Henri de Guise,
le roi de France met en œuvre deux politiques complémentaires.
D'une part, il renforce la puissance d'Épernon, dans lequel il a plus
confiance qu'en lui-même et dont il fait une sorte de vice-roi. De
l'autre, il tente de ramener à lui le rebelle et de décapiter ainsi le
mouvement ligueur.

L'archimignon hérite les charges laissées vacantes par la mort de
Joyeuse à Coutras. Dès novembre 1587, il reçoit le gouvernement
de Normandie, le plus important du royaume, qui paie les deux tiers
de l'impôt direct. Il devient ensuite gouverneur d'Angoumois, Aunis
et Saintonge. Puis, en janvier 1588, il est promu amiral de France.
Ces nominations suscitent mécontentement et colère chez ceux
des nobles qui aspiraient à remplir ces fonctions et se voient ainsi
écartés des bienfaits du roi. *Mutatis mutandis*, Henri III commet la
même erreur que François II donnant en 1559 le pouvoir aux seuls
Guises. Il le sait mais il préfère s'appuyer sur quelqu'un de sûr et de
solide plutôt que sur des exécutants à la fidélité douteuse. En mars,
il essaie cependant de persuader le favori de céder quelques-unes
de ses charges à des gentilshommes catholiques non ligueurs. Il n'y
parvient pas, Épernon lui ayant démontré que cela ne servirait à
rien.

Le duc de Guise, lui, est sollicité à plusieurs reprises, de manière
directe ou indirecte, de rentrer dans le rang, d'imiter le duc de Nevers
qui adhéra à la Ligue pendant plus d'un an avant de regagner le
camp royal. Selon le nonce Morosini, Henri III demande à Catherine de Médicis, dès le mois de décembre 1587, d'écrire à Madame
de Nemours, la mère du duc, pour la prier de réconcilier son fils
avec Épernon. En février 1588, le roi s'adresse à Sixte Quint pour
que le pape ramène à l'obéissance «ceux [*les Guises*] qui veulent
se faire plus grands qu'ils ne sont et ont pour but d'assouvir leur
ambition personnelle plutôt que d'avancer le service de Dieu[1]».

---

[1] Cité par Pierre Chevallier, *Henri III, roi shakespearien*, Paris, 1985, p. 624.

À la fin du même mois, procédant de manière plus ouverte, il envoie Bellièvre dire aux ducs de Guise et de Mayenne qu'il compte bien utiliser leurs talents à l'armée lors de la prochaine campagne. Mais les deux frères ne se laissent pas séduire par cette proposition qu'ils jugent artificieuse et que le Balafré compare à l'offre tentatrice faite au Christ par Satan sur la montagne! Sans se laisser distraire par les manœuvres plus ou moins subtiles de Sa Majesté, les chefs de la Ligue vont de l'avant, en étroite liaison avec les Espagnols.

Leurs objectifs se discernent assez malaisément en ce début d'année 1588. Pour Pierre de L'Estoile, magistrat de sensibilité politique, qui vomit la Ligue et ne s'embarrasse pas de nuances, Henri de Guise veut tout simplement s'emparer de la couronne de France. Il a confié cette idée à son *Journal* dès le mois de mars 1585: «Ligue-Sainte, dis-je, pourpensée [*conçue*] et inventée par défunt Charles, cardinal de Lorraine, voyant la lignée des Valois proche de son période [*sa fin*], et l'occasion se présenter, sous ce beau masque et saint prétexte de religion, d'exterminer les premiers de la maison de Bourbon et les plus proches de la Couronne, pour faire ouverte profession de ladite religion prétendue réformée, et par ce moyen empiéter [*usurper*] la couronne de France qu'ils disaient avoir été ravie à Lothaire, dernier roi de France de la race de Charlemagne, et à ses enfants leurs prédécesseurs, par Hugues Capet qui n'y pouvait prétendre aucun droit que par la violente et injuste usurpation par le moyen de laquelle il s'en était emparé[2].»

Le nonce Morosini montre plus de perspicacité. Selon les ordres de Sixte Quint, il a activement travaillé à réconcilier la Ligue avec le roi pour le plus grand bien de la cause catholique. Mais ses efforts n'ont pas abouti et, dans une dépêche qu'il adresse à Rome en janvier 1588, il explique pourquoi: «Messieurs de Guise ne veulent ni l'accord du roi ni la guerre avec les hérétiques, ils veulent seulement rester les armes à la main[3].» Ils subordonnent en effet la défense de l'orthodoxie religieuse aux ambitions de leur lignage. Une entente entre Henri III et la Ligue pour mener une lutte commune contre les protestants aurait pour eux l'immense inconvénient de les faire rentrer dans le rang. Ils peuvent d'autant moins

---

[2] Pierre de L'Estoile, *Journal d'un bourgeois de Paris sous Henri III*, Paris, 1966, p. 192.

[3] Cité par Jean-Marie Constant, *Les Guise*, Paris, 1984, p. 162, et *La Ligue*, Paris, 1996, p. 142.

s'y résoudre qu'ils appartiennent à la branche cadette d'une maison régnante et qu'ils ne se sentent nullement tenus d'obéir comme de quelconques cadets de Gascogne. De plus, ils désapprouvent un monarque qui travaille pour le bien de l'État, l'État-nation hérité de François Ier et Henri II, alors qu'eux-mêmes entendent servir la Chrétienté qui transcende les nations. Enfin, ils tirent profit de la guerre civile qui oblige Henri III à leur faire sans cesse de nouvelles concessions, à leur octroyer sans arrêt de nouveaux avantages.

Comme l'a démontré l'historien Jean-Marie Constant, Henri de Guise souhaite dans l'immédiat renverser le mode de gouvernement cher à Henri III : la monarchie absolue avec délégation du pouvoir royal à un favori fidèle et tout-puissant, le duc d'Épernon. Ce type d'organisation politique, qui préfigure le ministériat du XVIIe siècle, est perçu par les Français, en particulier par la noblesse, passionnée de libertés, comme une insupportable tyrannie. Après l'avoir abattu, Henri de Guise compte bien occuper la place de l'archimignon, non pour faire les quatre volontés du roi, mais pour imposer à celui-ci une politique conforme au bien du royaume et de la religion, tel que le conçoivent les catholiques zélés.

Bien qu'il soit soutenu par un large courant d'opinion et naturellement porté aux coups d'audace, il doit pousser ses pions avec prudence parce qu'il a partie liée avec les Espagnols. Philippe II, qui aspire comme lui à la chute d'Épernon[4], raisonne politiquement à l'échelle européenne. Il veut que le soulèvement de la Ligue contre Henri III coïncide avec l'appareillage de l'invincible armada. Réunie dans les ports atlantiques de la péninsule ibérique, principalement à Lisbonne, la flotte aurait dû lever l'ancre vers le milieu de 1587. Mais il a fallu retarder son départ à cause d'un raid audacieux effectué contre Cadix, au mois d'avril, par le corsaire anglais Francis Drake. Pour l'heure, Henri de Guise doit donc s'appliquer à calmer l'ardeur de ses alliés les ligueurs parisiens qui, eux, voudraient se révolter sans attendre.

Lorsque l'heure du soulèvement aura sonné, le Balafré doit recevoir un puissant secours espagnol : 3 millions d'écus, six mille lansquenets et douze cents lances (environ trois mille cavaliers). Le Roi Catholique lui a même promis d'accréditer un ambassadeur auprès de lui comme s'il dirigeait le gouvernement légal du royaume.

Conscient de sa force et de la faiblesse du roi, il rassemble à

4　Dans une lettre du 25 janvier 1588, Philippe II ordonne à Bernardino de Mendoza de tout mettre en œuvre contre le duc d'Épernon parce que celui-ci soutient Henri de Navarre.

Nancy, chez le duc Charles III qui l'appuie, tous les chefs de la Ligue. La réunion se tient de la fin du mois de janvier à la mi-février 1588. Il en sort un texte adressé à Henri III. Intitulé *requête*, c'est en fait un ultimatum. Leurs auteurs demandent au souverain de s'unir au mouvement catholique et de chasser le duc d'Épernon. Ils réclament de nouvelles places de sûreté, la publication en France des décrets du concile de Trente que les parlements gallicans refusent pourtant, l'établissement de l'Inquisition, l'exécution de tous les prisonniers huguenots qui refuseront la conversion. Ces exigences sont si exorbitantes que le monarque ne peut les accepter sans abdiquer son autorité entre les mains des ligueurs. La faiblesse de ses moyens financiers lui interdisant par ailleurs de les repousser, il préfère différer sa réponse. Celle-ci n'aura pas encore été formulée quand la capitale se soulèvera.

Les dirigeants catholiques ne se contentent pas d'exiger. Ils agissent, se comportant en puissance indépendante de la Couronne, sans se soucier le moins du monde des ordres du roi. Comme l'année précédente, Charles III et Henri de Guise envahissent le duché de Bouillon, assiègent Jametz et bloquent Sedan. Le duc d'Aumale, qui a fini par se rendre maître de presque toute la Picardie, dont les ports doivent être mis à la disposition de la flotte espagnole, essaie de soulever la Normandie contre Épernon, nouveau gouverneur de la province.

En mars 1588, lorsque le calviniste prince de Condé, gouverneur en titre de Picardie, meurt subitement, Henri III lui donne comme successeur le très catholique duc de Nevers. Mais Aumale refuse de céder la moindre place à celui-ci. Lorsqu'il reçoit l'ordre de cesser ses *remuements*, il répond avec une insolence si blessante pour la majesté royale que le monarque, piqué au vif, écrit à Villeroy : « *Il faut désormais faire le roi car nous avons trop fait le valet. Il est temps qu'ils s'effacent à leur tour, car il leur sera mieux séant qu'à vous ni à moi mêmement, puisque je suis le maître*[5]. » Faire le roi, c'est-à-dire ne plus tolérer la moindre désobéissance. C'est déjà ce que le roi de Pologne Henri de Valois conseillait à Charles IX en janvier 1574[6]. Encore faut-il en avoir la volonté et les moyens. Henri de Guise pense que Henri III ne possède ni l'une ni les autres. C'est pourquoi il va s'obstiner pendant toute l'année 1588 dans une insubordination systématique qui finira par sceller son arrêt de mort.

---

[5] Cité par Pierre Chevallier, *op. cit.*, p. 617.

[6] Voir *supra*, p. 153.

Pendant que la Ligue princière met au point ses revendications et fourbit ses armes, la Ligue parisienne, beaucoup plus radicale, on le sait, que le duc de Guise, piaffe d'impatience. Depuis sa création, elle a étendu son emprise sur une grande partie de la population, en particulier sur la rive gauche de la Seine. On a pu s'en apercevoir, en décembre 1587, lorsqu'une foule énorme a suivi le cortège funèbre de Charles Hotman de La Rocheblond, l'un de ses fondateurs. Les difficultés de ravitaillement auxquelles la ville a dû faire face depuis le printemps 1586 ne sont pas étrangères à ce succès. Si les choses vont mal, si le pain est cher, n'est-ce pas la faute du roi détesté, de son archimignon exécré, de ses banquiers italiens, véritables sangsues du peuple?

Comme l'année précédente, les Seize continuent à recruter dans les grandes villes du royaume et certaines d'entre elles comme Lyon, Rouen, Nantes, Orléans, Amiens, Bourges se déclarent ligueuses. Ni le roi ni le duc de Guise ne peuvent rien contre cette affirmation d'autonomie urbaine, cette décomposition de l'État monarchique.

Les prédicateurs persistent à vilipender Henri III et ses partisans avec une audace d'autant plus grande que Sa Majesté a montré son impuissance à les faire taire en septembre dernier. Fidèle à sa méthode (ou à son naturel «fort mol et timide», dit L'Estoile), menacer pour ne pas avoir à sévir, il a convoqué dès son retour, le 30 décembre 1587, les plus excités des ecclésiastiques, les docteurs signataires de l'arrêt du 16 et le curé de Saint-Benoît. Après les avoir admonestés en présence du Parlement, il leur pardonne mais enjoint aux magistrats de les punir sévèrement s'ils récidivent. Ce «châtiment en paroles», selon l'expression de L'Estoile, est évidemment interprété par les coupables comme une preuve de faiblesse et une invitation à recommencer.

Tous les royalistes, tous les politiques, tous ceux qui n'adhèrent pas à la Sainte Union sont traités par les prédicateurs de *navarristes* et de *machiavélistes*, c'est-à-dire, en leur jargon, d'hérétiques et d'athées. En ce temps de puissant renouveau catholique, alors que beaucoup attendent le Jugement dernier comme imminent, il n'y a pas pire accusation. La sœur des Guises, la duchesse de Montpensier, chez qui la haine du roi confine à l'hystérie, continue à animer et à rétribuer ces prédicateurs. Elle se vante d'avoir fait faire plus de progrès à la Ligue par la voix de ses orateurs sacrés que ses frères Guise et Mayenne avec tous leurs soldats. Lorsque Henri III, en janvier 1588, lui fait porter l'ordre de *vider* la capitale, elle refuse d'obtempérer. Et, trois jours plus tard, elle arbore à sa ceinture des ciseaux d'or avec lesquels elle se propose de donner au monarque sa troisième couronne, une tonsure de moine. Elle lui réserve en effet le sort des Mérovingiens détrônés[7]!

De féroces pamphlets antiroyalistes sortent des presses. Le plus connu, traduction d'une chronique anglaise rédigée à l'instigation de l'archevêque de Lyon Pierre d'Épinac, ennemi personnel d'Épernon, s'intitule *Histoire tragique et mémorable de Pierre de Gaverston, gentilhomme gascon, jadis mignon d'Édouard II, roi d'Angleterre*. Il reprend à son compte l'accusation d'homosexualité portée naguère contre le roi par les protestants. Au XIVe siècle en effet, Pierre de Gaverston fut l'amant d'Édouard II, souverain notoirement sodomite. Les barons révoltés le supplicièrent en 1312. L'allusion à Henri III et Épernon est transparente.

Les ligueurs parisiens, non contents de parler et d'écrire, échafaudent aussi divers projets d'attentats contre la vie de l'archimignon, obligé de se tenir nuit et jour sur ses gardes et d'organiser des rondes dans les rues de la capitale, de six heures du soir à quatre heures du matin. Le premier, le brave Louis de Crillon, maître de camp [*colonel*] du régiment des gardes et futur compagnon d'armes de Henri IV, assaille Épernon qui n'a pas tenu les promesses qu'il lui a faites. Il pénètre de force chez lui, à la tête d'hommes armés, mais les serviteurs du duc le repoussent. En février, un complot se propose d'assassiner le favori à la foire Saint-Germain où il se rend régulièrement. Le guet-apens échoue grâce à Nicolas Poulain. Le mois suivant, c'est le duc d'Aumale qui dresse à son tour une embuscade; découverte à temps, celle-ci avorte comme les précédentes.

Le plus grave, c'est que la personne sacrée du roi n'est plus à l'abri des violences. Les plus excités des ligueurs parisiens rêvent, comme Madame de Montpensier, d'enfermer Henri III dans un monastère ou même de le tuer. Dès 1587, ils ont imaginé de l'enlever, une première fois sur le chemin de Vincennes, une autre fois à son départ pour l'armée. Il a fallu que les fidèles de Guise leur remontrent qu'un roi ne se capture pas si aisément et que, seule, la participation d'un prince peut assurer le succès de semblable entreprise. Ils ne se tiennent cependant pas pour battus et, au début de 1588, ils échafaudent de nouveaux projets. Peu de temps avant les barricades de mai, la duchesse de Montpensier envisage encore de s'emparer du monarque au moment où celui-ci, revenant de

---

[7] Dans cette perspective, le quatrain suivant résume la carrière de Henri III:

> *De trois couronnes, la première*
> *Tu perdis, ingrat et fuyard;*
> *La seconde court grand hasard;*
> *Des ciseaux feront la dernière.*

Vincennes, passera devant sa maison de «Bel esbat», pour le livrer, à Soissons, à son frère Guise. Une Saint-Barthélemy des royalistes et des politiques couronnerait l'opération.

Ce climat lourd de dangers, qui oblige à renforcer la garde du Louvre, n'empêche pas Henri III d'organiser à grands frais, pour les obsèques d'Anne de Joyeuse et de son frère Claude, une de ces fastueuses cérémonies dont il raffole. Ce sont des funérailles princières qu'il réserve à ses défunts serviteurs. Leurs effigies sont exposées dans l'église Saint-Jacques-du-Haut-Pas à partir du 4 mars. Il vient lui-même les saluer et pleurer sur le sort malheureux de son ancien favori. Le 6 mars, on leur sert un repas funéraire. Le 8, un immense cortège conduit les cercueils jusqu'à l'église des grands augustins. On y remarque le roi, vêtu en pénitent, cheminant avec les membres de sa confrérie de l'Annonciation Notre-Dame. Le 9, l'évêque de Meaux célèbre la messe de *requiem* et l'évêque de Senlis, Guillaume Rose, ligueur notoire, prononce l'oraison funèbre. Le 12 mars enfin, on transporte les corps chez les capucins de la rue Saint-Honoré où ils resteront jusqu'en 1596.

Un face-à-face dramatique

À la fin du mois de février 1588, on le sait, Bellièvre est allé voir les Guises au nom de Henri III. Le duc Henri lui a alors proposé une conférence de conciliation sur la Picardie. Cette conférence se tient à Soissons dans la deuxième quinzaine d'avril. C'est, en quelque sorte, la réunion de la dernière chance avant la rupture entre la Ligue et la Couronne. Vue de Rome, elle apparaît très importante puisque le pape Sixte Quint prend la peine d'adresser un bref aux Lorrains pour leur demander d'obéir au roi. Mais ce bref arrivera trop tard et, de toute façon, les discussions de Soissons ne peuvent aboutir à rien car les dés sont pipés. Depuis le milieu de mars, en effet, Philippe II a ordonné au Balafré de ne conclure aucun arrangement avec Henri III. De plus, les préparatifs de l'insurrection qui doit accompagner le départ de l'invincible armada sont entrés dans une phase active. Le 24, Bellièvre se rend compte qu'on le mène en bateau et s'en ouvre à la reine mère : «Je vois ces princes tellement altérés des avis qui leur sont donnés du côté de Paris que je crains fort que le succès ne soit pas tel que nous devons désirer pour le contentement du roi et le repos de ce royaume[8].»

À la mi-avril, deux événements aussi inquiétants l'un que l'autre

---

[8]   Cité par Pierre Chevallier, *op. cit.*, p. 626.

se produisent concomitamment. Si l'on en croit Nicolas Poulain, un groupe de ligueurs parisiens se réunit chez le procureur Bussy-Leclerc pour monter un nouvel attentat contre les personnes du monarque et de l'archimignon. Le premier serait capturé, le second tué. Par ailleurs, le duc de Guise, qui ne peut plus tenir ses alliés de la capitale[9], impatients d'en découdre avec le pouvoir, commence à faire entrer *incognito* dans la ville des gentilshommes à sa solde. Le jour du soulèvement venu, la population urbaine, dont le Balafré se méfie, sera «militairement encadrée et prête à obéir aux ordres[10]».

Averti le 22 avril de ce qui se trame par Nicolas Poulain, Henri III prend ses précautions. Il fait coucher au Louvre les Quarante-cinq au grand complet et ordonne aux troupes suisses cantonnées à Lagny de venir occuper les faubourgs Saint-Denis et Saint-Martin. Quatre mille soldats s'installent donc aux portes de Paris «afin de contenir chacun en repos et empêcher qu'il advienne aucune émotion», explique le roi à Bellièvre, toujours à Soissons. Devant ce déploiement de forces, les bourgeois s'alarment. Comme tous les citadins de ce temps, ils redoutent plus que tout les excès de la soldatesque, le pillage, l'incendie, le viol. Ils appellent donc Guise à leur secours mais celui-ci, dont l'heure n'est pas encore venue, les paie de belles paroles et leur envoie deux de ses proches pour les rassurer. Peu satisfaits, les Parisiens vont jusqu'à l'accuser d'être un prince sans foi, tout en lui gardant leur fidélité.

Vers la fin d'avril 1588, Henri III voit parfaitement clair dans le jeu du Balafré. Il redoute sa venue à Paris pour engager l'épreuve de force. Le 24, il charge donc Bellièvre de l'avertir qu'il ne la souffrira pas. Mais il hésite toujours entre la conciliation et la fermeté puisque, au même moment, il propose encore à son adversaire de participer, à ses côtés, à la prochaine campagne contre les huguenots.

Le 26 avril, Nicolas Poulain avertit Sa Majesté qu'une insurrection se prépare dans la capitale. Mais Henri III ne comprend pas la gravité de cette menace. Il a pris, depuis quelques jours, toutes les dispositions nécessaires pour dissuader les bourgeois de prendre les armes et il n'imagine pas que ceux-ci puissent se soulever sans Guise qui est toujours à Soissons. Il quitte donc la ville le jour même pour le château de Saint-Germain-en-Laye, en compagnie du duc d'Épernon qui va prendre possession de son gouvernement de Normandie. Le 28, les deux hommes passent la nuit chez le

---

[9] Il a dû les faire patienter pendant plusieurs semaines en leur faisant compter le nombre d'hommes disponibles dans la ville en vue du soulèvement. Ils sont arrivés au chiffre de trente mille !

[10] Jean-Marie Constant, *Les Guise*, p. 168.

marquis d'O et, le 29, tandis que le favori prend la route de Rouen, Sa Majesté va pour la dernière fois faire retraite à Vincennes.

Le 5 mai, Bellièvre rentre de son inutile mission. Le roi le renvoie immédiatement à Soissons pour intimer l'ordre à Guise de ne pas se rendre à Paris sous peine de désobéissance. Car il vient d'apprendre par Poulain que telle est bien l'intention du Balafré. Cette nouvelle le plonge dans une colère noire qui éclate dans une lettre à Villeroy: «Je n'ai que le seul zèle de la religion catholique qui me garde de leur courir sus», écrit-il au secrétaire d'État. Et il ajoute en *postscriptum*: «La passion à la fin blessée se tourne en fureur, qu'ils ne m'y mettent point!»[11]. Tout le drame du mois de décembre suivant est inscrit en filigrane dans cette exclamation douloureuse et lourde de menace.

Le 7 mai, les autorités de la capitale, désireuses de calmer la fièvre qui s'est emparée des habitants, convoquent une Assemblée générale des bourgeois. Celle-ci décide une inspection des maisons qui permettra de connaître le nombre des étrangers présents à l'intérieur des murs et les motifs de leur séjour. Elle ordonne aussi l'expulsion des vagabonds, masse de manœuvre habituelle des séditions. Mais, au cours des débats, les royalistes présents réclament à cor et à cri l'arrestation et l'exécution des agitateurs. Les ligueurs prennent peur et alertent à nouveau le duc de Guise en lui envoyant l'un des leurs, l'avocat Brigard, surnommé *le courrier de l'Union*. Brigard expose au Balafré les dangers courus par ses amis; il prétend même que les potences destinées à les pendre sont déjà dressées dans la cour de l'hôtel de ville. Surtout, il explique à son interlocuteur qu'une nouvelle dérobade de sa part aurait des effets désastreux sur l'avenir du mouvement catholique. Perplexe, Henri de Guise consulte son entourage et se concerte avec les Espagnols. Tous, même l'ambassadeur Mendoza[12], lui conseillent l'intervention bien que l'invincible armada n'ait pas encore levé l'ancre (elle ne quittera Lisbonne que le 20 mai). Sa décision n'est cependant pas aisée à prendre. Car, s'il désobéit à Henri III, il risque un procès en haute trahison et une condamnation à mort. Et s'il lui obéit, il risque l'échec politique, la désintégration de la Ligue, la ruine de tous ses efforts depuis 1584. Après avoir pesé le pour et le contre, il délibère d'agir et, le dimanche 8 mai vers 9 heures du soir, il monte à cheval en compagnie de Brigard et de

---

[11] Cité par Pierre Chevallier, *op. cit.*, p. 628.

[12] Mendoza explique pourquoi à M. de Bray, un proche du Balafré: «Je lui dis que cette affaire commençait à transpirer ici [...] et lui avouai que de semblables projets demandaient pour réussir à *être exécutés aussitôt que conçus*.»

huit gentilshommes. Il chevauche toute la nuit et, le lendemain vers midi, il entre à Paris.

Sa résolution de ne plus tergiverser est tout à fait conforme à son tempérament audacieux. Mais elle lui a sans doute été inspirée par un geste de Catherine de Médicis. On sait que celle-ci déteste le duc d'Épernon qui l'a privée de tout pouvoir. Elle souhaite se servir du Balafré pour contrebalancer l'influence de l'archimignon. Elle a donc chargé Bellièvre, porteur des ordres du roi mais dont elle a favorisé la carrière et qui lui reste fidèle, d'un message oral : elle autorise ce que son fils interdit. Fort de cet encouragement, le duc de Guise pense pouvoir, une fois à Paris, négocier avec Henri III par l'intermédiaire de sa mère. D'autant qu'en allant en Normandie à la tête d'une foule de gentilshommes royalistes, Épernon a, en quelque sorte, cédé provisoirement la place.

À peine arrivé dans la capitale, Henri de Guise se rend chez la reine mère dont le somptueux hôtel avoisine les halles et l'église Saint-Eustache. En chemin, il est reconnu et acclamé par les Parisiens qui voient en lui leur sauveur. Lorsqu'elles traversent des événements dramatiques, les collectivités humaines sont en effet portées à incarner dans un personnage charismatique leurs aspirations et leurs espoirs, à professer pour lui une vénération quasi religieuse (*fétichiste*, dit l'historien Roland Mousnier), à lui manifester des sentiments exaltés, de nature passionnelle, à se comporter de manière totalement irrationnelle. C'est ce qui se produit à Paris en mai 1588. L'Estoile, adepte de la raison et de sensibilité politique, décrit avec mépris « les grandes révérences et acclamations que ce *sot* peuple avait faites à sa venue, et qu'en la rue Saint-Denis et Saint-Honoré on avait crié : "Vive Guise ! Vive le pilier de l'Église", même qu'une demoiselle avait baissé son masque et dit tout haut ces propres mots : "Bon prince, puisque tu es ici, nous sommes tous sauvés !" »[13].

À la vue du Balafré, la vieille reine change de couleur sous le coup de l'émotion. Sans doute pense-t-elle qu'elle va avoir de nouveau un rôle important à jouer dans les affaires du royaume. En tout cas, elle décide immédiatement d'aller voir son fils et se fait conduire au Louvre dans sa chaise à porteurs. Guise l'accompagne à pied.

Henri III a été prévenu de ce qui se passe par Villeroy, bien avant l'arrivée de ses visiteurs. La pensée d'en finir une fois pour toutes avec celui qui a bravé la majesté royale en méprisant ses ordres lui traverse peut-être l'esprit, l'espace d'un instant. Il prend conseil du

---

[13] Pierre de L'Estoile, *op. cit.*, p. 246.

capitaine corse Alphonse d'Ornano, qui sera maréchal de France sous Henri IV et celui-ci se propose de lui apporter, aujourd'hui même, la tête du rebelle. Mais il ne retient pas l'idée car il sait bien que l'exécution de Guise provoquerait la révolte de Paris. Il repousse de même l'offre du maréchal d'Aumont qui s'écrie : « Il ne faut que dire le mot : dans une heure, je vous ferai voir sa tête au bout d'une pique !»

Le roi reçoit donc sa mère et le Balafré dans la chambre de la reine Louise, en présence du chancelier de Cheverny. Il existe plusieurs versions de cette entrevue. La plus plausible est celle de Jean Chaudon, maître des requêtes au Grand Conseil, qui a introduit les visiteurs et recueilli les confidences du chancelier. Henri III, debout, commence par reprocher sa désobéissance au chef de la Ligue qui s'est incliné cérémonieusement devant lui. Guise répond qu'il est venu à Paris pour répondre à un commandement de Catherine de Médicis. La reine mère confirme cette assertion, ajoutant qu'elle a voulu réconcilier son fils avec le duc et «pacifier toutes choses». Le roi feint d'accepter cette explication. Il ne peut pas poursuivre son adversaire en justice puisque celui-ci a obéi à sa mère. De toute façon, il serait dangereux de le faire arrêter parce que la foule, massée aux portes du Louvre, attend la sortie de son idole. Lorsqu'enfin Guise paraît, libre de ses mouvements, les acclamations d'une multitude en délire redoublent. Le Balafré gagne aussitôt son hôtel du Marais qu'il met en défense. En agissant par surprise, il a pris Henri III de court et gagné son audacieux pari.

Pendant les quarante-huit heures qui suivent, le feu couve sous la cendre. Infatigable négociatrice, Catherine de Médicis tente de rapprocher les points de vue antagonistes en organisant des réunions de conciliation qui n'aboutissent à aucun résultat positif. Les deux adversaires affichent une sérénité de façade tout en s'épiant l'un l'autre et en préparant avec soin la suite des événements. Le soir du 10 mai, le duc de Guise assiste au souper de Sa Majesté et, en tant que grand maître de sa maison, lui présente la serviette. Après le repas, Henri III tient conseil sans sa mère et prend la décision de faire entrer ses troupes dans la ville dès qu'il le faudra. Il a appris en effet que les mercenaires albanais de la Ligue s'approchent tout doucement de Paris et que les partisans du Balafré continuent à s'y introduire clandestinement. Lui-même n'a-t-il pas dû consentir à la venue de l'archevêque de Lyon Pierre d'Épinac, redoutable par ses capacités politiques, surnommé par L'Estoile l'*intellect agent* du conseil guisard ?

Le 11 mai, la tension est à son comble. Lorsque Henri de Guise arrive au Louvre, dont les gardes ont été doublées, le roi tourne la tête pour ne pas le voir. Le duc en est réduit à s'asseoir sur un coffre pour se plaindre à Bellièvre, son seul interlocuteur, des rapports défavorables que l'on fait sur son compte. Le soir venu, le prévôt des marchands Nicolas-Hector de Péreuse reçoit de Henri III l'ordre de mobiliser la milice bourgeoise. Celle-ci doit monter la garde partout dans la ville, y compris dans les quartiers où ce n'est pas l'usage de le faire et préparer l'arrivée des troupes royales. Mais la plupart des colonels et des capitaines n'obtempèrent pas, la loyauté des bourgeois vis-à-vis de la Couronne laissant fortement à désirer. Cette défaillance de la milice bourgeoise va contribuer à l'échec des mesures militaires décidées par le monarque.

Le soulèvement de Paris

Le jeudi 12 mai, au petit jour, diverses unités françaises et suisses de l'armée royale entrent dans Paris et, défilant au son de leurs musiques, viennent se poster aux endroits stratégiques. Elles occupent en particulier les places et les carrefours où la foule pourrait se rassembler et manifester. L'Estoile décrit le dispositif arrêté par Henri III : «Le roi [...] fit au Petit-Pont, depuis le carrefour Saint-Séverin jusques au-devant de l'Hôtel-Dieu, ranger une compagnie de Suisses et une compagnie de soldats français de sa garde ; sur le pont Saint-Michel, une compagnie de soldats français ; au Marché neuf, trois compagnies de Suisses et une compagnie de Français ; dedans le cimetière des Innocents, quatre compagnies de Suisses et deux compagnies de Français. Et autour du Louvre, les autres compagnies de Suisses, restant des quatre mille, et les autres compagnies françaises[14].» Le mémorialiste oublie, dans sa recension, la place de Grève, occupée par quatre compagnies suisses et deux françaises.

L'objectif de cette vaste opération reste sujet à discussion. Pour L'Estoile, ennemi juré de la Ligue, elle vise à «se saisir de quelque nombre de bourgeois de Paris, de la Ligue, des plus apparents [notables] et de quelques partisans du duc de Guise [...] et faire mourir tous tels remuants et rebelles par la main des bourreaux, pour servir d'exemple aux autres bourgeois»[15]. Dans une lettre à son ami Scévolé de Sainte-Marthe, trésorier général à Poitiers, Étienne Pasquier, avocat général à la Chambre des comptes, expose les réactions des Parisiens à l'événement et dit : «Quelques-uns qui

---

[14] Pierre de L'Estoile, *op. cit.*, p. 247. Le Marché neuf se trouvait dans l'île de la Cité.

[15] *Ibid.*, p. 248.

avaient plus de nez jugeaient que c'était un préparatif encontre Monsieur de Guise auquel on ne voulait que le peuple apportât obstacle[16].» Mais si l'on en croit le nonce Morosini, Henri III «ne voulait rien d'autre que faire recenser dans la ville les étrangers et que c'était pour éviter une éventuelle sédition qu'il avait fait placer des gardes en divers points de la ville[17]». Il semble bien qu'en ordonnant à ses soldats d'occuper la capitale, le roi, fidèle à sa méthode, souhaite montrer sa force pour ne pas avoir à s'en servir, maintenir les Parisiens dans l'obéissance et intimider le Balafré dans l'espoir de le voir quitter la place.

Il n'a cependant pas réfléchi qu'en agissant ainsi il violait l'un des privilèges sacrés de la cité, celui de se garder elle-même grâce à sa milice bourgeoise et de n'accepter aucune garnison dans ses murs. En bon adepte de la monarchie absolue, soucieux d'être le maître, il a consulté ses fidèles, donné ses ordres et s'est contenté d'avertir les autorités municipales une fois l'opération engagée. Or les Français de XVIe siècle tiennent à leurs privilèges comme à la prunelle de leurs yeux. Tous les territoires (les provinces, les villes), toutes les collectivités constitutives de la société française (le clergé, la noblesse, les officiers du roi, les corps de métiers) ont les leurs. Il»n'est guère que les paysans (les 9/10e de la population il est vrai) à ne pas en posséder en propre. Les *privilèges* – du latin *lex privata*, loi privée – ne doivent pas être considérés comme des avantages exorbitants et injustifiés. Ce sont des *libertés* collectives qui varient à l'infini et constituent autant de protections contre l'arbitraire, toujours possible, du pouvoir et de ses agents. Ce sont aussi des distinctions, des marques d'honneur qui flattent l'amour-propre de ceux qui en jouissent. Les plus appréciés des privilèges parisiens sont la dispense de taille et l'exemption du logement des gens de guerre, particulièrement prisée en un temps où la soldatesque maltraite continuellement les civils.

La décision du roi apparaît d'autant plus maladroite que les citadins sont armés et que beaucoup d'entre eux, chauffés à blanc par la propagande ligueuse, le méprisent et le détestent. Mais Henri III n'imagine pas un seul instant que de vulgaires bourgeois, qui ne font qu'occasionnellement profession de manier les armes, osent s'en prendre à ses soldats, dont certains jettent de l'huile sur le feu en promettant d'aller bientôt violer les femmes.

C'est pourtant ce qui se produit autour de neuf heures du matin.

---

[16] Étienne Pasquier, *Lettres historiques*, publiées par D. Thickett, Genève, 1966, p. 290.

[17] Cité par Pierre Chevallier, *op. cit.*, p. 632.

«L'artisan quitte ses outils, le marchand ses trafics, l'Université ses livres, les procureurs leurs sacs, les avocats leurs cornettes, les présidents et les conseillers eux-mêmes mettent la main aux hallebardes. On n'oit [*n'entend*] que cris épouvantables, murmures et paroles séditieuses pour échauffer et effaroucher le peuple[18]», nous dit L'Estoile qui habite un des quartiers les plus agités.

Tandis que les rumeurs les plus folles courent sur les intentions du roi, des bandes de *gens mécaniques* (ouvriers) parcourent les rues en vociférant. Craignant le pillage, les autorités municipales ordonnent de tendre les chaînes qui, depuis 1385, permettent de barrer les rues. Et comme les chaînes ne paraissent pas suffisantes, on décide de les renforcer avec des barriques remplies de terre ou de pavés auxquelles on ajoute ce que l'on a sous la main, chariots, portes, meubles, tas de sable, etc. Pour franchir ces *barricades*, les premières de l'histoire de Paris, il faut présenter une sorte de laissez-passer aux miliciens qui les gardent.

Les barricades permettent aux bourgeois de neutraliser ces bandes d'émeutiers sortis du peuple dont ils se méfient. Mais leur résultat le plus clair est de paralyser totalement les soldats du roi, incapables de faire mouvement à travers la ville, réduits à demeurer bloqués dans les places et les carrefours où ils sont installés depuis l'aube sans pouvoir communiquer avec le Louvre ni recevoir de ravitaillement.

Certains amis du duc de Guise lui ont conseillé de quitter Paris. Mais le Balafré, qui n'est sorti de son hôtel que pour aller à la messe, donne l'ordre à ses fidèles d'aller à la rescousse des bourgeois révoltés. C'est ainsi que Charles de Cossé, comte de Brissac, dont Henri III a raillé l'échec aux Açores en 1582, se venge du roi en occupant le carrefour Saint-Séverin, en désarmant et en enfermant les Suisses qui le tenaient.

Jusque vers dix heures selon Pasquier, jusque vers midi selon L'Estoile, l'avantage reste plutôt aux troupes royales. Parfois, les soldats se permettent même de tourner en dérision les initiatives belliqueuses des Parisiens. Vient cependant le moment où ces derniers, solidement retranchés derrière leurs barricades, qui encerclent et tronçonnent les forces de l'ordre, se sentent les plus forts et, à leur tour, se mettent à narguer et à menacer leurs adversaires.

Averti de l'évolution de la situation, Henri III – c'est bien la preuve qu'il a voulu faire peur sans rechercher l'affrontement – craint une effusion de sang dont il porterait la responsabilité. Il recule devant

---

[18] Pierre de L'Estoile, *op. cit.*, p. 249.

cette éventualité d'autant qu'Épernon n'est pas là pour l'inciter à
l'énergie et que son entourage le pousse à la prudence. Il décide de
retirer ses soldats et charge quelques-uns de ses fidèles, le marquis
d'O, les maréchaux de Biron et d'Aumont, le capitaine Alphonse
d'Ornano, de les ramener vers le Louvre. Mission impossible car la
guerre de rues, la *guerre des pots de chambre* comme la qualifiera le
Grand Condé au siècle suivant, vient de commencer. Les émeutiers,
derrière leurs barricades, tirent les soldats comme des lapins. Du
haut des fenêtres et des toits, ils les bombardent à l'aide de pavés,
d'immondices, d'objets de toute sorte. En peu de temps, Suisses et
gardes françaises se trouvent assiégés en trois endroits principaux :
le Marché neuf, la place de Grève et le cimetière des Innocents où
ils risquent d'être massacrés. Ils ont déjà perdu une soixantaine des
leurs, enterrés dans une fosse, sur le parvis Notre-Dame.

Pour éviter la tuerie, le roi, la mort dans l'âme, décide de recourir
aux bons offices du duc de Guise. Il croit en effet, à tort, que c'est
lui qui a orchestré le soulèvement de la capitale. Vers trois heures,
il lui envoie le maréchal de Biron. Le Balafré commet l'erreur
d'acquiescer à la demande royale. À quatre heures, il quitte son
hôtel, vêtu de satin blanc et parcourt la ville à cheval. « En sortant,
nous dit L'Estoile, furent ouïs quelques faquins ramassés là pour le
voir passer, qui crièrent tout haut : "Il ne faut plus lanterner ! Il faut
mener Monsieur à Reims !" Passant par les rues, c'était à celui qui
crierait le plus haut : "Vive Guise !" Ce qu'il voulait faire paraître
avoir à déplaisir, tellement que, baissant son grand chapeau (on ne
sait s'il riait dessous), leur dit par plusieurs fois : "Mes amis, c'est
assez ! Messieurs, c'est trop ! Criez : Vive le roi !"[19]. »

Sur son passage, les barricades s'ouvrent. Il exerce un tel ascendant sur la foule, « empoisonnée et assotée de son amour[20] », qu'il
obtient tout ce qu'il lui demande. Il libère les troupes royales de
l'étau dans lequel les enserrent les émeutiers et ce sont ses fidèles
qui les ramènent au Louvre. C'est ainsi que le chevalier d'Aumale
escorte jusqu'au palais le marquis d'O et le capitaine Alphonse
d'Ornano qui avaient amorcé un mouvement de retraite par le pont
Notre-Dame sans pouvoir l'achever.

Guise rentre chez lui au milieu des acclamations. Il vient d'humilier le roi en lui administrant la preuve de sa popularité. Mais il lui a
rendu aussi un fier service en apaisant le tumulte alors que certains
émeutiers, comme l'avocat La Rivière dans la rue Saint-Jacques,
invitaient les Parisiens à aller plus loin : « Courage, Messieurs, c'est

---

[19] Pierre de L'Estoile, *op. cit.*, p. 252.
[20] *Ibid.*

trop patienter, allons prendre et barricader ce bougre [*sodomite*] de roi dans son Louvre.»

Dans la capitale enfiévrée, la nuit du 12 au 13 mai se passe sous les armes. Les troupes sont regroupées autour du Louvre, les bourgeois renforcent et étendent leurs barricades. L'une d'entre elles se dresse maintenant tout près du palais, en face de l'église Saint-Germain-l'Auxerrois, paroisse royale. Les ligueurs tiennent aussi toutes les portes de Paris, à l'exception de la porte Saint-Honoré et de la porte Neuve, à l'ouest.

Le lendemain matin, on constate que, de ce fait, l'infiltration des guisards dans la ville prend des proportions alarmantes. Les autorités municipales se montrent soucieuses de ramener la paix au plus vite. Le prévôt des marchands et les échevins viennent voir le roi dans cette intention. Henri III leur offre de retirer ses soldats à plusieurs lieues mais à condition que les barricades disparaissent d'abord. Car il ne peut rester sans protection face aux émeutiers.

L'après-midi de ce vendredi 13 mai, le Conseil se réunit pour examiner la situation et définir une ligne de conduite. Deux opinions s'opposent. La plupart des fidèles de Sa Majesté craignent de voir celle-ci tomber aux mains de ses ennemis et lui suggèrent de partir. Catherine de Médicis, seule, estime que son fils doit rester. Elle se fait fort d'obtenir le concours de Guise pour le rétablissement complet de l'ordre. Henri III ne croit pas à cette possibilité. Il accepte cependant de la tenter. La reine mère, munie d'un laissez-passer délivré par les Seize, se rend donc en chaise à porteurs chez le Balafré en franchissant les barricades avec peine. Mais devant l'attitude du duc, qui se déclare impuissant à calmer la fureur du peuple qu'il compare à des taureaux échauffés, elle comprend qu'elle s'est fourvoyée et fait dire à Henri III, par l'intermédiaire du secrétaire d'État Pinart qui l'a accompagnée, de s'en aller au plus vite.

Quand l'avis de sa mère parvient au Louvre, le roi est déjà parti. Une lettre de Guise à Entragues, le gouverneur d'Orléans, interceptée par les siens, l'a convaincu qu'il n'y avait plus d'autre solution: «D'ici à vous j'ai défait les Suisses, taillé en pièces une partie des gardes du roi et tiens le Louvre investi de si près que je rendrai bon compte de ce qui est dedans. Cette victoire est si grande qu'il en sera mémoire à jamais[21].»

Vers cinq heures de l'après-midi, averti par un de ses serviteurs et par un bourgeois de Paris d'avoir à s'enfuir au plus vite, il quitte le palais, une badine à la main, comme pour faire son habituelle

---

[21] Cité par Pierre Chevallier, *op. cit.*, p. 637.

promenade au jardin des Tuileries. En réalité, il se rend aux écuries et monte à cheval. Son valet de chambre, Du Halde, lui passe ses bottes et lui met un éperon à l'envers, ce qui lui donne l'occasion d'ironiser : « C'est tout un, je ne vais pas voir ma maîtresse, nous avons un plus long chemin à faire. » Il sort de Paris par la porte Neuve, sur la rive droite de la Seine, au bord du fleuve et, en s'éloignant, jette sa malédiction sur la ville, jurant qu'il n'y rentrerait que par la brèche. Les membres du gouvernement et plusieurs fidèles l'accompagnent : le chancelier de Cheverny, le surintendant de Bellièvre, les secrétaires d'État Villeroy et Brûlart, le cardinal de Lenoncourt, les maréchaux de Biron et d'Aumont, le duc de Montpensier, Bourbon catholique et royaliste, le marquis d'O, etc. Par Saint-Cloud et Trappes, escorté par ceux des Suisses cantonnés dans les parages, il s'en va coucher à Rambouillet. Le lendemain, il entre à Chartres, tandis que les Suisses et les gardes françaises quittent le Louvre pour le rejoindre.

Il a abandonné Paris juste à temps. Au moment de son départ, les ligueurs, qui occupent déjà l'hôtel de ville et l'Arsenal, ont constitué deux grosses troupes de mutins prêtes à marcher sur le Louvre. Sur la rive gauche, il s'agit de sept à huit cents étudiants et de trois à quatre cents religieux mendiants, militairement organisés par Brissac. Sur la rive droite, ce sont quelque douze cents bourgeois et guisards entraînés par Boursier, capitaine de la rue Saint-Denis, au cri de : « Il ne faut plus attendre, allons quérir le sire Henri dans son Louvre ! »

★

À l'issue de cette journée mouvementée, L'Estoile tire la leçon des événements : « Les deux Henri avaient tous deux bien fait les ânes, l'un [*Henri III*] pour n'avoir eu le cœur d'exécuter ce qu'il avait entrepris, en ayant eu tout loisir et moyen de le faire jusques à onze heures passées du matin dudit jour des barricades, et l'autre [*Henri de Guise*] pour avoir, le lendemain, laisser échapper la bête qu'il tenait en ses filets[22]. »

Il est certain qu'en mai 1588, Henri III a essuyé un cinglant échec pour avoir méconnu la capacité des Parisiens à lui résister et pour avoir manqué de détermination dans la conduite des opérations militaires. Mais il a réussi à sauvegarder sa liberté d'action et il a emporté avec lui la légitimité monarchique. Maître de la capitale, Henri de Guise n'a remporté qu'un demi-succès et il reste un

---

[22] Pierre de L'Estoile, *op. cit.*, p. 257.

rebelle. Pour que sa victoire fût complète, il eût fallu qu'il s'emparât de la personne du monarque afin de l'obliger à faire la politique du parti catholique. C'est ce qu'avait réussi son père en 1562. C'est ce qu'auraient voulu les ligueurs, au témoignage de Morosini : «certains des membres les plus intimes de la Ligue confessent que la venue de M. de Guise à Paris avait pour but de se rendre maître du roi puisque celui-ci n'est pas capable de diriger ce royaume[23]».

La journée des Barricades ne règle donc rien. Le combat de Henri III contre la Ligue va rebondir sur de nouvelles bases, politiques cette fois. Quant à Philippe II d'Espagne, il peut se frotter les mains : ce n'est pas le roi de France qui pourra entraver sa grandiose opération navale contre l'Angleterre.

---

[23] Cité par Pierre Chevallier, *op. cit.*, p. 641.

CHAPITRE XX

DE L'HUMILIATION À LA VENGEANCE

Henri III a quitté Paris pour ne pas devenir l'esclave de la Ligue. Mais il n'en a pas fini avec les humiliations. Dans les mois qui suivent son départ, il tente de ressaisir son autorité perdue en mettant en œuvre deux politiques convergentes. D'une part, il négocie avec Henri de Guise et le redoutable archevêque Pierre d'Épinac. De l'autre, il cherche à s'appuyer sur l'opinion publique (il a reçu de nombreux témoignages de fidélité) en convoquant très tôt les États généraux. Mais il échoue sur toute la ligne. Au cours de l'été, la Ligue le mortifie en lui imposant l'édit d'Union, la disgrâce d'Épernon et la nomination du Balafré comme commandant en chef de l'armée. L'automne venu, les États généraux, noyautés par ses adversaires, lui infligent camouflet sur camouflet. Depuis longtemps, la tentation l'a effleuré de se défaire de Guise dans lequel il voit, à tort, le seul responsable des avanies qu'il doit subir. Il passe à l'action au temps de Noël. En accomplissant sa vengeance, il croit avoir remédié, d'un seul coup, aux difficultés qui l'assaillent. Il se trompe lourdement.

Des tractations hypocrites

Selon le médecin Cavriana, agent du grand-duc de Toscane, Henri III aurait dû se rendre à plus de cinquante mille émeutiers déchaînés s'il avait retardé son départ d'une heure seulement. On comprend son soulagement, la porte Neuve une fois franchie: «Dieu soit loué! J'ai secoué le joug», se serait-il écrié.

Arrivé à Chartres, il commence par informer les gouverneurs de province de ce qui vient de se passer dans la capitale, leur recommandant de veiller à empêcher une extension des troubles. L'analyse qu'il fait de la journée des Barricades le convainc que le duc de Guise en est le seul responsable. Il l'affirme, le 18 mai, à son ambassadeur à Rome, Jean de Vivonne, marquis de Pisani. Dans une autre lettre, au pape Sixte Quint cette fois, le Balafré n'est pas nommément désigné mais le roi laisse entendre au Saint-Père qu'il pourrait être amené à se débarrasser de lui : « Considérant en quelle extrémité je me trouve réduit, il vous plaira ne trouver étrange si, en ce mal extrême, je me résoudrai aux remèdes extrêmes[1]. » Il se dit déterminé à reprendre la lutte contre les protestants, à condition que le duc de Guise fasse acte de soumission en se retirant dans son gouvernement de Champagne. Sinon, c'est lui qu'il combattra. En réalité, il ne dispose pas des moyens militaires qui lui permettraient de mener campagne car les caisses de l'État sont tombées aux mains des ligueurs. Il se résout donc à reconquérir par la négociation le terrain que l'émeute lui a fait perdre. Il peut faire fond sur la fidélité d'un grand nombre de ses sujets puisque dix-neuf villes lui envoient des adresses de soutien (Bayonne, Toulouse, Bordeaux, Angoulême, Angers, Poitiers, Langres, Narbonne, Marseille, etc.) C'est sans doute ce qui l'incite à publier, dès le 29 mai, les lettres patentes convoquant les États généraux. Et, pour affaiblir durablement la Ligue, il compte sur une défaite de l'invincible armada face aux Anglais. Car, contrairement à sa mère, à Guise, à la plupart de ses contemporains, il ne croit pas au succès de la grande offensive de Philippe II. Jusqu'au 1er septembre, date de son installation à Blois, il séjourne en divers lieux, à Chartres, à Vernon, à Rouen.

Les vainqueurs, eux, recueillent les fruits de leurs efforts. Le duc de Guise consolide ses positions. Sur son ordre, les barricades disparaissent le 14 mai. Le même jour, il se saisit de la Bastille, en destitue le capitaine royaliste et y intronise le bouillant procureur Bussy-Leclerc. Il se fait remettre l'Arsenal par les Parisiens et, le 18 mai, il s'empare du château de Vincennes. Tous les sites de la capitale ayant une fonction militaire tombent ainsi entre ses mains. Le mois suivant, ses troupes occupent, l'une après l'autre, les places qui commandent les principaux axes de ravitaillement de la ville : Lagny, Meaux et Château-Thierry sur la Marne, Corbeil (où sont implantés de nombreux moulins) et Melun sur la Seine, Étampes, entrepôt des grains de la Beauce, sur la Juine.

Le 15 mai, la Ligue parisienne exploite sa victoire en remplaçant la municipalité, trop docile à la volonté royale, par une municipalité révolutionnaire. Au lieu des soixante-dix-sept électeurs habituels, c'est un groupe de *bons bourgeois* catholiques qui nomme les nouveaux échevins, à voix haute, sous les yeux des ligueurs. Le

---

[1] Cité par Pierre Chevallier, *Henri III, roi shakespearien*, Paris, 1985, p. 641.

maître des comptes Michel de La Chapelle-Marteau devient prévôt des marchands à la place du très impopulaire maître des requêtes Nicolas-Hector de Péreuse, embastillé. Les quatre nouveaux échevins sont le drapier Compain, le drapier Cotteblanche, le marchand teinturier Desprès et un officier de finances de rang subalterne, Martin Roland, greffier en l'élection de Paris, connu pour la violence de son langage. On supprime la charge de procureur du roi pour la remplacer par celle de procureur de la ville, confiée à l'avocat François Brigard. Au début du mois de juillet, seront également remplacés tous les capitaines de la milice bourgeoise non ligueurs.

Ce renouvellement du personnel dirigeant signifie le rejet de la tutelle monarchique sur Paris, l'affirmation de l'autonomie citadine par rapport à l'État. C'est la réponse à l'immixtion brutale de Henri III dans les élections de mars 1585. À cette date, il avait obligé les électeurs à choisir ses propres officiers pour occuper les charges municipales. C'est aussi la revanche des marchands, des avocats et des procureurs sur les parlementaires et assimilés qui ont été les meilleurs agents de la mainmise royale sur la ville. Paris devient ainsi une commune insurgée contre le pouvoir central, comme elle l'a été au XIVe siècle, au temps d'Étienne Marcel, ou comme l'ont été, en 1520, les principales villes de Castille, pendant la révolte des *Comunidades*.

Quelle que soit sa puissance nouvelle, le duc de Guise sait très bien qu'il ne sera le vrai maître du royaume que le jour où Henri III sera en son pouvoir. Là où la force a échoué, d'habiles négociations peuvent peut-être aboutir. Il incline donc à discuter avec le roi mais sans se presser. Il dispose en effet des ressources financières de l'État, quelque 5 millions d'écus, et tient à sa merci les banquiers italiens de la Couronne, Sébastien Zamet et Jérôme Gondi qui ne peuvent rien lui refuser. Il se montre même plus indépendant que par le passé vis-à-vis des Espagnols. Dans ses tractations avec Henri III, il s'avance masqué. «On craint beaucoup que le duc de Guise ait dans le cœur autre chose que ce qu'annoncent ses paroles», constate le nonce Morosini le 18 mai. La veille, le Balafré a envoyé au roi une lettre fort déférente, par laquelle il justifie sa conduite, se prétendant étranger aux intrigues et aux complots dont on l'accuse. Affichant une bonne volonté apparente, il autorise le Parlement, resté royaliste, à envoyer une députation à Chartres. Aux magistrats qui l'assurent de leur soumission et qu'il reçoit aimablement, Henri III commande de continuer à rendre la justice comme si de rien n'était et de se montrer d'aussi bons sujets qu'il s'est montré bon roi.

Les ligueurs parisiens sont quelque peu déconcertés par le *parte-ment* de Sa Majesté. Ils viennent, certes, de réaliser leurs aspirations à l'autonomie mais, embarrassés par leur succès même, se montrent soucieux de renouer avec celui qui incarne toujours la loi et la justice. Ils voudraient obtenir de lui qu'il reconnaisse la nouvelle municipalité et qu'il réintègre son palais du Louvre. Car l'économie de la capitale dépend, pour une bonne part, de la présence de la Cour.

Après le Parlement, c'est le clergé qui envoie une délégation à Chartres. Comme on connaît l'attachement que porte Henri III aux capucins, on lui dépêche une procession de ces religieux. En chemin, ils miment les événements de la Passion. C'est frère Ange (le comte Henri Du Bouchage, frère de Joyeuse) qui porte la croix. Le roi leur réserve un bon accueil mais ne leur promet rien. La nouvelle municipalité, elle, craint trop les représailles pour se déranger. Elle se contente d'une lettre soumise et empressée.

Puisque le souverain répond aux avances qui lui sont faites, des négociations sérieuses peuvent s'engager avec les chefs de la Ligue. Restée à Paris, Catherine de Médicis, qui veut chasser Épernon du pouvoir, incite son fils à traiter avec eux. Le nonce Morosini, toujours anxieux de restaurer l'unité catholique, également. Mais dans ces tractations Henri III, dont la franchise n'est pas la qualité première, s'avance lui aussi masqué sans laisser entrevoir ses véritables intentions à ses interlocuteurs.

Les pourparlers entre le roi Très Chrétien et *Messieurs de la Ligue* sont donc marqués au sceau de l'hypocrisie. Tout en travaillant, en apparence, à une réconciliation générale, Henri III rumine sa vengeance. Tout en se répandant en protestations de fidélité, ses adversaires ne songent qu'à l'asservir. Ils placent d'emblée les enchères très haut, au moyen d'un mémoire composé par l'archevêque Pierre d'Épinac, véritable premier ministre du duc de Guise, qui énumère leurs exigences : approbation des événements de Paris, reconnaissance de la nouvelle municipalité, disgrâce du duc d'Épernon et de son frère Bernard de La Valette, reprise de la guerre contre les huguenots, élévation du duc de Guise aux fonctions de lieutenant général du royaume.

Ces propositions sont portées à Henri III par Mainneville, que les échevins de Paris accompagnent. Il en est deux qui heurtent de plein fouet la conception que le roi se fait de la monarchie française : l'approbation de la municipalité insurrectionnelle et la promotion du Balafré. Elles lui imposent en effet des nominations faites par d'autres que lui, le réduisent à la condition de soliveau couronné. Il charge donc son médecin Marc Miron de porter à

Paris ses contre-propositions qui sont repoussées. Il s'ensuit de longues discussions au cours desquelles trois personnages jouent un rôle considérable : Catherine de Médicis, prête à tout céder à la Ligue, le nonce Morosini qui ne pense qu'à la guerre aux hérétiques et le secrétaire d'État Villeroy, dont les liens particuliers avec le duc de Guise sont soulignés par l'ambassadeur espagnol Mendoza. Soumis à leurs pressions, Henri III ne dispose plus, pour les contrer, des conseils d'Épernon qui s'est éloigné. Arrivé à Chartres le 20 mai, le favori a compris que la vieille reine l'emportait sur lui. Il s'est défait du gouvernement de Normandie et de l'amirauté. Deux semaines plus tard, il a pris le chemin du château de Loches où il est arrivé le 4 juin (il possède la capitainerie de ce château). Il n'est donc plus là pour seconder le roi et l'inciter à la résistance. Finalement, Sa Majesté est obligée de tout céder à ses adversaires. Elle subit une humiliation supplémentaire qui vient s'ajouter à celle du mois de mai.

Le 15 juillet 1588, en effet, Catherine de Médicis, le cardinal de Bourbon et le duc de Guise paraphent l'accord qui vient d'intervenir. Le lendemain, à Rouen, Henri III le signe à son tour en pleurant. Le 21, le Parlement l'enregistre, en fait une loi, l'édit d'Union, qui reprend en gros les dispositions du traité de Nemours. Le roi s'engage à ne faire aucune paix avec les hérétiques, à ne se reconnaître aucun successeur hérétique. Tous les Français doivent adhérer à la Sainte Union sous peine de crime de lèse-majesté. Les événements parisiens des 12 et 13 mai sont amnistiés. Dans des articles secrets, Henri III s'engage à publier en France les décrets du concile de Trente, confirme aux chefs catholiques les places de sûreté qu'il leur a concédées par l'accord de Nemours, retire le gouvernement de Boulogne au duc d'Épernon. En ce qui concerne l'épineuse question du pouvoir de fait qui s'est installé à Paris, un compromis intervient : le monarque nomme les membres de la nouvelle municipalité qui tiennent donc officiellement de lui leur autorité. Le 4 août suivant, Henri de Guise sera promu non pas lieutenant général du royaume mais lieutenant général des armées, c'est-à-dire commandant en chef des troupes. En sa qualité d'héritier présomptif de la Couronne, le cardinal de Bourbon, selon la tradition, désignera un maître de chaque métier dans les différentes villes du royaume. Enfin, Henri III multiplie les promesses : le cardinal de Guise succédera au cardinal de Bourbon comme légat d'Avignon, l'archevêque d'Épinac sera promu garde des sceaux et recevra le chapeau rouge, le duc de Nemours, demi-frère de Guise, sera gouverneur du Lyonnais. Quant au duc d'Épernon, le roi lui laisse le gouvernement d'Angoumois, Aunis et Saintonge. Le favori doit se démettre de toutes ses autres charges et se voit interdire de reparaître à la Cour. Inquiet pour son avenir et désireux d'assurer sa sécurité, il s'installe le 27 juillet à Angoulême et repousse toutes les tentatives qui cherchent à l'en déloger. Il va rester à l'écart des affaires jusqu'en avril 1589.

Le 29 juillet, la municipalité parisienne se rend à Chartres pour faire acte d'allégeance au souverain auquel elle demande de bien vouloir revenir au Louvre. Mais elle n'obtient pas satisfaction. Henri III n'a pas l'intention d'aller se mettre dans la gueule du loup. Il ne reverra plus Paris ni son palais.

Le 1er août, le nonce Morosini, perplexe, assiste à la réconciliation de façade, parfaitement hypocrite, des adversaires d'hier. Catherine de Médicis, le cardinal de Bourbon, le duc de Guise, l'archevêque d'Épinac et d'autres chefs ligueurs ont fait le voyage de Chartres. Le Balafré met le genou en terre devant le roi qui le relève et l'embrasse. Dans une lettre du 26 juillet, Henri III n'a-t-il pas déclaré vouloir désormais «gouverner avec ses cousins de Guise[2]»? Le soir, au dîner, Sa Majesté traite royalement ses visiteurs et les invite, avec l'humour grinçant qui la caractérise, à boire à la fois «à nos bons amis les huguenots» et «à nos bons barricadeux de Paris». En voyant ses fidèles mis sur le même pied que les hérétiques, Guise aurait, paraît-il, ri jaune. Car, au-delà des embrassades officielles, ce toast révélait les sentiments profonds du roi à l'égard des ligueurs et son désir de revanche.

Cette revanche, le monarque espère la réaliser grâce aux États généraux qu'il a convoqués pour le 15 septembre à Blois contre l'avis de son entourage et du Balafré. La tenue des États figurait, certes, dans le programme de la Ligue princière mais, après la journée des Barricades qui a consolidé sa position, Guise estime n'en avoir plus besoin. Son mentor Pierre d'Épinac redoute même que l'alliance du clergé et du tiers état ne mette la noblesse en minorité. Henri III, au contraire, compte beaucoup sur eux pour ressaisir son autorité: les nombreux témoignages de fidélité qu'il a reçus des provinces l'y incitent. Il sait par ailleurs qu'une assemblée des ordres de la société, bien dirigée, peut se révéler un moyen très efficace d'action pour le pouvoir central. S'il n'a pas spécialement réussi dans sa jeunesse avec la Diète polonaise, la maestria avec laquelle les grands Tudors, Henri VIII et Élisabeth, se sont servis du Parlement d'Angleterre est là pour le prouver.

En ce mois d'août 1588, il peut se montrer d'autant plus confiant

---

[2]   Cité par Jean-Marie Constant, *Les Guise*, Paris, 1984, p. 205.

dans l'avenir proche que l'invincible armada de Philippe II, démâtée par la tempête et décimée par les brûlots anglais, vient de subir un cuisant échec en mer du Nord. Il feint de s'en affliger mais, au fond de lui-même, il s'en réjouit car une défaite du roi d'Espagne, c'est aussi une défaite de la Ligue.

Veillée d'armes

Le 1er septembre, Henri III, accompagné de toute la Cour, s'installe au château de Blois pour la durée des États généraux. La veille, il a eu la satisfaction de remettre la barrette rouge à Morosini, promu cardinal et légat par le pape Sixte Quint.

Les élections se sont déroulées dans le cadre des bailliages et des sénéchaussées. Elles ont mis aux prises ligueurs et royalistes, les protestants, très minoritaires dans la population, s'étant réfugiés dans l'abstention. Les premiers se sont évertués à déjouer la manœuvre du monarque. Les seconds ont cherché à obtenir une assemblée toute à sa dévotion. Affrontements partisans et pressions en tout genre sur les électeurs n'ont donc pas manqué, compliqués de rivalités personnelles et de querelles souvent futiles.

Il est fort délicat de dessiner le portrait politique du royaume de France en 1588. Car, en ce temps de communications lentes – les députés du Gévaudan ont mis quatorze jours pour rallier Blois depuis Mende[3] –, il s'agit d'un pays immense, infiniment divers, hérissé de particularismes. Dans bien des provinces reculées, les affaires générales se traitent en fonction des soucis locaux. De plus, nous ne connaissons qu'imparfaitement les conditions dans lesquelles se sont déroulées les élections et nous n'avons conservé qu'une faible partie des cahiers de doléances.

En se fondant sur les exemples connus, on peut cependant parvenir à quelques certitudes. Henri III, chaque fois qu'il l'a pu, est intervenu directement ou indirectement, par gouverneurs ou lieutenants généraux interposés, pour faire triompher ses candidats. On sait ainsi que, dans le bailliage de Chartres, il a obtenu par la menace la désignation d'un de ses fidèles, Louis d'Angennes, seigneur de Maintenon, comme député de la noblesse. Mais il est loin d'être toujours arrivé à ses fins.

---

[3] Partis de Mende le 4 décembre 1588, ces députés gagnèrent d'abord, à dos de mulet, le cours supérieur de l'Allier. Ils descendirent ensuite cette rivière, puis la Loire par Moulins, Nevers, Orléans. Leur bateau arriva à Blois le 18 décembre.

À Orléans, le gouverneur d'Entragues (le héros du duel des mignons, retourné au service du roi) a tenté de faire désigner des royalistes par le tiers état. Mais la municipalité, très attachée à l'autonomie urbaine, a fait échouer ses menées. Ailleurs, ce sont les ligueurs qui ont réussi à éliminer les partisans de Sa Majesté. Comme à Amiens où ceux-ci n'ont pas été convoqués par les autorités acquises à la Ligue. Comme à Troyes où le cardinal de Guise a réussi à imposer ses candidats. Parfois, on a élu deux députés pour un seul siège. C'est le Conseil du roi qui a dû trancher et il lui est arrivé de les confirmer tous les deux. Ainsi à Poitiers où la noblesse a pu avoir deux représentants au lieu d'un. On notera enfin que les électeurs parisiens, le 31 août, ont envoyé siéger aux États de notoires dirigeants du mouvement catholique : le prévôt des marchands La Chapelle-Marteau, son beau-père Étienne de Neuilly, premier président de la Cour des aides, le drapier Jean Compans, le banquier Nicolas Auroux, l'avocat Louis Dorléans, le marchand Louis Bourdin. Trois marchands et trois hommes de loi mais aucun parlementaire, ces hauts magistrats étant considérés comme des agents dévoués de l'autorité royale.

L'analyse des rares cahiers de doléances parvenus jusqu'à nous révèle que le besoin de réformes est fortement ressenti par la société française, qu'il s'agisse d'innovations à introduire dans le fonctionnement de la monarchie ou, plus souvent encore, de retours à un passé supposé idyllique. Ce besoin s'exprime avec d'autant plus de force que l'ordonnance réformatrice de 1579, qui aurait dû satisfaire les aspirations exprimées par les États de 1576, est le plus souvent restée lettre morte. Les cahiers expriment plus particulièrement deux exigences : la proclamation de l'édit d'Union comme loi inviolable du royaume, la limitation des pouvoirs du souverain de manière à affaiblir l'emprise de l'État sur la société civile. Cette dernière revendication se comprend facilement car, depuis 1576, les recettes fiscales théoriques du roi ont quasiment doublé et les refus d'impôt sont de plus en plus nombreux.

Aux yeux des électeurs, les États généraux, qui représentent la nation, apparaissent comme le contrepoids idéal à une autorité royale jugée excessive et à un gouvernement de favoris contrevenant aux édits au lieu de les faire appliquer. Il faudrait, pensent certains, leur réserver le vote de la loi et des impôts nouveaux. Et, de toute façon, leurs décisions devraient s'imposer au monarque comme à ses sujets. Pour le tiers état d'Orléans ou celui de Chaumont-en-Bassigny, leur convocation régulière, tous les six ans, serait le meilleur garant de leur efficacité. Pour les Parisiens, un conseil composé de douze ecclésiastiques, de douze nobles, de douze roturiers[4] et de deux princes devrait avoir la charge de faire exécuter leurs décisions; et les Français devraient même avoir le droit de se révolter si les conseillers de Sa Majesté violaient celles-ci. On reconnaît là les thèmes naguère développés par les monarchomaques protestants.

Pour faire échec à la mainmise de l'État, rendre leur autonomie aux seigneurs, aux municipalités, aux corps ecclésiastiques, on suggère ici ou là une diminution du nombre des officiers et l'abolition de la vénalité des charges (décidée en vain par l'ordonnance de Blois en 1579). Certains, comme les nobles de Picardie, demandent qu'on en revienne à l'élection des évêques par les chanoines, des abbés par les moines comme c'était le cas avant le concordat de 1516. Très soucieux de défendre ses privilèges battus en brèche par le roi avec l'appui du pape, le clergé, par exemple celui du Boulonnais, rappelle qu'il est exempt d'impôts et que ses biens n'ont pas à être vendus, même pour faire la guerre aux hérétiques. Le plus original de tous ces cahiers de doléances est celui du tiers état de Paris, à cause de son ton prophétique et du vocabulaire religieux qu'il emploie pour traiter de sujets politiques. Sous la plume de ses rédacteurs inspirés, qui voudraient réaliser la Jérusalem céleste ici-bas, le règne de Henri III est assimilé à la Babylone de l'Apocalypse.

Bref, en 1588, beaucoup de Français, qui supportent avec peine un roi décrié et ses conseillers honnis, remettent en cause la monarchie absolue, si chère au dernier des Valois qu'ils souhaitent mettre en tutelle. Leur disposition d'esprit ne favorise guère les espoirs que le souverain place dans les États.

Henri III comprend parfaitement que, parmi ses sujets, beaucoup aspirent à de profonds changements politiques. Il souhaite leur donner quelque satisfaction avant l'ouverture des États, de manière à s'assurer la bienveillance des députés, à qui il va devoir demander de l'argent. Et comme il n'a pas l'intention d'accepter l'instauration en France d'une monarchie limitée, comme il n'a nulle envie d'être mis en tutelle, il décide de sacrifier ses collaborateurs pour apaiser le mécontentement des Français. Ainsi s'explique sa décision, aussi brutale qu'inattendue et sans précédent dans l'histoire du royaume, de renvoyer d'un seul coup tous ses ministres. Le 8 septembre, le chancelier Cheverny est invité à restituer les sceaux de l'État, le surintendant Bellièvre à céder la place à François d'O avec qui il

---

[4] Le nombre douze est un nombre sacré: il y a douze prophètes, douze apôtres, douze signes du Zodiaque, vingt-quatre vieillards de l'Apocalypse. Nourris d'Écriture Sainte, les ligueurs parisiens ont une conception surnaturelle de la politique.

partageait la direction des finances, les secrétaires d'État Villeroy, Brûlart et Pinart à se retirer de la Cour. Villeroy, qui ne se trouve pas à Blois, reçoit le billet suivant : «Villeroy, je demeure très content de vos services, ne laissez pourtant d'aller chez vous où vous resterez jusqu'à ce que je vous fasse appeler. Ne cherchez pas la raison de ma lettre, mais obéissez-moi[5].»

Les contemporains, auxquels les mobiles profonds du roi échappent, se perdent en conjectures sur cet événement insolite. En faisant répandre le bruit qu'il se sépare de serviteurs incompétents ou corrompus, Henri III ne contribue pas à éclairer leur jugement. L'opinion qui prévaut généralement, c'est que les ministres disgraciés, partisans de la loi salique, veulent assurer à Henri de Navarre la succession au trône. Mendoza, l'ambassadeur d'Espagne, souligne que Sa Majesté a pris sa décision sans consulter personne, ni sa mère ni le duc de Guise. Ce dernier va répétant que la mesure est dirigée contre lui; ce n'est que partiellement exact. Le seul à avoir bien compris est Étienne Pasquier qui explique à son correspondant poitevin qu'en renouvelant complètement le gouvernement du royaume, le souverain a voulu démontrer aux États qu'il voulait réellement le changement et qu'une ère nouvelle allait commencer, conformément aux vœux de leurs électeurs. Le savant magistrat ajoute qu'il s'agit aussi d'éliminer des hommes trop dévoués à Catherine de Médicis et trop souvent portés à favoriser ses vues plutôt que celles de son fils. C'est vrai en ce qui concerne Bellièvre et Brûlart. Tout ressentiment à l'égard de ceux qui lui ont conseillé de céder à la Ligue n'est donc pas absent de la résolution du roi.

À l'exception du marquis d'O, ce sont des hommes nouveaux, d'une compétence et d'une intégrité reconnues, qui entrent dans le gouvernement. En tant que chancelier, Cheverny est inamovible et gardera son titre jusqu'à sa mort en 1599. Mais il cesse d'exercer ses fonctions confiées à un garde des sceaux, François de Montholon, oncle de L'Estoile, simple avocat au parlement de Paris. La nomination de celui-ci est un clin d'œil aux ligueurs parisiens qui détestent les parlementaires et comptent beaucoup d'avocats dans leurs rangs. Elle déconcerte et même scandalise les officiers de justice chez qui se recrute habituellement la haute administration du royaume. Les nouveaux secrétaires d'État sont Martin Ruzé, seigneur de Beaulieu, et Louis de Revol. Le premier, qui a accompagné le roi en Pologne, a appartenu aux maisons de François d'Anjou et de la

---

[5] Cité par Pierre Chevallier, *op. cit.*, p. 648. Villeroy retrouvera son poste en 1594, sous Henri IV, après un passage de quelques années au service de la Ligue pour laquelle, on le sait, il avait montré quelque penchant.

reine mère; sa désignation doit satisfaire les politiques. Le second a été l'intendant de l'armée du duc d'Épernon en Provence; son élévation est la preuve, pour les ligueurs, que l'hypocrite Henri III n'a nullement renoncé à la politique prônée par son ancien favori. Le troisième secrétariat d'État est offert à un ecclésiastique gascon, Arnaud d'Ossat, proche de Paul de Foix et futur cardinal, qui le refuse modestement. Il sera finalement confié à Louis Potier de Gesvres au début de 1589.

La brutale décision du 8 septembre 1588 répond à une dernière préoccupation royale qui échappe à Étienne Pasquier: la volonté de sauver le pouvoir monarchique d'une vraisemblable immixtion des États. En prenant les devants, en choisissant des hommes irréprochables pour assurer la marche des affaires, le souverain enlève aux députés tout prétexte de les désigner eux-mêmes. Il évite ainsi de se faire mettre en tutelle. Et, pour donner quelque satisfaction aux ligueurs, pour amadouer en quelque sorte le parti catholique, il fait entrer au Conseil deux de ses membres les plus en vue: l'archevêque de Lyon Pierre d'Épinac et le gouverneur du Berry Claude de La Châtre.

À peine installé à Blois, Henri III s'applique donc à consolider sa position politique. Il prépare également la proche session des États généraux en recevant les députés au fur et à mesure de leur arrivée et en s'efforçant de les séduire. Il sait que la non-exécution des promesses faites en 1576 a eu le plus mauvais effet sur les Français. C'est pourquoi, dans les lettres de convocation qu'il a adressées aux bailliages et aux sénéchaussées, il s'est engagé, plus que tout autre monarque avant lui, à faire droit aux demandes des trois ordres. Il cherche maintenant à convaincre ses interlocuteurs de sa sincérité. Il sait aussi que les ligueurs provinciaux sont, dans l'ensemble, beaucoup moins extrémistes que les Parisiens et il ne désespère pas de les amener à lui, de les rallier à sa cause.

Depuis son élévation au commandement en chef de l'armée, le duc de Guise fréquente de nouveau la Cour. Lui aussi arrive à Blois le 1er septembre 1588. A-t-il l'intention de détrôner Henri III à la première occasion et de faire valoir ses droits à la Couronne du fait de son ascendance carolingienne? Certains contempteurs de la Ligue comme Pierre de L'Estoile l'en ont accusé. Les plus excités des ligueurs parisiens, comme la duchesse de Montpensier ou comme ces manifestants qui hurlaient le jour des Barricades: «Il faut mener Monsieur à Reims!», l'y ont incité. Les historiens l'ont affirmé. Le Balafré, lui, ne s'est jamais exprimé à propos de cette question capitale sur laquelle, à vrai dire, nous n'avons que peu d'informations.

Autant qu'on puisse l'appréhender, la réalité paraît tout autre.

L'historien Jean-Marie Constant en a apporté la preuve dans deux ouvrages, *Les Guise* (1984) et *La Ligue* (1996), après avoir soumis les rares sources dont nous disposons à une critique serrée[6]. Dans les derniers mois de 1588, le duc de Guise met en œuvre un programme d'action qui a été dressé à son intention par son mentor politique, l'archevêque de Lyon Pierre d'Épinac, au lendemain des barricades parisiennes : s'élever à la première place après le roi, obtenir la charge de connétable, vacante depuis la mort d'Anne de Montmorency en 1567[7]. Pour y parvenir et détenir ainsi la réalité du pouvoir, l'archevêque conseille au duc de cultiver l'amitié des favoris dont l'étoile est en train de monter comme le grand écuyer Roger de Bellegarde, baron de Termes, cousin d'Épernon, de s'ériger en médiateur entre le roi et sa mère pour les faire vivre en bonne intelligence, de s'assurer l'appui des ministres, d'étendre sans cesse son influence dans l'État. Il ne s'agit donc pas de renverser Henri III mais de lui subtiliser peu à peu toute autorité, de le soumettre à la Ligue. Enfin, sachant que le roi n'a pas d'enfants et que la majorité des Français ne veut pas voir un Bourbon hérétique monter sur le trône, le prélat propose au chef de la Ligue de suivre l'exemple de Charles Martel, maire du palais sous les derniers Mérovingiens, qui «a institué et laissé ses enfants rois[8]», qui a fondé une dynastie sans porter lui-même la couronne. Le principal conseiller du Balafré envisage seulement la possibilité pour un Guise de succéder un jour lointain à Henri III, quand la dynastie des Valois s'éteindra.

Henri de Guise aspire, au fond, à tenir le rôle qui fut celui d'Anne de Montmorency sous Henri II, de François de Guise sous François II. Mais avec une différence capitale : alors que ces illustres prédécesseurs tenaient leurs fonctions de la volonté royale, lui cherche à s'imposer à Henri III contre le consentement de celui-ci. C'est ce que le monarque ne peut admettre. C'est ce qu'il ne pardonnera pas. N'a-t-il pas écrit, le 16 mai, ces lignes lourdes de sens au cardinal de Joyeuse, protecteur de France à Rome : «Sil refuse de me contenter, *je passerai par-dessus toutes sortes de respects et de considérations* pour défendre et conserver mon autorité et mon État, *quoi qu'il en puisse arriver[9]*»?

---

[6]   Voir *Les Guise*, chapitre X, p. 193-209, et *La Ligue*, p. 178-183.

[7]   L'authenticité de ce mémoire d'Épinac a été contestée. Certains auteurs ont pensé qu'il avait été fabriqué ou falsifié dans le cabinet du roi pour justifier l'exécution de Guise. Mais Pierre Richard, l'historien de l'archevêque de Lyon, a ruiné cette opinion dès 1901.

[8]   Cité par Jean-Marie Constant, *La Ligue*, p. 181.

[9]   Cité par Pierre Chevallier, *op. cit.*, p. 650.

Les seconds États de Blois

Pendant les semaines qui précèdent l'ouverture des États, il règne à la Cour un climat oppressant, fait de vague angoisse, de méfiance et de suspicion. «On s'attend à quelque accident étrange et inouï, constate, le 24 septembre, le médecin Cavriana, mais on ne sait quel il sera ni qui en sera l'auteur[10].» Tous les princes ligueurs sont là, le duc de Mayenne excepté. La position éminente qui est maintenant la sienne dans l'État a permis au Balafré d'accroître sensiblement le nombre de ses fidèles. Mais elle lui vaut aussi l'hostilité déclarée de nobles de haut lignage, jaloux de son éclatante fortune. Conscient des dangers qui le menacent du fait de sa réussite, mais aussi de la sourde animosité du roi à son égard, il se tient sur ses gardes. Il informe même Mendoza qu'on veut attenter à sa vie.

Parmi les députés, très nombreux sont ceux qui ont déjà siégé aux États de 1576. Ils se méfient de Henri III, le roi qui n'a pas tenu ses promesses et que l'on dit disciple de Machiavel. On compte officiellement 134 représentants du clergé, 102 de la noblesse, 201 du tiers état. Malgré les efforts déployés par le monarque pendant la campagne électorale, ils sont majoritairement ligueurs. Seuls les nobles se partagent à peu près équitablement entre royalistes et catholiques zélés. Ce sont les cardinaux de Bourbon et de Guise qui président le premier ordre. Le comte de Brissac, héros des barricades parisiennes et le baron de Magnac, gentilhomme limousin, dirigent les débats du second. Quant au tiers état, il place à sa tête le prévôt des marchands La Chapelle-Marteau et choisit comme porte-parole l'avocat dijonnais Étienne Bernard.

Avant que ne s'ouvrent les débats, les États affirment ostensiblement leur foi catholique. Le 2 octobre, une immense procession, que le roi et la reine suivent à pied, conduit les députés de la collégiale Saint-Sauveur, située dans la basse-cour du château jusqu'à la chapelle Notre-Dame des Aides, dans l'église Saint-Saturnin, de l'autre côté de la Loire. Le 9, est célébrée une messe solennelle à la fin de laquelle tous communient dans une belle unanimité après avoir supplié l'Esprit Saint d'inspirer leurs travaux.

Le 16 octobre, se tient la séance d'ouverture. Henri III la préside, entouré des deux reines. À ses pieds, vêtu de satin blanc, se tient Henri de Guise en sa qualité de grand maître de France. Très éloquent, comme à son habitude, le monarque prononce un brillant discours qui fait grande impression sur ses auditeurs. Après avoir rendu à sa mère – qu'il ne consulte pourtant plus sur les affaires

---

[10] Cité par Pierre Chevallier, *op. cit.*, p. 649.

du royaume depuis le 8 septembre – un hommage quasi rituel, il ne se contente pas d'exposer aux députés les problèmes de l'heure, la réforme des abus et les besoins d'argent nécessités par la guerre aux hérétiques. Il prend l'offensive et, profitant de la récente déroute de l'invincible armada, il parle haut et fort dans l'intention de rétablir son autorité. Il explique d'abord que, dans une monarchie bien ordonnée, la création de ligues et la levée par celles-ci d'hommes et d'argent sont des crimes de lèse-majesté. Puis il proclame : «Aucuns [*quelques*] grands de mon royaume ont fait de telles ligues et associations, mais témoignant ma bonté accoutumée, je mets sous le pied, pour ce regard, tout le passé, mais comme je suis obligé [...] de conserver la dignité royale, je déclare dès à présent et pour l'avenir atteints et convaincus du crime de lèse-majesté ceux de mes sujets qui ne s'en départiront ou y tremperont sans mon aveu[11].»

En entendant ces mots, Henri de Guise pâlit. Après une réunion des chefs de la Ligue chez le cardinal de Bourbon, les têtes pensantes du mouvement catholique, Louis de Guise et Pierre d'Épinac, se rendent auprès du roi pour lui demander de retrancher de la version imprimée de son discours cette allusion qui leur déplaît profondément. Le prétexte qu'ils invoquent est que les députés pourraient quitter Blois s'ils s'apercevaient que Sa Majesté leur tient rigueur de leur engagement politique passé. D'abord réticent, Henri III finit par s'incliner devant l'insistance de sa mère qui soutient la demande des ligueurs. C'est la première humiliation que lui infligent les États généraux. Ce n'est pas la dernière.

La première question politique à régler après cette entrée en matière est celle du serment de l'Union. Les députés voudraient que le monarque jure publiquement de respecter l'édit d'Union. Henri III ne demande pas mieux que de s'exécuter, à condition que les trois ordres jurent de leur côté fidélité aux lois fondamentales du royaume, en particulier à celles qui regardent l'autorité royale et l'obéissance due à Sa Majesté. C'est, de sa part, une deuxième tentative pour restaurer son pouvoir vacillant. Mais le clergé déjoue sa manœuvre en réclamant, pour les États, le droit de participer à la confection des lois fondamentales, de jouer ce que nous appellerions un rôle constituant. Peu désireux de contribuer à faire de la France un *Ständestaat*, le roi décide de jurer l'édit d'Union sans rien y ajouter. Le 18 octobre, il fait lire publiquement le texte de l'édit, prête serment de l'observer et tous les députés après lui. Cette belle manifestation d'unanimité catholique suscite un réel enthousiasme et les cris de : «Vive le roi !» fusent de toutes parts.

---

[11]   Cité par Pierre Chevallier, *op. cit.*, p. 657.

Henri III paraît sincèrement touché par ces acclamations, inhabituelles pour lui, et tout le monde va chanter le *Tè Deum* dans la collégiale Saint-Sauveur.

À la fin du mois d'octobre, une nouvelle inattendue vient offrir au roi une occasion de reprendre l'initiative dans son tête-à-tête avec les États: le duc de Savoie Charles-Emmanuel a lancé ses soldats à la conquête du marquisat de Saluces, la dernière possession française outre-monts. La nouvelle suscite une vive émotion dans la noblesse, le moins ligueur des trois ordres et le plus sensible au sentiment de l'honneur. Maintenon, ce député du bailliage de Chartres qui doit son élection à Henri III, prononce un discours dans lequel il propose de revenir à la politique naguère prônée par Coligny: réconcilier les factions politiques adverses dans une guerre commune contre l'Espagne et ses alliés (Charles-Emmanuel est le gendre de Philippe II). Beaucoup de gentilshommes se déclarent prêts à monter à cheval pour aller reprendre Saluces alors que le clergé et le tiers état se montrent parfaitement indifférents au sort de cette lointaine dépendance du royaume. Ce que veulent les représentants de ces deux ordres, c'est une guerre implacable aux hérétiques, à Henri de Navarre, à Lesdiguières, pas une guerre avec la Savoie. Il y a là une possibilité pour le roi de s'appuyer sur la noblesse pour faire échec à la Ligue. Mais, circonvenus par la propagande catholique, les nobles finissent par renoncer à leurs projets belliqueux. Henri III a décidément bien du mal à manipuler les États. Il pense, en tout cas, que Charles-Emmanuel n'a pu agir qu'avec la complicité tacite de la Ligue et de son chef, le duc de Guise.

Le zèle catholique des députés multiplie les occasions de conflit avec la Couronne. Le 4 novembre, sur proposition du clergé, ils réclament que Henri de Navarre soit déclaré coupable de lèse-majesté divine et humaine. Henri III n'a nulle envie d'en arriver là. Il leur répond qu'on ne peut condamner le Béarnais sans l'avoir entendu et propose – comme le demande d'ailleurs, au nom du pape, le légat Morosini – de lui envoyer une ambassade pour l'inviter à se convertir. Ils ne s'en obstinent pas moins dans leur idée.

À l'instigation du duc de Guise, les États mettent à l'ordre du jour une question posée naguère par le défunt cardinal de Lorraine, la réception en France des décrets du concile de Trente. Le roi lui est, en apparence, favorable (il a juré l'édit d'Union qui la prévoit) mais, secrètement, hostile. Il réunit une commission pour en débattre. Le tiers état pousse à l'adoption de ces décrets réformateurs. Mais le clergé et la noblesse, principaux bénéficiaires des *abus de l'Église*, ne l'entendent pas de cette oreille. Et si la commission émet finalement un avis favorable à la réception, rien ne se décide en cette année 1588. Le problème sera repris par les États généraux de 1614[12]. C'est la mésentente entre les trois ordres qui a permis à Henri III de remporter ce très modeste succès.

Il en va tout autrement à partir du jour où les problèmes d'argent viennent en discussion. Si le roi a convoqué les États généraux, ce n'est pas seulement dans l'intention de s'appuyer sur eux pour restaurer son autorité mise à mal par la Ligue, c'est aussi pour en obtenir le vote des subsides nécessaires à la prochaine campagne. Or, il se trouve en présence d'une assemblée dirigée par des hommes compétents[13] et bien décidés à lui imposer leur volonté en matière financière. Pendant les mois de novembre et décembre 1588, il se voit donc contraint de déployer toutes les ressources de son éloquence, de sa séduction naturelle, de son habileté manœuvrière pour essayer de fléchir la détermination des députés.

Surmonter les difficultés financières dans lesquelles se débat la monarchie n'est pas une mince affaire. En 1588, les rentrées fiscales de toutes origines produisent 24 millions de livres contre 12,25 millions de livres par an, en moyenne, de 1559 à 1571. Mais, depuis 1571, les prix ont augmenté de 47 %. Le rattrapage n'est donc que partiel et l'État s'est appauvri. La Couronne a dû emprunter massivement et la dette n'a pas cessé de se gonfler. Elle a atteint 133,38 millions de livres contre 101 millions en 1576 et son service absorbe entre le tiers et le quart des recettes. Cette situation oblige Sa Majesté à emprunter de 3 à 4 millions chaque année à ses banquiers italiens si bien que le montant de la dette s'accroît toujours plus. Pour les contribuables, la pression fiscale est restée supportable jusque vers 1580 (en 1576, la taille et ses accessoires représentaient 8 millions de livres). Mais, depuis cette date, la charge n'a cessé de s'alourdir pour une population décroissante, appauvrie par la guerre civile. En 1588, la taille et ses compléments rapportent 18 millions de livres à l'État. À quoi viennent s'ajouter les 3,4 millions de livres de la gabelle et d'innombrables taxes indirectes, si nombreuses qu'il est vain de vouloir les recenser[14].

Le problème ainsi posé est d'autant plus difficile à résoudre qu'il

---

[12] En raison du gallicanisme de la Couronne et des parlements, les décrets du concile de Trente ne seront jamais officiellement reçus en France. Mais les évêques réformateurs les appliqueront dans le gouvernement de leur diocèse.

[13] La Chapelle-Marteau, par exemple, est maître des comptes : il appartient à la Chambre des comptes, cour chargée de vérifier la comptabilité publique.

[14] Ces données sont tirées de l'*Histoire économique et sociale de la France*, tome I : *De 1450 à 1660*, premier volume, Paris, 1977, p. 166-167, 171-172, 175.

faut payer, équiper et ravitailler les deux armées qui se rassemblent en vue de la prochaine campagne contre les huguenots, l'une en Poitou aux ordres du duc de Nevers, l'autre en Dauphiné sous le commandement du duc de Mayenne. Où trouver l'argent, les ressources ordinaires ne suffisant pas? Car, comme en 1576, les États, qui prêchent la guerre à outrance contre les hérétiques, se refusent à financer les opérations militaires.

Les députés sont venus à Blois avec, en tête, quelques idées simples. Selon eux, l'argent ne manque pas dans les caisses de l'État, il est simplement gaspillé. Donc, une stricte politique d'économies devrait remettre le trésor à flot. De plus, une réduction de la taille à son montant de 1576 s'impose absolument car elle a atteint un niveau excessif, impossible à dépasser. Pour compenser le manque à gagner résultant d'un tel allégement, il suffit d'instituer une chambre de justice qui fera rendre gorge à tous ceux qui ont malversé. Enfin, pour éviter de retomber dans les errements du passé, il importe que, désormais, les recettes et les dépenses de la Couronne soient placées sous le contrôle des États généraux.

Face à la détermination de l'assemblée, Henri III doit se défendre pied à pied. Pour avoir de l'argent, il se contente d'abord de faire des promesses: il réduira le train de sa maison, il n'enrichira plus ses favoris. Mais on le sait prodigue de nature et peu porté à tenir ses engagements. Personne ne se laisse donc abuser et les États ne lui accordent rien.

Après avoir chargé sa mère d'une médiation infructueuse, le roi se résout, à la fin de novembre, à faire une concession d'importance. Il accepte de ramener la taille à son chiffre de 1576, à condition que les trois ordres lui votent de nouvelles ressources pour financer la guerre civile. Mais ceux-ci exigent de contrôler ses dépenses. La mort dans l'âme, il s'adresse donc au duc de Guise, qu'il croit tout-puissant sur l'esprit des députés, et lui demande de s'employer à fléchir leur résistance. Avec l'aide de Pierre d'Épinac, le Balafré accomplit un réel effort pour lui donner satisfaction. On le comprend: quand on ambitionne la dignité de connétable et la direction suprême du royaume, on n'est pas disposé à mettre le pouvoir royal sous la coupe des États. Mais Guise échoue dans sa mission car les objectifs de l'assemblée ne coïncident pas avec les siens, beaucoup plus égoïstes. Le roi en conçoit à son égard un vif ressentiment car il le soupçonne d'encourager en sous-main les États à la résistance tout en feignant de les amadouer.

Le 3 décembre, toujours pressé d'argent, Henri III se résigne à une nouvelle concession. Il déclare accepter de renoncer à un droit régalien fondamental, qui a fait la force des rois de France depuis

1439, celui de décider des impôts. Il provoque l'enthousiasme de ses auditeurs mais sans rien obtenir en contrepartie. Peu après, devant une délégation de députés provinciaux du tiers état, il annonce qu'il veut désormais gouverner avec les États comme Élisabeth d'Angleterre le fait avec son Parlement, quitte à se voir ravalé au rôle d'un doge de Venise. Puis il évoque ses besoins d'argent, allant jusqu'à prétendre que son pourvoyeur refuse de fournir sa table. Séduits et émus, les assistants lui votent sur-le-champ 90 000 écus à prendre sur le produit de la taille de 1589. Certains d'entre eux, particulièrement fortunés, vont même jusqu'à lui en prêter 120 000 autres. C'est encore peu pour faire la guerre mais c'est un début de collaboration qui s'instaure entre le roi et l'assemblée.

Henri III est-il sincère lorsqu'il dit vouloir abandonner aux trois ordres la gestion des finances de l'État? La question est d'importance puisque c'est le monarque lui-même qui prend l'initiative de substituer la monarchie mixte, le *Ständestaat*, à la monarchie absolue qui avait jusque-là ses faveurs et qu'il aurait voulu consolider. On peut douter de sa franchise car il confie par ailleurs à Morosini: «J'aime mieux mourir que de laisser ainsi amoindrir et abaisser ma dignité[15].»

De toute façon, les ligueurs parisiens, moins malléables que les provinciaux, contre-attaquent immédiatement pour déjouer ce qu'ils considèrent – sans doute avec raison – comme une manœuvre, une manipulation des États. Dans sa harangue, La Chapelle-Marteau, le président du tiers, réclame non des pétitions de principe, mais des mesures concrètes, l'établissement de la chambre de justice chargée de faire rendre gorge aux financiers et, surtout, le contrôle du Conseil du roi. Il exige de plus que les cinq sixièmes des crédits qui viennent d'être votés soient affectés aux dépenses militaires.

Pour éviter une rupture qu'il redoute, Henri III consent à créer la chambre de justice qui lui répugne profondément (il s'agit de punir des gens qui lui ont rendu de grands services et cela porte atteinte à son pouvoir judiciaire). Il revendique seulement le droit d'en choisir lui-même les juges sur une liste de cent magistrats établis par les trois ordres. Mais, avant de s'entendre avec lui sur ce point, le tiers état veut connaître la liste des membres de son Conseil «pour savoir ceux qui étaient suspects aux États», c'est-à-dire les adversaires de la Ligue, qu'ils veulent éliminer[16].

Ainsi, de reculade en reculade, face à des ligueurs sûrs d'eux et

---

[15] Cité par Pierre Chevallier, *op. cit.*, p. 661.

[16] En Angleterre, depuis 1536, les membres du Conseil privé doivent être connus de la Chambre des Communes et contresigner les actes royaux.

dominateurs, Henri III, bien loin de restaurer son autorité, se voit finalement contraint de partager celle-ci avec les États généraux. Tandis que les chefs de la Ligue parisienne, La Chapelle-Marteau en tête, s'emploient à l'étrangler politiquement, à ne lui laisser qu'une ombre de pouvoir. Cette situation, si contraire aux espoirs qu'il avait mis dans les États, est pour lui un crève-cœur. Entre deux discours enjôleurs à l'adresse des députés, il passe par des accès d'humeur noire au cours desquels la colère succède aux larmes. L'objet de sa colère c'est, par excellence, Henri de Guise qu'il considère comme le responsable principal de toutes les avanies qu'on lui fait subir. Il n'a pas compris que le tiers état était capable de mener une action politique tout à fait indépendante de celle du Balafré. Ses préjugés aristocratiques ne lui permettent pas de concevoir que de simples bourgeois puissent agir sans l'aval d'un prince. Il en arrive donc à penser qu'en supprimant le duc il pourra recouvrer son autorité évanouie.

Crime d'État ou coup de majesté ?

Depuis le début de l'année mais surtout depuis le mois de mai, Henri de Guise a eu si souvent l'occasion de braver et de mécontenter Henri III que l'irritation croissante de ce dernier à son égard n'est plus un mystère pour personne. Le monarque considère le Balafré comme un criminel de lèse-majesté et, à plusieurs reprises, il a proféré des menaces à peine voilées contre sa vie. Rappelons seulement ses lettres à Villeroy (avant les barricades), au cardinal de Joyeuse et au pape Sixte Quint (au lendemain de cet événement)[17]. De toutes parts, les mises en garde et les avertissements d'avoir à se méfier arrivent au chef de la Ligue. Mais celui-ci n'en relâche pas pour autant sa pression sur le roi. Il tient conseil dans sa chambre et prend des décisions sans lui en référer. À la fin de novembre, il lui arrache une place de sûreté supplémentaire, la ville d'Orléans, si convenable pour servir de point d'appui à une rébellion armée, ainsi que le prince Louis de Condé l'a prouvé pendant la première guerre de Religion. À la maréchale de Retz qui lui reproche d'en faire trop et lui prédit un grave malheur, il répond qu'il ne craint pas Henri III. Il ne croit pas, en effet, que le roi osera le faire arrêter ou exécuter. À ses yeux, le monarque est trop bon chrétien et surtout trop timide, trop pusillanime pour en arriver là. Mauvais psychologue, il ignore que le timide, à force d'être bafoué, peut réagir

---

[17] Voir *supra*, p. 366, 378, 388.

avec une extrême violence quand la coupe des affronts déborde. Le 9 décembre, lorsque son entourage lui conseille de quitter Blois et de se réfugier à Orléans, il préfère suivre l'avis de Pierre d'Épinac, pour qui celui qui quitte la partie la perd, et rester à la Cour. Le matin du 21 décembre, trois jours avant sa mort, il n'hésite pas à braver une nouvelle fois son souverain auquel il reproche de lui avoir confié une charge vide de responsabilités; Henri III lui rétorque qu'il devra s'en contenter.

Nous ne disposons que d'informations incomplètes et contradictoires sur le moment où le roi a décidé d'éliminer le duc de Guise. Certains contemporains ont pensé que ce fut au lendemain des barricades de Paris. Ainsi Racyne de Villegomblain, gentilhomme de la chambre, auteur de *Mémoires des troubles arrivés en France sous les règnes de Charles IX, Henri III, Henri IV*, parus seulement en 1667. Mais si tel était le cas, pourquoi Sa Majesté aurait-elle attendu plus de six mois avant de se venger, alors que les occasions de le faire ne lui ont pas manqué? En réalité, il semble bien que la décision fatale ait été prise en catastrophe par un monarque aux abois, poussé dans ses derniers retranchements par les leaders guisards des États généraux. Qu'il ait eu envie très tôt de se défaire de son adversaire est certain. Mais c'est tardivement qu'il s'y est résolu parce qu'il pensait ne plus pouvoir faire autrement.

Pour l'historien italien Davila, qui a publié à Venise en 1641 une *Histoire des guerres civiles de France* traduite en français en 1657, la décision remonte au 18 décembre. Ce jour-là, alors que les fêtes du mariage de la princesse Christine de Lorraine, petite-fille de Catherine de Médicis, avec le grand-duc Ferdinand de Toscane battaient leur plein, Henri III aurait tenu conseil avec quelques intimes, le maréchal d'Aumont, Nicolas d'Angennes, marquis de Rambouillet, Louis d'Angennes, seigneur de Maintenon, et le capitaine Alphonse d'Ornano. La mort aurait été décidée par trois voix contre une.

D'autres sources proposent une date un peu différente. L'historien Pierre Chevallier invoque le témoignage d'un Gascon, Baptiste de Lamezan, député de la noblesse du Comminges, qui place la décision dans la nuit du 20 au 21 décembre. Outre les premiers conjurés, quelques députés fidèles au roi auraient participé à la réunion. Parlant des Guises, Lamezan aurait dit à Henri III: «Si vous ne les occisez pas, ils vous occiront [...] Vous ne sauriez ni les prendre ni les faire juger. Les seigneurs lorrains sont coupables de lèse-majesté au premier chef; dites qu'ils soient occis, on les occira[18].» De son côté, Jean-Marie Constant interroge les *Mémoires*

---

[18] Cité par Pierre Chevallier, *op. cit.*, p. 664.

du marquis de Beauvais-Nangis, fils d'un favori de Henri III, qui abaissent la date à la nuit du 23 décembre[19]. Ce qui paraît peu vraisemblable, le Balafré ayant été abattu le 24 vers huit heures du matin. Il faut d'autant plus se méfier de cet ouvrage que son auteur donne le beau rôle à son père qui, seul, aurait prévu les conséquences désastreuses du meurtre de Guise.

Tout en se contredisant quelque peu, ces sources s'accordent cependant sur un point : c'est peu de jours avant l'exécution et alors qu'il n'a plus aucune marge de manœuvre face aux États généraux, que le monarque, pris à la gorge, prend sa décision, une décision brutale, désespérée, seule capable à ses yeux de le tirer d'affaire. Il ne la prend pas arbitrairement, à la façon des tyrans mais, comme doit le faire un roi de France, après avoir sollicité l'avis de conseillers compétents. Cependant, sa manière de tenir conseil secrètement, la nuit, avec seulement quelques intimes acquis à sa cause, s'apparente plus à une conjuration qu'à une réunion de ministres. Sans doute ne peut-il agir autrement sous peine de voir ébruiter l'affaire.

Pour se débarrasser du Balafré, il a le choix entre deux solutions. La première consiste à le faire arrêter, emprisonner et juger pour crime de lèse-majesté par le parlement de Paris avec une condamnation à mort à la clé. C'est la solution conforme au droit et à la justice, celle que les Tudors ont toujours choisie pour supprimer leurs ennemis. Marie Stuart, par exemple, n'a pas été décapitée sur ordre d'Élisabeth, comme on le dit trop souvent, mais après un procès en bonne et due forme devant la Chambre des Lords. Une telle solution aurait sans doute pu être mise en œuvre au printemps 1585, lorsque Guise se trouvait en position de faiblesse à Châlons. Elle ne l'est plus en décembre 1588. On peut, certes, s'assurer de sa personne, bien qu'une imposante escorte l'accompagne toujours. Mais à peine sera-t-il incarcéré que ses partisans prendront les armes pour obtenir sa libération. Toutes sortes de pressions s'exerceront sur le monarque pour l'obliger à élargir son prisonnier avant que le procès puisse avoir lieu en Parlement. Catherine de Médicis ne sera sans doute pas la dernière à voler au secours de celui qu'elle considère comme un utile contrepoids à Henri de Navarre. Et l'opération risque de tourner à la confusion du pouvoir royal.

La seconde solution, plus expéditive, consiste à faire occire le rebelle par des soldats ou par les Quarante-cinq. Elle présente plus de chances de succès que la première si les mesures sont bien prises et si le secret est bien gardé. Justicier suprême, le roi a parfaitement

---

[19] Voir Jean-Marie Constant, *La Ligue*, p. 205-206.

le droit de condamner lui-même un vassal félon à la peine capitale, sans le présenter à un tribunal, et de faire exécuter la sentence. Mais, en agissant ainsi, il interdit au coupable attiré dans un guet-apens, frappé à l'improviste, de présenter sa défense, ce qui est contraire à la tradition monarchique. Henri III lui-même n'a-t-il pas rappelé aux États qu'on ne pouvait pas condamner Henri de Navarre sans l'avoir entendu?

Il est, au fond, très malaisé d'apprécier le geste de Henri III à sa juste valeur, surtout à quatre siècles de distance. Pour les uns, depuis les ligueurs du XVIe siècle jusqu'aux républicains du XIXe, il s'agit d'un crime d'État, perpétré par un mauvais roi, un disciple de Machiavel, un *Florentin* sans foi ni loi. Pour d'autres, en particulier pour les historiens d'aujourd'hui, devenus trop bons connaisseurs de l'Ancien Régime pour porter un jugement purement négatif sur le drame, il s'agit d'un coup de majesté, d'un acte de justice salutaire et terrible, destiné à punir de façon exemplaire un criminel d'État, en un temps où les condamnations capitales sont monnaie courante. À bien y réfléchir, le meurtre du duc de Guise et de son frère le cardinal, assassinat pour les uns, châtiment mérité pour les autres, est sans doute tout cela à la fois car, comme le dit L'Estoile, «en tout grand exemple, il y a quelque chose d'iniquité, qui est toutefois compensé par une utilité publique[20]».

Le matin du 21 décembre, l'entrevue orageuse qu'il a avec Henri de Guise ne peut que conforter Henri III dans sa volonté de le faire périr. Lorsqu'il regagne son cabinet après l'entretien, le roi est dans une colère si noire qu'il va jusqu'à piétiner son bonnet. Le soir même, Morosini, qui a eu vent de quelque chose, fait dire au Balafré qu'il serait préférable pour lui de quitter la Cour. Mais celui-ci éconduit poliment son messager.

Le 22, les deux adversaires se retrouvent au chevet de Catherine de Médicis, alitée pour une congestion pulmonaire. Oubliant en apparence sa colère de la veille, le monarque fait bon visage au duc. Mais, le soir, il prend les décisions préalables à l'attentat qu'il médite. D'une part, il convoque Guise au Conseil qui doit se tenir très tôt le lendemain. De l'autre, il lui retire les clés du château, attributs du grand maître de France. Le prétexte invoqué est qu'il veut partir de bonne heure pour sa maison de La Noue, à quelque distance de Blois. À son souper, le Balafré aurait trouvé sous sa serviette un billet l'avertissant de sa mort imminente et sur lequel il

---

[20] Pierre de L'Estoile, *Journal d'un bourgeois de Paris sous Henri III*, Paris, 1966, p. 273.

aurait écrit « On n'oserait » avant de le jeter sous la table. Audacieux et présomptueux, confiant en sa bonne étoile, il n'est pas homme à reculer devant une menace encore imprécise. Surtout, il méprise Henri III dont il méconnaît totalement la détermination et l'habileté dans l'action, « Dieu, dit L'Estoile, lui ayant bandé les yeux comme il fait ordinairement à ceux qu'il veut châtier et punir[21] ».

La fatale journée du vendredi 23 décembre 1588 nous est bien connue par les diverses relations qui en ont été données mais qui ne concordent pas toujours. Le médecin Marc Miron a rédigé la principale d'entre elles, restée manuscrite.

Il est environ minuit lorsque le roi quitte son cabinet pour aller dormir avec la reine Louise. Il a ordonné qu'on l'éveille à quatre heures et il a convoqué pour cinq heures, dans la galerie des Cerfs, sa garde rapprochée, les Quarante-cinq qu'on appelle encore les *ordinaires*. Au service de Sa Majesté depuis quatre ans, ces gentilshommes du Sud-Ouest, ces *diables gascons* disent les Parisiens, sont d'une fidélité à toute épreuve. Les États généraux qui les détestent, et voient en eux des coupe-jarrets, ont demandé en vain la dissolution de cette troupe d'élite.

Pendant ce temps, l'inconscient duc de Guise va dépenser ses forces aux jeux de l'amour dans les bras de la galante Charlotte de Sauve, devenue marquise de Noirmoutier. Il ne regagne sa chambre (le grand maître de France loge au château) qu'à environ trois heures. On lui remet alors cinq billets, dont l'un de sa mère, la duchesse de Nemours, qui l'adjurent de prendre garde à lui. Il en méprise le contenu et, recru de fatigue, s'endort sur-le-champ.

À quatre heures, Du Halde, valet de chambre du roi, frappe à la porte de la reine, au grand étonnement de la dame de Piolant, première femme de chambre. Henri III, que l'anxiété a empêché de dormir, réclame ses bottines, sa robe de chambre et son bougeoir. Il se rend dans le cabinet neuf où se réunissent peu à peu ceux qui sont dans le secret comme Roger de Bellegarde, baron de Termes, le marquis d'O, le maréchal d'Aumont et les frères d'Angennes. Puis il gagne la galerie des Cerfs où se rassemblent les Quarante-cinq. Au fur et à mesure de leur arrivée, il enferme ses ordinaires dans les cellules qu'il a fait aménager dans les combles pour l'usage des capucins. Puis il s'en va ouïr la messe.

À peu près au même moment que le roi, Guise est tiré de son sommeil par ses serviteurs dont l'attention a été sollicitée par des bruits et des mouvements inhabituels dans la basse-cour du château. Comme il ne peut s'agir que des préparatifs de départ de

---

[21] Pierre de L'Estoile, *op. cit.*, p. 269.

Sa Majesté pour sa maison de La Noue, le duc se rendort jusqu'à ce que, vers six heures, son secrétaire Jean Péricard vienne ouvrir les rideaux de son lit.

Après l'arrivée des membres du Conseil, Henri III fait sortir les Quarante-cinq de leurs cellules et les conduit dans sa chambre. Là, il les harangue, rend hommage à leur fidélité, dresse un tableau des insolences des Guises et leur annonce l'objet de leur convocation. Il conclut: «J'en suis réduit à telle extrémité qu'il faut que ce matin il meure ou que je meure!» Ses paroles suscitent l'enthousiasme des Gascons. L'un d'eux, Sariac, seigneur de Navarron, lui frappe même la poitrine en s'écriant: «Cap de Diou, Sire, iou lou bous rendrai mort!» Le roi organise alors méthodiquement la souricière qui va se refermer sur son ennemi. Huit ordinaires, armés de poignards, demeurent avec Laugnac, leur chef, dans la chambre royale pour y attendre leur victime. Douze autres, armés d'épées, s'installent dans le cabinet vieux où Guise sera appelé. Les autres sont disposés dans l'escalier venant du premier étage et dans le passage conduisant à la galerie des Cerfs pour couper toute retraite à celui que le roi a condamné.

Il ne reste plus qu'à attendre l'arrivée du Balafré. Henri III, qui se tient dans le cabinet neuf, manifeste une extrême nervosité. D'habitude calme et olympien, il ne cesse de marcher de long en large et, de temps à autre, pénètre dans sa chambre pour donner ses dernières recommandations à ses fidèles qu'il met en garde contre la force physique prodigieuse du chef de la Ligue. On lui annonce l'arrivée du cardinal de Guise, dont le maréchal d'Aumont doit s'assurer, mais le duc ne paraît point. Et s'il avait décidé de ne pas venir? Dans l'oratoire voisin du cabinet, deux aumôniers se sont mis en prière pour obtenir de Dieu le plein succès du dessein de Sa Majesté.

Vers sept heures, alors que le Conseil est déjà assemblé, Henri de Guise, qui a revêtu un habit neuf de satin gris, quitte sa chambre. Le temps est à l'unisson du drame qui se prépare. Une aube blafarde éclaire à peine la cour du château de Blois. Il pleut à torrents et il fait froid. Après une courte prière devant la chapelle Saint-Calais qui est fermée, il débouche sur la terrasse qui domine la ville et la Loire. Il croise deux gentilshommes, Louis de Fontanges et Louis d'Abancourt, qui le dissuadent d'aller plus loin. Il les éconduit, traitant même, paraît-il, le second de sot.

Arrivé à l'escalier de François Ier, il rencontre le capitaine des gardes, Nicolas de Larchant, qui lui demande d'intervenir auprès du roi pour que la solde de ses hommes soit enfin payée. Vieux compagnon du monarque, qu'il a naguère suivi en Pologne, Larchant fait partie des conjurés. Pour donner le change, il a averti le duc, la veille, qu'il allait lui faire cette requête. Guise promet et monte les degrés sans voir que, derrière lui, les gardes du corps bloquent toutes les issues.

Quand il pénètre dans la salle du Conseil, il se sent indisposé. Il n'a pas assez dormi, s'est trop dépensé avec Charlotte de Sauve, n'a encore rien mangé. Il a froid dans son vêtement trop léger, fait activer le feu qui brûle dans la cheminée, demande le drageoir contenant les raisins de Damas dont il use habituellement le matin. Péricard sort pour le lui apporter mais il ne reparaîtra pas, les hommes de Larchant lui ayant barré par trois fois le passage. En attendant de récupérer son drageoir qu'un huissier lui fera parvenir, il avale quelques prunes de Brignoles qu'on lui a apportées. Il réclame aussi un mouchoir, sa faiblesse s'étant un moment aggravée au point de le faire saigner du nez.

Pendant ce temps Péricard, qui a compris qu'un mauvais coup se tramait, fait des efforts désespérés pour empêcher l'irrémédiable. Il cherche à prévenir le prince de Joinville, fils aîné de Guise, mais celui-ci est déjà parti faire du cheval. Il va suggérer à Madame de Nemours de faire intervenir Catherine de Médicis que le roi n'a pas mise dans la confidence. Mais c'est impossible car les gardes suisses interdisent l'accès à la chambre de la reine mère. Il ne reste au dévoué serviteur qu'à faire brûler les papiers secrets de son maître.

À l'arrivée du secrétaire d'État Ruzé de Beaulieu, porteur de l'ordre du jour, les débats peuvent commencer. Vers huit heures, alors qu'un maître des requêtes lit d'une voix monotone un rapport sur la gabelle, le secrétaire d'État Revol entre dans la salle du Conseil et demande au Balafré de se rendre au cabinet vieux où le roi l'attend (Henri III se tient en réalité dans le cabinet neuf). Homme grand et timide, effrayé par la tragédie qui se prépare, Revol, pâle comme un mort, bafouille et s'éclipse plus vite qu'il n'est entré. Le roi a dû le houspiller : «Mon Dieu, Revol, qu'avez-vous? Que vous êtes pâle! Vous me gâterez tout! Frottez vos joues, Revol!»

Le duc de Guise, qui n'a pas remarqué le trouble du secrétaire d'État, se dresse brusquement, ajuste son manteau sur son bras gauche, place quelques prunes de Brignoles dans son drageoir et pénètre dans la chambre du roi qu'il doit traverser pour se rendre au cabinet vieux. Ses assassins, qui l'attendent assis sur des coffres, se lèvent lorsqu'il paraît, le saluent et lui emboîtent le pas. À l'entrée du corridor qui, de la chambre, conduit au cabinet vieux, il soulève une portière et aperçoit les ordinaires qui occupent les lieux, l'épée à la main. Il comprend alors qu'on veut le tuer et se retourne. Ceux qui le suivent le saisissent aux jambes et le lardent de coups de poignard d'autant plus facilement qu'il ne porte pas de cotte de mailles. Empêché par son manteau de dégainer son épée, il culbute néanmoins quatre de ses assaillants, en frappe deux autres avec son drageoir, et va s'effondrer au pied du lit royal. Le capitaine des Quarante-cinq, Laugnac, l'achève d'un coup d'épée dans les reins. Il expire en disant: «C'est pour mes péchés! Mon Dieu! Miséricorde!»

Dans la salle du Conseil, le cardinal de Guise, entendant les cris de son frère, veut se porter à son secours. Il en est empêché par le maréchal d'Aumont qui dégaine en l'apostrophant: «Ne bougez pas! Mort Dieu! Monsieur! Le roi a affaire de vous!» Puis la pièce se remplit d'archers qui emmènent prisonniers le cardinal et l'archevêque de Lyon.

Henri III, qui est sorti du cabinet neuf au comble de l'émotion pour contempler le corps de son ennemi abattu, n'a pas dit, contrairement à une légende tenace, que Guise était plus grand mort que vivant. Mais il déclare aux membres du Conseil qu'il veut désormais être seul roi en France et obéi comme tel. Puis il se rend au chevet de sa mère pour lui apprendre la nouvelle et lui expliquer qu'il vient de sauver son trône. La tradition prête à la vieille reine la fameuse réplique, apocryphe bien sûr: «Mon fils, c'est bien taillé mais il faut coudre.» Selon l'ambassadeur de Venise Mocenigo, elle répond en réalité: «Mon fils, cela me fait plaisir pourvu que ce soit pour le bien de l'État[22].» Au fond d'elle-même, elle condamne absolument l'exécution qui vient d'avoir lieu car les conséquences lui en apparaissent redoutables. Mais son opinion n'a plus d'importance puisqu'elle va s'éteindre le 5 janvier 1589.

Pour en finir avec la Ligue, il ne suffit pas d'éliminer son chef prestigieux. Il faut aussi mettre tout son état-major hors de combat. Après la mort du Balafré, le grand prévôt de France François de Richelieu (c'est le père du cardinal), chargé de la police des résidences royales, se rend à l'hôtel de ville de Blois où le tiers état délibère. Il fait irruption dans la salle des séances à la tête d'une compagnie d'archers et s'écrie: «Personne ne bouge! L'on a voulu tuer le roi! Il y a deux soldats qui sont pris!» À l'instant même, ses hommes s'emparent de La Chapelle-Marteau, du président de Neuilly, des échevins parisiens Compain et Cotteblanche, de l'avocat Dorléans et de quelques autres adversaires déclarés de Sa Majesté. Les prisonniers sont conduits au château sous la pluie. L'ordre est donné en leur présence de dresser des potences dans la cour pour les exécuter. Mais Henri III se contente de les faire incarcérer.

---

[22] Cité par Pierre Chevallier, *op. cit.*, p. 672.

Il envoie aussi ses fidèles se saisir des personnes du cardinal de Bourbon, des membres du lignage de Guise (la duchesse de Nemours, mère du Balafré, le prince de Joinville, son fils aîné, le duc d'Elbeuf, son cousin) et de quelques gentilshommes ligueurs comme le comte de Brissac et le seigneur de Boisdauphin.

Le samedi 24 décembre, les députés du clergé décident de demander au roi la libération de leur président, le cardinal de Guise, emprisonné depuis la veille au château de Blois avec l'archevêque d'Épinac. Henri III connaît le prélat comme «autant ou plus mauvais garçon que son frère, et plus cruel et remuant que lui[23]». Après avoir hésité (on n'exécute pas un cardinal comme un simple prêtre) et pris conseil, il ordonne la mort de celui qui, comme sa sœur la duchesse de Montpensier, lui réservait une tonsure de moine. Il a cependant du mal à trouver quelqu'un qui veuille porter la main sur un prince de l'Église, même coupable de lèse-majesté. Finalement, le capitaine Le Guast, l'un des Quarante-cinq, fait accomplir cette basse besogne par trois soldats. Pour un salaire de 200 livres chacun, ils le lardent de coups de hallebarde.

On pense généralement que les corps des deux frères Guise, le duc et le cardinal, furent démembrés par l'exécuteur des hautes œuvres, brûlés dans une cheminée du château et leurs cendres jetées dans la Loire, de façon à éviter toute vénération de leur tombe ou de leurs reliques par le peuple ligueur. Mais il est possible aussi qu'on les ait inhumés dans un endroit secret, recouverts de chaux vive.

★

L'inconscience avec laquelle Henri de Guise est allé se jeter dans la souricière que lui tendait Henri III laisse aujourd'hui pantois. Mais l'imprévoyance du roi étonne tout autant. Tout à sa vengeance personnelle, tout à sa volonté de sauvegarder dans l'immédiat son pouvoir contesté par les États généraux, le monarque n'a pas suffisamment pesé les conséquences de la mort de «Nemrod le Lorrain» pour parler comme L'Estoile. Il a cru que la disparition de son chef et l'incarcération de son état-major allaient ébranler le parti ligueur. Parce qu'il n'a compris ni la force singulière de la composante religieuse du mouvement ni son rejet vigoureux de l'emprise étatique et fiscale. Contrairement à ses espoirs, l'exécution du duc de Guise et de son frère le cardinal ne sonne pas le glas de la Ligue, bien au contraire. Il peut le constater à ses dépens dès les derniers jours de 1588.

---

[23] Pierre de L'Estoile, *op. cit.*, p. 272.

CHAPITRE XXI

LE NOUVEAU VISAGE DE LA GUERRE CIVILE

L'exécution des Guises donne un tel regain de vitalité à la Ligue que le roi – qui n'a plus que sept mois à vivre – doit l'affronter les armes à la main. Pour mener la lutte avec les meilleures chances de succès, il fait alliance, après avoir longtemps hésité, avec Henri de Navarre dont la renommée militaire est montée au zénith depuis la bataille de Coutras. Pendant les mois de mai, juin et juillet 1589, catholiques royaux et protestants, réconciliés, combattent donc côte à côte et le Béarnais, héritier du trône, devient pour Henri III un conseiller avisé, dévoué et énergique. Cette alliance du Très-Chrétien avec les hérétiques se montre suffisamment puissante pour faire reculer la Ligue. Elle constitue un tournant capital dans l'histoire des guerres civiles puisqu'elle en transcende la dimension religieuse. Comme telle, elle cause un énorme scandale à Rome et attise la haine des Parisiens, en proie à une intense exaltation mystique.

Les fruits amers de la vengeance

Les 23 et 24 décembre 1588, Henri III avertit les gouverneurs de province, les parlements et les principales villes de son royaume du châtiment exemplaire qu'il vient d'infliger au duc de Guise et à son frère le cardinal. Il écrit également à Sixte Quint et charge ses représentants à Rome, le marquis de Pisani et le cardinal de Joyeuse, de justifier sa vengeance auprès du Saint-Père : ce dernier ne lui a-t-il pas conseillé, naguère, de punir sévèrement les rebelles à son autorité ?

Dans l'esprit du roi, le drame qui vient d'ensanglanter le château de Blois ne constitue pas un préalable à un changement de politique. Il en administre la preuve en confirmant l'édit d'Union le

31 décembre et en affichant sa volonté de continuer le combat contre les hérétiques. Mais, dans le camp huguenot, Du Plessis-Mornay, plus perspicace que lui, prédit dès le 26 à Henri de Navarre qu'il changera d'attitude au bout de six mois : « Le roi voudra montrer que ce n'était pas M. de Guise qui le faisait catholique, cela lui importe pour rapprivoiser les villes subornées par la Ligue. C'est pourquoi il continuera à vous faire la guerre et *n'oserait faire autrement de six mois*[1]. »

Henri III ne croit pas que la Ligue, parce qu'elle vient d'être décapitée, va s'évanouir comme par enchantement. Mais il la croit suffisamment ébranlée pour ne plus menacer gravement la Couronne. L'ambassadeur Mendoza, qui écrit à Philippe II qu'il n'y a plus de fondement à faire sur la Ligue, partage son point de vue. Quant aux États généraux, le roi espère qu'après avoir été échaudés par l'arrestation de leurs leaders, ils se montreront désormais plus accommodants.

C'est le contraire qui se produit. Vite revenus de leur frayeur, les députés réclament la libération de leurs collègues incarcérés. Henri III relâche le comte de Brissac, qui reprend la présidence de la noblesse et se met à faire du zèle royaliste, mais il garde pour l'instant sous les verrous les représentants du tiers.

Pendant les trois dernières semaines de la session, aucune véritable coopération ne peut s'établir entre la Couronne et les États malgré la modération de la noblesse et du clergé (ce dernier présidé par l'archevêque de Bourges, Renaud de Beaune). Au point où en sont les choses, il est impossible à l'assemblée de mettre le roi en tutelle, mais le roi ne peut rien obtenir de l'assemblée.

Les trois ordres sont en train de rédiger leurs cahiers de doléances. Henri III aimerait que ceux-ci assimilent la formation de ligues à un crime de lèse-majesté. Il essuie un refus poli. Pour examiner les plaintes exprimées par les États et leur donner suite, il suggère la formation d'une commission mixte, composée pour moitié de députés et pour moitié de conseillers d'État. Ce pourrait être une amorce de collaboration du pouvoir royal avec les représentants de la nation, mais ces derniers ne veulent pas en entendre parler.

Les trois ordres déposent leurs cahiers le 4 janvier 1589. Henri III se propose de répondre sur-le-champ aux doléances qu'ils expriment. Mais, au nom du tiers, l'avocat Bernard s'y oppose : il n'est pas d'usage de procéder ainsi, il faut laisser aux États le temps de faire connaître leurs plaintes au public. Le roi constate donc qu'il n'entretient plus avec l'assemblée qu'un dialogue de sourds et,

---

[1] Cité par Pierre Chevallier, *Henri III, roi shakespearien*, Paris, 1985, p. 676.

comme les nouvelles en provenance de Paris sont de plus en plus alarmantes, il ordonne sa dissolution. Les cérémonies de clôture occupent les 15 et 16 janvier. À cette occasion, si l'archevêque de Bourges essaie de dégager des solutions aux difficultés qui accablent le royaume, l'orateur du tiers se borne à vitupérer les financiers et la pression fiscale abhorrée. Jusqu'au bout, l'incompréhension aura été totale entre le roi et ses sujets à propos des besoins d'argent de la Couronne.

Après le départ des députés, Henri III fait rendre les derniers devoirs à la dépouille de sa mère, décédée le 5 janvier. Pour faire taire les rumeurs d'empoisonnement, il ordonne une autopsie. Puis le corps enbaumé est placé dans deux cercueils emboîtés, un de plomb et un de chêne, tandis que l'effigie d'apparat de la feue reine est exposée dans une salle du château. Le 4 février, les obsèques de Madame Catherine sont célébrées dans la collégiale Saint-Sauveur. Et comme il n'est pas possible, pour l'instant, de la conduire à Saint-Denis, on l'enterre sur place quelques jours plus tard. Elle restera à Saint-Sauveur de Blois jusqu'en 1610.

Si les États généraux ont infligé une première déconvenue à Henri III, celle-ci n'est que peu de chose auprès de celle que lui réserve la Ligue parisienne dont il n'a pas prévu la violente réaction à la mort des princes lorrains.

La nouvelle de l'exécution du Balafré est connue dans la capitale le 24 décembre au soir. Aussitôt les Seize, aile marchante du mouvement catholique, se saisissent des portes et des lieux stratégiques avec le concours du duc d'Aumale, présent dans la ville. Durant la nuit de Noël, ils adressent message sur message à toutes les cités qui ont adhéré à la Sainte Union pour les inviter à prendre les armes et à serrer les rangs. Le 26, à l'annonce de la mort du cardinal de Guise, une assemblée révolutionnaire se tient à l'hôtel de ville et proclame Aumale gouverneur de Paris. Comme au lendemain des barricades, mais de façon beaucoup plus radicale, la capitale entre en rébellion. Cette fois, elle veut se venger du monarque.

Car, tandis qu'elle s'apprête à la résistance, elle retentit d'appels à la vengeance lancés par les prédicateurs. «Le premier jour de l'an 1589, raconte L'Estoile, Guincestre, après le sermon qu'il fit à Saint-Barthélemy, exigea de tous les assistants [...] d'employer jusqu'au dernier denier de leur bourse et jusques à la dernière goutte de leur sang pour venger la mort des deux princes lorrains catholiques, à savoir le duc de Guise et le cardinal son frère, massacrés par le tyran dans le château de Blois, à la face des États. Et du premier président de Harlay qui, assis à l'œuvre [*au banc d'œuvre*] tout devant lui, avait ouï sa prédication, exigea serment particulier [...][2]. » À la sortie de l'église, les fidèles mettent en pièces les armoiries royales accrochées à la porte.

Le mépris et la haine que les ligueurs éprouvent depuis si longtemps pour Henri III commencent à se muer en un désir de mort. Les quelques ménagements qu'ils avaient pu garder jusque-là pour sa personne sacrée s'évanouissent. On l'affuble de vocables dévalorisants, infamants : *le tyran, l'apostat, le perfide, le bougre*. On ne parle plus de lui en disant *le roi* ou *Sa Majesté*, mais simplement *Henri de Valois* ou, par anagramme, *le vilain Hérode*[3], voire *O le Judas*.

Le 2 janvier, la foule se rue sur les mausolées de Saint-Mégrin, Quélus et Maugiron, élevés près du maître-autel de l'église Saint-Paul, et les démolit. Le 7, la faculté de théologie, à l'unanimité des docteurs présents, délie les Français de leur serment de fidélité à «Henri de Valois, naguère leur roi» et raye son nom du canon de la messe. Jean Boucher commence la rédaction de son *De justa Henrici tertii abdicatione Francorum regno, libri quatuor* dans lequel il expose le droit de l'Église et des peuples à déposer les monarques. En le considérant comme un tyran, les ligueurs ravalent le roi à la condition d'une personne privée. On brûle ses lettres. On mutile ses images. On confectionne des figurines de cire à sa ressemblance et, le jour où se célèbre le service de quarantaine pour le repos de l'âme des Guises, on pique celles-ci avec des aiguilles à l'endroit du cœur pour le faire mourir. C'est avec un souverain diabolisé que la Ligue s'apprête à engager le fer. Car, depuis qu'on en a trouvé la preuve au couvent des capucins – un chandelier orné de satyres lui appartenant – on est sûr qu'il entretient, sous prétexte de dévotion, un commerce suivi avec les démons.

Pour le combattre dans les meilleures conditions, elle réorganise les institutions municipales. Le 5 janvier 1589, les échevins détenus par Henri III sont remplacés par trois figures de proue du mouvement catholique, l'avocat Drouart, le drapier Guillaume de Bordeaux, intendant de la maison de Guise, et le procureur Oudin Crucé, héros des barricades. De nouveaux conseils viennent s'ajouter au conseil des Seize qui, avant les événements de mai 1588, dirigeait clandestinement la Ligue parisienne. Le conseil des Quarante, recruté par Pierre Senault, secrétaire et greffier de

---

[2] Pierre de L'Estoile, *Journal d'un bourgeois de Paris sous Henri III*, Paris, 1966, p. 276.

[3] Guincestre passe pour être l'inventeur de cette anagramme.

la Sainte Union, dans les trois ordres de la société (neuf ecclésiastiques, sept nobles, vingt-quatre roturiers), devient l'organisme dirigeant. Sorte de pendant du Conseil royal, il est plus particulièrement chargé d'administrer la justice et de diriger l'effort de guerre. Une assemblée révolutionnaire ratifie sa composition le 17 février. À la tête de chacun des seize quartiers de Paris, un conseil de neuf notables élus rend la justice en première instance et surveille les menées royalistes.

La capitale est le siège de puissantes juridictions monarchiques que les ligueurs, recrutés parmi les officiers de rang subalterne et les marchands, détestent et veulent abaisser. Le 16 janvier, le jour même de la clôture des États généraux, se déroule la purge du Parlement. Le procureur Bussy-Leclerc, à la tête de vingt-cinq à trente hommes armés, fait irruption dans l'enceinte sacrée du Palais, temple de la justice. À la grande indignation de L'Estoile mais à la grande satis-.faction du populaire, il fait prisonniers le premier président Achille de Harlay, les présidents de Thou et Potier et les conseillers connus pour leur fidélité à Henri III. Il enferme tous ces hauts magistrats à la Bastille dont il est le capitaine. Le lendemain, la *première cour de l'Europe*[4], réduite à la condition de *parlement croupion*[5], doit renouveler tout son encadrement. Le président Barnabé Brisson devient premier président, le conseiller Édouard Molé procureur général, le conseiller Jean Le Maistre et le pamphlétaire Louis Dorléans avocats généraux.

Le 30 janvier, le Parlement épuré fait allégeance à la Ligue. La ville de Paris vient de prendre sa revanche sur l'État royal. Dans le même esprit, on remplace les principaux responsables du Châtelet : le fils du parfumeur La Bruyère devient lieutenant civil et le notaire La Morlière lieutenant criminel.

À la Ligue ainsi rénovée, il faut de l'argent et un chef qui remplacera le duc de Guise. Elle récolte les fonds de deux façons. D'une part en perquisitionnant les maisons des royalistes[6] dont beaucoup sont rançonnés. De l'autre en invitant les autres Parisiens à donner généreusement pour la bonne cause. Dans chaque paroisse, le curé, accompagné de quatre bourgeois, passe de maison en maison

---

[4] L'expression est de L'Estoile.

[5] En décembre 1648, le Parlement anglais subit la purge du colonel Pride. Parmi les députés des Communes, quarante-cinq sont arrêtés et quatre-vingt-seize expulsés. Il n'en reste que soixante-dix-huit dont une vingtaine ne siégeront plus. L'assemblée est devenue le Parlement croupion (*Rump Parliament*), soumis aux vues politiques et religieuses de l'armée puritaine qui a gagné la guerre menée contre le roi Charles Ier.

[6] L'Estoile est l'un des premiers habitants de son quartier à subir la perquisition.

pour recueillir les dons par l'intimidation. Débarrassée de la tutelle étatique, la ville se trouve plus lourdement imposée que par le gouvernement royal.

Le chef suprême de la Ligue ne peut être que le duc de Mayenne, frère des princes massacrés à Blois. Il est âgé de trente ans. Le 24 décembre 1588, il se trouvait à Lyon où Alphonse d'Ornano, chargé de son arrestation, l'a manqué. De Lyon, il a gagné son gouvernement de Bourgogne et s'y est retranché. À l'appel des ligueurs, il se rend à Paris où il fait son entrée le 12 février 1589. S'il ratifie la composition du conseil des Quarante, il manifeste sa méfiance à l'égard des extrémistes qui le composent en leur adjoignant quatorze de ses fidèles, choisis dans la haute robe et la grande bourgeoisie. Il donne également entrée au Conseil, avec voix délibérative, aux présidents, au procureur général et aux avocats généraux du Parlement purgé, au prévôt des marchands et aux échevins.

Ainsi se constitue le Conseil général de l'Union qui investit Mayenne des fonctions inédites de lieutenant général de l'État royal et Couronne de France avec des pouvoirs politiques et militaires. Le 13 mars, le duc prête serment en cette qualité devant le Parlement. Pour la première fois dans l'histoire de la monarchie capétienne, le gouvernement royal voit se dresser devant lui un contre-gouvernement reconnu comme légitime par la capitale et par une grande partie du royaume. C'est là le résultat le plus clair, infiniment décevant pour Henri III, de l'exécution des Guises.

Une capitale en proie à l'exaltation mystique

En faisant mettre à mort les princes lorrains, le roi a totalement méconnu les aspirations religieuses de la Ligue dont l'action politique ne peut se dissocier de l'intransigeante foi catholique sur laquelle elle se fonde. On sait que la capitale est l'un des principaux foyers du renouveau spirituel qui, dans les années 1580, conditionne le comportement des Français. Pour les nombreux Parisiens touchés par ce renouveau, le duc Henri de Guise n'était pas un rebelle coupable de lèse-majesté mais un chevalier chrétien, un défenseur intraitable de l'orthodoxie menacée par l'hérésie. C'est pourquoi, dès l'annonce de sa mort, il est célébré comme un martyr et même comme un saint, ainsi que son frère le cardinal dont les vertus sacerdotales n'étaient pourtant pas évidentes. Le curé de Saint-Eustache, René Benoist, connu comme adversaire de la Ligue, n'hésite pas à présenter leur exécution comme l'œuvre de Satan lorsqu'il prononce leur oraison funèbre dans son église.

D'autres vont plus loin que lui en les identifiant au Christ lui-même, affirmant que leur mort rachète les péchés des hommes. Dans une vision eschatologique de la politique, les ligueurs assurent en tout cas que le meurtre de Blois est le signe que l'ire de Dieu va s'abattre sur les hommes et qu'il est grand temps de faire pénitence. Henri III devient pour eux l'Antéchrist dont le règne violent et cruel annonce l'imminence du Jugement dernier.

On ne s'étonnera donc pas qu'une véritable fièvre dévotionnelle et pénitentielle s'empare de la capitale pendant les premiers mois de 1589. D'abord, dans une ville qui affiche un deuil ostensible, les cérémonies funèbres célébrées pour le repos de l'âme des Guises exécutés se succèdent continuellement pendant cinquante-cinq jours. La première a lieu, le 1er janvier, dans la vénérable église Sainte-Geneviève-des-Ardents, au cœur de la Cité. Un grand tableau figurant leur martyre a été dressé sur le maître-autel. Il permet aux assistants, qui récitent les prières des défunts puis adorent le Saint-Sacrement, de s'identifier à ceux qui sont morts en union avec le Christ.

Par la suite, les vigiles des morts et les services de *requiem* se célèbrent à tour de rôle dans les différentes paroisses. Le 8 janvier, dans l'église des Saints-Innocents, le feuillant dom Bernard de Montgaillard, *le laquais de la Ligue*, s'écrie devant Madame de Nemours que le roi a fait élargir : « Ô saint et glorieux martyr de Dieu, béni est le ventre qui t'a porté et les mamelles qui t'ont allaité ! », assimilant ainsi la duchesse à la Sainte Vierge ! Le 27, à Notre-Dame, le cérémonial que l'on observe est celui des funérailles royales. Le 7 février, pour le baptême du fils posthume de Guise, prénommé François-Alexandre-*Paris*, des tentures noires garnissent l'église Saint-Jean-en-Grève comme s'il s'agissait d'obsèques. Il semble que le deuil des Parisiens ne doive jamais s'éteindre, non plus que leur ressentiment envers Henri III, le roi meurtrier.

À partir du mardi gras, préface à ce temps de mortification par excellence qu'est le carême, les processions pénitentielles prennent le relais des cérémonies funèbres pour manifester hautement les aspirations catholiques des Parisiens. L'Estoile note dans son *Journal* : « Le 14 février, jour de mardi gras, tant que le jour dura, se firent à Paris de belles et dévotes processions au lieu des dissolutions et ordures des mascarades et carêmes-prenants qu'on y soûlait faire [*qu'on avait coutume de faire*] les années précédentes. Entre les autres, s'en fit une d'environ six cents écoliers, pris de tous les collèges et endroits de l'Université, desquels la plupart n'avaient atteint l'âge de dix ou douze ans au plus, qui marchaient nus en chemise, les pieds nus, portant cierges ardents de cire blanche en leurs mains, et chantant bien dévotement et mélodieusement, quelquefois bien discordamment tant par les rues que par les églises, èsquelles ils entraient pour faire leurs stations et prières[7].»

Le 24 février, jour de l'exaltation de la Croix, et les jours suivants, les processions de petits enfants se multiplient. Ils vont d'église en église, deux par deux, en chemise malgré le froid et les pieds nus dans la neige, tenant à la main un cierge ou une croix. Bientôt les adultes les imitent. «Le peuple était tellement échauffé et enragé (s'il faut parler ainsi) après ces belles dévotions processionnaires, qu'ils se levaient de nuit bien souvent de leurs lits pour aller quérir les curés et prêtres de leurs paroisses pour les mener en processions[8].»

Complètement dépassées par le nombre et l'intensité de ces flamboyantes manifestations de piété, les autorités religieuses les interdisent la nuit et les limitent à une par semaine et par paroisse. Elles déclinent cependant à partir d'avril. Les historiens d'aujourd'hui[9] les expliquent par le besoin que ressentent les fidèles de participer par la pénitence à la passion du Christ, de façon à désarmer l'ire de Dieu que de multiples signes annoncent, depuis l'assassinat des Guises jusqu'à ces phénomènes astronomiques bizarres analogues à ceux qui ont précédé la ruine de Jérusalem et qu'on a pu observer à Paris les 12 et 13 janvier.

L'exemple de la capitale est suivi par de nombreuses villes adhérant à la Ligue : cérémonies funèbres à la mémoire des Guises et processions pénitentielles sont signalées à Senlis, Rouen, Amiens, Laon, Reims. On prend le deuil des princes lorrains à Beauvais, Chartres, Orléans, Dijon, Lyon, Toulouse. On déambule pieds nus dans les rues de Meaux, Rennes, Bourges, Le Puy, etc.

Rejeté par la masse de ses sujets catholiques qui voient en lui un suppôt de Satan, Henri III est par ailleurs obligé de se justifier à Rome pour le meurtre d'un cardinal, personnage consacré à Dieu. Il s'en est confessé au théologal de Blois, en vertu d'un *bref confessionnaire* de 1587 lui permettant d'être absous par son confesseur de tout péché grave, même des cas réservés au Saint-Siège. Mais Sixte Quint ne veut pas se contenter de confirmer l'absolution ainsi reçue. Il estime qu'en mettant Guise à mort après s'être, en

---

[7] Pierre de L'Estoile, *op. cit.*, p. 281.

[8] *Ibid.*

[9] Par exemple Denis Crouzet, *Les guerriers de Dieu. La violence au temps des troubles de religion (vers 1525-vers 1610)*, tome II, Seyssel, 1990, p. 379 *sq.* et 492 *sq.*

apparence, réconcilié avec lui, le roi a commis un meurtre. Et il lui reproche de ne pas s'être adressé à Rome pour obtenir la punition du cardinal. Il subit de plus les pressions constantes des messagers de la Ligue et de l'ambassadeur d'Espagne.

Après un mois de négociations difficiles entre le Souverain Pontife et les représentants de Henri III, le cardinal de Joyeuse et le marquis de Pisani, le roi s'incline enfin. Le 13 mars 1589, son envoyé, l'évêque du Mans Claude d'Angennes, se confesse au pape en son nom. Sixte Quint subordonne son absolution à la libération des deux prélats détenus à Amboise, le cardinal de Bourbon et l'archevêque de Lyon. Mais l'accord du roi de France avec Henri de Navarre vient tout remettre en question.

L'alliance des deux Henri

On a répété à satiété qu'au début de 1589, Henri III ne contrôle plus que Tours, Blois et Beaugency. L'historien Jean-Marie Constant s'élève avec vigueur contre cette idée fausse et montre qu'en réalité le roi a les moyens de tenir tête à la Ligue[10]. À cette époque où toute cité digne de ce nom possède une enceinte fortifiée (en plus ou moins bon état il est vrai), c'est l'installation d'un gouverneur et d'une garnison dans les villes qui fait la force des partis en présence car elle permet le contrôle du plat pays. Il n'est pas toujours possible de dresser un tableau complet de l'appartenance politique des villes françaises en 1588-1589, d'autant que la situation est souvent fluctuante et que certaines d'entre elles changent de mains assez vite. Mais on peut facilement constater que, si beaucoup rejoignent la Ligue, mouvement urbain par excellence, d'autres restent fidèles à Sa Majesté.

Autour de Paris rebelle, il y a plus de places royalistes que de places mayennistes. Sur la Seine, Henri III détient Melun et Corbeil en amont de la capitale, Saint-Cloud, Meulan et Mantes en aval. Château-Thierry et Meaux sur la Marne, Compiègne et Pontoise sur l'Oise lui obéissent. La Ligue dispose seulement de Saint-Denis et Poissy sur la Seine, de Lagny sur la Marne, de Beaumont et L'Isle-Adam sur l'Oise. Jean-Marie Constant note, par ailleurs, que les forces royales peuvent compter sur neuf ponts pour franchir la Loire, ceux des Ponts-de-Cé, de Saumur, de Tours, d'Amboise, de Blois, de Beaugency, de Sancerre, de La Charité et de Decize. Alors que les ligueurs n'en ont que quatre, à Nantes, Orléans, Jargeau et Gien.

---

[10] Jean-Marie Constant, *La Ligue*, Paris, 1996, p. 313 *sq.*

Cela dit, il est vrai que la plupart des grandes villes du royaume sont passées à l'insurrection. C'est le cas de Lyon, la plus importante après Paris. C'est le cas des villes parlementaires à l'exception de Bordeaux et de Rennes; à Toulouse, le peuple catholique massacre même, le 10 février, le premier président Duranti et l'avocat général Daffis. C'est le cas de gros centres économiques comme Amiens, Reims, Troyes, Nantes, Orléans, Marseille. Quant à Saint-Malo, elle se comporte en république indépendante depuis le mois d'avril 1585.

Forte de l'adhésion de nombreuses villes, la Ligue a pu prendre le contrôle de plusieurs provinces, la Bretagne, la Haute-Normandie, la Picardie, la Champagne, la Bourgogne, le Berry, la Provence. Mais elle ne les domine pas totalement car, ici ou là, il est des places qui restent fidèles à la Couronne. Ainsi, en Champagne, Châlons, Sainte-Menehould et Langres. Malgré la défection de Bayeux, Lisieux, Argentan, Falaise, Avranches, la Basse-Normandie constitue, avec le Perche et les pays de Loire, un bloc de provinces royalistes que Mayenne entame en mettant la main sur Orléans puis, pour un court laps de temps, sur Chartres et Le Mans. En Poitou, où les troupes de Henri III font face à l'armée huguenote, la capitale est ligueuse. En Dauphiné, Grenoble entre en dissidence dans une province maintenue dans l'obéissance par son nouveau gouverneur, Alphonse d'Ornano. On n'oubliera pas enfin que le Sud-Ouest est bien tenu en main par Henri de Navarre et que le Languedoc, Toulouse exceptée, relève de l'autorité du duc de Montmorency. Au surplus, beaucoup de villes du Midi sont protestantes.

Si certaines cités, aux solides traditions d'autonomie, sont entrées tout naturellement dans la Sainte Union pour secouer le joug de l'État, d'autres ne se sont déterminées qu'à la suite d'un coup de force. Localement, le rôle de tel gouverneur, de tel chef militaire a été prépondérant. Bordeaux n'aurait pas gardé sa fidélité à Henri III sans le maréchal de Matignon. Angers serait devenue ligueuse sans le maréchal d'Aumont. Chartres serait restée royaliste si Mayenne ne s'en était pas emparé. On pourrait multiplier les exemples.

Divers commentateurs ont prétendu que, si Henri III était monté à cheval aussitôt après l'exécution des Guises, il aurait pu triompher aisément de ses ennemis. Ils lui reprochent donc de s'être montré, une fois de plus, hésitant et timoré, allant jusqu'à consentir à libérer la duchesse de Nemours, le président de Neuilly, les échevins Compain et Cotteblanche. La vérité oblige à dire qu'il ne pouvait guère faire autrement. Car, à l'heure où Henri de Guise tombe sous les poignards des Quarante-cinq, le gros de l'armée royale, sous le commandement du duc de Nevers, opère en Poitou contre les huguenots et le roi n'a que bien peu de soldats à opposer aux ligueurs.

Le 2 janvier 1589, il adresse un appel pressant au duc pour que celui-ci lui envoie quinze cents arquebusiers à cheval nécessaires pour dégager la citadelle d'Orléans assiégée par les troupes mayennistes et défendue par le gouverneur d'Entragues et le maréchal d'Aumont. Mais Nevers se trouve dans une situation très difficile. Car son armée, démoralisée par la mort du Balafré, affaiblie par les désertions, recule devant les huguenots auxquels elle abandonne, presque sans coup férir, de nombreuses villes. D'abord Niort, Maillezais, Saint-Maixent puis Loudun, Thouars, Mirebeau. Comment peut-il, dans ces conditions, voler au secours du roi qui lui lance, le 30 janvier, un second appel : « Ce mot de lettre sera pour vous prier de faire avancer tout ce que vous avez ramené de troupes, tant gens de pied français et suisses que gens de cheval et les hâter de telle façon que leur heure de temps perdu ne soit pas la ruine de mes affaires[11]. »

Les secours de Nevers, qui a dû d'abord consolider ses positions en Poitou, arrivent trop tard et, le 31 janvier, les ligueurs prennent la citadelle d'Orléans ; le gouverneur et le maréchal d'Aumont se replient à Beaugency. Loin de pouvoir attaquer les rebelles, Henri III, au début de 1589, doit se tenir sur la défensive parce qu'il doit se battre sur deux fronts. Il ne va pas tarder à perdre Le Mans et Chartres.

Le 31 janvier, il conduit lui-même le cardinal de Bourbon et l'archevêque de Lyon au château d'Amboise, plus sûr que Blois. Le 6 février, soucieux d'augmenter les effectifs de son armée, il convoque à l'ost royal, selon l'usage féodal, le ban et l'arrièreban de la noblesse ainsi que toutes les compagnies d'ordonnance. À sa grande surprise (il a tendance à considérer la noblesse rurale comme tout juste bonne *à battre le paysan et à piquer l'avoine*), son appel est entendu. C'est que le second ordre de l'État est beaucoup moins ligueur – on l'a vu aux États généraux – que la bourgeoisie urbaine. Sans doute, nombre de gentilshommes s'abstiennent de prendre parti[12] ; on les appelle *rieurs* en Bourgogne. Mais d'autres s'engagent sans réserve au service de Sa Majesté comme l'honneur et la fidélité les y obligent. Par ailleurs, Henri III envoie en Suisse Nicolas de Harlay, seigneur de Sancy avec mission de recruter

---

[11] Cité par Pierre Chevallier, *op. cit.*, p. 683.

[12] L'historien Manfred Orlea a calculé qu'en Auvergne les deux tiers des nobles sont dans ce cas. Un quart d'entre eux a servi le roi, un douzième seulement, la Ligue.

douze mille soldats que les diamants de la Couronne permettront de solder.

Le 22 février, le roi décide de quitter Blois pour Tours dont il fait la capitale provisoire du royaume. Le même jour, il frappe de déchéance les ducs de Mayenne et d'Aumale, coupables de lèse-majesté, et prive les villes rebelles de leurs privilèges. Le 23 mars, il ordonne le transfert à Tours du parlement de Paris et de la Chambre des comptes. Les magistrats non ligueurs – ceux du moins qui n'ont pas été emprisonnés – répondent à son appel. La même situation prévaut dans les autres parlements. Les magistrats royalistes de Rouen vont siéger à Caen, ceux de Dijon à Flavigny, ceux de Grenoble à Romans, ceux de Toulouse à Carcassonne, ceux d'Aix à Pertuis.

En février et mars 1589, Henri III reconstitue donc à Tours les structures de l'État monarchique et renforce sa puissance militaire. En face de lui, la Ligue fonctionne comme un contre-État avec ses institutions, ses finances et son armée où se coudoient volontaires catholiques et mercenaires soldés par l'or espagnol. Elle apparaît si redoutable qu'il n'est pas possible à la monarchie de combattre en même temps les huguenots. Une trêve avec Henri de Navarre s'impose donc. Et pourquoi pas une alliance qui mettrait à la disposition de Sa Majesté les troupes qui ont fait merveille à Coutras? Car on n'imagine pas les protestants restant l'arme au pied dans un conflit opposant la Ligue à la Couronne.

Le rapprochement du roi de France et du roi de Navarre, les politiques le souhaitent depuis 1585. Morosini l'a prédit, tout en le redoutant, au lendemain des barricades[13]. Du Plessis-Mornay l'a prévu le 26 décembre 1588. Mais Henri III hésite beaucoup. Il a scrupule à s'allier aux hérétiques et n'a pas perdu tout espoir de s'entendre avec la Ligue par le truchement du pape. Il met donc en œuvre, comme il l'a déjà fait par le passé, deux politiques contradictoires sans trop savoir quel sera son choix final. Henri de Navarre, lui, souhaite vivement l'accord.

Pour sonder les intentions du Béarnais, le roi songe d'abord au maréchal de Matignon. Mais celui-ci ne peut quitter Bordeaux où il tient les ligueurs en respect. C'est donc la demi-sœur du monarque, Diane de France, veuve du maréchal de Montmorency, qui rencontre secrètement le chef des huguenots à L'Isle-Bouchard, à la fin du mois de février.

---

[13] Pendant les négociations préalables à la signature de l'édit d'Union, Morosini avait dit, parlant des exigences des ligueurs: «Demander à la fois tant de choses si difficiles à accorder, c'est ôter au roi l'espérance d'une réunion avec les catholiques, par conséquent *c'est le précipiter dans les bras des hérétiques.*»

L'entretien est si encourageant que Henri de Navarre fait un geste en direction des catholiques. Le 4 mars, de Châtellerault, place que Diane de France lui a livrée, il lance un message *Aux trois états de ce royaume*, rédigé par Du Plessis-Mornay. Cet appel demande aux ligueurs de sacrifier leurs passions «au bien de la France, leur mère, au service du roi, à leur repos et au nôtre». Il s'indigne de constater qu'aux États généraux, «nul n'ait osé prononcer ce sacré mot de paix». Il promet de respecter la liberté de conscience et de culte des catholiques et de prendre leurs biens sous sa protection.

Huit jours plus tard, les négociations sérieuses s'engagent. Le 15 mars 1589, Henri III donne audience à deux personnes qui lui délivrent des messages tout à fait opposés. Du Plessis-Mornay lui offre l'alliance militaire des protestants contre la Ligue. Morosini lui expose tous les arguments qui militent en faveur de la guerre aux hérétiques. Laquelle des deux options choisir? Le roi semble vouloir se décider pour la solution catholique. Il accepte de prendre Sixte Quint pour arbitre entre lui-même et ses sujets rebelles, demande au duc de Lorraine Charles III de l'aider à ramener la paix et fait porter des promesses mirobolantes aux chefs de la Ligue par Morosini: le gouvernement de Bourgogne au duc de Mayenne avec 40 000 écus de rente, celui du Lyonnais au duc de Nemours, celui de Picardie au duc d'Aumale, celui de Champagne au jeune duc de Guise, fils du Balafré. Ces propositions sont repoussées avec indignation. Mayenne refuse catégoriquement tout accord avec le meurtrier de ses frères qu'il n'appelle plus que «ce misérable».

Henri de Navarre voit très bien le double jeu du roi et s'en indigne: «Je sais qu'on traite avec la Ligue et semble qu'on ne veuille de nous qu'en défaut des autres[14].» Il n'abandonne pourtant pas la négociation et réclame, en gage de l'entente qu'il propose, la livraison de Saumur. Il disposerait ainsi d'un pont pour franchir la Loire. Henri III, qui n'a pas envie de céder Saumur, prétend vouloir se servir de cette place pour des opérations militaires en Bretagne. Il propose plutôt Beaugency, autre pont sur la Loire, avec Montrichard et Meung. Mais le Béarnais ne veut pas de localités indéfendables. Finalement le roi, qui constate l'impossibilité de s'entendre si peu que ce soit avec la Ligue, s'incline. Le traité est signé de nuit, dans la cathédrale de Tours, par Philippe Du Plessis-Mornay pour les protestants et Gaspard de Schomberg pour la Couronne, le 3 avril 1589. Henri III le contresigne en pleurant et donne l'ordre de le garder secret pendant quinze jours. Qui sait si, d'ici là, Mayenne ne reviendra pas à de meilleurs sentiments?

---

[14] Cité par Jean-Pierre Babelon, *Henri IV*, Paris, 1982, p. 422.

L'accord est conclu pour un an. Henri de Navarre combattra les ligueurs et livrera au roi les places qu'il aura conquises à l'exception d'une par bailliage qu'il pourra garder. Le culte réformé pourra être célébré dans sa résidence, dans chacune des villes qu'il conservera et partout où son armée passera.

Le 15 avril, Du Plessis-Mornay, nommé gouverneur de Saumur, prend possession de ses nouvelles fonctions. Il prête serment entre les mains du secrétaire d'État Ruzé de Beaulieu qui lui remet les clés de la ville. Le 26, Henri III publie enfin le traité. Il le baptise du nom de trêve pour en atténuer la portée alors qu'il s'agit d'une alliance offensive. Il justifie sa conduite par une *Déclaration du Roi sur la trêve accordée par Sa Majesté au Roi de Navarre contenant les causes et prégnantes* [impérieuses] *raisons qui l'ont mû à ce faire.* Ce texte développe l'idée que l'alliance qui vient d'être conclue permettra de châtier les rebelles alliés à l'étranger qui se couvrent du faux prétexte de la religion pour menacer la Couronne. Trois jours plus tard, le parlement de Tours enregistre ce traité.

Henri III, heureux d'être enfin sorti de l'incertitude, invite le Béarnais à venir le rejoindre.

Lorsque l'invitation lui parvient, ce dernier, qui a franchi la Loire à Saumur à la tête de ses troupes, marche vers ses domaines patrimoniaux du Vendômois. Il recule jusqu'en Touraine et consulte ses fidèles. Beaucoup se montrent méfiants, craignant un piège analogue à celui qui s'est refermé sur Henri de Guise. Seuls, Châtillon, le fils de Coligny et Rosny, le futur duc de Sully, sont d'un avis contraire. C'est leur opinion qu'il suit.

Le 30 avril, quittant son camp, il prend la direction de Tours, protégé par une imposante escorte. À un kilomètre environ de la ville, la troupe passe le fleuve sur des bateaux préparés par le maréchal d'Aumont. Elle gagne ensuite le parc du château de Plessis-lès-Tours où Henri III attend son beau-frère, marchant de long en large pour tromper son impatience après avoir ouï la messe chez les minimes. C'est Charles de Valois, le bâtard de Charles IX, qui, secondé par un groupe de chevaliers du Saint-Esprit, accueille le Béarnais et le conduit vers Sa Majesté en fendant la foule, particulièrement nombreuse et dense. Si dense que, pendant plusieurs minutes, les deux rois restent à quelques mètres l'un de l'autre sans pouvoir s'aborder.

Entre eux, le contraste est saisissant. La peau tannée par le grand air, le pourpoint usé par le frottement de la cuirasse, Henri de Navarre a l'allure d'un baroudeur. L'écharpe blanche des huguenots barre sa poitrine, un grand panache blanc orne son chapeau.

Majestueux et, comme toujours suprêmement élégant, Henri III est toute distinction. Vêtu de violet (il est en deuil de sa mère), il arbore aux oreilles des perles en forme de poire. Il porte au cou le cordon-bleu céleste du Saint-Esprit. Une croix de diamants brille sur son bonnet à la polonaise. Lorsqu'ils peuvent enfin se rejoindre, Henri de Navarre veut s'agenouiller et baiser les pieds du monarque mais Henri III l'en empêche et l'embrasse. Il y a treize ans qu'ils ne se sont pas vus. Une émotion poignante les étreint tandis que les acclamations fusent de toutes parts: «Vivent les rois!» Une vague d'enthousiasme soulève les assistants, protestants, courtisans et bourgeois de Tours mêlés. Un premier entretien politique succède aux retrouvailles. D'autres se déroulent les jours suivants puis le Béarnais regagne son camp.

Henri III n'a que peu de soldats avec lui à Tours. Le 8 mai, il se risque imprudemment avec une faible escorte sur la rive nord du fleuve et tombe sur un escadron de cavalerie mayenniste que commande le chevalier d'Aumale. Il faut dire que, les 27 et 28 avril, Mayenne a vaincu les forces royales à Saint-Ouen, près d'Amboise et que ses troupes battent la campagne[15]. Le roi doit tourner bride au plus vite et fuir au galop vers la ville, poursuivi par les ligueurs. Parvenus au pont de la Loire, ceux-ci sont arrêtés par le brave Crillon et ses hommes. Mais comme Crillon manque de soldats, il fait appel aux capitaines huguenots les plus proches, Châtillon, La Trémoille, La Rochefoucauld. Prévenu par Henri III, Henri de Navarre arrive aussi à la rescousse. Après un dur combat, les ligueurs sont repoussés. La nuit suivante, ils commettent les pires atrocités dans le faubourg Saint-Symphorien où ils campent. Après avoir pillé les maisons, ils dépouillent les églises et violent les femmes et les filles qui s'y sont réfugiées. Bel exploit pour des soldats catholiques! Du Plessis-Mornay en profite pour lancer une *Justification de l'union du roi de Navarre au service du roi Henri III*. Il y explique qu'en cas de succès, les ligueurs feraient subir à toute la France le triste sort du faubourg Saint-Symphorien de Tours et qu'il faut donc se féliciter que les deux rois se soient alliés pour les combattre.

L'affaire de Saint-Symphorien a consolidé l'entente des deux Henri que l'on a pu voir combattre côte à côte. Henri III en est si satisfait qu'il se met à arborer l'écharpe blanche à la grande indignation de François d'O. Cette fraternité d'armes est de bon augure pour la campagne qui s'ouvre. Les deux armées, la royale

---

[15] La dispersion des forces royales a facilité cette victoire de Mayenne: le 20 avril, le duc de Montpensier a écrasé les *Gauthiers*, paysans normands révoltés contre les excès de la fiscalité et les exactions des soldats, à la bataille de Pierrefite (entre Argentan et Falaise).

et la huguenote, vont consacrer la belle saison 1589 à une offensive générale contre les positions ligueuses.

★

Au cours des premiers mois de 1589, la guerre civile qui désole la France depuis plus d'un quart de siècle prend donc un nouveau visage. Avant ce moment, la Couronne ne s'est jamais battue contre les catholiques. Elle a lutté énergiquement contre le parti protestant ou tenté de jouer un rôle d'arbitre entre les factions, de tenir la balance égale entre papistes et huguenots. Elle mène maintenant une guerre sans merci aux catholiques zélés avec l'appui militaire des réformés et c'est le plus catholique des rois qui en a décidé ainsi.

Deux conceptions antagonistes de l'ordre politique se dressent maintenant l'une contre l'autre. Celle des ligueurs repousse la monarchie absolue, l'emprise de l'État sur la société, soutient au contraire toutes les formes d'autonomie. Elle met l'organisation politique au service de la vérité religieuse, subordonne les lois fondamentales du royaume et les traditions les plus vénérables au triomphe du catholicisme, à l'anéantissement de l'hérésie. Pour elle, l'ordre temporel et l'ordre spirituel se confondent.

Pour les deux Henri, qui appartiennent au monde supérieur des princes appelés à régner sur les hommes par la volonté divine, l'autorité absolue est nécessaire, la légitimité monarchique et l'intérêt de l'État doivent l'emporter sur toute autre considération. Ils se proposent d'écraser la rébellion catholique pour restaurer la paix civile telle que l'édit de Poitiers l'avait fondée en 1577. Ils acceptent la coexistence des religions qui fait horreur à leurs adversaires. Pendant les quelques mois qu'il lui reste à vivre, Henri III va devoir s'appliquer à surmonter la contradiction de fond qui oppose à sa conception habituelle – surnaturelle, on l'a vu – du pouvoir royal cette dissociation du politique et du religieux que la Couronne a d'ailleurs tenté de mettre en œuvre dès 1570[16]. Mais, au printemps 1589, l'heure est d'abord à l'action pour un monarque auquel l'alliance avec Henri de Navarre a insufflé un regain d'énergie.

---

[16] Voir, sur ce sujet, l'étude d'Olivier Christin, *La Paix de religion : l'autonomisation de la raison politique au XVIᵉ siècle*, Paris, 1997.

CHAPITRE XXII

LE DEVOIR ACCOMPLI

Après l'entrevue de Plessis-lès-Tours, la victoire sourit aux armes de Henri III. Mais on est encore loin du moment où l'exemple qu'il vient de donner en s'alliant aux huguenots sera compris et admis par la masse de ses sujets catholiques. Sixte Quint l'excommunie et les Parisiens le diabolisent. Moins de trois mois après avoir serré Henri de Navarre dans ses bras, il tombe sous le couteau d'un religieux dominicain alors qu'il est sur le point de reconquérir sa capitale.

Le roi excommunié mais victorieux

L'alliance du roi de France et du roi de Navarre se concrétise assez rapidement par un redressement de la situation militaire. Sans doute, Henri III échoue-t-il le 17 mai devant Poitiers dont il escomptait la reddition et qui lui ferme ses portes au nez. Mais le même jour, le duc de Longueville, aidé par les huguenots du brave La Noue, inflige une cuisante défaite aux ligueurs du duc d'Aumale qui assiègent Senlis depuis un mois. Blessé et discrédité, Aumale n'osera plus reparaître à Paris. C'est au cours de ce combat que Mainneville, un des plus en vue des chefs ligueurs, trouve la mort. Les vainqueurs se paient même le luxe de pousser une pointe jusqu'aux abords de Paris et d'expédier quelques boulets de canon sur la ville.

Le 18 mai, le fils de Coligny, François de Châtillon, taille en pièces près de Bonneval en Beauce une forte troupe de gentilshommes catholiques en route pour rejoindre l'armée de Mayenne. Et, le 25 mai, Henri de Navarre s'empare de Châteaudun.

Tout irait donc pour le mieux dans le camp royal en mai 1589 si Rome ne manifestait pas hautement sa colère à l'égard du Très-Chrétien. On a vu que l'absolution obtenue par Henri III le 13 mars était subordonnée à l'élargissement du cardinal de Bourbon et de l'archevêque de Lyon. Or, deux mois plus tard, les deux prélats sont toujours incarcérés. Mais, ce qui indigne au plus haut point Sixte Quint, c'est l'alliance du roi avec les hérétiques qu'il combattait il y a peu. Le pontife le confie à l'ambassadeur de Venise. Il n'a d'ailleurs plus de représentant à la cour de France. Car le cardinal Morosini, qui ne pouvait décemment pas, malgré sa sympathie pour Henri III, apporter la caution du Saint-Siège à l'alliance huguenote, s'en est retiré après l'accord de Tours. Par Orléans et Nevers, il a gagné Lyon où il restera jusqu'après la mort du monarque.

Le 5 mai, Sixte Quint annonce aux cardinaux sa décision. Sous peine d'excommunication, le roi doit libérer dans les dix jours le cardinal et l'archevêque puis comparaître à Rome, dans les soixante jours, en personne ou par procureur. Le 26 mai, la sentence est affichée dans la Ville Éternelle que l'ambassadeur Pisani et le cardinal de Joyeuse abandonnent. Elle le sera à Lyon à la fin de mai, à Paris en juin. Le 30 mai, Henri III adresse au pape une dernière lettre qui lui annonce la venue d'un messager de confiance chargé de l'informer de la situation du royaume. Puis les relations s'interrompent entre la cour de France et la cour de Rome.

Le roi est bouleversé par cette excommunication à terme car il a toujours été très attaché à l'Église catholique. Mais sa résolution de combattre les rebelles à son autorité et de les vaincre ne faiblit pas pour autant. D'ailleurs, Henri de Navarre, qui se moque des excommunications comme d'une guigne, le persuade aisément que la seule réponse à donner à Sixte Quint est de marcher sur Paris et de remporter la victoire : «Pour regagner votre royaume, lui dit-il, il faut passer sur les ponts de Paris. Qui vous conseillera de passer par ailleurs n'est pas un bon guide[1].»

On était convenu à Plessis-lès-Tours que les deux armées, la royale et la huguenote, opéreraient séparément. Le 1er juin, la décision est prise, au contraire, de les réunir. Peu à peu, les soldats de Henri III rejoignent ceux de son beau-frère à Beaugency, point de départ de la marche sur Paris. Pendant les deux mois que va durer la campagne, Henri de Navarre donne l'impulsion à tout. Le roi a enfin trouvé le conseiller énergique capable de remplacer le duc d'Épernon. Car si ce dernier est revenu à la Cour, il n'a pas retrouvé son ancienne faveur à cause de son insupportable arrogance.

Négligeant Orléans, qui restera ligueuse jusqu'après la conversion de Henri IV, les forces royales unifiées enlèvent Jargeau et son pont le 26 juin. Elles obliquent ensuite vers le nord, prennent Pithiviers puis Étampes, le marché aux grains de la Beauce où les deux

---

[1]   Cité par Jean-Pierre Babelon, *Henri IV*, Paris, 1982, p. 430.

rois font leur entrée le 3 juillet. Henri III ordonne la pendaison comme rebelles du gouverneur, des officiers et des magistrats de cette ville ligueuse. Ce châtiment exemplaire est un avant-goût de ce qui attend les Seize à Paris.

Depuis Étampes, la marche reprend en direction du nord. L'armée laisse pour l'instant la capitale sur sa droite bien que des reconnaissances de cavalerie poussent jusqu'aux villages de la banlieue sud que leurs habitants, terrorisés, abandonnent pour se réfugier derrière les murailles avec leur bétail et ce qu'ils peuvent emporter de leurs biens.

Le 11 juillet, le siège est mis devant Pontoise qui a rejoint la Ligue. La ville capitule le 26 malgré les renforts que lui envoie Mayenne. C'est ensuite au tour des villes de l'Oise, L'Isle-Adam et Beaumont, de se rendre. Le roi contrôle ainsi deux axes routiers majeurs, la route de Paris à Rouen, capitale provinciale rebelle, et la route de Picardie, de Pontoise à Compiègne.

Les unités qui ont participé à ces opérations se regroupent à Poissy où les deux rois passent une revue générale de l'armée, la plus nombreuse et la plus puissante depuis le début des guerres civiles, trente mille hommes selon Agrippa d'Aubigné mais vraisemblablement beaucoup plus. Outre les forces royales venues de Poitou, de Touraine et les vieilles troupes protestantes, il y a là un contingent arrivé d'Angoumois avec le duc d'Épernon, la noblesse de Normandie et Picardie qui a répondu à l'appel du ban et de l'arrière-ban, les dix mille Suisses recrutés par Harlay de Sancy, les reîtres et les lansquenets levés dans l'Empire par Schomberg. Il n'en faut pas moins pour se rendre maître de la plus grande ville d'Europe après Constantinople.

Après la revue, Henri III tient conseil. Contre l'avis de la plupart des chefs militaires présents, Henri de Navarre fait prévaloir l'idée d'investir immédiatement Paris. Le 30 juillet, le roi s'empare de Saint-Cloud et de son pont. Il s'installe dans la maison de Jérôme de Gondi, qui domine le méandre de la Seine. Depuis les fenêtres, il peut apercevoir les tours et les clochers de la capitale révoltée. Cette vue lui inspire la réflexion suivante qui le montre tendu vers un seul objectif, la victoire, bien qu'à cette date son excommunication soit effective : « Ce serait grand dommage de ruiner et perdre une si bonne et belle ville. Toutefois aussi *faut-il que j'aie raison des mutins et rebelles qui sont là-dedans*, qui m'ont ainsi chassé ignominieusement de ma ville, aidés et soutenus des guisards[2].»

---

[2] Cité par Georges Bordonove, *Henri III roi de France et de Pologne*, Paris, 1988, p. 292.

À la tête de l'avant-garde, Henri de Navarre fonce de son côté en direction de l'est, contournant Paris par le sud. Il enlève Issy, Vanves, Vaugirard et s'établit à Meudon, dans le château du feu cardinal de Lorraine. Le lendemain, il pousse même une reconnaissance jusqu'au Pré-aux-Clercs.

Depuis que le duc d'Aumale a abandonné Paris, c'est Mayenne qui, après s'être emparé d'Alençon, a pris en main la défense de la place. Il a fait creuser des tranchées, essayé de former des régiments dignes de ce nom à partir de la milice bourgeoise, rassemblé le gros de ses forces dans les faubourgs menacés. Mais la ville terrorisée, qui voit des espions partout et remplit ses prisons de suspects supposés, ne paraît pas de taille à s'opposer à la puissante armée royale qui installe ses bivouacs à faible distance des murailles.

L'assaut semble imminent. Paris, à moins d'un miracle, va bientôt connaître le sort d'Étampes et subir les représailles du souverain que ses habitants ont bafoué et chassé il y a quinze mois. Dès le 27 juillet, Henri III, toujours porté à l'ironie grinçante, aurait fait dire à Madame de Montpensier qu'il la ferait brûler toute vive pour la punir d'avoir animé la rébellion urbaine !

Le régicide souhaité

Depuis que le roi de France est l'allié du roi de Navarre, prédicateurs et polémistes ne cessent de répéter sur tous les tons que le masque dont se couvrait le tyran, meurtrier des Guises, est enfin tombé. On sait maintenant que Henri III est un hérétique avéré qui se propose d'extirper le catholicisme du royaume avec l'aide du Béarnais. La capitale, que les sermons assimilent de plus en plus à la Jérusalem céleste de l'Apocalypse, a donc l'impérieux devoir de lui résister par les armes, de mener la juste guerre de la raison contre Satan.

Les pamphlets du premier trimestre 1589, le plus souvent anonymes, s'emploient à fonder ce devoir de résistance sur de solides arguments. Ils sapent les bases idéologiques de la monarchie absolue en reprenant à leur compte les thèmes développés par les monarchomaques au lendemain de la Saint-Barthélemy.

C'est ainsi que la *Copie d'une lettre écrite à Monseigneur le duc de Nivernais par un sien seigneur* rappelle que c'est le peuple qui fait les rois et non les rois, le peuple. On remet au goût du jour l'ancienne théorie scolastique du contrat, tirée de l'Écriture sainte. Le peuple est né libre. C'est à lui que Dieu a remis la souveraineté. Dans *L'Athéisme de Henri de Valois [...]*, l'auteur évoque ces temps lointains où les hommes pouvaient se passer de roi. Un autre libelle, *De la différence du roi et du tyran*, explique que l'on peut parfaitement revenir à cette liberté initiale en organisant une république: «nous avons un exemple des Suisses qui, pour l'insolence de leur noblesse, se sont mis en l'état de république. Cela advient parce que les hommes, nés libres et non serfs, retournent volontiers à leur naturelle liberté comme à leur premier être[3]».

Plus tard, mû par l'inspiration divine, le peuple s'est choisi un roi auquel il a délégué sa souveraineté au moyen d'un contrat synallagmatique: il lui a juré obéissance et fidélité mais celui-ci, en échange, a promis de gouverner avec justice et de maintenir l'alliance avec Dieu. Le serment du sacre conserve la trace de ce contrat.

Si le roi délaisse la loi de Dieu, s'il contrevient à son serment, ses sujets sont en droit de lui désobéir sans devenir pour autant séditieux. Et si le roi est un tyran – comme l'est Henri III qui s'allie aux hérétiques au lieu de les pourchasser – le peuple peut et doit se révolter contre lui, le déposer et désigner un autre souverain. Sinon, il encourrait le châtiment divin, la damnation éternelle. Pour reprendre une expression de l'historien Denis Crouzet, la rébellion devient une «sotériologie collective[4]». La Ligue cherche en effet à définir une théorie et une pratique politiques compatibles avec le salut de ses adhérents dans l'autre monde.

Selon la classification d'Aristote, Henri III est un tyran d'exercice, «le plus exécrable tyran qui soit en Barbarie» dit le titre d'un placard recueilli par L'Estoile. Il doit donc être déposé, jugé par les États généraux et puni de façon exemplaire. L'auteur de l'*Avertissement et premières écritures du procès [...]* imagine «Henri de Valois, jadis roi de France et de Pologne», faisant amende honorable devant les États, en chemise, la corde au cou, une torche de cire à la main avant d'être enfermé dans un monastère pour le restant de ses jours. Un autre pamphlet, le *Discours en forme d'oraison funèbre [...]*, montre le roi subissant un supplice infamant, traîné sur une claie puis pendu à un gibet comme le fut Polycrate, tyran de Samos. Le seul moyen qu'il a d'échapper au châtiment qu'il a si amplement mérité, c'est, nous dit la *Réponse du Père Dom Bernard, doyen des religieux feuillantins lez* [près de] *Paris à une lettre que lui a écrite Henri de Valois*, d'abdiquer et de s'enfermer volontairement parmi les moines pour faire pénitence.

---

[3] Cité par Denis Crouzet, *Les guerriers de Dieu. La violence au temps des troubles de religion (vers 1525-vers 1610)*, tome II, Seyssel, 1990, p. 470.

[4] *Ibid.*, p. 468.

Les libellistes ligueurs dressent contre Henri III un interminable catalogue d'accusations variées. Jean Boucher, le curé de Saint-Benoît, les récapitule dans *La vie et faits notables de Henri de Valois [...] où sont contenues les trahisons, perfidies, sacrilèges, exactions, cruautés et hontes de cet hypocrite et apostat ennemi de la religion catholique*. On s'attendrait donc à voir les pamphlets multiplier les appels au tyrannicide, au régicide. Dans *La Cité de Dieu*, saint Augustin ne dit-il pas qu'un simple particulier peut tuer un tyran sans en avoir reçu mandat d'un magistrat, *si c'est Dieu qui lui en a directement donné l'ordre*[5]?

En fait, très peu de factums, six ou sept tout au plus, incitent directement les Parisiens à tuer le roi. Par exemple, *Les causes qui ont contraint les catholiques à prendre les armes* dont l'auteur s'écrie : «se trouvera-t-il point un Bodille *[Bodilon, meurtrier de Childéric II]* en France qui venge l'injure faite?[6]... » Les prédicateurs, eux non plus, n'appellent pas directement au meurtre du monarque. Sans doute parce qu'ils redoutent la confusion, l'anarchie qui risqueraient de s'ensuivre. Denis Crouzet en conclut que «la violence régicide qui va advenir n'est pas un sujet de discours[7]».

Cependant, tous les ligueurs militants sont persuadés que le tyran qu'ils exècrent n'échappera pas à la mort ignominieuse que lui réserve la justice divine. N'est-ce pas là le sort de tous les despotes ainsi que Lactance l'a montré dans le *De mortibus persecutorum*? Nul ne peut savoir quand ni comment s'exercera la vengeance de Dieu, mais Henri III y succombera fatalement. Après quoi, les portes de l'enfer s'ouvriront toutes grandes pour lui comme le montrent diverses estampes de propagande.

Ainsi, la société ligueuse aspire collectivement à la mort du roi. Sans être toujours capables de passer à l'acte, ses membres sont des meurtriers d'intention, des régicides en pensée. L'Estoile rapporte un entretien symptomatique de cet état d'esprit entre un Seize et le fougueux prédicateur Guincestre. Le premier explique au second qu'il a scrupule à faire ses pâques à cause du sentiment de vengeance qu'il nourrit contre Henri III. L'ecclésiastique répond que tout le monde et lui-même en premier, qui consacre pourtant chaque jour à la messe le pain et le vin de l'eucharistie, n'hésiterait pas, le cas

---

[5] Sur le tyrannicide, depuis l'Antiquité jusqu'au XVIᵉ siècle, voir l'ouvrage de Roland Mousnier, *L'assassinat d'Henri IV*, Paris, 1964.

[6] Cité par Denis Crouzet, *op. cit.*, p. 483.

[7] *Ibid.*, p. 482. Aucun des sermons mentionnés par L'Estoile n'incite au meurtre de Henri III. Mais L'Estoile n'a pas entendu tous les sermons débités en 1589.

échéant, à tuer le roi! Malgré le commandement formel de Dieu: «Tu ne tueras point» (Exode, XX, 13). Malgré le concile de Constance qui a condamné, en 1415, le tyrannicide commis par un particulier sans jugement préalable. Mais, pour les ligueurs, Henri III est coupable de lèse-majesté divine et, comme tel, chacun a le droit de le tuer. Jean de Salisbury ne l'a-t-il pas affirmé en 1159 dans son *Policraticus*?

La nouvelle de l'excommunication du monarque, l'angoisse qui s'empare des Parisiens à l'approche d'une armée composée pour partie de protestants concourent à renforcer l'aspiration des ligueurs à voir mourir le tyran. Dans le climat passionnel qui déboussole les esprits, un homme se persuade, depuis quelque temps, qu'il est l'instrument choisi par Dieu pour exercer sa juste colère contre Henri de Valois. Il appartient à l'ordre des frères prêcheurs ou dominicains. Il se nomme Jacques Clément.

Le régicide réalisé[8]

À la fin de juin 1589, lorsque la Ligue doit reculer devant l'offensive royaliste, la mort du roi apparaît à beaucoup comme le recours inévitable. Un libelle intitulé *Justification des catholiques unis contre les calomniateurs* l'affirme sans ambages: «et puis tenez-vous certain qu'à l'extrémité on tentera les remèdes extrêmes. L'Écriture nous apprend que la bonne dame Judith n'entreprit de tuer Holopherne que lorsque tout était désespéré. L'histoire romaine nous fait foi que Scaevola n'entreprit de tuer le roi Porsenna qu'en leur grande nécessité [...] Aussi faut-il croire que, quand tous remèdes nous seront désespérés, il se trouvera quelque homme des nôtres, déterminé et résolu, comme il s'est par deux fois trouvé des gens qui l'entreprirent contre le feu prince d'Orange[9]». Par exemple Georges Davoy, un gentilhomme que l'on arrête alors qu'il cherche à s'approcher de Henri III pour le tuer.

---

[8] Sur le meurtre du roi Henri III, voir l'étude détaillée de Pierre Chevallier, *Les régicides*, Paris, 1989, p. 11-99, et surtout le livre de Nicolas Le Roux, *Un régicide au nom de Dieu (1er août 1589)*, Paris, 2006.

[9] Denis Crouzet, *op. cit.*, p. 484. On sait que, selon la tradition, Judith aurait sauvé les Juifs assiégés dans Béthulie en allant assassiner Holopherne, commandant en chef des troupes babyloniennes (II siècle avant J.-C.). Mucius Scaevola est ce héros légendaire romain qui s'introduisit dans le camp du roi étrusque Porsenna pour le tuer mais se trompa de victime (VI siècle avant J.-C.). Quant à Guillaume d'Orange, dont la tête avait été mise à prix par Philippe II, il fit l'objet d'une tentative de meurtre en 1582 et fut abattu d'un coup de pistolet, par Balthazar Gérard, le 10 juillet 1584.

Un mois plus tard, l'unique moyen dont disposent les ligueurs assiégés dans la capitale pour échapper au désastre qui les attend, c'est bien le régicide. Madame de Montpensier y pense sans doute lorsqu'elle fait répondre à Sa Majesté qu'elle fera «tout du pis» pour l'empêcher de prendre la ville et de la faire brûler vive. Mais nous n'en savons pas plus sur son rôle vraisemblable dans la préparation de l'attentat qui va coûter la vie à Henri III. Nous savons en revanche que son frère Mayenne, réputé pour sa brutalité, a sans doute organisé le meurtre à l'occasion d'une réunion tenue fin juillet, au cours de laquelle le père Bourgoing, prieur des jacobins de Paris, aurait proposé le frère Jacques Clément pour faire le coup. À Saint-Cloud, en tout cas, on s'attend à voir surgir de la place investie des meurtriers bien décidés à frapper. Des meurtriers ayant la vocation du martyre car, que leur forfait réussisse ou non, leur sort sera d'être abattus sur place ou d'être pris et écartelés à quatre chevaux. La *Justification des catholiques unis* en avertit les royalistes : «considérez, messieurs, qu'à l'extrémité et au désespoir où vous nous mettez, il y en a des nôtres si zélés et si affectionnés à leur religion qu'ils estimeront faire un sacrifice à Dieu de s'immoler pour l'honneur de lui, se confiant que *le martyre volontaire leur ouvre la porte de Paradis*[10]». Jacques Clément n'a donc pas été le seul ligueur à projeter de tuer le roi, à accepter de sacrifier sa vie pour le salut terrestre du peuple catholique dans l'espérance de la vie éternelle. La perspective de subir l'horrible supplice réservé aux régicides ne peut en aucune façon refréner l'ardeur de ces volontaires habités par une foi intrépide : Clément n'a-t-il pas rêvé qu'on l'écartelait et qu'il n'en ressentait aucune douleur ?

Jacques Clément est né vers 1566 à Serbonnes, près de Sens, dans une famille paysanne. Il a peut-être été soldat avant d'entrer en religion. Il a fait profession chez les dominicains de Sens mais, depuis plus d'une année, il poursuit des études de théologie au couvent parisien de la rue Saint-Jacques, celui-là même dont la localisation explique le surnom de jacobins donné aux frères prêcheurs. Il porte la tonsure car il a été ordonné prêtre. Il est petit, plutôt chétif avec de grands yeux et une barbiche noire.

Réputé peu intelligent (son prieur l'a qualifié de *sot* et de *lourdaud*), il brûle d'une foi ardente et montre en toute occasion une fervente piété. Son esprit psychotique s'est rapidement mis au diapason de l'exaltation collective qui emporte les Parisiens. Il a participé activement, pieds nus, aux processions du carême. Poussé

---

[10] Denis Crouzet, *op. cit.*, p. 484.

par une mystérieuse impulsion, il est obsédé par l'idée de tuer Henri III. Il répète volontiers autour de lui que le roi ne mourra que de sa main et ses rodomontades lui ont parfois valu le surnom ironique de *capitaine Clément*. Son prieur, le père Edme Bourgoing, ligueur enragé[11], encourage son dessein régicide en lui promettant le martyre et le paradis. Pourtant, il hésite longtemps avant de passer à l'acte car ce n'est pas une mince affaire que de porter la main sur la personne sacrée du monarque. Deux événements semblent avoir déterminé sa décision : le sac d'Étampes, au cours duquel la soldatesque protestante a foulé aux pieds des hosties consacrées, et l'excommunication du roi par Sixte Quint.

Sa résolution prise, il fait l'achat d'un couteau fort pointu, d'un pied environ de long. Il bénéficie de protections suffisamment puissantes pour obtenir sans peine des autorités ligueuses l'autorisation de rencontrer deux prisonniers royalistes, le comte de Brienne, détenu au Louvre et le premier président de Harlay, enfermé à la Bastille. Il abuse ces deux personnages sur ses réelles intentions. Le premier lui remet un passeport pour se rendre à Orléans, le second un billet autographe destiné à Henri III. De leur côté, les Seize le protègent en faisant incarcérer quelque cent cinquante à deux cents politiques. La vie de ces otages doit répondre de celle de l'assassin quand il sera entre les mains des royalistes.

Le matin du 31 juillet 1589, Clément quitte son couvent sans avoir dit sa messe. Il se fait accompagner par un autre religieux jusqu'aux lignes royalistes qu'il peut aisément franchir grâce à son passeport. Mais au lieu de se rendre à Orléans, il prend la direction de Saint-Cloud. En chemin, il rencontre le procureur général du Parlement, Jacques de La Guesle, qui le connaît pour l'avoir vu quêter à Vanves. Il lui demande de l'aider à obtenir une audience du roi auquel il doit remettre des lettres et confier de vive voix un secret. Le billet du président de Harlay impressionne favorablement le magistrat. Mais comme on sait à Saint-Cloud que plusieurs assassins venus de Paris doivent attenter à la vie de Sa Majesté, La Guesle se méfie et soumet le jacobin à un interrogatoire serré. Rassuré par ses réponses, il prévient Henri III de son arrivée, le nourrit et l'héberge jusqu'au lendemain. Il ne l'a pas fait fouiller.

---

[11] Le 1er novembre 1589, le père Bourgoing sera pris les armes à la main, sous les murs de Paris, par les soldats de Henri IV. Conduit à Tours, jugé comme régicide par le Parlement loyaliste à la requête de la reine Louise, il sera condamné à mort et écartelé en février 1590. Au cours du procès, il n'avouera jamais la moindre complicité « sur le fait de Clément ». Mais après l'attentat, il a comparé celui-ci à Judith dans plusieurs sermons.

Au cours du repas qu'il prend avec les domestiques de son hôte, Clément peut donc, en toute quiétude, se servir de son arme en guise de couteau de table.

Le roi a fixé l'audience le 1er août vers huit heures du matin. Il apprécie trop la compagnie des religieux de toutes robes pour s'attarder longtemps aux mises en garde qui lui sont parvenues. Quand on introduit ses visiteurs, il est assis sur sa chaise percée, à demi habillé. Le procureur général lui remet les documents dont Clément est porteur. Après les avoir examinés, Henri III ordonne au dominicain de parler. Mais celui-ci refuse de révéler son secret tout haut. Les deux seules personnes présentes, La Guesle et le grand écuyer Roger de Bellegarde, s'écartent donc. Clément peut ainsi s'approcher du monarque qui tend l'oreille pour recevoir ses confidences. Brusquement, il tire son couteau de sa manche et le plante dans le ventre du roi, un peu au-dessous du nombril, du côté droit. Puis, les bras en croix, il reste sur place sans bouger au lieu de s'enfuir, comme s'il attendait un miracle.

Sous le choc, Henri III s'est écrié: «Ah! mon Dieu!» Il se lève brutalement de sa chaise percée, arrache le couteau de la blessure et tente d'en frapper l'assassin en disant: «Ah! méchant, tu m'as tué!» Puis il lâche l'arme. La Guesle et Bellegarde se précipitent, poussent Clément dans la ruelle du lit dans l'intention de le capturer et de le faire parler. Mais les Quarante-cinq de garde dans la galerie voisine, ayant entendu les cris, accourent en force, lardent le jacobin de coups d'épée et jettent son corps par la fenêtre. Le lendemain, après un jugement en bonne et due forme, le cadavre sera écartelé, brûlé et les cendres jetées dans la Seine.

La troisième couronne

Henri III ne survit même pas une journée au coup de couteau de Jacques Clément. Comme son intestin a été perforé, sa blessure est trop grave pour que la médecine rudimentaire du XVIe siècle puisse la guérir.

Tous les biographes qui relatent les dernières heures du roi sont tributaires des *Mémoires* de Charles de Valois, le fils de Charles IX et de Marie Touchet. Âgé de seize ans, il porte le titre de comte d'Auvergne et exerce les fonctions de grand prieur dans l'ordre de Malte. Arrivé peu après l'attentat au chevet de son oncle qui le traitait, on le sait, comme un fils, il n'en a plus bougé jusqu'au dernier soupir de celui-ci. Malgré la rédaction tardive de ses souvenirs, son témoignage est le plus fiable de tous ceux (une vingtaine) dont nous disposons et qui ne concordent pas toujours.

Lorsqu'il pénètre dans la chambre royale, Henri III repose sur son lit. Sa chemise est maculée de sang. Il n'a encore reçu aucun des soins que nécessite son état. Il souffre peu. Il raconte à la poignée de favoris qui se pressent autour de lui, comme le duc d'Épernon, ce qui vient de lui arriver. De temps à autre, il tâte sa blessure pour s'assurer que son intestin est intact.

Les médecins ne tardent pas à se présenter. Ils sondent la plaie et la pansent. Ils échangent entre eux quelques propos pessimistes en latin d'où il ressort que l'intestin a bien été percé par le couteau de l'assassin. Ils assurent cependant Sa Majesté qu'elle pourra remonter à cheval dans dix jours!

Provisoirement rassuré sur son état, Henri III se tourne vers Dieu. Il ordonne de dresser un autel face à son lit. Son chapelain ordinaire y célèbre la messe. Un document intitulé *Certificat de plusieurs seigneurs de qualité qui assistèrent le roi depuis qu'il fut blessé jusques à sa mort*, débusqué par l'historien Pierre Chevallier parmi les manuscrits de la Bibliothèque nationale, nous donne le texte de la prière qu'il prononce au moment de l'élévation: «Seigneur Dieu, si tu connais que ma vie soit utile et profitable à mon peuple et à mon État que tu m'as mis en charge, conserve-moi et me prolonge mes jours. Sinon, mon Dieu, prends mon corps et sauve mon âme et la mets en ton paradis[12].»

Les sentiments qu'il manifeste dans l'épreuve sont donc authentiquement chrétiens. Renonçant sans regret aux grandeurs d'établissement, il se montre humble et résigné à la volonté du Tout-Puissant. Homme de foi, il exprime le ferme espoir d'obtenir le salut éternel. Comme le proclame sa devise *Manet ultima coelo*, sa troisième et dernière couronne, la plus belle de toutes, sera celle des élus. Il en est convaincu, quoique puissent en penser le pape Sixte Quint et les prédicateurs de la Ligue. Son abandon à la volonté de Dieu est peut-être aussi le signe de son découragement face à la haine tenace que lui vouent les catholiques zélés.

Après avoir ouï la messe, le roi se confesse à son chapelain qui lui accorde l'absolution sous la condition qu'il satisfasse au moratoire de Sixte Quint. Puis il dicte une lettre à la reine Louise qui réside alors à Chenonceau. Il lui fait part de l'attentat et souligne que, si ses ennemis ont réussi à l'abattre, c'est à cause de la facilité avec laquelle il a toujours donné audience aux ecclésiastiques.

---

[12] Cité par Pierre Chevallier, *Henri III, roi shakespearien*, Paris, 1985, p. 702.

Peu après avoir ajouté quelques lignes autographes à son message, Henri III commence à souffrir réellement car, par la perforation intestinale, des matières fécales s'écoulent peu à peu dans la cavité abdominale, provoquant une péritonite. Croyant soulager leur patient, les médecins lui administrent un lavement qui ne fait qu'aggraver son cas.

Favoris, courtisans, grands seigneurs, hauts dignitaires de l'État emplissent maintenant la chambre. L'incertitude de leur avenir les plonge dans l'angoisse. Ils savent bien qu'un nouveau monarque devra d'abord satisfaire ses propres fidèles avant de songer à eux. Ils se demandent surtout comment ils pourront *rebondir*, comme nous dirions en notre jargon, si la mort de leur maître devait signifier la victoire de la Ligue qu'ils ont combattue. Ils forment donc des vœux pour la guérison du roi. Les craintes qui les rongent ajoutent à la tension dramatique de ces heures poignantes.

Vers onze heures du matin, se produit l'événement politique capital du 1er août 1589, la venue de l'héritier du trône, Henri de Navarre. Accompagné de son fidèle Rosny, il a chevauché sans désemparer, à bride abattue, depuis le faubourg Saint-Germain où il tâtait les défenses de l'adversaire. Il baise les mains de Sa Majesté qui l'accueille par ces mots : «Mon frère, vous voyez comme vos ennemis et les miens m'ont traité. Il faut que vous preniez garde qu'ils ne vous en fassent autant[13].» Le Béarnais tente de réconforter le blessé.

Mais Henri III, qui se sent maintenant proche de sa fin, songe avant tout à la transmission de la Couronne. Il rassemble ses dernières forces et, sans répondre aux encouragements de son interlocuteur, poursuit en ces termes : «Mon frère, je le sens bien, c'est à vous à posséder le droit auquel j'ai travaillé pour vous conserver ce que Dieu vous a donné; c'est ce qui m'a mis en l'état où vous me voyez. Je ne m'en repens point car *la justice*, de laquelle j'ai toujours été le protecteur, *veut que vous succédiez après moi en ce royaume dans lequel vous aurez beaucoup de traverses si vous ne vous résolvez à changer de religion*. Je vous y exhorte autant pour le salut de votre âme que pour l'avantage du bien que je vous souhaite[14].» Pour la dernière fois, il indique donc clairement à son successeur la seule issue possible à la crise

---

[13] Pierre Chevallier, *op. cit.*, p. 703, et Jean-Pierre Babelon, *op. cit.*, p. 433. De fait, Henri IV échappera à une vingtaine de tentatives ou de projets d'attentats avant de tomber sous le couteau de Ravaillac.

[14] *Ibid.*

politico-religieuse qui déchire le royaume. S'il confirme la loi salique comme la seule règle de succession au trône, il ajoute un nouveau principe aux lois fondamentales du royaume, celui de la catholicité du roi. Mais Henri IV attendra jusqu'en 1593 avant de se conformer aux recommandations de son prédécesseur. C'est pourtant sa conversion, plus que ses victoires, qui lui permettra de recevoir le sacre et de triompher de la Ligue.

Prévoyant les réticences des grands seigneurs catholiques de son entourage à servir un roi huguenot, Henri III donne l'ordre aux nombreux assistants de se grouper autour de son lit. Il leur dit: «Messieurs, approchez-vous et écoutez mes dernières intentions sur les choses que vous devrez observer quand il plaira à Dieu de me faire partir de ce monde. Vous savez que je vous ai toujours dit que ce qui s'est passé [*l'exécution des Guises*] n'a pas été la vengeance des actions particulières que mes sujets rebelles ont commises contre moi et mon État [...] mais seulement la connaissance que j'avais que leurs desseins n'allaient qu'à *usurper ma couronne* contre toute sorte de droit et *au préjudice du vrai héritier* [...] Je vous prie comme mes amis et vous ordonne comme votre roi que vous reconnaissiez après ma mort mon frère que voilà, que vous ayez la même affection et fidélité pour lui que vous avez toujours eue pour moi et que, pour ma satisfaction et votre propre devoir, vous lui en prêtiez serment en ma présence[15].» Subjugués par les paroles du moribond, tous les grands personnages qui sont là obéissent et jurent au Béarnais de se comporter, le moment venu, comme ses loyaux sujets. Jamais peut-être la volonté du roi ne s'est exprimée avec une telle force.

Après avoir reçu la promesse de ses fidèles, Henri III, soucieux jusqu'au bout d'accomplir son devoir d'état, prie le roi de Navarre de retourner vaquer aux soins de l'armée. Il envoie ensuite Harlay de Sancy auprès des régiments suisses et le maréchal d'Aumont auprès des contingents allemands avec mission de persuader les troupes étrangères de continuer à servir la Couronne après son trépas. Très éprouvé par la tension d'esprit dont il vient de faire preuve, il demande enfin aux personnes présentes de se retirer. Il ne garde auprès de lui que Charles de Valois, le duc d'Épernon, Roger de Bellegarde et Jean de Lévis, seigneur de Mirepoix, maître de la garde-robe.

L'après-midi du 1er août se déroule sans changement notable de l'état du roi. Mais le soir, les médecins qui viennent renouveler le pansement constatent que la fièvre tenaille leur patient et que la

---

[15] Pierre Chevallier, *op. cit.*, p. 703.

plaie a pris un aspect livide, très inquiétant. Le chirurgien du roi de Navarre, Jean Hortoman, resté à Saint-Cloud, en avertit son maître.

Peu après leur visite, Henri III tombe dans une prostration dont il ne sort que pour demander le viatique et réciter les prières des agonisants. En bon catholique, il pardonne volontiers à ses ennemis, même à ses meurtriers. Il perd progressivement l'usage de ses sens et celui de la parole. C'est après avoir fait par deux fois le signe de la croix qu'il rend son âme à Dieu, le 2 août 1589 vers trois heures du matin, six semaines avant son trente-huitième anniversaire.

★

Le régicide, le premier à avoir eu lieu depuis l'avènement de la dynastie capétienne en 987, entraîne deux conséquences immédiates : l'accession des Bourbons au trône, la levée du siège de Paris. Ce 2 août 1589, en vertu de la loi salique, Henri de Navarre devient Henri IV. Mais, malgré leur serment de la veille, beaucoup de catholiques royaux se refusent à servir un souverain hérétique et relaps. Le nouveau roi a beau promettre, par une *Déclaration* du 4 août, de maintenir intégralement le catholicisme et de se faire instruire au plus tôt dans la foi de ses ancêtres, nombre de grands seigneurs l'abandonnent. On remarque plus particulièrement le départ du duc de Nevers qui se retire sur ses terres et celui du duc d'Épernon qui va se retrancher dans son gouvernement d'Angoumois pour mettre au plus haut prix son futur ralliement. D'autres défections se produisent chez les grands huguenots, devenus méfiants. Dans ces conditions, la puissante armée royale passe de plus de trente mille hommes à vingt-deux mille seulement. Ce n'est plus assez pour prendre Paris. Le 6 août, Henri IV lève le siège. Les ligueurs parisiens peuvent respirer. Ils n'auront pas à subir les représailles que leur réservait Henri III.

Ils n'ont d'ailleurs pas attendu le départ des assaillants pour laisser exploser une joie féroce. Dès la mort du tyran connue, on a vu les duchesses de Nemours et de Montpensier parcourir la ville en coche en criant : « Bonnes nouvelles, mes amis ! Bonnes nouvelles ! Le tyran est mort ! Il n'y a plus de Henri de Valois en France ! » Le peuple, lui, s'est rendu en foule dans les églises pour remercier le Ciel de sa délivrance et entendre les prédicateurs célébrer le geste de Clément à l'égal de celui de Judith. Mais il a aussi envahi les rues pour boire, danser autour des feux de joie allumés aux carrefours et chanter :

Peuple dévot de Paris,
Éjouis-toi de courage
Par gais chants et joyeux ris.
Il est mort, ce traître roi.
Il est mort, ô l'hypocrite[16].

Pendant que la capitale jubile, tout en se préparant à combattre l'usurpateur hérétique, à Saint-Cloud, on embaume le corps de Henri III et on le place dans un cercueil de plomb. Le cœur est mis à part dans une urne qui sera scellée devant le maître-autel de l'église. Comme l'abbaye de Saint-Denis est au pouvoir de la Ligue, il faut se résoudre à conduire la dépouille du dernier Valois dans celle de Saint-Corneille, à Compiègne, où reposent les rois carolingiens Louis II et Louis V. C'est Charles de Valois qui assure cette pieuse mission. Après la célébration des obsèques, Henri III est enterré dans une des chapelles de l'abbatiale. Il ne rejoindra Saint-Denis qu'en 1610, juste avant Henri IV, assassiné à son tour par un catholique zélé.

---

[16] Cité par Jean-Pierre Babelon, *op. cit.*, p. 437.

PORTRAIT D'UN PRINCE, BILAN D'UN RÈGNE

Au terme de cette biographie, celui qui a suivi pas à pas le dernier Valois durant son temps d'apprentissage et ses quinze années de règne ne saurait se dispenser de revenir sur sa personnalité et d'en évaluer le rôle historique. Tâche à l'évidence malaisée à cause du caractère singulièrement complexe du roi, déséquilibré, excessif en tout, pétri de contradictions, déroutant pour ses contemporains comme pour les nôtres. Pour la réaliser, il a paru utile de regrouper ce que nous savons autour de trois centres d'intérêt.

Henri III et l'exercice du pouvoir

Comme son frère Charles IX, Henri III a toujours aspiré à gouverner en roi absolu, dans le sens que le XVIᵉ siècle donnait à cette expression. Choisir librement ses collaborateurs, prendre librement ses décisions après avoir pris conseil de son entourage sans avoir de comptes à rendre à quiconque, sans subir le contrôle d'une assemblée, d'une ligue, d'un parti, en un mot être un roi libre, tel a été son idéal politique. Sa proposition de partager le pouvoir avec les seconds États généraux de Blois, qui semblait vouloir orienter le royaume vers le *Ständestaat*, ne doit pas faire illusion : il n'y a eu là qu'une manœuvre tactique pour obtenir de l'argent. Comme il l'exposait dans une lettre du 22 février 1577 à Jacques d'Humières, il a toujours pensé que «l'autorité de résoudre les choses» n'appartenait qu'à lui seul «comme prince souverain non sujet aux États».

Cette volonté d'«être le maître», pour reprendre une formule qui venait tout naturellement sous sa plume, se fonde sur la très haute idée qu'il a eue de sa naissance et de sa fonction. Il se savait appartenir à une race très supérieure au commun des mortels, élue de Dieu pour gouverner les hommes et gratifiée par le Ciel

de faveurs exceptionnelles comme la guérison des écrouelles. Sa
conception de la royauté s'enracinait à la fois dans la tradition
française, capétienne, chrétienne et dans la philosophie néoplatonicienne, plus à la mode que jamais. «Souveraine principauté
d'Un», selon la définition qu'en a donnée Claude d'Albon en
1575 dans le traité *De la Majesté royale, institution et prééminence,
et des faveurs divines particulières envers icelle,* la monarchie oblige
le roi à répandre sur le monde la vérité divine à laquelle il a accès,
à soumettre la diversité qui règne ici-bas à la loi de l'unité, à
maîtriser les passions mauvaises et les opinions divergentes de ses
sujets afin de faire régner la paix.

Henri III attendait donc de ses sujets qu'ils s'inclinent de
bonne grâce devant ses décisions et qu'ils exécutent fidèlement ses
commandements. Il a toujours eu peine à comprendre que certains
d'entre eux aient osé contester une autorité aussi bien fondée
que la sienne. Il s'en est même irrité car lui obéir, c'était obéir à
Dieu même, dont il était le lieutenant sur terre selon la tradition
capétienne, et le reflet selon l'idéal platonicien. Passe encore s'il
s'était comporté en impérieux despote. Mais ce n'était pas le cas.
Henri III ne s'est jamais apparenté à ces personnages viscéralement
autoritaires qui ne semblent pas avoir d'autre but dans l'existence
que de plier les autres à leur volonté, à leurs caprices.

Chez lui, l'exercice du pouvoir souverain a été largement adouci
par un tempérament à la fois hésitant et bienveillant. Tout au long
de son règne, il n'a pas cessé de temporiser avant de prendre une
décision énergique. Il ne s'est résolu à faire reluire l'autorité qu'en
tout dernier ressort (voire trop tard) après avoir épuisé toutes les
voies de la persuasion et de la négociation. Et quand il l'a fait,
c'est souvent de manière brutale, inopinée. C'est pourquoi l'historien Jean-Pierre Babelon le qualifie d'«impulsif velléitaire». On
est évidemment conduit à voir là de la faiblesse. Dès le XVIIe siècle,
Pierre Matthieu le jugeait trop bon et trop faible. Et Pierre
Champion, le chroniqueur de ses jeunes années, a pu dire de lui:
«Henri est encore le faible qui a pour arme l'ironie et pour défense le
secret, le coup porté soudainement.» Ajoutons qu'une telle attitude
correspond parfaitement à l'idéal du monarque néoplatonicien au
«naturel bénin, miséricordieux et bienfaiteur du genre humain»
selon Claude d'Albon.

Imbu de son autorité sans avoir toujours eu la volonté et l'énergie
de l'imposer, tel semble bien avoir été le roi Henri III. On comprend
qu'il ait pleuré chaque fois qu'il devait consentir à un abaissement
de la royauté. On comprend aussi qu'il ait éprouvé le besoin d'avoir
auprès de lui des conseillers fermes et résolus, capables de l'inciter

à l'action. Du Guast, Joyeuse, Épernon et, en dernier lieu, Henri de Navarre ont tour à tour joué ce rôle.

Velléitaire, Henri III a eu la volonté d'être «un bon roi». «Je me suis proposé pour unique fin le bien, salut et repos de mes sujets», a-t-il dit le 6 décembre 1576 aux députés des premiers États de Blois. De fait, malgré sa prodigalité, ses générosités abusives et les excès de sa fiscalité, il a toujours eu le soulagement de ses sujets en vue. Avant tout par l'établissement d'une paix civile durable. Par ailleurs, les réformes qu'il a mises en chantier entre 1576 et 1584 le montrent soucieux du mieux-être des Français et à l'écoute de leurs besoins.

Henri III et la civilisation de son temps

Certains historiens, comme Madame Jacqueline Boucher ou Jean-Marie Constant, ont cru voir en Henri III un souverain *baroque*, en avance sur son temps puisque l'art et la civilisation baroques ne se sont pas vraiment constitués avant le début du XVIIᵉ siècle. En réalité, comme ses contemporains l'empereur Rodolphe II et le grand-duc François Iᵉʳ de Médicis, le dernier Valois est un exemple parfait de monarque *maniériste*. Car le maniérisme, né en Italie autour de 1525, apparu en France au temps de François Iᵉʳ, ne concerne pas seulement les arts plastiques. Il englobe les arts improprement dits mineurs, il s'étend à l'art des jardins et aux arts du spectacle, il régit le vêtement et jusqu'aux comportements sociaux, il glorifie le pouvoir. Bref, c'est un courant de civilisation auquel adhère l'Europe des cours et qui règne sans partage sur le royaume dans les années 1570 et 1580.

Henri III a agi en souverain maniériste en «convoquant tous les arts» (la formule est due à André Chastel) au service du prestige monarchique, alors que celui-ci était sérieusement ébranlé par la contestation politique et religieuse. Et comme la pénurie financière lui interdisait de bâtir ou de se livrer sur une grande échelle à un mécénat dispendieux, il a fait jouer aux fêtes et aux cérémonies auliques, aux ballets et aux mascarades, formes brillantes mais fugitives de la civilisation de son temps, le rôle qu'un potentat fortuné aurait demandé aux arts plastiques. Rappelons que ces fêtes et ces cérémonies, chargées d'une signification symbolique et politique, devaient conjurer les crises et concourir au maintien de la paix. Sous son règne et sous son impulsion, s'est épanouie une civilisation des fêtes de cour, pleine d'artifice et de singularités, dont le chef-d'œuvre est le *Ballet comique de la reine*, ancêtre de

l'opéra. En revanche, le bilan du règne est maigre en matière archi-
tecturale: quelques travaux de construction, d'agrandissement et
de décoration au Louvre, à Fontainebleau ou à Saint-Germain-en-
Laye et surtout des réalisations utilitaires, le Pont-Neuf à Paris et le
phare de Cordouan, œuvre de Louis de Foix, à l'embouchure de la
Gironde. Encore ces deux monuments, laissés inachevés, devront
être terminés par Henri IV.

La démarche maniériste, tout autant que la démarche baroque,
vise à décontenancer. Or, Henri III a constamment déconcerté et
étonné ses contemporains. Sa propreté corporelle et ses extrava-
gances vestimentaires, son goût pour les bijoux et les déguisements,
pour les petits chiens et pour le bilboquet, l'intérêt constant qu'il a
porté aux jeux de l'esprit plutôt qu'aux prouesses chevaleresques,
tout cela a dérouté, voire scandalisé. En ne se conformant pas au
modèle du roi selon la tradition française – contrairement à Henri
de Navarre – il s'est montré fidèle à l'esprit du maniérisme. Mais il
a aussi donné prise à l'accusation calomnieuse d'homosexualité que
les huguenots puis les ligueurs ont portée contre lui.

Ce monarque décrié, traîné dans la boue par les pamphlets de
ses adversaires politiques, chargé de péchés imaginaires et, pour
finir, excommunié par un pape, fut pourtant le plus catholique
des princes. Sa foi, profonde et parfaitement orthodoxe, n'a jamais
laissé place au doute. Le 6 avril 1589, quatre mois avant sa mort,
il a écrit ces lignes à l'abbé de Notre-Dame de Feuillant, dom Jean
de La Barrière: «Je suis tellement résolu en la religion catholique,
je crois si fermement n'y avoir point de salut hors d'icelle que je
prie Dieu me donner plutôt la mort que de permettre [...] de varier
jamais en cette croyance.» Sauf au temps de son enfance, il n'a pas
manifesté la moindre sympathie pour ce qu'il a appelé «cette peste
de huguenoterye» et s'il a eu assez de largeur d'esprit pour ne pas
reculer devant l'alliance protestante dans les derniers mois de sa
vie, c'est sous la pression d'évidentes nécessités politiques. Sans
doute les débauches auxquelles il s'est parfois livré, son absence
assez fréquente de franchise cadrent mal avec les impératifs de la
morale catholique. Mais sa bénignité naturelle, souvent soulignée,
sa répugnance à verser le sang sont d'un prince chrétien. On sait
qu'il a longtemps temporisé avant d'ordonner l'exécution du duc
et du cardinal de Guise, pourtant coupables de lèse-majesté. Sur
son lit de mort, il a fait prévaloir le principe de la catholicité du roi
auquel Henri IV sera bien obligé de se plier quatre ans plus tard.
Enfin, y a-t-il jamais eu mort royale plus édifiante que la sienne si
l'on excepte celle de saint Louis?

Henri III dans l'histoire du royaume

Deux malheurs imparables ont pesé de tout leur poids sur le règne du dernier Valois, lui interdisant d'établir une paix durable dans son royaume et de réaliser les réformes qui s'imposaient depuis longtemps : le paroxysme de la guerre civile, l'absence d'un dauphin.

Le mémorialiste Pierre de L'Estoile, souvent fort critique à l'égard du roi mais monarchiste jusqu'aux moelles, a dit de lui qu'il aurait été « un très bon prince » s'il « avait rencontré un bon siècle ». De fait, Henri III a dû gouverner la France aux pires moments des guerres de Religion. À son retour de Pologne, les habitudes de violence contractées depuis 1562 gangrènent toute la société. L'assassinat politique est devenu un moyen commode de se débarrasser d'un adversaire gênant. Les passions religieuses, exacerbées par la Saint-Barthélemy, vont atteindre leur apogée à partir de 1580 environ à la faveur du renouveau catholique. La puissance des grands, appuyés sur leurs clientèles d'obligés, contrebalance efficacement le pouvoir royal. Beaucoup d'entre eux ont perdu l'habitude d'obéir aux ordres du prince. Dénués du sens de l'État, ils se montrent préoccupés avant tout par l'élévation de leur lignage et leurs ambitions personnelles. Ici ou là, ils tentent comme un retour à la féodalité. Ils couvrent leurs appétits du manteau de la religion. Enfin, les interventions sournoises de l'Espagne contribuent à nourrir le désordre. Philippe II entretient le plus qu'il peut la guerre civile en France. Son ambassadeur à Paris est à la fois un espion et un intermédiaire entre son maître et les grands seigneurs catholiques.

Malgré ces conditions éminemment défavorables, Henri III a obstinément recherché la pacification du royaume. Il a caressé l'espoir de mettre un terme à la guerre civile commencée en 1562. Il y était poussé par le désir de soulager le peuple des misères de la guerre, par la volonté d'assurer la victoire de l'État royal sur les partis, par l'idéal platonicien de réduire les passions mauvaises à l'impuissance.

Entre 1577 et 1584 – c'est là son plus beau titre de gloire – il a réussi à procurer à ses sujets quelques années de répit et, avec l'aide de conseillers intelligents et actifs, il a entrepris de réaliser les réformes que l'on attendait dès avant son avènement mais que la reprise des troubles a annihilées.

De son mariage avec Louise de Vaudémont, princesse lorraine robuste et de belle apparence, Henri III n'a pas eu d'enfant et cette absence de dauphin a constitué pour lui une contrainte plus redoutable encore que les passions religieuses ou les ambitions des grands. Jusqu'en 1584, il a eu un héritier catholique en la personne de son frère François d'Anjou, héritier incommode, porté à la révolte ou aux entreprises hasardeuses, gênantes pour la Couronne. Resté célibataire, celui-ci n'a pas non plus perpétué la dynastie. À sa mort, la perspective de voir le Bourbon Henri de Navarre, hérétique et relaps, monter un jour sur le trône, a révulsé les catholiques et fait rebondir la guerre civile avec une fureur accrue.

Tout à fait capable de prendre le recul nécessaire pour bien juger une situation politique, Henri III a parfaitement compris, contrairement aux catholiques zélés, qu'il était impossible d'éradiquer le protestantisme, qu'il fallait donc donner aux huguenots un statut, c'est-à-dire accepter la tolérance civile. C'est à quoi l'édit de Poitiers a pourvu en 1577. On oublie trop souvent que cet édit a servi de modèle à l'édit de Nantes et qu'on ne peut pas encenser le second sans faire l'éloge du premier.

Henri III a également compris que la conversion au catholicisme de l'héritier du trône était la condition *sine qua non* de la fin des troubles. Il l'a proposée à plusieurs reprises à Henri de Navarre. En attendant 1593 pour se rendre à cette évidence, ce dernier n'a pu que prolonger la guerre civile. Il est vrai que Henri IV ne pouvait pas changer encore une fois de religion aussi facilement qu'on veut bien le dire.

Henri III a donc défini clairement les conditions du retour à la paix civile. S'il n'a pas pu les mettre lui-même en œuvre, c'est qu'il était encore trop tôt. Les passions étaient encore trop vives. Les Français n'avaient peut-être pas assez souffert de leurs divisions. Mais, dans la conduite quotidienne de la politique, il a commis beaucoup d'erreurs parce qu'il n'a pas su prévoir correctement les conséquences immédiates de ses décisions. Par exemple quand il a ordonné la mort des Guises.

En faisant abattre Henri de Guise, puis en s'alliant avec Henri de Navarre pour combattre la Ligue, Henri III a scellé son arrêt de mort. Mais il n'a pas reculé devant ces obligations politiques. Il s'est en quelque sorte sacrifié au respect intransigeant des lois fondamentales du royaume, à la consolidation de l'État, à l'avenir de ses sujets. Là réside sa grandeur d'homme et de roi. Enfin, *last but not least*, il a permis, en assurant sa succession à Henri IV, la victoire de la monarchie absolue qu'il révérait sur le *Ständestaat* qui avait les faveurs de la Ligue.

ORIENTATION BIBLIOGRAPHIQUE

Depuis plus d'un siècle, le roi Henri III, son entourage et son époque ont piqué la curiosité des érudits dont le labeur a pris la forme d'une multitude de travaux de valeur très inégale. On en propose ici une sélection qui s'efforce de couvrir tous les aspects du règne en privilégiant les études les plus récentes car les ouvrages anciens pèchent souvent par anachronisme.

1. Sources imprimées

Le recours direct aux sources publiées reste le meilleur moyen de prendre le pouls d'une époque. Le lecteur désireux de compléter son information est donc invité à en explorer quelques-unes.

a. Correspondances

FRANÇOIS (Michel), *Lettres de Henri III, roi de France recueillies par Pierre Champion*, 4 volumes couvrant les années 1557 à 1580, Paris, 1959, 1965, 1972, 1984.

FRANÇOIS (Michel), «Cinquante lettres inédites d'une reine de France» [Louise de Lorraine], *Annuaire-bulletin de la Société de l'Histoire de France*, 1943.

LUCINGE (René de), sieur des Allymes, *Lettres sur les débuts de la Ligue en 1585; Lettres sur la cour d'Henri III en 1586* publiées par A. Dufour, Genève, 1964 et 1966.

PASQUIER (Étienne), *Lettres historiques* publiées par D. Thickett, Genève, 1966.

b. *Mémoires et journaux*

BEAUVAIS-NANGIS (Nicolas de), *Mémoires* publiés par M. Monmerqué et A.-M. Taillandier, Paris, 1862.

BRANTÔME (Pierre de), *Œuvres complètes* éditées par L. Lalanne, 11 volumes, Paris, 1844-1882; *Vie des dames galantes*, édition établie par J. Adhémar, Paris, 1956.

GASSOT (Jules), *Sommaire-mémorial* édité par Pierre Champion, Paris, 1934.

HATON (Claude), *Mémoires (1553-1582)* édités par F. Bourquelot, Paris, 1857.

HURAULT (Philippe), comte de CHEVERNY, *Mémoires* édités par J.-F. Michaud et B. Poujoulat, Paris, 1838.

L'ESTOILE (Pierre de), *Journal pour le règne de Henri III* édité par R. Lefèvre, Paris, 1943; édition abrégée présentée par J.-L. Flandrin, Paris, 1966.

L'ESTOILE (Pierre de), *Registre-journal du règne de Henri III*, tome I (1574-1575), tome 2 (1576-1578), tome 3 (1579-1581), introduction par Madeleine Lazard et Gilbert Schrenck, Genève, 1992, 1996, 1997.

NEUFVILLE (Nicolas de), seigneur de VILLEROY, *Mémoires d'État* édités par J.-F. Michaud et B. Poujoulat, Paris, 1838.

VALOIS (Charles de), duc d'Angoulême, *Mémoires* édités par J.-F. Michaud et B. Poujoulat, Paris, 1838.

VALOIS (Marguerite de), *Mémoires*, éd. Y. Cazaux, Paris, 1971, rééd. 1986.

c. «Procès-verbal des derniers instants de Henri III», *Archives curieuses de l'Histoire de France* par L. Cimber et F. Danjou, tome XII, Paris, 1834.

2. Ouvrages de synthèse

BOURQUIN (Laurent), *La France au XVIᵉ siècle (1483-1594)*, Paris, 1996.

HAUSER (Henri), *La prépondérance espagnole, 1559-1660*, collection «Peuples et Civilisations», réédition, Paris, La Haye, 1973.

HELLER (Henri), *Iron and Blood. Civil Wars in Sixteenth-Century France*, Montréal, Buffalo, 1991.

HOLT (Mack P.), *The French Wars of Religion, 1562-1629*, Cambridge, 1995.

JOUANNA (Arlette), *La France du XVIe siècle*, Paris, 1996.

JOUANNA (Arlette), BOUCHER (Jacqueline), BILOGHI (Dominique), LE THIEC (Guy), *Histoire et Dictionnaire des guerres de Religion*, Paris, 1998.

LAPEYRE (Henri), *Les monarchies européennes au XVIe siècle. Les relations internationales*, collection «Nouvelle Clio», Paris, 1967.

MARIEJOL (Jean-H.), *La Réforme, La Ligue, L'Édit de Nantes, 1559-1598*, tome VI 1 de l'Histoire de France d'E. Lavisse, réédition Paris, 1983.

PERNOT (Michel), *Les guerres de Religion en France (1559-1598)*, Paris, 1987.

RICHET (Denis), *De la Réforme à la Révolution. Études sur la France moderne*, Paris, 1991.

STEGMANN (André), *Édits des guerres de Religion*, Paris, 1979.

3. Biographies du roi et de ses contemporains

BABELON (Jean-Pierre), *Henri IV*, Paris, 1982.

BORDONOVE (Georges), *Henri III, roi de France et de Pologne*, Paris, 1988.

CHEVALLIER (Pierre), *Les régicides*, Paris, 1984 (vie de Jacques Clément).

CHEVALLIER (Pierre), *Henri III roi shakespearien*, Paris, 1985.

CLOULAS (Ivan), *Catherine de Médicis*, Paris, 1979.

DELOCHE (Maximin), *François Du Plessis, seigneur de Richelieu, grand prévôt de France*, Paris, 1923.

ERLANGER (Philippe), *Henri III*, Paris, 1935, réédition 1945.

GARRISSON (Janine), *Henri IV*, Paris, 1984.

GARRISSON (Janine), *Marguerite de Valois*, Paris, 1994.

GONZAGUE (Louis de), *Le père Ange de Joyeuse, frère mineur, capucin, maréchal de France (1563-1608)*, Paris, 1928.

HAZON DE SAINT-FIRMIN (Jeanne), *Un assassin du duc de Guise, François II de Montpezat, baron de Laugnac, capitaine des Quarante-Cinq, 1566-1590*, Paris, 1912.

LARCADE (Véronique), *Jean-Louis Nogaret de La Valette, duc d'Épernon*, thèse dactylographiée, Paris, 1994.

MARIEJOL (Jean-H.), *Catherine de Médicis, 1519-1589*, Paris, 1920, réédition 1979.

MOISAN (Michel), *L'exil auvergnat de Marguerite de Valois*, Nonette, 1999.

MOUTON (Léo), *Un demi-roi, le duc d'Épernon*, Paris, 1922.

NOUAILLAC (J.), *Villeroy, secrétaire d'État et ministre de Charles IX,*

Henri III, Henri IV (1543-1610), Paris, 1909.
REINHARDT (Marcel), *Henri IV ou la France sauvée*, Paris, 1943.
SOLNON (Jean-François), *Henri III*, Paris, 2001.
VAISSIÈRE (Pierre de), *De quelques assassins*, Paris, 1912.
VAISSIÈRE (Pierre de), *Messieurs de Joyeuse*, Paris, 1926.
VIENNOT (Éliane), *Marguerite de Valois. Histoire d'une femme, histoire d'un mythe*, Paris, 1993.

4. Le pouvoir royal et ses moyens d'action
Théories et pratiques politiques

CLOULAS (Ivan), «Les aliénations du temporel ecclésiastique ordonnées par les rois Charles IX et Henri III de 1563 à 1588», *Positions des thèses de l'École des Chartes*, 1957.
CLOULAS (Ivan), «Les aliénations du temporel ecclésiastique sous Charles IX et Henri III (1563-1587). Résultats généraux des ventes», *Revue d'Histoire de l'Église de France*, tome XLIV, 1958.
CHRISTIN (Olivier), *La Paix de religion : L'autonomisation de la raison politique au XVIe siècle*, Paris, 1997.
DOUCET (Roger), *Les institutions de la France au XVIe siècle*, Paris, 1948.
FRANKLIN (Julian), *Jean Bodin et la naissance de la théorie absolutiste*, Paris, 1993.
GREENGRASS (Mark), «A Day in the Life of the Third Estate : Blois, 26th December 1576», *Politics, Ideology and the Law in Early Modern Europe*, New-York, 1994.
KARCHER (A.), «Les tentatives de réforme du gouvernement de Henri III», *Positions des thèses de L'École des Chartes*, 1956.
KARCHER (A.), «L'Assemblée des Notables de Saint-Germain-en-Laye, 1583», *Bibliothèque de l'École des Chartes*, 1956.
LE ROY LADURIE (Emmanuel), *L'État royal. De Louis XI à Henri IV, 1460-1610*, Paris, 1987.
MAC GOWAN (Margaret), «Les images du pouvoir royal au temps d'Henri III», *Théorie et pratique politiques à la Renaissance, Colloque international de Tours*, 1976-1977.
MAJOR (James Russell), *The Deputies to the Estates in Renaissance France*, Madison, 1960.
MESNARD (Pierre), *L'essor de la philosophie politique au XVIe siècle*, Paris, 1952.
MICHAUD (Claude), «La participation du clergé de France aux dépenses de la monarchie pendant les guerres de Religion», *Les Églises et l'argent*, Paris, 1989.
SCHRENCK (Gilbert), «L'image du Prince dans le *Journal de*

Henri III de Pierre de L'Estoile», *L'Image du souverain dans les lettres françaises des guerres de Religion à la Révocation de l'édit de Nantes*, Actes du colloque de Strasbourg (mai 1983), Paris, 1985.

SUTHERLAND (Nicola Mary), *The French Secretaries of State in the age of Catherine de Medici*, Londres, 1976.

SUTHERLAND (Nicola Mary), *Princes, Politics and Religion, 1547-1589*, Londres, 1984.

TOUCHARD (Jean), *Histoire des idées politiques*, tome I, Paris, 1959, 12e édition, 1991.

WOOD (James B.), «The Royal Army during the Early Wars of Religion, 1559-1576», *Society and Institutions in Early Modern France*, University of Georgia, 1991.

ZELLER (Gaston), «Les gouverneurs de province au XVIe siècle», *Revue Historique*, tome CLXXXV, 1939.

ZELLER (Gaston), *Les institutions de la France au XVIe siècle*, Paris, 1948.

5. Henri de Valois avant son avènement à la couronne de France

BOURGEON (Jean-Louis), *L'assassinat de Coligny*, Genève, 1992.

BOURGEON (Jean-Louis), *Charles IX devant la Saint-Barthélemy*, Genève, 1995.

BOUTIER (J.), DEWERPE (A.), NORDMAN (D.), *Un tour de France royal. Le voyage de Charles IX (1564-1566)*, Paris, 1984.

CHAMPION (Pierre), *Charles IX, la France et le contrôle de l'Espagne*, Paris, 1939.

CHAMPION (Pierre), *La jeunesse de Henri III*, 2 volumes, Paris, 1941 et 1942.

CHAMPION (Pierre), *Henri III roi de Pologne*, 2 volumes, Paris, 1943 et 1951.

CROUZET (Denis), *La nuit de la Saint-Barthélemy. Un rêve perdu de la Renaissance*, Paris, 1994.

JOUANNA (Arlette), *La Saint-Barthélemy. Les mystères d'un crime d'État*, Paris, 2007.

NOAILLES (Henri de), *Henri de Valois et la Pologne en 1572*, 3 volumes, Paris, 1867.

SERWANSKI (Maciej), «Henri de Valois et la Diète de Pologne» *L'Europe des diètes au XVIIe siècle. Mélanges Jean Bérenger*, Paris, 1996.

SUTHERLAND (Nicola Mary), *The Massacre of St Bartholomew and the European Conflict, 1559-1572*, Londres, 1973.

VENARD (Marc), «La présentation de la Saint-Barthélemy aux

Polonais en vue de l'élection de Henri de Valois», *Les contacts religieux franco-polonais du Moyen Âge à nos jours. Colloque du C.N.R.S.*, Paris, 1985.

VIENNOT (Éliane), «À propos de la Saint-Barthélemy et des *Mémoires de Marguerite de Valois*», *Revue d'histoire littéraire de la France*, n° 5, 1996.

Par ailleurs, le règne de Henri de Valois à Cracovie a fait l'objet d'une étude en langue polonaise de S. Grzybowski, *Henryk Walezy*, Wroclaw, 1980.

6. Henri III et la noblesse

BOUCHER (Jacqueline), «L'ordre du Saint-Esprit dans la pensée politique et religieuse d'Henri III», *Cahiers d'histoire*, 1972-1973.

BOUCHER (Jacqueline), *Société et mentalités autour de Henri III*, thèse de doctorat, 4 volumes, Lille III, 1981.

BOUCHER (Jacqueline), *La cour de Henri III*, Rennes, 1986.

BOUCHER (Jacqueline), «Autour de François, duc d'Alençon et d'Anjou, un parti d'opposition à Charles IX et Henri III», *Henri III et son temps*, Actes du colloque de Tours (1989), Paris, 1992.

BOURQUIN (Laurent), *Noblesse seconde et pouvoir en Champagne aux XVIe et XVIIe siècles*, Paris, 1994.

CASSAN (Michel), *Le temps des guerres de Religion. L'exemple du Limousin (vers 1530-vers 1630)*, Paris, 1996.

CHAMPION (Pierre), «La légende des mignons», *Humanisme et Renaissance*, 1939.

CONSTANT (Jean-Marie), *Les Guise*, Paris, 1984.

DUQUENNE (Frédéric), *L'entreprise du duc d'Anjou aux Pays-Bas de 1580 à 1584 : les responsabilités d'un échec à partager*, Presses universitaires du Septentrion, 1998.

FRANÇOIS (Michel), «Noblesse, réforme et gouvernement du royaume de France dans la deuxième moitié du XVIe siècle», *Actes du colloque : L'Amiral de Coligny et son temps*, 1974.

HOLT (Mack P.), *The Duke of Anjou and the Politique Struggle during the Wars of Religion*, Cambridge, 1986.

JOUANNA (Arlette), *Le devoir de révolte. La noblesse française et la gestation de l'État moderne (1559-1661)*, Paris, 1989.

JOUANNA (Arlette), «Un programme politique nobiliaire : les Mécontents et l'État (1574-1576)», *L'État et les aristocrates*, Actes de la table ronde du CNRS en 1986, Paris, 1989.

LABATUT (Jean-Pierre), «Henri III et la noblesse française», *Noblesse*, *pouvoir et société*, Limoges, 1987.

LE ROUX (Nicolas), *La faveur du roi. Mignons et courtisans au temps des derniers Valois*, Seyssel, 2000.

ORLEA (Manfred), *La noblesse aux États généraux de 1576 et de 1588*, Paris, 1987.

SOLNON (Jean-François), *La Cour de France*, Paris, 1987.

7. Henri III et la Ligue

BARNAVI (Élie), *Le parti de Dieu. Étude sociale et politique des chefs de la Ligue parisienne, 1585-1594*, Louvain, 1980.

BAUMGARTNER (Frédéric J.), *Radical Reactionaries: the Political Thought of the French Catholic League*, Genève, 1976.

CONSTANT (Jean-Marie), *La Ligue*, Paris, 1996.

CROUZET (Denis), *Les guerriers de Dieu. La violence au temps des troubles de religion*, 2 volumes, Seyssel, 1990.

DESCIMON (Robert), *Qui étaient les Seize? Mythes et réalités de la Ligue parisienne (1585-1594)*, Paris, 1983.

DESCIMON (Robert), BARNAVI (Élie), «La Ligue à Paris (1585-1594) : une révision», *Annales, E.S.C.*, 1982.

DROUOT (Henri), *Notes sur la Bourgogne et son esprit public au début du règne de Henri III (1574-1579)*, Dijon, 1937.

LE ROUX (Nicolas), *Un régicide au nom de Dieu (1er août 1589)*, Paris, 2006.

MOUSNIER (Roland), «Les structures administratives, sociales, révolutionnaires de Paris au temps de la seconde Ligue», *Les cités au temps de la Renaissance*, Paris, 1977.

La tragédie de Blois. Catalogue de l'exposition du château de Blois (17 décembre 1988-19 février 1989).

8. La civilisation française au temps de Henri III

BABELON (Jean-Pierre), *Châteaux de France au siècle de la Renaissance*, Paris, 1989.

BONNIFFET (Pierre), «Courants du chant et de la danse de cour sous les derniers Valois», *La dynamique sociale dans l'Europe du nord-ouest (XVIe - XVIIe siècles)*, Paris, 1987.

BOUCHER (Jacqueline), «Henri III mondain ou dévot?», *Cahiers d'histoire*, 1970-1972.

BOUCHER (Jacqueline), «Catholiques royaux et ligueurs, une même mentalité religieuse de frères ennemis», *Mélanges Latreille*, Lyon,

1972.

BRAUDEL (Fernand) et LABROUSSE (Ernest), *Histoire économique et sociale de la France*, tomes I, 1 et 2, Paris, 1977.

CHASTEL (André), *L'art français. Temps modernes, 1430-1620*, Paris, 1994.

CONIHOUT (Isabelle de), MAILLARD (Jean-François), POIRIER (Guy) (dir.), *Henri III mécène des arts, des sciences et des lettres*, Paris, 2006.

CROUZET (Denis), «Recherches sur les processions blanches, 1583-1584», *Histoire, Économie et Société*, n° 4, 1982.

EHRMANN (Jean), *Antoine Caron, peintre des fêtes et des massacres*, Paris, 1986.

FOUQUERAY (H.), *Histoire de la Compagnie de Jésus en France, des origines à la suppression*, tomes I et II (1528-1604), Paris, 1910-1913.

FREMY (E.), *L'Académie des derniers Valois*, Paris, 1887, réimpression Genève, 1969.

GARRISSON (Janine), *Les Protestants au XVIᵉ siècle*, Paris, 1988.

JACQUOT (Jean) (dir.), *Les Fêtes de la Renaissance*, Paris, 3 vol. (1956-1960).

JOUANNA (Arlette), «La notion d'honneur au XVIᵉ siècle», *Revue d'histoire moderne et contemporaine*, 1968.

MAC GOWAN (Margaret), *L'art du ballet de cour en France, 1581-1643*, Paris, 1963.

LECLER (Joseph), *Histoire de la tolérance au siècle de la Réforme*, tome II, Paris, 1955.

MARTIN (Victor), *Le gallicanisme et la réforme catholique. Essai historique sur l'introduction en France des décrets du concile de Trente (1563-1615)*, Paris, 1919.

SAUZET (Robert) (éditeur), *Henri III et son temps*, Paris, 1992.

STRONG (Roy), *Les fêtes de la Renaissance, 1450-1650*, Arles, 1991.

YARDENI (Myriam), *La conscience nationale en France pendant les guerres de Religion (1559-1598)*, Paris, 1971.

YATES (Frances A.), *The French Academies of the Sixteenth Century*, Londres, 1947.

YATES (Frances A.), «Dramatic religious processions in Paris in the late Sixteenth Century», *Annales musicologiques*, 1952.

INDEX

Les toponymes sont en petites capitales, les anthroponymes en caractères romains, les vocables de matières, d'institutions ou de partis en italiques. Les noms portés successivement par le roi Henri III n'ont pas été indexés, non plus que les vocables FRANCE, *huguenots* et PARIS qui apparaissent presque à chaque page de cet ouvrage.

A

Abain (Louis Chasteignier de La Roche-Posay, seigneur d'), ambassadeur à Rome : 263.

Abancourt (Louis d'), gentilhomme picard : 400.

ABBEVILLE : 212.

Acarie (Pierre), maître des comptes, ligueur : 326.

AÇORES : 313, 317, 325, 371.

Adjacet (Ludovic Da Diaceto dit), comte de Châteauvillain, financier : 210, 311.

AGEN : 33, 203, 218, 249, 297, 333.

AIGUES-MORTES : 179, 206, 232, 254.

AISNE : 192.

AIX-EN-PROVENCE : 298, 416.

AIXE-SUR-VIENNE : 72.

Alamanni (Nicolas), maître d'hôtel : 145.

Alava (don Francès de), ambassadeur d'Espagne en France : 46, 50, 51, 56, 58, 61, 79, 80, 87, 92, 93.

Albe (don Fernando Alvarez de Toledo, duc d') : 15, 38, 41, 43, 50, 51, 56, 59, 80, 93, 97, 99, 101, 105, 109, 316.

Albert II, duc de Prusse : 120.

ALBI, ALBIGEOIS : 59, 109, 160

Albon (Claude d'), théoricien politique néoplatonicien : 438.

ALENÇON : 46, 202, 251, 302, 424.

ALÈS : 189.

Alexandrin (Michele Bonelli dit le cardinal), neveu et légat du pape Pie V : 96.

Aliénations du temporel ecclésiastique : 37, 187, 211, 308, 340, 349.

ALLEMAGNE : 32 (n. 2), 50, 59, 69, 120, 125, 127, 131-133, 153, 159, 160, 166, 175, 211, 241, 253, 265, 329, 339, 343.

ALLIER : 205, 229.

ALPES : 147, 151, 207, 229, 250.

Alphonse III, roi du Portugal : 316.

Alphonse II d'Este, duc de Ferrare : 148, 149.

ALSACE : 132, 355.

Altoviti, capitaine de galère : 298.

AMBOISE : 13, 15, 18, 52, 60, 228, 413, 415, 419.

Ameline (Nicolas), avocat, ligueur : 326, 327.

AMÉRIQUE : 186.

AMIENS : 212, 227, 346, 362, 384, 412, 414.

Amyot (Jacques), grand aumônier de France : 18, 26, 262, 267, 279.

Andelot (François d'), frère de Coligny, colonel général de l'infanterie : 17, 46, 49, 52, 64, 72, 167.

B

H

T

TABLE DES MATIÈRES

Cet ouvrage a été imprimé en France par

à Saint-Amand-Montrond (Cher)
en janvier 2013

N° d'édition : 731 – N° d'impression : 124910/4
Dépôt légal : janvier 2013